गोविन्द मिश्र

गोविन्द मिश्र समकालीन कथा-साहित्य में एक ऐसी उपस्थिति हैं जिनकी वरीयताओं में लेखन सर्वोपरि है, जिनकी चिन्ताएँ समकालीन समाज से उठकर 'पृथ्वी पर मनुष्य' के रहने के सन्दर्भ तक जाती हैं और जिनका लेखन-फलक 'लाल पीली ज़मीन' के खुरदरे यथार्थ, 'तुम्हारी रोशनी में' की कोमलता और काव्यात्मकता, 'धीरसमीरे' की भारतीय परम्परा की खोज, 'हुज़ूर दरबार' और 'पाँच आँगनोंवाला घर' के इतिहास और अतीत के सन्दर्भ में आज के प्रश्नों की पड़ताल–इन्हें एक साथ समेटे हुए है ।ल

उनकी प्रमुख कृतियाँ हैं—*वह अपना चेहरा, उतरती हुई धूप, लाल पीली ज़मीन, हुज़ूर दरबार, तुम्हारी रोशनी में, धीरसमीरे, पाँच आँगनोंवाला घर, फूल...इमारतें और बन्दर, कोहरे में क़ैद रंग, धूल पौधों पर, अरण्यतंत्र, शाम की झिलमिल, ख़िलाफ़त* (उपन्यास); *पगला बाबा, आसमान...कितना नीला, हवाबाज़, मुझे बाहर निकालो, नये सिरे से* आदि (कहानी-संग्रह); *निर्झरिणी* (सम्पूर्ण कहानियाँ दो खंडों में); *धुंध-भरी सुर्ख़ी, दरख़्तों के पार...शाम, झूलती जड़ें, परतों के बीच* (यात्रा-वृत्त); *रंगों की गंध* (समग्र यात्रा-वृत्त दो खंडों में); *धारा के विपरीत* (आत्मकथा); *साहित्य का सन्दर्भ, कथा भूमि, संवाद अनायास, समय और सर्जना, साहित्य, साहित्यकार और प्रेम, सान्निध्य-साहित्यकार* (निबन्ध); *ओ प्रकृति माँ!* (कविता); *मास्टर मनसुखराम, कवि के घर में चोर, आदमी का जानवर* (बाल-साहित्य); *चुनी हुई रचनाएँ* (तीन खंडों में); *गोविन्द मिश्र रचनावली* : संपादक नन्दकिशोर आचार्य (बारह खंडों में)।

उन्हें प्राप्त कई पुरस्कारों/सम्मानों में 'पाँच आँगनोंवाला घर' के लिए 1998 का 'व्यास सम्मान', 2008 में 'साहित्य अकादेमी', 2011 में 'भारत-भारती सम्मान', 2013 का 'सरस्वती सम्मान' विशेष उल्लेखनीय हैं।

सम्पर्क : एच.एक्स. 94, ई-7, अरेरा कॉलोनी, भोपाल-462016

ई-मेल : govindmishra1940@gmail.com

गोविन्द मिश्र

पाँच आँगनों वाला घर

राधाकृष्ण पेपरबैक्स

पहला पुस्तकालय संस्करण
राधाकृष्ण प्रकाशन प्राइवेट लिमिटेड द्वारा
1995 में प्रकाशित

राधाकृष्ण पेपरबैक्स में
पहला संस्करण : 2008
चौथा संस्करण : 2025

राधाकृष्ण पेपरबैक्स : उत्कृष्ट साहित्य के जनसुलभ संस्करण

राधाकृष्ण प्रकाशन प्राइवेट लिमिटेड
जी-17, जगतपुरी, दिल्ली-110 051
द्वारा प्रकाशित

शाखाएँ : अशोक राजपथ, साइंस कॉलेज के सामने, पटना-800 006
पहली मंजिल, दरबारी बिल्डिंग, महात्मा गांधी मार्ग, प्रयागराज-211 001
1, अनमोल सोराबजी सन्तुक लेन, धोबी तलाव, मरीन लाइंस, मुम्बई-400 002
वेबसाइट : www.radhakrishnaprakashan.com
ई-मेल : info@radhakrishnaprakashan.com

बी.के. ऑफसेट
नवीन शाहदरा, दिल्ली-110 032
द्वारा मुद्रित

मूल्य : ₹299

PANCH AANGNON WALA GHAR
Novel by Govind Mishra

ISBN : 978-81-8361-237-1

क्षेत्र

(1940-1950)

1

सन्नी के कमरे में सारंगी पर अहीर-भैरव के सुर उठ रहे थे, जैसे अँधेरे को तरतीब में बाँधकर पौ फटने की उजास की ओर ले जाने की कोशिश कर रहे हों। राजन तक जब वे सुर पहुँचते तो और कोमल हो जाते। सहलाते हुए सुर। उन्हीं के बीच कहीं सुरों से लिपटी हुई ही आई अम्मा की स्नेह-भरी मुलायम-मुलायम आवाज—उठो...ए...राजन !

सुबह की आवाजें शुरू हो गई थीं। तरह-तरह की छोटी-छोटी घंटियों की तरह चिलकती आवाजें...चिक्-चिक्, चिख-चिख टिक टूँ...तिक-तिडिंग...चिचि-चिया, चिचि-चि...। कोई गले से सीधे ठुनकदार छोटे-छोटे गोले बाहर फेंकता हुआ, और कोई कुटोक... कुओक...कुटोक—फिर चुप। खूबसूरत आवाजों को बेसुरा करती काँव...काँव। विराम-चिह्न की तरह एकाएक उठ खड़ी होती—कुकडूँ-कूँ। कुलबुलाहट, बेचैनी, प्रतीक्षा—कब सुबह हो और वे पेड़ की कैद से निकलें—आसमान के प्रांगण में चिलकते दौड़ते फिरें।

राजन जाग तो गया था, पर उठा नहीं। कितनी देर कम्बल में सिमटा, अधसोया-अधजगा सन्नी चाचा की सारंगी में तिरता रहा। भैरव और अहीर-भैरव...वह नहीं जानता था, मोटा-मोटा इतना मालूम था कि कोई प्रातःकालीन राग है। सारंगी के सुर और पक्षियों की चहचहाहट उसे कम्बल के भीतर चारपाई में इधर-उधर कलपाते रहे। सनी चाचा और पक्षी...जैसे दोनों मिलकर सुबह को खोल रहे थे...राजन के लिए।

सुर थमे तो आस-पास ध्यान गया। बगल की चारपाई पर अम्मा और उधर वाली चारपाई पर बाबूजी अब भी सोए हुए थे। राजन चुपचाप उठा, दबे पाँव दरवाजे तक आया। सधे हुए हाथों से कुंडी खोली कि तनिक भी आवाज न हो और बाहर खुलक गया।

राजन...मुंशी राधेलाल एडवोकेट और श्रीमती शान्तिदेवी का दूसरे नम्बर का लड़का। राजन के दो भाई और एक बहन। उस लम्बे-चौड़े घर में राजन के चचेरे भाई-बहन और उनके परिवार भी रहते थे। खेलकूद के लिए बाहर जाने की जरूरत नहीं होती, घर में ही इतनी भीड़-भाड़ थी। जहाँ हर समय खेलकूद का माहौल हो, वहाँ बचपन जैसे समाप्ति को ही न आता, युवावस्था में काफी दूर तक खिंचा चला जाता

था। राजन अपने भाई-बहनों में सबसे ज्यादा चंचल था, हर चीज जानने को उत्सुक, हर एक के साथ सटकर बैठने-उठने वाला, बड़े मन का...जैसे सबको अपने वृत्त में ले जाने को आतुर हो।

सुबह का उजाला अब भी दूर था, लेकिन बड़ी अम्मा–राजन की दीदी जोगेश्वरी–के कमरे में रोशनी थी। वे कार्तिक-स्नान के लिए जाने की तैयारी कर रही थीं। राजन ने उनके कमरे के पास पहुँचकर हल्के से आवाज दी–"बड़ी अम्मा !" जोगेश्वरी थोड़ा चौंकीं, दरवाजा खोला और राजन को देख मुस्करा पड़ीं–"सारी दुनिया पाँव पसारे सोवत हउवे, पै हमरे राजन खाँ नींद नाहीं। जाने कौन किसिम का लड़का है यह।"

"बड़ी अम्मा, मैं भी चलूँ गंगाजी ?"

"जब गंगाजी तोहे जगा दिहलीं तो हम रोके वाले कउन। चला, पर पहिले जाके टट्टी-दतुअन खतम करि आवा।"

बनारस में कार्तिक का अपना अलग आलम था। रात तीन बजे से ही गंगा-स्नान के लिए औरतों के जत्थे इधर-उधर गलियों से निकलकर छोटी-बड़ी धाराओं में गंगा की तरफ जाते होते। अधेड़ औरतें, नई बहुएँ, लड़कियाँ टोलियों में गाती हुई जातीं–'मैया तोरे दुआरे मैं आई...मैया तोरे दुआरे...' सुरीले और पैने स्वर गलियों में तैरते होते, टोलियाँ आगे निकल गईं होतीं तब भी। उगते उजाले के साथ औरतें नहाकर लौटतीं तो लगता उन्हें छूते हुए गीला-गीला उजाला बस्ती में प्रवेश कर रहा है। दिन-भर आदमी-औरतों की साधारण दिनचर्या पर शाम को घरों के ऊपर आकाशदीप टिमटिमाते ...जैसे सवेरे के स्वर रंगों में साकार हो झूल रहे हों।

जोगेश्वरी स्नान के लिए किसी जत्थे के साथ नहीं जाती थीं। अपनी उम्र में खूब किया वह। अब इत्मीनान से तैयार होकर निकलना, धीरे-धीरे गंगा की ओर जाना, सुबह की ओर सरकते अँधेरे के हर झोंके के मार्फत ईश्वर को अपने भीतर उतारने चलना–यह भाता था। इसलिए अकेली ही जाती थीं...अब यह रज्जनवा पीछे लग लिया तो कैसे मना करें। उसके भीतर से पता नहीं कौन बोल रहा है, वरना लरिकाई में कोई यों उठकर बुजुर्ग-बूढ़ों के साथ गंगा-स्नान को जाता है...और वह भी बचवा !

बड़ी अम्मा होंठों पर कुछ दोहराते हुए आगे-आगे चली जा रही थीं। पीछे-पीछे राजन...थैले में नहाने का सामान लिये हुए, ऊपरी हिस्से में उसका हाफपैंट, कमीज और एक लाल गमछा ! राजन कभी दोनों तरफ सोए पड़े मकानों, कभी ऊपर चिलकते सितारों और कभी पास से गुजरते कार्तिकी औरतों के जत्थों में खो जाता। तब सड़क के किनारे से जाती बड़ी अम्मा और उसके बीच का फासला थोड़ा बढ़ जाता, फासले का अहसास कुछ ज्यादा ही होता था। राजन देखता–अँधेरे में एक छाया आगे-आगे चली जा रही है, चाल न तेज, न धीमी लेकिन छाया बराबर उसके आगे। कोशिश करके वह बराबरी पर आ भी जाए तो अगले क्षण से ही फिर आगे सरकती हुई...

जोगेश्वरी साँवले रंग, छरहरे बदन और मध्यम कद की महिला थीं। नाक-नक्श

कभी पैने रहे होंगे...पैनापन अब चेहरे के फैलते मांस में दब गया था। झुर्रियाँ होने पर भी उनके चेहरे पर एक अजीब-सी कान्ति उतराती रहती, जैसे चेहरे पर जो सौन्दर्य जवानी में था, उसे झुर्रियों ने अपने सीखचों के भीतर कैद कर रखा हो। आत्मविश्वास से भरा चेहरा, जैसे सब कुछ उनके हाथ में है, कुछ भी सँभालने की कूवत उनकी है। इतने बड़े घर को नंगे पाँवों इस छोर से उस छोर नापती रहतीं। गृहस्थी को सँभालने के साथ-साथ धार्मिक पुस्तकें पढ़ने का भी शौक था। पढ़ी-लिखी नहीं थीं पर उत्सुकता थी—भूगोल जैसे विषय की किताबें भी वे ध्यान से पढ़तीं। दिन में तीन-चार तम्बाकू वाले पान खा लेतीं। पति का देहान्त कब का हो चुका था, उस हिसाब से जोगेश्वरी को सिर्फ सफेद कपड़े पहनने चाहिए थे। वे यह करती भी थीं—ज्यादातर किनारीदार सफेद साड़ी, मलमल की छींट का जम्फर लेकिन रंगीन कपड़े भी कभी-कभार पहन लेतीं। कपड़ों के रंग न बहुत उजले होते थे, न बहुत उदास। आम विधवा की तरह हमेशा मुँह लटकाए घूमना उनकी फितरत नहीं थी। वे आस-पड़ोस, बहू-बच्चों—सभी से हँसी-ठट्ठा करतीं, लेकिन यह भी नहीं कि उसी में खोई रहें। उनकी अपनी अलग दिनचर्या थी जैसे कार्तिक में गंगा नहाकर वहीं पूजा-पाठ करना, कुछ खास मन्दिरों की परिक्रमा करना और घर आकर फिर पूजा करना। कार्तिक का महीना न हो तो भी सबेरे स्नान-ध्यान, पूजा-पाठ के बाद ही वे अपने कमरे के बाहर निकलतीं। पूजा-पाठ में 'सुखसागर' का नियमित स्वाध्याय शामिल था।

बड़े घर की लड़की थीं जोगेश्वरी। जिसे कहते हैं बड़ा घर—परिवार—पैसे में भी बड़ा और सदस्यों की संख्या में भी। वे अपने से छोटे घर में ब्याही गई थीं, पर उसको लेकर बात-बात में मुँह ठुनका बैठना...इसकी जगह उन्होंने गम्भीरता को अपनाया। कोशिश यह कि धीरे-धीरे करके इस घर को भी अपने मायके जैसा बना लिया जाए। आकार में लम्बा-चौड़ा, आदमी-औरतों व बच्चों से भरा-पूरा घर बना भी लिया। एक पैसे के मामले में ज़रूर वे ससुराल को मायके के बराबर नहीं ला पाईं, इसलिए कि वह तो आदमियों का क्षेत्र था। पति को कितना खचोरा/घसीटा दुनियादारी की तरफ, लेकिन वे हाथ न आए। पति को दो खास शौक थे—एक गाँजा, दूसरा दान। दोनों ही फूँकनेवाले। इसलिए न उनकी उम्र ही जम पाई, न कमाई ही। चिकने पहलवान की तरह वे जोगेश्वरी के हाथ से फिसल-फिसल जाएँ। तो जोगेश्वरी ने करीबियों को अपने पास समेटना शुरू किया—सब थोड़ा-थोड़ा कमाएँ और साथ रहें। यों धीरे-धीरे करके बड़ा परिवार हुआ। अपने बड़े लड़के—राधेलाल को पढ़ा-लिखाकर वकालत में जमाकर वे थोड़ी निश्चिन्त हुई थीं कि तभी पति संसार से चले गए। जोगेश्वरी की अपनी कहानी खत्म, अब उनके लड़के मुंशी राधेलाल वकील की कहानी थी जो चलनी थी। राधेलाल घर-गृहस्थी के मामले में अपनी माँ की तरह चुस्त और मुस्तैद थे। इसलिए पति के न होने से कोई बड़ी कमी नहीं हुई घर में। पति के उठ जाने को जोगेश्वरी ने स्वाभाविक ढंग से लिया—आखिर काल है ! अब पति नहीं तो उनके लड़के की चलेगी—लड़के के माध्यम से उनकी चलेगी। जोगेश्वरी ने अपने को पूजा-पाठ में भी डालना शुरू किया,

पर सच बात यह कि मन उनका गृहस्थी में ही रमता था।

पंचगंगा घाट। राजन देख रहा है—शान्त बहती गंगा, अँधेरे में भी बराबर दिखाई देती हुई, अपने बहाव का अहसास कराती हुई। माधवराव ने धरहरे, भिंसारे के अँधेरे में जैसे दो लम्बे-चौड़े दैत्य इधर को घूरते खड़े हों। राजन पूरी कोशिश करता है कि उस तरफ न देखे, पर बीच-बीच में नजर उधर चली ही जाती है...तब डर की सुरसुरी भीतर तक उतरती जाती है। डर से उबरने के लिए वह घाट पर नहाने की तैयारी में लगे लोगों की तरफ देखने लगता है। एक बार बड़ी अम्मा ने डर भगाने का एक आसान तरीका बताया था...यह सोचो कि वे दैत्य नहीं, शिवजी के गण हैं, काशी की रक्षा के लिए, तुम्हारी-हमारी रक्षा के लिए। फिर भी डर न जाए तो गंगा मैया की तरफ देखो।

घाटों पर बिखरी भीड़। कार्तिक-स्नान के लिए आई औरतें, बारहों महीने स्नान करनेवाले गमछाधारी गृहस्थ बनारसी, गंगा-किनारे पड़े रहनेवाले जोगी-रोगी, साधु-संन्यासी, भिखारी और डंड पेलते पट्ठे जो सवेरे गंगा-किनारे डंड-बैठक, और स्नान करने के बाद मूँछों पर ताव देते हुए नगर में प्रवेश करते हैं। दिन शुरू...बाबा विश्वनाथ के दर्शन और कचौड़ीवाली गली में जलेबी और कचौड़ी के नाश्ता के साथ।

उगती सुबह के अँधियारे-उजियारे में बतियाने, नहाने और पूजने की मिली-जुली आवाजों में पंचगंगा घाट जैसे चहक रहा है। कहीं स्तुति के स्वर उठ रहे हैं—'देवि सुरेश्वरि भगवति गंगे'...या 'जय जय भगीरथ नन्दिनि'...तो कहीं 'चलो मन गंगा-जमुना तीर' की तान है, कहीं 'नमो शिवाय' का जप और कहीं कुछ नहीं तो होंठों की अस्पष्ट पर अनवरत बुदबुदाहट ही है।

घाटों की आवाजें, रोशनियाँ गंगा में दूर तक जाती हैं तो उसकी हर लहर, हर उर्मि जैसे और भी जीवन्त हो उठती है। किनारे-किनारे जैसे जल नहीं, सोना पिघलकर बहा जा रहा है। इस बीच एकाएक पौ फटती है...आवाज नहीं होती पर शंख फूँकना-सा दिखाई देता है, जैसे प्रकृति ने सहसा अपनी बन्द मुट्ठी खोल दी हो जिससे उजास निकलकर बाहर बहने लगी हो। पृथ्वी आलोकित हो उठती है, जैसे किसी प्राणी का जन्म हुआ हो।

एक पंडा का लड़का राजन को सीढ़ियों पर डुबकी लगवाकर बाहर निकाल देता है। जब तक बड़ी अम्मा नहाती रहती हैं, नहाने के बाद कपड़े बदलती हैं, तब तक राजन फटाक-फटाक तैयार हो, पंडे की छतरी के नीचे जंगलगे छोटे शीशे में देख लाल-पीला चन्दन भी अपने माथे पर सजा लेता है।

बड़ी अम्मा चलने से पहले गंगा मैया को प्रणाम करती हैं। राजन कभी उन्हें, कभी गंगा को देखता है—उसी घाट की ओर से आती, पुल के नीचे से दूर तक बहती चली जाती गंगा...

बड़ी अम्मा का नाम गंगा भी हो सकता है। जो संसार में गंगा वह घर में बड़ी अम्मा।

2

राजन के घर के सामने एक प्राचीन, विशालकाय बरगद का पेड़ था। ऊपर आकाश जैसा तना हुआ, शीतल, छायादार। खूब मोटा तना। जड़ें कहाँ-कहाँ तक फैली हुई थीं, इसका अन्दाजा लगाना मुश्किल था। मोहल्ले के कई घर उन जड़ों के ऊपर होंगे, राजन का तो था ही। मोटी-मोटी जड़ें कहीं-कहीं जमीन से ऊपर दिखाई भी देती थीं। ऊपर पत्तोंवाली असंख्य डगालों के अलावा कई पतली-मोटी डगालें लटकती थीं। डगालों के निचले छोर पर रोएँदार नई-नई जड़ों के गुच्छे। नीचे की ओर झूलती ये डगालें—जैसे पेड़ ने अपने कई हाथ, सैकड़ों उँगलियाँ नीचे फैला दी हों—चाहे तो पकड़कर आ जाओ मेरी ऊँचाई तक !

बरगद का वह पेड़ राजन के घर के बाहर था, उसके परिवार का नहीं—सारी बस्ती का था...फिर भी बड़ बाबा राजन के परिवार के सबसे बड़े सदस्य थे—बुजुर्ग-बूढ़ों से भी बड़े। घर में कोई भी बड़ा काम हो, सबसे पहले उनकी पूजा होती थी। नई बहू आए, नया बच्चा हो...सबसे पहले बड़ बाबा का आशीर्वाद लेना। पेड़ पर चढ़ने की सख्त मनाही थी। बच्चों के मन में डर बैठा दिया जाता—ऊपर चढ़े तो बाबा नीचे पटक देंगे, या ऊपर ही पकड़ लेंगे और अपने में कहीं छिपा लेंगे। गर्मी की दोपहरों के सन्नाटे में लड़कों-बच्चों की जमात जड़ोंवाली डालों को पकड़कर झूलने का खेल खेलती थी। तब उन्हें ऐसा लगता जैसे बूढ़े बाबा की दाढ़ी में जहाँ-तहाँ चिपके हुए हैं, बाबा मुँह हिला देते हैं तो दाढ़ी गड़ जाती है।

बरगद के पेड़ की तरफ ही घर का मुख्य दरवाजा था। वहाँ से पिछवाड़े तक फैला लम्बा-चौड़ा घर, पाँच आँगनों वाला। कमरों की तो गिनती ही नहीं थी। मुख्य दरवाजे से सटा बैठकखाना था—राजन के पिता का कमरा...वकालत का दफ्तर और उनकी बैठकबाजी के लिए भी। बैठकखाने के पीछे घर का सबसे बड़ा आँगन था जिसे गणेशजी वाला आँगन कहते थे। यहाँ मर्दों वाले कार्यक्रम होते—मुशायरा, कवि-सम्मेलन, मुजरा वगैरह। छोटी बैठकी हुई थी तो बैठकखाने में ही हो जाती। दूसरे नम्बर पर बेल वाला आँगन था। वह नाम शायद इसलिए पड़ गया कि वहाँ बेल के कई पेड़ थे। इसके बाद कालीजी वाला आँगन—यह मुख्यतः बहू-बेटियों का आँगन था, जिसे धार्मिक कार्यों और शादी-ब्याह के लिए भी इस्तेमाल किया जाता। इन मौकों पर वहाँ बड़ी-बड़ी भट्टियाँ खुदतीं। कालीजी वाले आँगन के एक तरफ सदरी दरवाजा था जिसके ऊपर था नौबतखाना। खुशी के मौकों पर शहनाई यहीं से बजती थी। दूसरी तरफ हनुमानजी वाला आँगन था। यहाँ राम-लीला, भाँड़ों के नाच वगैरह होते। इसी आँगन में सन्नी बच्चों के साथ खेलते और खेल-खेल में उन्हें हनुमान-चालीसा भी रटाते चले जाते—"भूत-पिशाच निकट नहिं आवै, महावीर जब नाम सुनावै... ।" सबसे पीछे फाटक के पास जो आँगन था, उसे फटकवा वाला आँगन कहते थे। इस आँगन के एक हिस्से में बग्घी, टमटम, इक्का ढिले रहते। पास ही में छोटी-सी घुड़साल थी। राजन और दूसरे

बच्चे खेलते-खेलते जब एक आँगन से दूसरे में आ जाते तो लगता एक मोहल्ले से दूसरे में आ गए हों। कोई पतंग कटकर इस घर के पास आई नहीं तो फिर घर का पार नहीं मिलता था उसे, किसी-न-किसी आँगन या छत में गिरेगी...बहुत बचेगी तो नौबतखाने में जा फँसेगी या बड़ बाबा पकड़ लेंगे।

एक घर में फैला पूरे का पूरा संसार। जोगेश्वरी के चारों लड़के उसी घर में रहते थे। सबसे बड़े मुंशी राधेलाल वकील, जिनके राजन समेत तीन लड़के और एक लड़की थी। दूसरे नम्बर पर घनश्याम जिनकी पत्नी घर में रामनगर वाली कहाती थीं। तीसरे बाँके जिनकी पत्नी शिवपुरी वाली। चौथे सन्नी अविवाहित। शिवपुर वाली अपने जमाने में नई आई थीं इसलिए उन्हें नइकी भी कहते, बच्चों के लिए नइकी चाची। जब ब्याह कर आई थीं तो ये लम्बा घूँघट डालती थीं। उनका मुँह देखने की कोशिश में बच्चे अपने सिर के बालों से शुरू करके कन्धों तक उनके घूँघट में घुस जाते। फिर दिखता गोल-गोल चेहरा, गोरा रंग, बड़ी-बड़ी आँखें और नाक में मोटी कील। बच्चों को उन्हें देखने में कम, उनके घूँघट में घुसने में ज्यादा मजा आता था। बच्चों की इस शरारत में नइकी भी शरीक हो गई थीं। उधर बच्चे फिर मुँह देखने को मचलें, इधर नइकी और लम्बा घूँघट खींच लें...या घूँघट में पहले तो किसी को घुसने न दें, जो घुस आए उसे धूँघट में कैद कर लें। पहला बच्चा होने तक नइकी का यह खेल चलता रहा था। कब उनका घूँघट ऊपर आ गया, किसी को पता ही न चला।

हनुमानजी वाले आँगन में एक तरफ राधेलाल के दो चचेरे भाई और उनके परिवार भी रहते थे। हर परिवार की तरह उनके लिए भी अलग दो या तीन कमरे, साथ में एक बरामदा था। पूरे घर का चूल्हा एक था जिसमें कोई सौ लोगों का तो खाना रोज बनता ही था। बेलने और सेंकने के लिए दो-दो औरतों की पारी बँधी थी। दूसरे कामों के लिए भी ड्यूटी बँधी हुई थी। कामों के कम-बढ़ होने को लेकर औरतों के थोड़े-बहुत तनाव चलते रहते थे, लेकिन वे बहुत तूल नहीं पकड़ पाते थे। इसलिए भी कि जोगेश्वरी एक कुशल बैंक मैनेजर की तरह औरतों की ड्यूटियाँ बदलती रहतीं—जो एक हफ्ते रोटी सेंकने के काम पर तो अगले हफ्ते सब्जी काटने पर।

बच्चों की छोटी-मोटी भीड़ एक आँगन से दूसरे आँगन दौड़ती रहती। माँ-बाप को अपने बच्चे जरूर मालूम थे लेकिन बच्चों को बड़े होने तक यह पता न चलता कि उनके माँ-बाप कौन हैं। रामनगर वाली का लड़का राजन की अम्मा का लाड़ला था और नइकी का लड़का छोटे राजन के पिता का मुँह लगा था। छोटे अपने माँ-बाप की पहली सन्तान था लेकिन भाइयों की सन्तानों में वह सबसे छोटा था...इसलिए छोटे नाम पड़ गया। छोटे बैठकखाने में जब चाहे मुंशी राधेलाल की गोद में जा बैठता—वे चाहे जितना व्यस्त हों, चाहे जिन लोगों से घिरे हों। मुंशी राधेलाल काम करते जाते और छोटे के बालों में प्यार से हाथ भी घुमाते रहते। उनसे जो जिद छोटे कर सकता था, वह राजन भी नहीं। बच्चों के खाने-पीने, पहनने-ओढ़ने, खेलकूद में भेदभाव एकदम नहीं थे। सवेरे उन्हें रामधुन काका का इन्तजार रहता। रामधुन मोहल्ले की एक मिठाई की दुकान में

काम करते थे। जो सवेरे खोमचा लिये बस्ती के एक हिस्से में घर-घर नापते दिखाई देते, वे ही दिन को दुकान में चाशनी तैयार करते दिखते, या दोनों मुट्ठियों से लड्डू बनाते हुए। दुकान में वे भले ही एक मामूली नौकर हों, मुंशी राधेलाल के बच्चों में वे रामधुन काका के नाम से ही जाने जाते। जैसे ही उनका खोमचा बड़ के पेड़ के नीचे आता, बच्चे चारों तरफ से उन्हें घेर लेते...और वे हर बच्चे को पकड़ाते चले जाते एक-एक दोना नाश्ते का–दोने में एक जलेबी या पेड़ा मिठाई में और एक कचौड़ी या समोसा नमकीन में। राधेलालजी की हिदायत थी कि उस समय न केवल घर के बच्चों, बाहर के भी जो हुए, उनको भी नाश्ता उसी तरह दिया जाए जैसे घर के बच्चों को।

जोगेश्वरी की सास सब बच्चों की दादी-अम्मा थीं, जोगेश्वरी स्वयं बड़ी अम्मा। राजन के बाबूजी सब बच्चों के बाबूजी और उसकी अम्मा सब बच्चों की अम्मा। छोटे उन्हें ही अपनी माँ के रूप में जानता था, जो उसकी असली माँ थीं उन्हें सब बच्चों की तरह नइकी चाची कहता। रहने के लिए सबके अलग-अलग हिस्से थे, लेकिन कुछ कमरे ऐसे थे जो पूरे परिवार के इस्तेमाल में आते। रसोईघर तो था ही, एक कोठरी मुस्तकिल तौर पर सौर घर थी–इतने बड़े परिवार में किसी-न-किसी के बच्चा होता ही रहता था। इसी तरह फटकवा वाले आँगन की तरफ एक ऐसी कोठरी थी जो जेठ की तपती दोपहरियों में भी ठंडी रहती, यह नवविवाहितों के लिए थी–सुहागराती कोठरी।

दादी-अम्मा बेलवाले आँगन की एक कोठरी में रहती थीं। उनकी उम्र का ठीक-ठीक हिसाब उन्हें क्या किसी को नहीं था। जब वे पूरी तरह स्वस्थ थीं तब भी कोई उनसे उनकी उम्र पूछता तो बिसी (बीस की गिनती) में हिसाब लगाते-लगाते वे गलती कर जातीं और आखिर में कोशिश छोड़ देतीं। हिसाब लगाने में बिसी की बराबरी पर घटनाओं को भी बिठाना पड़ता था...जैसे कि राधेलाल हुआ रहा तो उनका ब्याह हुए इतनी बिसी हो गई थीं या जब वे ब्याही गई थीं तो इतनी की थीं तो अब तक कितनी बिसी हो गईं। याद और गणित-ज्ञान दोनों पहियों को साथ चलना होता था... और दो में से एक चरमराकर कहीं फँस ही जाता...और तब वे कोशिश छोड़ देतीं। लोगों का ख्याल था कि वे एक सौ पाँच के ऊपर ही थीं। शरीर चल रहा था लेकिन मस्तिष्क ने ठीक-ठीक काम करना बन्द कर दिया था। लहरियाँ आती थीं–ऐसे में वे अपने समय के बारे में टुकड़ों में बताती थीं। 1857 के गदर के बारे में बोलती थीं–गोरे सिपाही भागते फिरें, (गोरों को भागते देखना किसी के लिए भी एक अजीबोगरीब दृश्य था... क्योंकि वे तो शासक थे।) एक तो भागता-भागता उनके घर के पिछवाड़े आ छिपा, बेहद डरा हुआ, बागियों के हाथ पड़ा तो मारा जाएगा। बहुत प्यासा था, दादी-अम्मा की माँ ने उसे झाड़ों के पीछे पानी पिलाया और पीछे ही पीछे भगा दिया था। ऐसा कुछ बताते-बताते दादी-अम्मा की सुई कहीं अटक जाती, घिर्र-घिर्र करने लगती। वे भूल जातीं कि वे क्या कह रही थीं, उनका मस्तिष्क फिर उस पटरी पर लौट आता जहाँ इन दिनों वह इधर से उधर, उधर से इधर होता था–"कछु गँधात है रे"...वे कितनी तरह से कितनी दिशाओं में सूँघतीं, जैसे सूँघकर टोह में ले रही हों–"कहीं कछु सड़त

बा।" टोहते-टोहते एकाएक झाड़ू लेकर दौड़ पड़तीं। अपनी कोठरी, कोठरी के बाहर ऐसे झाड़ू लगातीं जैसे गन्दगी को छील-छीलकर बाहर फेंक देंगी, तभी दम लेंगी। उनकी कोठरी में बड़ी सींकों वाला एक झाड़ू बराबर रहता था। ऐसा लगता था कि दादी-अम्मा की सुई गँधाने पर ही अटककर रह गई थी—क्या था जो गँधाता था, जो सड़ रहा था ?

इस बात को छोड़ दिया जाय तो वे अब भी स्वस्थ थीं, आत्मनिर्भर भी। दोनों समय पाखाना जातीं। खाने का भी उन्हें बराबर ध्यान रहता। अपना बिस्तर स्वयं ठीक कर लेतीं। हाँ, अब पहचान नहीं पाती थीं लोगों को। जोगेश्वरी और राधे को ठीक-ठीक पहचानतीं, बाकी लोगों में गड्डमड्ड कर जातीं।

दादी-अम्मा तो अब अपने कमरे में ही सिमटकर रह गई थीं। इसलिए बड़ बाबा के बाद परिवार का सबसे बड़ा सदस्य बड़ी अम्मा यानी जोगेश्वरी थीं। घर में तो वे सर्वेसर्वा थीं ही, बाहर भी उन्हीं की चलती थी...क्योंकि मुंशी राधेलाल से अधिकार के स्वर में वे ही बोल सकती थीं। बड़ी अम्मा के बाद नम्बर आता था मुंशी राधेलाल का—पुरुषों में मुखिया। साँवले रंग का सदा मुस्कुराता चेहरा। वह मुस्कुराहट आज के जमाने की व्यापारी या व्यावसायिक मुस्कुराहट नहीं थी जो चेहरे पर जब चाहे चिपका ली, जब चाहे उतार फेंकी। मुंशीजी की मुस्कुराहट उनकी आदमियत, नेकदिली से उठती थी—पृथ्वी पर आया हर छोटा-बड़ा, अच्छा-बुरा अपने हक से आदमी है। उसे आदमी समझो और आदमी की ही तरह उससे पेश आओ। वे सभी कलाओं के प्रेमी थे—नाच, गाना, शेरो-शायरी। थोड़ी-बहुत शायरी खुद भी करते थे...'आमिल' तखल्लुस रख लिया था। चौड़ी पेशानी, किनारे-किनारे के बाल सफेद होते हुए...उम्र से पहले ही खोपड़ी पर चाँद खुलती चली आ रही थी। घोड़ा उनका प्रिय जानवर था, रिक्शों का चलना शुरू हो जाने के बाद भी वे इक्के पर चलना पसन्द करते। इक्के पर या फिर पैदल। घनी अधपकी मूँछों को सँवारते, हल्की तोंद को झुलाते। हाथ में चाँदी की मूठ वाली छड़ी को लहराते बन्द गले की शेरवानी और पायजामा पहने खरामा-खरामा से थोड़ा-सा ऊपर की चाल में चलते हुए उन्हें अलग से पहचाना जा सकता था। रास्ते में छोटे-बड़े सबको हाथ उठाकर सलाम-बन्दगी करने की आदत थी—उधर वाला करे या न करे। इसी तरह घर में छोटे-बड़े, नौकर-चाकर सबसे बहुत ही कायदे से बात करना। जो आवाज घर में बहुत ही शान्त और मीठे स्वर में सुनी जाती, वही मुशायरों और महफिलों में बुलन्द हो जाती। एक बार बैठकखाने में मुशायरा चल रहा था। अपना कलाम पढ़ने के लिए एक शायर को बुलाया जा रहा था, लेकिन वे शराब इतनी पी चुके थे कि उठ ही नहीं पा रहे थे। राजन को याद है—दूसरी तरफ से बाबूजी गरजे थे—"रामसहाय, इन हजरत को पीछे का दरवाजा दिखाइए। जो शराब से शायरी की तौहीनी करते हैं, वे इसी लायक हैं।"

मुंशी राधेलाल घर के मुखिया थे, इसलिए उन्हें सबकी सुननी पड़ती थी। सन्नी अगर सारंगी में फँसा हुआ है, कुछ करता नहीं है, तो जोगेश्वरी सन्नी की बजाय राधे को ही सुनातीं—"तुम्हारे लाड़-प्यार ने बिगाड़ रखा है।" घनश्याम कभी भंग ज्यादा छान

लेते और घर में तीन-तीन दिन पड़े रहते, तो उनकी पत्नी, रामनगरवाली मुंशीजी को गरियाती आँगन-आँगन घूमती थीं—"भाई हैं तो यह तो नहीं कि सिर पर चढ़ा रखो, करते रहें चाहे जो कुछ। यह क्या कि नशापत्ती किए घर में दिनों-दिन पड़े रहो फिर भी कोई कुछ नहीं कहेगा ! निकम्मा बना दिया, घर चलाना पड़ता तो आटा-दाल का भाव मालूम हो जाता।"

राजन की माँ, मुशी राधेलाल की पत्नी, श्रीमती शान्तिदेवी—यथा नाम तथा गुण। उस मोहल्लेनुमां परिवार की वे सबसे सुन्दर स्त्री थीं। जब ब्याहकर आई थीं तो गोरे रंग पर उभरे तीखे नाक-नक्श घर-घर में छाए रहते, जैसे साफ पानी में गहरे रंग का कमल सीधा उठा हुआ हो। इकहरा बदन और फुर्तीली होते हुए भी उनका मुख्य भाव चंचलता नहीं था। जो देखता, उसमें भीतर तक शान्ति उतरती चली जाती। वे जिस घर से आई थीं, वह राधेलाल के घर से ज्यादा सम्पन्न था, क्योंकि विवाह में पहल जोगेश्वरी की थी जो इन चीजों में पूरा चौकस रहती थीं। उस घर में खाने-पीने, पहनने-ओढ़ने के मामले में इच्छा जाहिर करने भर की देर, शान्ति के लिए अलग से एक नौकरानी...लेकिन तब भी बहुत-कुछ अपनी माँ की मुस्तैदी के कारण और काफी कुछ अपने व्यक्तित्व की वजह से शान्ति ने अपने को पराश्रित नहीं बनने दिया। आगे-आगे बढ़कर माँ के साथ रसोई में काम करना...इस तरह खाना बनाने में वे चटक हो गईं। खाना बनाने और उससे भी ज्यादा खाना खिलाने का उनका शौक मायके से ही था। खुद गोश्त नहीं खाती थीं, पर कभी-कभी इतवार के रोज ऐसा लजीज गोश्त बनातीं कि सब उँगलियाँ चाटते। शान्ति ने ससुराल में कदम रखते ही मायके के ठाट-बाट मन से झाड़ डाले। वहाँ जैसे माँ तो यहाँ सास के पीछ-पीछे, बराबरी से काम। आज चार बड़े बच्चों की माँ होने के बाद भी यह कि जरूरत पड़ने पर पूरी रसोई अपने ऊपर ले लें, बिना नौकरों के घर के सारे काम सँभाल लें। इसी तरह पहनने-ओढ़ने के बारे में भी शुरू से ही ऐसा बना लिया था कि जो सास या पति तय कर दें, उनकी अपनी कोई खास इच्छा नहीं।

उस घर में कुछ-न-कुछ होता रहता, बाहर के बीस-पच्चीस लोगों का खाना तो आए दिन बनता। बैठकखाने में कभी मुशायरा हो रहा है तो कभी कवि-सम्मेलन। इसमें राजन जरूर जा बैठता, कवियों और शायरों की खातिरदारी में लग जाता। एक बार तो एक शायर के साथ खासी गुस्ताखी हो गई थी। मुशायरे के बीच, आधी रात के समय वे बोले कि उन्हें हाजत आई है। मुंशीजी ने राजन को कह दिया कि वह पाखाने के मग में पानी भर आए और शायर साहब को रास्ता दिखाए। जाड़े के दिन और आधी रात का समय। राजन को पानी फौरन ही नहीं मिला तो वह सोडा की एक बोतल ही पाखाने के मग में उँड़ेल आया—यह भी तो पानी था, व्हिस्की के साथ कितने लोग इसे ही गिलास में डालते थे। शायर साहब एकाएक पाखाने के भीतर से चिल्लाए थे—"अरे मार डाला।" आकर उन्होंने मुंशीजी से शिकायत की—"आपका यह छोकरा बड़ा शातिर है, पानी की जगह सोडा रख दिया और मुझे है बवासीर। मार डाला, हाय ! हाय ! !"

सुनते ही सब जोरों से हँस पड़े। राजन डर रहा था कि डाँट पड़ेगी, लेकिन कुछ शायरों की नजरें उसे शाबासी दे रही थीं।

हनुमानजी वाले आँगन में रामलीला होती थी और बेलोंवाले आँगन में कोठेवाली का नाच। बैठकखाना या आँगन...ऐसे मौकों पर कन्दीलों की रोशनी से भर जाते। कभी-कभी नौटंकी भी होती थी पर वह घर के बाहर, बड़ बाबा के नीचे। चबूतरे पर बिछे कालीनों पर मोहल्ले के बड़े-बूढ़े बैठते, बैठकखाने में चिक डालकर औरतें। तीनों ओर से चबूतरे को घेरकर खड़े हो जाते पूरे मोहल्ले-भर के लौंडे-लपाड़ी। सारा मोहल्ला घर के सामने की गली में उतर आता।

उस दिन बैठकखाने में कन्दीले जली थीं। बैठकखाने की मेज-कुर्सियाँ हटाकर, गद्दे डाल दिए गए थे, उन पर सफेद चादरें बिछा दी गई थीं। चादरों के ऊपर सफेद बतखों के जैसे गोल तकिए चार-पाँच इधर, उनके सामने दस-पन्द्रह सुननेवालों के लिए। मतलब कि आज कुछ है। राजन की अम्मा बच्चों को जल्दी-जल्दी आलू-टमाटर की सब्जी के साथ पराठा खिलवाने के काम में लगी थीं। जल्दी फुर्सत मिले तो वे भी बैठ सकें। दूधिया रोशनी में सफेद चादरें और गोल तकिए देखकर राजन विशेष उत्साहित था—गाना-बजाना होगा आज। बड़ी अम्मा से भी कह बैठा। वे बड़बड़ाने लगीं—पता नहीं कहाँ से इन दूनो कयथन (कायस्थों) के खानदान में आ गए—एक त सन्निया सरंगी बजावे और इ रजवा पगलन के तरह बइठे-बइठे, समझै न बूझे कठउती लेके जूझे ! पता नही का सुनता रहता है...'' और फिर हमेशा की तरह हर बात का दोषारोपण राधेलाल पर...''राधे इन दोनों का बिगाड़ के मनिहै। अइसा महफिलबाज कि दो-तीन महीने कुछ न हो तो शरीर में चूटियाँ दउड़न लगैं...''

दुशाला ओढ़े रमन महाराज, उपनाम कत्थक, तानपूरा लिये आए और एक गोल तकिए पर टिककर बैठ गए। दूसरे पर बैठे सन्नी चाचा अपनी सारंगी के साथ। हल्की-हल्की सरगोशियों से बैठक गूँजने लगी। सन्नी चाचा का गज सारंगी पर से गुजरा, बाएँ हाथ की अँगुलियाँ तारों पर से। पतले तारों के बीच से जैसे ही आवाज उठी तो राजन को लगा जैसे कानों में भक्तिन चाची की प्रार्थनावाली गुनगुनाहट उतर रही है। वह अपने बाएँ कान पर हाथ रखकर, थोड़ा आगे झुककर सुनने लगा जैसा लोगों को करते देखा था...सन्नी चाचा और रमन महाराज एक-दूसरे की आँखों में झाँककर मुस्कराए। रमन महाराज का बड़ा लड़का शम्भू दाईं तरफ तबले पर बैठा था। घुँघराले बाल, चौड़ा सीना। सबेरे-सबेरे अखाड़े में दंड-बैठक करते राजन कई बार देख चुका था। तभी शमीम मियाँ बैठकखाने में घुसे।

''अरे शमीम मियाँ, बड़ी देर लगा दी यार ! आठ बज रहे हैं...ग्यारह बजे तक प्रोग्राम खत्म करना होगा। कल सोमवार है न...'' राधेलाल ने जोगेश्वरी को सुनाते हुए कहा, साथ ही सन्नी चाचा को इशारा किया तो वे लपककर बाहर इक्के से हारमोनियम लेने चले गए।

"चचा...सलाम..." राजन के कहने के पहले ही शमीम मियाँ का हाथ उसके सिर पर फिर गया।

"जीओ बेटा...मुंशी राधेलाल 'आमिल' का लड़का गाने-बजाने का शौकीन... अल्लाह तेरी कुदरत !" सन्नी ने हारमोनियम लाकर शमीम मियाँ के सामने रख दिया। सारंगी, तबला, हारमोनियम, तानपूरा...सब साथ-साथ सुर मिलाते हुए चल पड़े। श्रोताओं में भी सबके हाथ बराबरी से उठते-गिरते। पाँव हवा में उछलकर जमीन पर गिरते और जाँघों पर हथेलियों की तड़क की आवाज।

"राधे भइया...शुरू हो ?" रमन महाराज ने हाथ जोड़े।

"हाँ महाराज...अब देरी कैसी ?" राधे बाबू ने भी हाथ जोड़ दिए।

लहरें उठने और गिरने लगीं। लहरें ही लहरें। राजन लहरों में तिरने लगा। गंगा किनारे सूरज डूबता हुआ...घाटों पर मन्दिर...मन्दिरों के कलशों पर जैसे पीली-सुनहरी चिड़ियाँ फुर्र से आएँ और बैठ जाएँ। पिघला हुआ सोना जैसे किसी ने ताँबे की बड़ी थाली में छोड़ दिया—गंगा का पानी घुला जाय, बहा जाय। गला बज रहा था, सारंगी गा रही थी...अम्मा के दुलार जैसे स्वर उठ रहे थे। राजन ने देखा चिक के पार गुलाबी साड़ी में दिपदिप मुँह अम्मा का। लाल कन्दीलें, हरी कन्दीलें...कभी छोटी होतीं, कभी बड़ी होतीं, लहरों में टूट-टूट जातीं...रोशनी के बिन्दु रह जाते। फिर लहरें ही लहरें। कितनी बार लहरों का काफिला यों आया और गया। बेहोश रंगीनियाँ जब खत्म हुईं तब राजन को लगा कि कोई उसे ढक रहा है। पता नहीं, लहरों के बहाव से सहमकर वह अम्मा के पास कब पहुँच गया था। अब चिक के अन्दर अम्मा के पास दुलाई ओढ़े पड़ा था...

"सोवत निंदिया जगावे हो रामा"...रमन महाराज के स्वर जैसे रात को ही उठाए हुए थे। राजन की आँखें अम्मा पर थीं। अम्मा ने देख लिया—"अरे सो जा ! ग्यारह बज रहा है, अब महाराज भजन गाएँगे...और बस !"

पर वह उठकर बैठ गया और आँखें भींचता हुआ, थोड़ा-थोड़ा लुढ़कता बाबूजी के पास जाकर उनसे सटकर बैठ गया। महाराज, सन्नी चाचा शम्भू उसे देखकर फिर मुस्करा दिए।

"सोवत निंदिया जगावे हो रामा"...खत्म होते ही "झीनी झीनी बीनी चदरिया..." शुरू हो गई। अरे यह भजन तो अन्नू दादा के बाऊजी कल ही समझा रहे थे। रहमान के घर एक बार राजन गया था। मदनपुरे की गली में गुलाबी सिलिक का धागा कुछ ऐसे ही फैला था—ईद के दिन मलाईवाली सेवई के साथ फैला हुआ धागा !

रमन महाराज की स्वरलहरी थम गई। पता नहीं क्यों राजन ने उठकर उनके पाँव छू लिए। महाराज ने उसे गले लगा लिया। "का बिटवा...बहुत अच्छा लगा ? देखो, बेटा, तुम्हारे सन्नी चाचा तौ रमन कत्थक के साथ बर्बाद हो गए, अब तू भी फँसेगा ई जादू में ?"

शमीम चाचा ने हारमोनियम बन्द करते हुए कहा—"नहीं, ऐसा नहीं होगा। ये

तो राधेबाबू के साथ मुंशी होगा।"

"वो कैसे भइया ?" बाबूजी ने पूछा।

"मजीदवा बोल रहा था कि राजन बहुत बढ़िया उर्दू लिखता है।"

"पर यही राजन किसी लड़के को गाते हुए सुनकर बोला था कि ई तो तोड़ी को तोड़ रहा है"–रमन महाराज ने राजन को दुलराते हुए कहा। सब हँस दिए, हँसते हुए उठ गए।

बड़ी अम्मा अन्दर से ही बोलीं–"ऐ रमन ! तू बिना काम के इ बचवा का दिमाग काहे खराब करत बा ? सन्नी से जिउ नाहीं भरा का... ?"

संक्रान्ति का दिन। घर में रामनगर का बैंगन भूना जा रहा था। बोरसी की आग में दो बडे-बड़े बैंगन–एक काला और एक सफेद। दोनों के बीच में चाकू से छेद करके हरी मिर्च और लहसुन भर दिए गए थे। दूसरी तरफ चूल्हे के नीचे आलू डाले हुए थे। उड़द की दाल की खिचड़ी चढ़ी थी। राजन के लिए यह खास दिन था। साधारणतः घर में उड़द की दाल नहीं पकती थी, पर खिचड़ी के दिन उड़द की खिचड़ी जरूर पकती थी, भले ही शगुन के लिए ही। साथ में आलू-मटर-गोभी की तहरी। बनरसिया के यहाँ का बढ़िया दानेदार देशी घी डालकर बैंगन, आलू और टमाटर के भर्ते के साथ थोड़ा दही और पापड़ भी। ऊपर से बड़ी अम्मा, अम्मा और चाचियों के हाथ के बने आम, कटहल और लाल मिर्च के अचार। दिनभर जब चाहे तिल के लड्डू, लईया का ढूढाँ...और घर के तिमंजिले पर से पतंगों के पेंच...चाँदतारा, एकतारा, लाल-हरी-गुलाबी बहारदार कमानीवाली पतंगें। माँझा, एक से एक–सद्दा, तेज माँझा, रेशम का माँझा। पेंच लागने में कभी ढील के पैंतरे–ढील दे ढील...लटक गई ससुरे की पतंग...या फिर दे खींच, खर-खर, खर-खर के खींचा और वो काटा। पतंगबाजी में छत से गिर-गिराकर एकाध की टाँग टूटती ही थी। पिछले बरस तो रमन महाराज ही ठुनकी देते-देते, गिरनेवाले थे, बस बच ही गए।

बड़ी अम्मा भोर होने से पहले ही नहा चुकी थीं और अपने मन्दिर के सामनें बैठी चिल्ला रही थीं–

"अरे रजवा ! हमार सुखसागर कहाँ धर दिया रे ! ए रजवा की अम्मा, तनि देखो तो ई रजवा फिर से हमार सुखसागर कहाँ उठाइ लिया।"

राजन को पुरुरवा की कहानी, कृष्ण भगवान का जन्म, उनका कंस जैसे पहलवानों को मारना...ये सब कहानियाँ अच्छी लगती थीं। सुखसागर की किताब बढ़िया लगती–बड़े-बड़े टाइप के अक्षर और जगह-जगह तस्वीरें। बड़ी अम्मा की किताब वह अक्सर मार ले जाता और तिमंजिली छत पर बैठकर तस्वीरें देखा करता। अँधेरा होते ही उसे लाकर फिर मन्दिर में रख देता था ताकि सवेरे अम्मा को सही-सलामत मिले... पर कल रात खेल-खेल में वह मन्दिर में रखना भूल गया था।

बड़ी अम्मा की आवाज सुनते ही वह बिस्तर से उठकर नीचे भागा। सुखसागर

की किताब कमीज के नीचे छिपाई और भड़-भड़ भड़ाक बड़ी अम्मा के अंचल में घुस गया।

"अरे ! अरे ! ! ई का करत हउआ ! रे मलेच्छवा तू तौ मुँहुआँ भी न धोले बा। चल इहाँ से !" बड़ी अम्मा को गुस्सा आ रहा था।

"बड़ी अम्मा, तुम्हारा सुखसागर...यह...इहै तो रखा है।" कमीज के नीचे से निकाल उन्हें पकड़ा दिया। जोगेश्वरी का चेहरा फौरन एकदम कोमल हो आया।

"अच्छा...जा, जल्दी से मुँह-हाथ धोइ ला। गुड़, चावल, उड़द छू के ही कुछ खइहा।"

छत पर, पतंग उड़ाने के लिए राजन ऊपर भागा जा रहा था कि अम्मा ने उधर से गुजरते हुए सन्नी को पीछे लहका दिया। सन्नी ने उसे पकड़कर अम्मा को थमा दिया। अम्मा ने झट कपड़े उतार उसे गरम पानी से नहलाया। राजन नहाते-नहाते भी "चाँदतारा गुड्डी की बोम है" चिल्ला रहा था। जब तक राजन कपड़ा पहने कि सन्नी चाचा थाली लेकर आ गए–उन्होंने, फिर बच्चों ने उड़द की दाल, चावल, गुड़, हल्दी–सब छुआ। फिर सबके हाथ में एक बड़ा तिल का लड्डू पकड़ा दिया गया।

दोपहर को हनुमानवाले आँगन में खिचड़ी की दावत हुई। रमन महाराज, शम्भू, शमीम चाचा और मजीद सबने बैठकर बड़े पत्तल में पहले उड़द की खिचड़ी, फिर तहरी खिचड़ी के चारों भर्तार यानी कि घी, पापड़, दही, अचार के साथ खाए। जोगेश्वरी मन्दिर से भुरमुरा रही थीं कि लड़के को भी मुसलमान बनाया जा रहा है–राजन शमीम चाचा के लड़के मजीद के साथ, मुंशीजी शमीम चाचा के साथ बैठकर खिचड़ी खा रहे थे...पर वह क्या खास बात हुई–ईद के रोज राधे और सन्नी शमीम चाचा के यहाँ इसी तरह से खाते थे। गद्गद सन्नी चाचा परोस रहे थे। खिचड़ी के बाद शमीम चाचा ने तिल का लड्डू माँगा और बड़े चाव से खाया। फिर चला रम्मू-गुरु का पान...

राजन सोच रहा था कि अगर कल मजीद शमीम चाचा के हाथ का बनाया माँझा चुराकर उसे दे देता तो आज वह सारे मुहल्ले की पतंगों को काट देता।

माँझा नहीं था तो अब क्या किया जाय। मजीद को लेकर वह तिमंजिला पर चढ़ गया। आसमान में पतंगें ही पतंगें...चिड़ियों के झुंड की तरह उड़ रही थीं। एक पतंग की डोर छत से तीन-चार फुट ऊपर से ही जा रही थी ! वे छत पर ऐसे लेट गए कि कहीं से किसी को दिखाई न दें। जहाँ पतंग की डोर थोड़ा और नीचे आई कि राजन ने तोड़ ली और पतंग की तरफ वाली डोर उँगली में लेकर पतंग चलाता रहा। पतंगबाज की तरफ वाली डोर मजीद ने पकड़ी और सरक-सरककर एक कील से बाँध दी। काफी देर तक पतंगवाले को पता ही न चला कि पतंग उसकी उँगली की ठुमक से चल रही है या किसी और की। जब पता चला तो पतंगवाले लड़के दौड़े, नीचे से गोहारी मारने लगे–"मुंशीजी ! राउर लड़िका छत पर से हमार गुड्डी तोड़ लेइलेस...मुंशीजी..."

राधेलाल ने सुना तो राजन को आवाज मारी। राजन ने डर के मारे पतंग की

डोर छोड़ दी। पतंग पेंग खाती हुई चली गई...कटी हुई पतंग की तरह।

नीचे से लड़के करीब-करीब रोते हुए पतंग को जाते देखते रहे। राजन और मजीद लेटे-लेटे ही छत की सीढ़ियों तक पहुँचे, चोरों की तरह उतरे और चुपचाप भागे... भागते-भागते पीछे फटकवावाले आँगन में पहुँचकर अस्तबल में एक किनारे छिप गए, छिपे रहे जब तक बवाल शान्त न हो गया।

माँझा नहीं था तो क्या हुआ। खिचड़ी के दिन पतंग का उड़ाना, काटना और कटना...सब नए तरीके से हो गया था।

संक्रान्ति तो खैर खास दिन था, दूसरे दिनों भी बच्चों के खेलकूद और दौड़-पदौड़ से घर में मेले का आलम बना रहता। सन्नी चाचा हैं तो हनुमानवाले आँगन में हनुमान-चालीसा जोर-जोर से पढ़-पढ़कर खेल हो रहा है, वे नहीं हैं तो कोई और गाना चल रहा है। एक गाना जो बच्चे अक्सर गाते थे—बनारसी काहलियत या बनारसी मस्ती का—जो भी कहिए...

एतवार बड़ा अतवार, चर्खा कतवे का नाहीं
सोम्बार बड़ा अम्बार, चर्खा कतवे का नाहीं
मंगल बड़ा दंगल, चर्खा कतवे का नाहीं
बुध बड़ा शुध, चर्खा कतवे का नाहीं
बीफै बड़ा ऊफै, चर्खा कतवे का नाहीं
शुक्क बड़ा दुक्ख, चर्खा कतवे का नाहीं
शनीचर बड़ा अनीचर, चर्खा कतवे का नाहीं

बड़ी दुनिया थी वह...जिसके ऊपर पतंगों भरा आसमान था तो नीचे फटकवावाले आँगन से बड़ बाबा तक फैली हुई एक लम्बी बस्ती। हर आँगन में अलग-अलग पीढ़ियाँ, अलग-अलग मिजाज के लोग, अपने-अपने ढंग से रहते हुए...फिर भी सब जैसे एक ही धागे में पिरोए हुए। एक बस्ती अपने में सिमटी-सिकुड़ी नहीं...बड़ बाबा से होते हुए गंगा तक जाती थी। वहाँ पिता-चाचा की तंग सीमा-रेखाएँ तो थीं ही नहीं, यह अपने घर का है, यह बाहर के घर का...जैसी बात मन में उगे तो परे कर दी जाती थी। हिन्दू-मुसलमान जैसे भेद उठते थे तो बुजुर्गों के मन में ही और वह भी बहुत ही मुलायमियत के साथ। एक-दूसरे की कट्टरता का सम्मान था और एक-दूसरे के रस्मोरिवाज में शामिल होने का चलन।

हजारों किस्म के प्रभावों—कुछ एक-से, कुछ एक-दूसरे को काटते हुए...उनके बीच पलते हुए राजन क्या बनेगा, कैसा निकलेगा—यह चिन्ता थोड़ी-बहुत किसी को होती थी तो जोगेश्वरी को, क्योंकि वे घर के मेले में होते हुए भी अलग हटकर कुछ देखती भी चलती थीं...जबकि दूसरे लोग सिर्फ बहे चले जा रहे थे। लेकिन वह चिन्ता कभी-कभी उठनेवाली कुरेद ही थी, वर्ना सबकी तरह जोगेश्वरी का भी ख्याल यही था कि राजन भी बड़ा होगा, जैसे अब तक कितने बच्चे बड़े होते आए हैं। घर में बड़ा

होते हुए वह बड़े दिल का तो निकलेगा ही निकलेगा...बाकी और चीजें तो आ ही जाएँगी।

3

सन्नी बड़ों से थोड़ा तिरस्कृत पर बच्चों के प्यारे थे। रमन मिश्रा 'कत्थक' ने दोस्ती में उन्हें सारंगी पकड़ा दी। कायस्थों के घर में हारमोनियम, ढोलक, तबला तो चलते थे पर सारंगी...बुजुर्गों का माथा ठनका—कोठे को घर पर ले आने का प्रोग्राम बनाया जा रहा था क्या, या कि वह सन्निया ही कोठे पर जाकर बाई के गले के साथ संगत करेगा ? सो सबकी नजरों में सन्नी चढ़ गए। उधर सारंगी सन्नी के सर पर चढ़ी हुई थी। वे घंटों अपने कमरे में सिर्फ सारंगी के साथ होते। रियाज हो रहा है...सुबह रियाज, शाम रियाज। सन्नी बी.ए. नहीं कर पाए, पर हाँ, सारंगी और तबले पर अच्छा हाथ बैठ गया। अब रमन महाराज के साथ प्रोग्रामों में घूमते-घामते वे किसी-किसी महीने में दो-तीन सौ तक पीट लेते थे। उस महीने उनकी कमाई घनश्याम, बाँके यहाँ तक कि मुंशी राधेलाल से भी आगे हो जाती। लेकिन रहे आते वे ऊ 'सरंगिया' ही। कौन कायस्थ सरंगिया को देता अपनी लड़की...तो सन्नी हनुमानजी के भक्त हो गए। ब्रह्मचारी। हनुमानजी वाले आँगन में घर के लड़कों के साथ खेलते, उन्हें हनुमान-चालीसा रटाते। बच्चे उन्हें पसन्द करते और उन्हें भी बच्चे अच्छे लगते थे। कभी-कभी वे भाव में भी आ जाते, लगता कि हनुमानजी रामभक्ति उनमें उतार रहे हैं। एक बार ठंड के दिनों में सन्नी से किसी ने यों ही कहा—"भैया बिकट ठंड है।" फटाक से उनके मुँह से निकल गया—"तो रामरजाई ओढ़ ले !" अपने वाक्य पर वे स्वयं चकित रह गए, और कई दिनों तक उस पर सोचते भी रहे थे।

सन्नी देखने में एकदम गए-बीते थे। हनुमानजी के बिलकुल उल्टे, दुबले-पतले, गन्दुमी रंग, आँखों में जैसे जमाने-भर का गम। बीमार दिखने के एक इंच इधर। मझौला कद, घने बाल, हल्की मूँछें। सदरी-कुर्ता-पायजामा उनका आम लिबास था। कभी कुर्ता-सदरी मैले तो कभी फक्क साफ...खासकर उन दिनों जब वे संगत पर कहीं सारंगी लेकर बैठते थे। जर्दा खाने के कारण दाँत काले हो रहे थे। राजन को उनकी उँगलियाँ बहुत प्यारी लगतीं—लम्बी उँगलियाँ। सारंगी बजाते रहने के कारण नाखूनों के नीचे हल्के दाग भी उभर आए थे।

सन्नी की एक और खासियत थी। वे बीच-बीच में अक्सर गायब हो जाते और कभी-कभी तो हफ्तों-महीनों गायब रहते। बच्चे हनुमान-चालीसा भूलने लगते। गायब होनेवाली अदा के साथ सन्नी की एक लत जुड़ी हुई थी—कहीं कोई उम्दा या कोई पुरानी छोटी-मोटी चीज दिखी कि मार दी—कोई छड़ी, फूलदान या कहीं किसी ने लापरवाही से कोई जेवर छोड़ दिया हो तो वही। जरूरत हो तब सन्नी ऐसा करें—यह नहीं था। बस, ऐसी कोई चीज घर में लापरवाही से पड़ी दिखी, उनके हाथों में खुरखुराहट उठ

बैठती। उन्हें लगता कि घर में वह चीज फालतू है तभी यों छोड़ी गई है। यह भी देखा गया था कि सन्नी गायब होते तो उसी के आसपास जरूर घर की कोई-न-कोई चीज गायब मिलती। वे चीज को किसी को दे आते थे या कि बेचते थे—यह किसी को नहीं मालूम। कोई कहता था कि सन्नी किसी तवाइफ से फँसे हुए हैं, उसके लिए तोहफे ले जाते हैं जब जाते हैं। कोई कहता था कि वे चीज को बेचकर छोटी-मोटी यात्रा पर निकल जाते हैं। वे अपनी सारंगी के पारखियों की तलाश में इधर-उधर चक्कर मारते हैं। जो ज्यादा उदार थे, उनका मानना था कि सन्नी चीज को बेच-बाचकर देशभक्तों की मदद करते हैं।

नइकी चाची का एरन गायब हो गया था, उधर सन्नी भी तीन-चार दिनों से गायब थे। सभी को वही पुराना शक। नइकी के कानों में भी फुसफुसाहटें पहुँचीं। घनश्याम की लड़की ने साफ-साफ इशारा किया, "ए चाची ! ये जो अपने सन्नी चाचा हैं..." नाम उगलने की देर कि नइकी बिगड़ पड़ी—"खब्बरदार, जौन ई बात जबान पर आई...लालाजी अईसा काहे करिहैं ? ई घर में सब कुछ त उनहीं का है। आपन चीज कोई चोरावला ? ऊ त चाहे जईसे ले जाय।"

जोगेश्वरी ने सुना तो नइकी के लिए प्यार उमड़ आया पर उसी अनुपात में सन्नी के लिए गालियाँ निकलने लगीं...इ सनिया ! उसकी अपनी इज्जत जो है वह तो सब जानते हैं, जोगेश्वरी की इज्जत भी धूल में मिलाएगा एक दिन। उनको अपने इस निठल्ले बेटे के कारण समाज में, और अब अपने घर में भी नीचा देखना पड़ रहा है। बहुएँ कहें कुछ नहीं, लेकिन उनके मन में तो है ही। जोगेश्वरी सीधा राधे के पास पहुँचीं और उन्हें फटकारने लगीं—"तोहरे दुलार के कारण सनिया निखट्टू होत जात हौ। मेहरारू होत त खींच के राखत। सनिया से कहो कि जहाँ जाकर दस-दस दिन पड़ रहता है वहैं जाकै गिरस्थी जमाई लेय।"

राधे चुपचाप सुनते रहे। माँ के आगे बोलना उन्होंने नहीं सीखा था। जोगेश्वरी बरस चुकीं तो खाली होकर लौट गईं। रात को राधे पत्नी से बोले—"वैसे सनिया है मजेदार, क्या सफाई है हाथ में। थोड़ा ज्यादा चीजें होनी चाहिए थीं इस घर में, तब किसी को पता भी न चलता। कुसूर उसका नहीं, इस घर का है।" पत्नी का मुँह फिर भी थोड़ा खिंचा बना रहा तो आगे बोले—"वैसे अपने सनिया जैसा भी एक चाहिए घर में। सभी औरत के खूँटे से बँधे, सीधी लकीर पर चलनेवाले हुए तो बात ही क्या हुई..."

सन्नी के बारे में दुनिया की राय चाहे जो हो, वे मौजमस्ती में ही रहनेवाले जीव कतई नहीं थे। उनकी पढ़ाई भले ही इंटर के आगे न गई हो, पर वे सोचते थे। यह जरूर था कि उनकी प्रकृति ऐसी थी कि वे वही कर सकते थे जिसमें उनका मन लगता हो। पढ़ाई में ऊब उनको बहुत जल्दी हो गई थी—यह क्या कि इतनी-इतनी चीजें रटो और इम्तहान में उगलने के बाद भूल जाओ, वह सीखो जिसका जिन्दगी में कोई इस्तेमाल भी न हो। एक भाषा जरूर सिखाता था स्कूल—जो आगे काम में आ सकती

थी...तो वह सीख ली। अब और क्या पढ़ना। संगीत अपने में डुबोने की सामर्थ्य रखता था...जितना सीखो, उतना ही गहरे संगीत की दुनिया में उतरते चले जाओ, जितना गहरे उतरो उतना ही ऐसा लगे कि पूर्ण हो रहे हो। संगीतकार बनने की महत्त्वाकांक्षा ने उन्हें पकड़ा। यहाँ भी उन्होंने सारंगी उठाई। जिसे देखो वह सरोद-सितार की तरफ भागा चला जा रहा है और सन्नी भीड़ के पीछे चलनेवाले लोगों में नहीं थे। सारंगी एक उपेक्षित साज था। जरूरत थी कि उसे संगीत की मुख्य धारा में प्रतिष्ठित किया जाए। कोठे में क्या बजने लगी बेचारी कि तवाइफी हो गई। तबला और तानपूरा भी तो कोठे पर चलते हैं, उनकी तरफ नफरत से कोई नहीं देखता। वर्ना क्या गूँज है सारंगी की...सुर जब उठते हैं तो कहाँ-कहाँ ले जाते हैं...कितना विस्तार, कितनी गहराई, लय की लहरें एक-दूसरे से कैसे डोरा-डोरा गुँथी हुई हैं। और जानकार लोग तो यहाँ तक कहते हैं कि आदमी के गले के सबसे नजदीक अगर कोई बाजा है तो वह है सारंगी।

सन्नी ने अपने को हर तरह से सारंगी में डुबो दिया और एक स्तर की महारत हासिल करके ही बाहर निकले। उन्हें प्रोग्रामों के निमन्त्रण मिलने लगे, बनारस के बाहर के भी। शुरू में वे उत्साह से आयोजनों में गए, फिर आयोजनों के बीच में से ही एक निराशा-सी उगने लगी—मंच पर केन्द्रबिन्दु कोई और होता था। काफी दिनों सन्नी ने टाला, आखिर जो भी मुख्य स्थान पर होता था, वह बुजुर्ग कलाकार था, सन्नी से बड़ा... लेकिन धीरे-धीरे ऐसा होने लगा कि कल के छोकरे जिन्होंने दो-चार राग-रागनियाँ-भर सीखी हैं, उनकी संगत के लिए भी लोग सन्नी को धाँस देते। सन्नी की निराशा विषाद का रूप लेने लगी। क्यों नहीं सारंगी को अपने आप में पूर्ण वाद्य मानते लोग ? क्यों ऐसा हो रहा था कि सन्नी कलाकार बनने की बजाय सारंगी से कुछ कमा लेनेवाले होते चले जा रहे थे ? कमाने की ही बात थी तो पान की दुकान भी खोली जा सकती थी, संगीत क्यों ?

इस तरह संगीत सन्नी को कुछ ही वर्षों के लिए बाँध पाया। वे उखड़ने लगे। घर में जो कहे-अनकहे ताने मिलते, उनसे उनके भीतर गाँठें पड़ने लगीं और सन्नी एकाकी होते चले गए। घर में लोगों से बात करने से कतराते, ले-देकर बच्चों की ही जमात थी जिससे वे घुल-मिल सकते थे। घर में जितनी देर रहते, या तो अपने कमरे में या फिर हनुमानजीवाले आँगन में बच्चों के साथ। जहाँ किसी बुजुर्ग की छाया आसपास आई कि सन्नी का चेहरा संजीदा हुआ और वे खिसक लिए। संगीत के लिए उत्साह बुझ गया था। संगीत नहीं, कुछ और होना चाहिए जीवन में...

क्या हो ? विवाह होने से रहा, पढ़े-लिखे कमाऊ नहीं हैं वे। जब तक संगीत की चादर ओढ़ रखी थी तो बचे हुए थे, चादर खिसकी तो अब सवाल ही सवाल...वे संसार में क्यों आए, क्या करें जीवन का, क्या पैसा कमाना, घर बसाना, बच्चे पैदा करना, उन्हें बड़ा करना...और मर जाना—यही मकसद है जिन्दगी का ? वे कुछ अलग-सा करना चाहते हैं...लेकिन उसकी कूवत अपने भीतर नहीं पाते। सारंगी के साथ थोड़ा अलग चलना जैसा हुआ, लेकिन चलते-चलते वे भटक गए। अब किस उद्देश्य से चल

रहे हैं या बस चल रहे हैं...कहाँ पहुँचेंगे—यही साफ नहीं हो रहा था। एक वक्त सन्नी सोचते थे कि सारंगी रास्ता दिखाएगी, उन्हें सिर्फ उसके पीछे-पीछे चलना है...पर सारंगी से ही मन उचट गया। अब भड़भड़ाहट थी—कहाँ जाएँ, क्या करें, कौन-सा काम हाथ में लें ?

4

राजन चौथी क्लास में पहुंच गया था। एक ही स्कूल में कक्षाएँ चढ़ते-चढ़ते अब तक उसे स्कूल की प्रार्थना भी याद हो गई थी। प्रार्थना उर्दू में बाइबिल के एक हिस्से का तर्जुमा था। बोल राजन के कानों में स्कूल के बाहर भी गूँजते होते—

"ए हमारे बाप जो तू आसमान में है तेरा नाम पाक माना जाए। तेरी बादशाहत जमीन पर आवे। तेरी मर्जी जैसी आसमान पर पूरी होती है, जमीन पर भी हो। रोज की रोटी हमें आज दे। हमें आजमाइश से बचा...आमीन !"

राजन का स्कूल नगर के अच्छे स्कूलों में गिना जाता था। हैडमास्टर मिस्टर स्मिथ—उम्र चालीस के आसपास, लम्बा छरहरा शरीर, खूबसूरत चेहरा। बाहर से शान्त पर नीचे की ही पर्त में गर्मजोशी और उत्साह। हाथ मिलाते ही चुस्ती, जोश...दूसरे तक पहुँच जाते। वे हमेशा सफेद कपड़े पहनते। लड़कों के मन में उनको लेकर भय रहता था...कुछ इसलिए कि स्कूल में वही एकमात्र अंग्रेज थे और कुछ इसलिए कि वे प्रिंसिपल थे। उन दिनों स्कूल में सभी अध्यापकों का करीब-करीब सभी लड़कों से अच्छा-खासा परिचय रहता था। राजन का परिवार नगर के पुराने प्रतिष्ठित परिवारों में से एक था इसलिए राजन को तो और भी सभी शुरू से ही जानते थे। हैडमास्टर के ठीक बाद के अध्यापक बनर्जी साहब थे जो उससे हर बार एक ही तरह से बात शुरू करते थे—"कहिए मि. मोहम्मद विलियम भट्टाचार्य !" राजन के घर में उर्दू चलती थी इसलिए वह मोहम्मद था, पढ़ता वह अंग्रेजी स्कूल में था इसलिए विलियम और पैदाइशी हिन्दू था इसलिए भट्टाचार्य। राजन के घर पर मुशायरे भी होते थे और वह जैसे संगीत की बैठकों में बैठता वैसे ही उन मुशायरों में भी बैठता था। इसलिए उसे उर्दू अच्छी आने लगी थी।

उस दिन स्कूल के हॉल में कविता-पाठ का कार्यक्रम था। ज्यादातर लड़के अंग्रेजी कविता का कोई जाना-पहचाना टुकड़ा सुना रहे थे। हिन्दुस्तानी लड़के अंग्रेजी में कविता सुनाएँ...तो दिखाई देता था कि हाँ अंग्रेजी स्कूल में पढ़ते हैं, अंग्रेजी उच्चारण हो तो क्या कहने ! जिस क्लास का लड़का होता, उसके अंग्रेजी अध्यापक की बाँछें खिल जातीं। वह अध्यक्ष-पद पर बैठे हैडमास्टर मिस्टर स्मिथ की नजरें पकड़ने की कोशिश करता...कि सर देख लें उसका काम। कविता-पाठ में राजन का भी नाम था। वह कुछ ज्यादा ही उत्साह में दिख रहा था। बारी आने पर नाम बुलाया गया तो तेज-तेज कदमों से सीधा मंच पर पहुँचा। उत्साह के अतिरेक में हैडमास्टर या अध्यक्ष को सम्बोधित

करना भी भूल गया। बिना कोई भूमिका बाँधे भड़-भड़ उर्दू में कविता सुनाने लगा—

"क्या हिन्द का जिन्दाँ काँप रहा है गूँज रही हैं तकरीरें
उकताए हैं शायद कुछ कैदी और तोड़ रहे हैं जंजीरें।
आँखों में गदा की सुर्खी है बेनूर है चेहरा सुल्ताँ का
इक रोज इन्हीं तासीरों से निकलेंगी दहकती शम्शीरें।

हॉल में सन्नाटा छा गया। घर पर हुए मुशायरे में वे लाइनें एक शायर चचा ने राजन की डायरी में लिख दी थीं और राजन ने उन्हें रट लिया था। कहीं अटकने, भूलने का सवाल नहीं था, उर्दू जबान पर चढ़नेवाली जो थी। राजन यह भी जानता था कि इस कविता को जोशीले स्वर में पढ़ना चाहिए तो उसने वैसे ही पढ़ा भी। ज्यादा उत्साह इस बात को लेकर था कि जब उसके दूसरे साथी अंग्रेजी की कोई कविता पढ़ रहे थे, वह देशी जुबान में पढ़कर कोई नई चीज कर रहा था।

कविता खत्म कर वैसे ही भड़-भड़ राजन अपनी जगह आकर बैठ गया। सारे अध्यापकों, विशेषकर हैडमास्टर का चेहरा संजीदा था। जल्दी-जल्दी जो दो-तीन कविता-पाठ और बाकी थे, उन्हें खत्म करके हैडमास्टर अपने कमरे में चले गए और राजन को बुलाया। राजन चिक उठाकर "मे आई कम इन सर" बोले...तब तक मि. स्मिथ ने अपनी कुर्सी से उठकर उसे करीब-करीब दरवाजे पर पकड़ लिया और बेंत से मारना शुरू कर दिया—"यू फुलिश फैलो...हाउ डेयर यू..." ऐसा कुछ वे जोर-जोर से कहते भी जाते थे। मि. स्मिथ चिक के पास ही राजन को पीट रहे थे। राजन की केनिंग हुई—यह बात जल्दी ही सारे स्कूल में फैल गई। जो किसी को पता नहीं चला, वह यह कि मार खत्म करने के बाद मि. स्मिथ ने राजन को दरवाजे के सामने से हटाकर, कमरे में थोड़ा एक किनारे किया और जल्दी से गाल थपथपा, "सौरी माई बौय !" कहकर भड़ से बाहर निकाल दिया। जैसे राजन को अपना पीटा जाना समझ में नहीं आया था, वैसे ही मार के बाद यह गाल थपथपाया जाना। उस क्षण मि. स्मिथ की नजरें जरूर उसके भीतर अक्स होकर रह गईं। उन नजरों में कुछ ऐसा था कि राजन बेंत-मार की सारी शारीरिक यातना और अपमान उसी क्षण भूल गया। हैडमास्टर के खिलाफ कोई शिकायत ही नहीं रही मन में। उसने कुछ गलत किया था—यह भी हैडमास्टर की उन नजरों ने धो डाला था।

पर शिकायत मुंशी राधेलाल को हुई। राजन ने अपनी तरफ से कुछ नहीं बताया पर शाम तक राधेलालजी के घर तक खबर पहुँच गई थी। उन्होंने राजन से सीधे-सीधे पूछा—

"बेंत-मार पड़ी थी ?"

"हाँ !"

"बताया क्यों नहीं ?"

"सर लोग तो मारते ही रहते हैं।"

"पर यह केनिंग थी, वह भी हैड ने की !"

"वे भी तो सर हैं।"

"कौन-सी कविता पढ़ी थी ?" राधेलालजी ने यह छिपाने की जरूरत नहीं समझी कि उन्हें काफी कुछ पता चल चुका है।

राजन ने कविता की पहली लाइन सुना दी। हैडमास्टर और उसके बीच जो "सौरी माई बौय" का वार्तालाप हुआ था, उनकी वे आँखें, गाल थपथपाना...जरूर नहीं बताया। बता भी नहीं सकता था...क्योंकि उनके पास वह भाषा अभी कहाँ थी जिसमें उस चीज को बताया जा सकता।

राधेलालजी धड़धड़ाते हैडमास्टर के पास पहुँचे।

"मैं जानना चाहता हूँ कि मेरे बच्चे की केनिंग क्यों हुई ? उसका कुसूर क्या था ? आप उस कविता का मतलब समझते हैं ?"

"समझता हूँ...इसीलिए केनिंग की। हमारे स्कूल में ऐसा कुछ सुनाना मना है जो हिज मैजेस्टी के खिलाफ हो। वह बगावती गाना था।"

"पहले तो वह गाना नहीं, हिन्दुस्तान के एक मशहूर शायर की लिखी एक नज्म, पोइम और आप जानते हैं पोइम...क्या होती है। आर्ट...सीरियस आर्ट। दूसरे वह देश-प्रेम की कविता है तो अपने देश से प्रेम करना कहाँ का जुर्म हो गया ? यह हमारी जमीन है, हम यहाँ अपनी जमीन से मुहब्बत की नज्म क्यों नहीं पढ़ सकते ?"

"मैं जिरह नहीं कर सकता। इतना जानता हूँ कि ऐसी चीजें बोलना, सुनाना, सुनना हमारे यहाँ मना है। मैं उसे रस्टीकेट भी कर सकता था लेकिन मैंने वह नहीं किया।"

"आप करके दिखाएँ। स्कूल का हर बच्चा इस तरह की नज्म पढ़ेगा। अपने बच्चे से वह कविता बार-बार पढ़ने को कहूँगा। मुझे उस पर फख्र है..."

और भी न जाने क्या-क्या बोलते चले गए राधेलाल। मि. स्मिथ चुपचाप सुनते रहे। उनके चेहरे पर कोई भाव नहीं था, वे सिर्फ सुन रहे थे। कहते-कहते राधेलाल जब थक गए तो जाने के लिए उठ खड़े हुए। मि. स्मिथ ने उठकर हाथ मिलाया और धीरे से कहा—"गुड लक टु यू, टु योर कंट्री।"

उन दिनों बाहर का माहौल गरम था। 1940 में प्रान्तीय स्टूडेंट्स फेडरेशन का सम्मेलन हुआ था जिसमें गांधीजी के नेतृत्व में लड़ाई लड़ी जाए या नहीं...इस पर तीखी बहसें हुई थीं, झगड़ा तक हो गया था। सम्मेलन में मोहनलाल गौतम और जैड.ए. अहमद मौजूद थे। सिर्फ पाँच वोटों से यह प्रस्ताव पास हो सका था कि व्यक्तिगत सत्याग्रह के स्थान पर गांधीजी के नेतृत्व में ही कांग्रेस पूरी आजादी के लिए लड़ाई छेड़े। इस सम्मेलन के बाद बनारस में छात्र संघर्ष का जबर्दस्त वातावरण बन गया था। कांग्रेस में दो धाराएँ थीं—एक वह जिसका मानना था कि उस समय जब इंग्लैंड फासिज्म के खिलाफ युद्ध में फँसा हुआ है, उसे परेशानी में न डाला जाए, दूसरे वह जो सोचती थी कि इसी वक्त आन्दोलन को तेज किया जाए। आचार्य नरेन्द्र देव गांधीजी को आन्दोलन

के लिए राजी करने में लगे हुए थे।

पहली अगस्त 1942 को सम्पूर्णानन्द ने यूनिवर्सिटी की कांग्रेस शाखा का लंका में उद्‌घाटन किया। पाँच अगस्त को जिले के सभी खास-खास कार्यकर्ताओं और छात्रनेताओं की बैठक रघुनाथसिंह के दशाश्वमेध घाट पर स्थित कमरे में हुई—जिसमें कमलापति त्रिपाठी, राजनारायण, प्रो. असरानी, प्रो. राधेश्याम, प्रो. राजाराम शास्त्री और प्रभुनारायण सिंह आदि ने हिस्सा लिया। बैठक में पूरे जिले के लिए संघर्ष की एक विस्तृत योजना बनाई गई। उधर नौ अगस्त को बम्बई में गांधीजी का अंग्रेजो, भारत छोड़ो का नारा आया, इधर लड़ाई की शुरुआत हो गई। बम्बई में कांग्रेस के बड़े नेता गिरफ्तार कर लिए गए, बनारस में सम्पूर्णानन्द, प्रो. असरानी, कमलापति त्रिपाठी आदि धर लिए गए। कुछ गिरफ्तारी बचाकर अंडरग्राउंड चले गए। लड़ाई के पहले ही दिन छात्र-छात्राओं का एक बड़ा जुलूस प्रो. गैरोला के नेतृत्व में बनारस हिन्दू यूनिवर्सिटी से निकला। उसके बाद प्रो. गैरोला अंडरग्राउंड चले गए। ठठेरी बाजार में भारतेन्दु हरिश्चन्द्र के मकान से सटी इमारत 'बंगाली ड्योढ़ी' संघर्ष-कार्यालय बन गया। बनारस तहसील में संघर्ष संचालक महादेव सिंह थे। दस अगस्त को हिन्दू यूनिवर्सिटी में 'स्वतन्त्र भारतीय गणतन्त्र' की घोषणा कर दी गई। छात्रों में बड़ा उत्साह था। उन्होंने अपने-अपने प्रदेशों में अगस्त क्रान्ति की लौ जलाने के लिए फैल जाने का फैसला किया। उसी दिन रमाकान्त मिश्र के नेतृत्व में दशाश्वमेध घाट से एक बड़ा जुलूस निकला। 11 अगस्त को बनारस की कचहरी पर तिरंगा फहराया गया, बड़ी संख्या में विद्यार्थी कचहरी पहुँचे थे, जनता भी अपार थी। पूरा कचहरी परिसर आन्दोलनकारियों के कब्जे में आ गया। कलक्टर फिनाले ने गोली नहीं चलवाई, हालाँकि पुलिस और पी.ए.सी. भारी संख्या में मौजूद थी। उसके बाद तो हर दिन एक-न-एक नया अभियान—12 अगस्त को मडुआडीह स्टेशन जला दिया। 13 अगस्त को छात्रों ने गंगापुर की रजिस्ट्री कचहरी जलाई। कपसेठी स्टेशन राख कर दिया गया। राजा तालाब के गोदाम पर धावा बोलकर अनाज किसानों में बाँट दिया गया। उसके बाद एक के बाद एक थानों पर तिरंगे फहराए जाने लगे। गोलियाँ चलीं और कई छात्र शहीद हुए। 16-17 अगस्त की रात फौज ने यूनिवर्सिटी को घेर लिया। प्रो. राधेश्याम, प्रो. गैरोला, राजनारायण, प्रभुनारायण सिंह आदि फरार हो गए।

बेहद सनसनाहट थी। भाग-दौड़, धरपकड, पुलिस-फौज, गोलियाँ...यह सब फिजाँ में था। "अंग्रेजो...भारत छोड़ो"..."करो या मरो" के नारे गूँजते रहते थे। छोटे बच्चे भी जहाँ कहीं कोई अंग्रेज दिखाई दिया, जल्दी और जोर से 'क्विट' बोल गली में गायब हो जाते। ज्यादातर बच्चे 'क्विट' के मायने भी नहीं जानते थे...जैसे वह उन ललमुँहों को चिढ़ाने के लिए कोई गाली थी। आन्दोलन, जुलूस, प्रभातफेरियाँ, गिरफ्तारियाँ...ये सब आम दिनचर्या का हिस्सा हो गए थे। जुलूस जब निकलते तो अक्सर उनके मुँहाने दो बड़े-बड़े झंडे चलते थे—एक कांग्रेसी तिरंगा, दूसरा मुस्लिम लीग का चाँदवाला। प्रभातफेरियों के साथ-साथ चलते थे आजादी के गीत..."गांधी की यह आँधी चलती,

चाल बड़ी तूफानी है। आज कही जाती दुनिया में, घर-घर यही कहानी है। अब स्वतन्त्रता की कीमत, इस भारत ने पहचानी है'' या ''नइँ रखनी सरकार विदेशी नइँ रखनी, नइँ रखनी सरकार जालिम नइँ रखनी।'' गीत जुलूस के साथ चलते जाते जब तक किसी गली से आकर पुलिस जुलूस को तितर-बितर न कर देती।

जोगेश्वरी का मन पूजा-पाठ में नहीं लगता था। उन्हें कुछ अनहोनी की आहट दूर से सुनाई दे रही थी। जब-तब ऐसा लगने लगता कि कुछ अनिष्ट होनेवाला है... वह क्या और कब होगा यही समझ में न आता। साधारण समय होता तो ऐसे में चित्त को स्थिर करने के लिए वे गंगाजी जातीं, लेकिन इन दिनों बाहर निकलने का सवाल ही नहीं था। राधेलाल ने स्कूल जाकर हो-हल्ला मचाया--जोगेश्वरी जितना इस बात को परे करतीं, उतना ही वह और नजदीक आ जाती। किसी और बात को लेकर हैडमास्टर से तू-तू मैं-मैं हो जाती तो कोई बात नहीं थी, लेकिन बेटा अंग्रेजों के खिलाफ शायरी सुना आए, ऊपर से बाप जाकर गला फाड़-फाड़ चिल्ला आए कि उसने ठीक किया, तिस पर ऐसा हैडमास्टर जो खुद अंग्रेज हो...

सुखसागर अब जोगेश्वरी को नहीं बाँध पाता था। कैसे तिल-तिल करके उन्होंने अपने परिवार को जमाया, एक छतरी के नीचे जमाया...कहीं राधे की थोड़ी-सी लापरवाही, बेमतलब के जुनून से यह इमारत चटक न जाए अब। घनश्याम और बाँके में वह बात नहीं जो राधे में है—वह बड़प्पन जो इतने बड़े परिवार के मुखिया में चाहिए। दोनों काम से आए नहीं कि जाकर बीवियों के पायताने से बँध गए। पता नहीं, महीने की कमाई कैसे जोगेश्वरी के हाथ में पकड़ा देते हैं जिसमें से उनके प्राइवेट खर्च के लिए जोगेश्वरी उन्हें दे देती हैं, बाकी घर-खर्च खाता में डाल देती हैं। राधे स्वतन्त्रता-आन्दोलन का हिमायती है, यह जोगेश्वरी जानती थीं, पर सोचा था कि ये जो किसिम-किसिम के शायर, कवि आते-जाते रहते हैं...ये ही भड़का जाते हैं। गाँजे की तरह मगज में कुछ चढ़ जाता है, पर उतर भी जाता होगा। इसीलिए उन्हें मुशायरे या कवि-सम्मेलन की बजाय रमन महाराज का गाना या कि सनिया की सारंगी किसी भी समय ज्यादा सुहाती है...पर ये शायर और कवि सरऊ ऐसे कि एक बार लहक गए तो फिर दरवज्जा न छोड़ेंगे।

राधे का स्कूल जाकर सरेआम अंग्रेज हैडमास्टर से लड़ आना...बात सिर्फ हिमायती होने से आगे जा रही है अब। राधे को रास्ते पर लाना होगा। ऐसा न हो कि उसकी नादानी से जोगेश्वरी के पूरे जीवन की साधना बेकार चली जाए...पूरा खेल ही चौपट हो जाए। इसलिए शाम जब राधे घर आए तो एक बड़ा गिलास बढ़िया ठंडाई उन्हें पिलाकर जोगेश्वरी ने बड़े ही निर्दोष भाव से बात उठाई--

''ई हैडमास्टर से कौन बात पर झड़प हो गई रही ?''

''कुछ नहीं..यों ही। राजन ने एक कविता क्या पढ़ दी तो उस गधे ने बेंत चला दिया था।''

''तो का हो गया, लड़कन-मास्टरन में तो यह आम बात है। अरे आजकल तो

इ सिकाइत होइ कै चाहीं कि ससुर सब मास्टर सरीफ हो गइल बारें। ई लोग लरिकन पर हाथ उठावे से घबरात बारें। अपन दिनवा याद करा। अइसन धुनाई पड़त रहै कि नानी याद आ जात रहै। तो का हम या तोहार बाप उनसे लड़े चल जात रहें ?''

''राजन की कोई गलती हो तो जरूर पीटे। यह क्या कि उसने एक कविता सुनाई और आपने सूँटकर रख दिया बेंतों से।''

''कविता में का उनकारा लिहल गाली रहल ?''

''वे इसे गाली ही समझते हैं। भारत आजाद हो जाए तो जो कविता राजन ने सुनाई, उसे ही माथे पर रखेंगे लोग।''

''आजाद होइ तब होइ, कितना साल से तो सुनत बानी।''

''चलिए न हो आजाद...पर अपने देश के प्रेम में कविता गाना अपने ही देश में कोई अपराध हो गया ?''

''ऊ लोग तो एसइहैं मानत हुइऐं। तभी तो रज्जन के मार पड़ी।''

''यह गलत है। मैं इसी का विरोध करने गया था।''

''ई बिरोध-उरोध का बा। बड़ा-बड़ा बात ई सब बा, हमें का मतलब। हमें तो आपन घर देखे को बा। हमें देश-बिदेश के बातों से का...''

''क्यों नहीं ? सब इस तरह सोचने लगें तो कोई आजादी की लड़ाई में उतरे ही नहीं।''

''तो घर का कछू नाहीं ? हम नाहक आपन सारी जिन्दगी एके बनाए खातिर बार-बार कइले बानी ?''

''क्यों नहीं होता, पर देश भी तो हमारा ही घर है, हमारा बड़ा घर। वहाँ जो हो रहा है, उसे अदेखा हम नहीं कर सकते। उससे जुड़कर ही हम इस छोटे घर के हो सकते हैं। सच्ची तृप्ति हमें देशप्रेम से ही मिल सकती है, जैसे तुम्हें भगवान से जुड़कर मिलती है।''

''त ई आन्दोलन-वान्दोलन, लड़ाई-झगड़ा पूजा-पाठ हो गवा ? बुद्धि मारी गई है तुम लोगन की। राम ! राम !! देख बचवा...तू ई गोरखधन्धे में जिन पड़। तू ई घर के मयानी, बा जो इ पर कछु छुटपुट लकरियाँ डाल छबौना बनल बा। अगर मयानी ही आपन जगह से खसक जायी त खपरैल भरभराय के गिर जाइ, बिटवा !''

''तो मैं इसी चहारदीवारी को ताकता बैठा रहूँ ? सब कुछ ईंट-गारे के इस घर पर ही होम कर दूँ ? उसके आगे मेरी कोई भावना न हो...क्यों ?''

यह वह मुकाम था जहाँ जोगेश्वरी की समझ उनका साथ देना बन्द कर देती थी। अरे, जहाँ तुम्हारी स्त्री-बच्चे रहें, जहाँ तुम्हारे भाइयों के भी बच्चे हों...वह दुनिया—इसके अलावा होता और क्या है जगत में।

''भैया बिरथा के भरम जंजाल में न पड़। उमें तोहरा दुसरा के भी तकलीफ होई। घर की ई नैया का खिबैया तू ही है। त एयर धियान धरे का चाही...अईसन कउनो काम न करिहा जे से तोहरे ऊपर या ई घर के ऊपर आँच आवे। तू त घर का बड़का

हउआ त बड़के के तरह सोचे का चाही...''

''बड़े की तरह सोचना है तो बड़ी बात सोचना चाहिए। सिर्फ जिसका सोचने को तुम कहती हो वह तो अपना स्वार्थ सोचना है। वह छोटे आदमी की तरह सोचना है। अपने स्वार्थ से निकलकर हमें बड़ी बात से जुड़ना चाहिए। आज के समय में देश के लिए मरने-खपने से बड़ी बात और कोई नहीं है। ऐसे ही नहीं लाखों आदमी गांधीजी के पीछे चल रहे हैं, ऐसे ही नहीं हजारों लाठियाँ खा रहे हैं, ऐसे ही नहीं लोगों ने जेल में चक्की पीसी, कालापानी भोगा...''

कालापानी की बात सुनकर जोगेश्वरी भीतर तक काँप गई...कैसे फोरा है लोगों को उ गांधिया ने ! जिसे देखो खादी का कुर्ता-पायजामा पहन, सिर पर टोपी डाल जुलूस में चल पड़ता है, गला फाड़-फाड़ जाने क्या-क्या चिल्लाता है। मिलता क्या है बदले में ? लाठियाँ, बेंत...जेल...फिर जेल। घर-परिवार तहस-नहस। राधे अभी तक तो बचा रहा। कुर्ता-टोपी पास नहीं फटके। अब क्या किसी भूत ने पकड़ लिया इसे—कैसी अनाप-शनाप बातें करने लगा है ! यह साफ दिख रहा था जोगेश्वरी को कि उनके समझाने या कुछ कहने से भूत निकलनेवाला नहीं था। इसके लिए तो कुछ और उपाय सोचना होगा।

जोगेश्वरी बड़ी बहू से सलाह करने के लिए उठ गईं। पीछे छूट गए राधेलाल, अपने में से कुछ टूटते-से। माँ को नाराज कर दिया—जो वे कभी करना नहीं चाहते। उन्हें मालूम है माँ ने कैसे पग-पग पर पिता द्वारा दी गई यातनाएँ झेलीं, उनकी कमियों के एवज अपने भीतर नई-नई खूबियाँ उभारीं। पिता उस समय के थे जब औरत को पीटना मामूली बात थी। माँ बड़े घर की थीं...इसलिए होशोहवास में तो पिता हिचककर रह जाते, पर नशे में हुए तो भीतर से कमरा बन्द कर पूरी कसर निकाल लेते...जिस तरह माँ सांसारिक जीवन में उन्हें दबाकर धीरे-धीरे आगे बढ़ रही थीं। माँ के सामने एक ही जोरदार इच्छा थी—उनका घर बड़ा होना है—पैसे से, परिवार से। उनके चारों ओर कई बहुएँ और ढेरों पोता-पोती हों। उन्होंने अपने उद्देश्य के लिए जब जरूरत हुई, अपने पति को भी एक किनारे सरका दिया। हालाँकि गाँजा पिता का साथी नशा था लेकिन कभी-कभार ऊँची सोहबत में शराब भी चढ़ाने को मिल जाती। उस दिन घर लौटकर माँ की पिटाई जरूर होती। माँ जैसे मायकेवाली दूसरी कोई औरत होती तो खटिया खड़ी कर देती पिता-जैसों की...लेकिन माँ ने बात को कभी घर के बाहर न जाने दिया। माँ के लिए हर चीज तौलने के लिए एक तराजू होता था—इससे घर बनेगा या बिगड़ेगा ! माँ ने पिता को छोड़ा नहीं। वे भागने की कोशिश करते तो उन्हें पकड़कर उनमें भी अपनी महत्त्वाकांक्षा की आग सुलगा देतीं। पिता जलते रहे, घुलते रहे...नशा-पत्ती ने उनका अन्त और भी जल्दी ला दिया।

माँ को इतनी फुर्सत नहीं थी कि वे पिता के असमय निधन के दुख में घुलतीं। उन्होंने पिता की जगह तैयार करना शुरू किया राधेलाल को। जब तक राधेलाल को कुछ पता चलता...वे एक बड़ी गृहस्थी के स्वामी वाले साँचे में फिट किए जा चुके थे।

उन्हें अक्सर ताज्जुब हुआ है माँ को देखकर—गाँव की यह करीब-करीब अनपढ़ महिला, इसे मौका मिलता तो यह एक और नूरजहाँ हो सकती थी। प्रतिभा की कितनी बर्बादी... कितनी छोटी महत्त्वाकांक्षा रही माँ की ! घर क्या इतनी बड़ी चीज है...उसके लिए पिता गए, माँ घुलीं और उनके बाद अब राधेलाल नष्ट हों ?

राधेलाल को लगता था कि वह साधारण समय नहीं था, बाहर एक बड़ी जंग लड़ी जा रही थी। जवानी में मनसा सिपाही वे भी थे...पर मन की बात मन में ही रह गई, वे घर में फँस गए। उनका यों घर में सिमटकर रह जाना सरासर गद्दारी थी... चन्द्रशेखर आजाद, भगतसिंह, रामप्रसाद बिस्मिल और उनसे भी आगे जो देशभक्त हुए, उनके प्रति गैरवफादारी थी। गांधी ठीक, कांग्रेस ठीक, बनारस यूनिवर्सिटी के छात्रों का संघर्ष ठीक, पर इस समय अंग्रेजों पर सब तरफ से आक्रमण होना चाहिए, उन्हें हर तरह से दिक किया जाना चाहिए...यहाँ तक कि चन्द्रशेखर 'आजाद' वाली लाइन को भी जीवित रखा जाना चाहिए। इस वक्त हर शख्स जो अपंग नहीं था, उसे मादरेवतन के लिए लड़ी जा रही जंग में सिपाही होना चाहिए। गांधीजी ने भी कह दिया था—हर कोई अपना नेता आप। कुछ और चुनने की गुंजाइश ही नहीं थी। जो जंग में नहीं था, वह कायर था, भगोड़ा था।

ग्लानि से बचने के लिए, राधेलाल सोचते कि वे कुछ ऐसा करें कि बाहर से तो एक साधारण गृहस्थ, सन्तोषी, यहाँ तक कि ऐयाशी में डूबे रहनेवाले दिखें...लेकिन भीतर-भीतर कुछ काम करते चलें। लेकिन राजन को पीटे जाने की घटना ने उन्हें बेहद उत्तेजित कर दिया...हद है, आन्दोलनकारियों को तो मारते ही हैं, बच्चे को भी मारने लगे—वह भी एक कविता सुनाने के लिए जिसका मतलब भी वह नासमझ बच्चा नहीं जानता। कैसी क्रूरता ! वे तड़-तड़ गए और स्कूल के हैडमास्टर को भड़-भड़ जाने क्या-क्या कह आए। बात छिपी रहेगी क्या ? उन पर शक किया जाएगा। दूर क्या जाना—माँ, अनपढ़ महिला ही जाने क्या-क्या सोचने लगीं। यह नहीं करना था राधेलाल को...लेकिन क्या करें—बच्चे और देश-प्रेम के लिए भावनाएँ मिल बैठीं, ऊपर से कविता का निरादर...तीन धाराएँ एक मोटी धार बनीं जो फिर उन्हें बहा ले गई। इसके पहले कि वे कुछ सोच पाते, वह हो गुजरा।

तीन-चौथाई जिन्दगी बीत गई और क्या हैं मुंशी राधेलाल ? उन्होंने अपने को हरफनमौला बना रखा है—शायरी, संगीत, नाच-गाना, गृहस्थ, कभी-कभी पूजा-पाठ भी। इनमें कौन-सा वह क्षेत्र है कि अगर बाकी को हटा दें तो एक से एकरस हो जाएँगे ? लेकिन यही क्यों जरूरी हो कि क्षेत्र एक ही हो ? जीवन में कई तरह की गतिविधियों को एक साथ स्थान क्यों न मिले...पर तब मुंशीजी को क्यों यह महसूस होता है कि वे सूखे पत्ते की तरह इधर से उधर कलथते रहते हैं...मुजरे से कव्वाली, कव्वाली से शास्त्रीय संगीत...वहाँ से शायरी...शायरी से मन्दिर...कोई क्रम नहीं, एक से दूसरी चीज में कोई तारतम्य नहीं। खिचड़ी बनकर रह गई उनकी जिन्दगी, ऐसा कोई रंग नहीं हुआ जो उनकी जिन्दगी का खास रंग लगता, जिससे उन्हें अलग से पहचाना जा सकता।

पहचान की बात छोड़ भी दें तो वह कौन-सा काम है जो उनके जीवन में मुख्य है, जिसे उनके जीवन का बचा हुआ समय मिलना चाहिए...

यह काम शायद वह है जो फेहरिस्त में है ही नहीं—जमीन से लगाव। जमीन को एक विशेष समय से अलग नहीं हटाया जा सकता। तो जमीन से लगाव माने अपने समय की धारा से जुड़ जाना। मौजूदा वक्त में समय की धारा है—अंग्रेजों के खिलाफ छिड़ी हुई जंग। अगर गृहस्थ आदि होना कर्म है तो आजादी की लड़ाई में कूद पड़ना धर्म है।

मुंशी राधेलाल अगर स्कूल जाकर विरोध न कर आते तो उन्हें भीतर कचोटता रहता कि वे फिर भाग खड़े हुए। पिछले मौकों की तरह बात टाली नहीं जा सकी इस बार...क्या यह कोई संकेत है ? मुंशीजी अब जो मौका आएगा उसमें बराबर जाकर, निडर होकर विरोध किया करेंगे या पहले की तरह अपनी छोटी-मोटी महफिलों में डूबे रहेंगे ?

5

कमलाबाई उर्फ 'कम्मो'—दालमंडी की मशहूर गायिका का मुजरा था, और कहीं नहीं, मुंशी राधेलाल 'आमिल' साहब के बैठकखाने में। वैसे कोई अजीब बात नहीं थी वह। सब जानते थे कि मुंशीजी संगीत और शेरोशायरी के शौकीन हैं। आए दिन उनके यहाँ संगीत की महफिलें जमती थीं और मुशायरे होते थे, देश के बड़े-बड़े शायरों का आना-जाना था। शायरी और संगीत—कमलाबाई में दोनों का संगम, लेकिन मुंशीजी ही सुनने कोठे पर चले जाते ? मुजरा घर पर, वह भी बड़ बाबा के नीचे जहाँ नौटंकी होती थी वहाँ नहीं, बल्कि घर के भीतर, बैठकखाने में। आश्चर्य की बात वह भी नहीं थी। कमलाबाई को बाहर जाने में एतराज था। उनका कहना था कि वे नौटंकी नहीं करतीं। उनकी कला की जगह वहीं है जहाँ रमन महाराज और सन्नी जमते थे।

कमलाबाई को दावतनामा और किसी ने नहीं, जोगेश्वरी ने भिजवाया था। उन्हें लगा कि उनका राधे अधेड़ावस्था में पहुँच गया है। बच्चे बड़े हो गए, बीवी पुरानी हो गई। जीवन में रस सूखने लगा। तभी सुराजियों के चक्कर में पड़ा जा रहा है। कुछ नया होना चाहिए उसके लिए। अपने से तो वह कोठे का जीना कभी चढ़ेगा नहीं, तालीम ही ऐसी मिली है। क्यों नहीं कोठे को ही घर पर बुला लिया जाय। तो एक दिन ऐसे ही बातचीत में चलते-चलते राधे को सुझा बैठीं—"का ई रमनवा—आ...आ...नि ध प म...औ सनिया का पैं पैं सारंगी...जैसे अधरत्ता को कौनऊ बिलार रोवे। अरे, कछु चटकत-फड़कत हो जाय। कमलाबाई के गले में सुनत हैं कि बड़ी मिठास बा..."

"क्या माँ ! इस उम्र में तुम्हें..." राधेलाल हँसे।

"अरे ए ही उमिर में तो चटकन-फड़कन चाही। जवानी तो दूसरों की निगाह बचात-बचात निकल जाला—फलनवा का कही, ढिकनवा का कही..."

"तो उसके लिए क्या लड़की-बच्चों के सामने बाइयों का नाच कराया जाय घर में ?"

"कमलाबाई गायिका बारी, कोई बाई नाहीं। मुजरा पर उह दुसरा के घर में भी जात बारी।"

"पर माँ, तुम्हें यह ख्याल कैसे आया ?"

जोगेश्वरी सीधा-सीधा कैसे कहें, तो बात दूसरी तरफ कलथा दी—

"साँच कहूँ बचवा ! तोहार अंग्रेज मास्टर से जौन दिन से खट-पट भइल ओ ही दिन से हमार मनवा में उठापटक मचल बा। बिरथा ही उ शक करत होइ हैं। जेकर लरिका ई तरह का कविता स्कूल में पढ़ी, वो जरूर बाप की शह पै आइल हो रखी। अइसे में बाई का नाच-गाना हो जाय तो सब ऐ ही सोचिहैं कि राधेलाल सुराजी कहाँ, उ तो पक्का अय्याश बा।"

राधेलाल भौचक देखते रह गए...क्या दूर की सूझी इस महिला को ! किस धातु की बनी थी उनकी माँ जोगेश्वरी। ऐसी कोई बात तो उन्हें सूझनी चाहिए थी, जिनका वकील का दिमाग था। अर्से से उनके घर पर कोई जश्न नहीं हुआ—एक इसी बात से उन पर सन्देह किया जा सकता था। उन्होंने कमलाबाई को शमीम के मार्फत जोगेश्वरी का दावतनामा भिजवा दिया।

कमलाबाई आईं। तीस को छूती उम्र। लम्बा इकहरा शरीर, नाक-नक्श इतने पैने नहीं कि चुभें और इतने दबे हुए भी नहीं कि खो जाएँ। दुबले-पतले चेहरे पर वे बड़ी सौम्यता से उभरते थे। नाक जरूर कभी-कभी चेहरे पर कुछ ज्यादा उठी हुई दीखती, लेकिन चेहरा जब एक विशेष कोण में हो तो वही नाक बेहद खूबसूरत दिखती। पतले-पतले होंठ, मुस्कानों में जब फैलते तो जैसे मिठास की मद्धिम रोशनी आसपास फैल जाती। कमलाबाई खूबसूरत होते हुए भी साधारण थीं और साधारण होते हुए भी खूबसूरत।

सफेद साड़ी और पूरी बाँहों का चिटखियाँ छोड़ता जम्फर। मेकअप भी एकदम सादा। लकर-लकर करते सफेद कपड़ों में उनका गोरा रंग और भी निखरा पड़ता था। बैठकखाने में साजवालों को बैठने को कह, वे भीतर घुसती चली गईं—कालीजीवाले आँगन तक—

"का हो भौजी...कहाँ हो ? पान-आन खबइखौ कि नाहीं।"

कमलाबाई के आँगन में पहुँचने की देर कि इधर-उधर कमरों में औरतें, बहुएँ, बच्चे-बच्चियाँ...सब निकल आए और उन्होंने कमलाबाई को घेर लिया। मूर्ति-कला के किसी उम्दा नमूने जैसा सुता हुआ शरीर, फक्क गोरा रंग, सफेद पोशाक। घर की औरतों के बीच कमलाबाई ऐसे जैसे कि दरख्तों के बीच ठहरा हुआ पूरा चाँद।

जोगेश्वरी की पलक न झपें...राधेलाल एक बार भी चला जाए इसके यहाँ, खूँटे से बाँध लेगी !

"हमारी बड़की भौजी कहाँ हैं ? उनके हाथ का पान खाएँगे आज !" कमलाबाई

पुकार छेड़े थीं।

एक लड़की शान्तिदेवी को बुलाने दौड़ाई गई। गणेशजीवाले आँगन की तरफ से राजन की अम्मा थोड़ा शरमाते हुए आईं। आँगन में खाट डाल दी गई। कमलाबाई ने शान्तिदेवी और नइकी को अपने पास खाट पर ही बिठा लिया। बाकी लोग आँगन के इधर-उधर कुर्सी, खाट या दीवाल से सटी पट्टियों पर बैठ गए। जोगेश्वरी भी तुलसीघरा के नीचे एक स्टूल खींचकर बैठ गई थीं।

पानदान आया। राजन की अम्मा ने अपने हाथ से पान बनाया। भीतर से चाँदी की तश्तरी आई, उसमें पान कमलाबाई को पेश किया।

"का भौजी...का सुनेंगी ? हमरे साथी-संगी, तबला-सारंगी से परहेज हो तो हम यों ही सुनाएँगे। ढोलक बुलवा लें। ए माँजी...मरदों से कहलवा दीजिए कि पहले हम अपनी बड़की भौजी को उनकी पसन्द की चीज सुनाएँगे, बाद में बैठकखाने में गाएँगे।" पान चबाते हुए कमलाबाई ने कहा।

ढोलक आई, नइकी ने ढोलक को कसा और उस पर उँगलियाँ दौड़ाने लगीं। सामने बैठी कमलाबाई ढोलक को ऊपर से अँगूठी की चट-चट देने लगीं। औरतों की चुहलबाजी शुरू हो गई...ये गाएँ कि वह गाएँ, क्या गाएँ...बीच-बीच में हँसी की खुनक। कमलाबाई उन सबके बीच ऐसे एकरस जैसे सब वर्षों से उनके परिचित हों। वे ऐसे मजा ले रही थीं जैसे महफिलों में नहीं, मुहल्ले के बुलव्वों में वे औरतों के साथ रोज यों ही बैठकर गाती हों। चुहलबाजी ढोलक की लहरियों पर लुढ़कती-सरकती चलती रही...फिर बीच से तीर की तरह उठी कमलबाई की आवाज—"अरे, आयल परदेशी लहर गऊने की..."

काले घने बाल, गोरे मुख को और आलोकित करतीं पान रचे होंठों की लाल-लाल मुस्कानें...जो रह-रहकर राजन की माँ की तरफ जाती थीं...उन पर स्नेह के कटोरे पर कटोरे उड़ेलते हुए। बीच-बीच में कोई मुस्कान फैलकर हल्की हँसी हो जाती। कमलाबाई के मुँह से झरते स्वर...लगता था जैसे आरती की घंटियाँ बज रही हों। कालीजीवाले आँगन में आज कोई परी उतर आई थी।

एक गाना खत्म, तो दूसरा, दूसरे के बाद तीसरा। कमलाबाई भूल गई थीं कि वे मुजरे में आई थीं या मोहल्ले-पड़ोस के बुलव्वन में, हमेशा की तरह उन्हें मुजरे के मुख्य आदमी को रिझाना था या उनकी पत्नी को—सामने बैठी वह घरेलू महिला, ऊपर से नीचे तक सीधी, सरल, जिसके लिए आत्मीयता के अलावा संसार में और कुछ था ही नहीं। दुनिया में दाँव-पेंच भी होते हैं...जैसे उनके लिए यही कल्पनातीत था। उसके सामने और-और गाने का मन होता कमलाबाई का।

वे मस्त थीं...हँसते हुए गाती चली जा रही थीं। पीछे बैठकखाने में बुलाहट के लिए आया दूत, दो गानों से खड़ा इन्तजार कर रहा था। कमलाबाई ने उसे देखा, फिर राजन की अम्मा को, और फिर गाते-गाते मुस्कुरा दीं। एक बार फिर वही आत्मीय मुस्कान राजन की अम्मा और सभी औरतों को धो गई...कमलाबाई ने फिर उस मुस्कान

को अपने स्वरों में उठाया और उसे खींचते हुए अन्तिम बार ऊपर ले गईं...जैसे कोई नीचे आई पतंग को सर्र से ऊपर उठाता ले जाए। फिर धीरे-धीरे आवाज ने उतरना शुरू किया—कमलाबाई ने गाना खत्म किया। चारों तरफ से तालियाँ बज उठीं, तारीफों के नाले बह निकले।

"मैं तो तरस-तरस जाती हूँ ऐसे संग के लिए, सच में।" कमलाबाई ने कहा। "मेरी चले तो गाती ही चली जाऊँ।"

सब औरतें लाड़ से कमलाबाई की तरफ देखने लगीं। क्या औरत है...आई, बैठी, और जैसे सबको अपने आँचल में बाँध चली। ऐसी मोहनी...कितनी जल्दी मोह लिया सबको, एकदम जैसे घर की हो गई।

"भौजी, बाकी उधार रहा। अभी चलती हूँ...बेचारे बैठकखाने में दीदे बिछाए बैठे हैं। जल रहे होंगे कि मैं इधर गा रही हूँ।"

कमलाबाई की हँसी...घंटियाँ फिर बजने लगीं। कमलाबाई उठीं, अपनी साड़ी समेटी, पल्लू सँवारा और मर्दों की महफिल के लिए दूत के पीछे-पीछे बैठकखाने की ओर चल दीं।

6

राजन के नाना—गोवर्द्धन आए थे।

गोवर्द्धन शान्तिदेवी के पिता तो नहीं थे, पर उनके गाँव के और पिता की उम्र के थे, तो राजन और दूसरे बच्चों के नाना हो गए थे। वे उतने बूढ़े दिखते नहीं थे जितनी उम्र थी। पुराना कसरतिया बदन था जो उम्र के बावजूद फैलने से इंकार करता था। बाल जरूर सभी सफेद हो गए थे पर चेहरा अब भी अधेड़ की चिकनाहट लिये था। मोटी खादी का धोती-कुर्ता, ऊपर मोटी ही खादी की जाकेट...चाहे जितनी गर्मी हो। जाड़े में जाकेट ऊनी हो जाती थी, एक खादी का कम्बल और आ जाता जिसे घरियाए हुए दिन में कन्धे पर डाले रहते और रात उसी को खोलकर ओढ़न में शामिल कर लेते। जाकेट में जरूर से रहता काला बटुआ—जिसके एक खाने में छालियों के टुकड़े और सरौता, एक में चुनौटी और कत्था, एक में तम्बाकू और एक में इलायची-लौंग वगैरह इतर चीजें। गोवर्द्धन नाना जब बटुआ निकालकर गुटका बनाते तो उनका चेहरा अजीब वीतरागी दार्शनिक अन्दाज ओढ़ लेता, वे दूर तक देखते होते और छालियाँ कतरते जाते। राजन मगन हो कभी उनके चेहरे को देखता, कभी जो वह अजीब चीज हथेली में तैयार हो रही थी, उसे। ऐसे में लगता कि दुनिया-भर का समय है गोवर्द्धन नाना के पास। हड़बड़ी में वे गुटका बनाते भी नहीं थे...जब तक इत्मीनान से कहीं बैठने को न हो, तब तक बटुआ जेब से बाहर नहीं आता था।

बटुए के अलावा गोवर्द्धन के पास एक और चीज हमेशा चलती थी—मन्तर-मार रामाधार जो उनके छोटे भाई, सहायक, सेक्रेटरी, नौकर, दोस्त, रिश्तेदार...सब कुछ थे।

रामाधार मन्तर मारना जानते थे, खासकर बाँधने का मन्त्र। तब वे फड़-फड़ बोलते होते—"धुर बाँधे धुरेंधा बाँधे, बाँधे ताता थाई। लाख मने का भुसुंड बाँधे, देता हूँ दुहाई...हे हनुमानजी, ई पानी बँध जाय।" फिर हाथ में कुशा लेकर रामाधार लकीर खींचते चले जाते—जमीन पर खिंची लकीर के पास पानी रुकना चाहिए। कहो तो रामाधार मन्तर मारकर मगहा नक्षत्र का पानी बाँध दें। कभी-कभी गड़बड़ भी हो जाती थी। एक बार खूब मूसलाधार पानी बरस रहा था। गाँव में बँधिया का पानी उफनने को था, उफनकर गाँव में भर जाता। गाँववाले बरसात में भी उस छोटे बाँध को एक-दो हाथ और ऊपर उठाने का काम कर रहे थे। इधर रामाधार मन्त्र से पानी बाँधे हुए थे...जब तक दीवार पूरी तरह उठ न जाए वे मन्त्र से पानी बाँधे रहेंगे, पानी अपने तल से बढ़ेगा नहीं। तभी बाँध एकाएक चटक गया। पानी की मोटी धार निकली और भाँय-भाँय अपने साथ काम करनेवालों को बहाती हुई गाँव की तरफ बढ़ गई। काम करनेवालों का अता-पता न चला, गाँव में पानी के एकाएक घुस आने से हाहाकार मच गया। तब से कुछ सालों के लिए रामाधार ने मन्तर मारने का काम बन्द कर दिया था।

गोवर्द्धन नाना और रामाधार जब आते तो फटकवावाले आँगन की तरफ ठहरते। राजन उनके साथ ही लगा रहता। अम्मा राजन को खाना खिलाने के लिए ढूँढ़ती फिरा करतीं...राजन दूर फटकवावाले आँगन की किसी कोठरी में गोवर्द्धन नाना के पास होता। गोवर्द्धन नाना के मैले कपड़ों से तम्बाकू और इत्र की मिली-जुली खुशबू निकलती थी...सोंधी-सोंधी गन्ध। उनसे सटे-सटे राजन सुनता रहता...तोता-मैना की कहानियाँ, राजा-रानी-राक्षसों की कहानियाँ, आल्हा-उदल की कहानियाँ, महाभारत की कहानियाँ। राजा हरिश्चन्द्र की कहानी राजन ने गोवर्द्धन नाना से ही सुनी थी। कहानियों के बीच-बीच गीत भी चलते रहते...ढोला मारू, सादाव्रत सारंगा।

जाड़े के दिन थे। कहानियों का ऐसा चक्कर चला कि राजन ने जल्दी-जल्दी खाना खाया और फिर अम्मा से पूछकर, गोवर्धन नाना के पास चला गया, वहीं सो जाएगा। कब तक कहानियाँ चलीं, कब राजन नाना की रजाई में सो गया...कुछ पता न चला। आधी रात शोरगुल से राजन की नींद खुली तो देखा आँगन में इधर-उधर छोटी-मोटी दौड़पदौड़ मची हुई थी...कोई चोर घुस आया था। फटकवावाले आँगन की तरफ जो भी ठहरे हुए थे, सभी उठ गए थे और इधर-उधर आ-जा रहे थे। हनुमानजीवाले आँगन की तरफवाला दरवाजा बन्द था, पर उधर की छत से आवाजें आ रही थीं। लालटेनें इधर से उधर दौड़ रही थीं। गोवर्द्धन नाना रामाधार के साथ सब कोनों में झाँकते-देखते घूम रहे थे। बीच-बीच में अपनी बुलन्द आवाज में जैसे उधरवाले हिस्से के लोगों को सम्बोधित करते हुए कहते—"हियाँ नहीं है, हुआँ हय का...?" कभी कहते—"अँधेरे में कोई न घुसै...अरे ! औरतन-बच्चन का आँगन में कर दिहल जाय...अरे घनश्याम... बाँके...अरे सन्निया कहाँ है ?" कितनी तरह की आवाजें हो रही थीं, उन आवाजों में गोवर्द्धन नाना की भी...जैसे होली के ढेर में सब अपनी-अपनी लकड़ी डालते हैं।

बड़ा घर। जाने चोर कहाँ से आया और कहाँ खुलक गया। एक हिस्सेवाले सोचें

कि दूसरे में होगा, दूसरे वाले सोचें कि तीसरे में होगा। गोवर्द्धन नाना ने रामाधार के साथ एक-एक इक्का, टमटम के भीतर, नीचे-ऊपर सब जगह देख लिया। जो कोठरी देख लेते उसमें बाहर से साँकर मार देते...चिन्हार के लिए। राजन बेहद डरा हुआ था—पहले तो रजाई में दुबका रहा, फिर नाना उधर से आए तो उनकी धोती पकड़ पीछे लग लिया, अब धोती न छोड़े नाना की। नाना कहीं तेजी से चले तो वह भी भागे पुच्छल्ला-सा !

आखिर फटकवावाले आँगन के लोग थकथकाकर आँगन में खड़े हो गए। तरह-तरह की बातें चल निकलीं।

"कैसा कड़ाके का जाड़ा है। जाड़े में ही घुसते हैं ससुरे !"

"उधर कुछ पता लगा ?"

"अब तक तो बाहर भाग गया होगा। इतने हल्ला-गुल्ला में क्या भीतर रहेगा ?"

"अरो ओ रामाधार—" नाना ने आवाज दी—"मन्तर मार न !...जहाँ होई, वहीं बँध जाई।"

रामाधार घड़े से पानी ले आया और आँगन में एक किनारे बैठ मन्त्र पढ़ने लगा। गोवर्द्धन नाना ने दूसरे आँगन की तरफ आवाज दी—"कोई चिन्ता की बात नहीं है। सब जाकर सोएँ। रामाधार मन्तर मार रहा है। जो घर में कहीं होगा तो वहीं बँधकर रह जाएगा। सवेरे पकड़ में आ जाएगा।"

धीरे-धीरे सब अपनी-अपनी जगहों को लौट गए, लौटकर अपनी-अपनी रजाइयों में घुस गए। फटकवावाले आँगन की तरफ के लोग पयाँरवाले अपने-अपने बिस्तरों में घुस गए। रामधार भी आखिरी दो-चार बार अपने चारों तरफ जोरों से पानी छिड़क, थोड़ा ऊँचे स्वर में मन्त्रोच्चार कर अपनी जगह आ गया। गोवर्द्धन नाना के साथ राजन भी पयाँर के बिस्तर में घुस गया।

ठंड की रात की नीरवता घर पर फिर छाने लगी। राजन सोने की कोशिश करने लगा। शोरगुल के बाद अब सन्नाटा और भी गाढ़ा था, थोड़ा-थोड़ा डरावना भी। राजन गोवर्द्धन नाना के शरीर से चिपका चला जा रहा था। नींद आने को हुई थी या कि पता नहीं एक छोटी-सी नींद आई और फिर खुली जा रही थी...राजन ने मिमियाती-सी आवाज सुनी—"खोल दें कक्का नहिं तो मर जाब...कक्का...ओ कक्का !" जैसे कोई प्रेत अँधेरे के किसी कोने में कराहता घूम रहा हो। राजन डर गया। अँधेरे में वह आवाज...स्वर में न ऊँची उठती थी, न नीचे ही जाती थी...एक-सी आवाज, धीमे से थोड़ा नीचे दबती हुई ही। राजन ने दो-तीन बार सुना तो नाना को जगाने के लिए कोंचा।

"कौन है रे..." नाना बकबकाकर हुड़के, वे भी डर गए थे। राजन ने उन्हें चुप रहने का इशारा किया। थोड़ी देर में वह एकरस आवाज फिर आई..."कक्का...ओ कक्का..."

"ई तौ कौनउ भूत है रे...रामाधार...ओ रामाधार !" गोवर्द्धन ने थोड़ा सहमे हुए

आवाज दी।

रामाधार की तरफ से कोई हरकत नहीं हुई। मन्त्र मारने के श्रम से थककर रामाधार उस किनारे पर खर्राटे मार रहा था। इधर आवाज फिर उठी—"कक्का, हम भूत-प्रेत नाहीं...चोर हई। ई बाहर की सिकड़ी खोलीं, नाहिं तौ मर जाइब। दम घुटत बा..."

यह तो एकदम पीछे को कोठरिया से बोल रहा था। गोवर्द्धन नाना उठे, पास जाकर देखा कि कोठरिया की साँकर बाहर से बन्द है। ढूँढ़ शुरू करने के पहले शायद सबसे पहले उन्होंने यही कोठरिया बाहर से बन्द की थी। चोर को यहाँ बन्द करके वे सब जगह ढूँढ़ते रहे, लोगों में ढुँढ़वाते रहे।

साँकर को लगे रहने दिया और किवाड़ के पास जाकर नाना ने पूछा—

"कौन है रे भीतर ?"

"चोर कक्का, चोर।"

"अरे, कक्का चोर नहीं, चोर है तू। का लिये है, सच-सच बोल।"

"कछु नाहीं कक्का। भूखल रहलीं। सिकड़ी खोल देईं। मर जाइब। लोगन का न जगाईं। गोड़ लागत हँइ।"

कोई लड़का मालूम होता था। गोवर्द्धन नाना को दया आ गई। फिर भी रामाधार को वे उठा ही लाए। दो काफी थे। साँकर खोली। गोवर्द्धन नाना एक तरफ, रामाधार दूसरी तरफ खड़े हो गए बाहर ही, अँधेरे में। गोवर्द्धन के पीछे राजन, डर के मारे उसके दाँत बज रहे थे।

अँधेरा था, पर फाटक के पास लटकी लालटेन की रोशनी वहाँ तक आती थी। थोड़ी ही देर में बेहद डरा हुआ एक छोकरा बाहर निकला, राजन से थोड़ा ही बड़ा। रंग काला और मुँह सूखा हुआ। वह सीधा नाना के चरणों पर गिर पड़ा—"हमें बचा लेंइ कक्का !"

"क्यों घुसा था ?" गोवर्द्धन नाना ने घुड़क दी।

लड़के ने दीनता-भरी आँखें ऊपर कीं। रामाधार ने एक लात लगाई कि लड़का हुच्च से रह गया। "अरे...ई का रामाधार !" गोवर्द्धन नाना ने बरजा—"बच्चा है। अहिंसा भूल गया क्या ?"

रामाधार ने अपने कान पकड़े। गोवर्द्धन नाना ने बड़ी मुलायमियत से चोर लड़के का सिर ऊपर उठाया। लड़का मुश्किल से बोला—"पानी !"

गोवर्द्धन नाना ने रामाधार को पानी लाने के लिए दौड़ाया। लड़के ने फिर सिर उठाया और अपने पिचके पेट की तरफ इशारा करते हुए धीरे-धीरे रुक-रुककर बोला—"तीन दिनों से खाने को कुछ नहीं मिला !" उसकी आवाज बहुत मुश्किल से निकलती थी।

गोवर्द्धन नाना की आँखें भींग आईं। "हे भगवान !" उनके मुँह से निकला। तब तक रामाधार पानी लेकर आ गया था।

"लोगों को जगाऊँ ?" रामाधार ने पूछा।

"नाहीं...धीरे बोल।" गोवर्द्धन नाना ने कहा—"भूखा है।"

गोवर्द्धन नाना ने रामाधार से पानी का लोटा ले लिया और लड़के को चुल्लू बाँधने को कहा। पानी गिरने की देर...कि लड़का भक्क-भक्क पीने लगा। पेट में पानी गिरने की आवाज ऐसे होती थी जैसे नदी में मटकी भरी जा रही हो। पानी पी चुकने के बाद लड़का थोड़ा स्वस्थ हुआ। गोवर्द्धन को याद आया कि उनके झोले में कुछ पूड़ियाँ पड़ी हैं जिन्हें बाँधकर वे गाँव से चले थे। रामाधार से पूड़ियाँ मँगवाकर उन्होंने लड़के को थमा दीं। लड़के की आँखों में कृतज्ञता भर आई। वह खाने को हुआ कि नाना ने टोका—"इहाँ नाहीं...बहिरे..."

नाना लड़के का हाथ पकड़ धीरे-धीरे फाटक की तरफ ले गए। वहाँ उन्होंने लड़के के सिर पर स्नेह का हाथ फेरा और उसे बहुत ही प्यार और दया से देखा। उसके बाद बड़े ही मीठे स्वर में कहा—"बेटा, बेइज्जत होये से अच्छा बा भूखे मर जाँइ।" फिर छुटक दरवाजे से चुपचाप लड़के को बाहर निकाल दिया।

"ऐसा होता है चोर ?" राजन सोच रहा था। वह कितना डर जाता था चोर की कल्पना करके ही। यह चोर जब कोठरी से बाहर निकला तो वह तो राजन से भी ज्यादा डरा हुआ था, डरा हुआ और दीन। गोवर्द्धन नाना के लिए राजन के मन में श्रद्धा और बढ़ गई थी।

गोवर्द्धन लौटकर आए तो रामाधार बोला—"पंडितजी, आप देखा रामाधार के मन्तर का प्रभाव। चोर को एकदम आपके सिरहाने कोठरिया में बाँध दिया।"

गोवर्द्धन नाना हँसे और रजाई में घुसकर बटुआ निकालने लगे। उनकी आँखें अँधेरे में ही दूर देखने लगी थीं। राजन मुग्ध उन्हें देखे जा रहा था।

गोवर्द्धन उन व्यक्तियों में से थे जिन पर महात्मा गांधी का प्रभाव इतना अधिक था कि उसने उनकी जीवन-शैली को ही बदल डाला था। उनकी पत्नी पहली सन्तान को जन्मने में ही स्वर्ग सिधार गई थीं, बच्चा भी नहीं बचा था। गोवर्द्धन अपना सर्वस्व गांधीजी, स्वतन्त्रता संग्राम और देश के लिए अर्पण कर सकें...इसलिए उन्होंने फिर विवाह नहीं किया। गृहस्थ होने से जोखिम उठाने का वह माद्दा नहीं रह जाता, आदमी डरपोक हो जाता है। वे अपने गाँव में सुराजियों के प्रमुख थे और जहाँ भी जिले से आन्दोलन के लिए कोई खबर आई, गोवर्द्धन अपनी टोली लिए सबसे पहले पहुँचते। लाठियाँ खाते-खाते, जेल जाते-जाते वे खासे कठैठ हो गए थे। गाँव में मुस्तकिल निवास, कार्यालय या जो भी कहें उसके नाम पर एक कोठरिया थी। अपना परिवार या घर नहीं था तो गोवर्द्धन ने अपने लिए बाहर कई छोटे-छोटे घर-परिवार बना लिए थे। इस तरह भी वे गांधीजी की विचारधारा को अपने जीवन में जी रहे थे...जात-पाँत के बाहर अपनत्व को फैलाना। प्रेम को स्वयं या परिवार की संकीर्णता में सिमटा लेने की बजाय उसका विस्तार बाहर करना। जब-तब वे किसी भी परिवार की तरफ चुपचाप चल देते

और कुछ दिन वहाँ बने रहते। राजन का घर ऐसे ही परिवारों में एक था। गोवर्द्धन राजन के सगे नाना के बचपन के साथी थे। मित्र के देहान्त के बाद गोवर्द्धन ने अपने मित्र की बेटी को अपनी बेटी मान लिया, धर्म-पिता हो गए। बिटिया की खबर लेते रहना उनका कर्तव्य था...तो साल में एकाध चक्कर लगा लेते। शान्ति के गाँव का होने के कारण उनका आना बहुत अच्छी नजरों से नहीं देखा जाता था। कुछ लोग यह सोचते कि गोवर्द्धन आगे नाथ न पीछे पगहा है और मुंशीजी दुधारू गाय हैं तो गोवर्द्धन रुपए-पैसे की लालच में दौड़ते हैं। कुछ लोगों का यह भी ख्याल था कि मुंशीजी भीतर-भीतर सुराजियों से जुड़े हुए हैं और गोवर्द्धन खुफिया की तरह मुंशीजी को स्वतन्त्रता आन्दोलन की कोई जरूरी खबर-अतर पहुँचाने के लिए आया-जाया करते हैं। गोवर्द्धन को फटकवावाले आँगन की तरफ जो मुख्यतः नौकर-चाकरों के लिए था, ठहराया जाता। पता नहीं इस तरह उनकी उपेक्षा की जाती थी, या उन्हें सुराजी होने के कारण थोड़ा छिपाकर रखा जाता था। गोवर्द्धन को इससे कुछ भी फर्क नहीं पड़ता था। सुराजी होने के कारण वे सचमुच जात-पाँत, ऊँच-नीच के विचारों से ऊपर उठ गए थे। उनकी जरूरतें इतनी कम हो चुकी थीं कि उन्हें कहीं कोई तकलीफ ही न होती। मुंशीजी के यहाँ वैसे भी वे इसी भाव से लेते कि बिटिया के घर आए हैं तो कायदे से उन्हें गाँव के बाहर ठहरना चाहिए। अब बनारस में बाहर कहाँ ठहरें तो मुंशीजी के बैठकखाना को गाँव मान लिया और फटकवावाले आँगन को बाहर का इलाका। वे इतना जरूर चाहते कि तीन-चार दिन जितने दिन रहें उनमें एक बार अपनी बिटिया शान्ति से मिल लें, उसकी राजी-खुशी पूछ लें।

गांधीजी के प्रभाव के चलते ही गोवर्द्धन के जीवन में सादगी और आदर्श का विशेष महत्त्व था। उनकी पूरी सम्पत्ति एक खादी के झोले में समा जाती थी। सिर्फ दो जोड़ी कपड़े—एक पहने तो दूसरे खुद धोकर सूखने को डाल दिए। खाने का इन्तजाम दिन-प्रतिदिन के हिसाब से और रुपए-पैसे जब खत्म हो गए तभी उसके इन्तजाम के लिए प्रयत्नशील होना। माँ-बाप से मिला गाँव में एक छोटा-सा खेत था, जिसे गोवर्द्धन ने बटाई पर दे दिया था। वहाँ भी जमीन का मालिक और नौकर के सम्बन्ध के बजाय गोवर्द्धन ने काश्तकार से पारिवारिक सम्बन्ध बना लिए थे। सारी देखरेख, सब काम वही करे और गोवर्द्धन को जब जितने रुपए-पैसों की जरूरत हो देता जाए। सभी जानते थे कि उनकी जरूरतें कितनी कम थीं और जरूरत न हो तो सिर्फ लालच से तो वे माँगने से रहे। इसलिए साल-भर में गोवर्द्धन जितना लेते उससे बहुत ज्यादा का उनका हक बनता था। लेकिन हक से कम लेने को गोवर्द्धन काश्तकार पर किया गया उपकार कभी न मानते। काश्तकार का परिवार उनसे बड़ा था, पेट भरने की जरूरतें ज्यादा थीं... इसलिए जमीन की पैदावार पर उसका हक ज्यादा था। गोवर्द्धन को अक्सर अपना दूसरे के श्रम पर जीना खलता था, लेकिन क्या करें...अगर जमीन कमाने या किसी और धन्धे में वे लग गए तो आन्दोलन का क्या होगा ? वे कमाने-अमाने के चक्कर में पड़े, तो अपना पूरा समय और शक्ति वे देश के लिए कैसे अर्पित कर सकते हैं ? गांधीजी भी

अर्थोपार्जन के लिए कुछ नहीं करते। और बस...गोवर्द्धन निश्चिन्त हो जाते...जब कोई संशय उठे गांधीजी की तरफ देखो, संशय दूर हो जाएगा।

ताज्जुब की बात यह थी कि गोवर्द्धन आज तक गांधीजी से नहीं मिले थे और अपनी सारी भक्ति के बावजूद मिलने की कोई तीव्र इच्छा होती भी नहीं थी। उन्हें लगता कि वे क्यों इतने बड़े आदमी का समय बर्बाद करें जब दूर से ही गांधीजी सब कुछ कर देते हैं–उनके संशय दूर कर देते हैं, उन्हें शक्ति देते हैं, समय पर उन्हें सही निर्देश भेज देते हैं। गोवर्द्धन के भीतर जो भी उमंग उठती उसे वे गांधीजी द्वारा भेजा गया ही मानते। छोटी-से-छोटी बात...जैसे कि आज चोर-लड़के से व्यवहार करने की अन्तःप्रेरणा...वह भी अदृश्य शक्ति से गांधीजी ने ठीक समय पर गोवर्द्धन के पास भेज दी, वर्ना रामाधार तो अनर्थ ही किए जा रहा था। दूर से ही इतने बड़े व्यक्ति द्वारा चालित जीवन...ऐसा तो निकट से निकट रहनेवाले शिष्यों को भी नहीं मिलता।

गोवर्द्धन अपने जीवन में मात्र सन्तुष्ट नहीं, प्रमुदित थे। उनका परम सौभाग्य कि गांधीजी से सीधे-सीधे प्रकाश लेते हुए वे भी उसी आकाश के नक्षत्र हैं...भले ही बेहद छोटे। बहुत कम दूर तक उनकी रोशनी जाती है, लेकिन स्वयं तक तो आती है।

7

सर्दियाँ समाप्ति की ओर थीं। दिन धीरे-धीरे बड़े होने लगे थे। मुंशी राधेलाल अब रात को खाने के बाद भी एक-दो घंटे बैठकखाने में बैठते और काम करते थे। यह वह समय था जब वे अकेले होते थे और बहुत सारे गुप्त काम जो उन्होंने अब हाथ में ले लिए थे उन्हें निपटा सकते थे। कितनी नई योजनाएँ बन सकती थीं। लोगों का हमेशा ही यह ख्याल होता कि मुंशीजी मिसलें या कानून की किताबें पढ़ रहे हैं, किसी पेचीदे मुकदमे की तैयारी कर रहे हैं।

ऐसी ही एक रात बाहर से दस्तक हुई। राधेलाल ने दरवाजा खोला तो हैरत में पड़ गए...हैडमास्टर स्मिथ, इतनी रात गए ! वे अपने आम सफेद लिबास में भी नहीं थे, लड़कों जैसी रंग-बिरंगी पोशाक पहन रखी थी। अन्दर घुसते ही स्मिथ साहब ने पीछे से किवाड़ लगा दिए...जैसे वे नहीं चाहते थे कि उन्हें कोई भीतर आते देख ले।

"माफ करेंगे, इस वक्त..." उन्होंने कुर्सी पर बैठते हुए कहा।

"नहीं-नहीं, कोई बात नहीं।" मुंशी राधेलाल ने हिचकिचाते हुए कहा–"क्या राजन ने फिर कुछ... ?"

"नो-नो...ही इज ए वैरी गुड बौय !"

"मैं खुद एक दिन आना चाहता था। उस दिन गुस्से में कुछ उल्टा-सीधा कह गया। जो कहा वह तो ठीक ही था, लेकिन आपको पर्सनल ठेस पहुँचे–ऐसी मंशा कतई नहीं थी।"

"नहीं-नहीं...परफैक्टली औल राइट। मैं समझता हूँ। मैं आजादी की लड़ाई की

कद्र करता हूँ। दरअसल अंग्रेजों के यहाँ रहने का कोई जस्टीफिकेशन है नहीं।''

मुंशी राधेलाल थोड़ा अविश्वास से हैडमास्टर की तरफ देखते रहे...हर शहर में एक एड्रज़ है क्या ?

''मैं जानता हूँ आपको यकीन नहीं होगा। हमारे अपने खयालात कुछ हों, हम से उसी बिहेवियर की उम्मीद की जाती है जो मुझसे राजन को मिला। हम पर हिन्दुस्तान में काफी निगरानी रखी जाती है। सच बताऊँ तो मैंने आपके बच्चे की केनिंग दिखाने के लिए की थी...टु कीप द शो।''

मुंशी राधेलाल देखते रह गए। अंग्रेजों की पूरी की पूरी कौम को कैसे खारिज किया जा सकता है ! मनुष्य किस तरह सब जगह मौजूद हैं।

''एक जरूरी बात आपसे कहने के लिए आया हूँ।''

राधेलाल की उत्सुक निगाहें स्मिथ की तरफ उठ गईं। स्मिथ ने चारों तरफ देखा, अपने को राधेलाल के और करीब लाते हुए करीब-करीब फुसफुसाते हुए कहा—''वे आपको जल्दी ही गिरफ्तार कर लेंगे।''

मुंशीजी सकपका गए थे, अब भी अविश्वास से स्मिथ की तरफ देखे जा रहे थे।

यह विदेशी ! इसे क्या और कैसे बताया जाए। सबकी तरह स्मिथ के लिए भी राधेलाल साधारण आदमी होंगे, वे ऐसा दिखते और माने भी जाते थे...लेकिन वह विचित्र समय था। कुछ भी हो गुजरता था। जयप्रकाश नारायण, रामनन्दन मिश्र, योगेन्द्र शुक्ल आदि जेल से भाग निकले। जयप्रकाश का अनाम जगह से देशवासियों के लिए लिखा गया पत्र हाथोंहाथ घूम रहा था। डॉ. लोहिया, आसफअली, पूर्णिमा बनर्जी जैसे नेता तो अंडरग्राउंड थे ही, 'आज' के सम्पादक—बाबूराव विष्णु पराड़कर को भी अंडरग्राउंड होना पड़ा था। सुराजियों की कोशिश यह थी कि 'आज' हर हालत में निकलता रहे, लोगों के पास पहुँचता रहे। इसके लिए कार्यकर्ताओं की पूरी एक टीम थी। छापाखाना एक जगह से काम न करके घर-घर घूमता था। मुंशीजी चुपचाप इसी सिलसिले की एक कड़ी बन गए थे। वे भीतर-भीतर काम करते रहते...बाहर वकालत। इस तरह वे अपनी द्विविधा—घर या बाहर—इससे थोड़ा-बहुत उबर आए थे। उनके पिछले रिकॉर्ड को देखते हुए उन पर शक नहीं किया जा सकता था।

''मेरा ख्याल है''—स्मिथ आगे कह रहे थे—''कि अंग्रेज यहाँ बहुत दिनों तक टिकनेवाले नहीं हैं। इसलिए अगर आप रात से ही अंडरग्राउंड हो जाएँ तो जेल के बाहर रहेंगे और देश के लिए कुछ काम भी करते रह सकेंगे। तब तक आजादी आ जाएगी... जेल में बन्द हो जाने से यह अच्छा रहेगा।''

कितना अजीब ! इस आदमी से सिर्फ एक बार भेंट हुई, वह भी एक अप्रिय प्रसंग में। उसे करब-करीब गालियाँ दीं मुंशी राधेलाल ने...और वह ऐसा हितैषी कि क्या कोई पुराना दोस्त होगा। दोस्ती के लिए आदमी का करीब रहना या करीबी होना जरूरी नहीं, विचारों का मेल भी कितनी जल्दी कितना नजदीक ला देता है !

''वे मुझे भी शायद डिपोर्ट कर दें। मेरे पास समय नहीं है, लेकिन आपके पास

तो एकदम नहीं है। एक दोस्त की सलाह मानिए और...मैं चलूँगा। जरा देखिए कि रास्ता साफ है ?''

मुंशीजी ने दरवाजा आधा खोलकर बाहर की तरफ झाँका। गली सुनसान थी। सिर्फ दूर मोड़ पर एक आदमी गली से सड़क में उतर रहा था। उसके ओट होते ही मुंशीजी ने स्मिथ को इशारा किया, अनुगृहीत होने की एक गहरी मुस्कान के साथ हाथ मिलाया। तभी दोनों की आँखें छलछला आईं।

छोटी और मतलब की बातवाली मुलाकात ! जो भीतर एक-दूसरे के लिए उमग रहा था, उसे ठीक-ठीक कह देने का समय नहीं। दोनों जैसे दो विपरीत दिशाओं में ढकेले जा रहे थे, तेजी से दूर निकल जाएँगे और दोबारा मिलना नहीं ही होगा ! जिस एक मुलाकात में वे करीबी हुए, उसी में दूर हो रहे थे। मिलन और विछोह चन्द मिनटों में ही।

हाथ मिलाकर स्मिथ तेजी से बाहर खुलक गए।

निर्णायक मोड़ पर आ गई मुंशी राधेलाल की जिन्दगी। अय्याशी नहीं तो जिस काहलियत में इतना समय बरबाद किया उसका मुआवजा माँगती है अब ! ठीक भी है...न माँगती तो लगता कि जो करते रहे, वही महत्त्व का था। मुंशीजी अंडरग्राउंड होने का मतलब समझते थे। वकालत हमेशा के लिए खत्म—कौन मुवक्किल खड़ा रहेगा उनके लिए और कब तक ? अंडरग्राउंड होना माने बिना कोई चोरी किए बराबर चोर की तरह रहना, कोई जुर्म नहीं किया पर जेल से भागे कैदी की तरह हमेशा दौड़ते रहना, पीछे बराबर पुलिस—हथियारों से लैस। न कहीं खाने-पीने का सुभीता, न सोने का। इतना बड़ा घर जहाँ हर चीज व्यवस्थित है, उसे छोड़कर अन्धी गलियों की अव्यवस्थित जिन्दगी में कूद जाना। हर पल जान का जोखिम। नई उम्र के नहीं हैं वे जो झेल सकें।

लेकिन यही तो है। इससे कतराए तो जिन्दगी में जो एक वजन की तलाश उन्हें रही है, उससे महरूम रह जाएँगे। यह निर्णय का बिन्दु था। उन्हें तय करना था... घिस-घिसवाली जिन्दगी जो स्वयं को अंग्रेजों का वफादार साबित करने में, उन जैसा बनने में ही निकल जाती थी, या उसकी जैसी ऊपर से सामान्य लेकिन नीचे-नीचे कुछ काम करनेवाली जिन्दगी। पहली या तो अज्ञानी या शतप्रतिशत झूठ का दामन थामे रहनेवाली थी, दूसरी दिखावी, पाखंडी। बाहर दिखा रहे हैं कि उन्हें आन्दोलन-वान्दोलन से कोई मतलब नहीं, साथ ही एक झूठ अपने पर थोप रहे हैं—रत्ती-भर करके अपने को विश्वास देना कि वे बड़े क्रान्तिकारी हैं। इन दोनों को छोड़ सच को ही पकड़कर क्यों न कूद जाएँ ? अंग्रेजों के वफादार दिखते रहिए, घर-गृहस्थी, माँ और पत्नी की इच्छाओं के मुताबिक चलते रहिए, वकालत यानी कि झूठ के पेशे में सिर तक डूबे रुपए कमाते चले जाइए...तब भी मरना तो होगा ही किसी-न-किसी दिन, सबसे बिछड़ना होगा—घर, माँ, पत्नी, बच्चे, पेशा, पैसा...सबसे। तो फिर आज क्यों नहीं ? जैसे तब किसी को बताकर जाना नहीं होगा, वैसे अब क्यों नहीं ?

राधेलाल बेकार सोच रहे थे। उनके पास कोई विकल्प था ही नहीं। कभी-कभी जिन्दगी खुद ही आपको पूरी ताकत से उस तरफ ढकेल देती है जिधर जाने की कशमकश में आप ताजिन्दगी झूलते रहे। राधेलाल भाग्यवान हैं।

लेकिन किसी को बताकर तो जाना होगा। मुश्किल यही है कि किसी से बताया तो रोना-सिसकना शुरू, हल्ला होने लगेगा...इतनी रात को। न बताया तो पुलिस ढूँढ़ना शुरू करेगी, उसके पहले ही घर द्वारा ढूँढ़ शुरू हो जाएगी। इसलिए कम-से-कम एक को तो बताकर जाना ही होगा। किसी मर्द को—घनश्याम...बाँके ? नहीं...अगर एक ही को बताकर जाना है तो इस घर में वह माँ ही हो सकती हैं...भले ही वे आन्दोलन के खिलाफ रही हों। वे ही सँभाल सकेंगी, दूसरा कोई नहीं।

मुंशी राधेलाल अपनी माँ के कमरे में पहुँचे। रोशनी बुझाकर जोगेश्वरी लेट चुकी थीं। राधेलाल ने हल्के-से थपथप की—"माँ, मैं हूँ"...धीरे से कहा। एक आवाज में ही जोगेश्वरी उठ बैठीं, किवाड़ खोले और बाहर से आती रोशनी में राधे की तरफ हैरत से देखने लगीं—इस तरह तो कभी नहीं आया यह, अँधेरे में !

"माँ, मैं जा रहा हूँ। मुझे जाना है अभी।"

"गिरफ्तार करे आइल बानी ?" जोगेश्वरी समझ गई थीं। उन्हें घर में हर चीज का अन्दाजा रहता था।

"आनेवाले हैं। उसके पहले ही निकल जाऊँ। आजादी आनेवाली है, क्यों जेल में सड़ा जाए !"

आजादी के नाम पर अविश्वास उतरा आया जोगेश्वरी के चेहरे पर। उनका यह बेटा क्यों बरगलाया हुआ है सुराजियों के चक्कर में ? कब से सुन रहे हैं—आजादी-आजादी, आज तक तो आई नहीं। राधेलाल घर का आराम और सुख छोड़कर कहाँ उठेगा-बैठेगा, कहाँ रात बिताएगा ? ममता बहने को ही आई, पर तभी जोगेश्वरी ने सँभाला खुद को—जो वह छिपे-छिपे करता रहा है, उसमें यहाँ भी कहाँ सुरक्षित है ? पकड़कर ले जाएँ, जेल में डाल दें—अंग्रेज बड़े निर्दयी होते हैं—उससे तो अच्छा है कि राधे फरार हो जाए, जेल के बाहर तो रहेगा।

"आओ बेटा !" उन्होंने सन्तुलित आवाज में कहा।

राधेलाल ने चरण छुए। जोगेश्वरी ने सिर पर हाथ फेरा—"ठीक से। इहाँ के चिन्ता ना करिहा।"

"किसी और से कहकर नहीं जा रहा। तुम सँभाल लेना। सबको यही कहना है कि मैं काम से कहीं गया हूँ। कुछ दिनों बाद मौका निकालकर आऊँगा।"

राधेलाल माँ के कमरे के बाहर आँगन में निकल आए। पीछे से जोगेश्वरी देखती रहीं...पता नहीं कब देखने को मिले।

मुंशी राधेलाल पाँच मिनट के लिए अपने कमरे में गए। एक थैले में जरूरी सामान रखा। राजन की अम्मा को संक्षिप्त-सी सूचना दी कि एक मुकदमे के सिलसिले में उन्हें एकाएक इलाहाबाद जाना पड़ रहा है, लौटने का तय नहीं है, ज्यादा समय लग

सकता है।

थैला कन्धे पर लटकाकर जब वे एकदम सुराजी की तरह सड़क पर निकले तो लगा जैसे घर, वकालत और न जाने किस-किस चीज का बोझ उन्होंने उतार फेंका है। सुराजी तो वे पहले भी थे, पर आधे ही ! आज पूरे हो गए।

कहाँ जाएँ...मन में आया कि एक रात कमलाबाई के यहाँ भी बिताई जा सकती है। वह मना नहीं करेगी...लेकिन नहीं, यह तो संघर्ष की बजाय आराम, विलास का रास्ता पकड़ना है। फिर राधेलाल के रहने से कमलाबाई मुसीबत में आ सकती है। खुद को बचाने के लिए, दूसरे की जान जोखिम में डालना ! बनारस में कहीं बाहर निकल जाने के लिए यही रात है।

और वे स्टेशन की ओर चल दिए।

8

राधेलाल गए तो जोगेश्वरी को अपने दूसरे लड़कों का ध्यान आया...सन्नी नहीं दिखाई दे रहा। एक दिन...दो दिन...तीन दिन और इन्तजार किया, रमन महाराज के यहाँ पता करवाया...प्रोग्राम में बाहर कहीं गया है क्या, कब गया था पिछली बार ? जोगेश्वरी के लिए यह जानकारी नई थी कि पिछले छह महीनों से सन्नी ने महफिलों में जाना बन्द कर दिया था। रमन महाराज उसे छेड़ते भी तो सन्नी हँसकर टाल जाता, वह गुमसुम रहने लगा था, इधर दो महीनों से तो रमन महाराज से मिला भी नहीं। शमीम ने भी कुछ ऐसा ही बताया—सन्नी संगीत से कुछ खिंचा-खिंचा-सा रहने लगा था। जोगेश्वरी का जी बैठ गया, सन्नी पता नहीं कब से गायब हो ! जोगेश्वरी को तो पता भी चल गया, इस घर में ही कितनों को तो अब भी पता नहीं है। बेचारे के साथ क्या बीत रही होगी ! लेकिन यहीं क्या बेहतर बीतती थी—घर में कोई पूछनेवाला नहीं, कब आया कब गया, खाया या भूखा पड़ा हुआ है, मन दुःखी है...क्या सालता है उसे ! इतना बड़ा घर, इतने सारे लोग...सब अपने-अपने चक्करों में खोए हुए, सन्नी के लिए किसी को फुर्सत नहीं। किसी को क्यों हो, जब माँ को ही फुर्सत नहीं थी ! घर में एक तो वैसे ही भीड़-भाड़, ऊपर से कभी यह हो रहा है तो कभी वह...नहीं, असली बात यह थी कि सनिया फालतू था तो कौन पूछे ! किसी का पति हो, पिता हो, कमाकर घर में बड़ी रकम लाता हो तो पूछा जाता। जोगेश्वरी से ही चूक हो गई। उन्होंने यह भी नहीं देखा कि सन्नी की कद्र होना तो दूर, उल्टे उसे ताने ही मिल रहे हैं घर में...और ताने देनेवालों की भीड़ में वे भी शामिल थीं—"वह निखट्टू ! ऊ सरंगिया !" सन्नी इतने दिनों घर में रहा आया—यही ताज्जुब की बात थी !

राधे के जाने को तो झेल गई थीं जोगेश्वरी, लेकिन जैसे-जैसे सन्नी का गायब होना पक्का होता चला गया, उनके भीतर हाहाकार बढ़ता चला गया—इसके लिए बसाया था वह बड़ा घर ? एक साथ दो लड़के घर निकाले जैसे हो गए, पता नहीं कहाँ

होंगे, भरपेट खाना भी मिलता होगा या नहीं ! रात बिताने के लिए उन्हें शायद हमेशा ऊपर कोई छाया भी नसीब न होती हो। यह पाँच आँगनों वाला और अनगिनत कमरोंवाला घर ! इसके एक खपरैल की छाया भी उनके दो लड़कों के भाग्य में नहीं। राधे तो कर्मठ है, कुछ कर लेगा, ऊ सनिया तो...जैसे सन्नपात चढ़ा हो—बैठा है तो बैठा ही रहेगा, सोच रहा है तो सोचता ही रहेगा। कहो तो दो-दो दिन बिस्तर से ही न उठे। समय से उसे ब्याह दिया रहा होता तो उसका ख्याल करने को तो होता कोई। तब शायद यह दिन भी न देखना पड़ता।

इधर जोगेश्वरी सन्नी को लेकर परेशान थीं, उधर पुलिस राधे को लेकर उनकी नाक में दम किए हुए थी। राधे के जाने के दूसरे दिन ही आ गई थी। घर में जोगेश्वरी के अलावा और कौन जवाब दे ! पूछताछ के शुरू के दिनों तो सबने सच ही कहा—"कहीं बाहर नहीं गए, यहीं हैं। कहाँ हैं, कब आएँगे...क्या पता...दो-तीन दिनों बाद जब पुलिसवाले घनश्याम से उल्टा-सीधा मनगढ़न्त कुछ उगलवाने के चक्कर में थे तो जोगेश्वरी ने पुलिस को आड़े हाथों लिया—"बेकार आप लोग खुखुर-खुखुर करत हौ, अरे आदमी का जात ठहरा...कौनो बताता है भला कहाँ जात है, काहे जात है। रउवा आपन घर में हर बात हर समय बतात हौ का ?"

पुलिसवालों को कुछ कहते न बना। जोगेश्वरी फिर दुलत्तियाँ लगाती चली गईं—"ये ठीक से समझ लीजिए कि राधे क्या करते थे, किससे मिलते-जुलते थे...यहाँ किसी को कुछ नहीं मालूम। यह बड़ा घर है। बड़े घर में मुखिया के कारनामों का हिसाब नहीं रखा जाता, न उससे कोई पूछताछ की जाती है। राधे से ही पूछिएगा। हम लोग सिर्फ इतना जानते हैं कि वे वकालत करते थे, कौन मुवक्किल, कौन जज...यह सब किसी को नहीं मालूम। जाइए, और आगे आने की तकलीफ न उठाइएगा क्योंकि इससे ज्यादा यहाँ किसी को कुछ नहीं मालूम..."

पुलिस उस दिन के बाद नहीं आई, आई भी तो बाहर-बाहर से तहकीकात करके लौट गई। इधर जोगेश्वरी को चिन्ता राधेलाल की उतनी नहीं जितनी सन्नी की थी। कैसी विचित्र बात कि दोनों बेटे सामने थे तो राधे के आगे सन्नी का ध्यान ही न आता था और अब दोनों गायब तो राधे का ख्याल दिनों-दिन न आवे और सन्नी हर क्षण मन में उतराया रहे। राधे जोगेश्वरी की मर्जी के खिलाफ सुराजियों के चक्कर में पड़ा था। जोगेश्वरी को पहले से अहसास था कि एक दिन ऐसा आ सकता है जब राधे को घर छोड़ देना पड़े। उसे आगाह भी किया था। ऐसा भी नहीं कि राधे समझदार न हो। अब जान-बूझकर कोई उस रास्ते जाता है तो भुगते। पर बेचारा गरीब सनिया। बड़े घर के भब्बड़ और सबकी छींटाकशी का शिकार हुआ...सोच-सोचकर जोगेश्वरी का खून सूखता था। कोई दिन ऐसा नहीं जब जोगेश्वरी सन्नी का पता लगाने कभी इधर, कभी उधर न जाएँ। सन्नी के जो-जो अड्डे पता चले, वहाँ-वहाँ वे हो आईं, जिस साथी-संगी के बारे में भनक मिली, उससे जाकर मिल आईं। इस बीच उनके मन में एक और बात खुरखुराने लगी थी—कहीं राधे ने तो नहीं सनिया को भी अपने रास्ते खींच लिया—पहले

मैं जाता हूँ, पीछे-पीछे तू आ। दोनों में शायद कोई साँठगाँठ हो। सन्नी से उल्टे-सीधे काम कराए जाते होंगे...वह ठहरा सीधा ! बगैर बीवी-बच्चोंवाला है तो लोग यह भी मानकर चलते होंगे कि जोखिम का कोई काम हो तो उसी को ठेलो। कहाँ-कहाँ ठोकर खाता घूमता होगा, जान हथेली पर लिए हुए ! सनिया को तो अपनी हिफाजत करना भी नहीं आता। अब अगर दोनों लड़के सुराजी हो गए तो वे प्रकट भी साथ ही होंगे। जोगेश्वरी का स्नेह राधे के लिए सबसे ज्यादा था, लेकिन अब राधे की याद पर कटुता-सी भर आती थी मन में—जोगेश्वरी का कहा न मान सुराजियों की संगत करता रहा ! बाप जैसा जिद्दी—दूसरी बातें जो कहो सब सुनेगा, घर की तरक्की, खुशहाली के लिए कुछ कहो तो उसकी इन्द्रियाँ सुन्न हो गईं जैसे। घर के खर्च का बड़ा हिस्सा राधे की कमाई से निकलता था। कमाई वकालत की थी, रोज-रोजवाली। राधे नहीं तो कमाई नहीं। कब तक जोगेश्वरी बैंक से खींच-खींचकर खर्चा चलाएँगी। घनश्याम, बाँके से कहा तो उनका जवाब ठीक ही था—उनकी तो गिनती की कमाई है, उनके अपने खर्च में थोड़ा और कटौती कर सकती है जोगेश्वरी। बाकी वे दे ही देते हैं।

रुपए-पैसे की तंगई का पहला असर पड़ा राधे के परिवार पर। जिस किस्म के ऊपरी खर्चों के आदी राजन, उसकी माँ और उसके भाई-बहन थे, उसमें हाथ-खिंचाई होने लगी। बाहर तो पहले ही दिखाई देने लगा था—पहले घर में कुछ-न-कुछ होता रहता था, अब जैसे कसम खा ली गई थी। घर में इस छोर से उस छोर घूमते हुए जोगेश्वरी जैसे बराबर तौलती रहतीं—क्या जरूरी है क्या गैर-जरूरी, कहाँ कटौती की जा सकती है, कहाँ से कुछ रकम खड़ी हो सकती है ? फटकवावाले आँगन में दो-चार इक्के, सिकरम, बग्घी खड़े रहते थे, उसी अनुपात में घोड़े-घोड़ियाँ थे...जोगेश्वरी ने सभी को बेच दिया एक-एक करके। घोड़े-घोड़ियाँ जाने से बहुत खर्चा बच गया। बाहर यही कहा गया कि घर में इधर से उधर जाना होता ही कितना है...बेकार खड़ी रहती थीं। उसके बाद जोगेश्वरी ने घर में जहाँ-जहाँ कोई बड़ा फर्नीचर देखा तो घनश्याम से कहकर उसे निकलवाया...किस दिन को रखे रहें। इसके ऊपर भी कुछ करने की जरूरत थी...इसलिए फटकवावाले आँगन में जो मेहमानों, गाँव से आए लोगों, रिश्तेदारों के लिए रसोई थी—उसे बन्द कर दिया गया। जो दूर के होंगे, वे अपने-आप इन्तजाम बाहर करेंगे और जो करीबी होंगे वे घर की रसोई में ही खा लेंगे। अलग रसोई न होने से मेहमान कम रुकेंगे, पहले की तरह नहीं कि चाहे जब चले आए और पड़े हुए हैं। यह सब जोगेश्वरी को पसन्द नहीं था, लेकिन मजबूरी थी। घनश्याम और बाँके की यही सलाह थी, इसी क्रम में घर में पहली बार दो चूल्हे हो गए—राधे के चचेरे भाइयोंवाले परिवार का एक, राधे के सगे भाइयों का एक...अपना अलग सँभालें अब, राधे भैया थे तो खींचते रहे। रामधुन मिठाईवाले जो रोज सवेरे अपना खोमचा लिये आते थे, उन्हें मना कर दिया गया। बच्चों के लिए नाश्ता घर में ही बनाया जाए।

इसी बीच दादी-अम्मा चल बसीं। तबीयत जरा-सी भी खराब नहीं थी। दरअसल पिछले एक साल से शरीर तो काम कर रहा था लेकिन दिमाग करीब-करीब खत्म हो

गया था, शारीरिक क्रियाओं पर भी अधिकार छूट-छूट जाता। फिर भी चलती चली जा रही थीं। बूढ़े शरीर मशीन की तरह हो जाते हैं...चलते हैं तो चलते चले जाते हैं खटर-खटर...खटर-खटर ! उन्हें किसी ने न सन्नी के गायब होने का बताया, न राधे के जाने का। लेकिन अगर इन खड़खड़ शरीरों में यह अशक्तता आ जाती है कि इधर-उधर जाकर सुन-सुनाकर, कुछ अता-पता नहीं कर सकते तो उनमें कुछ अतिरिक्त शक्तियाँ भी दे देता है भगवान...जानवरों जैसी घ्राण-शक्ति, जिससे बैठे-बैठे ही सब पता चलता रहता है। दादी-अम्मा की सूँघने की शक्ति वैसे भी तेज थी, और तेज होती चली गई। ऐसा लगता था कि वे राधे और सन्नी का न होना सूँघ गई थीं, जितना मस्तिष्क कहीं केन्द्रित हो पाता, उतना उस बात को महसूस भी करती थीं, तब बौखलाकर इधर-उधर करीब-करीब दौड़ने लगतीं। जीवन की अन्तिम रात भी वे सूँघते-सूँघते उठीं...‘‘गँधात है, गँधात है, कुछ सड़त बा...’’ और उठा अपनी झाड़ू खरोंच-खरोंचकर बुहारने लगीं। झाड़ती चली गईं...हाथ रुकते तो फिर नाक चल पड़ती—‘‘गँधात है, कछु रह गवा...’’ और फिर झाड़ू चलाने लगतीं। झाड़ू की आवाज हुई तो कइयों की नींद तो टूटी लेकिन कोई उठा नहीं कि दादी-अम्मा तो ऐसे करती ही रहती हैं। झाड़ू की आवाज बन्द हुई और उसके बाद फिर शुरू नहीं हुई तो जोगेश्वरी को खटका हुआ। उठकर वे दादी-अम्मा की कोठरी की तरफ गईं। देखा तो कोठरी का दरवाजा खुला हुआ है, भीतर झाड़ू पर ही दादी-अम्मा गिरी पड़ी थीं, साँस धौंकनी की तरह चल रही थी, पता नहीं कितनी देर से चला रही थीं झाड़ू। जोगेश्वरी ने हाथ से झाड़ू छुड़ाना चाहा तो जैसे हथेली की हड्डियाँ झाड़ू को पकड़े हुए थीं। पूरी ताकत लगाकर ही जोगेश्वरी उस दुबले-पतले हाथ को झाड़ू से अलग कर पाईं। उधर हाथ से झाड़ू छूटी, इधर गले से आखिरी साँस। जोगेश्वरी के हाथ पर ही लुढ़क गईं, हथेली झाड़ू की तरफ जाती हुई...जैसे झाड़ते-बुहारते ही संसार में आई थीं और वह काम अधूरा ही छोड़कर जाना पड़ रहा था।

कुछ नहीं हुआ। न रोना, न धोना। हुआ भी क्या था—एक पुरानी मशीन ठप्प पड़ गई थी...और क्या ! कभी जोगेश्वरी भी ऐसे ही ठप्प पड़ जाएँगी। जोगेश्वरी की सास के लिए तो अच्छा ही हुआ पर राधे की नामौजूदगी में यह सब होना...थोड़े दिनों बाद जातीं।

एक बात देख रही थीं जोगेश्वरी। लोग कितनी जल्दी भूल जाते हैं, कितनी जल्दी नई परिस्थितियों में ढल जाते हैं। उनकी सास की किसी को याद नहीं। उन्हें छोड़ो, वह आदमी जो घर में सूर्य की तरह था, सब उसके चारों ओर घूमनेवाले नक्षत्र-मंडल...उस राधेलाल को सबके सब करीब-करीब भूल गए थे, एक शान्ति को छोड़कर। वह जरूर मुरझाई-सी रहतीं, जैसे भीतर पड़ा-पड़ा कुछ ऐंठ रहा था—न ऐसा ही कि धुलकर खून में जा मिले, न ऐसा ही कि बाहर आ जाए। शान्ति के बच्चे कम चीजों में गुजर करना सीख गए थे। बिना चाय के बच्चों के चेहरों पर जो एक अजीब तरह की बेबसी-सी

आ चिपकती है, वह आकर बैठ गई थी वहाँ। बाकी कोई न पूछे--बाबूजी कहाँ गए, कब आएँगे। जोगेश्वरी देख रही थीं--जीते-जागते इंसान को मृत सरीखा सिर्फ इसलिए मान लिया गया क्योंकि वह घर की परिधि के बाहर हो गया था। राधे जिसने स्वयं को इस घर में हमेशा राजा की तरह सम्मानित होते देखा...वह अगर आए और अपना यह हाल देख सके ! उसके बाद भी...क्या वह सबको अँगोटे रहेगा, सब पर बरसाता फिरेगा लाड़-प्यार ?

राधेलाल आए, पूरे दो साल बाद। इन दिनों वे 'रणभेरी' अखबार को जगह-जगह पहुँचाने के काम को हाथ में लिए हुए थे। अखबार को छिपी जगह पर चलते छापेखाने से लाकर विश्वस्त लोगों के माध्यम से लोगों तक पहुँचाना। इसके लिए राधेलाल के पास अपनी टोली थी। राधेलाल खुद छिपछिपाकर छापेखाने जाते, 'रणभेरी' की प्रतियाँ लाते और एक गुप्त जगह टोलीवालों को बुलाकर प्रतियाँ उनमें बाँट देते। यह जगह बदलती रहती थी। टोली के जिन सदस्यों को सचमुच अखबार बाँटना था, उनका काम जोखिम-भरा था। हुलिया बदलकर मोहल्ले-मोहल्ले घूमना, मोहल्ला भी बदलते रहना ताकि कोई पहचान न कायम कर सके। भदई के चौसा आम खासे बड़े होते हैं। डलिया में चौसा आमों के नीचे अखबार का पुराना टुकड़ा रख लिया और उसके नीचे 'रणभेरी' की कापियाँ छिपाकर रख लीं। देखने को गली-गली आम बेचते फिर रहे हैं, लेकिन जहाँ आम दिए वहाँ थोड़ी देर और रुके और मौका ताक किसी की खुली खिड़की में फटाक से दो-चार कापियाँ डालकर झट दूसरी गली में आ निकले। राधेलाल अपनी टोली और छापेखाने के बीच की महत्त्वपूर्ण कड़ी थे। वे हट जाएँ तो पूरी टोली का काम ठप्प पड़ जाए, इसलिए घर जाना नहीं हो सका था। जब एक विश्वस्त राधेलाल का काम देखने के लिए आ गया तभी वे निकल पाए।

इतने दिनों बाद भी राधेलाल का आना जैसा कहाँ था वह ! घर आधी रात को पहुँचे। भीतर घुस भी न पाते अगर जोगेश्वरी बैठकखाने में सोने न लगी होतीं। राधे के जाने के बाद से वहीं सोने लगी थीं, शायद ऐसी सुविधा के लिए ही...कभी कोई आधी रात लुके-छिपे सन्देश ही ले आए। दबी-दबी खट-खट से ही पहचान लिया जोगेश्वरी ने, लपककर दरवाजा खोला। सट से भीतर खुलककर अँधेरे में ही एक छाया जिस तरह पैर छूने झुकी, उँगलियों का जाना-पहचाना स्पर्श...वे आश्वस्त हो गईं। हल्का उजाला किया तो हुच्च-से रह गईं--राधे का पूरा हुलिया ही बदल गया था--सिर के बाल और कम हो गए थे। बढ़ी दाढ़ी-मूँछें। कहाँ वह भरा-भरा चेहरा, कहाँ यह झार खाया हुआ, सिर्फ आँखें चेहरे पर, गड्ढों में धँसी आँखें। जैसे राधे नहीं, कोई और ही व्यक्ति था सामने।

"ठीक तो हौ बचवा !"

"एकदम।"

"अइसन दीखत तो नहीं बा !"

"अब आराम-तलब जिन्दगी नहीं है माँ...बस।"

"का फिर जावै का होई ?"

"तो और क्या...ये काम क्या एक जिन्दगी में खत्म हो जानेवाले हैं। कितनों की जिन्दगियाँ लग चुकीं। अभी थोड़ी देर में ही निकल जाना होगा, रात के अँधेरे में ही !"

जोगेश्वरी के भीतर जैसे सायँ-सायँ करता एक गड्ढा उतरा आया। इतने दिनों बाद आया भी लड़का...तो समय की तलवार दोनों के सिरों पर लटकती हुई।

"दादी-अम्मा नहीं रहीं।"

"अरे !"

"सनिया का कछू अता-पता नहीं, का तोहरै साथ बा ?"

"नहीं तो !"

"साँच बता दे बचवा। हमरा रोके से जब तू न रुकला तो ऊ का रुकी।"

"माँ, तुमसे क्या झूठ बोलूँगा। कब से नहीं आया वह घर ?"

"तोहरा जाय से पहले से ही गायब बा।"

"अरे... ! मैं पता करूँगा। हो सकता है किसी और टोली के साथ हो।"

"इ बनवास कब खतम होई बचवा ? जमी-जमाई वकालत धूल में मिलत जात बा।"

"जाने दो...अब उस रास्ते तो लौटना कभी नहीं होगा माँ। झूठ की वह दुकान तो बन्द ही समझो। अच्छा ही हुआ।"

"अच्छा बचवा...बहू से मिल लो। भगवान उ निर्दोस से जाने कउन जनम का बदला निकालत बा।"

जोगेश्वरी ने अपनी आँखें पोंछ लीं, और चौकन्ना होकर सड़क की आहट लेने लगीं।

अपने कमरे में शान्ति जैसे इन्तजार में ही दीवार से चिपटी खड़ी थीं। मुंशीजी के भीतर आते ही सिसक जिसे बहादुरी से वे बराबर थामे रहती थीं, वह फट पड़ी।

"मैंने तुम्हें बहुत दुख दिया, है न शान्ति !"

"दुख जरूर है लेकिन मैंने कभी कोई शिकायत की क्या ?"

"यह तुम्हारा बड़प्पन है। मैं तो गुनहगार हूँ ही। सच बात यह है कि इतने साल जब्त किए रहा था, आगे और हो न सका।"

"आपने कुछ भी गलत नहीं किया...लेकिन सामने जो तकलीफें आती हैं उनसे तो भागा नहीं जा सकता। जिस समय बच्चों को आपकी जरूरत थी..."

"कितने बच्चे माँ-बाप के बिना हैं। कितने घर उजड़े हैं, कब से उजड़ते रहे हैं, देश की खातिर। जब अपनी तकलीफें तोड़ने लगें तो उनका ध्यान किया करो जिनकी तकलीफें हमसे भी ज्यादा हैं। बहुत दूर नहीं है लक्ष्य अब। जल्दी ही आजादी मिलेगी और हम बच्चों के साथ पहले की तरह रहेंगे, स्वतन्त्रता की खुली हवा में साँस लेंगे।"

वे बातें मुंशी राधेलाल को भर सकती थीं, शान्ति को नहीं। शान्ति को तो अपने

पति का सामीप्य चाहिए था और वह नहीं था।

"खाने-पीने का सिलसिला तो कुछ होगा नहीं ?" पति के दुर्बल चेहरे को देखकर शान्ति ने पूछा।

"कैसे नहीं है, वर्ना चलता-फिरता कैसे ! वैसे बँधा-बँधाया न सही जैसा घर में होता है...लेकिन मिल ही जाता है। बाहर बहुत उमंग है लोगों में।"

"मैं इस उमंग को अपने में नहीं उतार पाती, क्या करूँ !"

"कोशिश करो...बच्चों का ख्याल करके तुम मेरा और देश का साथ दे रही हो। इस तरह तुम भी उस लड़ाई में शरीक हो, उसके बाहर नहीं हो। बच्चों की पढ़ाई-लिखाई का ख्याल रखना। रुपए-पैसे की तकलीफ होती होगी !"

"अम्मा चला रही हैं किसी तरह। घोड़े-इक्के बेच दिए।"

"रईसियत की निशानी थे, बीते युग की। वह सब जाना ही चाहिए था। अच्छा हुआ कि कड़े समय काम आ गए। अच्छा शान्ति चलूँगा...मुझ पर निगाह रखी जा रही है।"

शान्ति ने बढ़कर पैर छुए। राधेलालजी बाहर की तरफ बढ़े, फिर लौट आए और शान्ति को हल्के से चिपका लिया...

"मुझे माफ करना..."

"कैसी बातें करते हैं। आपका यज्ञ मेरा यज्ञ है। आपसे अलग कहाँ हूँ मैं !"

शान्ति की आँखें पोंछते हुए राधेलाल की अपनी आँखें भीग आईं। क्या हैं ये नारियाँ ! पति की आस्था अपनी आस्था...कितना विश्वास पति पर...उस पति पर भी जो सब कुछ छीन लेता है, जो पत्नी को आर्थिक सुरक्षा तक नहीं देता। सात फेरे साथ लगाकर जब शान्ति को लेकर आए थे तब सुरक्षा देने की कसम खाई थी। कसम निभाते हुए घर में पड़े रहना ठीक होता, गृहस्थ बने हुए ही वे देशप्रेमियों की थोड़ी-बहुत मदद करते रहते...पुराना द्वन्द्व फिर उतरा आया।

सामने शान्ति की आँखें झिलमिल थीं,...एक रहस्यपूर्ण चमक जिसमें घुलकर पति को एकटक देखती निगाहें स्वर्णिम हो उठतीं। राधेलाल ठगे-से खड़े थे...सामने जो थी वह उनकी पत्नी नहीं थी, वह भारत की माँ थी...जैसे कह रही थी कि अपनी तकलीफों का रोना तो रोऊँगी, आदत है, लेकिन मेरी छोटी-छोटी ये तकलीफें मत देखो...जाओ, वह करो जिसे करने निकले हो...

अपने द्वन्द्व से जल्दी ही उबर आए राधेलाल और निकल गए।

9

मुंशीजी के अंडरग्राउंड हो जाने के बाद उस बड़े घर में जो परिवर्तन आए वे बहुत बारीकी से देखने पर ही पकड़ में आते, लेकिन शान्ति में आया बदलाव साफ दिखाई देता था। वे भीतर से बाहर तक बदल गई थीं। यह तो उनका स्वभाव कभी नहीं था

कि आगे-आगे बढ़कर बोलें या चलें। सास के आगे दबे-दबे रहने की पारम्परिक आदत वैसे भी थी, लेकिन उनका पति था जिसके कारण सारा घर चमकता था, वह घर का मुखिया था, उसे सब लोग इतना मान देते थे...यह अहसास ही शान्ति को भीतर से आँच देता रहता, पुलकित रखता। वे अपने को बहुत न लगाएँ, हर जगह खासुलखास न दिखाएँ और हर काम में घर के मुख्य पुरुष की पत्नी की तरह दखलन्दाजी न भी करें, तो भी एक किनारे, एक तेज में लगातार प्रज्वलित दीपशिखा की तरह तो वे थीं ही...और वे अपनी उस गरिमा में खुश थीं। उनकी निष्क्रियता कहिए, अशिक्षा या आम भारतीय महिला का भाग्य पर विश्वास...वे यह मानकर चलती रहीं कि ऐसा ही चलता रहेगा—पति हमेशा रहेंगे, वे रहेंगे तो घर, बच्चे...सब कुछ ऐसा ही चलता रहेगा। पति के बाद एक और आड़ थी—जोगेश्वरी। उस घर में शान्ति ही क्या, सब लोग सुरक्षा के अभ्यस्त थे। कोई चिन्ता नहीं...लेकिन पति के जाने के बाद देखते-देखते ही घर में जो परिवर्तन आना शुरू हुए तो वे हिल गईं। पति नहीं थे तो उदासी तो बराबर चिपकी ही रहती, पति की नामौजूदगी ने बाकायदे ठोस-ठोस झटके देना भी शुरू कर दिए। अब कोई नहीं जो स्वतः उन्हें, उनके बच्चों को खर्च के लिए पैसे दे। शुरू के कुछ दिनों तो जो रुपए पहले के रखे थे, उनसे चला। अब सास से माँगना था, जो शान्ति को अच्छा न लगता। बच्चे भी एक-दो नहीं, पूरे चार थे और सभी स्कूल-कॉलेज जानेवाले। वे बड़े हो रहे थे, और एक खास स्तर के आदी हो चुके थे। राजन के बड़े भाई या बहुत-बहुत राजन को समझाया जा सकता था कि उनके बाबूजी देश के काम में लगे हुए हैं, देश के लिए लोगों ने इससे भी बड़ी-बड़ी कुर्बानियाँ दी हैं, बाबूजी जो तकलीफें उठा रहे हैं, उनके साथ अगर घर के लोग भी थोड़ी-बहुत उठा लें...और भी बहुत कुछ जो मुंशी राधेलाल उन्हें समझा गए थे। लेकिन बच्चों को इस तरह समझाने के चलते ही एक हिचक शान्ति को घेर लेती। वे दीन दिखने लगतीं। ऐसे में समझाना क्या और कैसे होता ! तो अच्छा था कि चुप रहा जाए और बात को हर एक को अपनी समझ की शक्ति या सीमा पर छोड़ रखा जाए। यह भी सवाल उठता था कि जो बातें उन्हें भी नहीं सँभाल पातीं, वे बच्चों पर असर कर पाएँगी ? बातें ही तो थीं, उन्हें शायद कहना भी इसीलिए था कि बातें थीं। इसलिए वे आधी कोशिश ही कर पातीं। थोड़ा-बहुत समझातीं...फिर समझाते-समझाते ही बीच में कहीं छोड़ देतीं।

शान्ति खासे बड़े घर की लड़की थीं, उस अनुपात से आक्रामक या कि रोबीला व्यक्तित्व उनका नहीं था। बहुत पढ़ी-लिखी नहीं थीं, लेकिन शिक्षा जैसे संस्कार और समझ उनकी बातचीत में दिखाई देते। एक विशेष सम्मोहन था उनमें, सरल और आत्मतोष से सतत प्रदीप्त—कि कोई भी खिंचा चला आता था उनके पास। कुल मिलाकर वे उस किस्म की जीव थीं जिससे किसी तरह का द्वेष पालना असम्भव था...शायद इसलिए कि उन्हें स्वयं किसी से द्वेष नहीं था। चालाकियाँ क्या होती हैं, यह वे जानती ही न थीं और यह उनके व्यक्तित्व पर भी चस्पा था। जैसे प्यार का अनन्त स्रोत हो वहाँ। मुंशी राधेलाल क्या, पूरा घर बँध गया था उनसे। उन्हें भी मुंशीजी से

खूब प्यार मिला, बहुत लाड़ से रखा उन्होंने। अब इसका कोई क्या करे कि मुंशीजी में कोई बड़ी चीज उग आई, जिसके लिए उन्हें छोड़कर जाना पड़ा। शान्ति को विश्वास था कि जल्दी ही पहले जैसा सब कुछ हो जाएगा...वही दमर-दमर करते मुंशीजी वकालत पर बैठेंगे, बैठकखाने में फिर से कन्दीलें जलेंगी, महफिलें सजेंगी।

और महफिले-जान तो एक दिन सचमुच आ ही गई, जैसे कोई बड़ी कन्दील सहसा अँधेरे में जल उठी हो। कमलाबाई आई थीं...अकेले, बिन बुलाए। वे एकदम सादे लिबास में थीं। सबसे दुआ-सलाम करके, यहाँ तक कि जोगेश्वरी को भी औपचारिकता में जल्दी में निपटा वह शान्ति को समेट उनके कमरे में घुस आईं, एलानिया सबको सुनाते हुए—"हम तो अपनी भौजी से खुसुर-फुसुर करने आए हैं।" शान्ति ने चारपाई बिछा दी। कमलाबाई बैठ गईं और शान्ति को भी पास घसीट लिया। शान्ति जैसी कि उनकी आदत थी, एक पैर चारपाई के नीचे लटकाए, दूसरा चारपाई पर आधा खड़ा रखे बैठ गई थीं। कमलाबाई ने अपना मुँह शान्ति के घुटने पर रख दिया और सामने टुकुर-टुकुर उनके मुँह की ओर ताकने लगीं। शान्ति को लगा जैसे उनकी गोद में किसी ने चाँद रख दिया हो।

"तो भौजी सुनाओ। आज हम खूब गप्पें मारेंगी।"

"का सुनावें ! आपको तो घर का सब हालचाल मालूम ही होगा।"

"हाँ, कुछ मालूम है, बाकी तुम बता डालो।"

और शान्ति रुक-रुककर, कमलाबाई की हूँ-हाँ के बीच सब कुछ बताती चली गईं—राजन की केनिंग, कैसे मुंशीजी उन्हें बताए बिना चले गए, अभी आए तो क्या-क्या कह रहे थे। कमलाबाई में पता नहीं क्या था कि शान्ति के लिए उनसे कुछ भी छिपाना मुश्किल काम था।

"यह समझो कि घर की रौनक ही जाती रही।" आखिर उसाँस लेकर शान्ति ने कहा।

"वह तो इस प्यारे-से चेहरे पर भी लिखा हुआ है। बहुत याद आती है ?"

"अब खैर वह तो मान लो उम्र की बात कि कहते भी शर्म आए। पूरे घर को वे रोशन किए हुए थे। इस तरह किसी एक को सब कुछ अपने ऊपर नहीं धर लेना चाहिए कि उसके ओट होते ही अँधेरा छा जाए, सब कुछ भरभराकर गिरने लगे। पर कमला बहन, क्यों मुझे लगता है कि जल्दी ही पहले जैसा फिर से हो जाएगा ?"

"ठीक ही लगता है और लगता है तो हो ही जाएगा...पर भौजी ? सब घरों में ही ऐसा कुछ होता होगा, समय एक-सा तो नहीं रहता।"

"वह तो ठीक...पर हमारे यहाँ जैसा ? जैसे कल वे गए और आज अँधेरा ही अँधेरा। कभी सोचती हूँ कि मुझमें कोई कमी रही कि बाँध के न रख सकी...पर वे चाहते तो आपके पास जाने लगते, मैं कभी मना न करती।"

कमलाबाई हँसीं और हँसती चली गईं। हँसते-हँसते उन्होंने राजन की माँ के मुरझाए हुए गाल पर एक चूँटिया भी काट दी—"हाय मेरी प्यारी भौजी।" कितनी

निश्छल है यह महिला। दरअसल कम्मो शान्ति पर जी-जान से फिदा थीं और जब वह उसका सबब सोचतीं तो कुछ समझ में न आता। प्रकृति का रहस्य ही लगता कि एक बार, पहली बार देखकर ही ऐसा हो जाए...

"जब मैं पहली बार आई थी तो शक नहीं हुआ तुम्हें ?" कमलाबाई ने धीमी आवाज में मुँह से मुँह सटाते हुए पूछा।

"काहे का शक ? शक वह करे जिसे कुछ मिलता न हो। मुझे तो शुरू से ही इतना कुछ दिया जाता रहा। मैंने तो खुद उनसे कहा था कि आपके यहाँ जाया करें। क्या एक बार भी नहीं गए ?"

"नहीं। और मैं पहले ही समझ गई थी कि ऐसा कुछ होनेवाला नहीं है। अलबत्ता मैं यहाँ आकर जरूर लुट गई। हाय यह प्यारी सूरत !"

"आपके आगे तो मैं कुछ भी नहीं हूँ। कहाँ आपका रूप..."

"हाँ...जो सिर्फ बाहर-बाहर देखते हैं, वे भी शायद यही कहें, पर हम तो भीतर-बाहर एक साथ देखते हैं। बड़ी पैनी आँखें होती हैं हमारी।"

"क्यों ऐसे हो गए वे, एकाएक ?"

"देखो भौजी, जैसे कोठे पर जाना एक नशा है, ऐसे वह भी एक नशा है जिसके आगोश में आपके मियाँ हैं। कोई भी बड़ा नशा सब कुछ भुला देता है।"

"अभी जब वे आए तो कह गए कि गर्व करना सीखो।"

"उन्होंने ठीक कहा। यह जुनून सब पर नहीं चढ़ता। जिस पर चढ़ता है उसे कुछ और नहीं सूझता फिर। अब तो यही करिए कि उन्हें जो अच्छा लगे वह उन्हें करने दिया जाए, इससे चाहे जो तकलीफें उन्हें, आपको या कि घर को हों।"

"मुझे उनकी बड़ी चिन्ता रहती है। बीमार दिख रहे थे...मानते जरूर नहीं थे। मैंने कहा था कि जब जरूरत हो तो आराम के लिए आपके यहाँ ही चले जाया करें, घर पर आने पर अगर लोगों को शक होता है तो..."

कमलाबाई की वही पुरानी हँसी फिर फूट पड़ी।

"अरी पगली ! इसमें आराम-वाराम का ख्याल कहाँ आता है ! वैसे भौजी ! एक चीज आप लोगों को हमसे सीखनी चाहिए...लगाव किसी से इतना न हो कि वह शख्स किसी और का न हो सके फिर—न किसी आदमी-औरत का, न किसी ख्याल या जुनून का। ऐसा कसकर तो न बाँधा जाए कि उसे अपने मन का करने की छूट ही न रहे, वह किसी का ही न रहे। हमारे यहाँ लोग आते हैं तो इसलिए कि उन्हें हमसे लगाव का सुख भी मिलता है और वे जहाँ के हैं, जो होना चाहते हैं...उस सबमें हमारी तरफ से कोई खलल नहीं। आप क्यों नहीं यह मान सकतीं कि मुंशीजी और आपके रास्ते जुदा-जुदा हैं !"

"कैसे मान लें। जो कुछ किया हमने, साथ ही किया। उसके अलावा कुछ नहीं किया।"

"ठीक है अब तक किया, पर यहाँ से रास्ते जुदा होते हैं। वे उस रास्ते जाएँगे

और आप..."

"मैं...मेरा कौन रास्ता है ?"

"आप इतनी निर्भर रहीं उन पर कि आपका रास्ता कोई और आसानी से बन नहीं सकता। यही मुश्किल है !"

"बच्चे किसके आसरे छोड़ूँ। आदमी जिस बेरहमी से अपने को परिवार से तोड़ लेता है, औरत कर पाती है क्या ? आप तो औरत हैं, समझती होंगी।"

"ठीक है, तो अपने को लड़कों-बच्चों के भविष्य बनाने में लगाइए। वह रास्ता तो आपका हो सकता है ?"

शान्ति सोचने लगीं...सोचने क्या लगीं, सोचने के चलते ही पस्त पड़ने लगीं। अलग से कुछ करना...मुंशीजी से अलग कोई जीवन—यह उनकी कल्पना के ही बाहर था। उस तरफ का विचार मन में लातीं तभी कोई वापस इसी छोर पर पटक देता—मुंशीजी आ जाएँगे, सब पहले जैसा ही हो जाएगा, वे जरूर कुछ सोचेंगे उनके बारे में, परिवार के बारे में, ऐसे अधर में नहीं छोड़ेंगे, वे हमेशा से बड़े जिम्मेदार रहे हैं।

"क्यों...क्या सोचने लग गईं ?" कमलाबाई ने कुरेदा।

"क्या सोचूँ, मैं कुछ करने लायक भी तो नहीं हूँ।"

"पहले मन तो बनाइए, रास्ते अपने-आप खुलने लगेंगे। अच्छा मैं चलती हूँ अब और..."

कमलाबाई ने नजरों को चारों ओर घुमाया। आश्वस्त हो गईं कि आसपास कोई नहीं है तो अपने में कहीं से एक छोटी थैली निकाल, उसे जल्दी से शान्ति के हाथ में रख उनके कपड़ों में भीतर कहीं ढकेल दिया और धीरे से कहा—

"थोड़े-से रुपए हैं।"

"ये क्या..."

कमलाबाई की सुन्दर उँगलियाँ शान्ति के होंठों पर आ बैठीं। "भौजी ! मेरी भी तो तुम कुछ लगती हो। अच्छा, समझ लो मुंशीजी के हैं, या वे जब आएँगे तब वापस ले लूँगी। बस, अब और जिरह नहीं। कोई आ जाएगा।"

"आपके आने से ताकत मिलती है।"

"अरे तो इसमें क्या, चाहे जब बुलवा लेना, वैसे मैं भी आती-जाती रहूँगी।" कमलाबाई ने हँसकर राजन की अम्मा को देखा, फिर गम्भीर होकर बोलीं, "हौसला रखना..." और चारपाई से उठ गईं।

शान्ति के माथे पर चूमकर कमलाबाई बाहर निकल आईं। जाने से पहले बैठकखाने में इन्तजार करती जोगेश्वरी के पास बैठीं दो-चार मिनट को शिष्टाचारवश।

पीछे छूटी शान्ति सोच रही थीं...तवाइफों का हुनर तो रुपया खींचना है, यह कैसी जो बहा रही है ! दूसरी ही मुलाकात...और ऐसी आत्मीयता कि क्या किसी सगे की होगी।

कमलाबाई को अपने पर नाज है कि वे किसी भी आदमी या औरत को देखकर ही भाँप सकती हैं कि उसके अन्दर क्या चल रहा है, भावनाओं की छोटी-से-छोटी करवट भी कम्मो की नजर से बच नहीं सकती। वही कम्मो अपने को नहीं समझ पाती। जब से होश सँभाला खुद को कोठे में पाया। कौन उसका गाँव, कौन माँ-बाप...कुछ नहीं मालूम। कहते हैं कि दो साल की थी तभी कोई इधर डाल गया ! कुछ कहते हैं कि वह इस कोठे की ही मालकिन रज्जो की औलाद थी। कम्मो कोठे से ही चिपककर न रह जाए इसलिए रज्जो ने कभी उससे माँ-बेटी का रिश्ता जाहिर नहीं किया, उल्टे इस धन्धे के लिए कम्मो के मन में नफरत पैदा करने की कोशिश में बराबर लगी रही। एक तवाइफ के लिए ऐसा करना थोड़ा अजीब था...इसीलिए लोगों को शक हुआ कि कम्मो रज्जो की अपनी सन्तान थी। रज्जो उसे बस्ती में खूब ले जाती—ताकि उसे बाहर की हवा लगे। इससे एक बात हुई कि कम्मो के मन में एक अनुशासन शुरू से ही घर कर गया। वह क्यों नहीं दूसरे घरों की लड़कियों की तरह हो सकती--लाज-शरमवाली, शरीर से पवित्र। साथ ही वह घरों की बन्दिशें और किचकिच देखती तो रज्जो की कोठी, वहाँ की स्वतन्त्रता उसे अनमोल चीज लगती। वह इस स्वतन्त्रता को छोड़ नहीं सकती, आम लड़कियों का घुटा-घुटा जीवन नहीं जी सकती।

जब तक रज्जो जीवित थी कम्मो को अपने ढंग से जीने के लिए जरूरी सुरक्षा मिलती रही। रज्जो सोचती थी—शायद इसी के बीच से कम्मो अपने लिए रास्ता निकालेगी। पूरा खुश तो वह होती अगर कम्मो कोठा छोड़ जाती...लेकिन कम्मो को अपना काम उतना बुरा नहीं लगता था। वह सोचती कि कितने लोग अपनी कला बेचने का खाते हैं...तो गाना गाकर लोगों का मनोरंजन, उसका खाना क्या बुरा है।

जो सीमा कम्मो ने अपने लिए बाँधी उसके भीतर रहने में बहुत मुश्किल नहीं पड़ी उसे, शायद इसलिए कि असली जवानी की उम्र तो रज्जो की देखरेख में रहते हुए निकल गई। अब लोगों की नजर चढ़ने को दूसरी छोकरियाँ हैं...उन्हें तो बीस के आसपास की चाहिए, पचीस भी पुरानी हो गई, अगर कोठेवाली हुई। कम्मो को परेशानी दूसरी है—भीतर जो छेड़छाड़ मच बैठती है अब, उसका क्या करे ! उसका मन करता है किसी को प्यार करे, लेकिन जो कोठे पर आते हैं उन पर मन नहीं आता, और जो बस्ती में हैं वे इतने बँधे होते हैं कि बेचारों पर दया आती है। कम्मो को कोई लायक बन्दा ही नहीं दिखता। भीतर कसमसाता प्यार जाकर गिरता है किसी शान्तिदेवी जैसी महिला पर तो कम्मो अचकचाकर सोचने लगती है कि कहीं कुछ उल्टा-सीधा तो नहीं है उनके साथ कि जो लड़की होकर लड़की को ही चाहता है।

राधेलाल उर्फ 'आमिल' साहब की क्रान्तिकारिता के प्रति कम्मो के मन में आदर जागता है, लेकिन उनकी पत्नी पर प्यार उमड़ता है। आमिल साहब की क्रान्तिकारिता में पुरुष का दम्भ है...कि बस मुझे यह चीज सबसे बड़ी लगी तो चल पड़ा मैं उस रास्ते—हो जो चाहे, बीवी का, बच्चों का, घर का। दूसरी तरफ शान्ति को देखो तो वहाँ स्वयं को होम कर देने की चीज है जो ज्यादा बड़ी बात है ! कम्मो को आमिल साहब

शान्ति की धूल बराबर भी नहीं लगते।

लेकिन यह जो कम्मो का मन है यह किस तरह का बना है कि आज तक एक भी आदमी पसन्द नहीं आया ? क्या उसके मापदंड बहुत ऊँचे हैं...हैं तो क्यों ? वही क्या बड़ी चीज है ? अपनी नजर में भले ही कुछ हो, समाज की नजर में तो वह सिर्फ एक बाई है...तवाइफ !

कभी-कभी मन करता है कि तोड़ दे अनुशासन को, उन सभी सीमाओं को जो उसने खुद बैठाई हैं अपने चारों तरफ। कौन विश्वास करता है कि कम्मो पवित्र है ? कौन देखता है कम्मो का संघर्ष ? तो क्यों न जो स्वतन्त्रता उसे मिली हुई है उसे पूरी तरह जी भी डाले—तरह-तरह के आदमियों को भोगे, जो चाहे सो करे ? यह बीच का जीवन क्यों--न इधर के, न उधर के ? सीमाओं को ताकते-ताकते ही जिन्दगी बीत जाएगी, आधी छू ही रही है। उसके जीवन में कुछ नहीं होगा। वह कोरी रह जाएगी... जान ही नहीं पाएगी—क्या होता है शरीर का मथा जाना, मन का मथा जाना। कब तक और इन्तजार करेगी कम्मो ?

लेकिन यह अनुशासन...यही तो उसे अपनी खासियत लगती है। यह न हो जैसे कम्मो कम्मो न रहे। असली चीज क्या है...वह जैसे आप दूसरों को दिखाई देते हैं या वह जो सिर्फ आप देखते हैं, जैसे आप जी रहे हैं...सही या गलत ?

इस कशमकश के बीच बीतने का अहसास भी। कम्मो जानती है—दो-तीन साल और बचे हैं, अगर इनमें कुछ नहीं हुआ तो फिर कुछ नहीं होगा। लेकिन कुछ क्यों नहीं होगा ? कोई साथी नहीं मिला तो यह तो नहीं कि जिन्दगी में कुछ हुआ ही नहीं ? कम्मो ने अपने ढंग से जिन्दगी जी, स्वतन्त्रता जी और स्वतन्त्रता उसको बिखेरकर रख दे—यह भी नहीं होने दिया।

10

संगीत से उचटे सन्नी तो गंगा और बाबा विश्वनाथ की तरफ बह गए थे। ब्राह्म मुहुर्त में उठकर गंगा-स्नान को जाएँ, दशाश्वमेध घाट पर बैठकर ध्यान करें और फिर बाबा विश्वनाथ मन्दिर चले जाएँ। घंटों वहाँ बैठे रहें...कभी बाबा की पूजा देखें, कभी पास के किसी मन्दिर में कीर्तन टोली के पास कीर्तन करने लगें और कभी कहीं कथा-वार्ता में मूक श्रोता की पाँत में जा बिराजें। सामने जो है, उसमें पूरे मन से उतरने की कोशिश करें, साथ ही यह भी देखते चलें कि जिसकी पाँत में वे बैठे हैं—श्रोता या दर्शक—वे ही क्या पाने के लिए बैठे हैं, क्या उन्हें वह मिल सका, क्या आगे ऐसी कोई आशा बँधती है ? कोई बातचीत करने को मिले तो घूम-फिरकर उससे यही कुरेदें—वह क्या चाहता था जीवन में, उस तरफ अग्रसर है क्या वह ? आम बनारसिया तो ऐसे सवालों को अपनी बनारसिया मस्ती—"का राजा...ई काशी है," इसमें डुबो देता था। सन्नी उस मस्ती में नहीं डूब पाए थे। वे बराबर अपने आपसे टकराते होते...क्या चाहते हैं जीवन

से ? शिक्षा का रास्ता छोड़, संगीत में चले, वहाँ भी आधे रास्ते से लौट आए। अब कहाँ जा रहे हैं...कहाँ जाएँ...

सारंगी को अब सन्नी मुश्किल से हाथ लगाते, दिनों-दिन वह कमरे के एक कोने में रखी धूल खाती रहती। कभी जब रुपए-पैसे की बहुत किल्लत होती और कोई प्रोग्राम सामने हुआ तो संगत के लिए बैठ जाते। कुछ रुपए मिल जाते और थोड़े समय के लिए खर्चे की चिन्ताएँ दूर हो जातीं। अब सन्नी की साथी थीं किताबें। उनके हाथ में कोई-न-कोई किताब होती। जब कोई नई किताब हाथ आई वे फड़-फड़ अपने कमरे की ओर जाते होते और फट उसे पढ़ने बैठ जाते। वेद-उपनिषद लाए हिन्दी अनुवादों के साथ...बहुत मन नहीं लगा। भागवत और रामचरितमानस में खूब मन रमा। पढ़ते-पढ़ते रोने लग जाएँ सन्नी। रामचरितमानस समाप्त करके वाल्मीकि रामायण पढ़ने की प्रेरणा जागी तो उसका भी गीता प्रेस का अनुवाद उठा लाए...और बाँचे जाएँ। इसी क्रम में किसी ने सुझाया रामकृष्ण परमहंस, विवेकानन्द...तो पुस्तकालय से उनका साहित्य भी उठा लाए और पढ़ गए।

सन्नी को अब अपना जीवन सात्विक लगता। जीवन नियमित हो गया था, कपड़े साफ रहने लगे थे और पान खाने की जो लत थी...वह पता नहीं कब छूट गई थी, अपने आप। घर का वातावरण जरूर उन्हें अच्छा न लगता। क्यों इतनी फुर्सत थी लोगों को कि सन्नी जो कुछ कर रहे हैं, उस पर टीका-टिप्पणी करते रहें ? क्यों सन्नी के बारे में लोगों की एक यही धारणा है कि वह निखट्टू, नाकारा है ? वैसे घर की किसी चीज पर हाथ साफ करने की उनकी लत अब भी थी, लेकिन उसे वह जायज मानते थे। वे सोचते—घर में अनाप-शनाप चीजें पड़ी हुई हैं, वे ऐसे न जाएँगी तो वैसे जाएँगी, अब न जाएँगी तो थोड़े दिनों के बाद जाएँगी, सन्नी के मार्फत न जाएँगी तो किसी और के मार्फत जाएँगी। जैसे गुजरना किसी भी जीव की विवशता है, वैसे ही स्थान बदलना, बह जाना चीजों का स्वभाव है ? प्रकृति के उस अनिवार्य कर्म का सन्नी माध्यम बन रहे हैं...बस ! तो किसी भी फालतू दिखती चीज पर उनकी नजर पड़ी, वे उसे दाब लेते और चुपचाप बाहर कहीं बेच आते। इस तरह कुछ दिनों के खर्चा-पानी का जुगाड़ हो जाता और उन्हें किसी संगीत प्रोग्राम के ढोंग में शामिल होकर अपनी आत्मा को बेचने के कष्ट से न गुजरना पड़ता। सन्नी की अपनी नई व्याख्या के अनुसार संगीत या कला बेचना पाप था, अपनी जरूरत के लिए घर की कोई चीज उठाकर बाहर बेच आना जीवन-निर्वाह में आता था। और देखा जाए तो घर की चीजों पर सन्नी का भी तो अधिकार था। अगर विभाजन हो तो उनका हक उससे बहुत ज्यादा का होगा जो वह इस तरह रुक-रुककर गायब कर देते हैं या ले लेते हैं।

अपने इस नए व्यक्तित्व के साथ भी वे बहुत दिनों तक नहीं चल पाए घर में। इतना पढ़ने के बाद सन्नी शान्ति के महत्त्व को समझने लगे थे, उस अनुभव का अन्दाज भी लगा सकते थे। घर में एक किनारे, अपने कमरे में अलग पड़े हुए भी वे तृप्त होते लेकिन देखा कि सब उनके कमरे में बन्द होने को लेकर ही परेशान हैं, उनके किताबों

में डूबे होने को लेकर चिन्तित हैं। कभी लापरवाही में बोला गया किसी का वाक्य या वाक्यांश चलते-चलते उनके कानों में पड़ जाता, और फिर वह उन्हें बराबर पीछे से बींधता रहता। इधर एक चीज और वे सोचने लगे थे—उन्हें रुपए-पैसे खचोरने के उपाय करने पड़ते हैं क्योंकि उनके खर्चे हैं। अगर खर्चे ही न रहें तो कोई समस्या ही न रहे। कितने खर्चे सिर्फ इसलिए हैं कि वे इस घर में रहते हैं, गृहस्थी के बीचोबीच। कितना अछूते रह सकते हैं ! सोच के इसी बिन्दु पर उन्होंने घर छोड़ दिया।

इलाहाबाद के कुम्भ के लिए एक टोली जा रही थी। सन्नी चुपचाप साथ लग लिए। संगम के रेतीले मैदान पर साधुओं के ठहरने के लिए अखाड़े थे। हर अखाड़े में मुख्य स्थान गुरु महाराज का, आसपास चारों तरफ एक-एक खेमा गुरु की फौज लिए। ऐसे ही एक खेमे में अपनी टोली के साथ सन्नी रहने लगे। महीने से भी ज्यादा समय वहीं निकल गया। दिनचर्या थोड़ा-थोड़ी वैसी ही थी जैसी बनारस में—संगम-स्नान से शुरू होकर भजन-कीर्तन, सत्संग से गुजरते हुए थककर रात को खेमे में जलते लकड़ी के ठूँठ के आसपास बोरा बिछाकर सो जाना। दिलचस्प बात यह थी कि सन्नी को इस नए जीवन में शारीरिक तकलीफ रत्ती-भर भी महसूस नहीं हुई, मन का संसार जगमग था।

सन्नी आसपास बहुत गौर से देखते...क्या था जो लोगों को यहाँ लाया ? वहीं संसार छोड़ देनेवाले इन साधु-महात्माओं में भी घोर सांसारिकता, टुच्चापन, अभिमान। जिसे देखो गाँजा चढ़ाकर खों-खों कर रहा है। जो पीठासीन हैं...महन्त...उनमें से कुछ शारीरिक रूप में खासे गन्दे थे, क्या वे मन से साफ.हो सकते हैं ? एक मठाधीश दूसरे के लिए ईर्ष्या-द्वेष में सुलगता रहता है, उस महन्त के अखाड़े के लिए अच्छी जमीन दे दी गई और उन्हें यह मिली ! उसकी गद्दी में क्या-क्या है अपनी गद्दी की दौलत की तुलना में ! स्नान के लिए जुलूस निकला और किसी मठाधीश को क्रम में थोड़ा पीछे रख दिया तो मारे गुस्से के रास्ता बदल देंगे, भले ही फिर कितने श्रद्धालुओं, यात्रियों को परेशानी हो जाए, ट्रैफिक उलट-पुलट हो जाने से कितने लोगों के मरने का खतरा पैदा हो जाए। मुहूर्त पर पहले उनका स्नान होगा, फिर वे अपने शिष्यों से घाट धुलवाएँगे ताकि उनके शरीर से लगकर गिरा पानी घाटों पर साधारण आदमियों के पैरों से कुचला न जाए। महन्त लोग प्रवचन आदि में भी जो बोलते हैं, वह जैसे रटा-रटाया...जैसे गले से निकलकर मुँह में आता जा रहा है, भीतर से, उनकी निष्ठा से निकलता नहीं दिखता। बहुत कम हैं जो पढ़े-लिखे होने का आभास देते हैं, विद्वान तो मुश्किल से एक मिलेगा। यह सब देख-देख सन्नी को घोर वितृष्णा होती। यह तो धर्म नहीं, धन्धा है...धर्म का धन्धा। धन्धेबाजी संगीत की दुनिया में भी थी, लेकिन वहाँ इतना घिनौना रूप नहीं था, क्योंकि ज्यादा-से-ज्यादा बात कला से गिरने की होती, कला के बेचने की होती... पर श्रम की कमाई तो वह हर हाल में थी। यहाँ बातें मन, आत्मा, अध्यात्म की होती हैं लेकिन अपने शरीर तक को स्वच्छ नहीं रखते ये लोग। सन्नी ढूँढ़ते फिरे उस विशाल मेले में ऐसे लोग, जिनके सत्संग से अपना जीवन बदलने में मदद मिल सके। होंगे तो

जरूर, इक्का-दुक्का, कहीं छिपे बैठे होंगे...

तभी लगा सन्नी को उनकी तलाश क्यों...किसी की तलाश क्यों ? वह अकेले क्यों न चले, जो कहीं जाना चाहता है, कुछ ढूँढ़ना या पाना चाहता है ? अकेले चलने के जोखिम से क्यों डरता है ?

प्रश्न ही प्रश्न उठते थे मन में—पाने लायक है क्या कुछ संसार में जिसके पीछे भागा जाए ? तब क्या निष्क्रिय बैठ जाया जाए ? सन्नी निष्क्रिय बैठते भी हैं तो मन क्यों नहीं लगता ? क्या चेष्टा या कर्म अपरिहार्य हैं...अगर इन्हें धारण ही किए रहना है तो किसी लक्ष्य या ध्येय के भ्रम को भी पालना होगा जिसके लिए वह चेष्टा और वे कर्म हों। और भ्रम...यानी कि असत्य को धारण किए हुए चलना। शायद इसीलिए कोई कर्म नहीं बाँधता सन्नी को। गृहस्थों की तंगदिली और छोटे-छोटे स्वार्थ, कलाकारों की दिखावी और हवाई दुनिया, साधुओं का निठल्लापन...सबसे विरक्ति होती है सन्नी को। उनके लिए कौन-सा रास्ता है ?

कुम्भ समाप्त होने के पहले ही सन्नी ने कुम्भनगर छोड़ दिया और चित्रकूट की तरफ चल दिए। राम इसी रास्ते गए थे...सन्नी भी वही रास्ता पकड़कर देखें।

चित्रकूट में सन्नी कुछ दिनों प्रमोदवन में रहे। यहाँ खाने-पीने की समस्या नहीं थी। मन्दिर की सीढ़ियों पर बैठ जाओ—पैसे आ जाएँगे या खाना आ जाएगा...लेकिन पहले ही दिन मन ग्लानि से भर गया। यह क्या ! वह तो भिखारी बना रहे हैं खुद को। कोई युक्ति निकालनी होगी। एक धर्मशाला थी सामने। सन्नी वहाँ पहुँच गए। एक सज्जन इधर-उधर जाँच-सी कर रहे थे। सन्नी ने उन्हीं को पकड़कर अपना सीधा सवाल उन पर फेंक दिया—

"कोई काम मिलेगा यहाँ ?"

"चित्रकूट काम करने आए हो या पूजा-पाठ करने ?" उस व्यक्ति ने सन्नी के गेरुआ कुर्ता और तिलक को देखकर कहा।

"पूजापाठ और काम कोई विरोधी चीजें तो नहीं।"

"काम किसलिए करना चाहते हो ?"

"इसलिए कि भीख न गाँगनी पड़े, परजीवी न होऊँ।"

"कितनी तनख्वाह चाहोगे ?"

"उतनी ही जितने में शरीर-निर्वाह हो जाए। एक पैसा ज्यादा नहीं।"

"कितना काम करोगे ?"

"जितना शरीर झेल ले...उससे ज्यादा बिलकुल नहीं।"

"किस तरह का काम कर सकते हो ? डलिया उठाकर फेंकोगे ?"

"अगर दूसरे काम नहीं हैं तो करूँगा, निकृष्ट तो वह काम भी नहीं है।"

"पढ़े हो ?"

"हाँ, यहाँ के काम लायक पढ़ा हूँ।"

इत्तफाक से वह व्यक्ति धर्मशाला का सेठ था, सन्नी के उत्तरों से बहुत प्रसन्न

हुआ। सन्नी को रजिस्टर रखने का काम मिल गया। धर्मशाला में दोनों समय का खाना। तनख्वाह सिर्फ पाँच रुपया माहवार। सन्नी को वह भी ज्यादा लग रही थी, पर सेठजी ने कहा—"जरूरत पड़ेगी। देखना !"

एक दिन सन्नी ने सेठ से कहा—"भीख देकर लोग अपने आपको पुण्य की तृप्ति देते हैं और दूसरों को निकम्मा बनाते हैं। इसकी बजाय अगर अपने पूरे जीवन में हम एक व्यक्ति को भी किसी काम की पटरी पर बैठा दें, उसकी गाड़ी चल पड़े...इतना भर कर दें तो वह कहीं बड़ा पुण्य होगा। भीख का दान निकृष्ट दान है, काम का दान ही श्रेष्ठ दान है।"

सेठजी से उनका सम्बन्ध और भी प्रगाढ़ हो गया।

प्रमोदवन में भीड़ हो जाती थी। सन्नी को फटिकशिला जगह जँची। यहाँ शान्ति थी—मन्दाकिनी की छोटी, साफ और शान्त धारा, दोनों किनारों पर पेड़ों की छाया। एक छप्पर अपने लिए तैयार कर वे वहीं रहने लगे। सेठ धर्मशाला में रखने को तैयार था... लेकिन तब तो वे गृहस्थ ही हो जाते। यही होना था तो बनारस में ही कोई छोटी-मोटी नौकरी ढूँढ़ लेते, और घर ही में बने रहते। घर में इज्जत बढ़ जाती, माँ को सहारा भी मिलता।

गृहस्थ का जीवन सन्नी के लिए नहीं। उन्हें अकेले रहना है। वे तलाश पर निकले हैं। बेशक अभी वह भी पता नहीं कि किस चीज की तलाश है...लेकिन पता चलेगा, जरूर चलेगा। अभी इतना मालूम हुआ है कि पहली सीढ़ी पार करने के लिए भी उन्हें साधु रहना होगा...मनसा-वाचा-कर्मणा।

वे फटिकशिला में ही रहेंगे, अपने काम के लिए धर्मशाला तक पैदल आया-जाया करेंगे। काम जीविकोपार्जन के लिए, उसके पहले और बाद की चर्या साधुवाली।

11

मुंशी राधेलाल अपने उद्देश्य और काम में ऐसे तल्लीन हो गए थे कि उन्हें किसी और चीज का ध्यान ही न रहता, अपने शरीर का भी नहीं। कहो तो तीन-तीन दिन सो ही नहीं रहे हैं, खाने को जो जब जहाँ मिल गया। नहीं मिला तो वह भी नहीं। गली-गली घूमते, चौकन्ने रहते। पुलिस की भनक मिलते ही भाग लेते...ये सब काम माँग करते थे नई उम्र की, जबकि उनकी उम्र थी उतार की। वे उसे जबरन पीछे खींचते थे, पचपन के शरीर से पच्चीस जैसे शरीर का काम लेना चाहते। ऊपर से जबर्दस्त लापरवाही। शरीर के साथ साफ ज्यादतियाँ हो रही थीं। ढीले होते चूल जवाब देने लगे...फिर भी राधे खींचते रहे। शरीर खड़खड़ाता होता, पर वे अनसुनी कर जाते। कोई भी देख सकता था कि उनका स्वास्थ्य तेजी से गिर रहा है, लेकिन मुंशी राधेलाल अदेखा कर जाते। सोचते थे कि ये ही तो कुछ दिन हैं जब होम और बलिदान की जरूरत है, स्वास्थ्य तो स्वतन्त्रता के बाद भी बन जाएगा। जो बात वे भूल गए, वह यह कि स्वस्थ शरीर के

माध्यम से ही स्वास्थ्य का ख्याल किया जा सकता है। एक बार स्वास्थ्य गिरा तो ढहते मकान की तरह धसकता ही चला जाता है। गिरे हुए स्वास्थ्य के कारण ही वे पकड़े गए। बाहर जब थे तो जुनून था, जेल पहुँचकर उन्हें समझ में आया कि वे कितने बीमार हैं। उनके स्वास्थ्य की धज्जियाँ उड़ गई थीं। जेल डॉक्टर ने देखा तो जाने क्या-क्या बताया...कितनी तरह की जाँच, परहेज, दवाइयाँ लिख डाले। जेलवाले घबरा गए और थोड़े ही दिनों में उन्हें रिहा कर दिया गया। वैसे भी राजनैतिक कैदियों को छोड़ने का सिलसिला विश्वयुद्ध के बाद शुरू हो चुका था।

घर पहुँचे राधे, तो डॉ. बनर्जी की दवा शुरू हुई। जो राजन को चुटकी बजाकर बताया करते थे—"देखो, मैं यों पकड़ता हूँ रोग को," जो हमेशा हँसते ही रहते घोर आशावादी...उन डॉ. बनर्जी के चेहरे पर भी चिन्ता की लकीरें खिंच आई थीं—

"बहुत ज्यादती की मुंशीजी आपने अपने चोले के साथ।"

"इसी में तो मजा आया डॉक्टर बनर्जी !"—मुंशीजी ने कहा—"ये चन्द बरस ही जिन्दगी का लुब्बे-लुबाब समझिए। शरीर की चौकीदारी करता हुआ वकालत करता रहता...तो भी तो एक दिन जाना ही था। क्या तन्दुरुस्त आदमी को हमेशा जिन्दा रख सकते हो डॉक्टर ?"

ज्यादतियाँ जो फरार होने के दौरान हुई थीं, उन्हें भी मुंशीजी का शरीर शायद झेल पाता, बशर्ते घर में उन्हें भरपूर आराम मिलता। वहाँ छोटे भाई बाँके ने रह-रहकर थपेड़े मारना शुरू कर दिया। बाँके अपनी पत्नी नइकी से ठीक उल्टे थे—जितनी नइकी घुल-मिलकर चलनेवाली, उतने ही बाँके अकड़ू, और भुनुर-भुनुर करनेवाले। उन्हें हमेशा यही लगता रहता कि उनकी घर में कोई पूछ नहीं, माँ जोगेश्वरी के मन में राधेलाल के लिए पक्षपात है। अगर बाँके की पत्नी दूसरे मिजाज की होतीं तो बाँके की थोड़ी ज्यादा खातिर-तवज्जो करते हुए उनकी अन्दर की इस भूख को कम कर सकती थीं, पर उधर थीं नइकी...जैसी अन्दर, वैसी बाहर, जिनका स्वभाव भीतर सिमटने-समेटने का नहीं, बाहर बहने-बिखरने का था। बाँके ने जहाँ अपने-अपने की बात शुरू की कि नइकी इस बहाने या उस बहाने उठ दीं। उनकी नजर में बाँके और छोटे हो जाते और बाँके के मन में पड़ी गाँठ कि उनका सम्मान नहीं होता और भी गँस जाती...इस बड़े घर ने उनकी पत्नी को भी बिगाड़ दिया था।

बाँके पहले तो सन्नी को लेकर नाक-भौं सिकोड़ते रहे—निखट्टू है, पढ़ने की उम्र में पढ़ा-लिखा नहीं, कोई काम का न बना। मुफ्त का खाता है, पड़ा रहता है। खटता कोई और है, मजा कोई और लूटता है। सन्नी घर छोड़ गए और वह शिकायत खत्म हुई तो दूसरी चीज मिल गई भुनभुनाने के लिए—भैया ने खामखाह जमी-जमाई वकालत चौपट कर दी, न वकालत का सोचा, न घर का, अब उनकी वह कमाई नहीं है तब भी क्यों माँ जोगेश्वरी उन पर ही जान दिए रहती हैं...और उन्होंने बँटवारे के लिए फुसफुसाहट शुरू कर दी। सबसे पहले घनश्याम को पकड़ा—सन्नी का अता-पता नहीं है, तो सबको हिस्सा भी बड़ा बनेगा, बड़े भैया फरार हैं तो करार में उनकी दखलन्दाजी

कम होगी, वरना वकील का दिमाग—पता नहीं क्या दाँव-पेंची चला दें और हमें पता ही न चले। घनश्याम सुनते रहे और आँखें मिचमिचाते रहे। मामला वहीं का वहीं। राधेलाल रिहा होकर घर आ गए...बीमार, तो बाँके की बेचैनी और बढ़ गई—उधर वकालत ठप्प, इधर बीमारी का खर्च भी घर उठाए, पता नहीं ये कितना घिसटेंगे, घर इसी में न कंगाल हो जाए। कभी बाँके यह भी सोचते कि मुंशीजी के रहते बँटवारा हो जाए तो झगड़ा-झंझट कम होगा। वे बड़प्पन निबाहेंगे, यों भी मौत के पास आदमी थोड़े बड़े दिल का हो जाता है। करार मुंशीजी के समय हुआ तो फिर कोई कुछ नहीं बोलेगा, माँ भी नहीं...वरना आगे चलकर घनश्याम और उनके लड़के-बच्चे या कि मुंशीजी के ही लड़के पता नहीं क्या बखेड़ा खड़ा करें।

अपनी तरफ से खूब सोचा-विचारा बाँके ने—यही समय था, नहीं कोई साथ तो क्या, एक अकेला भाई भी माँग कर सकता है। बात सीधे राधेलाल से ही करनी चाहिए...मर्द की बात और होती है। और एक रोज जब राधेलाल चारपाई पर अकेले पड़े थे, उनकी तबीयत भी थोड़ी हल्की दिख रही थी तो बाँके पहुँच गए और कुर्सी खींचकर सिरहाने बैठ गए।

"कैसी तबीयत है भैया ?"

"का बताएँ," राधे बोले—"घर आने से एक नुकसान हो गया। जो आता है तबीयत का हाल पूछता आता है, जैसे और कोई बात ही राधे से नहीं हो सकती। इतनी चिन्ता और ख्याल से तो अच्छा-भला आदमी बीमार हो जाए।"

राधे की हँसी तो बीमारी की वजह से कमजोर थी, बाँके की भी जो निकली सो खोखली। वे क्या और बात करें, कोई यह-वह बात करेंगे भी तो वह साफ बनावटी लगेगी। क्यों न सीधे अपनी बात पर उतर आएँ...लेकिन मुँह से निकला कुछ और...

"कहते हैं आजादी मिलनेवाली है ?"

"मिलनेवाली ? हम क्या भीख माँगते हैं। अंग्रेज भी जानते हैं कि जाना तो पड़ेगा ही अब...आज नहीं तो कल।"

"क्या होगा फिर ?"

"बस, ऐसी ही बातों ने तो हमें गुलाम बनाए रखा। हम अपने मामले क्या खुद नहीं सँभाल सकते ? अच्छा ही सँभालेंगे।"

"ऐसी ही कुछ बात लोग घर में भी कहते हैं। कहते हैं बहुत बड़ा घर हो तो सँभाल अच्छी नहीं होती। बाँट दिया जाए तो अच्छा रहता है। आजादी की लहर चल रही है तो सब ये सोचते हैं कि वे अपने-अपने मामलों में स्वतन्त्र हो जाएँ, लड़के-बच्चे बड़े हो रहे हैं..."

मुंशीजी ने थोड़ी पैनी आँखों से बाँके को देखा...कहाँ से कहाँ पहुँच गया ! वह कहना क्या चाहता है—वकील न भी हो पर खोपड़ी तो कायस्थ की है !

"किस घर की बात कर रहे हो बाँके... ?" उन्होंने सीधे-सीधे पूछा।

"अब अपना ही घर लें। अपने बच्चे भी बड़े हो रहे हैं। इन बच्चों में आपसी

मेल-मिलाप बना रहे...इसके लिए जरूरी है कि मनमुटाव के जो रास्ते बन सकते हैं, उन्हें हम ही बन्द कर दें। साफ कर दें कि भाई यह तुम्हारा, यह तुम्हारा...बनाओ तो तुम, मिटाओ तो तुम।"

"माने ?"

"बँटवारा कर दिया जाए...अगर उससे ही बच्चों में प्यार बना रहना हो।"

मुंशीजी एकटक बाँके को देखते रह गए, गला खुश्क हो आया—कल का यह छोकरा, मुंशीजी ने जिसको काम दिलवाया, जिसका ब्याह कराया, जो सीधे आँख उनसे बात भी नहीं कर सकता था...जो अपनी कमाई से अपने परिवार को खिला-पिला भी नहीं सकता था, वह उन्हीं से हक माँगता है ? बाप-दादे बाँके जैसे निखट्टुओं और नाकारों के लिए ही जायदाद छोड़ जाते हैं। और शायद इस तरह उन्हें और निखट्टू बनाते हैं।

मुंशीजी के भीतर बहुत उबाल उठ रहा था, पर वे उलझे नहीं...वह उनका स्वभाव नहीं था और अब तो खैर शक्ति भी नहीं थी।

"भैया ! ये सब बातें तुम माँ से करो, जाओ। सबसे बड़ी वही हैं और उन्हीं का बनाया हुआ यह सब है। वे जानें...तुम जानो...जाओ।"

बाँके को भगाकर वे मुक्त हो गए। तभी वह उन्हें अपनी ज्यादती लगी—माँ की तरफ समस्याएँ सरका रहे हैं, जबकि बड़ा होने के नाते उन्हें माँ का बोझ सँभालना चाहिए।

बाँके ने स्थान और काल का अच्छी तरह विचार कर, अपनी समझ से बहुत ही विनम्रता और सभ्य तरीके से माँ जोगेश्वरी के सामने बात रखी, यह भी कहा कि भैया ने उनसे बात करने को कहा है...लेकिन सुनते ही जोगेश्वरी बरस पड़ीं—

"अरे तनिक लजा बाँके। बाप समान बड़ा भाई खाट पकड़े है। तोहार चित्त उ के अच्छे होने में नाहीं, हिस्सा-बाँटी में खे। घर के आदमी में नाही ईंट-गारे की दीवारों में खे। काहे की हिस्सा-बाँटी चाहता है तू, एँ ? ई सब जायदाद हमार बा और हमार जियत ई सब न होई।"

"हमारी कभी कदर की तुमने जो आज करोगी। राधे भैया ने कमाई-धमाई की कब की छोड़ दी। सुराजी हो गए, फिर भी हर चीज में उन्हीं की पूछ, जैसे और कोई घर में है ही नहीं।"

"सब बाड़ें, पर जो बड़ा हउवै, ओकरे पूछ पहिले होइ। कमासुत हो या न...पहिले उहे बा। हम आपन माई-बाबूजी से इहै सिखले बानी। तोहार भाई-बाबू जी नालायक औ अभागल रहे जो तोहरा के इ पाठ न पढ़ा सके।"

और जोगेश्वरी गुस्से में बाहर निकल गईं। उसके बाद कई दिनों तक उन्होंने बाँके से बात भी न की। जब वह सामने पड़ जाता तो तिरस्कार-भरी एक नजर उस पर फेंकती हुई एक किनारे से निकल जातीं।

12

15 अगस्त 1947। लालकिले पर तिरंगा फहरा रहा था। लोगों ने देखा कि हर सरकारी इमारत से अंग्रेजों का आड़ी-तिर्छी डिजाइनवाला झंडा उतर रहा है और ऊपर सीधा-सादा तिरंगा चढ़ रहा है। फिजाँ में उल्लास और उत्साह छाया हुआ था। बच्चों का उत्साह देखते ही बनता था...लेकिन आदत कि वे अब भी इंकिलाब जिन्दाबाद के नारे लगाते। कोई बड़ा-बूढ़ा टोकता, तब वे दूसरे नारों पर आते। वहाँ भी जो मुँह-चढ़े नारे थे वे ही निकलते—वन्दे मातरम...महात्मा गांधी की जय। रात को जहाँ-तहाँ पटाखे और फुलझड़ियाँ चलते थे। कुछ देशप्रेमी जो पैसेवाले थे वे सड़कों-गलियों पर मिठाइयाँ बाँट रहे थे। सपना...जो कितनों ने देखा था आज पूरा हुआ। नई सुबह पर कितनी आशाएँ टिका रखी थीं लोगों ने कि जरा भी सोचनेवाले को डर लगता था...क्या वे पूरी होंगी, क्या अंग्रेजों के जाते ही किसी नए विप्लव की कैद में नहीं आ जाएगा अपना देश ? वे कुछ लोग जो अंग्रेज-परस्त थे, गोल-गोल मुँह से बोलते...'ठीक है, देखते जाइए। वे खद्दरधारी जो सिर्फ गला-फाड़ चिल्लाना और लाठी खाना जानते हैं...इनसे सँभलेगा नहीं इतना बड़ा देश। धोती-कुर्ता छाप लोगों के बस का नहीं है शासन करना...ये ले डूबेंगे।' ठेठ कांग्रेसी थोड़ा उदास थे—गांधीजी कहाँ हैं, स्वतन्त्रता आई और उन्हें कोई पूछ नहीं रहा है, वे दिल्ली के जश्नों में कहीं दिखाई नहीं दे रहे...सब तरफ नेहरू ही नेहरू हैं...

सड़कों पर फैला वह सारा उल्लास थोड़ा बनावटी भी दिखता था क्योंकि पीछे काला धुआँ था। कांग्रेस और मुस्लिम लीग के जो झंडे एक-दूसरे से जुड़े हुए प्रभातफेरियों में निकलते थे, वे अब दो अलग-अलग देशों के झंडे हो गए थे। रोशनियों और मिठाइयों के पीछे-पीछे आती मारकाट, रुलाइयाँ भी थीं। अंग्रेजों ने भारत छोड़ा था, लेकिन उसे दो टुकड़ों में बाँटकर छोड़ा था। बनारस जैसे शहरों तक बँटवारे की पीड़ा उस तल्खी से भले ही न पहुँची हो जैसे वह दिल्ली में थी...लेकिन भरभराते चले आते, सिन्धी और पंजाबी शरणार्थियों के जत्थे किसी भी शहर को सकुचाहट में डाल देते...ये कौन थे, कहाँ से आए ? अगर पाकिस्तानी थे...तो अपना वतन छोड़कर क्यों भाग रहे हैं ? शहर कोई हो, हर सोचने-समझनेवाले, हर स्वतन्त्रता संग्राम के सिपाही का सिर झुका होता—इस मारकाट को माँगा था क्या हमने ? क्या आजादी की जंग इसके लिए थी ? अगर ऐसा ही था तो हमारा नारा होना चाहिए था—"अंग्रेजो, भारत रुको," "अंग्रेजो, हमें एक रखो।" इतिहास से हम कुछ नहीं सीखते, हम आपस में लड़ते मरते हैं और विदेशियों को अपने देश पर शासन करने के लिए बुलाते हैं...क्या ऐसा फिर नहीं होगा, अब कौन आएगा ?

लेकिन आशा के कुछ द्वीप थे। जिन दंगों को सेना ही रोक पाती है, उन्हें एक गांधी का अनशन थाम देता है। बड़े-बड़े शहर द्वेष-घृणा की आग में जले जाते हैं... लेकिन कितने छोटे शहर ऐसे भी जहाँ एक भी हादसा नहीं होता। छोटे शहरों के इन

छोटे नागरिकों ने किस प्रौढ़ता का परिचय दिया, वहाँ किस उत्साह से शरणार्थियों का स्वागत हो रहा है, उन्हें मदद पहुँचाई जा रही है। ये वे शहर थे जहाँ के हिन्दू-मुसलमानों के ऊपर नेताओं का प्रभाव नहीं था, राजनीति जहाँ की जीवन-शैली में छेद नहीं कर पाई थी, जहाँ के लोग स्वयं सोचते-समझते थे, भेड़ों की तरह नेताओं की सियासी चालों के पीछे नहीं चल रहे थे। वे केवल एक ही नेता को जानते थे—वह जो भारतीय मानस की तरह गद्‌दी का तिरस्कार करता था। इन शहरों को देखकर यह किसी को भी समझ में आ सकता था कि हिन्दू-मुस्लिम दंगे देश को गद्‌दीपरस्त नेताओं की देन थे जिनमें जिन्ना मुख्य थे। ताज्जुब की बात यह थी कि देश और स्वन्त्रता की बड़ी-बड़ी बातें करनेवाले नेताओं के लिए एकाएक गद्‌दी इतनी महत्त्वपूर्ण हो गई थी कि उसे हासिल करने के लिए हजारों-लाखों लोगों को माराकाटा जाना भी कुछ नहीं था ? यह सत्य आगे भी रहनेवाला था कि वोट या गद्‌दी के लिए नेता लोग ही दंगों का कारण बनेंगे और अगर साधारण जन को उनके हाल पर छोड़ दिया जाएगा तो वे अमन से ही रहेंगे।

बनारस में चहल-पहल थी और मुंशी राधेलाल खाट से बँधे हुए थे। आसपास सिर्फ दो—जोगेश्वरी और राजन की माँ। बाकी लोग...जैसे बाहर शहर में होती आवाजें। अजीब बात कि पिछले कुछ साल जो वे बाहर रहे—घर छूटा, वकालत छूटी—तो जैसे घर के सदस्यों से, एक-एक से अलग-अलग जो उनका रिश्ता था, वही गायब हो गया। इतनी कमजोर थी न इन रिश्तों की लपेट...कि पिछले इतने साल साथ रहना कुछ नहीं और आखिर के एक-दो साल घर के बाहर रहना सब कुछ हो गया ? राधे लौटे तो राजन की माँ और जोगेश्वरी के अलावा कोई नहीं। कभी-कभी मुंशी को लगता कि इस बड़े घर के सदस्यों में उनके लिए एक रंजिश घर कर गई है और वह यह कि जिस व्यक्ति पर पूरा घर टिका हुआ था—इतने लोगों की सुरक्षा-सुविधा, चैन-इत्मीनान—उसे इस तरह हट जाने, झटके से सिलसिले को हिला डालने का अधिकार नहीं था...और उसने यह किया था।

अच्छा हुआ कि यह भी देखने को मिल गया मुंशी राधेलाल को, वरना वे जरूर पश्चात्ताप में घुलते। इस प्रवास ने उनके शरीर को भले ही सुखा दिया, उन्हें एक तृप्ति की प्राप्ति जरूर हुई कि एकाएक सब कुछ छोड़कर वे उस रास्ते जा सके, जहाँ वे जाना चाहते थे, वह कर सके जो जीवन में करना चाहते थे—स्वार्थ की परिधि के बाहर जितना थोड़ा-बहुत सही, किसी बड़े कर्म से जुड़ना। जीवन-भर इस बड़े कर्म को ढूँढ़ने की कोशिश करते रहे, महफिलबाजी की, संगीत और शायरी की तरफ कदम बढ़ाए।... आखिर अच्छे-खासे भटकाव के बाद भीतर जो कशिश थी, उसकी पहचान वे पा सके। गनीमत कि जान सके वे दरअसल क्या चाहते थे स्वयं से, उसके भी आगे यह कि उस रास्ते थोड़ी दूर चल सके। काश सफर नई उम्र में शुरू किया होता। फिर भी जीवन एकदम व्यर्थ तो नहीं गया। परिवार के इन लोगों की खातिर कोल्हू के बैल की तरह वकालत से घर, घर से वकालत ही करते रहते...और आखिर में इन लोगों का रुख होना यही था जो आज है—उदासीन, उपेक्षा से एक इंच ही उधर।

राजन की माँ जबर्दस्ती कभी इस लड़के को, कभी उस लड़के को बुलाकर मुंशीजी के पास बिठा देतीं। बच्चों को देखकर राधेलाल को थोड़ा सन्तोष होता...लेकिन सामने बैठे लड़के या लड़की के चेहरे पर उन्हें खौफ की छाया भी दिखाई देती। वह राधेलाल की ओर देखते हुए घबराता होता, पुरानी पहचान बैठाता होता। पहचान बैठती भी तो बड़े ही उखड़े-उखड़े ढंग से...क्या वह आदमी वही है जो बैठकखाने में जब कुर्सी पर बैठता था तब चारों तरफ बैठे लोग उसकी एक-एक मुद्रा की तरफ ध्यान देते होते, जो महफिल के बीच बड़ी कन्दील की तरह चमकता था—'आमिल साहब, आमिल साहब !' आज वह अपाहिज-सा क्यों पड़ा हुआ है ? जल्दी ही मुंशी राधेलाल कमजोर जुबान से कहते—"जाओ बेटा, खेलो..."

ढहता हुआ घर हो गया था मुंशीजी का खोल। इधर से छपका मारकर सँभालो, उठाओ कि उधर से पलस्तर गिरने लगे...ऊपर से जगह-जगह चुए और पानी बाहर न जाए, भीतर सड़ता रहे, जमीन को गलाता रहे। दो महीने ही निकाल पाए कि बोलना बन्द हो गया। बाँके की बेचैनी बढ़ गई थी—वह निश्चिन्त था कि राधेलाल अब बचेंगे नहीं तो बँटवारा...देश तक में हो गया, उनके घर का ? माँ के पास जाना बेकार था। बाँके को एक तरकीब सूझी। चुप्पा-चुप्पा उसने बँटवारे का एक दस्तावेज तैयार कराया। राधेलाल के दस्तखत हो जाएँ तो घनश्याम के तो बाद में भी करा लिए जाएँगे, उसके लिए तो यही रुतबा काफी होगा कि कागज पर राधेलाल के दस्तखत हैं। बाँके सिर्फ मौके की तलाश में था कि कब मुंशीजी को अकेला पाए और दस्तखत करा ले। ऊपर से कोई खास दिक्कत नहीं दिखती थी क्योंकि मुंशीजी के पास जोगेश्वरी और शान्तिदेवी के अलावा कोई नहीं होता था और ऐसा मौका हाथ लग सकता था जब इन दोनों में से कोई न हो...लेकिन असल में दिक्कत दूसरी थी। बाँके एक बार राधेलाल से जिक्र करने की गलती कर चुका था। अगर कहीं उन्हें याद रहा...या कि उनमें याद रखने की शक्ति बनी हुई है तो किसी भी कागज पर वे दस्तखत नहीं करेंगे। अब यह कैसे पता चले कि मुंशीजी की शक्ति उतनी क्षीण हुई है या नहीं... ?

चांस लिया जाए...और एक दिन बाँके मुस्कराता हुआ, कागज बगल में छिपाए, जब मुंशीजी के पास कोई नहीं था तब जा पहुँचा। मुंशीजी तकिए पर टिके, अधलेटे, शून्य में ताक रहे थे।

"पुराने मुकद्दमे के कागज हैं भैया ! मुवक्किल शहर में नहीं है, लिखा है आपकी तरफ से दाखिल करा दिए जाएँ। आपकी गैरहाजिरी में वकालत का जरूरी काम मैं देख लेता हूँ, कचहरी में जिरह के लिए सेवकराम वकील को खड़ा कर देता हूँ। आप अच्छे हो जाएँगे तो सब सँभालेंगे ही। इसमें दस्तखत कर दीजिए..." और उसने कागज-कलम उनकी तरफ कर दिए।

मुंशीजी की तरफ से कोई प्रतिक्रिया नहीं हुई, जैसे उनके लिए पास खड़ा वह आदमी नहीं, दीवार का कोई खम्भा था। बाँके उनके ठीक सामने आ गया कि उनकी नजर की परिधि में आ जाए। मुंशीजी ने उसकी तरफ देखा पर उनमें कोई पहचान

जगी...ऐसा नहीं दिखा। बाँके ने चटपट कलम उँगलियों में पकड़ा दी और दस्तखतवाली जगह सामने कर दी...

मुंशीजी की ढीली पकड़ से कलम नीचे गिर पड़ी। उसके बाद वे अपनी दोनों हथेलियों को डुगडुगी की तरह बजाने लगे...जैसे कह रहे हों कि सब छूँछा है—यह घर, वे खुद, बाँके और बाँके की वे कोशिशें भी। बाँके दूसरी कोशिश करता कि जोगेश्वरी की आहट सुनाई दी, चुपचाप कागज-कलम छिपा लिए और ऐसे खड़ा हो गया जैसे भाई का हालचाल लेने आया था। जोगेश्वरी विचलित हो गईं। वे जानती थीं कि उनका यह बेटा बेहद तिकड़मी है, इसलिए डाँटते हुए बोलीं—"राधे की तबीयत और खराब करे पर काहे तुला है रे ? आगे से इहाँ आवे के जरूरत नहीं खे, बुझलीं ?"

डॉ. बनर्जी ने हार कुबूल कर ली थी। अपने एक उम्दा दोस्त के आसन्न बिछोह का दुख था, आँखों में आँसू रोके न रुकते...फिर भी वे अपने जाने-पहचाने बहादुरी तेवर पकड़े हुए थे—

"मुंशी राधेलाल 'आमिल' ! अमाँ आमिल साहब ! भारत स्वतन्त्र कब का हो चुका। आपके बैठकखाने में जश्न होना है, जल्दी चंगे हो जाइए किबला..."

डॉ. बनर्जी इस तरह की बातें कई बार करते, तरह-तरह से कहते...जैसे दवा भीतर न जा रही हो और वे कोशिश-दर-कोशिश किए जा रहे हों। मुंशीजी सिर्फ हँस देते। अन्तिम दिन भी डॉ. बनर्जी ने यही किया, पर उस रोज मुंशीजी हँस न सके। पत्थर होते जा रहे चेहरे पर मुस्कान न आ सकी तो भी मुंशीजी ने हथेली डॉ. बनर्जी की तरफ हल्के से बढ़ा दी...

"आजादी हासिल करने में तुम्हारा...तुम्हारे साथियों का कंट्रीब्यूशन रहेगा मुंशी राधेलाल 'अमिल' !"—डॉ. बनर्जी ने उसी पैनेपन से कहा, फिर अपनी हताशा भीतर-भीतर झेलते हुए धीरे से जोगेश्वरी से बोले—"बच्चों को मिलवा दीजिए।"

इत्तफाक कि शहर में न घनश्याम थे, न बाँके। किसे मालूम था कि मुंशीजी की तबीयत एकाएक यों गिर जाएगी। राजन का बड़ा भाई, राजन, मुंशीजी का प्रिय बेटा छोटे, राजन का छोटा भाई, घनश्याम और बाँके के दूसरे बच्चे...सबको ले आया गया। एक-एक करके जोगेश्वरी ने बच्चों को राधेलाल के सामने खड़ा किया—"बेटा देखो ! राजन बा, राजन। छोटे...तोहार छोटे..."

पहचान नहीं पा रहे मुंशीजी, लेकिन जोगेश्वरी सबका परिचय देती चली जा रही थीं। व्यक्तिगत पहचान नहीं हो रही थी लेकिन बच्चे खड़े थे—यह तो मुंशीजी देख ही रहे थे। इसी सन्तोष से डॉ. बनर्जी जोर से बोले—

"नई पीढ़ी मुंशीजी ! इन्हें तुमने स्वतन्त्र भारत गिफ्ट में दिया है। इससे बढ़िया और क्या इनके लिए कर सकते थे तुम ?"

शायद वह अन्तिम वाक्य था जो मुंशीजी ने सुना। फिर इन्द्रियाँ शिथिल होती चली गईं। थोड़ी ही देर में शरीर को जमीन पर लिटा दिया गया। गंगा-जल और

तुलसी-दल मुँह में जाते ही मुंशीजी ने आँखें मूँद लीं।

ब्राह्ममुहूर्त में मुंशी राधेलाल 'आमिल' के घर से औरतों की चीख फूट पड़ी। राजन की अम्मा, रामनगरवाली, नइकी...तीनों फर्श पर सिर दे-दे मारें। लड़के-लड़कियाँ कमरे के बाहर खड़े घबराए हुए सुबक रहे थे। भोर होते ही जैसे-जैसे खबर फैलती गई, पास-पड़ोस के घर की औरतें भी आ गईं। एक घर के ही थोड़े थे मुंशीजी, पूरे मोहल्ले के थे।

क्रन्दन का समुन्दर उमड़ पड़ा था, घर में हाहाकार नाच रहा था।

इस सबके बीच इधर से उधर आती-जाती जोगेश्वरी...जैसे इस काम से इधर जाएँ, उस काम से उधर। उन्हें फुर्सत ही नहीं थी, आँख में भी एक आँसू नहीं। कभी वे बच्चों को वापस उनके कामों पर पहुँचा रही थीं तो कभी डॉ. बनर्जी से बात कर रही थीं। बैठकखाने में पड़ोसी मर्द लोग इकट्ठे हो गए थे तो बीच-बीच में उनसे जाकर बात कर आतीं। जो औरतें आतीं...उन्हें भीतर भेज देतीं। वे स्वयं ज्यादातर बाहर रहतीं, भीतर जातीं भी तो थोड़ी देर को और तब हाहाकार के बीच भी स्थिर।

जोगेश्वरी ने तय किया कि घनश्याम और बाँके की प्रतीक्षा करने की जरूरत नहीं है। वैसे भी किसी काम के लिए किसी पर आश्रित होना उनके स्वभाव में नहीं था। राजन का बड़ा भाई तो था, उसे ही संस्कार करना था। डॉ. बनर्जी की सहमति और मदद से वे जुट गईं और विधिवत् सभी कार्य सम्पन्न कराए...सबके बीच वे स्वयं, स्थितप्रज्ञ।

जोगेश्वरी के बारे में दबीदबी फुसफुसाहटें तभी शुरू हो गई थीं जब मुंशीजी ने प्राण छोड़े। कुछ यहाँ तक सोच रहे थे कि जोगेश्वरी को जबर्दस्त मानसिक आघात पहुँचा है, कहीं उनका सन्तुलन न बिगड़ जाए, ऐसे में लोग पागल तक हो जाते हैं। दूसरे-तीसरे दिन से सब तरफ एक ही बात थी, कभी उस बात का यह टुकड़ा तो कभी वह—'कैसी माँ है, बड़ा बेटा चला गया और आँख में एक आँसू तक नहीं ! बेटा भी ऐसा कर्मठ कि इतने बड़े परिवार को कन्धों पर उठाए था ! गजब की छाती है जोगेश्वरी की ! एक बेटा पहले ही लापता है, दूसरा यों चला गया और उस पर कुछ असर ही नहीं ! अरे, वह तो घनश्याम और बाँके का पक्ष लिये है—चाहती है कि जमीन-जायदाद इन्हीं दो को मिले। गुस्सा थी मुंशीजी से, जब से वे सुराजी हुए थे, इसलिए दवा-दारू भी ठीक से नहीं की ! कोई उम्र थी मुंशीजी की...खुद कैसी बकरी की तरह उचकती फिरती है।''

और तो और, पाँचवें दिन शान्तिदेवी जो कभी कुछ बोलती नहीं थीं, उन्होंने भी सिसकते हुए जोगेश्वरी से कह डाला—''आपका हिया माँ का नहीं है। इतना बड़ा हादसा हो गया और आपकी आँख नम तक न हुई ! आप चाहतीं तो उन्हें शुरू में ही घर से न जाने देतीं, उनकी तबीयत इतनी जल्दी न गिरती ! पहली बार जब आए थे तब भी बीमार थे...आपने फिर भी जाने दिया। विधाता का कुचक्र कैसा...जो सारे घर की एक-एक इच्छा पूरी करता रहा, उसे कितने दिनों से भरपेट खाना भी नहीं मिला...''

जोगेश्वरी ने चुपचाप सुना और बाहर चली गईं। बड़े घर में रहते हुए उन्होंने एक चीज देखी और फिर सीख भी ली है—संसार में लोग दुख भोगते ही आते हैं, कोई यह भोग रहा है तो कोई वह, कोई इस तरह तो कोई उस तरह...और इस क्रम को थोड़ा भी उलट-पुलट करने की सामर्थ्य सगे से सगे की भी नहीं होती। हम सिर्फ सगों को अपने-अपने हिस्से के दुख झेलते हुए देख सकते हैं। इधर वे औरतों के बीच कम उठती-बैठती थीं। उनकी एक ही मुद्रा होती, मर्दोंवाली...यह इन्तजाम, वह इन्तजाम ! फूल संगम भेजने का इन्तजाम, फिर तेरहीं की तैयारी ! सब जगह चिट्ठियाँ भिजवाना, जेवनार की तैयारी...ब्राह्मणों को देने के लिए लोटा-गिलास नया बनवाया है, उसमें क्या लिखवाना है, कपड़ा साथ में क्या रखा जाएगा ! रिश्तेदार जो आएँगे...कौन कहाँ ठहरेगा...और जो किसी को न पता चलता था, न दिखाई देता था, वह यह कि इस सबके लिए पैसा कहाँ से आ रहा है। तेरहीं के दिन वे बेतरह व्यस्त थीं। पूरा दिन इधर से उधर, उधर से इधर। रात ग्यारह बजे जाकर सब कार्यक्रम समाप्त हुए। ब्राह्मण खा-पीकर चले गए, रिश्तेदारों का भी हो गया—कुछ वापस अपने घरों को चले गए, जो बचे वे खा-पीकर अपने-अपने बिस्तरों में जा पड़े। घर में जब सारी हलचल खत्म हो गई तो जोगेश्वरी बैठकखाने में गईं और सब तरफ से किवाड़ बन्द कर लिए।

रात का सन्नाटा घर पर जम गया था। एकाएक उसे फाड़ती हुई उठी एक चीख, एक पसरी हुई चीख। जैसे बहुत नीचे तल से उठकर, ऊपर बिछी छोटी-बड़ी चट्टानों से गुजरती हुई, उस क्रम में जहाँ-तहाँ से फटती हुई भी वह चीख अन्ततः ऊपर आ गई थी और उस वक्त बैठकखाने के बन्द दरवाजों पर बज रही थी...मुख्य चीख पर जहाँ-तहाँ चिपकी हुई चिथड़ा चीखें, हिचकियाँ, सिसकियाँ, बिलबिलाहट !

राजन की माँ, रामनगरवाली, नइकी...सब घबराकर दौड़े और दरवाजा पीटने लगे—कहीं जोगेश्वरी कुछ कर न डालें ! मुश्किल-मुश्किल से दरवाजा खुला। एकदम दूसरा रूप जोगेश्वरी का—आँखें लाल, बाल बिखरे, कपड़े अस्त-व्यस्त। फर्श पर बैठीं वे जाने कितनी देर से उस तरह रो रही थीं, बिलख-बिलखकर रो रही थीं। बहुएँ सँभालने में लग गईं, पर जोगेश्वरी सँभाले में न आएँ...

"अरे ! हमार हिरवा चल गइल रे ! राधे के बाबू गइले तब हम कुछ न बोलतीं... राधे तो रहे। तोहरा बाद कौन है बचवा ! हमार कहना न मनला। का मिल गइल सुराजी होकर ! घर-भर के अनाथ कर गइला। भगवान हमरा के उठा लेइ जात। महतारी के आगे से ओकर बेटा उठा ले गइलें।"

जोगेश्वरी का विलाप ऐसा जैसे राधे का प्राणान्त अभी हुआ हो। तेरह दिनों बाद !

मुश्किल-मुश्किल से वे सँभाल में आईं और अगले दिन ही पूरी तरह प्रकृतिस्थ हो सकीं। तब उन्होंने नइकी से कहा—

"बचिया ! दुख के कभी-कभी देहवा में ही रखे के परी, जइसे शिवजी कंठ में विष को रोक लिहे हैं। जब राधे शरीर छोड़ा रहा तौ घर में सबके सब बेहाल, आपन

काबू से बाहर रहे। अगर हम भी खुद के वइसन ही बना लेतीं तो तोहनी के कौन सँभालत। जे-जे करे के रहे ऊ कौन करत ! सबके रोवत देख के बचवों पर का गुजरत ! तू सबके रोये के छूट रहै पर हम कइसे रोतीं।"

जिसने सुना वह अवाक् रह गया। दुख में होकर भी अपने को इस तरह अलग रख सकना ! परिवार का एक बड़ा वृक्ष ढह गया था तो दूसरे बड़े वृक्ष को खड़े रहना था।

13

गोवर्द्धन स्वतन्त्रता के जश्नों को दूर-दूर और अजीब विरक्ति से देखते रहे थे। दरअसल वे उस वर्ग के प्रतिनिधि थे जिसकी किताब में जश्न मनाना वगैरह था ही नहीं। वे अनुशासन और सादगी के संस्कारों में पले और बड़े हुए थे...क्या था जिसकी खुशियाँ मनाई जाएँ। स्वतन्त्रता के लिए तो और भी नहीं क्योंकि अंग्रेज गया है तो वह कड़वाहट का बीज बोकर गया है जिसे धोने में जाने कितने साल लगें...कौन जाने उतने ही जितने स्वतन्त्रता आन्दोलन को चलाए रखने में लगे थे। अंग्रेज देश को दो टुकड़े करते हुए गया...और हम खुशियाँ मनाते हैं, कैसे पीछे-पीछे आई दंगों की ज्वाला जो फैलती जा रही थी, फैलती जा रही थी। उनका नेता इसीलिए संजीदा था, दूसरे नेता गद्दियों की गरमाहट महसूस कर रहे थे और वह अकेला दंगों को थामने के अभियान में चल पड़ा था। गोवर्द्धन को साफ दिखता था कि बड़े नेताओं की जमात की जमात ने गांधीजी को अकेला छोड़ दिया है...वही जो अब तक उनके पीछे एकजुट होकर चलते थे। देश का सबसे बड़ा नेता, इस सदी का सबसे बड़ा आदमी अकेला, उदास और एकाएक दयनीय क्यों दिखने लगा था ?

तभी सनसन करती आती हवा की तरह खबर आई कि गांधीजी की हत्या हो गई। देश-भर में मातम छा गया। हर शहर में सैकड़ों लोग ऐसे जिन्हें लगा कि उनके घर का कोई बड़ा-बूढ़ा गुजर गया। दाढ़ी बढ़ाए, मुँह लटकाए, झुतरे खींचते-नौजवान... रोते-बिलखते आदमी-औरतें आम नजारा थे। गोवर्द्धन तो अनाथ हो गए, उनके जीवन में लक्ष्य, उद्देश्य, जीवन-शैली जो कुछ भी था उस सबका प्रकाश-स्रोत ही जैसे बुझ गया। गांधीजी पर जब बम फेंका गया था तब भी न चेते हम। हमने उस फकीर को बचाने की कोई कोशिश नहीं की। क्या करेगा यह देश जो इतना बेवफा है कि जिस व्यक्ति ने स्वतन्त्रता दिलाई उसी को मार दिया। कल तक जिस गोवर्द्धन के मन में देश के लिए प्रेम की तरंगें उठती थीं, उन्हें सहसा अपने देश से नफरत हो गई।

गांधी की हत्या दरअसल एक आदमी की हत्या नहीं, मूल्यों की हत्या थी। नैतिक उत्कर्ष की ओर जिस तरह देश हर दिशा से बढ़ रहा था, गांधी की हत्या के दिन से जैसे उसने पल्टी खाई और नीचे के रास्ते चल पड़ा और फिर चलता ही चला गया ! समाज और राजनीति दोनों ही क्षेत्रों में पग-पग पर मूल्यों की बात...और वह भी बराबरी

से...जैसे अब तक देखी गई थी, वह आनेवाले दिनों में देखना तो दूर सुनी भी नहीं जानी थी।

गोवर्द्धन बहुत झटक गए थे। महात्मा गांधी की हत्या ने गोवर्द्धन में चुपचुप, भीतर-भीतर जो मसोस पैदा की वह अलग तरह की थी। गांधीजी उन्हें जानते भी न हों पर गोवर्द्धन के लिए वे पिता, गुरु, बड़े भाई, दोस्त...सब थे। गोवर्द्धन की बुनावट ही कुछ इस तरह की थी कि वे कोई पारिवारिक सम्बन्ध बिठा लेते और फिर उसी रूप में किसी को देखते। उनके आसपास कोई भी अन्तरंग हुए बिना नहीं रह सकता था, अन्तरंग होता और किसी-न-किसी सम्बन्धी के ठोस आकार में आ जाता। इस तरह उनके सम्बन्ध कल्पना के रास्ते से ही अमूर्त से मूर्त हो जाते थे। गांधी उनके पास हमेशा होते थे, जैसे लड़के के घर में पिता रहते हों। उनका जाना पिता का जाना था। इसीलिए गांधीजी के निधन पर गोवर्द्धन ने बाकायदे सिर मुँडवाया। अस्थि-प्रवाह में सम्मिलित हुए, तेरहीं की। एक वर्ष बाद बरसी भी मनाई और इस एक वर्ष वे सचमुच शोक मनाते रहे। जो रामाधार को लेकर चलते ही रहते थे—यहाँ से वहाँ, वहाँ से वहाँ—वे खेत किनारे अपने काश्तकार की कच्ची कोठरी में पड़े रहे—पूरे साल। रामाधार भी आए तो उन्हें भार लगे। एक बार उससे कह भी दिया कि—"वह अपनी दुनिया में लौट जाए, समाज और देश के रास्ते अब कुछ नहीं रखा।" रामाधार ने तर्क किया—'आखिर गांधीजी पृथ्वी पर हमेशा रहने को तो नहीं आए थे, उनके बाद भी तो कांग्रेस है, हमें उसका कार्यकर्ता बने रहना चाहिए। जो दूसरे नेता हैं उनसे जुड़ना चाहिए, नए कामों से जुड़ना चाहिए...' रामाधार को उन्होंने अपने मन की बात कह दी—'यह गांधी की कांग्रेस नहीं है। पहले जेल और लाठी खाने के लिए दौड़ते थे, अब लोग राजधानी की तरफ दौड़ते हैं लपलपाय के—यह पाने या वह पाने। जुड़ा जाए तो किससे...कौन है अब ?' व्यावहारिक स्तर पर तकलीफ ही तकलीफ थी—सारे स्थानीय नेता राजधानी में थे। जो पदों पर थे उनसे मिलना दूभर हो गया था। जो नहीं थे—गोकुल, राधेश्याम जी, रासबिहारी...वे भी राजधानी में पड़े रहते थे। वहाँ जाओ तो कूड़ा-करकट की तरह पड़े रहो। पहले सभी कार्यकर्ता महत्त्वपूर्ण थे। अब जैसे कांग्रेसियों में भी ऊँचा-नीचा हो गया था। राजधानी के नीचे जैसे कुछ काम करने का ही नहीं रहा था न जनचेतना, न समाज कल्याण, न कुछ और...फिर भी गोवर्द्धन रामाधार को नहीं रोकते थे। वह जाए जहाँ जाना चाहे... गोवर्द्धन का नाता उस कांग्रेस से था, इससे नहीं।

रामाधार लौट गया। गोवर्द्धन पड़े रहे...निष्क्रिय मुँह लटकाए। दुख उनके भीतर तक बैठ गया था, संसार अच्छा ही न लगता। कुछ काम करने को जी न करे। आखिर खुद को किसी-किसी तरह सँभालना शुरू किया। खेती-बाड़ी में हाथ बँटाने लगे। उस वृत्त की तरफ निगाह की जो उनके निजी सम्बन्धों का था। वे भले ही गृहस्थ न हों, गृहस्थवाले रिश्ते तो उनके थे ही जहाँ-तहाँ। पिछले दो वर्षों से गोवर्द्धन उधर ध्यान नहीं दे पाए थे। मुंशी राधेलाल के गुजरने की खबर मिली थी, और वे इस दुख में भी शान्ति बिटिया को देखने नहीं जा सके थे। कैसा भ्रम निकला यह...देश या बड़ी-बड़ी बातों

में लगा होना...कि आदमी अपनी छोटी पर महत्त्वपूर्ण बातों को भी इत्मीनान से अदेखा किए चलता है। गाज गिरी थी शान्ति बिटिया पर और वे...व्यस्त रहे। ठीक है कि दुख से पार उसी को पाना है, लेकिन जो उसका धर्मपिता बनता है...वह पास तो जाकर बैठे। गोवर्द्धन बनारस और फिर से सीधे मुंशीजी के बैठकखाने में पहुँचे, शान्ति को बुलवा लिया।

"बिटिया, तुम पर इतनी बड़ी विपत्ति गिरी और मैं न पहुँच पाया, लेकिन भरोसा रखो—जो विपत्ति देता है, वह उबारेगा भी। मुंशीजी न सही, जोगेश्वरीदेवी तो हैं।"

"हाँ, अम्मा हैं"—शान्ति ने कहा—"वे बड़ बाबा की ही तरह हैं, उनके नीचे-नीचे सब सुरक्षित हैं। लेकिन बरगद के नीचे कुछ नहीं उगता...यह भी ख्याल आता है।"

"रुपए-पैसे की तकलीफ होती होगी अब, मुंशीजी के बाद ?"

"वह तो तभी शुरू हो गई थी जब उन्होंने वकालत छोड़ी और सुराजी बन गए थे। अम्मा का ही बूता था कि चलाती रहीं...कभी वह बेचा, कभी वह, और किसी को पता भी नहीं चला। कितने घोड़े-इक्के होते थे...तुमने तो देखा ही होगा काका ! जाओ पीछे और देखो अब...कहाँ हैं वे। अम्मा ऐसे ही चलाती जाएँगी। मुश्किल यह है कि वे किसी से पूछती-पाछती भी नहीं, सोचती हैं इससे ज्यादा कानों में बात जाएगी और घर की भद्द होगी।"

"पर ऐसे कहाँ तक चलेगा। रुपए-पैसे का कोई नया जरिया तो बनना चाहिए।"

"वही तो...राजन के बड़े भाई मोहन को वकालत में बिठा दिया अम्मा ने, कि मुंशीजी की वकालत सँभाले। वे सब कुछ पुराना जैसा चलता हुआ देखना चाहती हैं। ठीक है—बैठकखाना है, किताबें हैं...पर मुवक्किल तो इस बीच छिटक गए। वकालत चलती न दिखी तो मोहन ने इधर-उधर हाथ-पैर चलाए। वह सरकारी नौकरी के लिए चुन लिया गया है। अम्मा उसे जाने नहीं देना चाहतीं। कहती हैं अपने घर बैठे...यहाँ जो थोड़ा-बहुत भी कमाएगा, वह पूरे घर के काम आएगा। परदेश में उसका अपना पेट भी मुश्किल से भरेगा।"

"देखो शान्ति बिटिया ! जोगेश्वरी तो यही चाहेंगी कि घर से कोई न जाए। वे इसी तरह की बनी हैं...पर समय बदल रहा है, रहा क्या, बदल गया है। हर हाल में जोगेश्वरी के मन का ही करने से कहीं ऐसा न हो कि हम बच्चों के भविष्य को खतरे में डालें।"

"उन्हीं का तो सोचना है अब। हमारी जो थी, वह तो गुजर गई।"

"तो तुम बच्चों के मन का करो। जो बाहर निकल रहा है, उसके आड़े मत आओ। अरे बाहर कहाँ जा रहा है। समूचा देश अपना घर है। मोहन बाहर निकलेगा तो वह अपने छोटे भाइयों को भी साथ ले जा सकता है, उनके लिए भी कुछ रास्ते खुलेंगे। यहाँ कितने इस वकालत को कमा सकेंगे !"

"काका, आप क्यों अम्मा की तरह नहीं सोचते कि यहाँ रहकर भी रास्ते खुल सकते हैं, जैसे हम अब तक एक साथ रहते आए...ऐसे आगे भी रहें ?"

"भरोसा नहीं होता। मैं तुम्हारी सास की उम्र का हूँ पर मैंने बाहर की दुनिया भी देखी है जो उन्होंने नहीं देखी है। स्वतन्त्रता के बाद लोगों के मिजाज बदल गए हैं। देखो तो ये लोग अपने पिता गांधी को ही मार देते हैं। आदर्श की बातें अब कोई नहीं करता। बड़े परिवारवाली नस्ल, पुरानी पीढ़ी और ही थी। नई पीढ़ी का वह करेजा नहीं है। स्वार्थ बढ़ रहा है...जो है उसके लिए छीना-झपटी बढ़ेगी। आग तुम्हारे घर में घुसे, उसके पहले ही तुम बच्चों को रवाना कर दो। बच्चों को बाहर ढकेलो नहीं, पर कम-से-कम जिसने अपना रास्ता बना लिया है, उसे तो न रोको। भाग्य से मोहन अपने पैरों पर खड़ा हो गया, वह जाना भी चाहता है।"

इसी तरह की बातें समझा-बुझाकर गोवर्द्धन चले गए। राजन ने गोवर्द्धन नाना को उसके बाद नहीं देखा। वे कहाँ गए...उनका क्या हुआ, नहीं मालूम। स्वतन्त्रता के बाद सुराजियों की फौज की फौज इसी तरह बिला गई...क्योंकि वे आत्मसंयमवाले, संघर्ष में तपे लोग थे। अब सिर्फ बड़े नेता थे और उनके साथ रहने के लिए सुराजियों की जगह एक नई नस्ल पैदा हो गई थी—अकर्मण्य, हाँ में हाँ मिलानेवाली चमचों की नस्ल !

गोवर्द्धन के आने का एक असर यह हुआ कि शान्ति अब सोचने लगी थीं। पहले तो उन्हें यही आश्चर्य हुआ कि गोवर्द्धन काका की तरह उस घर में कोई नहीं सोचता, सोचता होगा तो बताता नहीं। शान्ति स्वयं क्या जानतीं ! वे बड़े घर से आई थीं, बड़े घर में रहीं। कुएँ के बाहर बहुत कुछ होगा। काका तो रामाधार को साथ लिए घूमते ही रहते हैं। उनका तजुर्बा सचमुच बड़ा है। शान्ति या जोगेश्वरी चाहे जितना छिपाएँ, क्या खींचातानी उनके अपने घर में शुरू नहीं हो गई है ? बाँके भैया तो मुंशीजी के रहते ही बँटवारा चाहते थे। पता नहीं अभी कैसे चुप हैं, पर कभी भी फिर राग छेड़ देंगे। मुंशीजी नहीं हैं तो अब उनका स्वर ज्यादा उग्र होगा। अम्मा कब तक उन्हें रोक सकेंगी ? अम्मा का रुतबा क्या पहले जैसा ही बना रहेगा ? वह था क्योंकि परिवार का सबसे बड़ा पुरुष मुंशीजी जैसा सज्जन और बड़े दिल का आदमी था। रुतबा रहे भी तो अम्मा हमेशा तो नहीं रहनेवाली। उनके बाद ? क्या सबसे बड़ी होने के नाते अम्मा के बाद शान्ति का भी वैसा ही चलेगा जैसे अम्मा का चलता है ?

शान्ति ने कभी ज्यादा कुछ सोचा नहीं, सोचने का काम पति का था या उनकी सास का। मुंशीजी घर छोड़ गए तब भी शान्ति को सोचने की जरूरत नहीं पड़ी थी। वे इतना भर सोचती थीं कि मुंशीजी आ जाएँगे और फिर पहले जैसा हो जाएगा। मुंशीजी जब बीमार पड़े तो उनके अच्छे होने की उम्मीद रही...लेकिन अब...? अब शान्ति सोचने से बच नहीं सकती थीं।

सवाल ही सवाल थे...जैसे एक डगाल में कितनी और टहनियाँ फूटती चली जाती हैं। शान्ति अब अशान्ति की मूर्ति थीं, दिनों-दिन उलझी रहतीं। यों ही उलझे-उलझे एक दिन उन्हें लगा कि क्यों न बड़े बेटे मोहन को ही राजदाँ बनाएँ, उसके साथ सोचें ?

"क्यों बेटा..." उन्होंने एक दिन बैठकखाने में मोहन को घेर ही लिया—"तुम

सचमुच नौकरी पर जाना चाहते हो ? तुम्हारे बाप-दादों का यह घर...जिसमें पुश्तों से लोग रहते आए हैं, यह कुछ भी मोह नहीं जगाता तुम्हारे मन में ? क्या तुम्हारी बड़ी अम्मा गलत हैं ?"

"देखो अम्मा ! बड़ी अम्मा सही हैं, तुम भी सही हो और इस घर से मैं उकता गया हूँ—यह भी नहीं है। मुझे डर लगता है तो उस सुरक्षा से, आड़ से, जो यह घर देता है। यह घर मुझे जिन्दगी-भर सुरक्षा दे सकेगा क्या ? दे भी तो क्या वह सुरक्षा निकम्मा नहीं बना देगी ?"

"तुम्हारे पहले जो यहाँ रहे वे क्या निकम्मे हो गए थे ? यहीं रहकर तुम्हारे बाबूजी भी बहुत कुछ कर सके, यहाँ तक कि देश के लिए भी कुछ कर सके।"

"वे कर सके क्योंकि काफी कुछ उन्होंने इस घर को बनाया था। यह उनका कर्मक्षेत्र था...जबकि मैं जो बना-बनाया है, उसकी सुरक्षा पर ही टिक जानेवाला हूँ। सुरक्षा घर की नहीं लेनी चाहिए—चाहे वह जितना बड़ा घर हो। सुरक्षा होनी चाहिए अपने कर्म की...और मुझे लगता है यहाँ मेरा कर्म नहीं है। वकालत को मैंने टटोलकर देख लिया—यह नहीं खिंचेगी मुझसे। जिस नौकरी के लिए चुना गया हूँ, उसके अलावा कोई रास्ता ही नहीं है मेरे सामने।"

"आज नहीं हैं, कल रास्ते निकल सकते हैं...यहीं रहते-रहते। यहाँ होंगे ही नहीं तो रास्ते कहाँ से आएँगे ?"

"मुझे लगता है अम्मा कि यहाँ रहूँगा तो मैं भार ही रहूँगा—भार इस घर पर, बड़ी अम्मा पर, तुम पर...यहाँ तक कि अपने आप पर। जमते-जमते ही आधी जिन्दगी निकल जाएगी। मैं चाहता हूँ कि जल्दी-से-जल्दी कहीं जम जाऊँ, फिर मैं भार उठाऊँ भाई-बहनों का, परिवार का। राजन को वहीं ले जाकर अपनी निगरानी में पढ़ाऊँ, कम्पटीशन के लिए उसे भी तैयार कराऊँ। यहाँ क्या भविष्य है उसका !"

शान्तिदेवी मोहन को अपलक देखती रह गईं। मोहन के भीतर दिखाई दे रहे थे मुंशीजी—वही उदारता, वही बड़ा दिल, वही सबके लिए करने की बेताबी। शान्ति ने पहले कभी ध्यान नहीं दिया था—मोहन कब से इतना जिम्मेदार हो गया, या कि पिता के न होने पर लड़का एकाएक बड़ा हो जाता है।

मोहन चला...नीड़ से उड़ा। क्या इसी तरह एक-एक कर सब उड़ जाएँगे ? क्या होगा तब उस घर का, जो अम्मा ने, मुंशीजी ने तिनका-तिनका बटोरकर बनाया ? क्या यही नियति है ? अम्मा सह पाएँगी क्या ?

दीवारें

(1960-1975)

1

फटकवावाले आँगन की तरफ सुहागराती कोठरी। अगर राजन को नायिकाओं के गुणों के अनुरूप इस कोठरी का नामकरण करना हो तो इसे 'श्यामा' नाम देगा—ठंडे मौसम में गरम और गर्मी में ठंडी। नीम का पेड़ आधा इस कोठरी पर झुका हुआ है। हल्के-हल्के हिलती टहनियाँ, जैसे पेड़ पंखा झुलाते हुए कहता हो—नव-विवाहितों का स्वागत, राजन-रम्मो का स्वागत !

इस घर के कितने लोग यहाँ विवाह के बाद ठहरे होंगे। चचेरे भाई रोहित, सोहन...जिनके विवाह में राजन नहीं पहुँच सका था। उनके पहले मोहन भैया का विवाह। बहुत पहले नइकी चाची, उसके पहले शायद बाबूजी और अम्मा भी...कौन जाने दादा जिन्हें राजन ने देखा नहीं और दादी-अम्मा भी यहीं रहे हों ! छोटी-सी इस कोठरी में पीढ़ी-दर-पीढ़ी। राजन को सिहरन हो उठती है—इन्हीं दीवारों के बीच उन लोगों ने अपना जीवन शुरू किया था जिनमें से कुछ अपनी जीवन-यात्रा पूरी करके जा भी चुके ! राजन-रम्मो भी इसी तरह गुजर जाएँगे ! ऐसे ख्याल शादी के शुरू के दिनों में ? क्यों इसी कोठरी में ठहराया जाता है...ताकि हम अपने पूर्वजनों से जोड़ते चलें खुद को, ताकि जवानी के खुमार में भी एक मोटी बात ओट न होने दी जाए कि तुम भी पहलों की तरह ही हो...बड़े होगे, बूढ़े होगे, पृथ्वी पर हमेशा रहने के लिए नहीं आए हो !

फिर राजन के विवाह में उल्टा क्यों किया गया—कितना धूम-धड़ाका ! सदरी दरवाजे के नौबतखाने में शहनाई बजी, बड़बाबा से लगाकर पीछे फटकवावाले आँगन तक रोशनी की लहरियाँ बिछाई गईं। झिलिर-मिलिर करती लहरियाँ, बाहर से पाँचों आँगनों को समेटते हुए। घर में टिकी रिश्तेदारों की बारात की बारात, हो-हल्ला... नाच-गाने दिनों-दिन—"अरे ! घोड़ा नचावै मोरा लाड़ला समधी के आगे..." जैसे वे सारे दुख-दर्द जो इस घर ने देखे, उन्हें वह एक इस ब्याह के नशे में डुबो देना चाहता था—बाबूजी, दादी-अम्मा का जाना, घर का ही टुकड़ों-टुकड़ों में बँट जाना...सब कुछ। अम्मा, रामनगरवाली चाची, नइकी चाची ने तो वह सब दिन-ब-दिन आँखों के सामने

देखा होगा...लेकिन वे भी खुशी में पागलों की तरह झूम रहे थे ! शायद कहीं से वे जानते थे कि इस घर में इस तरह मनाई जानेवाली यह आखिरी शादी है...इसलिए भूल जाओ सब कुछ।

शुरू-शुरू में यह देखकर अजीब लगा था कि अम्मा उस बड़े घर के अगले हिस्से में सिमटकर रह गई हैं—बँटवारे में बैठकखाना, गणेशजीवाला आँगन और आसपास के कोठरी-कमरे बाबूजी के हिस्से में आए थे। बेलवाला आँगन और उसके चारों तरफ बाँके और नइकी चाची के थे। कालीजीवाले आँगन में घनश्याम चाचा का परिवार था। उसके बाद हनुमानजीवाले आँगन में एक तरफ का हिस्सा सन्नी चाचा का था जो बन्द पड़ा था, जिसकी देखभाल बड़े होने के नाते अब अम्मा करती थीं, दूसरी तरफ का चचेरे भाइयों को मिला था। इसी तरह फटकवावाला आँगन भी बीच से काट दिया गया था—आधा एक चाचा आधा दूसरे चाचा के परिवार को।

बँटवारे में कुछ अटपटापन अलग दिखता था। अगला हिस्सा तो खैर बाबूजी के परिवार को ही जाना था, लेकिन इसके ठीक बाद का हिस्सा बाँके चाचा ने लेकर घनश्याम चाचा को पीछे सरका दिया था, जबकि घनश्याम चाचा बड़े थे। सन्नी चाचा को वह कमरा नहीं मिला जिसे वे इस्तेमाल करते थे, जो बाबूजीवाले हिस्से के करीब था। उसे बाँके चाचा ने अँगोट लिया था। बाँके चाचा ने बहुत हल्ला मचाया था—"सन्नी अविवाहित है, उसका अता-पता भी नहीं है...इसलिए उसके लिए हिस्सा नहीं रखना चाहिए, उसके हिस्से को भी बराबरी से जोगेश्वरी के तीनों लड़कों में बाँट दिया जाना चाहिए..." पर बड़ी अम्मा अड़ी रही थीं।

यों पाँचों आँगन अपनी पुरानी जगह ही थे पर उनकी और कई एक कमरों की शक्लें बदल गई थीं। जहाँ-तहाँ छोटी-बड़ी दीवारें उग आई थीं। इसलिए जहाँ पहले गणेशजीवाले आँगन से फटकवावाले आँगन तक दौड़ते हुए एक घर में होने का अहसास होता था, वहाँ अब एक आँगन से दूसरे में कदम रखते ही ऐसा लगता था जैसे कि मोहल्ले की एक गली से दूसरी में निकल रहे हों। इस गली के इस तरफ फलाँ के घर हैं, उस तरफ फलाँ के। पता नहीं राजन बड़ा हो गया था या कि घर की फिजाँ सचमुच बदल गई थी, फटकवावाले आँगन से सामनेवाले हिस्से की तरफ जाते हुए जहाँ-जहाँ से गुजरना होता, वहाँ अजनबीपन का अहसास होता। ऊपर से यह लगता कि जो उन हिस्सों में रह रहे हैं उनकी आँखें आपको स्वीकार नहीं कर रहीं, पीछे से घूर रही हैं... तो ये हैं अगले हिस्सेवाले, जो बाहर जा चुके हैं, अफसर हैं, बड़े आदमी हैं, सिर्फ तफरी के लिए यहाँ आया-जाया करेंगे। अजनबीयत और घूरे जाने का अहसास बना रहता जब तक कि गणेशजीवाला आँगन नहीं आ जाता। सबसे अजीब बात यह थी कि ये सब रहनेवाले वही थे जो बँटवारे के पहले भी इसी घर में रहते थे, बाहर से कोई नया नहीं आया था। तब भी वे अलग-अलग हिस्सों में ही रहते थे, लेकिन क्या था कि पहले एक हिस्से से दूसरे में पहुँच जाने पर भी एक परिवार में ही होने का अहसास रहता

था ? ईंट-गारे से उठी दीवारें इतना बड़ा फर्क ला देती हैं ?

जो राजन के साथ खेले थे, उनके और राजन के बीच एक दूरी उग आई थी—वर्ष जो इस बीच गुजरे जब राजन बाहर रहा, जैसे वे बीच में खूँटे से गड़े खड़े थे। उससे भी बड़ी बात यह कि राजन अफसर हो गया था, बाकी बनारसिया ही रह गए थे—'तन पर नहीं लत्ता, पान खायँ अलबत्ता !' राजन खुद पहल करके किसी से बतियाते भी तो मामला उखड़ा-उखड़ा ही रहता। वह स्वाभाविकता लाने की चाहे जितनी कोशिश करे वह आ न पाती, औपचारिकता से थोड़ा ऊपर उठी बातचीत और बस...अटपटापन इधर-उधर से थपेड़े मारने लगता।

कहीं-कहीं दीवारें नहीं उठी थीं तो इसलिए कि बड़ी अम्मा ने बँटवारे के लिए कुछ अजीब-सी शर्तें रखी थीं। एक यह कि चूल्हे भले अलग हो जाएँ, पाँच आँगनों में ऐसी कोई दीवार नहीं उठाई जाएगी जो इधर से उधर जाने का रास्ता रोक दे। दूसरी यह कि कुछ हिस्से सभी के उपयोग में आएँगे—जैसे सौरवाला कमरा, सुहागराती कोठरी और दादी-अम्मा का कमरा जिसे सबके उपयोग में आनेवाला एक अतिथिगृह बना दिया गया था। आँगनों में जो इधर-उधर देवी-देवता थे, वे उन कमरों में पधरवा दिए गए थे जहाँ पूरे परिवार की रसोई बनती थी। उस तरफ उन दो कमरों को मिलाकर एक मन्दिर बनवा दिया गया था। यह हिस्सा मन्दिर के लिए इसलिए भी उपयुक्त था कि पास में कुआँ था और बाहरी दीवार पास थी। इस दीवार के उधर एक पतली गली थी जिसके पार मोहल्ले का एक बड़ा मन्दिर था। जहाँ सालों सबका खाना एक साथ बना, वह बड़ी अम्मा के अनुसार उनके घर का सबसे पवित्र स्थल था। उसे मन्दिर ही बनना चाहिए।

जब तक बड़ी अम्मा रहीं इस मन्दिर में वे दोनों समय पूजा करती रहीं। बँटवारे का सदमा बर्दाश्त नहीं कर पाईं वे जिन्होंने क्या-क्या देखा और सहा था।

अम्मा ने राजन को बताया था—"बाँके से बड़ी अम्मा की बहुत नोंक-झोंक होती थी। वे उन पर बाबूजी के लिए पक्षपाती होने का आरोप लगाते रहते। अगर घनश्याम आगे आते, उनसे बड़ी अम्मा को सहारा मिलता तो शायद वे इतनी जल्दी न जातीं... लेकिन घनश्याम एकदम विरक्त, भीतर से पता नहीं बाँके से खौफ भी खाते थे क्या ?"

बाँके की तमाम झिकझिक के आगे भी बड़ी अम्मा अड़ी रहीं—सन्नी का हिस्सा रहेगा, एक आँगन दूसरे से बन्द नहीं किया जाएगा, सुहागराती कोठरी, जच्चा-बच्चा घर, मन्दिर, दादी-अम्मा का कमरा—ये सबके लिए रहेंगे...यह सब इसलिए कि जब भी बाहर का कोई आए, मुंशी राधेलाल के घर का एका उसे फिर भी दिखे। अपने लिए बड़ी अम्मा ने कुछ न रखा। बाँके चाहते थे कि वे उस कमरे में रहने लगें जिसमें दादी-अम्मा रहती थीं, सीकियाँ झाड़ू से फर्श को साफ करती रहती थीं। यहाँ शान्ति स्वयं आगे आ गईं—उनकी सास वहीं रहेंगी, जहाँ रहती आई हैं, जो कमरा उनके बड़े बेटे राधे के हिस्से में आया है। वे जानती थीं कि उनकी सास जैसी गृहस्थिन जिस दिन गृहस्थी के बाहर कर दी गईं, आधा तो उसी दिन खत्म हो जाएँगी...इसलिए न केवल उन्होंने बड़ी अम्मा

को वहीं रखा जहाँ वे रहती थीं, अपने घर की मिल्कियत भी उन्हीं के हाथ में रहने दी...जब तक बड़े-बूढ़े हैं, वे देखें-सुनें।

बड़ी अम्मा दो काम आखिर तक खुद ही करती रहीं—बैठकखाने में झाड़ू लगाना, बाबूजी की मेज खुद साफ करना और सन्नी के हिस्सेवाले मकान को रोज खुद जाकर खोलना, उसकी सफाई करना। उन्हें इन्तजार था अपने इस छोटे बेटे का जो ऐसा रूठा कि एक बार गया तो लौटा ही नहीं। इस मकान का बड़ा कमरा हमेशा तैयार रखा जाता, एक तरफ चारपाई पर बिस्तर हमेशा लगा हुआ...सन्नी पता नहीं किस रात एकाएक आ जाए, जैसे पहले करता था ! उसी कमरे में दूसरी तरफ बड़ी अम्मा ने एक बैठक-सा बना दिया था—बिछा गलीचा और उस पर करीने से रखी तबला की जोड़ी और सन्नी की सारंगी। बड़ी अम्मा उन्हें यों साफ करतीं जैसे पूजा कर रही हों या प्रायश्चित कर रही हों। वे अक्सर कहतीं, "सनिया जब सरंगी बजावत रहै तो घर-दुआर सब सजल-सँवरल रहै। हम ही उ सरंगिया, उ सरंगिया कहि कहि के सरसती माता के नराज कर देहलीं। सनिया जे दिन से इहाँ से गइल, बरबादी के शुरुआत हो गइल..." याद करते-करते वे रोने लगती थीं, खूब रोती थीं...वे जिनकी आँखों में आँसू आसानी से नहीं देखे जाते थे।

बँटवारे के बाद बाहर के कामों में से बड़ी अम्मा का एक ही काम रह गया था...सबसे अपने बेटे सन्नी के बारे में पूछना। अक्सर मोहल्ले-पड़ोस में निकल जातीं और जो मिला, उससे ही सन्नी के बारे में बातें करने लग जातीं..."बचवा ! हमार सनिया...!" बाबूजी होते तो किससे कहने की जरूरत थी। उनके भाग्य का खोट कि घनश्याम और बाँके दोनों ऐसे निकले—एक फस्स, दूसरा स्वार्थी। एक बार तो बड़ी अम्मा खुद जाकर पुलिस में सन्नी के बारे में लिखाकर आईं। अक्सर बिलबिलाकर कहतीं—"रे बबुनी ! तोहरा से का छुपावे के बा। हमरा राधे से ज्यादा कमी सनिया के लागे ला। सब लोग सनिया के भुला देहले बा। तू सब के कोई-न-कोई देखेवाला बा पर सनिया के आगे पीछे केहू नइखे। ओकरा के केकरा भरोसे छोड़ के हम इ दुनिया से जाइब। इ बाँके अइसन बा कि घर में सनिया के हिस्सा भी लील जाई..."

बड़ी अम्मा ने जब खाट पकड़ी तो उन्होंने सन्नी के हिस्से में उसी कमरे में रहने की जिद की जिसे वे रोज साफ करती थीं—"हम सनिया के साथ ही रहब, ओकरे कोठरी में..." आखिर आखिर तक सन्नी को देखने की चाह बनी रही। रात में सोते-सोते ही उनके प्राण निकल गए...कब, यह पास सो रही शान्ति को भी पता न चला। सबेरे जो देखा तो उनकी आँखें खुली हुई थीं—वे उधर को देख रही थीं जिधर सारंगी रखी थी।

क्रिया-कर्म पूरा करके जैसे ही घनश्याम और बाँके भैया घर लौटे...तो वह जोर की आँधी-तूफान और बरसात कि पेड़ चरमराए जाएँ, घर के छप्पर जैसे उखड़-उखड़ उड़ जाने को हो आएँ। बड़ बाबा जो वैसे शान्त रहते हैं, वे भी खड़खड़ कर रहे थे। एक-एक डगाल, जैसे उखड़ी जा रही हो और वे किसी-किसी तरह सँभाल रहे हों खुद को। बड़ी आत्मा थी कोई, जो इस घर को छोड़कर चली गई थी...

बताते हुए राजन की अम्मा की आँखों से धारें बह निकली थीं।

अम्मा से वह सब सुनने के बाद से ही राजन के मन में थोड़ा डर घर कर गया था। सन्नी चाचा वाले हिस्से के पास से गुजरते समय उसकी आँखों के सामने घूम जाती बड़ी अम्मा की तस्वीर...किनारदार सफेद धोती, सफेद जम्फर...बड़ी-बड़ी आँखों को और फैलाए वे भीतर एक-एक कोना ढूँढ़ रही हैं, कहाँ छिपा बैठा है उनका सनिया...जैसे कभी 'सुख-सागर' किताब को ढूँढा करती थीं। उधर से गुजरते हुए राजन अपने कदम तेज कर देता। आधा मन होता कि सन्नी चाचावाला हिस्सा एक बार खुलवाकर देखे, उस सारंगी को देखे जो बचपन में उसे मुग्ध करती थी, लेकिन डर लगता था—कहीं सचमुच बड़ी अम्मा घूमती मिल गईं, उन्होंने प्राण वहीं छोड़े थे।

कहाँ वह समय जब गणेशजीवाले आँगन से इधर फटकवावाले आँगन को दिन में पचासों बार दौड़-दौड़कर नाप डालते थे, आर-पार...कहाँ यह समय जब एक बार खाना खाकर इधर सुहागराती कोठरी में आ गए तो फिर इसी तरफ...कोठरी में बन्द। जीवन का विकास क्या यही है—दौड़ का क्रमशः सिमटते चले जाना ?

अम्मा ने राजन का विवाह इसी घर से करने की जिद की थी, कहती थीं कि घर के पुरखे आशीष देने आते हैं। क्या वे आए होंगे...वे जो कब के जा चुके ? राजन अपनी शिक्षा के बावजूद पूरी तरह नकार नहीं पाता ऐसे विश्वासों को, क्योंकि उसके साथ ऐसा कुछ हो चुका है...

बाबूजी का देहान्त हुए तब कुछ ही समय हुआ था। राजन बाहर से बैठकखाने की तरफ आ रहा था। जाड़े की रात...अँधेरा ऐसा जैसे आधी रात हो गई हो। बड़ के पेड़ के नीचे आया तो तने की ऊपरवाली पहली खोह में बाबूजी बैठे दिखे। वे हँस रहे थे। राजन तेजी से आगे बढ़ गया तो उन्होंने पीछे से पुकारा—"राजन !" डरता हुआ राजन फिर भी मुड़ा कि एक बार ठीक से देख ले, वहम साबित हो जाएगा और फिर डर भी उड़ जाएगा, लेकिन नहीं...वे वहीं बैठे थे—बन्द शेरवानी, पायजामा, हाथ में चाँदी की मूठवाली छोटी बेंत। बहुत खुश थे, बोले—"राजन ! बैठकखाने की मेज के सबसे नीचेवाले ड्रार में तुम्हारे लिए कुछ रुपए रखे हैं, मोहन के साथ जाना तो लेते जाना... पहले मत खर्च कर डालना। एक सफेद कलम भी रखा है तुम्हारे लिए..." डर से राजन के दाँत किटकिटाने लगे थे। तभी वे गायब हो गए।

राजन का डर तब तक नहीं छूटा जब तक उसने भीतर जाकर अम्मा, बड़ी अम्मा को देख नहीं लिया। उनसे बगैर कुछ कहे वह सीधा बैठकखाने में गया, मेज का नीचेवाला ड्रार खोला—हल्की धूल से किसकिसी कानून की कुछ पत्रिकाएँ लावारिस-सी पड़ी थीं। राजन निश्चिन्त हुआ कि बड़ के पेड़ के नीचे का वाकया दरअसल वहम ही था। एक हाथ ड्रार में उतारकर पत्रिकाओं को यों ही सरका बैठा तो एक पत्रिका के नीचे मैले-से कागज की एक मुड़ी-सी गड्डी दिखी...उसके भीतर लिपटे थे पाँच सौ रुपए। एक दूसरी पत्रिका में सफेद पैन भी खुँसा हुआ था। पाँच सौ रुपए उस समय

अच्छी रकम थी और पैन का चलन नया-नया था, बाबूजी उसके लिए खास लाए थे ! सचमुच उसे उनके दर्शन हुए थे। राजन ने यह बात कभी किसी को नहीं बताई—अम्मा को भी नहीं। सोचा था—बाबूजी के साथ राजदारी थी उसकी, उसे बनाए रखेगा तो शायद वे आगे भी मिलें, बात करें, लेकिन फिर ऐसा नहीं हुआ...क्यों, क्या इसलिए कि राजन पढ़-लिख गया, बड़ा हो गया, या समय ज्यादा बीत गया ?

मोहन भैया के नागपुर नौकरी पर जाने के बाद से ही अम्मा, बड़ी अम्मा और भैया के बीच राजन और श्याम को भी नागपुर ले जाकर वहीं पढ़ाने की बात उठने लगी थी। बहसें होती थीं...बड़ी अम्मा खिलाफ थीं, अम्मा कुछ न बोलतीं और मोहन भैया वहाँ के और यहाँ के वातावरण का फर्क बताते रहते, लिखते रहते—वहाँ लड़के कम्पटीशन के लिए तैयारियाँ करते हैं, बनारस में भंग छाने गंगा किनारे घूमते हैं। अभी से राजन और श्याम को सही वातावरण मिलना चाहिए। आते-जाते राजन के कानों में अम्मा और बड़ी अम्मा के बीच रुक-रुककर चलती हुई बहस का कोई टुकड़ा पड़ जाता। उसे वे बहसें व्यर्थ की लगती थीं क्योंकि वह जानता था कि वह जाएगा—बड़ के पेड़ पर से बाबूजी बता चुके थे, तब के लिए रुपए भी रख दिए थे जिन्हें अभी तक राजन छिपाए रखे था, पहले खर्च कर देने की आज्ञा बाबूजी की नहीं थी।

जिस दिन नागपुर के लिए मोहन भैया और ओमी भाभी के साथ राजन और श्याम निकले, अम्मा बहुत रोईं। राजन उनकी पीड़ा समझता था। यह ठीक कि उनके परिवार के माने सिर्फ अपने लड़के-बच्चे नहीं थे, फिर भी खून का तो कोई नहीं रह गया उनके पास। बहन का ब्याह तो बहुत पहले ही हो गया था, लड़के भी एक तरह से ससुराल चल दिए, ब्याहता लड़की की तरह। अब सिर्फ जब-तब आया करेंगे। बड़ी अम्मा के भी आँसू नहीं थम रहे थे—वे घर में सबसे बड़ी थीं, कौन जाने कब ईश्वर का बुलावा आ जाए। घर में सब रहते तो भरा-पूरा घर देख के जातीं। कैसे सबको खींच-खींच इकट्ठा कर उन्होंने घर बनाया और कैसे उनके सामने ही एक-एक करके सब छोड़े जा रहे हैं—सन्नी गया, राधे गया...मोहन...अब राजन, श्याम भी। क्या फायदा ऐसी नई पढ़ाई का, कमाई का, जिसके लिए घर छोड़ना पड़े।

उस दिन राजन पूरे घर का चक्कर लगा आया—इस बार भागते हुए नहीं, धीरे-धीरे चलते हुए...दीवारों, दरवाजों को, घर की एक-एक ईंट को एक तरह से छूते हुए। अक्सर बचपन ऐसे छूट जाता है कि पता नहीं लगता, लेकिन राजन का ऐसे छूट रहा था कि वह सामने उसे छूटते हुए देख सकता था। घर, इसके आँगन, अनगिनत कोठरियाँ, लम्बी-फैली छतें...यहाँ तक कि ईंट-दीवारें...जिन्हें वह अब भी छू सकता है। पतंगबाजी, खेलकूद, मटरगस्ती...जिन्हें वह छू तो नहीं सकता पर जिन्हें महसूस कर सकता था...सब छूट रहे थे। यहाँ आना तो होगा पर तब यह घर, क्या ऐसा ही रहेगा...वे लोग जिनसे पाँच आँगनों वाला वह मोहल्ला एक घर था, वे क्या करेंगे तब ?

अम्मा, बड़ी अम्मा, बड़ बाबा...सब छूटे जा रहे थे। अम्मा और बड़ी अम्मा रो रही थीं, पर राजन को रोना नहीं आ रहा था...।

लेकिन आज...इतने वर्षों बाद, उसकी आँखें छलछला आईं। क्या छूट गया था तब यहाँ ! नागपुर पहुँचकर फिर आगे ही आगे जाना हुआ—बी.ए. तक वहाँ पढ़ा, फिर एम.ए. के लिए इलाहाबाद गया, कम्पटीशन में बैठा, जिस नौकरी के लिए भैया चुने गए थे, उसे राजन भी पा गया, फिर यह शादी...आगे बढ़ता ही चला गया, फिर क्यों ऐसा लगता है कि कुछ बड़ा था जो पीछे छूट गया।

राजन की तबीयत तत्काल किसी से बात करने की होने लगी। पास रम्मो थी—उसकी पत्नी, उसी से बोला—"रम्मो, तुमने यह घर पहले नहीं देखा। यह फटकवावाला आँगन है। फाटक के थोड़ा इधर दाईं तरफ जहाँ अब रामस्वरूप चाचा का परिवार रहता है—वहाँ इक्का, बग्घी, सिकरम ढिले रहते थे। दूसरी तरफ जहाँ सोहन चाचा रहते हैं वहाँ घोड़े बँधे रहते थे। चार घोड़े तो मेरे सामने थे। एक बग्घी, दो इक्के, एक सिकरम की भी मुझे याद है।"

रम्मो सवालिया नजरों से राजन की तरफ देखने लगी। वे दिन जब एक-दूसरे के अलावा सोच में कुछ और आना ही नहीं चाहिए, राजन सोच रहा है घोड़ों की।

"तुम्हें अन्दाजा है एक घोड़े की खुराक कितनी होती है..." रम्मो तुनककर बोली—"क्या फायदा बेकार की शान से !"

अनसुनाकर राजन अपनी रौ में तिरता चला गया—"यह पाँच आँगनों वाला घर था। कितने बड़े आँगन...पहला गणेशजीवाला आँगन, दूसरा बेलवाला आँगन, फिर कालीजीवाला आँगन, फिर हनुमानजीवाला आँगन और यह फटकवावाला आँगन। सदरी दरवाजे के ऊपर का नौबतखाना देखा ही है तुमने, जहाँ से शहनाई बजी थी...छतें तो पच्चीस हैं या कि तीस, मुझे भी याद नहीं। तुमने देखा है कालीवाले आँगन में मन्दिर... वह दरअसल रसोईघर था। सबकी रसोई एक साथ पकती थी। सौ-सौ लोगों का खाना एक साथ बनता था।"

"आजकल नहीं चलता यह सब...एक चूल्हा और साथ में रहना। क्या फायदा दबकर, घुट-घुटकर रहने में। क्यों न सब अलग, स्वतन्त्र रहें—जो चाहे खाया-पिया, जो चाहे पहना-ओढ़ा !"

तर्क अपनी जगह है, लेकिन सामने तो उसके बचपन का पाँच आँगनों वाला घर था, किसी बड़े-बुजुर्ग के समान...जिसकी गोद में वह इधर से उधर होता था, बुजुर्ग प्यार से थपथपाते रहते।

"रम्मो ! अम्मा के पास जाकर थोड़ा लवणभास्कर चूर्ण तो ले आओ। लगता है कुछ ज्यादा खा लिया आज !"

"इतनी दूर...इस अँधेर में ? मैं नहीं जा सकती बाबा !"

"नहीं जा सकतीं न"—राजन खुशी से उचक पड़ा—"कुछ ऊँचाई ऐसी होती है जिस तक हम उठ नहीं सकते, इसी तरह कुछ ऐसी लम्बाई जिस तक हम चल नहीं सकते।"

रम्मो रईस घर की तो है लेकिन बड़े घर की नहीं...राजन सोच रहा था...रम्मो

के घर में माँ-बाप, सगे भाई-बहन के अलावा कभी कोई रहा ही नहीं कि वह पाँच आँगनों वाले घर को समझ सके।

2

कमलाबाई की कोठी पर मुजरा चल रहा है। ज्योति और कमलाबाई बैठी-बैठी थाप दे रही हैं। बीच में बैठी रति गा रही है...

"लागे नहीं जियरा हमार, नइहर में।
बाबा दुःख दीन्हें
गवनवा न कीन्हें
बीत गइली बरखा-बहार, नइहर में।"

स्वरलहरी की उर्मियों में क्लथ रही हैं कमलाबाई...पुराना गाना, लेकिन हर बार सोई हुई चुभनों को कुरेद देता है या नई चुभनें उठा देता है। भीतर कुछ पिघलता है, पिघलकर बह जाने को हो उठता है।

कमलाबाई अब खुद महफिल में नहीं गातीं। उम्र हो गई, खिंचता नहीं। आठ-दस लोगों की कोई अनौपचारिक, प्राइवेट किस्म की बैठक हुई तो गा देती हैं। जहाँ नहीं खिंचा तो थोड़ा झेंपकर माफी माँग ली और चल पड़े। वहाँ उनका कोशिश करना भी आदर से देखा जाता है, पुराने कद्रदानों की कोई महफिल ! कितने साल गुजर गए, कमलाबाई ने अपनी और अपनी कला की प्रतिष्ठा बनाए रखी...यहाँ सिर्फ गाना होगा, नाच भी नहीं, दूसरे धन्धे तो कतई नहीं। जो लड़कियाँ इसमें कम्मो के साथ हों, वे ही रहें। बाकी स्वतन्त्र हैं—चाहे जहाँ जाएँ, चाहे जैसा जमाएँ। अगर जीवन चलाने के लिए कुछ बेचना ही पड़े तो हुनर को बेचो, अपनी आवाज बेचो। नाच भी बेचने में कोई बात नहीं, पर कमलाबाई का मानना है कि यह वह पुल है जिधर से दूसरी तरफ खींच लिया जाता है—जहाँ फिर जिस्म बेचना है, जो खुद को बेचना ही हुआ। इसलिए उन्होंने पुल के पहले ही सीमारेखा खींच रखी है। ईश्वर ने कमलाबाई की निबाह दी, अब भी निबाहे जा रहा है कि कोठा चलाने के लिए जितने रुपए-पैसे की जरूरत पड़ी, वे गाने से आ जाते हैं उनके यहाँ गाने का वह स्तर रहा जो दालमंडी में कहीं नहीं। जो मुजरे के असली शौकीन हैं, वे कोई दूसरा जीना चढ़ ही नहीं सकते। ठीक है कि गाने में थोड़ा तवाइफीपना—रंग-रूप, शोखी, अदाएँ—ये सब आ जाते हैं, पर ये उस हुनर का हिस्सा हैं। आखिर लोग शास्त्रीय संगीत तो सुनने आए नहीं हैं...और देखें तो शास्त्रीय गायकी की भी अपनी अदाएँ होती हैं। तो लड़कियों का बनाव-शृंगार, चटक-मटक—इनमें भी थोड़ा होशियार होना है, जैसे सब्जी में मिर्च-मसाला चाहिए ही...लेकिन बस वहीं तक। यह नहीं कि मसाला ही मसाला भर दो।

कमलाबाई ने विवाह नहीं किया, या कि हुआ नहीं। कहिए कि पहले हुआ नहीं, बाद में उन्होंने किया नहीं। या कहिए विवाह जैसा कुछ हुआ, चला नहीं। जब वे अपने

निखार की बुलन्दी पर थीं तब एक नहीं, कई लट्टू हुए थे, लेकिन कमला जानती थीं कि लट्टूपने-भर से ब्याह चलनेवाला नहीं। इसलिए वे उन दीवानों को दरकिनार करती रहीं। एक विवाहित आदमी के लिए कुछ नेहा जैसा महसूस हुआ। यहाँ स्थिरता थी, थमाव था...दीवानों जैसा उबाल नहीं। कमला ने ब्याहे की ब्याहता बनना स्वीकार लिया। यह तया हुआ कि कमला अपने कोठे में ही रहे और उधर पति की घर-गृहस्थी भी चलती रहे। कमला ने खुद को मना लिया—अब चढ़ाव में तो वह है नहीं, साथ ही चाहिए तो वह चौबीसों घंटों का क्यों हो, कभी-कभी का क्यों नहीं, जिस्मानी करीबी क्यों, रूहानी करीबी क्यों नहीं ? दो व्यक्तियों का प्रेम एक बसे-बसाए घर में आग क्यों लगा दे ? बच्चों के लिए भी मन मार लिया क्योंकि दोनों ही नहीं चाहते थे कि उनके प्रेम से उत्पन्न सन्तानें कोठे के जीवन को अभिशप्त हों।

बुरा नहीं था। गाँव-भर की लुगाई बनने से यह बेहतर था। अगर जब्त किए-किए जिन्दगी जाती तो दूसरा अफसोस होता...इसलिए वह जो बीच की चीज हुई थी, ठीक थी। लेकिन एक अफसोस पीछे-पीछे चलता रहा—कमला और उसके प्रेमी के लिए तो जो सिलसिला उन्होंने जमाया वह ठीक...प्रेमी की ब्याहता पर क्या बीतती होगी ? कमला ने कितनी बार मिलने की पेशकश की कि उसे भी अपनी स्नेहधार में ले ले। पत्नी से मिलने से मना कर दिया...इसके मायने कि रंजिश थी। काश सिलसिला कुछ ऐसा बनता जिसमें तीनों खुशी से शरीक होते। सम्बन्ध को बन्धन शायद इसीलिए कहा जाता है कि वह बाँधकर भीतर को ले जाता है, बाहर की तरफ खोलता नहीं। क्यों कमला और उनके प्रेमी के सम्बन्ध में एक खुलापन नहीं हो सकता था ?

रंजिश बनी रही। आग घर को भले ही न लगी हो, छू जरूर रही थी। धीरे-धीरे कमला पीछे हटने लगी। प्रेम के मायने कब्जा तो नहीं जैसे कि जीवन में जरूरी विवाह नहीं, प्रेम है...किसी के लिए प्रेम हो तो सबके लिए प्रीतिभाव जागता है। कमला प्रेमी को छोड़ दे, प्रेम को पकड़े रहे। काम करते-करते कमला ने सम्पर्क खत्म कर दिया, विवाह जैसा जो करार हवा में बना था वह वैसे ही हवा में घुल भी गया। पीछे रह गया दर्द...जो अब भी है।

एक वक्त था जब कमलाबाई के मन में उठापटक मची रहती थी...यह क्यों वह क्यों नहीं। उसके साथ जो हो रहा है वह ठीक है कि नहीं, ठीक है तो कहाँ तक... क्या किया जा सकता है...कैसे ? अब सोचने जैसा कुछ नहीं होता। उम्र हो गई या कि जीवन में जो भी होना था हो लिया, कुछ और होने की गुंजाइश ही नहीं रही। अब अगर कोई यह सोचे कि रूपवती होने के बावजूद कमला अविवाहित रह गई, या पूरी तरह विवाहिता नहीं हुई तो वह भी व्यर्थ। चीजों पर उसका इख्तियार तब भी नहीं था जब वह सोचा करती थी। आदमी अपनी तसल्ली के लिए सोच-साच ले, वर्ना आगे चलकर दिखाई देने लगता है कि यही था जो होना था। कमला आम तवाइफ के रास्ते ही क्यों न चली ? अपने को खींचकर रखना...शुरू से ही जो यह उसके स्वभाव में आया, वह कहाँ से आया...

कमलाबाई के सामने लोग हैं। कमलाबाई उनकी आदी हो चुकी हैं। एक-से चेहरे। वही दारू से सुर्ख आँखें, झपकपी हुई, पान से चुँचवाते होंठ, मुँह सुअर की तरह कचर-कचर पान चबाता हुआ। कलफदार कुर्ता-धोती में रईसों के बाप बने हुए। यह वह बिरादरी है जिसे कुछ फर्क नहीं पड़ता—चाहे देश गुलाम हो या स्वतन्त्र, चाहे जंग में शिकस्त खाकर उठा हो। चीन के आक्रमण के बाद देश का चेहरा अपमान से कैसा जार-जार है, लेकिन इनका चेहरा कैसा रस-भरा ! यह बिरादरी तो जैसे पृथ्वी पर मौज-मस्ती मारने के लिए ही आई है। कितना और कहाँ तक देखे कमला इन्हें। वैसे स्वतन्त्रता के बाद कई फर्क दिखाई देते हैं कमला को। पहले गाना सुनने का भी शौक था, अब शौक सिर्फ तवाइफ के यहाँ बैठने का है। पहले कितने बिन-पिए भी आकर बैठते थे, अब ऐसे नहीं के बराबर हैं। पहले लड़खड़ाए हुए कम थे...वे ज्यादा थे जिनकी घरेलू और दीगर जिन्दगी अपनी जगह मुकम्मिल थी। उस जिन्दगी की छलकती पूर्णता में ही कहीं कमलाबाई या कोठे का संगीत भी आते थे। अब जो आते हैं उनमें ज्यादातर की जिन्दगी में चटकनें हैं। घरेलू कमी का अहसास लिए आते हैं वे। पाटने की बेचैनी होती है, इसलिए जिस्म की तरफ नजर ज्यादा है, क्योंकि जिस्मानी उबाल शराब से भी एक हाथ आगे की बेखुदी दे सकता है। कितना और कहाँ तक देखें कमला इन्हें। वह बैठती हैं इन्हें देखने के लिए नहीं, उनसे अपनी लड़कियों की हिफाजत करने के लिए।

कमला ने देखा कि एक हजरत रति की तरफ उछल-कूदिया नजरों से कुछ ज्यादा ही आगे बढ़े जा रहे हैं। कमला ने रति की नजरों को भी पढ़ा। वह भी मुखातिब हो रही थी, सीढ़ी-दर-सीढ़ी। कमला ने फिर पलटकर जनाब को देखा—बड़ी-बड़ी आँखें, भरा हुआ चेहरा, साँवला रंग, गले में मोटी जंजीर, बाल पीछे की तरफ, कुछ खड़े हुए... पता नहीं ऐसे रहते थे या बार-बार उचक-उचककर दाद देने से खड़े हो गए थे। हर बार जेब से एक खरखराता नोट निकालते और रति की तरफ फेंक देते। सब जानते हैं कि कमलाबाई के यहाँ दूसरे शौक पूरे नहीं होते, इसलिए ज्यादातर लोग गाना खत्म होने पर जो देना होता, वह निहायत सलीके से हारमोनियम पर रख देते और चलते बनते। बार-बार देकर रिझाने का खेल यहाँ नहीं खेला जाता था। लेकिन ये हजरत मिनट-मिनट में रुपए फेंक रहे थे, इस तरह हर बार रति की नजरों को अपनी तरफ खींच रहे थे। जेब में खरखरे नोट भरकर लाए भी थे। तैयारी की दाद देनी होगी।

तभी कमला को वह चेहरा कुछ जाना-पहचाना लगा। उसकी और रति की हरकतों को पढ़ने-समझने के बजाय कमला इसमें डूब गईं कि इन साहब को उन्होंने कहाँ देखा है, ये हैं कौन ? वे हरकतें तो ऐसी कर रहे थे जैसे पहुँचे हुए कोठेबाज हों, लेकिन कमलाबाई की अनुभवी आँखों ने पहचान लिया था कि दरअसल वे नौसिखिया थे। जो कर रहे थे वह कोठे के लिए खास सीखकर आए थे या सोचते थे कि कोठे में ऐसा ही होता है। उन हरकतों को करते हुए भी वे फूहड़पन में उतरते-उतरते रह जाते। सिर्फ

एक इंच उधर। एक संजीदगी थी जो पीछे खींच लेती थी। वह खानदानी संजीदगी थी। रति को भी उस चेहरे पर जो एक खानदानी अक्स था—वही खींच रहा था। ऐसे चेहरे कोठों पर कम देखे जाते हैं...कहाँ देखा है कमला ने इसे ?

गाने की लहरियों और उन दोनों के क्रिया-कलापों से बहुत दूर कमलाबाई कुरेदने में लग गईं। सहसा उन्हें याद आया...

कुछ दिन पहले मुंशी राधेलाल के यहाँ, राजन की शादी में। बारात बहू की विदा कराकर लौटी थी। लड़का-बहू के स्वागत के लिए कमला भी गई थीं। सजी हुई कार में दूल्हा-दुलहिन आ रहे थे। सब तरफ बाराती, रिश्तेदार। सामने की तरफ से कुछ कहार एक खाली पालकी लिये आ रहे थे...किसी ब्याह से वापस लौट रहे होंगे या ब्याह के लिए जा रहे होंगे। पालकीवाले एक किनारे से निकलने लगे...कि इस आदमी ने लपककर उन्हें रोक लिया, जेब से खरखराता हुआ सौ का पत्ता निकाल कहारों के मुखिया को पकड़ाया...उसी चुस्ती से जैसे आज निकाल रहा है। किस फुर्ती से उसने पालकी को कार के सामने रखवा दिया और अकेले ही फट-फट कार की फूलमालाएँ उतारकर पालकी पर डाल दीं। बाद में राजन और उसकी बहू को उतारकर पालकी में बैठाया और पालकी उठवा दी। पालकी के पीछे-पीछे जनाब खुद, खनखनाती रेजगारी कुर्ते की जेब से निकाल पालकी पर न्यौछावर करते हुए। रेजगारी आगे की तरफ लुटाते हुए किस शान से बढ़ रहे थे, कि सभी की नजरें इन पर टिककर रह गई थीं।

कार वहीं रह गई थी। पालकी मुंशीजी के घर के भीतर आँगन तक लाई गई थी...

मुजरा खत्म हुआ, लोग एक-एक करके जाने लगे। कमलाबाई ने देखा कि जनाब भी जाने की तैयारी जैसा तो दिखा रहे हैं, पर मन नहीं था उठने का। कमलाबाई ने उनसे धीरे से कहा—“बैठेंगे थोड़ी देर को ?”

उनकी तो बाँछें खिल गईं। दूसरे सज्जन जो उनके साथ थे, उन पर रौब पड़ गया—इतनी बड़ी महफिल में एक उन्हें यह खास इज्जत। रति पर उनका जादू चल गया था शायद। अब होगी एक प्राइवेट बैठक—सिर्फ उनके और रति के लिए, रति उनकी हमबिस्तर ! परवाह नहीं आज चाहे जितनी रकम लग जाए। ऐसे मौके क्या रोज-रोज आते हैं। जिन्दगी की घिस-घिस और चेंपों के बीच एक रात भी ऐसी मिल जाए तो ! लेकिन ये जो कमबख्त अपने साथ है ? बेकार साथ लाए उसे !

रति अन्दर चली गई थी, साजवाले भी उठ गए थे। उस बड़े कमरे में अब सिर्फ तीन थे—उधर कमलाबाई, इधर ये दोनों। बगल के घरों से गाने की आवाजें आ रही थीं।

“किस घर के हैं ?” कमलाबाई ने मेहमानों की तरफ पान की तश्तरी बढ़ाते हुए कहा।

“अब उस घर का क्या...अब तो यहीं है, जो भी है।”

“अरे ! बड़ी दिलफेंक तबीयत पाई है ? एक बार में ही...‘उनका घर याद रहा, अपना घर भूल गए।’ कहीं और जाते रहते हैं शायद।”

“उस सबसे क्या...फिलहाल तो यहाँ हैं...और यहीं जन्नत है।”

कमलाबाई ने देखा कि वे चालाक भी थे। यह एक और फर्क है जो कमलाबाई देखती हैं उनके समय के और अब के लोगों में। पहले ऐसा छिपाव-दुराव नहीं था। जो है वह सामने है। व्यवहार में अपने तरह का एक सीधापन, एक भोली-भाली सादगी थी। लोग बनने की कोशिश नहीं करते थे क्योंकि यहाँ आने में कोई अपराध-बोध नहीं होता था। अब वह है तो छिपाने की जरूरत भी है।

दूसरा व्यक्ति चुप था, वह अपनी चालाकी को चुप्पी में लगाए हुए था।

"जनाब मुंशीजी के घर से हैं ?" कमलाबाई ने सीधे-सीधे कह डाला।

"जी...कौन मुंशीजी ?" वे चौंके और तुरन्त बचाव में लग गए।

"मुंशी राधेलालजी...और कौन ? राजन की शादी में आए थे, क्या लगते हैं राजन के ?"

"जीजा।" अब छिपाना मुश्किल था।

"ओह...अरे हाँ...चेहरा और चोला–दोनों थोड़ा बदल गए हैं। पहले कहाँ थे ये मोटे-मोटे गाल। छोटी-सी तोंद भी झूलने लगी है, पहले छोकरे से थोड़ा ही ऊपर थे। आपकी शादी में भी हम वहाँ थे।" वे दोनों हड़बड़ा गए थे पर कमलाबाई वैसी ही ठंडी जुबान में बोलती गईं–

"मुंशीजी के घर का और हमारा कैसा और कौन रिश्ता है–यह बताने का न वक्त है, न जरूरत। इतना काफी है कि बेटा तुम हमारे घर के दामाद हो। मुजरा सुनने का मन करे, खबर करा देना...हम वहीं आ जाएँगे। दामाद का कोठे पर आना अच्छा नहीं लगता, खासकर इन दिनों जब कोठे भी वे कोठे नहीं रह गए। हमारी बात और है, हमें तो रोजी-रोटी कमाना है।"

दामादजी के चेहरे का सारा रंग उड़ गया। कितना आदर दे रही थीं कमलाबाई, लेकिन वे और छोटे हुए जा रहे थे...जैसे बीच बाजार, सरेआम किसी ने जूते मारे हों। बड़ी शातिर होती हैं कोठेवालियाँ...ये तो सुना था, लेकिन यह मीठी मार...क्या जिन्दगी में फिर कभी किसी कोठे की सीढ़ियाँ चढ़ सकेंगे वे ? अपने दोस्त के साथ चुपचाप उठ खड़े हुए।

"ये लो बेटा, हमारे यहाँ दामादों को रुपए दिए जाते हैं, उनसे लिए नहीं जाते। अब जाओ।"

कमलाबाई उन दोनों को जाते हुए देखती रहीं। विवाहिता होने का सौभाग्य उन्हें नहीं मिला, पर उनके दामाद भी हो गए। कितने परिवारों और व्यक्तियों की जिन्दगी में उन्होंने शिरकत की, लेकिन उनकी अपनी जिन्दगी में शिरकत किसी की न हुई, एक को छोड़कर। उसके अलावा किसी ने कमला से उसकी अपनी जिन्दगी के बाबत पूछताछ तक न की...और एक उस खास व्यक्ति के परिवार में शिरकत कमलाबाई तमाम कोशिशों के बावजूद न कर पाईं...वही जो किस आसानी से किसी भी परिवार में उतर लेती थीं ?

दर्द की एक छोटी-सी चकरी भीतर घूमने लगी...बेआवाज !

3

रम्मो के पिता श्री मनोहरलाल बनारस के सफल वकीलों में से एक हैं। रंग जरूर काला लेकिन छह फुटा लम्बे कद, छरहरे फुर्तीले शरीर और बढ़िया कमाई के बल पर उन्होंने अपना व्यक्तित्व रोबीला बना लिया है। शुरू से ही मिलनसार थे, क्लब के सदस्य हो गए जहाँ मुंसिफों-जजों के साथ टेनिस और ब्रिज खेलना, उन्हें जितवाना...यह सिलसिला अच्छा चल निकला। जब मोतीलाल, जवाहरलाल, काटजू आदि की देखादेखी कई एक वकील स्वतन्त्रता संग्राम में कूद रहे थे, मनोहरलाल मुस्तैदी से वकालत की जमीन पर खड़े रहे। कितनों की वकालत दौड़कर उनके पास आ गई। बढ़िया घर बन गया, घर में रईसियत फैलने लगी। अब मनोहरलाल पैंसठ छू रहे हैं, लेकिन सब कुछ नाप-तौलकर करने का उनका अनुशासन आज भी है—शाम को टेनिस डबल्स का एक सैट खेलना, घर आकर नहाना और कलफदार सफेद कुर्ता-पायजामा पहनकर शाम के लिए तैयार—नापकर दो पैग व्हिस्की के, न ज्यादा, न कम ! खाने के बाद किसी मुवक्किल के साथ सड़क पर एक चक्कर मार बिस्तरे पर जहाँ एक किताब सिरहाने उनका इन्तजार करती होती है। पढ़ते-पढ़ते ही सोना। सबेरे पाँच बजे जागना और गुसल करके स्नान के लिए पास के मन्दिरवाले कुएँ पर जाना। लौटकर तैयार हुए और वकालत में जुट गए। वे हर काम ऐसे करते हैं जैसे जीवन का रस पी रहे हों, जीवन में थोड़ा-थोड़ा हर चीज के लिए गुंजाइश रख छोड़ी है। उल्टे-सीधे लोगों से भी सम्पर्क रखते हैं ताकि बढ़िया शराब मिलती रहे, कभी-कभार कोठे पर भी हो आते हैं। साफ दिखाई देता है कि जीवितेष्णा उनमें लबालब भरी है। अपनी जीवन-शैली को बदलने का अधिकार उन्होंने कभी किसी को नहीं दिया। बनारसिया लोगों का ढीलापन उन्हें एकदम पसन्द नहीं। इसलिए दशाश्वमेध घाट पर कचौड़ी गली के फालतू चक्कर लगाते हुए उन्हें कभी नहीं देखा गया। इस सबके लिए वे स्वयं को हमेशा से ही ज्यादा इज्जतदार मानते रहे। अनुशासन उन्होंने अंग्रेजी से सीखा। वे कहते हैं, उम्दा जिन्दगी के लिए तीन चीजें जरूर चाहिए—सम्पत्ति, स्वास्थ्य और समय। सम्पत्ति उन्होंने हासिल की, अब भी कमाई करते हैं, स्वास्थ्य के लिए खेलते हैं और सबसे बड़ी बात कि सम्पत्ति और सेहत दोनों का मजा लेने के लिए अपनी जेब में समय भी रखते हैं।

मनोहरलालजी से ठीक उल्टी हैं उनकी पत्नी। वे लम्बे तो ये नाटी। वे दर्शनीय तो ये मामूली। उन्हें अब भी उपन्यास पढ़ने का शौक, तो ये अनपढ़...शायद उस जमाने में ही ऐसी जोड़ी मिलाई जा सकती थी और चल भी जाती थी। मनोहरलालजी के पाँच सन्तानें हुईं—पहले एक लड़का, फिर तीन लड़कियाँ और आखिर में फिर लड़का। रसिक मनोहरलालजी को उनकी पत्नी बराबर शक से देखती रहीं...लेकिन उस शक को दूर करने के लिए मनोहरलाल अपनी जीवन-शैली कहाँ बदलनेवाले थे। पत्नी भीतर-भीतर घुलती रहीं। बड़ी लड़की जैसे ही पन्द्रह साल की हुई, उस पर गृहस्थी की जिम्मेदारी डाल वे पूजा-पाठ में लग गईं—सबेरे गंगा-स्नान से लगातार रात दस बजे पास के मन्दिर

में पट बन्द होने तक। बड़ी लड़की का ब्याह हो गया तो गृहस्थी दूसरी पर...इस बीच दूसरी लड़की तीसरी को प्रशिक्षित करती रहे।

रम्मो तीसरे नम्बर की थी। अपनी बारी आने पर उसने गृहस्थी सँभाली ही थी कि बड़े भाई का ब्याह हो गया। घर में भाभी आ गई। घर में पहली बहू थी तो उराव-उराव में मनोहरलाल और उनकी पत्नी ने उसे घर की मालकिन बना दिया। अब मालकिन होने का सुख भाभी का और गृहस्थी में खटने का दुख रम्मो का। इसलिए वह बी.ए. फाइनल भी पूरा न कर सकी। रम्मो शिकायत किससे करे—माता-पिता दोनों ही बाहर रमे हुए। पिता खर्च लायक रुपए-पैसे थमाकर मुक्त हो जाते थे। कभी रम्मो के हाथ में देते भी, तो यह कहते हुए ही कि अपनी भौजाई को दे देना। रम्मो भीतर-भीतर कुढ़ती रहती।

घुटन और क्लेश के बीच ही रम्मो की शादी हुई। भाभी उसके विवाह के बाद आई होती तो पिता के घर में गृहस्थी की मालकिन होने का सुख थोड़ा-बहुत वह भी भोग सकती, उल्टे वहाँ उसे पग-पग पर वंचित ही होना पड़ा। रम्मो अपनी माँ की तरह नाटी और देखने में साधारण थी, लेकिन व्यक्तित्व पिता की तरह सम्मोहक था—उठा-बैठी, फुर्ती और बातचीत में वह जिस पर चाहे ऐसा मोहजाल फेंकती, ऐसी माया बरसाती कि सामनेवाला खिंचा चला आता और हमेशा के लिए बँध जाता। जब लड़की देखने गई होंगी तो राजन की माँ भी ऐसे ही बाँध ली गई होंगी...

राजन का नागपुर पहुँचना एकाएक संसार से एक छोटी-सी चौहद्दी में उतर जाना था। घर के नाम पर तीन कमरे का फ्लैट—एक ड्राइंगरूम, एक भैया-भाभी का बेडरूम और एक कमरे में राजन और श्याम। परिवार में अनगिनत सदस्यों की जगह सिर्फ चार लोग। एकाएक दुनिया कितनी छोटी हो गई थी ! कुछ दिनों तक तो राजन का दम बाकायदे घुटता रहा। अम्मा और बड़ी अम्मा की कमी खास तौर पर खलती...लेकिन राजन की भाभी—ओमी—सँभाल ले गई थीं। ओमी का व्यक्तित्व बहुत ही स्नेहिल था। मझौला कद, भरा-भरा शरीर, गोरेपन की तरफ झुका हुआ साँवला रंग। सुन्दर नहीं, पर मनोहर रंग-रूप। जो पास बैठ जाए, वह शीतलता महसूस करे। "बड़े घर की बड़ी बहू बनकर आई हो..." जोगेश्वरी उन्हें बराबर याद दिलाती रहती थीं। कुछ इसलिए भी बड़प्पन उनमें शुरू से ही बैठ गया था। वैसे भी बड़े घरों में भाभी के साथ देवरों का अनोखा रिश्ता होता था। उन्हें भाभी में थोड़ी माँ, थोड़ी बहन, थोड़ी पत्नी (भाभी को आधी पत्नी भी कहते थे)...ये सब मिल जाते थे। इन सबके ऊपर भाभी एक और चीज होती थी, जो वह अपने पति के लिए ही नहीं थी—प्रेमिका। होली जैसे मौकों पर राजन भैया के सामने ही भाभी से ऐसी छेड़छाड़ कर बैठता जो प्रेमिका से ही की जा सकती है। लेकिन अपने देवरों के लिए ओमी सबसे पहले माँ थीं, जैसे मोहन ने शुरू से ही पिता की जगह ले ली थी। राजन को जल्दी ही नए माँ-बाप मिल गए। मोहन अम्मा को भी नागपुर लाने की कोशिश में थे, पर जब-जब वे प्रस्ताव रखते, अम्मा मना कर

देतीं—"उनका घर वह है जहाँ वे ब्याह कर आई थीं, जहाँ उनकी सास हैं। उनके अपने लड़के-बच्चे न सही, उनके देवरों के बच्चे भी तो अपने ही हैं।" कभी वे दूसरी दलील देतीं—"बच्चों को तो अपना भविष्य बनाना है इसलिए घर छोड़ा, उन्हें क्या करना है अब, इस उम्र में पहुँचकर...जो अपनी घर-देहरी छोड़ें !"

ओमी की छोटी बहन स्नेह कभी-कभी अपनी बहन के साथ रहने नागपुर आ जाती थी। राजन से कुछ साल ही छोटी होगी। छड़ी की तरह दुबली-पतली, रंग गेहुँआ जो तनिक वह लजाती कि ताम्बई हो जाता। उठी हुई नाक और एक-से दाँत जो मुस्कुराने पर मोतियों से खिल उठते। राजन को वह अच्छी लगती।

स्नेह में उसे भाभी की झलक दिखाई देती—वही मातृत्व, वही स्नेह। भाभी के लिए मुख्यतः माँ की ही कल्पना उठती थी, जबकि स्नेह सहचरी के रूप में सामने आती थी। राजन उसके पास होने, उससे बातें करने का बहाना ढूँढ़ता रहता। मौका जब मिलता तो देर तक बातें करता। जिन दिनों स्नेह होती, राजन कॉलेज से जल्दी घर लौट आता और घर में ही ज्यादा समय गुजारता।

ओमी दोनों के बीच पनपते प्रेम को करीब से देख रही थी। उसके मन में आया—क्यों न दोनों का ब्याह करा दिया जाए। उसने पति से कहा। मोहन ने अम्मा से पूछा। शान्ति को एक ही परिवार से दो बहुओं की बात नहीं जँची...'शादी-ब्याह रिश्तेदारी बढ़ाने के लिए होते हैं, न कि एक ही परिवार की सारी बहनें ब्याह लाओ।' साथ ही उन्होंने तेजी से अता-पता करना शुरू कर दिया। स्नेह के साथ बात हद से ज्यादा बढ़े...उसके पहले ही राजन का ब्याह हो जाना चाहिए।

इस बीच एम.ए. करने के लिए राजन इलाहाबाद आ गया और स्नेह से सम्पर्क करीब-करीब समाप्त हो गया। उनका सम्बन्ध एक-दूसरे की पसन्द से ऊपर—प्रेम तक उठते-उठते रह गया। उधर शान्ति का सीधा सपाट उत्तर पाकर मोहन तटस्थ हो गए, ओमी ने स्वयं को अपमानित महसूस किया। अच्छा हुआ कि उसने अपनी इच्छा अब तक पति के अलावा किसी और से प्रकट न की थी—न राजन से, न मायकेवालों से ही। जहाँ तक राजन का सवाल था वह तो अभी पढ़ ही रहा था—एम.ए., शादी के बारे में सोचना ही नहीं होता था। अब तक नौकरी में नहीं चुना गया था, इसलिए वह आत्मविश्वास भी नहीं था कि आगे बढ़कर किसी का हाथ माँग ले। आखिर उस वक्त वह मोहन का आश्रित ही तो था और क्या, हाँ ओमी ने स्नेह को लेकर उसका हौसला बढ़ाया होता तो शायद बात और होती पर वह तो मोहन और माँ की राय लेकर ही आगे बढ़ना चाहती थी। बात जैसे उठी वैसे ही ठप्प हो गई।

उधर शान्ति की तरफ से एक साथ राजन और मोहन को सूचना पहुँची कि मनोहरलाल की पुत्री से सम्बन्ध तय हो गया है। लड़की देख ली गई है—सुशील और गृहकार्य में कुशल है, ऊपर से बी.ए. के दूसरे साल में पढ़ भी रही है। मनोहरलाल स्वयं आए थे। बड़े वकील हैं, मुंशीजी के साथी हैं। बरक्षा हो गई है। विवाह की तारीख राजन और मोहन की सुविधानुसार रख ली जाएगी। विवाह घर से ही होगा। आखिर में माँ

ने यह भी लिखा था कि बनारस में ही सम्बन्धी होना उनके लिए अच्छा होगा, क्योंकि मुंशीजी और बड़ी अम्मा के जाने के बाद वे लोग यहाँ अकेले पड़ते जा रहे हैं।

राजन को बड़ के पेड़ पर बैठे बाबूजी की याद आई थी--अगर उसके बनारस में ही विवाह करने से पाँच आँगनों वाले घर में रौनक आ जाती है तो क्यों नहीं। अम्मा जो बड़ी अम्मा के स्वर्गवास के बाद वहाँ अकेली हो गई हैं, उन्हें समधी-समधिन दस कदम के फासले पर ही मिल जाएँगे। उनका अकेलापन भर जाएगा, बुढ़ापे में उनके दुख-पिराते के लिए भी एक निकट के सम्बन्धी रहेंगे। लड़कों का क्या--मोहन भैया की तरह राजन और श्याम भी नौकरी पर निकल जाएँगे--पता नहीं किसे कहाँ रहना पड़े। यों बात अम्मा ने तय ही कर डाली थी, फिर भी मोहन ने एक बार राजन से पूछ लिया। राजन ने सिर्फ इतना कहा कि अब हाँ-न का प्रश्न ही कहाँ है--अम्मा वचन दे चुकी हैं, न करने से लड़की के भविष्य पर भी खराब असर पड़ेगा। राजन के लिए कोई द्वन्द्व नहीं था क्योंकि स्नेह की बात किसी ने उससे की ही नहीं थी।

उस साल राजन सिविल सर्विसेज के इम्तहान में बैठा था। उसे इंटरव्यू के लिए बुलावा मिल गया। विवाह की तारीख इंटरव्यू के बाद रखी गई थी। इत्तफाक कि विवाह के चन्द रोज पहले ही आखिरी नतीजा भी आ गया--राजन क्लास-वन सर्विस के लिए चुन लिया गया था। फिर क्या, सब तरफ एक ही चर्चा थी--बड़े भाग्यवाली है रम्मो, देखो बन्धन जुड़ते ही कहाँ से कहाँ पहुँचा दिया राजन को। शान्ति भी चहकती हुई सबसे यही कहती फिरतीं या ऐसी बधाइयाँ स्वीकार करती होतीं। राजन के भीतर झुंझलाहट उठ बैठती। उसकी अपनी मेहनत, भैया-भाभी का योगदान इसका कोई जिक्र भी नहीं कर रहा और जो अभी इस घर में आई भी नहीं, जिसे ठीक से किसी ने देखा तक नहीं, उसको सारा श्रेय दिया जा रहा है। जहाँ तक उसका सवाल था अपने नतीजे के दिन ही बनारस से भैया-भाभी को खत लिखा था--"अभी-अभी नतीजा अखबार में देखा है। मुझे सबसे पहले आप दोनों की याद आई और मैं पोस्ट ऑफिस की बेंच पर बैठा आपको पत्र लिख रहा हूँ। मैं आज यहाँ पहुँचा हूँ, आप दोनों की वजह से ही। मुझे इस समय भाभी की याद सबसे ज्यादा आ रही है। मैं वहाँ होता तो उनकी खुशी सामने-सामने देख सकता। वे मेरे मुँह में कम-से-कम चार लड्डू जरूर झोंकतीं।"

कभी-कभी कुछ छोटे फैसले, कुछ महीने यहाँ तक कि चन्देक दिन ही कैसे जीवन की पूरी की पूरी दिशा निर्धारित कर डालते हैं। अगर राजन एम.ए. के लिए इलाहाबाद न आया होता, नागपुर ही रहता...अगर नौकरी के लिए चुने जाने के इतने आसपास विवाह की बात न उठी होती, तो राजन को थोड़ा समय मिला होता...अगर चुने जाने का नतीजा तब मिला होता जब वह बनारस में न होकर नागपुर में होता और वहाँ स्नेह भी होती...

शादी के कई सालों बाद राजन को पता चला कि स्नेह और उसको लेकर कोई वैसी बात थी जो उठते-उठते रह गई। विडम्बना कि उसे यह पता चला रम्मो के मार्फत... एक बार झगड़े में अनाप-सनाप बोलते-बोलते वह कह गई। रम्मो को कैसे मालूम हुआ

होगा...यह एक बड़ा फर्क है आदमी और औरत में। घर की बातों को फैला-फैलाकर भी आदमी के सामने परोसो तो कई बातें पकड़ से छूट जाएँगी, औरत दीवारों के बीच दबी बातें भी अपनी सूँघ से बीन लाएगी। राजन का विवाह स्नेह से नहीं हुआ...इसका कोई दुख राजन को नहीं रहा, थोड़ा-बहुत पछतावा जैसा हुआ तो वह भी रम्मो से झगड़ों के दर्म्यान ही। हाँ भैया और भाभी का सोचकर जरूर अक्सर थोड़ी-बहुत चुभन उठती रही।

पाँच आँगनों वाले उस घर में राजन ने एक-से-एक लोग देखे, कैसी-कैसी खासियतें उनकी, लेकिन मोहन भैया में जैसे सबका निचोड़ आ गया हो...किसी के लिए कैसे जी-जान से करेंगे और जब उनके अपने हक का मौका आए तो तटस्थ हो पीछे हो जाएँगे, बड़ी ही विनम्रता और स्वाभाविकता के साथ। उन्होंने जो राजन के लिए किया, उससे उनका क्या इतना भी अधिकार नहीं बनता था कि वे कहते कि राजन के विवाह के बारे में पहली राय उनकी होगी। वे चुपचाप अम्मा की इच्छा के सामने झुक गए...

और ओमी भाभी...नागपुर में राजन को ऐसा स्नेह दिया, उसकी ऐसी देखभाल की, क्या कोई माँ करेगी ! वे अपनी इच्छानुसार राजन के विवाह के लिए जोर से सिर्फ इसलिए नहीं कह सकीं कि इस घर में बहू थीं और स्नेह उनकी बहिन थी।

4

राजन कानपुर में तैनात था। ब्याह हुए कई साल हो गए। दो बच्चे भी हो चुके थे। छोटे-से सरकारी फ्लैट में चार प्राणी। उस रोज एक जगह पड़ोस में जाना हुआ, अयोध्या के उपाध्यायजी का रामायण-प्रवचन था। प्रवचन की समाधि पर उपाध्यायजी और उनके संगी-साधुओं का भोजन हुआ। सात-आठ साधु थे, सभी गेरुए वस्त्रों में। सबकी मुद्रा भी लगभग एक, साधुओं जैसी ही। भोजन समाप्त हुआ, दान-दक्षिणा हुई...उसके बाद उपाध्यायजी को यजमान के निकटस्थ लोगों ने घेर लिया, साधु लोग पंडाल में श्रोताओंवाली, खाली पड़ी कुर्सियों पर जा बैठे। उनमें एक अलग-थलग, किनारे की कुर्सी पर बैठा था। अपने दूसरे साथियों की तरह चुहलबाजी या बातचीत में रस लेने की बजाय वह उस छोटी-मोटी भीड़ में भी अपने लिए एकान्त बनाए हुए था। आधी पीठ इस तरफ किए हुए वह वहाँ होते हुए भी वहाँ की दुनिया से अलग, कहीं दूर था। आँखें और ध्यान बाहर की तरफ, फिर भी जैसे अपने में ही उतरा हुआ। उदास आँखें। वह किसी उलझन, तनाव या परेशानी में नहीं दिखता था...फिर भी सोच में डूबा हुआ था। वह क्या सोच रहा था ?

दुबला-पतला शरीर। खिचरहा बाल लड़कियों की तरह पीछे की तरफ आते हुए। घनी खिचरहा दाढ़ी जिसमें पैने नाक-नक्श बिला गए थे। दाँत काले होते हुए। हाथों की लम्बी-लम्बी उँगलियाँ। रंग गोरा रहा होगा, फिलहाल गर्द हो आया था।

राजन को वह व्यक्ति बहुत परिचित-सा लगा। यही तय न कर पाए कि उसे कब, कहाँ और कितना देखा है। उलझन में था, पर उलझनें उस व्यक्ति से उचटने भी न दें। उल्टे एक कशिश थी। वह अजनबी परिचित चेहरा खींचता था। आखिर राजन साधु के पास पहुँच ही गया।

"आप कभी बनारस...आसपास...कभी उधर रहे हैं क्या ?" जुमलों के कटे-छँटे टुकड़े, हाँफती हुई आवाज में।

साधु ने राजन की तरफ अचरज से देखा। उसकी दाढ़ी पर मुस्कान की लहरियाँ तत्काल चलने लगीं, जैसे बनारस का जिक्र ही कोई बड़ी प्रिय चीज था। वह पिघले हुए चेहरे से राजन की ओर देखे जा रहा था।

"आप कहीं सन्नी चाचा तो नहीं ?"

"लेकिन आप कौन हैं ?" साधु के चेहरे पर मिठास तैर आई थी।

"मैं राजन हूँ...आप पहचाने नहीं ?" राजन के स्वर में हँफाई अब भी थी।

सन्नी एकटक देखते रहे। जब उन्होंने घर छोड़ा था तब यह बच्चा था। कितना बदलाव आ गया चेहरे में, जबकि सन्नी का चेहरा तभी ऐसा गँस चुका था कि जैसे साँचे में फँसकर रह गया। वह दाढ़ी में लुकाया-छिपाया जाकर भी पहचान लिया जाता है। जीवन में जैसे एक मुकाम पर बदलाव अवश्यम्भावी है, उसी तरह यह भी कि उसके बाद लाख कोशिश करो, बदलना मुश्किल।

कुछ उगा सन्नी के चेहरे पर कि राजन को बोलने की जरूरत ही न हुई और उसने लपककर पैर छू लिए।

"अरे राजन ! तुम तो इतने लम्बे-चौड़े हो गए भाई। कैसे पहचान पाता, पहले तो इतने-से थे।" सन्नी सहज हो आए थे।

"लम्बा-चौड़ा ही नहीं, ब्याह भी हो गया।"

"अरे, तब तो तुम मुझसे एक हाथ आगे भी निकल गए। जो चाचा न कर पाया, वह भतीजा कर गया।" वे हँसे, हँसने में उनके काले दाँत झलक गए। "चाचा ! एक हाथ नहीं, तीन हाथ आगे। दो बच्चे भी हैं।"

"अरे वाह !"

"पत्नी यहीं हैं, अभी बुलाकर लाता हूँ।"

राजन का उत्साह सँभाले नहीं सँभल रहा था। रम्मो औरतों के झुंड में थी। राजन दौड़ा-दौड़ा गया और एक हाथ से उसे पकड़कर, करीब-करीब खचोरता हुआ इधर लाने लगा। रम्मो पूछे—"क्या है, यह क्या हो रहा है !" तो राजन का जवाब सिर्फ इतना—"आओ तो...अभी बताता हूँ...तुम हैरत में पड़ जाओगी।" और क्षणभर में ही उसने रम्मो को चाचा के सामने ला खड़ा किया।

"ये अपने सन्नी चाचा हैं। चाचा, ये आपकी बहू। पैर छुओ चाचा के..."

राजन ने रम्मो की तरफ देखा। रम्मो ने आँचल सिर पर रखकर पैर छुए।

"बैठो बहूरानी ! वह कुर्सी खींच लो।"

राजन बगल में पड़ी दो कुर्सियाँ खींच लाया। दोनों सन्नी चाचा के सामने बैठ गए।

"चाचा हमारे...जानती हो कितने सालों बाद मिले हैं ? बीस साल से ऊपर हो गए होंगे...क्यों चाचा ?"

"हिसाब नहीं रख पाया, हमेशा से ही गणित में कमजोर था।"

"क्यों छोड़ा था घर आपने...कोई झगड़ा हो गया था ?" रम्मो सीधे बात पर आ गई।

"अरे नहीं..." सन्नी खुलकर हँसे, फिर एकाएक खामोश हो वे कुछ पैनी नजरों से रम्मो की तरफ देखने लगे। "क्या कोई इस वजह से घर छोड़ता है ?"

"आप एक बार भी घर नहीं गए, तब से ?" राजन ने पूछा।

"नहीं गया। एक बार उड़ लिए तो फिर क्या लौटना। मन हुआ कई बार। बड़े भैया गुजर गए—यह खबर जब मिली तब और माँ के दिवंगत होने का सुना तब...दोनों बार बहुत मन किया कि हो आऊँ, लेकिन डरता था कि नीड़ फिर बाँध न बैठे कहीं।"

राजन को ताज्जुब हुआ। बचपन में उसे यही लगा करता था कि सन्नी चाचा उखड़े-उखड़े-से रहते हैं घर में। दरअसल उनका इतना लगाव था घर से ?

"पर आपने घर छोड़ा क्यों...क्या कोई अनबन ?" रम्मो वहीं अटकी हुई थी।

"अनबन कहाँ और किससे हो सकती थी वहाँ। तुमने वह घर देखा नहीं बहूरानी—स्नेह का तालाब था, तालाब...क्यों राजन, कुछ याद है ?"

"सब याद है—भूत-पिशाच निकट नहिं आवै !"

सन्नी फिर खुलकर हँसे। राजन ने गौर किया कि सन्नी चाचा में यह एक नई चीज थी। वे पहले काफी गम्भीर रहते थे, हँसते थे तो थोड़ी देर को...सिर्फ बच्चों के साथ। अब बात-बात पर हँस लेते हैं, हँसी कहीं फँसी-सी भी नहीं लगती, एकदम फरफराती चली आती है।

"चाचा, घर चलिए...कहाँ है सामान आपका ? मैं उठा लाता हूँ।"

"सामान...क्या सामान ! बस, यह शरीर है, इसे ही सामान समझ लो। कहाँ है तुम्हारा घर ?"

"पास में ही आफिसर्स कॉलोनी है !"

"अच्छा सरकारी क्वार्टर है ! तो वह तो सरकार का घर हुआ भाई, तुम्हारा कहाँ हुआ..." वे फिर हँसे—"वैसे भयंकर प्रश्न है यह—घर कौन, कहाँ...इसी तलाश में मैंने बनारस का अपना उतना अच्छा घर छोड़ा और अब तक ढूँढ़ता भटक रहा हूँ।"

क्या यह वही आदमी है जो बनारस में बच्चों के साथ हा-हा हू-हू करता नाचा करता था ? राजन ने गौर किया कि सन्नी चाचा की हर बात, हर चेष्टा अर्थपूर्ण थी। एक बात में ही कितनी पर्तें !

"अच्छा चलो, यहाँ से निकलते हैं। तुम बड़े हो गए हो, तुमसे बातें भी हो सकती हैं।"

घर में राजन और सन्नी अकेले बैठे। सन्नी ने संक्षेप में अपनी कहानी सुनाई—बनारस छोड़कर वे कहाँ-कहाँ भटके, कैसे चित्रकूट पहुँचे। चित्रकूट में उपाध्यायजी प्रवचन के लिए आए थे। उनसे प्रभावित होकर साथ हो लिए और फिलहाल अयोध्या ही रहते हैं। चाहा तो जहाँ उपाध्यायजी प्रवचन को जाते हैं, वहाँ उनके साथ हो आए।

"आप खुश तो हैं ?"

"तुम्हारा मतलब यों बेघर रहकर ? नाखुश भी नहीं हूँ। दरअसल ये दो अलग-अलग जीवन-पद्धतियाँ हैं—गृहस्थ की तरह कुछ लोगों से बँधकर रहे, या यों निर्बन्ध होकर इधर से उधर घूमे। किसे अच्छा, किसे बुरा कहा जाए ! जो जिसमें पड़ गया। पूरा सुखी न यह कर सकती है, न वह। वह तो आपके मन, आपकी तैयारी पर निर्भर करता है।"

"घर की याद तो आया करती होगी ?"

"बहुत। अब भी कभी-कभी सोचता हूँ यह उस घर का ही बूता था कि मुझ जैसे को इतने सालों बर्दाश्त किया। सम्मिलित परिवार का एक यह फायदा तो था कि दो-चार मुझ जैसे नाकारा भी जीवन निकाल ले जाएँ, अच्छी-अच्छी तृप्ति के साथ...वे लोग जो अगर परिवार के बाहर हों तो मानसिक रोगी हो जाएँ।"

"यह तो निष्क्रियता, निर्बलता को प्रश्रय देना हुआ।"

"अब सब लड़के राजन या मोहन तो नहीं होते भाई कि फर्स्ट क्लास सर्विस में आ जाएँ। कुछ बीच में होते हैं, कुछ एकदम फिसड्डी...घर-समाज का ऐसा ढाँचा हो कि सबका निबाह हो जाए।"

"सम्मिलित परिवार में व्यक्ति का विकास रुक जाता है। आपको भी अपने विकास के लिए बाहर निकलना पड़ा। अपनी अलग सम्पत्ति की चाह हर व्यक्ति में स्वाभाविक है, यह चाह ही प्रगति के लिए प्रेरणा बनती है। स्वतन्त्रता चाहिए।"

"तुमने बहुत सारी बातें एक साथ रख दीं। मुझे लगता है कि जो बड़े पैमाने पर संसार, खासकर देश में होता है उसका असर घरों, उनमें रह रहे मनुष्यों यहाँ तक कि व्यक्तियों की आम जीवन-शैली पर भी पड़ता है। ऐसा साफ-साफ भले ही न दिखाई देता हो...पर होता है। गांधीजी इस रिश्ते को समझते थे इसलिए वे देश, समाज, व्यक्ति, व्यक्ति की जीवन-शैली...सबको साथ लेकर चलते थे। उनके लिए स्वतन्त्रता का मतलब सिर्फ अंग्रेजों का जाना नहीं था। स्वदेशी, अहिंसा, अपनी भाषा, आश्रम, सत्याग्रह, आत्मशक्ति...कुछ भी देखो, वे अपने देश की चीजें ढूँढ़-ढूँढ़कर निकाल रहे थे। अंग्रेजों के जाते ही उन्होंने कहा—मेरी हरिजन बस्ती में अपनी एक कुटिया है, मैं वहाँ रहूँगा। नहीं, तुम वहाँ नहीं रह सकते, सुरक्षा को खतरा है। गांधीजी ने कहा, तो मतलब मैं कैदी हूँ। आदमी बहुत सारी चीजों पर निर्भर होकर भी अपनी स्वतन्त्रता गँवा बैठता है...इसलिए स्वतन्त्रता बनाए रखने के लिए ऐसी जीवन-शैली चाहिए जिसमें भौतिक चीजें कम-से-कम हों, वे व्यक्ति को दाब न डालें।"

"मतलब आप विकास को नहीं मानते, पंडित नेहरू ने जो विकास का रास्ता चुना

था...औद्योगीकरण, आधुनिकीकरण...ये सब गलत था ?"

"देश के स्तर पर विकास–आर्थिक विकास–इससे किसको इनकार हो सकता है...लेकिन यह जरूर देखना होगा कि वह विकास साधारण व्यक्ति तक पहुँचता है या नहीं और उसका सर्वांगीण विकास करेगा या नहीं, या उसे बाहर की चीजों पर और निर्भर बनाता चला जाएगा। अगर हम विकास के उस ढाँचे को पकड़ते जिसकी खोज गांधीजी कर रहे थे...उसे और आगे ढूँढ़ सकते तो वह संसार के लिए एक मिसाल बन सकती थी। लेकिन हमने विकास का विदेशी फार्मूला उठाया जो आसान और आजमाया हुआ फार्मूला था। चीनी आक्रमण के बाद तो खैर कोई विकल्प ही नहीं रह गया था। काश कुछ ऐसा हो सकता जिसमें देश शक्तिशाली भी हो सकता और गांधीजीवाले रास्ते पर भी हम चले होते। पंडित नेहरू देश की परम्परा की कद्र करते थे, पर आधुनिकीकरण उनके लिए सबसे बड़ा मूल्य था। अब देखिए कैसे असर फैलता है...कितनी जल्दी गवर्नर, मन्त्रियों की ठाठबाटी स्टाइल शुरू हो गई। वे उस रास्ते चल पड़े जहाँ वे जनता के प्रतिनिधि नहीं, शासक बन गए। अंग्रेजों की जगह तो उन्होंने ली ही थी, वे उन जैसे ही बनने चल पड़े। जनता उनके लिए हेय, या सिर्फ वोट के वक्त याद करने की चीज होती जा रही है। औद्योगीकरण के कारण घरेलू उद्योग-धन्धे खत्म होते जा रहे हैं। एक सम्मिलित परिवार एक जगह रहकर, घरेलू धन्धे से खा-पी रहा था, उसका हर सदस्य अब नौकरी पर आश्रित होता जा रहा है, दूर-दूर बिखर जाएगा, अकेला हो जाएगा। अलगाव बढ़ेगा। कल चचेरे भाइयों में अलग होने की बात थी, आज सगे भाइयों में है, कल कौन जाने बाप-बेटे, माँ-बेटे, पति-पत्नी में ही शुरू हो जाए।"

"अगर लोग अलग रहकर खुश रहते हैं तो उसमें परेशानी की क्या बात है ?"

"खुशी की बनावट बड़ी विचित्र है भैया ! ऐसा दिखता है, लेकिन सिर्फ अपने लिए करने से खुशी नहीं मिलती। गौर से देखो तो खुशी हमेशा दूसरों के लिए कुछ करने से ही आती है। हमारे परिवार वे स्कूल हैं जहाँ हमें निःस्वार्थ होने, दूसरों के लिए कुछ करने की बुनियादी शिक्षा मिलती है। सम्मिलित परिवार थे...तो समाज में स्नेह भी ज्यादा था। जीवन के दुखों को राही ढंग से लेने–इस तरह कि वे हमें तोड़ न जाएँ–ऐसा दर्शन भी हमें उस परिवार से मिल जाता था, सुख-दुख ऐसे गड्डमड्ड तरीके से और इतनी जल्दी-जल्दी आते-जाते रहते थे। परिवार से अलग व्यक्तित्व की सहनशक्ति वह नहीं बचेगी।"

"आपका मतलब, सम्मिलित परिवार से हर हाल में हम चिपके रहें।"

"परिवार तो एक चीज हुई, असली बात मूल्यों की है। सम्मिलित परिवार तो टूट ही रहे हैं, टूट गए कहिए–अपना परिवार नहीं देखा ! वे टूट गए आर्थिक तनावों, आर्थिक जरूरतों के कारण...लेकिन उन परिवारों में जो निःस्वार्थ, बलिदान की भावना थी...इसे तो बचाएँ हम। तुम अपने इस घर में बचाना।"

"चाचा, है ये मजेदार बात...कि आपका परिवार नहीं है और आप परिवार की यों वकालत करते हैं।"

"अरे, तुम तो अभी से परिवार का मतलब अपनी बीवी, अपने बच्चों से लगाने लगे। क्यों नहीं है परिवार मेरा ? मैंने अपना परिवार एक घर से बहुत बड़ा कर लिया है। परिवार माने सिर्फ खून के सम्बन्ध तो नहीं। उपाध्यायजी, मेरे साथ चलनेवाले ये साधु-सन्त, वे श्रोता...सब मेरा परिवार हैं। वे भी जो मेरे आसपास नहीं होते। दरअसल बड़े परिवार को ढूँढ़ना मुझे आ सका क्योंकि मैं बनारसवाले परिवार में पला था। थोड़ा-बहुत तुम ऐसा कर सकते हो, क्योंकि तुमने वह देखा है। तुम्हारे बच्चे...वे ऐसा कर सकेंगे—मुझे शक है।"

राजन देख रहा था कि यह पुराने सन्नी चाचा नहीं थे—आवारा, लापरवाह, थोड़े-थोड़े मूर्ख और झक्की जो इधर से उधर डोलते रहते थे। कॉलेज की पढ़ाई में भले ही न मन लगाया हो, उन्होंने खूब घूमकर, तरह-तरह के लोगों के साथ उठ-बैठकर, सीखने-समझने की प्रवृत्ति बराबर बनाए रखकर अपना कितना विकास कर लिया था। वे खूब देखे-सुने, घूमे-फिरे व्यक्ति की तरह बोलते थे। किताबी ज्ञान नहीं, जीवन-ज्ञान था उनका।

"चाचा, मुझे लगता है आपका चोला संन्यासी का है, पर हैं आप राजनीति में। आपको कोई जनसंघी भी कह सकता है।"

इस बार सन्नी चाचा बहुत खुलकर हँसे, और काफी देर हँसते रहे।

"अरे भाई ! मैं न संन्यासी हूँ, न राजनीतिज्ञ। न जनसंघी हूँ, न कम्युनिस्ट। मैं सिर्फ अपने देश और समाज का होना चाहता हूँ। मुझे चाहिए भी कुछ नहीं...इसलिए मैं हमेशा संघर्षशील रह सकता हूँ। मुझे तकलीफ है तो यह कि जिन मूल्यों के लिए कहा जाता था कि भारत से संसार को रोशनी मिलेगी एक दिन, हम उन्हीं को समाप्त करने में लगे हुए हैं।"

"आप घर नहीं लौटेंगे कभी ? मेरा मतलब बनारस का घर ? आपका हिस्सा अम्मा सुरक्षित रखे हैं।"

"क्यों नहीं लौटूँगा ! जब मन करेगा तो चला जाऊँगा। ऐसी कोई जिद तो है नहीं। सवाल है जो काम आपने ले रखा है, वह कहाँ रहकर या न रहकर हो सकता है। अभी तो मेरा काम जगह-जगह घूमने की ही माँग करता है। लेकिन मेरे हिस्से जैसी चीज की क्या जरूरत। अम्मा से कह देना किसी जरूरतमन्द भाई को दे दें...एक अदद आदमी को बैठने के लिए कितनी जगह चाहिए, भैया !"

"आप हमारे यहाँ रहिए सन्नी चाचा ! यहीं से जहाँ चाहें, आते-जाते रहिएगा।" राजन ने कुछ भावुक होकर कहा।

"जरूर रहूँगा, यह भी तो मेरा ही घर है। देखो, यह कितनी मजेदार चीज है कि जिसका कोई मुस्तकिल घर नहीं, उसका घर हर जगह। मैं हर जगह रह सकता हूँ, तुम नहीं। अब बचवा थोड़ी लेट लगा ली जाए, तुम भी जाकर आराम कर लो।"

रम्मो बैठी नहीं थी राजन और सन्नी के पास, लेकिन पीछे से बातें सारी सुनती रही थी।

राजन भीतर पहुँचा तो कमरा बन्द करके उसने राजन को फौरन आड़े हाथों लिया...

''क्या बक-बक कर रहा था बुढ़वा ? आप भी अजीब चीज हैं, रास्ते चलते जिसे चाहे, घर पकड़ लाते हैं।''

''कैसी बातें करती हो ! ऐ ऐरे-गैरे नहीं...मेरे चाचा हैं, पिता की तरह। बचपन में इनके साथ मेरा उतना ही समय बीता जितना बाबूजी के साथ...शायद कुछ ज्यादा ही। ये हमारे साथ खेलते थे।''

''तो बचपन में आप जिन-जिनके साथ खेलते थे, उन्हें घर बिठा लेंगे ?''

''रम्मो...ये मेरे सगे हैं।''

''ऐसे जितने सगे हैं सबको रखने का बूता है आपका ? सबको खिला सकते हैं आप ? इतनी तनख्वाह है आपकी ? बड़े आराम से कह दिया—हमारे यहाँ रहिए चाचा। ऐसा कुछ करने से पहले अन्दर पूछना तो चाहिए था आपको ?''

''मेरे एक कहने-भर से क्या वे रहने लगेंगे यहाँ ?''

''उन्हें क्या है। न काम, न धन्धा। उन्हें तो आप जैसे ही चाहिए, जहाँ वे पड़े-पड़े खाएँ और पगुराएँ ! जान साँसत में रहेगी मेरी...घर भी सँभालो और उनकी टहल भी करो। मुझसे नहीं होगा भाई। इन्हें खिसकाइए आप !''

''तुम तंग-दिल हो रम्मो। लोग तो अतिथियों का स्वागत-सत्कार करने में अपना बड़प्पन समझते हैं। गृहस्थ के लिए यह गौरव की बात होती है कि कोई भी आए तो वह खाए बिना न जाए।''

''ये वे अतिथि नहीं हैं जनाब। ये चिपकू लोग हैं। एक बार लग गए पीछे, तो जिन्दगी-भर साथ नहीं छोड़नेवाले। मुझे खूब पहचान है इन लोगों की।''

यह पहली बार था जब राजन को रम्मो कर्कशा लगी। हो सकता है सन्नी चाचा की जगह किसी दूसरे आदमी की बात होती तो रम्मो की वे ही बातें राजन को उतना असह्य न लगतीं। न केवल विषय सन्नी थे—जो राजन के साथी और सम्बन्धी दोनों थे, वे इतने दिनों बाद मिले थे, खो जाने के बाद। उस वक्त वे बगल के कमरे में लेटे हुए थे। सन्नी के बगल के कमरे में होने का तत्काल फायदा यह जरूर हुआ कि राजन ने उतनी ही तेजी से प्रतिवाद नहीं किया और बखेड़ा होने से रह गया। राजन में बर्दाश्त ज्यादा है। रम्मो का यह है कि बहुत सोचने-समझने की जरूरत नहीं, जिधर चल पड़ी, चलती चली जाती है। इसलिए सोचना और बर्दाश्त करना दोनों ही राजन के हिस्से में आते हैं। वह चुपचाप घर के बाहर निकल गया...जब तक लौटेगा तब तक रम्मो का पारा नीचे आ जाएगा, माहौल बदल चुका होगा। बाहर निकल तो आया, लेकिन डर भी लगा कि कहीं उसकी नामौजूदगी में रम्मो सन्नी चाचा से न कुछ अनापशनाप कह डाले।

देखा जाए तो रम्मो का भी बहुत कुसुर नहीं था। उसके व्यक्तित्व में पिता का एक अंश साफ उतरा हुआ दिखाई देता था—जीवितेष्णा। अलबत्ता उम्र के फर्क के साथ मनोहरलाल के यहाँ जीवन-रस का भोग ऐसे इत्मीनान से था कि उनके दिनचर्या का

हिस्सा बन गया था, रम्मो में बेचैनी थी—जीवन को भरपूर जीने, बूँद-बूँद उसका रस निचोड़ने की बेचैनी। वह राजन को कभी यहाँ चलने, कभी वहाँ चलने, यह करने वह करने, घर में यह रखने वह रखने को बराबर उकसाती रहती। जो-जो पड़ोसी अफसर के घर में है, वह रम्मो के यहाँ भी होना चाहिए, बल्कि उससे एक हाथ ज्यादा। पढ़ाई जारी रखना रम्मो को बेकार लगा—नौकरी उसे करनी नहीं है, फिर क्या रखा था पढ़ने में...एक किनारे किताब लेकर बैठ जाओ, बैठे रहो अपने में सिमटे, मनहूस से। रम्मो को चाहिए था ऐसा कुछ जिसमें हलचल हो, थोड़ा शोर-शराबा, मस्ती...वह स्वयं लोगों के बीच हो, लोग उसे देखें। राजन की पहली तैनाती के साथ ही दो चीजें उसने पकड़ ली थीं—पार्टियों में आना-जाना, और अपने घर में ही पार्टियाँ करना। उसकी कोशिश होती कि सबसे उसका व्यक्तिगत परिचय हो। घर की पार्टियों में रम्मो स्वभावतः केन्द्रबिन्दु होती थी और यह उसे असीम सुख देता था। उसने कार चलाना सीखा... तो फिर नई कार भी चाहिए। राजन थोड़ा भी 'डल' होता दिखाई दे तो उसे उकसाकर रम्मो कभी यहाँ कभी वहाँ ले जाती। जैसे वह जल्दी में थी और भरपूर जी लेना चाहती थी—जो, जैसा भी उसकी समझ में आता था।

रम्मो के व्यक्तित्व की बुनावट में बराबर से एक चीज और थी—असुरक्षा की भावना। पिता के घर में जब से भाभी ने आकर उसके हाथों से गृहस्थी की बागडोर छीनकर अपने हाथों में ली, तभी से रम्मो का अवचेतन घबराया रहने लगा...कहीं कोई उसके नए घर में भी आकर जम न जाए, मालिक न बन बैठे। इसलिए वह जरूरत से ज्यादा चौकन्नी रहती। सन्नी चाचा यों आदमी थे, भीतर दखलन्दाजी नहीं करेंगे...लेकिन रम्मो की स्वतन्त्रता पर तो अंकुश लगेगा ही एक बड़े के होने से। फिर इनके पीछे-पीछे पता नहीं कौन आ जाए। इसलिए रिश्तेदारों को तो घर में पैठने ही नहीं देना है। अपने ब्याह में रम्मो ने देखा था—कितना बड़ा परिवार राजन का था। एक बार उसने किसी को यहाँ रहने की ढील दी तो फिर यही करती रहेगी—एक के बाद दूसरा आएगा, दूसरे के बाद तीसरा। सब अफसर के घर का आराम भोगने चले आएँगे। इसलिए जाल को यहीं काटो, इसी वक्त। रिश्तेदारी के कीड़े को देहरी पर कुचल दो, भीतर दाखिल ही न होने दो।

वह जानती थी कि राजन को खराब लगेगा, सभी को लगता है। राजन को वह यह भी हर पग पर साफ करती चलना चाहती थी कि गृहस्थी चलाने का काम रम्मो का था और वहाँ वह अपने स्वामित्व में किसी किस्म का दखल नहीं चाहती थी, राजन का भी नहीं। यह कशिश राजन को खुश रखने की कशिश से कहीं अधिक बलवती थी। यहाँ कोई समझौता हो सकता है—यह रम्मो के अपने हाथ में भी नहीं था।

सन्नी आँख मूँदे लेटे थे पर मन-मस्तिष्क सक्रिय था, जैसे हमेशा रहता था।

आज राजन से मिलने के बाद भीतर फिर वही खलबलाहट ऊपर-नीचे चल पड़ी—जो तब होती थी जब उन्होंने घर छोड़ा था। चित्रकूट में चित्त शान्त हुआ

था—जीविकोपार्जन के लिए धर्मशाला का छोटा-सा काम, बाकी समय अध्ययन, चिन्तन और सत्संग। सेठजी ने सन्नी की रुचि देखकर किताबें उपलब्ध कराने का भी इन्तजाम कर दिया था। उन दिनों खूब पढ़ा उन्होंने—हर तरह की किताबें...इतिहास, भूगोल, साहित्य, राजनीति, अध्यात्म, धर्म। भारतीय सन्तों और चिन्तकों को पढ़ा, गांधी, विवेकानन्द को विशेष रुचि से पढ़ा। इस बीच उपाध्यायजी रामायण पर प्रवचन करने चित्रकूट पधारे। लम्बा-चौड़ा शरीर, खूब गोरा रंग और तेजस्वी चेहरा। बोलने लगते तो सरस्वती जिह्वा पर आ बैठती—रामायण के पात्रों, प्रसंगों पर ऐसी-ऐसी विलक्षण टिप्पणियाँ जैसी लोगों ने कभी सुनी नहीं थीं। सब मन्त्रमुग्ध रह जाते। वाणी में ऐसी मिठास कि श्रोता लोग उन्हें कलियुग में हनुमानजी का अवतार कहते थे। रामायण की चौपाइयाँ-दोहे वे जिस तल्लीनता से पढ़ते थे, वह मन में अपार भक्ति के बिना सम्भव नहीं था। सन्नी ने जाकर चरण छुए तो बड़ी-बड़ी उँगलियोंवाले चौड़े हाथ ने सन्नी की पूरी खोपड़ी को ढक लिया...स्नेहिल स्पर्श ! सन्नी ने दृष्टि उठाई तो उपाध्यायजी की स्नेह से छलछलाती आँखें। सन्नी वह दृष्टि आज भी नहीं भूल पाते। भगवान राम ने पहली बार जब हनुमानजी को देखा होगा तो प्रेम से ऐसी ही छलछलाई आँखें रही होंगी। आँखों को छोड़ सन्नी की नजर जब उनके चेहरे पर आ गई तो वहाँ कान ही कान थे...इतने बड़े ! कहाँ क्षणभर पहले वे हनुमान और उपाध्यायजी राम थे, वहाँ अब उपाध्यायजी हनुमान और सन्नी कलियुगी इंसान ! ऐसा लगा जैसे बुला रहे हों...चलो। सन्नी याचना कर बैठे—"भगवन्, मुझे अपना शिष्य बना लीजिए !" उपाध्यायजी बोले—"मैं तो स्वयं शिष्य हूँ, दास हूँ, हनुमान गोसाईं का। मैं किस सामर्थ्य से शिष्य बनाऊँ !" सन्नी और भी अभिभूत—कैसी विनम्रता ! वे अड़े रहे। आखिर उपाध्याजी बोले—"मेरे साथ श्री हनुमान की चाकरी करना चाहते हो तो चलो, लेकिन जगह-जगह घूमना होगा। जैसे शान्त यहाँ बैठे हो, ऐसे नहीं बैठ पाओगे।" सन्नी पर तो दीवानगी सवार थी...तो सेठजी से आज्ञा ले चल दिए। फिर तो उपाध्यायजी के साथ देश के कोने-कोने में यात्राएँ। काम कुछ नहीं, बस अपनी मर्जी से उपाध्यायजी की सेवा करना। प्रवचन हेतु उपाध्यायजी के आने के पहले मंच तैयार कर देना—एक तरफ श्रीराम दरबार की झाँकीवाली फोटो लगा दी, दूसरी तरफ श्री हनुमान का चित्र...दोनों में अगरबत्ती जला दी। जिस चौकी पर उपाध्यायजी को बैठना था, उस पर लाल चादर बिछाई, तीन तकियों का आसन बना दिया और सामने रामायण रख दी—जिसे उपाध्यायजी को कभी देखने-खोलने की जरूरत नहीं पड़ती थी। उपाध्यायजी आकर श्रीराम के चित्र को प्रणाम करते हैं, फिर श्री हनुमान के चित्र को, फिर रामायण को और उसके बाद दर्शकों को। पहले कुछ श्लोक पढ़ते हैं, फिर दर्शकों के साथ राम-नाम का जाप और इसके बाद किसी प्रसंग को उठा लेते हैं...और फिर उसमें बहते चले जाते हैं, लोगों को बहाते ले जाते हैं। सार्वजनिक हॉल की जगह अगर प्रवचन किसी के घर पर हुआ तो भी कुल मिलाकर यही क्रम, भले ही थोड़ा संक्षिप्त।

कुछ दिनों सन्नी को बहुत उत्साह रहा—नई-नई जगहें देखना, नए-नए लोग।

जहाँ ठहरे हुए, वहाँ के लोगों से तरह-तरह के विषयों पर बातचीत। सन्नी का ज्ञान खूब बढ़ा। चित्रकूट में कूप-मंडूक थे, बाहर निकले तो देखा—क्या-क्या है दुनिया में, कैसे-कैसे विचार...

लेकिन लगता है कि एक किस्म का दोहराव है जिसे वे जी रहे हैं। जो है सिर्फ अपने लिए। कुछ ऐसा हो जिससे वे बाहर...देश में जन-साधारण की जो शोचनीय दशा है, जो उसके कष्ट हैं...उससे जुड़ सकें। रामायण की बातों, आदर्श की बातों की जगह, आज के समय को सही दिशा में लाने की ठोस-ठोस बातें हों। भक्ति और धर्म में बहुत हुआ तो आप अकेले की मुक्ति हुई, बात तो तब है जब दूसरों का भी कुछ हो। बाहर से जुड़ने की कोशिश गहरा गई है जब से राजनेताओं का असली रूप उजागर होने लगा है। सत्ता में कांग्रेस है—स्वतन्त्रता आन्दोलन के आदर्शोंवाली पार्टी, पर उसी के भीतर स्वार्थ की खुल्लमखुल्ला लड़ाई चल रही है। उसी चक्कर में स्वयं को गरीबों का हितैषी दिखाना, उसी दिखाने के लिए बैंकों का राष्ट्रीयकरण कर दिया जाना, वायदाखिलाफी कर राजाओं के प्रिवी पर्स छीन लेना...कुछ करने से ज्यादा महत्त्वपूर्ण हो गया दिखाना। राष्ट्रपति के चुनाव में अपनी पार्टी के ही उम्मीदवार को हराने के लिए अन्तरात्मा की आवाज पर वोट डालने की माँग की जाती है। अन्तरात्मा गांधीजी के समय कितना पवित्र शब्द था। उसका इस्तेमाल आज तुम स्वार्थ की दाँवपेंची के लिए कर रहे हो ! जैसे ये राजनेता देश की अन्तरात्मा को घोटने चल पड़े हैं। यह सब जो हो रहा है उससे लगता है कि एक नया मूल्य स्थापित किया जा रहा है, सत्ता पाने की राजनीति को जायज ठहराया जा रहा है। सत्ता अगर उस तरह नहीं आती जैसे जवाहरलालजी या शास्त्रीजी को मिली...तो उसे पाने के लिए दाँव-पेंच करो ! यह गन्दगी की शुरुआत है। इससे तो यह होगा कि राजनेताओं का मुख्य ध्येय वही हो जाएगा—किसी भी तरह कुर्सी पाना। कहाँ गांधीजी की राजनीति जिसमें सत्य का आग्रह था, कहाँ यह जिसमें झूठ को बजाया जाना है, उसे सत्य की तरह प्रस्तुत करना है। भीतर कुछ और महसूस करना है, बोलना कुछ और है। गांधी-नेहरू-पटेल-आजाद जनता के सामने सब कुछ खोलते हुए बोलते थे, जनता को राजदाँ बनाते हुए। उससे यह एकदम उलट। क्या अब आगे नेता जो बोलेंगे उस पर विश्वास करेंगे लोग ? कैसे ये लोग, बगैर दूर का सोचे हुए, अपनी ही विश्वसनीयता पर कुल्हाड़ी चला रहे हैं। जब देश के शीर्षस्थ नेता यह सब करने लगेंगे तो प्रजा के सामने क्या मिसाल होगी, लोग क्यों नहीं अवसरवादी बनेंगे... उनके एक-दूसरे से अपने रोज-रोज के व्यवहार में भी दाँवपेंची क्यों नहीं आएगी ?

कभी-कभी इतने सालों में एकाकी जीवन की उबास भी आकर सन्नी के तलुओं से आ चिपकती है। माँ जोगेश्वरी नहीं है अब, पर बनारस में उनकी चिड़चिड़ाहट के सामने फिर जा खड़े होने का मन करता है। भैया राधेलाल की शान्त मुद्रा जिसमें पिता का स्नेह और डाँट दोनों दिखाई देते थे, वह याद आती है। सन्नी को लगता है जीवन की गरमाहट वहीं है...आदमी आदमी के आन्तरिक सम्बन्धों में, सम्बन्धों की प्रगाढ़ता में। इसके बाहर जो है, वह सूखा है। शान्ति, तटस्थता...एक तरह का भागना है।

बड़ी-बड़ी बातें छलना है, भ्रम है। औरत क्या चीज है...कि एक उसके होने से ही अपरिचित शहर के एक जैसे कई मकानों में एक, जैसे कि यह मकान राजन को घर की प्रतीति देता है। स्त्री के होने मात्र से ही कुछ हो जाता है दीवारों को कि स्फुरण छलकता है...सन्नी जैसे थोड़ी देर के लिए आए हुए व्यक्ति को भी छूने लगता है। अगर सन्नी का भी विवाह हो गया होता...

सन्नी करीब-करीब उछलकर उठ बैठे, फौरन जाकर शीतल जल का स्पर्श मुँह को दिया। वाशबेसिन में मुँह धोया। अन्दर सब कुछ बन्द था—न कहीं राजन का पता था न बहू का। सन्नी ने चुपचाप अपना गेरुआ थैला हाथ में लिया और किवाड़ उढ़काकर बाहर निकल गए।

यहाँ से रास्ता कहाँ को जाता है ?

क्या ऐसा नहीं लगता कि बहुत रह लिए उपाध्यायजी के साथ ? उनके प्रवचन निरी भक्ति में लिपटे रहते हैं। इन लोगों को समाज-सेवा, राष्ट्र-सेवा की ओर उन्मुख नहीं किया जा सकता। इनका क्षेत्र सीमित है। सन्नी को बड़ा क्षेत्र नहीं चाहिए क्या ?

राजन जल्दी ही लौटकर आ गया लेकिन उतने में ही सन्नी चाचा गायब हो चुके थे। पहले तो झटका-सा लगा—क्या रम्मो ने उनसे भी कुछ उल्टा-सीधा कह दिया ? नहीं, और कुछ हो, वह इतनी असभ्य नहीं है। यह हो सकता है कि सन्नी चाचा ने कमरे के भीतर हुई उन दोनों की बातें सुन लीं।

इतने वर्षों बाद हाथ लगे थे सन्नी चाचा...राजन ने उन्हें यों ही चले जाने दिया। अपने यहाँ नहीं रख सकता था तो बनारस भिजवा सकता था...लेकिन वहाँ किसके लिए ? बड़ी अम्मा होतीं तो यही करता, पर अब वहाँ सन्नी चाचा की प्रतीक्षा कौन कर रहा था...सिर्फ घर का एक टुकड़ा ! अब अगर सन्नी चाचा वहाँ जाते भी हैं तो सिर्फ रहने की खातिर। क्या उतने-भर के लिए सन्नी लौटेंगे ? वे अपने को संकुचित करेंगे या और फैलाएँगे ? अच्छा लगा था देखकर कि राधेलालजी के परिवार का सबसे नाकारा सदस्य कितना व्यापक सोचने लगा है...यह जरूर है कि मेहनत करनी पड़ेगी चाचा को इसे बचाए रखने के लिए। रामायण-प्रवचन से जुड़ा रहना उन्हें धर्मान्ध बना सकता है, आचारी-विचारी, पाखंडी बना सकता है।

जहाँ प्रवचन हुआ था दौड़कर वहाँ पहुँचना, उपाध्यायजी के आवास का पता लगाना, सन्नी चाचा को फिर ढूँढ़ निकालना, यह इच्छा तत्काल उठी, पर उतनी ही तेजी से बैठ गई। राजन को उल्टे मुक्ति का अहसास हुआ—कहने को तो वह कह गया था कि सन्नी चाचा उसके साथ रहें पर रम्मो के रुख को देखते हुए क्या यह सम्भव था ? क्या एक-न-एक दिन चाचा को तंग आकर या अपमानित होकर नहीं जाना पड़ता ? सन्नी चाचा के साथ वैसे होने का जैसे वे बनारस में थे...इसके लिए राजन का मन कितना ही किया करे...समय को ढकेलकर पीछे नहीं ले जाया जा सकता। राजन ही कहाँ से कहाँ आ गया, इसी तरह सन्नी चाचा कहाँ से कहाँ पहुँच गए। अब तो अगर

वे अपनी इच्छा से भी जाकर बनारसवाले घर में रहने लगें तो मुश्किल होगी।

दिखाने के लिए राजन ने जरूर रम्मो से पूछा लिया—"चाचा कब गए, तुमने कुछ कहा तो नहीं !" पता चला कि ऐसा कुछ नहीं हुआ था। रम्मो अपने कमरे से जब बाहर निकली तो ड्राइंगरूम में जहाँ चाचा आराम कर रहे थे, वहाँ कोई नहीं था।

"बिन बताए निकल जाना सन्नी चाचा की पुरानी आदत है।" कहकर राजन ने प्रसंग समाप्त किया। उसका मन जरूर सन्नी चाचा का पीछा काफी देर तक करता रहा...कैसा रहा इस व्यक्ति का जीवन—भटकना, खो जाना। कभी कहीं आ भी निकले...तो फिर भटकाव में स्वयं को डाल देना। किसी को एक जगह स्थिर रहने की लत होती है, जैसे अपने घनश्याम चाचा। घर के जिस हिस्से में रहते थे वही उन्हें मिल गया—यही जीवन की बड़ी सफलता मानते हैं। वैसे ही सन्नी चाचा को भटकने की लत है। दो सगे भाइयों के ऐसे विपरीत स्वभाव ! क्या मिलता है सन्नी चाचा को भटकने में ! पर एक जगह रहकर ही क्या मिल जाता है ! यह बिलकुल दिखता है कि सन्नी चाचा का दायरा बड़ा हो गया है, उनका ज्ञान भी बड़ा है, जबकि घनश्याम चाचा लद्धड़ के लद्धड़ ही रह गए। बाँके चाचा अपनी छोटी-छोटी कुटिलताओं में ही खदबदाते रहते हैं, जैसे कीचड़ का कीड़ा, जबकि सन्नी चाचा के पास होने में ऐसा लगता है जैसे आप बहते और साफ पानी के पास बैठे हों।

सन्नी चाचा के बहने को नहीं रोकना चाहिए। अच्छा यही है कि ऐसे ही फिर कभी मिलना हो तो पास बैठ लिया जाए...और बस ! उतने कम समय के लिए ही सन्नी चाचा के साथ होने से कोई प्यास-सी राजन के भीतर कुनकुनाने लगी थी।

5

मोहन बचपन से ही शान्त, जिम्मेदार और सच्चाई-पसन्द था। चौड़ा माथा, दबी हुई नाक और लिसलिस होंठ...उनकी तीन मुख्य चीजों को लक्षित करते थे। चौड़े माथे से ज्ञानवान, सोचने-समझनेवाला...तो अपने भाई-बहनों में वह सबसे ज्यादा मेधावी था। दबी हुई नाक—तो अहंकार छू तक नहीं गया था, कहीं भी अपने को आगे बढ़ाकर नहीं रखना, हमेशा थोड़ा पीछे, तटस्थ। लिसलिस होंठ, हमेशा चिकने...जैसे स्नेह भीतर बराबर रिसता रहता, जबान से निकल पाए या नहीं, मुँह तक आकर होंठों को जरूर लिबलिब कर जाता। प्रकृति का विधान कहीं-कहीं बहुत ही न्यायपूर्ण होता है तो मोहन को ओमी, करीब-करीब अपने जैसी ही पत्नी मिली। यह भी हो सकता है कि मोहन इतना स्नेहिल था कि उसने ओमी को करीब-करीब अपनी ही शैली में ढाल लिया। फिर भी ओमी मोहन की जूनियर मॉडल ही बन पाई। वह मेधावी नहीं थी, मोहन इतना जरूर कर सका कि उसमें अच्छी-अच्छी चीजें पढ़ने की लगन पैदा कर दे। वह स्वयं दफ्तर की लाइब्रेरी से किताबें ला-लाकर पत्नी को देता। ओमी मोहन जितना निरहंकारी नहीं हो पाती थी कि दूसरों के सामने खुद को करीब-करीब नकार दे। उसमें खुद्दारी थी,

अपनी और अपने पति की अच्छी चीजों को लेकर हल्का गर्व था और जो कुछ वह दूसरों के लिए करती, उसे उस तरह नहीं भूल पाती थी जैसे कि मोहन कर लेता था। सत्य में आस्था दोनों की ही थी...इसलिए जीवन में सादगी अपनाने में मोहन का साथ ओमी ने हमेशा दिया। घर में अनाप-शनाप चीजें लाने-भरने की लत, रईस बनने-दिखाने में आसपास के लोगों से होड़...ऐसी चीजें जो राजन के यहाँ रम्मो के आने पर आ गईं, वे मोहन के घर में घुस ही नहीं पाईं। अब दो सगे भाइयों जो एक ही तरह के पदों पर थे...उनके घर अलग-अलग संसार जैसे दिखते—मोहन का एकदम सादा, राजन का चमक-दमक-भरा। एक के यहाँ मुख्य रंग वैराग्य का, दूसरे के यहाँ भोग का। देखनेवाले को ताज्जुब हो सकता था कि ये दो सगे भाइयों के घर हैं जो एक ही परिवार, एक ही तरह के वातावरण में बड़े हुए। यही नहीं, राजन मोहन की छत्रछाया में पाँच-छह साल रहा और इस तरह उसे मोहन के प्रभाव को आत्मसात् करने का मौका भी मिला। शायद ऐसा इसलिए हुआ कि रम्मो का व्यक्तित्व अपने प्रभाव में बहा ले जानेवाला था...और पति पर तो वह अपने अलावा किसी दूसरे का अधिकार, छाया का प्रभाव तक नहीं देख सकती थी। राजन में अपने बड़े भाई जैसे जीवन के लिए ललक दिखाई दी, तो उसने उसे वहीं कुचलकर रख दिया, क्योंकि वह ललक राजन पर किसी दूसरे की छाया होने का संकेत देती थी। राजन को जहाँ सादगी की तरफ बढ़ते देखा कि रम्मो झपट पड़ती—"क्या यह बुढ़ौती सूरत अभी से बना ली है, उठिए..." या कि "क्या ये साधुओंवाली ड्रैस पहन रखी है।" वह स्वयं किसी बड़े स्टोर में जाकर राजन के लिए नई से नई फैशन के, रंग-बिरंगे कपड़े छाँटकर लाती—"अगर अच्छी ड्रेस से हम अधिक सुन्दर, अधिक चुस्त, नौजवान और इस तरह दूसरों को अच्छे दिख सकते हैं तो क्यों नहीं ? मुझे नहीं बूढ़ा होना, और न ही तुम्हें होने देना है..." वह बराबर राजन से कहती।

अगर रम्मो बरसात की नदी की तरह तेज, भड़-भड़ और बहा ले जानेवाली थी तो ओमी जाड़े में बहती शान्त धारा, जो स्वयं बहती है, बहाती नहीं, हाँ इतनी स्थिर भी नहीं कि कोई पैर डाले और अपने पैर को हिलने-डुलने का अहसास भी न दे।

ओमी को अपने ससुराल से बड़ा लगाव था। बड़े घर की बड़ी बहू होने का नाज, सबके लिए श्रद्धा या स्नेह, बड़े की जिम्मेदारी निबाहने का उत्साह...यह सब उसमें शुरू से ही था, लेकिन राजन के विवाह से वह बेहद आहत हुई। तकलीफ की बात यह थी कि उसके पति और उसने राजन-श्याम के लिए आगे बढ़-बढ़कर इतना किया और उन्हें राजन के विवाह के मामले में हाशिए पर रखा गया। कैसे भी मामले हों...अम्मा बनारस में भी कभी बाँके चाचा, कभी घनश्याम चाचा से पूछताछ कर तय कर लेती हैं, जबकि वे लोग क्या थे—यह वे देख चुकी थीं। अम्मा का कहना था कि मुंशीजी के बाद घर में बड़े घनश्याम हैं, फिर बाँके हैं। वे चाहे जैसे हों...उनकी पहले चलेगी। अलग चूल्हे, अलग घर हो जाने के बाद भी जैसे वे सम्मिलित परिवारवाले समय में ही रह रही थीं। मोहन उनके लड़के-बच्चों में बड़ा हो, लेकिन परिवार में तो बड़े देवर ही थे। ओमी इसका

विरोध करती थी। वह बार-बार मोहन को सुनाती कि जहाँ पढ़ाने-लिखाने, खर्च करने की बात होती है, वहाँ मोहन-ओमी हैं...जब शादी करने की बात आई तो अम्मा चुपचाप घनश्याम चाचा के साथ जाकर तय कर आईं। हमसे पूछने की जरूरत नहीं, उल्टे हमारी जो राय गई, उसे विचार करने लायक भी नहीं समझा गया। ओमी का कहना था कि अम्मा घनश्याम और बाँके चाचा की गिरफ्त में हैं, वे लोग उन्हें बुद्धू बनाते हैं।

पत्नी के बार-बार कहने का असर मोहन पर कुछ हुआ। इसलिए श्याम के विवाह की पहल मोहन ने की। अम्मा को पहले से लिख दिया कि एक विवाह वे अपनी मर्जी का कर चुकी हैं, दूसरा और अन्तिम जो है वह मोहन की पसन्द से होगा और विवाह भी बनारस से नहीं, मोहन के घर से किया जाएगा। शान्ति आसानी से तो नहीं, पर आखिर मान गईं। राजन के विवाह में इन्तजाम को लेकर थोड़े जो कटु अनुभव हुए थे, वे उन्हें याद थे। मोहन और राजन यहाँ कुछ कर नहीं सकते क्योंकि उनकी जान-पहचान अब यहाँ नहीं उन शहरों में है जहाँ वे रहते हैं। घनश्याम जिम्मेदार नहीं हैं और बाँके रुपए-पैसे के मामले में बिना चूके गड़बड़ी करते हैं...कुछ कराओ, वे अपना कमीशन निकाल लेंगे। समधी मनोरहलालजी थे, लेकिन उन्हें अपने ही ऐशो-आराम से फुर्सत नहीं...उन्हें किसी शादी-ब्याह में आगे होते नहीं देखा गया। इसलिए क्यों झंझट में पड़ा जाए। सँभाले मोहन...

एक बार काम हाथ में लिया तो मोहन के भीतर भी परिवार के मुखिया होने की खुनक लहरें मारने लगीं। उसने आगे बढ़कर घर-परिवार तय किया, पति-पत्नी दोनों जाकर लड़की देख आए, फिर श्याम और लड़की की भी अलग से मुलाकात करा दी ताकि दोनों एक-दूसरे को जान-समझ लें। आखिर में अम्मा को खबर भेज दी। अम्मा की सहमति आते ही रिश्ता पक्का कर दिया। विवाह के सारे इन्तजाम भी पति-पत्नी ने किए, मोहन ने बाहर के, ओमी ने भीतर के। सम्बन्धी आए...पर उतने नहीं जितने बनारस में आते। बनारस के परिचित मित्र, मुंशीजी के चचेरे भाइयों के लड़के जो वहीं के वहीं शामिल हो लेते अगर विवाह बनारस से होता...उनमें से कोई नहीं आया। यहाँ तक कि घनश्याम और बाँके नहीं आए—दोनों ने अपने-अपने लड़के भेज दिए थे बारात के लिए। शान्ति को अफसोस होता रहा—आखिरी ब्याह था, पुश्तैनी घर से होता तो अच्छा रहता। यहाँ मोहन के परिचित और दोस्त थे, पैंट-कमीजवालों से भीड़ तो जुट गई पर रंग फीका ही रहा। सब कुछ छोटा-छोटा लगता रहा। मोहन ने दो फ्लैट किराए पर ले लिए थे...मेहमान इधर-उधर बिखरे हुए थे, बनारस का घर होता तो सब इकट्ठा रहते, लगता कि ब्याह हो रहा है।

नई बहू आ चुकी थी, मुँह-दिखाई भी हो गई थी। बाहर के जो दो-चार रिश्तेदार आए थे, वे लौट चुके थे, सिर्फ घर-घर के रह गए थे। तख्त और आसपास कुर्सियों पर निश्चिन्त बैठी औरतें शाम की चाय पी रही थीं—शान्ति, ओमी, रम्मो और राजन की बहन रश्मि। हल्की-फुल्की बातें चल रही थीं।

"मुँह-दिखाई में वह जो भैया के दोस्त की बीवी आई थी...क्या नाम था भाभी उसका...हाँ, मिसेस चोपरा...वह तो ऐसे देख के रह गई थी नई भाभी को कि मुझे लगा हाय न लग जाए..." रश्मि कह रही थी।

"ब्याह भले मन का न हो पाया हो"—शान्ति ने कहा—"पर लड़की बढ़िया आ गई घर में, इसमें दो राय नहीं।"

"अम्माजी, तो आप मान गईं न कि आपसे अच्छी पसन्द है हमारी ?"

ओमी के मुँह से निकल गया, तभी वह खुद चौंक गई अपने कहे पर। रम्मो पीछे ही बैठी थी, जबकि ओमी का वह आशय कतई नहीं था। फौरन ही उसने बात साफ करने की कोशिश की—"हमें श्याम भैया की पसन्द का बराबर ख्याल था। आपसे छोटे हैं न इसलिए हम उनकी पसन्द ज्यादा अच्छे से समझ सकते थे।"

लाग-लपेट जमाने की कोशिश की ओमी ने, मगर तीर छूट चुका था, भले ही अनजाने। रम्मो में अपने साँवले रंग और थोड़ा नाटे कद को लेकर कुंठा थी, वरना नई बहू तो ओमी से भी ज्यादा सुन्दर थी, तो आशय वह भी हो सकता था। ओमी को भी तो शान्ति ने ही देखा था, आदमियों में घनश्याम गए थे।

उस समय तो रम्मो एकाएक गम्भीर हो गई। आगे की बातचीत भी थोड़ा उखड़ी-उखड़ी चली उस वजह से, पर जल्दी ही ऐसा लगा जैसे रम्मो ने उस बात को मन से झाड़ दिया था। वह हँसी-ठट्ठा में फिर से हिस्सा लेने लगी। किसी को बहुत अचम्भा नहीं हुआ क्योंकि अपने रंग और नाटे कद पर रम्मो अक्सर खुद भी हँसा करती थी...लेकिन अपना मजाक खुद बनाना एक बात थी और ओमी के मुँह से उसे सुनना एकदम फर्क की बात थी, तब और भी जब रम्मो देखने में ओमी से उन्नीस थी।

"सब काम मॉडर्न-मॉडर्न हुआ ब्याह में तो श्याम भैया और बहू रानी को हनीमून के लिए कश्मीर भी भिजवा देना चाहिए।" मौका पाकर रम्मो ने पैंतरा सँभाला, जिससे लगा कि दरअसल थोड़ी देर पहले की बात वह भूली नहीं थी।"

रम्मो के स्वर में हल्का व्यंग्य था जिसे झेल न पाई ओमी, पलटकर फौरन जवाब दिया—"तो भिजवाओ, तुम्हारी हैसियत कम नहीं है।"

"हाँ, हैसियत बिलकुल है। दो लोगों को क्या...हम चाहें तो घर के घर को कश्मीर घुमवा दें, पर जो इतनी बढ़िया बहू ढूँढ़कर लाए, जिन्होंने इतना बढ़िया ब्याह किया, तो हनीमून भेजने का सेहरा भी उन्हीं के सिर पर होना चाहिए।"

रम्मो के और पैने पड़ते व्यंग्यात्मक लहजे से ओमी भड़क गई और थोड़ा तैश में आ गई—जो उसके साथ अमूमन नहीं होता था। बोली—"खूब सेहरा बाँधे हैं हमने। हमारी बराबरी कोई क्या करेगा ! श्याम का ब्याह ही नहीं किया, उसे पढ़ाया भी है। किसी को तो बना-बनाया अफसर मिल गया गुलछर्रे उड़ाने को, यह नहीं जानते कि उसे अफसर बनाया किसने...क्या-क्या करना पड़ता है, तब जाकर कहीं अफसर बनता है। ऐसे ही नहीं बन जाता। खूब किया है हमने !"

"बस करिए..." रम्मो अब सीधे-सीधे मैदान में आ गई—"जब से मेरा ब्याह

हुआ, यही सुनती आ रही हूँ—हमने इतना किया है, इतना किया है ! किया है तो लगा लीजिए हिसाब, और बताइए मुझे। एक-एक रुपया गिनकर ले लीजिए...और फाँसी दीजिएगा क्या !''

''बस करो बहू, जेठानी से ऐसे नहीं बोलते !'' शान्ति ने बीच में आने की कोशिश की।

''नहीं अम्मा, आज इसका फैसला हो ही जाना चाहिए। मेरे कान पक गए सुनते-सुनते। बताइए कितना खर्चा किया है आपने मेरे पति पर...मैं एक-एक पाई चुकाऊँगी।'' रम्मो कुर्सी पर उँगली ठोक-ठोककर कह रही थी।

ओमी के आँसू झर-झर बह निकले। रम्मो हिसाब माँगती है...रुपयों में ! क्या रुपए ही खर्च किए उसने...दोनों देवरों को सालों साल जो अपने हाथ से बना-बनाकर खिलाया, अपने बच्चों की तरह रखा, जो स्नेह उन्हें दिया, अपने जीवन के जो वर्ष उन्हें दे डाले...इस सबका हिसाब हो सकता है क्या ?

रोती हुई ओमी भीतर चली गई...जो करता है उसी का अपमान क्यों होता है, वह भी उस समय जब छोटे भाई का ब्याह अपनी हैसियत से ऊपर का करके उठे हैं। मोहन ने अपने सिद्धान्तों के अनुसार एक रुपया दहेज में नहीं लिया, खर्चा जितना लड़कीवाले का उतना ही लड़केवाले का—यह रहा। इसके बाद भी ब्याह के मौके पर ही उसी के घर जिसने किया—यह सब कहना सुनना ! ताना देने का अधिकार उन्हें ही क्यों होता है जो किसी के लिए कुछ नहीं करते, स्वार्थी हैं, नाकारा हैं ?

उधर रम्मो बरामदे से सुनाए चली जा रही थी। कितने सालों की भड़ास निकल रही थी। आज उसे मौका मिला था तो ननद, सास...कोई भी मना करे, वह रुकनेवाली नहीं थी...

''अफसर से ब्याहा, अफसर से ब्याहा...तो हमारा घर भी कोई कंगालों का नहीं था। क्या नहीं है हमारे यहाँ ! सब इसी को लेकर जलते हैं कि मेरे घर में यह है, वह है। अरे तो तुम अपने घर में ले आओ, तुम्हारा हाथ क्या पकड़ रखा है किसी ने ! अपने-अपने शौक की बात है। मेरे लिए तो ये चीजें भी कोई ऐसी नहीं, जो अपने पिता के घर न देखी हों। कोई पहली बार नहीं देख रही हूँ...''

राजन ने सुना तो हक्का-बक्का रह गया। पहले तो सीधे जाकर उसने अपना सिर भाभी के पैरों पर रख दिया। माँ से भी ज्यादा स्नेह जिस महिला से मिला था, उसका ही अपमान, उसकी तरफ से हो गया...

''भाभी...'' राजन का गला अवरुद्ध था, आँखें छलछलाती हुई—''पत्नी की बदतमीजी की जिम्मेदारी पति पर क्यों होनी चाहिए ? पर लगता है जो उसे करना चाहिए, वह मुझे करना पड़ेगा...तो माफी माँगता हूँ, यह जानते हुए कि माफी दी जाने लायक बात नहीं है यह। फिर भी आप, भैया...मेरे माँ-बाप हैं तो माफ कर सकते हैं !''

''राजन भैया ! तुमसे क्या शिकायत हो सकती है ! हमारा भाग्य ही ऐसा है। कोई यश कभी नहीं माँगा, लेकिन अपयश लोग मौका ताक-ताक कर देते हैं !''

कहा जो भी हो ओमी ने लेकिन भीतर-भीतर शिकायत राजन से थी, वह स्नेह से विवाह को मचल बैठता, अड़ जाता...नाटक अब करने से क्या, उस समय करता। कहता बड़ा-बड़ा रहता है, भाभी माँ है, यह है, वह है...पर आज तक किया कुछ उसके लिए ! कोई और होता तो बीवी की धुनाई करके रख देता !

लेकिन राजन...पत्नी से वैसा व्यवहार तो बहुत दूर, उससे कुछ कहने का फायदा नहीं देखता था। रम्मो को दूसरों से ज्यादा अच्छी तरह जानता था वह। भरा हुआ था इसलिए रहा भी न गया—

"बड़े घर में लोगों के आपस में सम्बन्ध क्या और कैसे होते हैं—यह तुम नहीं जानतीं रम्मो ! तुम्हें क्या दोष दूँ। तुम समझ ही नहीं सकतीं कि भाभी कैसे माँ हो सकती है। इसलिए उनके साथ कैसा व्यवहार करना चाहिए—यह भी तुम कैसे जानो ! न शायद सीखना चाहोगी। तो जो किया जा सकता है वह यह कि जिन लोगों के बीच उठने-बैठने के लायक तुम नहीं हो, उन्हें तुमसे दूर ही रखा जाए। मुझे उन्हें इस तरह अपमानित कराने का कोई अधिकार नहीं है। तैयारी कर लो...हम अगली ट्रेन से जाएँगे।"

"मैं भी यहाँ एक पल नहीं रहना चाहती। ये...जिनके बड़े होने का तुम गुण गाते रहते हो, ये कितने छोटे हैं यह तुम नहीं जानते। ये ही इस लायक नहीं हैं कि मैं इनके पीछे उठूँ-बैठूँ।"

रम्मो से बहस बेकार थी। ब्याह जैसे खुशी के मौके पर गए थे और इस तरह लौटना पड़ा...खुद दुखी होकर और सबको दुखी छोड़कर। एक बार राजन ने सोचा भी कि स्थिति को सामान्य होने दिया जाए, फिर वापस जाए, लेकिन वह सम्भावना कम थी। उल्टे यह डर ज्यादा था कि रम्मो पहले से भी ज्यादा जली-भुनी उगले। रोक एक बार हट चुकी थी, तो अब तो उसके मुँह से कुछ भी निकलता चला आ सकता था। अगली बार ऐसा भी हो सकता था कि राजन लाख भाभी या अम्मा के चरणों पर सिर रखे, रम्मो कोई ऐसा घाव कर दे जो भरा ही न जा सके।

बनारस के घर के हिस्से कैसे बने...राजन ने यह नहीं देखा, लेकिन उनके अपने परिवार में दरारें पड़ते अपनी आँखों से देख रहा था। ऐसी ही दरार तो थोड़ा चौड़ाकर बँटवारा बन जाती है—इधर हम, उधर तुम। रम्मो को ही कैसे दोष दिया जाए। यह भी कहा जा सकता है कि भैया और भाभी का राजन के प्रति प्रेम वहाँ तक नहीं पहुँच सका जहाँ रम्मो खड़ी थी। उस प्रेम से रम्मो अछूती रह गई थी।

पास के लोगों तक ही पहुँचता है हमारा प्रेम, दूर तक नहीं पहुँच पाता...

इसलिए फिर पास के लोगों के लिए भी, बीच कहीं आकर सूखने लगता है वह।

कुछ मेहमान खिन्न होकर गए...लड़के के ब्याह में आए थे और यहाँ कोई पूछनेवाला नहीं ! मतलब जैसा पूछा जाना वे चाहते थे। मुँह बनाकर रम्मो चली गई, पीछे-पीछे राजन। अम्मा को असन्तोष बना रहा। श्याम को भी विवाह को लेकर जो आकांक्षाएँ

थीं, वे सबकी सब पूरी नहीं हुईं...

आखिरी लेखा-जोखा था यह जो बहुत आनन्दायक नहीं निकला मोहन के लिए। उसने बाबूजी की जगह लेने की कोशिश की—वैसे ही आगे होना, वैसे ही जिम्मेदारी अँगोटना। मुंशीजी के सब गुण भी थे उसमें...कुछ उनसे ज्यादा भी, लेकिन यहाँ बनारसवाला वह घर नहीं था, वह समय भी नहीं था...या कौन जाने मन-मुटव्वल जो अब था, वह पहले भी रहता, मोहन वगैरह छोटे थे इसलिए दिखता न हो। एक बात निर्विवाद थी—बनारस का वह घर और मुंशी राधेलाल...वहाँ कुछ भी होता था अपनी तरह की एक भव्यता तो होती थी उसमें। मोहन ने इतना किया पर सब कुछ मामूली ही बन गया।

बड़े घर का बड़ा मुखिया—यह भूमिका निबाहने का शौक मोहन को नहीं पालना चाहिए। समय उसे छोटा कर चुका है।

6

राजन की बदली कानपुर से नागपुर को हो गई थी।

फिर वही शहर जहाँ बनारस का बड़ा घर छोड़, राजन एक छोटे-से फ्लैट में आया था, जहाँ भैया-भाभी के स्नेह की गहराई ने बनारस का घर, यहाँ तक कि अम्मा को छोड़ने का दुख भी कभी महसूस नहीं होने दिया। जितने छोटे या बड़े फ्लैट में मोहन भैया, भाभी, राजन, श्याम, कभी-कभी स्नेह भी आराम से रह लेते थे, उसमें अब राजन, रम्मो और उनके तीन बच्चे थे—दो लड़के, एक लड़की—जगह कम पड़ती थी। नए फ्लैट को फट-फट करीने से सजाकर खूबसूरत बना लेने की कला रम्मो में थी। राजन को पत्नी का यह शौक अच्छा लगा था और रम्मो के मन का करने की शुरुआत यहीं से हुई थी—घर की सजावट के लिए जो रम्मो कहे, वह ले आना, कहीं से लाना। नागपुर तक आते-आते व्यावहारिकता का भी तकाजा हो गया कि बनारस या बनारस के लोगों के बारे में बहुत सोचा न जाए। कोई तो नहीं था आसपास। मोहन भैया पटना थे, रश्मि अपने ससुराल में सुखी थी, श्याम भी नौकरी में लग चुका था, कलकत्ते में क्लर्क था। अम्मा बनारस में ही रहने का तय किए हुए थीं...बाकी और कौन था, जिसकी खातिर सामने जो जिन्दगी रम्मो लिए खड़ी थी उसकी उपेक्षा की जाए। तो उस दुनिया में ही रमा जाए जो रम्मो उसके लिए रचा रही थी। रम्मो साँवले रंग की भले सही, उसके चेहरे पर नमक था, बच्चे हो जाने के बाद वह और आकर्षक हो आई थी—भरा-भरा शरीर, बड़ी-बड़ी आँखें जो देखतीं तो सामनेवाले को पूरा-का-पूरा समेट लेतीं, जरा में ही तरल हो जातीं और तब और भी खूबसूरत लगतीं। अच्छे-से-अच्छे कपड़े पहनना, गहने पहनना, कार चलाना, कार तक सजाकर रखना, दावतों में जाना, लोगों को बुलाना... एक नहीं कई शौक थे उसे। जिस समय घर में मुलाकाती आए हों, तो सामने सोफे पर बढ़िया कपड़ों-गहनों में सजी बैठी रम्मो सचमुच पटरानी लगती—वैसा ही

सजाव-शृंगार, समृद्धि का वैसा ही हल्का-सा दर्प, और वही उदारता भी। ऐसे में वह हल्का-सा तनकर बैठती, वैसे बैठे हुए आगे-पीछे थोड़ा झूलती थी...खुश-खुश। उस मूड में उसे दान करने...कुछ दे डालने में खास मजा आता था। रम्मो को संगीत का भी शौक था और राजन के घर संगीत की छोटी-छोटी महफिलें जमने लगी थीं। तब वही रम्मो अलग तरह की हो जाती। दौड़-दौड़कर वह न केवल मेहमानों की एक-एक सुविधा का ख्याल रखती, बैठकर रसज्ञ की तरह संगीत की लहरियों में भी झूमती। इस मामले में राजन रम्मो का सचमुच अनुगृहीत था कि संगीत की जो थोड़ी-सी समझ उसे बनारस के घर की महफिलों से मिली थी, उसे रम्मो की वजह से विकास मिल रहा था। संगीत की उन छोटी महफिलों में उभरते हुए गायक और संगीतज्ञ निहायत अनौपचारिक वातावरण में रियाज करते, श्रोताओं के सामने प्रस्तुत होने का अभ्यास भी करते जाते। कभी-कभी कोई बड़ा गजल गायक भी आ जाता तो उसके लिए वह महफिल गजल और मिलने-जुलने का सिलसिला एक साथ पैदा कर देती—राजन के यहाँ आना, खाना-पीना, मिलना-जुलना...सब एक साथ। उम्दा प्रोग्रामों के कैसेट तैयार कराए जाते। जल्दी ही राजन के घर पर कैसेटों का एक अच्छा संग्रह हो गया था। संगीत की उन महफिलों में शहर के सभी लोग आमन्त्रित होना चाहते। राजन-रम्मो का जोड़ा नागपुर में जल्दी ही खासा लोकप्रिय हो गया था।

राजन सोचता था कि रम्मो की कुछ कमियों जिसमें मुख्य थे—राजन के परिवार को लेकर उसकी कर्कशता, कभी-कभी कड़ुवा हो जाना...इन्हें दरकिनार किया जाना चाहिए। कमियाँ तो सभी में होती हैं, लेकिन जो जीवन्तता रम्मो में है, जिस तरह वह राजन के जीने के दायरे को बड़ा कर रही है...इस पर ही नजर क्यों न रखी जाए। प्रतिरोध का रास्ता रोज-रोज झगड़ों की तरफ ले जाता था—जिसकी सलाह कोई अक्लमन्द नहीं देगा। तो क्यों न चुपचाप उधर चलो जिधर रम्मो ले जाती है। उसकी गलती क्या है, क्या इसे गलती कहा जा सकता है कि वह परिवार का मतलब राजन, वह खुद और अपने बच्चे...बस इन्हीं से लगाती है ? वक्त में परिवर्तन हो गया था। कहा जाए तो पाँच आँगनों वाला घर अब भी था, पर अब जो पाँच आँगन थे वे थे—राजन, रम्मो, बंटू, बिट्टो और छोटू। अगर रम्मो अपने समय की तरह सोचती है तो क्या गलत करती है। वह जो करती है, राजन की खुशी का सोचकर ही तो करती है।

राजन ने यह भी देखा कि रम्मो के भीतर आत्मीयता और स्नेह भी खूब थे। शुरू के उसके अनुभव ऐसे नहीं थे। रम्मो ने घर के लोगों से एक-एक करके स्वयं को काट लिया था, भैया-भाभी से भी दुराव पैदा कर लिया—सब इसलिए कि उसे पति पर एकछत्र राज्य चाहिए था। राजन सोचने लगा था कि उसका प्रेम पति से ही शुरू होता है और वहीं समाप्त हो जाता है...बच्चों की बात दीगर थी, हालाँकि बात वहाँ भी वही थी—ये मेरा, ये अपना ! ऐसा लगता था कि इनके अलावा उसके यहाँ प्रेम के कोई और मायने नहीं थे...लेकिन नागपुर पहुँचकर दिखाई दिया कि रम्मो बाहर के लिए भी बेहद आत्मीया हो सकती थी। राजन के यहाँ वे लड़के-लड़कियाँ भी आते जिनकी नई-नई नौकरी लगी

थी और जो ट्रेनिंग के लिए नागपुर में थे। उन पर रम्मो ऐसा लाड़ बरसाती कि देखते-देखते वे घर का सदस्य बन जाते। किसी को रुपए-पैसे की तकलीफ हो तो रम्मो इन्तजाम कर दे, राजन को खबर भी नहीं। कोई बीमार हो तो रम्मो घर में पाड़ ले। खाना खाए बिना तो कोई जा ही नहीं सकता था। एक-दो की शादियाँ भी रम्मो ने करवाईं। एक बार तो राजन की नामौजूदगी में रात दो बजे गाड़ी चलाकर रम्मो नगर के दूसरे छोर पर गई और एक को अस्पताल भर्ती कराकर आई...अकेले। मेहमान-नवाजी में उसका मुकाबला नहीं था—चाहे कोई थोड़ी देर के लिए आए, या कुछ दिनों रहने के लिए आए। शायद अब वह आश्वस्त थी कि उनका गृहस्थ-जीवन सुखी और सुरक्षित है तो वह बाहर भी तत्परता से उड़ेलने को प्रस्तुत हो आई थी। वही रम्मो जो सन्नी को घर में देख भड़क उठी थी, राजन के सगों से कन्नी काटती थी...वही कहाँ-कहाँ के लोगों को देखते-देखते सगा बना लेती। ये लोग उसकी अपनी खोज थे...शायद यह बात उसके अहं को तृप्ति देती थी।

अजनबियों के साथ रम्मो की तत्परता देख राजन कभी-कभी सेचता कि, रम्मो का नाम 'माया' होना चाहिए था। कैसी माया उड़ेलती है वह सामनेवाले पर, कि उसे किसी भी स्तर तक बाँध ले, चाहे तो हमेशा-हमेशा के लिए। विवाहिता की मर्यादा का जरूर उसे पूरा ध्यान था। इसलिए उसके आत्मीय सम्बन्ध वही रंग लिये बनते। जो छोटे हुए वे देवर या बेटे हो गए, उम्र में बड़े हुए तो जेठ बन गए। कोई उसके घर की तरफ के हुए तो भैया-भाभी हो गए। उन सम्बन्धों के दस्तूर भी रम्मो बखूबी निबाहती—जैसे जेठ हैं तो पैर छूना, भैया हैं तो टीका करना, देवर हैं तो होली खेलना, मजाक करना। उन दिनों जो भी उनके सम्पर्क में आया, आत्मीय हो गया...भावनात्मकता का ऐसा उबाल था। शायद इसका भी सम्बन्ध रम्मो के भीतर छिपी बैठी जबर्दस्त जीवितेष्णा से था—वह लबालब जीना चाहती थी, रहो तो ठाट से, कपड़े-गहने पहनो तो एकदम लकलक, घर हो तो ऐसा कि हर पल आगन्तुकों से गुंजायमान, चहकता हुआ...रोने-धोने का समय भी कहाँ है जीवन में !

और इसी जीवितेष्णा के शास्त्र में यह भी था कि जो कुछ भी कहीं दिखा और रम्मो को भा गया, उसे अपने घर होना चाहिए। जो दूसरे के घर पर है, वह अपने यहाँ भी क्यों नहीं है ? रम्मो एक पर एक चीज की माँग करती और राजन माँगों को पूरा करता चला जाता। अब एक रम्मो अपने पूरे सौन्दर्य, पूरे रस और पूरी माया से राजन पर छा चुकी थी...इसलिए रम्मो के मुँह से बात निकली नहीं कि मिनमिनाते या भनभनाते हुए राजन उसे पूरा करने में लग जाता। तनख्वाह में वह सब कहाँ हो सकता था तो रम्मो ने वे नुस्खे भी बताना शुरू कर दिए जो उसने मायके में सीखे थे...वे पैंतरे जिन्हें मुंसिफ और जज लोग रम्मो के पिता मनोहरलालजी पर इस्तेमाल करते थे। बनारसिया राजन तो दरअसल खुद फकीर-मिजाज था, पत्नी को खुश करने के लिए उसके मन की करने की पूरी कोशिश करता। रम्मो सब कुछ जानना चाहती—फलाँ आदमी कौन है और वह किसलिए आया ? उसका क्या काम है, कब तक हो जाना

है ? उसका कितने का फायदा हो जानेवाला है ? जो स्वयं बी.ए. भी पास नहीं कर पाई थी, वह अफसर बन बैठी। दफ्तर के बारे में एक-एक चीज जान लेती—कौन राजन के मातहत, कौन उसके सहकर्मी और कौन उसके अफसर हैं। कौन-सा एरिया उसके कार्यक्षेत्र में आता है, उस एरिया में कौन बड़े-बड़े रईस हैं। उनमें से कितनों से रम्मो अपने आप ही मिल लेती, राजन से पूछे बिना कितनों को काम थमा देती। काम करने के हिसाब से ही—रईसों के बारे में उसकी राय बनती जिसे वह राजन की राय बनाने की पूरी कोशिश करती। ऐसा तो नहीं कि राजन को पता न चलता था, लेकिन वह टाल जाता...क्या हुआ अगर रम्मो ने कोई छोटी-मोटी चीज किसी से मँगवा ली, इन रईसों को क्या फर्क पड़ता है, पीढ़ियों से यही काम करते आए हैं—अफसरों को खुश रखना। लेकिन कभी-कभी यह सोचकर डर जाता कि रम्मो का क्या भरोसा...वह किस सीमा तक बढ़ती चली जाए। इसलिए उसे इस रास्ते से दूर ले जाने की छोटी-मोटी कोशिश भी करता था। कभी मोहन का जिक्र उठाता, संजीदगी से कहता—“देखो, वे भी इसी पद पर हैं, सीनियर हैं। कितनी सादगी से रहते हैं और सुखी भी हैं।” रम्मो उनका मजाक उड़ाने लगती—“पोंगा ब्राह्मण पैदा होना था उन्हें, बनारस में पंडताई करनी थी। आदमी अफसर बनता किसलिए है ! हमें बुद्धुओं की नकल नहीं करनी। देखना हो तो चोपरा साहब को देखो—क्या तरह-तरह के शौक हैं, कैसा खिलखिलाता घर है, एक-से-एक चीज उनके यहाँ ! और एक तुम्हारे भैया का घर...सब रुआँसी शक्ल बनाए पड़े हुए हैं, वैसे ही मनहूस घर बनाए रखना...जैसे अभी-अभी कोई गमी हो गई हो ! मुझे नहीं चाहिए वैसा !”

राजन रम्मो के रंग में रँगता चला गया—इस दुनिया का होना व्यावहारिक होना, भोगों को जीवन का सकारात्मक पक्ष मानना और अपने बच्चों के लिए भी बहुत आगे तक की योजनाएँ बना डालना, जब वे गृहस्थ होंगे, उनके बच्चे होंगे...तब तक के लिए भी। बीच-बीच में जरूर भीतर बैठा बनारसिया बाबा उखड़ पड़ता, राजन कहीं अटककर दार्शनिक होने लगता—संसार में कितने दिन रहने को आए हो, क्या जैसी तुम योजनाएँ बनाते हो उनके अनुसार ही होता चलेगा...उस बिन्दु पर रम्मो उसे गोंच-गोंचकर आगे हो हाँक देती।

नागपुर में राजन-रम्मो के अच्छे दिन बीते। हर तरह से सुखी, दुख की छाया दूर-दूर तक नहीं। बेशक इसकी एक बड़ी वजह यह थी कि राजन अपने माँ-बापवाले परिवार से करीब-करीब पूरी तरह कट गया था। महीनों किसी की कोई खबर तक न आती...सब अलग-अलग जगहों पर अपनी-अपनी जिन्दगी में डूबे हुए थे।

तभी राजन के एक बनारसी दोस्त से खबर मिली कि बनारस में अम्मा की तबीयत ठीक नहीं चल रही। राजन को ग्लानि हुई कि भैया-भाभी को याद करना तो दूर, वह यह भी भूल गया था कि अम्मा अभी हैं और बनारस में हैं। उसने यह भी ध्यान नहीं दिया था कि श्याम के जाने के बाद अम्मा अपने अकेले का खाना बनाती हैं। खबर में यह भी था कि आजकल बीमारी के चलते वे अपना खाना नहीं बना पातीं।

मन्दिर की पूजा करती थीं, अब अशक्त हैं इसलिए पूजा बाहर के एक पुजारी को सौंप दी है। राजन ने फौरन जाने का मन बनाया तो रम्मो ने टँगड़ी लगा दी—

"वे जाएँ जो बड़े हैं, मालिक। घर के आगे का हिस्सा जिन्हें दिया गया है।"

राजन अचकचाकर रम्मो को देखता रह गया। इधर वह सोचने लगा था कि शुरू में रम्मो को समझने में उसने भूल की थी—वह तो बेहद प्रेमी है, बेहद हार्दिक...अब रम्मो को देखते हुए सोच रहा था क्या यह वही रम्मो है जो अजनबियों को सगा बना लेती है, उन पर ऐसा लाड़-प्यार बरसाती है ! जो दूसरों की मदद के लिए कोई भी जोखिम उठाने को तैयार हो जाती है !

जहाँ तक रम्मो का सवाल था, कुछ भी वह उनके लिए करती थी जिन्हें वह स्वयं अपने करीब लाई थी, उनके लिए नहीं जो उसे ससुराल में मिले थे। जो सम्बन्ध रम्मो ने बनाए हैं, वे घर में उसके स्वामित्व को नहीं हड़पनेवाले लेकिन ससुराल के जो सम्बन्धी हैं उनमें से एक को भी रम्मो का स्वामित्व देखा नहीं जाता। वे रम्मो से जलते हैं !

"रम्मो...तुम्हारी यही बात मुझे समझ में नहीं आती।" राजन ने ठंडे से समझाया—"अम्मा तो सबकी हैं। उनके लिए इसे जाना चाहिए था कि उसे...यह क्या है ? अगर मैं जाता हूँ, उन्हें यहाँ लाकर उनकी तीमारदारी करता हूँ, उनकी सेवा करता हूँ, तो यह मैं अपने सुख-सन्तोष के लिए करता हूँ।"

"लेकिन यहाँ सिर्फ आप नहीं हैं जनाब ! मैं भी हूँ, मेरे बच्चे हैं। हमारा सुख भी कहीं है।"

"मैंने अपने परिवार में किसी के लिए कुछ नहीं किया, अपनी माँ के लिए भी नहीं कर सकता ? कमाता मैं हूँ या तुम ?" राजन थोड़ा तेज पड़ा।

"तेज बोलने की जरूरत नहीं है। अगर आप कमाते हैं तो मैं भी घर चलाती हूँ। अगर आप अपनी माँ को लाकर रख सकते हैं तो मैं अपने माँ-बाप दोनों को लाकर रख सकती हूँ !"

"हमारे समाज में ऐसा नहीं होता, क्योंकि लड़की अपना घर छोड़कर लड़के के यहाँ जाती है। लेकिन मैं यह सब नहीं मानता। अगर तुम्हारे घर के किसी व्यक्ति के इलाज या सेवा में मैं काम आ सकता हूँ तो जरूर आना चाहूँगा।"

"मगर मैं वह न करने दूँगी। मेरा घर अस्पताल नहीं है। न यहाँ आपके घर का मरीज आएगा, न मेरे घर का। आपको चाहिए तो देख-सुन बेशक आइए, चाहे तो इन्तजाम करा आइए, लेकिन यहाँ लाकर रखने की जरूरत नहीं है। मैं अपने घर में मनहूसियत नहीं चाहती...चार दिन जिन्दगी के हैं और उन्हें आहें-कराहें सुनने में काट दो, उँह !"

राजन हक्का-बक्का रह गया। अम्मा की बीमारी से मनहूसियत होगी ? कोई बीमार हो, अपाहिज हो जाए तो अस्पताल में रहे, घर पर नहीं ? अभी तो गनीमत है कि अम्मा के लिए मोहन भैया हैं, श्याम है...राजन इकलौता होता तो ? एकदम पगलैट जो दादी-अम्मा थीं...उन्हें भी बनारस के घर ने स्थान दिया था...और कितने आदर के

साथ ! इन छोटे घरों, फ्लैटों में आकर हम वाकई छोटे हो गए।

ठीक है, वह अम्मा को नहीं लाएगा। क्यों यहाँ झगड़ा-झंझट हो ! इससे अम्मा की तकलीफ बढ़ेगी ही। मोहन भैया और भाभी ले ही जाएँगे–दोनों एक स्वभाव के हैं। अम्मा को वहाँ आराम जरूर थोड़ा कम होगा, पर व्यवहार में मिठास तो मिलेगी। भैया बड़े हैं तो अम्मा का वहाँ रहना अटपटा भी नहीं लगेगा। वे राजन से कम समर्थ भी नहीं हैं कि बोझ पड़े, या इलाज वगैरह के प्रबन्ध की परेशानी हो...लेकिन राजन देखने जरूर जाएगा बनारस।

फिर भी जाने के लिए ढीला-ढाला होता रहा–कभी प्रोग्राम ही बन रहा है, कभी जानेवाला तो था लेकिन फलाँ आ गए, कभी वह फलाँ काम बीच में आ टपका। राजन ने महसूस किया कि उसमें तेजी आती है तो सिर्फ उन कामों के लिए जिनका सीधा ताल्लुक रम्मो और उसके बच्चों से है। बाकी के लिए पता नहीं कहाँ से ढीलापन आ जाता है। टलता रहता है, टलता चला जाता है...शायद इसलिए कि इन कामों के लिए पीछे से धकियानेवाली रम्मो नहीं होती।

7

शान्तिदेवी अस्वस्थ थीं–यह उन्होंने तभी माना जब शरीर धर रहा, उठाए न उठे। मन से बीमार तो वे कब से थीं, पर जैसे उसे दूसरे न देखें, वैसे ही वे भी जिद किए न देखें। उस बड़े घर में चार-चार बड़े बच्चों की माँ होकर भी वे बच्चा ही रही थीं–कोई-न-कोई साया बराबर ऊपर रहा, मुंशीजी...जोगेश्वरी, सबकी बड़ी अम्मा तो जैसे हमेशा ही रहनेवाली थीं, सिर्फ अन्तिम कुछ दिनों के लिए ही ऐसी हुईं कि शान्ति को भी उन्हें बच्चे की तरह देखना पड़ा। उनके बाद बड़े होने का मुकुट शान्ति पर... लेकिन यह ऐसे समय में हुआ जब घर के सभी सदस्य अपने को बड़ा मानकर चलने लगे थे–यह उससे बड़ा, तो वह उससे। अँगोटने, हथियाने की कैसी होड़ लगी ! उसके हिस्से में फलाँ चीज है तो इसमें वह नहीं है, उसमें इतनी जमीन...और नहीं तो इतने किवाड़ ! गनीमत कि जोगेश्वरी अपने रहते सब हिस्सा-बाँटी कर गई थीं, शान्तिदेवी को उस पर सिर्फ अमल करवाना था। हो गया किसी तरह। शान्ति को बीच-बीच में थोड़ा तेज भी पड़ना पड़ा जो उनके स्वभाव में नहीं था। कभी-कभी अपने स्वभाव के विपरीत भी चलना पड़ता है–यह उन्होंने जोगेश्वरी से सीख लिया था। बँटवारा हो गया, साथ ही घर में शान्तिदेवी की ऐसी स्थिति हो गई कि एक नइकी को छोड़ बाकी सब उनसे रुष्ट। नइकी की चलती तो शान्ति का चूल्हा भी अलग न होने देती। कुछ दिनों तक श्याम का सहारा रहा...जिन दिनों वह अपनी नौकरी ढूँढ़ने में लगा हुआ था। नौकरी और ब्याह के बाद वह भी कलकत्ता अपने घर-गृहस्थी में। अब तो बिटिया रश्मि ही कभी-कभार आ जाती है, वर्ना अकेले रहना। थोड़ा समय पूजा-पाठ में निकला, थोड़ा मन लगाने को बाहर हो आए...बाकी गर्मी की दोपहरी-सा फैला अकेलापन। शान्ति की

असली बीमारी यह थी, बुढ़ापा तो खैर था ही। एक अकेले के लिए क्या चूल्हा जलाएँ... सो जब-तब खाने-पीने में भी कोताही होती रहती। कल का कुछ रखा रहा या कोई कुछ दे-दवा गया, वही पेट में डालकर रह गए या मुरी फाँककर गुजर कर ली। रुपए-पैसे की तंगी नहीं रही, क्योंकि मोहन जैसा बड़ा बेटा है। वह अपनी तरफ से भेजता रहता है, जानता है कि अम्मा तो कभी माँगेंगी नहीं।

जिस घर में साल में एक-दो शादी-ब्याह जरूर हो जाया करते थे, वहाँ बड़ी अम्मा के जाने के बाद सिर्फ राजन का ब्याह हुआ। मुंशीजी के चचेरे भाई रमाकान्त के बेटे शैलेश का ब्याह हुआ सो उन्होंने अलग-अलग अपने कोने में कर लिया। शान्ति भी ऐसे हो आईं जैसे मोहल्ले-पड़ोस के किसी बुलावे में गई हों। इस घर की चौहद्दी में कभी ऐसा हो सकता था ? कुछ महीनों पहले एक बड़ी घटना हुई जिसने सबका जी तोड़कर रख दिया—बाँके भैया का स्वर्गवास ! कैसा हाहाकार मच गया था। नइकी तो सँभाले न सँभले। जैसे भी थे बाँके भैया, उनका होना शान्ति के लिए भी आड़ था... और न कोई बीमारी-ईमारी, हार्टफेल और दो मिनट में झक्क। एक-दो बार शान्ति ने समझाया था बाँके भैया को—"बहुत हाय-तौबा में न रहा करो, घर-जमीन के लिए अपने शरीर पर तो अत्याचार न करो, घर ही देखना है तो ईंटों के घर को न देख, हाड़-मांस के इस घर को देखो..." उन्होंने कुछ भी समझने की जरूरत महसूस न की। बाँके भैया को कभी हँसते-खेलते तो देखा ही नहीं—हमेशा भृकुटी ताने, लड़ाई की मुद्रा में जैसे बराबर कमर कसे हुए। धरा रह गया न सब ? नइकी बेचारी ! भगवान की यह अजीब लीला है कि जो जितना अच्छा, उसको उतने ही दुख। जब से अलग हुए थे बाँके, उनके परिवार का खाना-पीना गिरता ही चला गया। बाँके भैया की कमाई ही कितनी थी...कचहरी की मुहर्रिरी में क्या होता है ! किसी और काम लायक नहीं थे तो मुंशीजी यही सिखा गए थे। तब कुछ ठीक-ठाक मिल भी जाता था। वह था मुंशीजी के कारण, लेकिन बाँके भैया सोचने लगे थे कि उनका हुनर है। उधर मुंशीजी का प्रभाव कचहरी में कम हुआ, इधर बाँके भैया को काम कम मिलने लगा। बाँके भैया के बाद अब छोटे है जो सँभाले है...स्कूल में मास्टर हो गया है, ट्यूशन भी करता है।

एक-एक करके कितने चले गए...मुंशीजी गए, दादी-अम्मा, बड़ी अम्मा और अपने से छोटे बाँके भी। कैसा लगता है पीछे छूट जाना...शान्ति अक्सर बहुत बेचैन हो जाती हैं...लोग अब उनके जाने की प्रतीक्षा कर रहे होंगे—वैसे भी उनके सब बच्चों का ब्याह हो गया, सब अपने घर-नौकरी से लग गए। शान्ति को अब करने को है क्या... बड़ा घर भी नहीं रहा जिसे देखना-सँभालना हो, जैसे बड़ी अम्मा को था। समय से उन्हें भी चले जाना चाहिए।

चूल्हा जले या न जले, लेकिन ठाकुर बिन नहाए बैठे रहें, मन्दिर में दीया-बाती न हो—यह शान्ति के लिए बहुत क्लेश की बात होती है। इतने घर हैं, मन्दिर सब घरों का है, पर एक भी इसे अपना काम नहीं मानता। आदमी तो मन्दिर की तरफ झाँकते भी नहीं। नइकी ने दो-चार दिन सँभाल दिया...वह बेचारी कितना करे; अपने घर में

भी जुतना पड़ता है। तो शान्ति ने बाहर की गली के पार जो मन्दिर है, उसके पुजारी को बुलवाया और उन्हें पूजा का काम सौंप दिया। पुजारीजी को घर के भीतर से न आना पड़े तो गली की तरफवाला दरवाजा खोल दिया था कि बाहर-बाहर से पूजा-रचना होती रहे।

कमला आती रही। शरीर उसका भी अब साथ नहीं दे रहा है तो उतना नहीं आ पाती। कहती थी—भौजी, किसके लिए यहाँ पड़ी हो ? शान्ति ने कहा कि उन्हें अपने पति और सास के ऋण अभी उतारने हैं...सन्नी भैया का हिस्सा उन्हें सौंपना है और सबसे बड़ी बात कि जहाँ पति और सास ने देह छोड़ी, उस देहरी को कैसे छोड़ा जाए। उस पर कमला ने कहा—"भौजी...इस उम्र में बस एक ही धर्म या ऋण रह जाता है—लंजर-पंजर होते शरीर का ऋण। बस, खोखले शरीर में सिमटता चला जाता है जीवन, जब तक इसे भी छोड़ निकल नहीं जाता। अच्छे-अच्छे साथी, पति-पत्नी भी इस उम्र में पहुँचकर अपनी अलग-अलग देह को ही जीते हैं, चाहकर भी दूसरा कोई दखल नहीं दे सकता...सो जाओ भौजी...मोह-माया त्यागो। तुम भाग्यवान हो कि तुम्हारे ऐसे लड़के हैं जो तुम्हें रखने को तैयार हैं।"

मोहन और श्याम आ गए हैं। राजन नहीं आया...बहू ने आने नहीं दिया होगा, वह तेज है थोड़ा...पर शान्ति ने इन लड़कों को भी बेकार भगाया। जी घबराने लगा था कि कहीं कुछ हो गया तो...लेकिन जब तक लड़के आए तबीयत सँभलने लगी। मोहन कहता है—अब वह शान्ति को यहाँ नहीं छोड़नेवाला, फौरन टिकट भी बनवा लाया। वह ऐसा ही है—आगे-आगे होकर करनेवाला। शान्ति का मन जाने का नहीं करता, पर यह भी देख रही हैं कि शरीर नहीं खिंच पाता अब। कभी-कभी दो रोटियाँ तो दूर, दवा-दारू देने के लिए भी कोई चाहिए। इसलिए जाना तो पड़ेगा...पर कैसी मोह-माया बाँधे है इस चौखटे से। यहीं वे बहू होकर आईं, यहीं पति के साथ रहीं...बैठकखाने से सटे इन्हीं कमरों में ! ये कमरे मोहन के हिस्से में आए हैं। वह यहाँ रहने आएगा क्या कभी ? शान्ति अपने सुख और दुख के चरम क्षणों को उन कमरों के एक-एक चौखट से जोड़कर देखती रही हैं, उन क्षणों को बार-बार जीती रही हैं...वहाँ उस कोने में मुंशीजी ने पहली बार छुआ था जब गाँठ बाँधे उनके पीछे-पीछे वे इस कमरे में आई थीं। वहाँ दरवाजे में बाईं आड़ में आखिरी बार चिपकाया था, वहाँ...। इसी चौहद्दी में बच्चे हुए, उन्हें बड़ा किया। फिर यहीं एक-एक करके विछोह भी। उनका जीवन तो इसी चहारदीवारी में खेल दिखा गया जो दिखाना था। कहाँ और जाएँ वे...और अगर वे चली गईं तो खत्म। आगे कौन जीवित करके देखा करेगा इन दीवारों को ?

मोहन जिद पर अड़ा है। जीवन से बड़ा घर नहीं होता...वह बार-बार समझाता है। यह तो शान्ति भी समझती हैं कि तीनों लड़कों में से कोई एक यहाँ आकर तो रहने नहीं लगेगा...कि शान्ति इस देहरी से अलग न हों, उन्हें यहीं प्राण त्यागने को मिले। पहले बड़े घरों का रिवाज यही था, पर भूल गईं वे...मुंशीजी के स्वर्गवास के बाद गोवर्द्धन काका की सलाह पर उन्हीं ने मोहन को बाहर भेजा था और आज जब वे अपने लड़कों,

घनश्याम और बाँके भैया के लड़कों का मिलान करती हैं तो कोई पछतावा भी नहीं होता। ठीक किया—आज लड़के समर्थ तो हैं, अपने बहू-बेटों को अच्छे से रखने की औकात तो बना ली उन्होंने। यहाँ रखकर वे क्या दे पातीं उन्हें ?

लड़कों ने बहुत जिद की तो शान्ति को आखिर मानना ही पड़ा। वे मोहन से बोलीं—

"ठीक है बेटा, अब तो जीवन में एक काम ही बचा है—इस शरीर को खींचना। हमसे नहीं खिंचे तो तुम्हीं लोग खींचो, जब तक विधाता ने उसका पृथ्वी पर रहना लिखा है। पर मेरी एक बात मान लो। मोहन ! तुम बड़े हो तो तुम्हारा अधिकार सबसे पहले है...पर मैं श्याम के साथ जाऊँगी। वह छोटा है और राजन और तुम्हारी जैसी माली हालत नहीं है उसकी। इसीलिए मैं उसके पास रहने की सोचती हूँ। उसे यह न लगे कि माँ दौलतमन्द बेटों के पास रहने लगी। माँ तो माँ ही है। लोग जानते नहीं—माँ को सबसे ज्यादा प्यारा अपना वह बेटा होता है जो सबसे ज्यादा विपन्न, कमजोर या लायक न हो। देखा नहीं तुम्हारी बड़ी अम्मा सन्नी भैया के दुख में ही गईं। वे सन्नी पर ध्यान न देती रही हों पर जैसी उसकी आत्मा सन्नी से जुड़ी थी, वैसी मुंशीजी से भी नहीं...यह खुद बड़ी अम्मा को देर में पता चला। तब तक सन्नी भैया घर छोड़ चुके थे। फिर तो उनमें जो किलप उठी...कि उन्हें लेकर ही गई।"

मोहन क्या कहता, अम्मा ठीक कह रही थीं।

8

मोहन और श्याम अम्मा की बीमारी की सुनते ही पहुँच गए, राजन नहीं पहुँच सका—यह कचोट थी राजन के मन में। राहत हुई जानकर कि वे श्याम के साथ रहने चली गई हैं। अब यह चिन्ता तो नहीं रहेगी कि वे अकेले बनारस में पड़ी हुई हैं। एक आकांक्षा जो बीच-बीच में उठती थी कि वह जाकर अम्मा को अपने यहाँ ले आए, रम्मो लाख चिल्लपों करे अम्मा को अपने पास रखे, उनकी सेवा करे...वह धीरे-धीरे भीतर ही कहीं खो गई। वह इतने बड़े पद पर होते हुए भी अपनी माँ के लिए कुछ नहीं कर रहा है, सब कुछ श्याम पर छोड़ दिया है जिसके साधन सीमित हैं ! रम्मो और वह जाने किनके-किनके लिए क्या-क्या करते रहते हैं और अपनी माँ के लिए इलाज जैसी जरूरी चीज तक मुहय्या नहीं करा सकते...इस तरह की कुरेदनें जब कभी उठतीं तो उसके जबड़े चिपक जाते, मुँह थोड़ा चौड़ा जाता, आँखें हँसने लगतीं और उँगलियाँ जाँघों पर तबला बजाने लगतीं...वह खुद को बहलाता होता कि सब कुछ ठीक हो गया है। अब उसका घर रम्मो और बच्चे थे। उसे इन पर ही ज्यादा ध्यान देना है, यही आनेवाला कल है...शेष सब बीता हुआ है, जिसके बारे में सोचने की जरूरत नहीं। अम्मा बनारस में नहीं हैं तो अब बनारस दौड़ने की भी जरूरत नहीं है। बनारस को वह एक खूबसूरत याद की तरह अपने घर में सजाकर रख सकता है !

कुछ दिनों तक वैसा चला...लेकिन बनारस के उस बड़े घर की दरारें चौड़ाने लगीं। गिरती दीवारों की धूल और किरकिरी राजन तक भी पहुँची। पड़ोसी दोस्त, जिसने अम्मा की बीमारी के बारे में लिखा था, उसी ने खबर भेजी कि राजन के हिस्सेवाला एक कमरा जो छोटे के हिस्से की तरफ पड़ता था उसे छोटे ने खोल लिया है और अपने इस्तेमाल में लाने लगा है। छोटे अपने पिता बाँके पर गया था। राजन के दोस्त का कहना था कि अगर इसी समय कोई कार्यवाही न की गई तो छोटे उस कमरे को हड़प जाएगा।

"आप फौरन जाइए..."—रम्मो के तय करने में देर नहीं लगी। अब तक ऐसा हो गया था कि कोई भी बात ऐसी नहीं जो राजन रम्मो से छिपा सके और कोई बात ऐसी भी नहीं जिस पर रम्मो अपनी दो टूक राय न दे डाले, क्या करना है, क्या नहीं—वह फटाफट बता न डाले।

"मजाक है क्या...किसी का हिस्सा यों हड़प लेना। आप मोहन भैया को भी बुलाइए वहाँ।" रम्मो ने आगे कहा।

"अब मोहन भैया की याद आई आपको..."—राजन ने व्यंग्यात्मक लहजे में धीरे से कहा—"वे क्यों दौड़े आएँ, आप करिए जो करना हो, आपका हिस्सा है।"

"तो न आएँ, हम मुकदमा दायर करेंगे। अम्मा को लिखिए आप कलकत्ते में।"

"अम्मा के लिए भी हमने क्या किया जो उन्हें तकलीफ देने का अधिकार हमारा हो !"

"अम्मा और मोहन भैया बड़े हैं। उनका यह फर्ज बनता है। बँटवारा उन्हीं की देखरेख में हुआ था।"

"कैसा मजाक है, हमें बुजुर्गों के फर्ज याद रहते हैं, उनके कुछ अधिकार भी हैं हम पर यह हम साफ भुला देते हैं।

"अच्छा न बुलाइए अम्मा या भैया को। आप जाकर ये दोस्त जिन्होंने हमें लिखा है, इन्हें कुछ दूसरों को इकट्ठा करके छोटे पर दबाव डालिए, साथ-साथ मुकदमा दायर कर दीजिए। एक बार इस कमरे का कब्जा वापस मिल जाए तो हम अपने हिस्से को बेच देंगे। हमेशा के लिए कंटक खत्म।"

राजन चिन्ता में पड़ गया—वह अपने हिस्से को बेच देगा, बेच सकेगा, अम्मा के होते हुए ? राजन बनारस जाए, अभी जाए कि थोड़ा बाद में ? अभी जाकर क्या होगा ! छोटे ने उस कमरे को अपने हिस्से में मिला ही लिया है, उसका इस्तेमाल कर रहा है। राजन के जाने से ही तो वह छोड़ न देगा। उल्टे एक ऐंठ ओढ़ लेगा और अपना अनधिकार और जताएगा। फिलहाल नोटिस वगैरह भिजवा दिया जाए, जब तारीख पड़ेगी तब जाएगा। उस समय छोटे पर थोड़ा दबाव रहेगा और तभी राजन दूसरे कुछ लोगों को इकट्ठा करके जो कहना-सुनना है, वह भी कर लेगा। रम्मो ने यह तजबीज मान ली। उसके पिता मनोहरलाल हालाँकि वकालत में अब सक्रिय नहीं थे, लेकिन नोटिस वगैरह वाली शुरू की स्टेज तो वे देख ही लेंगे, बाद में जरूरत पड़ेगी तो जिरह के लिए उन्हीं की सलाह से कोई बड़ा वकील खड़ा कर दिया जाएगा। मनोहरलालजी

को लिख दिया गया। उन्होंने अपने मुवक्किल राजन की तरफ से नोटिस दे दिया। नोटिस लेने को जितना टाला जा सकता था, छोटे ने टाला। मनोहरलालजी की वकील होने के अलावा बेटी का बाप होने की वजह से दिलचस्पी थी। इसलिए ज्यादा समय जाया नहीं हुआ और मुकदमा दायर कर दिया गया।

मुकदमे की जिस तारीख पर पहुँचने के लिए मनोहरलालजी ने लिखा, राजन उसके हिसाब से बनारस पहुँच गया। बनारसवाले अपने घर में कहाँ और किसके यहाँ ठहरता ! अम्मा थीं नहीं, बाकी सब अपरिचित हो गए थे। एक से मुकदमेबाजी ही चल पड़ी थी। तो स्टेशन से सीधा ससुराल ही गया। कितनी बार बनारस जाना हुआ था—नागपुर से, जब भैया के साथ रहता था या इलाहाबाद से जब वहाँ पढ़ता था, यहाँ तक कि कानपुर से, तब अम्मा यहाँ थीं...और हर बार ही स्टेशन से रिक्शा जैसे अपने आप घर की तरफ घूम जाता था। यह पहला मौका था जब रास्ता ससुराल की तरफ बदलना पड़ा।

ससुर मनोहरलालजी बुढ़ा तो गए थे लेकिन अब भी स्वयं को बराबर तारोताजा, चुस्त-दुरुस्त रखने में कोई कसर उठा न रखते। सभी लड़कियों का विवाह हो चुका था। घर में बेटा-बहू थे। बेटे ने वकालत करने की बजाय यूनिवर्सिटी में लेक्चरर होना पसन्द किया था। वकीलाइन थीं। बुढ़ापे में दोनों थोड़ा पास आ गए थे, ऐसा दिखता था। दोनों के ही चेहरे पर तृप्ति-भाव। मनोहरलालजी की दिनचर्या करीब-करीब वही थी, सिवा इस फर्क के कि अब घर में थोड़ा समय बीतने लगा था। टेनिस के सैट की जगह घूमना आ गया था, हालाँकि क्लब अब भी जाते थे। व्हिस्की दो से एक पैग पर आ गई थी।

कल मुकदमे की तारीख थी। राजन को भी कचहरी पहुँचना था। कल अदालत में क्या होगा—यह सब मनोहरलालजी ने समझा दिया था। मामूली पेशी थी। जिरह तो पता नहीं, अभी कितनी तारीखों के बाद आए। तब तक इधर से हलफनामा, फिर उधर से हलफनामा, फिर एक इधर से और...

शाम को राजन बरामदे के तख्त पर बैठा चाय पी रहा था। सामने काठ की कुर्सी में, जिस पर पतली गद्दी बिछी थी, मनोहरलालजी थे। नीचे पक्के फर्श पर एक पैर ऊपर सकोरे सासजी बैठी थीं। चाय के साथ-साथ सास-ससुर से खट्टी-मीठी चल रही थी कि देखा नइकी चाची चली आ रही हैं। वैसी ही उठंग धोती, अब थोड़ा और ऊँचे बाँधने लगी थीं। चाँदी जैसे सफेद बाल। चेहरे का मांस झूल आया था, कानों के छेद नीचे लटक आए थे। नाक पर मोटी कील, हमेशा की तरह।

मनोहरलालजी को देखकर उन्होंने घूँघट ले लिया। मनोहरलालजी उठ गए—

"आओ समधिन ! आओ, बेटे से मिलने आई हो ? आओ बैठो। तुम लोग बतिआओ। तब तक हम क्लब हो आते हैं।"

मनोहरलालजी के जाते ही चाची ने घूँघट को एक तरफ फेंका और गुस्से में राजन की तरफ ऐसे लपकीं कि एक पल को तो राजन और उसकी सास दोनों ही सहम गए—

"काहे बचवा ! तू बड़ा आदमी हो गइला। अरे अबहीं हम जियत हईं। तोहार मोकदमाबाजी छोटे से चलत हौ न...तँ हमरे का मतलब ! हमरे जियत तू ससुरारी में न रहब। उठा और घरे चला। चला उठा।"

फिर वे राजन की सास से बोलीं—

"ए जीजी ! एकर समान-फमान बाँध देईं। ई अबहियें घरे जाई।"

नइकी चाची ने एकाएक आक्रमण कर दिया था। राजन को अब मौका मिला तो उठकर उनके पैर छुए।

"खुश रहा।" छुआने के लिए पैर थोड़ा जरूर आगे कर दिए थे चाची ने पर आशीर्वाद वैसे ही थोड़ा गुस्से के स्वर में, कड़े-कड़े ही दिया।

"आज जीजी (राजन की माँ) उहाँ होतिन तौ तू ससुरारी में रहत ? अरे जीजी नाही हईं, हम तौ हईं...चल उठा।"

"चाची ! यह भी तो घर है। अब आ गया हूँ तो एकाध दिन यहीं रह लूँ।'

"न...एकदम नाहीं।"

"अच्छा, आज यहीं रह लेता हूँ, कल वहाँ आ जाऊँगा।"

"न, हम तोहै लिहै बगैर न जइवै। ए जीजी, तू न्याय करावा। हमरे रहत..."

नइकी चाची की आँखें छलछला आईं, उन्होंने आँचल से अपनी मोटी कीलवाली नाक दबा ली और सुबकने लगीं।

"भैया, सामान उठाओ और अपने घर जाओ"—राजन की सास बोलीं—"कल जब समय मिले तो मिलने आ जाना।"

रिक्शे में नइकी चाची और राजन। नीचे रखा राजन का सूटकेस। चाची रम्मो और बेटा-बेटी के बारे में पूछती चली जाएँ....जैसे उनका जी न भर रहा हो, बच्चे सामने नहीं हैं तो वे इस तरह ही उस कमी को पूरा कर लेना चाहती हों। घर पहुँचते-पहुँचते अँधेरा उतर आया था। चाची ने छोटे की बहू से राजन के पैर छुलवाए—"जेठ हँय, खाना-बाना समझ के बनाए, नून-मिर्च ठीक होय।"

नइकी चाची का चेहरा उस वक्त खिल आया था।

खाना खाते समय नइकी चाची पंखा लेकर बैठीं। फर्श पर रखी थाली।

बहू परोस रही थी, राजन खा रहा था और चाची पंखा झल रही थीं।

राजन के सोने के लिए चारपाई बीच के कमरे में लगाई गई। उसका बस चलता तो वह वहाँ सोना चाहता जहाँ अम्मा के पास लेटा करता था, बैठकखाने के ठीक पीछेवाला कमरा, लेकिन वह बन्द था क्योंकि मोहन भैया के हिस्से में आता था। चाभी भी उन्हीं के पास थी।

जहाँ राजन के लिए चारपाई लगी थी, यहाँ पहले ठीक-ठीक क्या होता था, राजन को याद न आया। अपनेवाले हिस्से की चाभी राजन साथ नहीं लाया था, क्योंकि उधर ठहरने का इरादा ही नहीं था। रम्मो ने भी यहाँ से दूर रहने को कहा था—जिनसे झगड़ा-झंझट हो, उनसे दूर रहना चाहिए, पता नहीं कब उनकी नीयत कैसी हो जाए

और वे क्या कर डालें ! राजन ने गौर किया कि उसके हिस्से के दो कमरे इधर पड़ते थे, छोटे के हिस्से से एकदम सटे हुए। उन्हीं में से एक में छोटे ने अपना गृहस्थी का सामान रख लिया था। यह वही कमरा था जिसको लेकर झगड़ा था।

राजन को घर का नया भूगोल समझ में नहीं आ रहा था। उसके ब्याह के समय से काफी परिवर्तन हो गया था। तब हिस्से जरूर अलग-अलग हो गए थे लेकिन इतनी दीवारें नहीं उठी थीं। बैठकखाने से चलो और फटकवावाले आँगन में सीधे पहुँच सकते थे। उस रास्ते का अब कहीं अता-पता नहीं था। ऐसा लगता था कि आरपार जो रास्ते थे, वे बन्द कर दिए गए थे। हर किसी ने अपने हिस्से की पूरी नाकेबन्दी कर ली थी। अब नइकी चाचीवाले हिस्से में राजन किधर से आया, उसकी समझ में नहीं आया। आँगन जैसा कुछ था वहाँ, पर यह परिचित आँगन नहीं लग रहा था। शायद यह बेलवाले आँगन का कोई हिस्सा था, उधर छोटे के भाई के पास होगा। गणेशजीवाले आँगन के तीन हिस्से हुए हैं। राजनवाला हिस्सा उधर खुलता है और यह उसका पिछवाड़ा है जो छोटे के हिस्से को छूता है। इस आँगन से रास्ता जो और भीतर के आँगनों की तरफ जाता था...वह कहाँ है ? शायद तोप दिया गया है, और अब ढूँढ़ने से भी नहीं मिल सकता। उधर जाना हो तो अब बाहर किसी तरफ से जाना होगा।

राजन सोने की तैयारी कर रहा था कि नइकी चाची आ गईं और चारपाई के सिरहाने की तरफ नीचे फर्श पर ही बैठ गईं और पंखा झलने लगीं। छोटे तब तक भी नहीं पहुँचा था।

"का बचवा...गर्मी बहुत हौ न ?"

"हाँ चाची, नींद मुश्किल से आएगी। अब यहाँ पहले जैसा खुला-खुला कहाँ है। इस घर में हम इस छोर से उस छोर फटकवावाले आँगन तक फर्राटे से दौड़ जाते थे।"

"तोहै याद हौ बचवा ? टमटम-बग्घी का याद हौ ? औ नौटंकी...?" नइकी चाची उचक पड़ी थीं एक तरह से।

"याद है। मुझे तो यह भी याद है चाची कि जब तुम नई-नई आई थीं तो इतना बड़ा घूँघट लेती थीं और हम लोग उस घूँघट में घुस-घुस जाते थे।"

"अरे तू तौ बड़ा बेइमान हौ रे !"

नइकी चाची के बूढ़े चेहरे के पास उस क्षण एक छोटा, बेहद सलोना चेहरा उग आया। बीतना क्या यही होता है—अच्छी चीजों का धीरे-धीरे झरते चले जाना, जैसे पाँच आँगनों वाला घर उन सबकी झोली से गिर गया कहीं...

"हम राजमहल में आए रहे भैया ! तुहैं तो बाबूजी के वक्त क याद होई—दरबार जईसन हमेशा लगत रहत। कइसन शान रहल। आपस में कइसन प्रेम रहल। ऊ गइलन त ई घर फिर न सँभलल।"

"सन्नी चाचा मिले थे चाची, एक बार।"

"अरे ! कइसे, कहाँ, कइसे हव्वन हमार देवर ?"

"अच्छे हैं। एक जगह कथावार्ता में मिल गए। संन्यासी हो गए हैं। रामायण

बाँचनेवाले एक उपाध्यायजी के साथ चलते हैं। उनकावाला घर का हिस्सा तो है न अभी ?"

"हाँ, ओहर पड़ल..."

हल्की-सी इच्छा हुई कि सन्नी चाचावाला घर इस बार देखा जाए...पर उधर जाने, खुलवाने में समाने पहाड़-सी कठिनाई दिखाई दी। चाभी अम्मा के पास कलकत्ते में होगी। दूसरी चाभी बनवाई जाए, घर खोला जाए...पर ये लोग करने देंगे राजन को ऐसा ? राजन तो धड़ल्ले से कहीं-का-कहीं पहुँच जाता था, कहीं खाता था तो कहीं सोता था...उसकी आज सन्नी चाचा के हिस्से को खुलवाने की हिम्मत नहीं पड़ रही ! और रास्ता कहाँ से है...बाहर कहीं से होगा, अपने आप तो राजन ढूँढ़ भी नहीं सकेगा। उसकी इच्छा मर गई। फायदा भी क्या...अब सन्नी चाचा यहाँ आकर न ही रहें तो अच्छा।

"तुम्हारा मन लग जाता है चाची ?"

"मन के तो भैया बार देहलीं। कहाँ तक देखें आज के चरित्तर और कहाँ तक कलपें ! बड़ी अम्मा भागवान रहलीं जो बखत से चल गइलिन। जीजी, तोहार अम्मा भी किनारा कर ले लीं...हम कहाँ जाईं !"

"तुम हमारे साथ चलो।"

"हाँ बचवा, लै चल।"

तत्काल राजन सहम गया। झोंक में यह क्या कह गया वह ! रम्मो जो अम्मा को भी रखने को तैयार नहीं हुई थी, वह रखेगी इन्हें ? अम्मा तो फिर भी थोड़ा शहरी लगती हैं, नइकी चाची तो बज्र देहातिन। इनका धन है इनका बड़ा जिगर...जो क्या दिखाई देगा रम्मो को कभी ? खबरदार ! अब कभी बात मत उठाना, चाची का क्या भरोसा, सचमुच चल दें।

नइकी आगे कहे जा रही थीं—

"जेठजी और बड़ी अम्मा दूनौ जनै हमार बहुत फिकिर करत रहलन—हमार लौहरी बहू, हमार लौहरी। बड़ी अम्मा को हमै पहनावै-उढ़ावै का कइसा शौक रहै...ई लहँगा, ई करधनी ! जौन लाड़ हमके मायके में नाही मिलल तौन इहाँ मिलल। अइसन नजर लगल—सब उलट-पलट हो गइल। सब चला गइलन, हमार जानै कितना बाकी है !"

नइकी चाची की झुर्रियाँ थकान में बजबजा रही थीं। जीवन में जब कुछ न बचे सिवाय अपना बोलना देखने के, जब आपको मालूम हो कि अब कुछ भी अच्छा नहीं होनेवाला...फिर भी आप चलते रहने को अभिशप्त हों !

सबेरे उठकर राजन थोड़ा बाहर टहला तो देखा कि उसके ब्याह के समय जो मन्दिर घर के भीतर था, वह बाहर सड़कवाले बड़े मन्दिर का एक हिस्सा हो गया है। बड़े मन्दिर की चहारदीवारी ने आगे बढ़कर उनके घर के भीतर के मन्दिर को अँगोट लिया था,

एक तरह से। बीच की दीवार को शायद तोड़ दिया गया। जो गली बड़े मन्दिर और घर की चहारदीवारी के बीच पड़ती थी, उसे पाट लिया गया था और उस पर फुलवारी लगा दी गई थी।

देखकर राजन को अजीब-सा लगा—मनुष्यों की तरह घर भी बीतते हैं, वे भी चलते हैं, समय के साथ सरकते हैं...भले ही धीरे-धीरे। कुछ समय बाद घर का कोई टुकड़ा कहीं-का-कहीं पहुँचा दिखता है, कहीं से टूटा कहीं जा मिला। घरों की शक्लें बदल जाती हैं...कभी-कभी इतनी कि पहचान में नहीं आतीं। हम घरों को अपनी हदों में घेरने को बेचैन रहते हैं पर उनकी स्वाभाविक—गोकि धीमी—चाल उस दिशा की ओर होती है जहाँ वे घेरों को तोड़, बाहर जमीन के खुले विस्तार में जा मिलें। इसीलिए हर घर धीरे-धीरे खंडहर की तरफ सरकता होता है।

कितना अजीब...जहाँ अब फुलवारी थी वहाँ कभी छोटी गली का एक छोटा टुकड़ा था, फुलवारी के उधर घर की तरफ वह छोटा मन्दिर जो राजन के ब्याह के समय घर के अन्दर का मन्दिर था, जो उसके बचपन में बड़े घर का सम्मिलित रसोईघर था।

जो कभी अपनी जगह थी, वह सार्वजनिक हो गई...राजन के मन में टीस उठी, पर तभी लगा कि यही होना चाहिए था—व्यक्तिगत को बाहर सार्वजनिक से इसी तरह मिल जाना चाहिए। जो मन्दिर सिर्फ एक घर के सभी लोगों के प्रयोग के लिए बनाया गया, वह अब पूरे मोहल्ले के लिए।

राजन ने नहाकर कपड़े पहने थे कि छोटे आ गया। सीधे जाकर उसने राजन के पैर छुए।

"कल रात चाची और हम तुम्हारा इन्तजार करते रहे।" राजन ने कहा।

"एक दोस्त के यहाँ रुक गया था—" छोटे ने सूखे-सूखे उत्तर दिया—"चलिए, नाश्ता कर लीजिए।"

नाश्ते में जलेबी और कचौड़ी, राजन के लिए मँगा दिए गए थे। नाश्ते के बाद राजन ने छोटे से कहा—रिक्शा ले आओ। रिक्शा आने तक राजन ने अटैची से कुछ रुपए, जरूरी सामान निकाला और बाहर आ गया।

छोटे रिक्शा ले आया था। राजन के लिए वह रिक्शे से उतरा नहीं, बैठे-बैठे बोला—"मैं भी साथ चलता हूँ, मुझे भी तो कचहरी ही जाना है।"

दोनों—वादी, प्रतिवादी—एक रिक्शा में बैठ कचहरी में आमने-सामने उपस्थित होने जा रहे थे।

"छोटे ! यह अपना मन्दिर बड़े मन्दिर से कैसे मिल गया ?"

"दरवाजा तो उधर का अम्मा (राजन की माँ) ने ही खुलवा दिया था, बाहर का पुजारी उसी तरफ से पूजा करने आता था।"

"पर जब बड़े मन्दिर की चहारदीवारी बढ़ाकर इधर लाई गई, तब किसी ने टोका नहीं ?"

"वह हमारी जमीन नहीं थी।"

"किसकी थी फिर ?"

"पता नहीं...घनश्याम चाचा से पूछा था। वे बोले, उनके हिस्से की भी नहीं है।"

तो यह होता है–राजन सोचने लगा–बड़ी अम्मा ने वह हिस्सा घर में सबके इस्तेमाल के लिए रखा था। जो जमीन घर में मौजूदा लोगों की नहीं वह सार्वजनिक हो गई। इसलिए बँटवारा किया जाता है और इसीलिए कहा जाता है कि वही घर या जमीन तुम्हारी है जहाँ तुम रहते हो। कभी सन्नी चाचा के हिस्से, या कि मोहन भैया के हिस्से का भी यही हाल होगा।

"छोटे, क्या हमें मुकदमेबाजी करनी चाहिए ?"

"मुकदमा तो आपने दायर किया है, भैया !"

"तुम जानते हो, वह कमरा मेरे हिस्से का।"

"नहीं, वह हमारे हिस्से का है, कब से हमारे इस्तेमाल में है।"

रटा-रटाया, सूखा और सख्त-सख्त जवाब...जैसे रिक्शे पर बगल में बैठे भाई से बात नहीं हो रही हो, कचहरी में बयान दिया जा रहा हो। राजन ने देखा–छोटे एकदम सामने देखता था, सामने देखते हुए ही बोलता था। वह छोटे बाल रखता था। सहसा राजन के सामने एक छोटे बच्चे का सिर उभर आया, खूब बालोंवाला सिर...छोटे बैठकखाने में बाबूजी की गोद में बैठा हुआ है, बाबूजी मुवक्किल से बात करते जाते हैं और छोटे का सिर सहलाते जाते हैं...बाबूजी मुशायरे में बैठे हुए हैं, लकालक सफेद कुर्ता-पायजामा में और छोटे भागता हुआ आया और उनकी गोद में जा बैठा है, करीब-करीब धूल से सने कपड़ों में, बाबूजी के कपड़े गन्दे हो गए, पर वे शायरी सुनते रहते हैं, छोटे को प्यार भी करते जाते हैं...

छोटे कितना मचलता था बाबूजी के सामने और वे उसकी हर जिद पूरी करते थे। राजन से भी ज्यादा छोटे बाबूजी का लाड़ला था। उसी छोटे और राजन के बीच आज कचहरी खड़ी थी। दुश्मनी न सही, पर एक-दूसरे के लिए काफी नफरत तो आ ही गई थी उस कारण...पानी में उतराते मिट्टी के तेल की तह की तरह। क्यों नहीं घर का कोई बूढ़ा-बुजुर्ग तय कर सकता था कि वह कमरा किसका है...कहाँ है बूढ़ा-बुजुर्ग, पर राजन स्वयं क्यों नहीं...आखिर इस पीढ़ी में मोहन भैया के बाद तो वही आएगा। वही तय करे, लेकिन वह तो स्वयं मुकदमे के लिए छोटे की बराबरी पर खड़ा है।

"रिक्शेवाले, जरा उधर ले लेना"–राजन ने रिक्शा अपनी ससुराल की तरफ मुड़वा दिया, छोटे से कहा–"जरा वकील साहब से पूछता चलूँ..."

छोटे सिर्फ सामने देखता रहा।

कचहरी में पेशी हुई नाम के वास्ते ही, अगली तारीख पड़ गई। रात की ट्रेन से ही राजन की वापसी थी। चलते समय छोटे और उसकी पत्नी ने पैर छुए, राजन ने छोटे के बच्चों को रुपए दिए।

नइकी चाची एक किनारे खड़ी सुबक रही थीं। वही जानी-पहचानी तस्वीर–आँचल

का एक छोर मुँह में ठुँसा हुआ, दूसरे छोर से नाक दबाए सिसकती हुई, आँसू भल्ल-भल्ल निकलते बहते हुए, नाक की लौंग बाहर झलकती हुई। अपने साथ ले चलने की बात राजन ने फिर छेड़ने की हिम्मत नहीं की थी। आखिर नइकी चाची का परिवार अब अलग था...और इसे वे भी समझती होंगी, तभी तो अम्मा श्याम के यहाँ चली गईं और नइकी चाची यहीं रह रही हैं। राजन ने यह भी गौर किया था कि चाची के साथ इतना समय गुजरा फिर भी उन्होंने कभी उस कमरे की बात नहीं की जिसको लेकर मुकदमेबाजी थी। उन्हें पता तो था ही...लेकिन वे सचमुच इस सबसे कोई मतलब नहीं रखना चाहती थीं। उन्हें कोई फर्क नहीं पड़ता था कि वह कमरा छोटे को मिलता है या कि राजन को...जैसे कि बँटवारे के समय उन्हें इस सबकी चिन्ता रत्ती-भर नहीं हुई थी। राजन के आने का उपयोग वे दूसरी तरह से करती रही थीं...उस बहाने फिर से पुराने समय को थोड़ा-बहुत जी लेना। घूम-घूमकर पुराने दिनों में चली जातीं। राजन जब पैर छूने चाची की तरफ गया तो उनकी रुलाई फूट पड़ी—

"बचवा, तू एक रात इहाँ रहा और घर में कइसन उजाला भर गया रहा। आ जाया कर बचवा, मन को ढाढ़स हो जाता है।"

चाची रहती भले ही छोटे के पास हों, उनकी आत्मा उन सबमें थी जिन्हें उन्होंने लाड़ दिया था जब वे बच्चे थे, और जब वे नई-नई इस बड़े घर में आई थीं। उनका नाम नइकी इस मायने में आज भी उनसे चिपका बैठा था। छोटे उनकी कोख का जाया भले हो, बचपन में ममता तो उसे मिली थी राजन के माँ-बाप से, न कि नइकी से या कि बाँके चाचा से।

राजन ने पैर छुए तो चाची के आँसू उसके सिर पर चू ही पड़े...वह आशीर्वाद था या कसक उस घर के लिए जो ध्वस्त हो चुका था, उस वक्त के लिए जो बीत चुका था !

जाने के पहले ससुराल भी होते जाना जरूरी था। राजन उस हिसाब से समय लेकर भी निकला था। रिक्शे की हिचकोलियों के साथ भीतर उथल-पुथल चल रही थी—नइकी चाची ने कहा कि आ जाया करो...मुकदमा रहेगा तो आना-जाना होगा ही पर यह कैसा आना-जाना ! छोटे की घर-गृहस्थी एक रात रहकर देख ली थी—तीन बच्चे, एक छोटा भाई जो अभी छोटे पर आश्रित था। एक भाई जरूर पढ़कर निकल गया था फौज में...दोनों के हिस्से इसी में होंगे ? अपने बच्चों के अलावा नइकी चाची... सारा बोझ उठाने के लिए एक सेकेंडरी स्कूल के मास्टर की तनख्वाह। बाबूजी के लाड़ में बीता बचपन और कैसी जिन्दगी है जो छोटे के सामने है। राजन को तो मुकदमेबाजी में कुछ लगेगा नहीं क्योंकि ससुर वकील हैं और यहीं बैठे हैं...छोटे कचहरी का खर्चा कहाँ से लाएगा ? घर में चाहे बहुत न हो, पर कैसा प्रेम अब भी...चाची तो खैर ठीक उस जमाने की हैं, छोटे की पत्नी में भी राजन के लिए प्रेम, श्रद्धा...कमाल हैं ये नारियाँ ! जो तुमसे एक कमरा छीनने आया है, उसे ही तुम इतने प्रेम से खिला रही हो ?

यह ढोंग है कि राजन छोटे के बच्चों को पाँच-दस रुपए दे आया, जबकि कर

वह क्या रहा है—वह पैसा जो उन बच्चों पर खर्च हो सकता है उसे मुकदमेबाजी में बहा रहा है। नइकी चाची के लिए भीतर उमड़ता यह प्रेम भी दिखावा है। न राजन उन्हें अपने घर ले जा सकता है, न ही उनके लिए कुछ कर सकता है।

छोटे तकलीफ में होता और बाबूजी अगर जीवित होते तो क्या करते ? उन्होंने देहान्त के बाद पाँच सौ रुपए राजन को दिए थे, तब के पाँच सौ रुपए।

पितृऋण...क्या माँगता है ? रम्मो ने किस फुर्ती से राजन को बनारस जाने की तैयारी कराई थी, क्या-क्या समझाया-बुझाया था...पूरा कार्यक्रम हाथ में पकड़ा दिया था, उससे इधर-उधर कुछ हुआ तो जवाबदेही होगी। यह भी सही है कि एक बार राजन फिर अपने घर पहुँच गया कि वही करने लगेगा जो रम्मो कहेगी...

वहाँ रम्मो का प्रभाव, यहाँ दिवंगत पाँच आँगनों वाला घर। वह घर भले ही न रहा हो पर उसकी बातें जीवित हैं। इन दो के बीच राजन जो है वह कहाँ है...कहाँ लटका हुआ है ? उसका अपना सोच, अपनी चाहत क्या कुछ नहीं है ?

बीच रास्ते राजन ने रिक्शा स्टेशन की तरफ मुड़वा दिया। स्टेशन पहुँचकर उसने अपना कार्यक्रम थोड़ा बदल डाला—बजाय आज रात के जाने के कल का टिकट लिया। आज रात और कल का दिन नइकी चाची के आसपास रहने के बजाय ससुराल में रहने का तय किया।

दूसरी शाम को मनोहरलालजी ने अपने पैग के साथ राजन के लिए भी बनाया और ससुर-दामाद ने चियर्स किया। सास भी पास ही बैठी थीं।

"मन सचमुच बहुत हल्का है"—राजन ने कहा—"शायद मैंने गलत नहीं किया।"

"भई, हम तारीफ नहीं कर सकेंगे। वकील तो जीतना ही चाहता है। पर चलो आज का जाम देश के नाम। तुम्हें मालूम है पाकिस्तान की फौज ने ईस्ट बंगाल में समर्पण कर दिया। हम जीत गए।"

"मैं भी जीत गया।"

"अगर तुम ऐसा सोचते हो तो ठीक है।"

मनोहरलालजी राजन से असहमत थे पर उनके स्वर में आलोचनात्मक कड़ुवाहट नहीं थी। वे इस दुनिया के आदमी थे लेकिन अपने मामलों में ही, बाहर के मसलों पर उनका रवैया अक्सर तटस्थ होता था।

"मैंने एक चिट्ठी छोटे को लिखी है, इसे मेरे जाने के बाद आप उस तक पहुँचा दीजिएगा। मैंने लिखा है—प्रिय छोटे ! शायद तुम्हें याद हो, बाबूजी—स्व. मुंशी राधेलाल तुम्हें कितना लाड़ देते थे। मैंने देखा है और मुझे याद है। कभी नइकी चाची से पूछना। मैंने मुकदमा वापस ले लिया है। अगर तुम कहते कि मुझे एक कमरे की और जरूरत है, भैया, मुझे चाहिए...तो मैं सहर्ष दे देता, जैसे बाबूजी तुम्हारी हर ख्वाहिश पूरी करते थे। मुझे कमरे का चुपचाप अँगोटा जाना थोड़ा खराब लगा था, इसलिए मुकदमा लगा दिया था—पर गलती सबसे होती है। तुम्हारी आमदनी कम है, उसे मुकदमेबाजी जैसी चीजों पर जाया होने के बजाय बचवों पर खर्च होना चाहिए। वह कमरा तुम्हारे लिए

है। आगे तुम्हारा आचरण भी छोटे भाई की तरह होगा तो हम सबको अच्छा लगेगा। नइकी चाची को हम चाची भले कहते हों—वे हमारी माँ हैं। उन्होंने बहुत अच्छे दिन देखे हैं। उनका ख्याल रखना।—तुम्हारा बड़ा भाई रज्जन।"

"एकदम सही रास्ते पर चल रहे हो बेटा। इसे ही बड़प्पन करते हैं। सब बह जाता है, यही है जो रह जाएगा। हम अपनी बिटिया रम्मो को न सिखा पाए यह।" राजन की सास कह रही थीं।

रम्मो...कितना आग-बबूला होगी, राजन अन्दाजा लगा सकता था। रम्मो को सिखाना चाहिए, लेकिन सीखने के लिए प्रस्तुत होना...उसका स्वभाव ही नहीं है। अगर मुकदमा वापस ले लेना राजन की निरी भावुकता है तो सास जैसी बुजुर्ग जिन्होंने दुनिया देखी है...वे इसे कैसे अपनी स्वीकृति देती हैं ! राजन को क्यों भीतर से लगता है कि यही है जो होना चाहिए था...कुछ और होता तो वह राजन की बात न होती, उस पर किसी और का प्रभाव होता। जो राजन ने किया वह गलत है स्वार्थ की दृष्टि से ही तो...लेकिन स्वार्थ तो अपने आप में ही गलत है।

राजन आश्वस्त था। वह रम्मो को भले ही कभी न समझा पाए लेकिन वह गलत नहीं था। नइकी चाची के रहते हुए इसके अलावा कुछ और होना भी नहीं चाहिए था। रम्मो से निपटता रहेगा राजन...शुरू में उसे बताया ही न जाए। उसे यही पता रहे कि मुकदमा चल रहा है, मुकदमे चलते भी हैं सालों और तब तक उस जमीन-जायदाद जिसको लेकर मुकदमे हैं उन्हीं का क्या-से-क्या हो जाता है !

"इस बात को रम्मो से जाहिर न करें। आपसे पता न चलेगा तो उसे कहीं से भी पता न चलेगा। हम उससे यही कहते रहें कि मुकदमा चल रहा है।"

"हम समझते हैं बेटा। तुम जैसा चाहोगे..." सास ने कहा।

"लेकिन बाबूजी चुप हैं।"

"डोंट वरी ! हम सोच रहे थे कि मुकदमा चलता तो मौक्किल दौड़-दौड़कर आता तो हमारे पास।"

"वह वैसे भी आया करेगा।"

9

शान्ति श्याम के साथ कलकत्ते चली आई थीं, पर उनका स्वास्थ्य गिरता ही गया। दवा-दारू में श्याम ने कोई कसर नहीं उठा रखी थी। तबीयत सँभलती भी, लेकिन कुछ दिनों को ही, उसके बाद फिर गिरावट दिखाई देने लगती, जैसे बरसात में कोई पुरानी दीवार...गड्ढे, खोह जहाँ दिखाई दे भर दिए जाएँ और दीवार साबुत होने का भ्रम भी देने लगे, पर अगली बौछार पड़ते ही फिर भसकने को हो जाए।

शान्ति जानती थीं कि श्याम कर रहा है जो वह कर सकता है—उनकी काया की देखभाल, लेकिन भीतर जो मन है...उसकी जब न किसी को हवा है तो दवा भी

कोई क्या और कैसे कर सकता है। क्यों मात्र साठ साल पार करते जीने की इच्छा ही मर गई ? मुंशीजी के जाने के बाद सास थीं तो शान्ति की दिनचर्या उनके इर्दगिर्द सिमट आई थी। समय निकल जाता था। सास गईं तो घर था...जहाँ वे कुछ थीं। उनका कुछ उपयोग, कुछ दायित्व था...लेकिन जैसे ही सबने अपनी-अपनी दीवारें खड़ी कीं कि शान्ति बड़े घर की सबसे बड़ी के बजाय घर के बाहरी हिस्से में पड़ी एक विधवा मात्र रह गईं...फालतू स्त्री, ऐसी माँ जिनके बच्चों ने उसे मोहल्ले-पड़ोस के आसरे छोड़ रखा था। बड़े घर से गिरीं, घर के बाहरी हिस्से में अटकीं और आखिर में वे आ पड़ीं कलकते के इस दर्बेनुमा फ्लैट में। पूरे फ्लैट में इतनी-सी जगह जितनी उनके घर के एक कमरे में होती थी। समाज के लिए व्यर्थ तो वे घर के बँटवारे के समय हो ही गई थीं, यहाँ पहुँचकर जीवन के लिए भी व्यर्थ हो गईं। बनारस के घर के बाहरी हिस्से में पड़ी-पड़ी वे सोचा करती थीं कि क्यों वे उसी घर में उन्हीं लोगों के बीच वह नहीं हो सकीं जो जोगेश्वरी थीं...उनके व्यक्तित्व में कोई कमी या समय ही दूसरा आ गया था ? कभी वे अपने बच्चों का सोचने लग जातीं...उनके सब बच्चे एक साथ रहते होते तो शायद उन्हें भी वैसा ही भरा-पूरा लगता जैसे जोगेश्वरी को अन्त तक लगता रहा। क्यों ऐसा होता है कि बच्चे बड़े होकर अपनी-अपनी राह चले जाते हैं, माँ-बाप पीछे छूट जाते हैं...बच्चों के जीवन में उनकी कोई जगह ही नहीं। अपने परिवार में इस सिलसिले की शुरुआत शान्ति ने ही की थी—उन्होंने ही मोहन को बनारस छोड़ने, नौकरी पर बाहर जाने के लिए प्रेरित किया था। वे ऐसा न करतीं तो शायद आज बनारस के घर में—भले ही सिर्फ अगले हिस्से में—वे अपने सभी बच्चों के बीच बड़ी अम्मा बनी बैठी होतीं। कलकत्ते आ तो गई हैं—लेकिन यहाँ जैसे कि किसी दूसरे लड़के के यहाँ, एक का परिवार ही तो हो सकता है। कभी लगता—चाहे यहाँ रहो या वहाँ या कहीं और...अब कुछ फर्क नहीं पड़नेवाला, सब अवस्था का दोष है। एक उम्र के बाद सब कुछ कितना नीरस हो जाता है। जीवन आपको कैसा निरीह, आश्रित और व्यर्थ बना देता है ! भीतर ही कोई गड़बड़ी हो जाती है, बाहर पहले जैसा भी बना रहे तो भी सब कुछ बदल जाएगा।

इतना निस्संग होकर शान्ति हमेशा नहीं सोच पाती थीं। ज्यादातर उन्हें बदला हुआ समय, बदले हुए लोग, उनके बदले तौर-तरीके...ये सब कचोटते होते। वे अपने समय से तुलना करतीं और मौजूदा समय को बहुत खराब पातीं जिससे वे और कुढ़तीं और स्वास्थ्य और गिरता चला जाता...लोगों में कैसे एक-दूसरे के लिए प्रेम खत्म हो गया है ! पहले घर के बाहर मोहल्ला-पड़ोस के लिए भी प्रेम था, सबके दुख-पिराते में शरीक होने का स्वभाव था, अब अपने बीवी-बच्चों के बाहर प्रेम महसूस ही नहीं किया जाता, सिर्फ औपचारिकताएँ निबाही जाती हैं। सिर्फ अपना-अपना ख्याल। पहले खुशी देने में थी, अब लेने-पाने-हथियाने में ढूँढ़ी जाती है। जीवन अपनी लीक पर चलने की बजाय दूसरों की नकल हो गया है। श्याम उन चीजों के लिए दौड़ता-फिरता है जिन्हें रखने के लिए उसके इस छोटे-से घर में ठौर भी नहीं है। उसे भी डबल-बैड चाहिए, डाइनिंग टेबिल, फ्रिज, टीवी चाहिए। क्यों नहीं वह अपनी औकात और घर में जितनी

जगह है, उसके अनुसार अपनी जीवन-शैली रखता ? क्यों नहीं उसमें खुश रह सकता ? क्यों हमेशा यह कोशिश कि उसके घर में दूसरों से कमतर न रहे, एक चीज के बाद दूसरी, दूसरी के बाद तीसरी चीज घर ले आने की ताबड़तोड़ कोशिश।

अंग्रेजियत पर जोर बढ़ता जा रहा है—श्याम अपने बच्चों का गला टाई से कसकर अंग्रेजी स्कूल भेजता है, उनसे घर में भी अंग्रेजी में बात करता है। बच्चे हिन्दी में बात भी करें तो उन्हें अंग्रेजी में बोलने की याद दिलाता है। बच्चे और वह दोनों अंग्रेजी में बात करके गर्व महसूस करते हैं। मम्मी भी नहीं मौम बोलेंगे। मोहन और राजन के यहाँ भी ऐसा ही चलता होगा...बल्कि एक हाथ ज्यादा। ये मुंशी राधेलाल का परिवार है... मुंशीजी जिन्होंने अंग्रेजों की खिलाफत में अपनी जान दी ? समाज में क्या हो रहा है... अक्सर शान्ति समझ नहीं पातीं। वे धीरे-धीरे अजायबघर में रखी बहुत पहले वक्त की कोई चीज होती जा रही हैं।

और इस तरह भीतर-भीतर शान्ति को घुन खाए जा रहा था। बाहर जो दवा-दारू हो रही थी, उसका क्या असर होता ! श्याम उन्हें लाया था कि वे बनारस में बीमार थीं और उसके पास उनकी ठीक से देखभाल, इलाज वगैरह हो सकेंगे, उनकी तबीयत सँभलेगी...पर वह कुछ हो न सका। शान्ति से देखा न जाता जिस तरह श्याम दफ्तर और अपने घर की जिम्मेदारियों के साथ-साथ उनकी दवा-दारू के लिए भी दौड़ रहा था। ऊपर से यह कि वह समय जब शान्ति की तबीयत सुधरने लगेगी....वह कम-से-कम बहुत पास तो नहीं ही दिखता था। शान्ति से अपने बेटे की परेशानी देखी न जाती थी। आखिर एक दिन वे उससे कह ही बैठीं—"बेटा...अब तुम मेरे लिए डाक्टरों के पीछे दौड़ना, वह दवा यह दवा लाना...यह सब बन्द कर दो। एक उम्र के बाद शरीर सँभाल में आता नहीं, पैसा और अपनी मेहनत बहाने से क्या फायदा ! ठीक होना होगा तो यों ही ठीक हो जाऊँगी, वरना क्या बुरा है—सब कुछ देख-सुन लिया, सभी अपनी जगह अच्छे से हैं, फल-फूल रहे हैं। अब क्या देखना बाकी है जिसके लिए शरीर को घसीटा जाए ! सच तो यह है बेटा कि तुम्हारे बाबूजी के जाने के बाद एक दिन को इस दुनिया में जिसे मन लगना कहते हैं...वह नहीं हुआ। पर चोला ठीक था तो चलो चलते रहो, लेकिन अब काहे के खातिर...अब जब शरीर ने ही बगावत कर दी है।"

शान्ति के स्वर में लेशमात्र कटुता नहीं थी। जैसे बहुत धीरज के साथ कोई अपनी रामकहानी को खात्मे की तरफ जाते देख रहा हो, न कोई हताशा, न कोई पश्चात्ताप।

श्याम ने बहुत समझाया लेकिन शान्ति ने असहयोग शुरू कर दिया। पहले डाक्टर के पास जाना बन्द किया। श्याम का मन रखने को जितनी दवा लाई पड़ी थीं...चलो उतनी और खा लेते हैं। अब कोई नई दवा लाने की कोई जरूरत नहीं। वे बहुत मीठे-से श्याम को समझातीं—"ढलते हुए शरीर को क्या ये दो-चार गोलियाँ सँभाल सकती हैं बेटा ! तुम बेकार परेशान न हो, रुपए-पैसे न बहाओ। दवा नहीं खाऊँगी तो मर जाने वाली नहीं हूँ। जितनी साँसें लिखाकर लाई हूँ, उतनी पूरी करके ही जाऊँगी।"

शान्ति को जीने के लिए अब कुछ भी उत्साहित नहीं करता था। कर-कर के वे

खाट से आ लगीं। जितना उनका चलना-फिरना कम होता गया, उतना ही ज्यादा वे बनारसवाले घर में चलती-फिरती होतीं, मनसा। दिमाग की पकड़ कम हो गई तो उन्हीं दीवारों के बीच होने का अहसास जमकर उनमें बैठ गया। जैसे वे वहीं थीं, पाँच आँगनोंवाले घर में, पुराने समये में–बैठकखाने में मुंशीजी काम कर रहे हैं...एक तेजस्वी महिला खटखट इधर-से-उधर, उधर-से-इधर जाती रहती है, देवरानियाँ-बहुएँ शान्ति के आसपास चिपकी हुई हैं, उनके पति मुँह बनाए बाहर से आते हैं तो वे कुछ अचकचाकर, कुछ उनका मजाक बनाते हुए अपने-अपने कमरों की ओर भागती हैं, फिर भी कोई मुँह बनाए है तो कोई ऊटपटाँग बड़बड़ा रही है...लेकिन सामने सबके बच्चे साथ खेल रहे हैं, शान्ति की गोद में उसी का बच्चा लड़ियाया बैठा है जो अभी-अभी शान्ति को भला-बुरा कहकर गई है...फिर कोई त्यौहार आता है या कोई विवाह...और सब एक हो जाते हैं, सब तरफ मिठास फैल जाती है। शान्ति पड़े-पड़े पता नहीं कहाँ होती थीं। कभी चेहरा अपार मिठास में तिरता होता...जैसे उनके चारों तरफ खूब भरा-पूरा था। श्याम पूछता कि भाइयों और बहन को बुला दें, क्या माँ किसी के पास होना चाहती हैं ? शान्ति कुछ न कहतीं, उन्हें यह लगता ही नहीं था कि वे किसी से दूर हैं। आखिर एक रोज जब तबीयत एकाएक बहुत बिगड़ गई तो श्याम ने अपने आप ही भाइयों को तार दे दिया। मोहन दिल्ली में थे और राजन का तबादला नागपुर से बम्बई हो चुका था। दोनों फौरन पहुँचे। मोहन स्लीपर में सफर करके आए, राजन हवाई जहाज से पहुँचा...लेकिन दोनों के पहुँचने के पहले ही शान्ति संसार छोड़ गई थीं।

पहले दोनों भाइयों को संशय था कि अम्मा की जैसी दवा-दारू हो सकती थी, वह नहीं हो पाई शायद...लेकिन कलकत्ता पहुँचकर उन्हें यह विश्वास हो गया कि श्याम ने अपने सीमित साधनों के बावजूद कोई कसर नहीं उठा छोड़ी थी। पति-पत्नी ने जैसी सेवा की, उससे अच्छी नहीं हो सकती थी। अन्तिम दिनों में अम्मा ने जो दवा लेना छोड़ दिया, उससे मोहन यह बिलकुल अन्दाजा लगा सका कि बनारसवाले घर के छूटते ही अम्मा की जीवितेष्णा समाप्त हो गई होगी, भले ही वे कह न सकी हों। यह तो ठीक कि उन्हें हमेशा जीवित नहीं रखा जा सकता था, लेकिन वे बनारस रह आतीं तो शायद इतनी जल्दी न जातीं। मोहन को क्लेश और भी ज्यादा था क्योंकि अम्मा के बनारस छोड़ने की जिद सबसे ज्यादा उसी ने की थी। पर ये सब मन के ऊहापोह थे, जो किसी भी मृत्यु के बाद उठते हैं वरना तो यह भी हो सकता था कि बनारस में देखभाल, दवा-दारू के अभाव में वे और जल्दी चली जातीं। बहरहाल अब हकीकत यह थी कि शान्ति जा चुकी थीं और उनके जाने के साथ ही अलग से पहचान में आ जानेवाला, अलग मूल्यों, अलग तौर-तरीकोंवाला एक काल-खंड समाप्त था। मोहन, राजन, श्याम को बनारस के घर से जो अन्तिम लड़ जोड़े हुई थी, वह टूट गई थी।

कर्मकांड समाप्त हुए और उधर ओमी श्याम की पत्नी के साथ कुछ दूसरी किस्म की ही उलझनों में आ फँसी। अम्मा या बड़ी अम्मा से ज्यादा लगाव ओमी को राजन और श्याम से रहा था। ये उस समय ओमी के साथ थे जब उसके कोई बच्चा नहीं

था। इसलिए और भी उन्हें ओमी का पुत्रवत् स्नेह मिला। दोनों भाई तब उम्र में जरूर बचपन पार कर गए हों पर बड़े घर का होने के कारण आदतों और हरकतों में बच्चे ही थे। ओमी करीब-करीब उनकी माँ थी। रात आने में किसी को देर हो जाए तो ओमी खाना रखे बैठी रहती। मोहन ने कितनी बार टोका भी—तुम उनकी पत्नी हो क्या जो यों बिना खाए बाट जोहती रहती हो, पर ओमी क्या करती, उससे खाया ही न जाता। इसी तरह अगर ओमी को पता चल जाए कि दोनों में से किसी के पैसे खत्म हो गए हैं...तो वह मोहन को बिना बताए अपने पैसों में से दे देती...जबकि मोहन की सख्त हिदायत थी कि निश्चित रकम से एक पैसा ज्यादा न दिया जाए, तंगी में रहने की आदत पड़नी चाहिए। राजन से कुछ ज्यादा ही मोह हो गया ओमी को जब स्नेह उसके थोड़ा करीब आ गई। राजन जब इलाहाबाद पढ़ने चला गया तब स्नेह से ज्यादा ओमी उसके लिए तड़प-तड़प उठे...जैसे पहले जो बेटा था वह अब स्नेह के माध्यम से प्रेमी हो गया था।

कैसे होते हैं ये सम्बन्ध। साफ-साफ कभी नहीं कहा जा सकता कि माँ-बेटे, देवर-भाभी या कि प्रेमी-प्रेमिका के ही हैं या सब कुछ का थोड़ा-थोड़ा घालमेल है उनमें। किसी बिन्दु पर वे क्या हैं—एक भी ठीक-ठीक नहीं कहा जा सकता। कभी प्रेमिका-प्रेमी तो कभी माँ-बेटे ! और प्रगाढ़ता का ठीक-ठीक अन्दाजा तो शायद किसी को नहीं होता। यह जरूर देखा गया है कि एकाएक किसी मुकाम पर बड़ी बारीकी से अधिकार की भावना पैदा कर देते हैं ये और वह प्रकट भी जाने किस रूप में होता है। राजन पर उसकी पत्नी रम्मो का इतना अधिकार हो...यह ओमी को कभी पसन्द नहीं आया। वह स्वयं आश्चर्य में थी कि उसे रम्मो से ईर्ष्या क्यों, ओमी रम्मो की प्रतिद्वन्द्वी तो है नहीं... कभी इस तरह की भावना ही नहीं उठी राजन के लिए। वह ईर्ष्या नहीं थी जितनी यह कि राजन पर कुछ ओमी का भी तो अधिकार था...ओमी यहाँ आहत हुई थी और वह प्रकट हुआ किसी और ही रूप में। राजन उसी नौकरी में था जिसमें मोहन थे, तो ओमी यह चाहने लगी कि राजन का जीवन भी मोहन जैसा ही हो—सादा और ईमानदार। ऐसा मोहन भी चाहते थे लेकिन अगर राजन दूसरे रास्ते पर चल पड़ा तो क्या किया जाए। स्वभाव का वह सीधा-सादा था, रम्मो ही उसे उस रास्ते ले गई होगी। ओमी का बेटा पिछले बरस राजन-रम्मो के यहाँ रहकर आया था। मोहन ने भी बेटे को भेजने की तत्परता दिखाई थी...उनके बच्चों को भी आपस में एक-दूसरे को जानना-पहचाना चाहिए। बच्चों का मिलना-जुलना तो हुआ, पर मनोज एक अजीब हीन भावना लेकर लौटा। वह ओमी से इस या उस तरह एक ही बात कहता रहा था—"राजन चाचा के यहाँ क्या बढ़िया-बढ़िया चीजें हैं—आलीशान सोफा-सैट, हर कमरे में सुन्दर कारपेट, तरह-तरह के बिजली के सामान, कैसी-कैसी सजावट, विदेशी वाशिंग मशीन। चाचा का घर बहुत सुन्दर लगता है। हमारे यहाँ पर्दे भी ढंग के नहीं हैं..."

इस बार ओमी और श्याम की पत्नी मिलीं तो दो औरतों की फुसफुसाहटों के बीच और ओमी के आहत अधिकार की भावना ने आकार धारण किया, बेशक श्याम

की पत्नी के लिए बात साधारण उत्सुकता, सहज ईर्ष्या-भाव...इसी स्तर की रही।

बाहर से देखनेवाले के लिए उन दो भाइयों के घरों में फर्क इसलिए था कि मोहन और राजन में फर्क था। पिता मुंशी राधेलाल जिन्दगी के हर पक्ष का रस लेनेवाले थे, लेकिन मोहन एकदम सूखा था। कायस्थोंवाले आम शौक तक नहीं—गोश्त-शराब, अंडा, कुछ नहीं। शुद्ध शाकाहारी। उसमें पहनने-ओढ़ने के लिए भी कोई उत्साह नहीं था—जरूरत के हिसाब से कपड़े होने चाहिए...बस। शायद उन दिनों जब मोहन नई-नई नौकरी पर लगा था, ओमी और वह कुछ खर्चीली आदतें डाल सकते थे, लेकिन उन्हीं दिनों मोहन को श्याम और राजन का खर्च भी उठाना पड़ा। फिर राजन को इलाहाबाद में पढ़ाना और बाद में अम्मा को बनारस माहवार रुपए भेजना। यह सब अगर तनख्वाह में ही करना था तो खर्चीले शौकों की जगह ही कहाँ थी !

यह सवाल उठता था कि मोहन पर ईमानदार रहने की धुन कैसे चढ़ी, और वह इतनी बलवती हो गई कि ओमी को भी रँग ले गई, जैसे कि पहले, बहुत पहले यह सवाल उठता था कि मुंशी राधेलाल...रसिक, दुनियादार...उन पर एकाएक देशभक्ति का जुनून कैसे सवार हो गया था ? शायद बात देश, काल, कालखंडों की थी...जब देश में जो छाया हुआ है उसे सीधे-सीधे एक नहीं, कई की जिन्दगियों में देखा जा सकता है। जिस समय मोहन ने नौकरी शुरू की, देश की फिजाँ में आदर्श और मूल्यों के लिए जोश था। न केवल शिक्षा बल्कि नौकरी के प्रशिक्षण के दौरान भी वैसे संस्कार देनेवाले लोग थे। राजन ने जब नौकरी शुरू की...वातावरण बिगड़ना शुरू हो गया था। आदर्श और मूल्यों की बातें पीछे सरकने लगी थीं, दुनियादारी, व्यावहारिकता की बातें आगे आने लगी थीं। मोहन वातावरण के प्रभाव की बात समझता था, लेकिन ओमी वहाँ तक नहीं सोच पाती थी। उसके लिए तो राजन के मोहन से भिन्न होने का कारण सिर्फ एक था—रम्मो ! इस तरह वह मोहन और स्वयं को भी यह विश्वास दिलाना चाहती कि राजन का विवाह अगर स्नेह के साथ हुआ होता तो राजन ठीक रास्ते पर चला होता।

शान्ति के संस्कार सम्बन्धी सभी कामकाज खत्म हो चुके थे। श्याम फिर भी दूसरी व्यवस्थाओं में उलझा था, इसलिए घर के बाहर था। उसकी पत्नी, मोहन, ओमी और राजन बाहरवाले कमरे में बैठे थे। बातें चल रही थीं। भैया-भाभी के पास बैठा राजन भावुक हो आया—

"अम्मा के जाने के बाद अब तो ऊपर हाथ रखनेवाली तुम्हीं हो, भाभी !"

ओमी को राजन की वह बात पाखंड लगी, इसलिए सान्त्वना देने की जगह वह तीखे-तीखे कह गई—"कुछ तुमने अम्मा का ख्याल किया, कुछ भाभी का करोगे !"

राजन को हल्का झटका लगा। उससे बात करते हुए भाभी का स्वर सहज स्वाभाविक रहता था, उसमें यह व्यंग्य का पुट कब और कहाँ से आ मिला। बात और भी चुभी, क्योंकि अम्मा का विछोह हाल-हाल का ही था।

"भाभी ! अब ख्याल तो उतना ही कर सकूँगा जितनी सामर्थ्य होगी, बाकी माँ का रिश्ता तो माँ का ही होता है।"

"ऐसे रिश्ते का क्या कि बीमारी की खबर मिले और बेटा देखने तक न जाए।"

"मुझे तो जैसे ही खबर मिली, मैं चल दिया।"

"मैं पहले की बात कर रही हूँ जब वे बनारस में थीं।"

"पता चला कि श्याम ले आया है, वरना मैं तो जा ही रहा था।"

"ये और श्याम बीमारी की सुनते ही फौरन पहुँच गए, तुम्हारे यहाँ मश्विरा ही चलता रहा।"

इसका कोई जवाब तो नहीं था–राजन जानता था। बहुत भीतर यह हूक भी उठती थी कि काश, तब बनारस हो आता तो अम्मा के दर्शन हो गए होते ! बीवी-बच्चों की माया ऐसा बाँध लेती है कि आदमी यह भूल जाता है कि माँ भी है–उसने कभी नौ महीने गर्भ में रखा था, जब तक अबोध रहा तब तक पूरा सोई नहीं होगी वह...वही जैसे कोई दूर की रिश्तेदार हो जाती है।

"ऐसे ही तब करना जब मेरी बीमारी की खबर पहुँचे !" ओमी ने एक झटका और दिया।

राजन चुप। मोहन चारपाई पर पैर पसारे हुए खिड़की के पार देख रहा था। वह दोनों की बातें सुन भी रहा था, नहीं भी सुन रहा था।

"भाभी, मेरे मन में आप दोनों के लिए क्या है–आप यह खूब जानती हैं, फिर भी ऐसा कह रही हैं !"

"जानती हूँ तभी कह रही हूँ। एक बीवी का मुँह क्या देख लेता है आदमी कि पता नहीं उसे क्या हो जाता है। भूल जाता है कि कहीं कोई बहन, भैया-भाभी, माँ-बाप भी हैं।"

"रम्मो का जो व्यवहार रहा है, उसके लिए मैंने हमेशा आप लोगों से माफी माँगी है। यह मेरे जीवन की असफलता है कि उसमें आप दोनों के लिए वह भाव नहीं पैदा कर सका जो मुझमें है। पर सन्तोष यही है कि रम्मो कुछ रहे, मैं अपनी जगह हूँ।"

"यही तो मुश्किल है कि तुम अपनी जगह नहीं हो, नहीं रह सके। तुम अपने भैया को इतना मानते हो, क्या उनकी तरह सादा जीवन है तुम्हारा ?"

"अब यह तो भाभी अपने-अपने शौक, अपनी रुचियों की बात है।"

"सब जानते हैं ये शौक किसके लिए पाले गए हैं और वे किस तरह से पूरे होते हैं।"

राजन का मुँह तमतमा आया। मोहन समझ गए थे कि आज ओमी रुकनेवाली नहीं। वे रोकना भी नहीं चाहते थे। माँ-बाप हैं नहीं, वे इस विषय पर कुछ कह नहीं सकते, ओमी कह सकती है तो कह ही डाले...किसी को तो बताना होगा, वरना कहीं यह न समझ लिया जाए कि राजन जिस रास्ते पर है, उसमें मोहन की भी सहमति है। उन्होंने ठीक यही समझा कि पानी लेने के बहाने बाहर निकल जाएँ।

"आपका क्या मतलब है ?"

"तुम खूब समझते हो।"

"यह तो मुझ पर लांछन लगाया जा रहा है।"

"लांछन नहीं, सच बोला जा रहा है। किसी को तो कहना होगा। वे तो चले गए तुम्हारें आदरणीय भैया ! उनमें तुमसे कहने की हिम्मत नहीं होगी...पर मैं बता दूँ, सोचते तुम्हारे बारे में वे भी यही हैं।"

"हाँ, मैं बेईमान हूँ, घूसखोर हूँ, नीच हूँ, सब अवगुण हैं मुझमें...बस...आप लोगों के लायक नहीं हूँ...बस ? आप लोगों को पता है रम्मो किस खानदान की है, उसे उसके बाप अब भी कितना देते हैं ? कुछ पता नहीं, फिर भी बोले चली जाएँगी आप। जानती हैं ऐसी बातों के लिए यों मुँहफट नहीं हुआ जाता। बहुत ही सँभाल के जुबान खोली जानी चाहिए।"

बोलते-बोलते राजन का गला भर्रा आया, जुमले आधा चीख में फटने को हो जाते थे। आगे कुछ भी और नहीं कहना था। क्यों कहे वह...और एकाएक उठा और फटफट सीढ़ियों से नीचे उतर गया...

वह क्यों जवाबदेही करे ? अपने-अपने शौक हैं, अपनी 'चौइस' है। आपने पढ़ाया-लिखाया तब कोई रुक्का नहीं लिखा लिया था कि राजन का जीवन बिलकुल आपकी तरह का होगा। आप यह चुनते हैं, कोई कुछ दूसरा चुनता है। आप शराब नहीं पीते, राजन पीना पसन्द करता है। आप शाकाहारी हैं, राजन को मांस खाना पसन्द है। किसी को नहीं बनना आपकी तरह देवी-देवता, वह मनुष्य...कमजोर मनुष्य बना रहना चाहता है तो ? सीधे से क्यों नहीं कहते कि तुम इतने आराम से रहते हो—यह देखकर हम जलते हैं। तो तुम्हें किसने रोका है...तुम भी जो चाहे सो ले आओ घर, चाहे जैसे रहो...

राजन निकला था भटकने, कल की वापसी का टिकट जेब में छूने में आ गया, तो एअर लाइन के दफ्तर की तरफ निकल गया। आज रात की फ्लाइट मिल जाएगी तो वही पकड़ लेगा। कैसे बिताए जाएँगे यहाँ यों बीस घंटे और ?

कहते हैं दुख करीब लाता है। राजन सोचता था कि अम्मा के जाने का दुख उस गाँठ को पिघलाकर खत्म कर देगा जो उनके और भैया-भाभी के बीच पड़ चुकी थी... पर नहीं वह अपनी जगह थी। अब वे करीब कभी नहीं आ सकेंगे। एक वक्त होता है प्रेम का, जब वह बीत गया है तो चाहे जितना मिलो, कोशिश करो...दूरियाँ ही हाथ लगती हैं, वे और फैलती हैं। इससे अच्छा तो मिलने से बचा जाए ताकि पुराना कुछ तो रहे।

भाभी का वह सब बोलना मानो भैया का भी बोलना है। राजन के यहाँ है यह कि फलाँ विचार राजन का है, फलाँ रम्मो का। इनके यहाँ तो दोनों इतने एक हैं कि भाभी जो बोलती हैं, वह भैया का ही सोचा हुआ होता है। अगर उनकी राजन के बारे में यही धारणा है तो बस अब खत्म। यह तो कोई बात नहीं हुई कि शुद्धता के जो ऊँचे मापदंड आपने अपने लिए बनाए हैं, उन्हें सब पर लागू किया जाए ! राजन ने सुना तो था कि बहुत ईमानदार लोग काठ के हो जाते हैं, पर भैया के बारे में उसे यही

लगता था कि वे बहुत स्नेही हैं, मृदु हैं...भीतर से बहुत मानवीय हैं। आज उसे निराशा हुई थी। मुख्य बात है भाभी की रम्मो के प्रति वैमनस्य की भावना, ईर्ष्या की...तभी से जब से स्नेह को वे इस घर में नहीं ला पाईं। ईर्ष्या ही फैलकर पता नहीं क्या-क्या कहला डालती है उनसे।

दुख हुआ कि अम्मा के जाने के बाद जिस सम्बन्ध पर राजन टिकने की सोच रहा था, इतनी जल्दी चरमरा गया। रहेंगे तो सभी...उधर भैया-भाभी, उधर राजन-रम्मो, इधर श्याम, बनारस में और लोग...पर पुरानी दुनिया, बनारस के घर की दुनिया, वे भावनाएँ—अम्मा जैसे अपने साथ उस दुनिया का सारा कुछ समेटते हुए ले गई थीं।

10

दिल्ली में दिसम्बर, सन् उन्नीस सौ पचहत्तर। ठंड ने हवा की पर्तों को जैसे थक्कों में जमा दिया है। रात और कोहरे का मिला-जुला अँधेरा सड़कों पर है...ऊपर से आधी रात के आसपास की वीरानी और डरावनापन।

आनन्द निकेतन के एक नए बने घर के दरवाजे पर दस्तक होती है। भीतर अँधेरा था, लेकिन लोग जाग रहे थे, किसी आशंका में। हिफाजत के लिए इर्दगिर्द अँधेरा पाल रखा था। अँधेरे से अच्छा दोस्त कोई नहीं है इन दिनों।

सन्नी—झूलते बाल और घनी खिचरहाँ दाढ़ी। बाल इधर फिर बढ़ाए हैं उन्होंने। बालों के नीचे चेहरा अब भी कसा हुआ है, आँखें बेहद चौकन्नी। वे उठते हैं, उँगली से अपने दो मेजबान साथियों को चुप रहने और थमने का इशारा करते हैं। चारपाई के सिरहाने रखे अपने झोले में वहीं पड़े दो-चार कपड़े डालते हैं। थैला अब भी गेरुआ है, पर पहनने के कपड़े अब गेरुए नहीं रहे। एक रंगीन तहमद, दो अलीगढ़ी पायजामे और दो हैंडलूमी कुर्ते। खादी का कम्बल लपेट, धीरे से पिछवाड़े की तरफ जाते हैं। दोनों मेजबान तेजी से दोनों तरफ की खिड़कियों के काँच से पीछे झाँककर देखते हैं...उस तरफ कोई नहीं है ! सामने के दरवाजे पर दस्तक तेज होती है...

"कौन है भैया आधी रात को...इस ठंड में ?" एक मेजबान कहता है।

"जरा दरवाजा खोलिए।" थोड़ा सख्त, थमी हुई आवाज।

"क्यों खोलिए...पहले नाम बताइए।"

"खोलिए।"

मेजबान किवाड़ की बटनवाली खिड़की से देखता है—पुलिस। वह दूसरे को इशारा कर देता है। दूसरा पिछवाड़े सन्नी की तरफ जाता है। इधर ठहरा मेजबान सवाल-जवाब चलाता रहता है—कुछ मिनट और गुजारना होगा इस तरह...

"क्यों खोलिए आधी रात को। यह दरवाजे बन्द कर सोने का वक्त है या खोलकर किसी के स्वागत में बैठे रहने का ?"

"हमें जरूरी काम है।"

"जरूरी काम चोरी-डकैती भी हो सकती है। आप नाम नहीं बताएँगे तो हम कैसे खोलेंगे।"

उधर से चुप्पी...पर दस्तक और तेज हो जाती है।

"आप हमें सख्ती करने को मजबूर करेंगे।"

"वाह भाई, अच्छी जबर्दस्ती है। घर हमारा है या आपका ? आप हैं कौन ?"

"पुलिस।"

धीरे-धीरे थोड़ा और समय निकालकर मेजबान दरवाजा खोल देता है।

"आप लोग ! आधी रात को, ऐसी ठंड में...आइए, बैठिए।" मेजबान आगे के कमरे की लाइट जला देता है—"बैठिए ! क्यों भटकते फिर रहे हैं आधी रात को ?"

वे चार हैं, बैठते नहीं। बेचैन हैं कि पीछे की लाइट जले और वे तलाशी लें...

"क्या बात है ?"

"यहाँ कौन-कौन रहता है ?" पुलिस टीम का लीडर पूछता है।

"आप अपना मकसद तो बताइए।"

"जो पूछा जाए उसका जवाब दीजिए।"

"आप जवाब दे रहे हैं क्या ? आप हमें चोर या कत्ल करनेवाला समझ रहे हैं क्या कि इतनी रात गए..."

"आपके अलावा यहाँ और कौन-कौन रहते हैं ? हमारी 'इंफरमेशन' है कि यहाँ स्टेट के खिलाफ काम होता है। चलिए, जलाइए बत्तियाँ...हम तलाशी लेंगे।"

"आपके पास तलाशी लेने का वारंट तो होगा। मैं देखना चाहूँगा।"

लीडर एक कागज निकालकर बढ़ा देता है। उधर का व्यक्ति उसे गौर से पढ़ता है।

"यह तो गिरफ्तारी का वारंट है...वह भी जाने किसका। आप तलाशी नहीं ले सकते।"

"चोप...इतनी देर से बक-बक किए जा रहा है। चलो जी..." लीडर अपने साथियों को आदेश देता है।

"लेकिन तलाशी वारंट के बिना ? रूल आफ ला भी कोई चीज है।"

"देख बेटा...जिसे हमें गिरफ्तार करना है, वह यहाँ छिपा हुआ है, इसलिए हम तलाशी लेंगे। जो चाहे करेंगे...यह है हमारा रूल आफ ला...समझे ? अब ज्यादा चभड़-चभड़ मत कर। हिन्दुस्तानी साले यही भाषा समझते हैं।" भुनभुनाता हुआ वह अपने काम में लग गया।

तलाशी में दूसरा मेजबान पीछे कमरे में कम्बल ओढ़े ऐसे पड़ा मिला जैसे सो रहा है। चारपाइयाँ दो ही थीं, तीसरे किसी के होने का कोई चिह्न ही नहीं। पीछे दरवाजा था, पर वह इधर से बन्द था। नहीं लगता था कि कोई उधर से गया होगा अभी।

पुलिसवाले थोड़ा निराश हो गए थे।

"यहाँ आप दो ही रहते हैं ?"

"जी...क्यों ?"

"परिवार नहीं है ?"

"जी नहीं...होनेवाला है।"

"आप क्या करते हैं ?"

"हम सब बताएँगे जब आप हमें यह बताएँगे कि आप यहाँ क्यों आए हैं, किसको गिरफ्तार करने आए हैं।"

"अबे डम्पो के...बताया नहीं था अभी कि तुम्हारे बाप को लेने आए थे। वे नहीं मिले तो तुम्हीं चलो...तुम दोनों।"

"देखिए साब...आप गलत जुबान इस्तेमाल नहीं कर सकते। हम स्वतन्त्र देश के नागरिक हैं और आप हमारी सेवा के लिए हैं।"

"अभी बताता हूँ...स्वतन्त्र देश के...ले चलो इन दोनों को...डाल दो घर में ताला।"

"लेकिन वारंट तो किसी और के लिए है।"

"तुम लोग जानते हो इन्हें ?"—एक फोटो निकालकर दिखाता है।

"कौन हैं ये ?"

"सुधाकर चतुर्वेदी। यह सरकार के खिलाफ अनाप-शनाप लिखता है।"

"कहाँ रहते हैं ये ?"

"चोप...हमें बेवकूफ बनाने की कोशिश करता है साले ! हम ऐसे ही आए थे यहाँ...चलो, ले चलो।"

"मगर पहले आप वारंट लाइए, आप हमें गिरफ्तार नहीं कर सकते।"

"यह है तो वारंट...किसी के लिए सही। हम तुम्हें गिरफ्तार नहीं कर रहे, सिर्फ ले जा रहे हैं...चल। अरे। ठीक से देख लिया रे, बाथरूम-आथरूम ? कहीं छिपा तो नहीं बैठा है कि हम घर बन्द कर जाएँ और मर जाए साला बन्द घर में !"

काफी समय मिल गया था सन्नी को निकल भागने का। दो सड़कों के पार चट्टानी पहाड़ी थी। वे तेजी से उसमें घुस गए। अब रात यहीं...सुबह निकलेंगे, कोई शक भी नहीं करेगा और चलने में भी आसानी होगी।

गिरफ्तारी का अन्देशा कब से था। इलाहाबाद हाईकोर्ट ने प्रधानमन्त्री के खिलाफ जब से फैसला दिया, तभी से सन्नी सत्ता से चिपके रहने के विरोध में लिख रहे थे। उन लोगों के पास फोटो भी होगा। इसीलिए सन्नी ने दाढ़ी बढ़ाना शुरू की थी...लेकिन यह सब होशियारी बहुत चलेगी नहीं, एक-न-एक दिन वे धर लिए जाएँगे। अब तक बचे हैं क्योंकि एक जगह जम के नहीं रहते और बहुत भरोसे के मित्रों के यहाँ ही रहते हैं।

सारंगी, संन्यास, संघर्ष...अजीब ग्राफ बनता है सन्नी के जीवन का। पहला एक उपेक्षित, छोटे-से साज में ही डुबो लेनेवाला जीवन, दूसरा अपने चोले से ही दूर ले जानेवाला और तीसरा सबसे जोड़ देनेवाला। कभी उन्होंने सोचा नहीं था कि यह भी

जिन्दगी होगी—वे भागते फिर रहे हैं और पीछे पुलिस है। वे लड़ रहे हैं पर किसके लिए...कोई दिखाई तो नहीं देता कि यह व्यक्ति या वह, यह परिवार या वह, फिर कैसी बेचैनी है भीतर कि जैसे जीवन-मरण का प्रश्न हो। उपाध्यायजी से विदा लेने के बाद वे अपने नए कार्यक्षेत्र की तलाश में भटकते रहे—थोड़े दिन अध्यापकों के साथ रहे, उनके मार्फत लेखकों से जुड़ गए...कुछ लिखने का शौक वहीं से पैदा हुआ। एक समाज-सेवी संगठन से भी जुड़ गए। इस बीच इलाहाबाद के उच्च न्यायालय ने प्रधानमन्त्री के खिलाफ फैसला दिया, उनका चुनाव अवैध करार दिया गया। नैतिकता का तकाजा था कि प्रधानमन्त्री तत्काल इस्तीफा दे देतीं, लेकिन वह समय, जब लालबहादुर ने एक रेल दुर्घटना हो जाने पर ही रेलमन्त्री के पद से इस्तीफा दे दिया था, वह लद चुका था। वैसे सुनने में आया जरूर कि प्रधानमन्त्री ने इस्तीफा देने का सोचा, लेकिन उनके आसपास के चाटुकारों-सलाहकारों ने समझा दिया कि उच्च न्यायालय का फैसला प्रधानमन्त्री के खिलाफ एक साजिश है, उनके राजनैतिक विरोधियों की चाल है। अगर ऐसा था भी तो पद छोड़ने में क्या हिचकना था, पद से चिपका क्यों रहा जाए, हम नहीं तो कोई और आए, सँभाले देश को। देश किसी एक व्यक्ति या परिवार की जागीर तो नहीं है। देश की सेवा की बात है, या कि हर हाल में पद पर बने रहने की। जब पद बनाए रखने के लिए संस्थानों को खोखला किया जा रहा था—संसद, न्यायालय, प्रेस। लोकप्रियता का ढिंढोरा पीटने का एक उम्दा तरीका ईजाद कर लिया गया था—किराए की भीड़ अपने घर के बाहर इकट्ठी करो, अपनी जयजयकार बुलवाओ और दिखाओ कि हम क्या करें, हमें तो जनता कुर्सी पर बने रहने के लिए मजबूर कर रही है ! कुल मिलाकर राष्ट्रीय स्तर पर प्रजा, प्रजातन्त्र, संविधान, और नैतिकता का मजाक उड़ाया जा रहा था, उन्हीं लोगों द्वारा जो उनकी सुरक्षा के लिए नियुक्त किए गए थे। सन्नी से न देखा गया। वे इस सच पर लिखने लगे। शुरू के कुछ लेख अपने नाम से लिखे। लोगों ने आगाह किया कि इस तरह बहुत दिनों तक नहीं लिख पाओगे तो छद्म नाम से लिखना शुरू किया। नाम में था भी क्या, कौन सन्नी अपने यश के लिए लिख रहे थे। बात जनता तक पहुँचे...बस ! पत्रकारों-लेखकों के समुदाय से जुड़ते गए, उन्हीं में कुछ दोस्त बन गए। दिल्ली आ गए...यहाँ एक अखबार के दफ्तर में ही रहने का प्रबन्ध हो गया। जब ये खबरें आने लगीं कि जो सरकार के अनुसार 'असामाजिक तत्त्व' या देशद्रोही थे...उनकी सूची बनाई जा रही है, उन्हें भी पकड़ा जा सकता है, तो सन्नी ने अपना वह मुस्तकिल निवास छोड़ दिया। ज्यों-ज्यों तनाव बढ़ता गया, सन्नी को अपने बचाव के लिए और सजग होना पड़ा। वे जगहों के साथ-साथ अपना हुलिया बदलते गए—कभी क्लीन-शेव तो कभी लेनिन-छाप दाढ़ी, कभी देहाती मूँछें। कभी गेरुआ वस्त्र तो कभी तहमद-कमीज। जेल में सड़ने के बजाय, यों भागते रहना और लिखते रहना बेहतर था।

सुबह हुई। सन्नी ने आले में रखे छोटे-से शीशे को निकाला और अपना चेहरा देखा—बड़े बाल, बढ़ी दाढ़ी-मूँछ, शरीर पर लिपटा कम्बल...वे पक्के बागी दिखते थे।

कैंची निकालकर पीछे झूलते बालों को काट दिया, दाढ़ी-मूँछ भी छोटी कर ली। कम्बल उतार झोले में रखने को हुए तो देखा जाड़ा बहुत है, वैसे नहीं तो ऐसे मारे जाएँगे। ओढ़े रहा जाए, पर इस तरह कि सामान्य लगे। झोले को कम्बल के नीचे छिपा लिया और रामकृष्णपुरम में दत्त की तरफ चल दिए। सरकारी बस्ती में कोई शक नहीं करेगा। वहाँ पहुँचकर दाढ़ी पूरी साफ कर देंगे, सिर्फ मूँछ रखेंगे...

सड़क पर ऐसा सन्नाटा था जैसा सन्नी ने पहले नहीं देखा था। किसी अनजाने आतंक से दबा हुआ सन्नाटा। हवा में कुछ गड़बड़ थी कि घुटन महसूस हो रही थी। दत्त के यहाँ पहुँचकर पता चला कि कोई अखबार नहीं आया। उड़ती-उड़ती खबर थी कि आधी रात को सब प्रेसों पर छापा मारा गया और अखबार छपना बन्द करा दिया गया है। सभी प्रमुख विरोधी नेता गिरफ्तार कर लिए गए हैं, जिनमें जयप्रकाश नारायण भी शामिल हैं।

अखबारों का न निकलना...उनका न होना क्या होता है, यह उसी दिन समझा सन्नी ने, वरना अक्सर लगता था कि अखबार क्या है...उल्टी-सीधी बातों को रद्दी-सद्दी कागज पर गन्दी-सन्दी छपाई में रख दिया गया, इधर-उधर से देखा और फेंक दिया कि मूँगफली बेचनेवाले उससे मूँगफली देने के लिए पुड़िया बनाएँ। पूरे देश में आज सबेरे अखबार नहीं आए...यह अहसास पूरी शिद्दत से जब उगा तो सन्नी को लगा जैसे देश के सभी नागरिकों की जीभ काट दी गई हो, या कि सारे भारतवासियों का कोई बड़ा-बुजुर्ग, हितैषी कत्ल कर दिया गया हो।

जैसे परिवार में एक लड़के का क्रमशः बिगड़ना दिखाई दे जाता है वैसे ही सन्नी देश में नेतृत्व को बिगड़ते देख रहे थे। कैसे एक हठी बच्चे की तरह नेतृत्व सिर्फ अपनी जिद से लिपटा चला गया, अपने हठ के लिए ऐसी स्थिति में आ गया कि लोगों को दुख पहुँचा रहा है। मात्र एक व्यक्ति के लिए यह सब ? अपने लिए इस अर्थ में भी नहीं कि उसकी जान को खतरा है, बल्कि सिर्फ इसलिए कि पद के जाने का खतरा है। पद से इतना मोह...कि यह भी ख्याल न आए कि उसकी खातिर तुम जो चाहे तहस-नहस कर रहे हो !

राष्ट्रीय स्तर पर दिखावेपन, अनैतिक आचरण का जो सिलसिला 1969 में शुरू हुआ था, उसका चरमबिन्दु था यह। तब सत्ता को किसी भी तरीके से हथियाने की बात उठी थी, अब सत्ता में किसी भी तरह बने रहने की जिद है। उसके लिए कैसे-कैसे तरीके आविष्कृत हो रहे हैं। ये यहीं नहीं रुकेंगे, चलेंगे आगे भी। गांधीजी कहते थे, साधन भी महत्त्वपूर्ण हैं, सिर्फ साध्य नहीं। यहाँ जो साध्य है वह तो छोटा स्वार्थ है ही...उसके लिए कुछ भी साधन–गिरफ्तारियाँ, यहाँ तक कि लोगों की स्वतन्त्रता छीन लेना भी–जायज माने जा रहे हैं। यही स्वतन्त्रता जिसे पाने के लिए इतने वर्षों संघर्ष चला था, इतने लोगों ने कुर्बानियाँ दी थीं। कहाँ गांधीवाला समय जब अन्तरात्मा, नैतिकता की बातें थीं, कहाँ यह समय जब पाखंड और बेपर्दा होकर सामने आ रहा है।

सन्नी यह देख रहे थे...शायद वे इतने पीड़ित न होते अगर उन्हें यह भी न दिखाई

दे रहा होता कि यह सब समाज और परिवारों में कैसी गलत चीजें पैदा करेगा। कल तक अगर किसी प्रधानमन्त्री के दीवाने रहे हैं लोग, उसे आदर से देखते हैं, तो उसका किया हुआ हठ अपने आप में आदर्श नहीं तो कम-से-कम अनुकरणीय तो बन ही जाता है। अगर अपने पद को बनाए रखने के लिए कुछ भी किए जाने को जायज माना जाता है तो अपरोक्ष रूप से यह कहा जा रहा है कि स्वार्थ के लिए सब कुछ जायज है और सबसे बड़ा स्वार्थ—पैसा, शक्ति या पद है। एक नए मूल्य को पैदा किया गया, अब उसे नए सिक्के की तरह चलाया जा रहा है।

यह सोचने का समय नहीं था कि सन्नी नए संघर्ष में कैसे और कहाँ तक चलें। बाहर इतना सब कुछ तेजी से घट रहा था कि सन्नी के लिए उसकी ही रफ्तार में शामिल हो जाने के अलावा कोई चारा नहीं था। वहाँ भी तत्काल कर्म एक ही दिख रहा था... फिलहाल किसी तरह खुद को बचाओ, यह शहर छोड़कर भाग जाओ, यहाँ जिस परिवार के साथ रहोगे, जिसके पीछे छिपोगे...वह भी मुश्किल में पड़ सकता है।

दत्त के यहाँ सन्नी नहीं रुके। नहा-धोकर निकल गए। दाढ़ी सफाचट्ट कर दी थी, मूँछ तलवार-कट बना ली थी। कुर्ता और अलीगढ़ी पायजामा की बजाय दत्त से उधार ली एक पैंट-कमीज और पूरी बाँहों का स्वेटर। झोला छोड़कर एक आधुनिक-सा बैग लिया और उसमें कम्बल रख लिया। अजनबी लगेंगे ही...पैंट-कमीज उन्होंने कभी नहीं पहनी थी।

कहाँ चला जाए ? छोटी जगह रहना तो खतरे से खाली नहीं होगा। वहाँ से काम भी नहीं हो सकेगा। काम मुख्य है, वरना सिर्फ इस शरीर की हिफाजत करने का क्या मतलब ! लिखना है...लिखकर लोगों में बाँटना है। वे अखबार बन्द कर सकते हैं, अखबार की जगह अब छोटे-छोटे हस्तलिखित टुकड़े निकलेंगे जो सत्य पर, मूल्यों पर यह जो गर्द डाली जा रही है...इसे बुहारते रहेंगे। इसलिए कोई ऐसी जगह चाहिए जहाँ टाइप या साइक्लोस्टाइल करने की सुविधा हो। बम्बई कैसा रहेगा...भीड़ में पहचाना भी न जा सकेगा और वे सारी सुविधाएँ भी मिल जाएँगी वहाँ !

जब सन्नी स्टेशन पहुँचे तब तक यह जगजाहिर हो चुका था कि देश में आपातकाल की घोषणा की जा चुकी है, जनतन्त्र को ताक पर रख दिया गया है और व्यवस्था बनाए रखने के नाम पर प्रशासन ने तानाशाही का डंडा हाथ में उठा लिया है।

अन्धी गली

(1980-1990)

1

सड़क से फूटकर ढलान नीचे उतरते-उतरते एक कुएँ पर खत्म होती है। बम्बई शहर में धरती के ऐसे टुकड़े को कुआँ ही कहेंगे...वैसी ही गड्ढे जैसी निवाई और अँधेरा भी करीब-करीब वैसा ही। गड्ढे में पाँच-छह पीली-पीली बहुमंजिली इमारतें हैं जैसे सीमेंट के कुछ मोटे बेडौल-से खम्भे गाड़ दिए गए हों। एक बड़ा पीपल का पेड़ है शायद उस समय की याद दिलाने को जब ये बहुमंजिली इमारतें यहाँ नहीं थीं, बँगले थे...या कि सिर्फ पहाड़ी का कोई हिस्सा था यह और ये इमारतें क्या, यहाँ कोई बस्ती भी नहीं थी। अब ये इमारतें हैं और हर इमारत में पचीस-तीस फ्लैट। इनमें से एक फ्लैट वह है जिसमें राजन-रम्मो अपने लड़कों—बंटू, छोटू और लड़की—बिट्टो के साथ रहते हैं। सरकारी फ्लैट बाहर से बासा-बासा, पलस्तर उखड़ा...लेकिन भीतर अपनी तरफ से कई काम कराकर अच्छा-खासा, थोड़ा-थोड़ा रंगीन भी बना लिया गया है। फ्लैट में हॉल के अलावा तीन बैडरूम हैं—एक राजन और रम्मो के लिए, एक दोनों लड़कों के लिए, एक बिट्टो के लिए। वक्त जरूरत लड़कों के कमरे में मेहमान ठहर जाते हैं और वे बाहर ड्राइंगरूम में आ जाते हैं। ठीक इस समय ड्राइंगरूम में राजन का पूरा परिवार बैठा है। राजन बहुत ही उदास है, रम्मो भी राजन को देखकर थोड़ा उदास हो गई है। दोनों लड़के तमाशबीन हैं, लड़की के भीतर हिचकिचाहट-भरी हल्की-सी तड़प है।

मोहन और ओमी बम्बई आए और राजन के घर न ठहरकर होटल में ठहरे हैं। ऐसा नहीं कि अम्मा के देहान्त पर जब कलकत्ता में मिलना हुआ था, उसके बाद राजन की भैया-भाभी से मुलाकात ही न हुई हो। कई बार हुई है। वह जब भी दिल्ली गया उन्हीं के पास ठहरा है...कहीं और क्यों ठहरे, वह अपना घर है। कलकत्ते की कहासुनी के बाद भैया-भाभी ने न तो रम्मो को लेकर और न ही उनकी रईसी स्टाइल को लेकर कभी कोई बात की है। इसके अलावा बाकी दुनिया का सारा कुछ बतियाया गया है। भाभी ने हमेशा राजन के बच्चों में विशेष दिलचस्पी दिखाई है। अलबत्ता श्याम के विवाह के मौके पर रम्मो की जो झड़पें भाभी से हुई थीं, तब से उन लोगों की कोई मुलाकात नहीं हुई है। न रम्मो का उधर जाना हुआ और न ही वे लोग इधर आए। यह पहला

मौका आया है। भैया ने फोन पर बताया कि वे लोग आए हैं और फलाँ होटल में ठहरे हैं। राजन ने तभी पूछा था कि घर में क्यों नहीं ठहरे तो उधर से थोड़ा सूखा थोड़ा औपचारिक-सा जवाब मिला—"स्टेशन के पास था, एक बार सामान रख दिया था... कौन बहुत दिन रहना है !" भैया की जो बेहद शान्त और तटस्थ शैली है सोचने और बात करने की, उसमें उनका वह कहना काफी कुछ खप भी गया, फिर भी राजन को उनका होटल में ठहरना स्वाभाविक नहीं लगा। अब तक वह इस बात को गले के नीचे नहीं उतार सका है...

"वे लोग सिर्फ तीन दिन को ही आए और..." राजन की उसाँस निकल गई।

रम्मो राजन को चिन्तित नहीं देखना चाहती, डॉक्टर ने तनाव से बचने को कहा है, राजन को दिल की बीमारी के आसार हैं।

"यहाँ आने को मना तो नहीं किया किसी ने।" रम्मो ने कहा।

"मना करने या आज्ञा देनेवाले बनते ही हम अपने को ऊँचा बना बैठते हैं...फिर उस तरफ चाहे भैया-भाभी हों, या माँ-बाप। इस तरह स्वयं को ऊँचा बना लेना ही गलत हो जाता है। सवाल इस बात का नहीं है कि वे यहाँ ठहरते हैं या होटल में..."

"तो फिर ?" रम्मो अचम्भे से देखती है।

"ठहरने को कोई कहीं ठहर जाए। पैसे से वे भी कमजोर नहीं हैं और अपने यहाँ ठहराकर हम उनकी बहुत बचत नहीं करा देंगे। सवाल है कि यह घर उनका कुछ लगता है या नहीं..."

"लेकिन वे भी तो ऐसा मानें। घर का पता तो था उनके पास, क्यों नहीं स्टेशन से सीधे चले आए ?"

रम्मो ने राजन का ही तर्क उठाकर उस पर दे मारा। राजन सोचता है—जरूर रंजिश होगी पर क्या सिर्फ रंजिश है ? उसे लगता है कुछ हुआ है इस बीच...कुछ बड़ा, उनके घरों के बाहर...जिसने हवा ही बदलकर रख दी है, जिसने भैया-भाभी और राजन को यों ला खड़ा किया—सब अपनी-अपनी तरफ एक हिचक में अटके हुए, राजन उन्हें, वे उसे लाचार-सा तकते हुए।

"कम औन पापा।" छोटू झुँझलाया..."होटेल इज़ एनी डे मोर कम्फोर्टेबल दैन होम। इफ दे कैन एफोर्ड इट, व्हाई नौट...आप परेशान क्यों होते हैं ?"

छोटू का रुख यह है। बंटू तटस्थ है, बिट्टो उतना नहीं पर दोनों के हिसाब से यह मम्मी-पापा का मसला है...वे जानें। बंटू, बिट्टो, छोटू को समझाया भी नहीं जा सकता। कहाँ क्या गड़बड़ी हो गई परवरिश में कि इन्हें संस्कार देना तो दूर, उन संस्कारों की बुनियादी दिमागी जानकारी भी नहीं दी जा सकी। बताकर यह जानकारी दी भी नहीं जा सकती, जैसे कि हमारे यहाँ भाभी क्या होती है—यह इन्हें बताकर समझाया जा सकता है क्या ? इस पीढ़ी का सामान्य ज्ञान तो बहुत है, पर कल्पनाशक्ति उतनी ही कम है...कि थोड़ा बताया जाए और बाकी ये समझ लें। काश बचपन में ये कभी राजन को उसके माँ-बाप, या भैया-भाभी के साथ रहते देख पाते। राजन जब कभी

समझाने बैठता है तो ये उचक जाते हैं, कहते हैं कि पापा लेक्चर देते हैं, पापा उन्हें 'किड' समझते हैं। इसलिए राजन अब वह कोशिश ही नहीं करता। जहाँ बच्चे ज्यादा समय स्कूल-कॉलेज और दोस्तों में रहे हों तो बाहर का प्रभाव ज्यादा पड़ेगा ही, घर उस प्रभाव को कितना सही रास्ते पर रख सकता है ! यही बहुत है कि वे मम्मी-पापा की थोड़ी-बहुत इज्जत करते हैं...तो वह शायद इसलिए कि पापा खर्च चलाते हैं और मम्मी घर चलाती हैं।

बच्चे क्या रम्मो भी नहीं समझती। वह भूल गई है कि ये वही मोहन भैया हैं जिन्होंने बाबूजी के देहान्त के बाद पूरा घर सँभाला, दोनों छोटे भाइयों को पढ़ाया, बहन की शादी की। रम्मो ने देखा नहीं जो-जो भाभी नागपुर में राजन और श्याम की पढ़ाई के लिए रुपए बचाने के लिए करती थीं। राजन को घर पहुँचने में देर हो जाती तो भैया भले ही सो जाएँ, भाभी कमरों में चक्कर लगाती रहती थीं...देर रात तक खुद खाना नहीं खाती थीं, कहती थीं कि उनसे खाया ही नहीं जाता। जब राजन इलाहाबाद में पढ़ता था तो भैया अपने लिए जूते का जोड़ा इसलिए नहीं खरीदते थे कि राजन के लिए जो रुपए भेजे जाने हैं, उनमें कमी न पड़ जाए। सुनसुनाकर थोड़ा-बहुत रम्मो जान गई है। एक बार कहा था उसने सबके सामने...''दें हिसाब और गिनकर ले लें, बार-बार सुनाने की जरूरत नहीं है।''

कितनी चीजों का हो सकता है हिसाब...क्या जितने चक्कर भाभी ने रातों को राजन के इन्तजार में लगाए उनका हो सकता है हिसाब ? वे वर्ष जो उन्होंने राजन और श्याम की पढ़ाई को समर्पित कर दिए—उनकी नई-नई शादीवाले वर्ष...उनका हिसाब कर सकती है रम्मो ? भैया-भाभी ने जो उनके लिए किया, आज की पीढ़ी क्या वैसा कुछ सोच भी सकती है ?

दूसरे दिन जब राजन दफ्तर में था, तो रम्मो एकाएक बिन बताए, पूना चली गई। नौकरानी को खबर कर गई—पूनावाली बहन का फोन आया था, बीमार है, एक-दो दिन में देखकर आ जाएगी। बम्बई से दिन-दिन की गाड़ी है, रिजर्व कराने का कोई झंझट नहीं। उठाई एक छोटी-सी अटैची और बैठ गए गाड़ी में। रम्मो पहले भी कई बार गई है, पूना शहर से खूब परिचित भी है, लेकिन इस तरह जाना...

राजन की तरफ से ज्यादा सख्ती हो गई शायद। हर समय खीझ, रम्मो को हर तरफ से घेरने की कोशिश। घूम-फिरकर एक ही बात—भैया-भाभी ! तैश में कभी यह भी कह गया था—''वे न होते तो तुम कहाँ होतीं ? मेरा यह पद भी उनकी वजह से है, ये न होता तो क्या तुम्हारे माँ-बाप रिश्ता लेकर आते ?'' रम्मो ने भी आसान-सा रास्ता ढूँढ़ लिया—अगर सारी गड़बड़ी रम्मो की वजह से ही है, तो यह चली वह...जाओ जाकर भैया-भाभी को घर ले आओ, खूब ठहराओ, जो चाहे सो करो।

राजन ने बड़े ही सहज ढंग से भाभी को रम्मो का जाना बता दिया—पूनावाली बहन बीमार हो गई अचानक, फोन आया था।

''जाना ही चाहिए।'' ओमी ने फोन पर कहा...''ऐसे में अपने नहीं खड़े होंगे तो

कौन होगा ! हम तो आ ही रहे थे। ठहरे भले ही होटल में हों, घर तो आना ही था, बच्चों को आशीर्वाद देने। रम्मो होती तो और अच्छा रहता। उसके जाने का पता नहीं था, वर्ना हम पहले ही आने का बना लेते।''

कैसे एक टुकड़ा झूठ वितान की तरह फैलता, एक के बाद दूसरे, दूसरे के बाद तीसरे व्यक्ति को लपेटता चला जाता है...जैसे कि हम सभी को स्वयं को ढकने के लिए झूठ का एक पर्दा चाहिए ही। निर्वाह ही है जो महत्त्वपूर्ण है।

शाम को मोहन और ओमी राजन के घर आए, रात के खाने पर। दरवाजा खुलते ही भड़भड़ हो, वे फट से घर के किसी भी कोने में पहुँच जाएँ...इसकी बजाय वे ठंडे-ठंडे घुसे और सभ्य-सभ्य तरीके से ड्राइंगरूम में ही—मोहन सोफे पर और ओमी दीवान पर बैठ गए। दोनों ही कुछ सिकुड़े हुए। राजन जरूर भीतर से अतिरिक्त उत्साह दिखाता हुआ, पर वह उत्साह साफ बनावटी दिखा और वहाँ कुछ उखड़े-उखड़े ही चिपक पाया। उन्मुक्तता जो भाभी के पास होते उसमें उग आती थी...जो काफी सालों के बाद तक भी रही...वह जा चुकी थी, पता नहीं किस कालखंड के किस मोड़ पर—क्या श्याम के विवाह के अवसर पर, या कि कलकत्ता में या कि उसके बाद कभी—और अब इतनी दूर जा चुकी थी कि राजन सिर्फ चहक दिखाकर उसे वापस नहीं ला सकता था।

बंटू, बिट्टो, छोटू—''हलो अंकल, हलो आंटी'' करते हुए आए। कितने छोटे लगते हैं ये शब्द—अंकल-आंटी, चाचा-चाची की ऊँचाई तक पहुँच पाते हैं क्या ? मोहन ने बंटू और छोटू से उनकी पढ़ाई के बारे में थोड़ी-बहुत पूछताछ की। ओमी ने बिट्टो को पास बिठा लिया। राजन एक किनारे बैठा ड्राइंगरूम की सजावट फिर से देखने लगा—संगमरमर का टेबिल लैम्प झिलमिल रोशनी बिखेर रहा था...क्या पता भाभी उसे देखकर यह सोचने लगी हों कि वह कितने का है और दिल्ली में उनके घर क्यों नहीं है, या वह किसने दिया होगा। बुरा हो इस नौकरी का कि सगा भाई भी घर आए तो यही सोचने लगे कि यह जरूर ऊपरी कमाई से खरीदा गया होगा।

''कुछ ड्रिंक लीजिएगा ?'' राजन ने पूछा।

''कोई जरूरत तो नहीं है।''

''बियर ले लीजिए, आपको पेट में पथरी की शिकायत है। कहते हैं बियर से कभी-कभी थोड़ा-थोड़ा घुलकर बह जाती है।''

मोहन ने कुछ नहीं कहा। राजन बियर लगाने लगा।

''पथरी के लिए होमियोपैथी में भी अच्छी दवाएँ हैं। अंग्रेजी दवाओं से बचना भी चाहिए।'' बियर के गिलास लगाते हुए राजन ने कहा।

''पापा तो बस...गनीमत है कि उन्होंने कोई आयुर्वेदिक नुस्खा नहीं बताया अंकल के लिए...'' बंटू बोला...''अच्छा अंकल...मुझे ज़रा बाहर जाना है...होप यू डोंट माइंड...'' वह मुस्कुराते हुए उठा और बाहर निकल गया। छोटू उठकर अपने कमरे में चला गया। कमरे से 'रौक म्यूजिक' की तेज आवाजें बाहर आने लगीं...टू-इन-वन में कैसेट भरा ही रहता है, बटन दबाने की देर।

"छोटू, दरवाजा बन्द करो बेटा, शोर आ रहा है।"

"शोर है यह ?" छोटू ने कमरे के बाहर सिर निकालकर धीरे से कहा—"कमाल है !" और बिट्टो को बुलाकर दरवाजा बन्द कर लिया। ड्राइंगरूम में अब तीन थे—राजन, मोहन और ओमी। तीनों अपने आपको बच्चों की अनुपस्थिति का अभ्यस्त करने में लगे थे। छोटू का कमरा बन्द होने के बाद जैसे म्यूजिक दब गया। बिट्टो और उसकी बातों की हल्की-हल्की आवाज बाहर आ रही थी, शायद वह बिट्टो को समझा रहा था कि पापा वगैरह को अकेले छोड़ देना चाहिए।

"पिछली बार बम्बई आया था, तब तुम लोग नहीं थे यहाँ। शोर बहुत बढ़ गया है बम्बई में।" मोहन कह रहे थे।

"हाँ...और गन्दगी भी। भीड़ बढ़ गई है, हर साल बढ़ती जाती है।"

"लोग क्या करें...गाँवों-कस्बों में रोजी-रोटी, कमाई का कोई जरिया है नहीं, इसलिए शहरों की तरह दौड़ते हैं। फिर बम्बई..."

फिर वे गाँव से शहर की तरफ दौड़ की बातें करते रहे। मोहन ने राजन की तरक्की-तनख्वाह आदि की भी जानकारी ली।

"विदेशी संस्कृति कैसे हावी होती जा रही है हमारे बच्चों पर ! ये म्यूजिक, कौमिक्स...यहाँ देखो तो वही, दिल्ली देखो तो वही।" मोहन ने कहा।

"अंग्रेजी स्कूल-कॉलेज इस सबके गढ़ हैं। आधुनिकता के नाम..."

"नए में भी बहुत कुछ अच्छा है, नया आकर भी रहेगा—उससे परहेज तो नहीं किया जा सकता, पर ऐसा लगता है जैसे नए में जो गन्दा है, हम वही ले रहे हैं।"

"और पुराने का जो अच्छा था, उसे बराबरी से छोड़ते जा रहे हैं।" राजन ने जोड़ा।

"लगता है कोई साजिश है..." मोहन अपनी रौ में बोलते जा रहे थे..."वे चीजें जो हमारे दिमाग को कुन्द बनाएँ, वे बहुत सुलभ कर दी गई हैं। पश्चिमी संस्कृति का ऐसा आक्रमण पहले कभी नहीं हुआ...और हम इतिहास में जैसे पहले आक्रमणों के समय निश्चिन्त बैठे रहते थे, वैसे ही आज भी बैठे हुए हैं।"

दो सगे भाई...इतने दिनों बाद मिल रहे हैं और अपनी, घर की बातें करने की बजाय देश-परदेश, संस्कृति-सभ्यता का विश्लेषण करने में लगे हैं। कहीं ऐसा तो नहीं कि इस बहाने वे बातें जो अपनी थीं—नितान्त अपने घर-परिवार की—उनसे बचा जा रहा था।

"बनारस जाना हुआ, इस बीच ?" राजन पूछ बैठा। कोई तुक तो नहीं थी। जैसे बात यों ही मुख तक आ गई हो और फिर सँभाली न जा सकी हो।

मोहन की आँखें दूर कहीं भटकने लगी थीं। उनमें कोहरे की धुन्ध उतरा आई थी, धुन्ध में कुछ किरण-शलाखें इधर-उधर जुगनुओं की तरह चमक उठतीं।

"बिटिया को खाना बनाना अभी तक नहीं आया है, सत्रहवीं पूरा कर रही है।" भाभी ने शिकायत की। रम्मो होती तो उसे जरूर इसमें अपनी आलोचना ही दिखती।

"भाभी, आजकल पढ़ाई का इतना बोझ है लड़कियों पर कि पहले की तरह इस उम्र तक खाना बनाना, सीना-पिरोना वगैरह सीख लें...यह कहाँ हो सकता है !"

"आंटी, टी.वी. में 'फिल्म' का समय हो गया। देखेंगी, टी.वी. खोल लें ?" बिट्टो ड्राइंगरूम में आ गई थी।

राजन चुप...भैया की तरफ देखने लगा। टी.वी. ड्राइंगरूम में ही रखा था।

"हाँ-हाँ, खोल लो बेटा।" मोहन ने सहमति दे दी।

पिक्चर चालू हो गई, सबका ध्यान टी.वी. पर आ गया।

पर नहीं, उधर मोहन इधर राजन...जैसे ऊपर आसमान में बादलों के दो टुकड़े अलग-अलग लेकिन पास-पास गुजर रहे थे। हमारी यह सिकुड़ी हुई दुनिया—राजन सोचने लगा—टी.वी. पर और सिकोड़कर, मरोड़कर दिखाई जाती दुनिया !

उसने आँखें मूँद लीं, भीतर फैलने लगा विस्तार—छतों की कतारें, ऊपर चढ़ी पतंगें, बड़ बाबा के नीचे लहरों में आता-जाता उठता-गिरता पूरे का पूरा मोहल्ला ! फिर हल्की तन्द्रा-सी छा गई। लगा कि रम्मो और राजन बूढ़े हो गए हैं, बंटू से मिलने इसी शहर में आए हैं और वे भी होटल में ठहरे हैं। बंटू और उसकी बीवी ने भी उन्हें एक शाम खाने पर बुलाया है, इसी तरह...और सब बैठकर टी.वी. देख रहे हैं ! घबराकर राजन ने खुद को झटका दिया—कहाँ जाकर थमेगा यह सिकुड़ना, सूखेपन और सिर्फ अपने-अपने का कहाँ जाकर अन्त होगा ? अजनबीपन जो आज राजन और भैया-भाभी के बीच उग आया है, वही कल पति-पत्नी के बीच क्यों नहीं होगा...फिर बढ़ते-बढ़ते माँ-बेटे में भी क्यों नहीं आएगा। माँ क्यों पालेगी बच्चे को...

राजन थोड़ी देर के लिए बालकनी पर चला गया। हवा बन्द थी, फिर भी पीपल के पत्ते हिल रहे थे, जैसे छोटी-छोटी घंटियाँ झूल रही हों। आवाज नहीं थी या कि थी तो, पर सब घरों से निकलती टी.वी. की आवाजों के नीचे दबी हुई थी।

खाने के बाद राजन के मुँह से धीमे स्वर में निकला—"अब घर पर ही रहें, बंटू और मैं जाकर सामान उठा लाते हैं।"

राजन ने बात ओमी से कही थी। ओमी ने संजीदगी-भरी खामोशी के साथ मोहन की तरफ देखा। थोड़ी देर मोहन सोचते रहे, फिर उनके मुँह से ठंडे स्वर से निकला—"एक रात की ही तो बात है अब। यहाँ या वहाँ...क्या फर्क पड़ता है !"

दोबारा वह आग्रह राजन के मुँह तक भी नहीं आया। रम्मो और भाभी तो बहाना बने, भैया और उसमें ही कुछ हो चुका था इस बीच...जैसे इन तमाम वर्षों, बहती हुई हवा उनके मनों पर धूल की एक-एक और पर्त जमाती रही थी जो अब मैली पपड़ी का रूप ले चुकी थी...सख्त-सख्त।

अगले दिन राजन के भैया-भाभी चले गए। उन्हें स्टेशन पर विदा करने के लिए राजन अकेला था। रम्मो पूना से नहीं लौटी थी। होती भी तो क्या आती ? बच्चे अपने-अपने कामों में व्यस्त थे।

गाड़ी में उन्हें चढ़ाकर आया तो फिर राजन का किसी काम में मन नहीं लगा।

तबीयत बहुत उचाट थी। चारों तरफ सूखा ही सूखा...जैसे माथे पर इकट्ठा होकर सुलग रहा था। हवा में धुआँ-सा कुछ आ मिला था। बार-बार साँस नीचे जाते-जाते रुक जाती, जैसे बीच में कहीं अटक रही हो। शाम की डाक में एक पोस्टकार्ड मिला, कोने से फटा हुआ–

''प्रिय राजन भैयाजी को वाराणसी से नीरजप्रसाद 'छोटे' का प्रणाम। समाचार यह है कि कार्तिक सुदी...दिनांक...को प्रातःकाल पाँच बजे हमारी माताजी, पूजनीया करुणावती (नइकी चाची) का स्वर्गवास हो गया। शुद्धि...और तेरहीं...को है।''

राजन की साँस इसलिए अटक-अटक पड़ती थी !

2

रम्मो का एकाएक पूना चले जाना राजन के गले के नीचे नहीं उतर सका था। राहत जरूर हुई थी कि इस तरह भाभी और रम्मो का आमना-सामना टल गया और राजन उस फजीहत से बच गया जो ऐसे में हो सकती थी। भैया-भाभी जब घर आए उस वक्त किसी को जरा भी संशय नहीं था कि उनसे न मिलने के लिए ही रम्मो बहाना बनाकर शहर से बाहर चली गई है। सब उस बात पर पर्दा डालते रहे, लेकिन जितनी देर भैया-भाभी बैठे, रम्मो ही रम्मो थी जैसे वहाँ। उसकी नामौजूदगी में सब उससे और ज्यादा आक्रान्त। उसकी एक भी बात नहीं हुई पर जैसे हर बात के पीछे रम्मो थी। इससे तो अच्छा होता कि रम्मो सबके साथ बैठती और खुलकर हो जाता, जो भी होना था।

और वह जो राजन सचमुच चाहता था, वह तो खैर हो ही नहीं सकता था–कि रम्मो पुरानी बातों के लिए भाभी से माफी न माँगती तो कम-से-कम कुछ ऐसा जरूर करती जिससे थोड़ी-बहुत आत्मीयता जागती।

कुछ भी हो जाए...भाभी बड़ी हैं, उनका दर्जा माँ का है–काश यह भावना राजन के साथ-साथ रम्मो भी उन तक पहुँचा सकती, भाभी और भैया भी जो कुछ उस बीच हुआ उसे एक तरफ सरकाकर पहले जैसा प्रेम उन्हें दे सकते। घर में वे सबसे बड़े हैं, ऊपर बड़े का साया है...यह अहसास ही कैसी सुरक्षा देता है–इसे राजन से अच्छा कौन जानता है, पाँच आँगनोंवाले घर में बड़ा हुआ है वह।

रम्मो का स्वभाव तो जैसा है वैसा है। यह बात भैया-भाभी को समझनी चाहिए कि रम्मो की खुशी का करने के ख्याल से, या चलो उसके व्यक्तित्व के दबाव में आकर ही सही–राजन ने वह जीवन-शैली चुनी जो उनकी जीवन-शैली से भिन्न है। कौन-सी बड़ी बात हो गई ? ठीक उनकी तरह चलते तभी उनके भाई बने रह सकते थे, वर्ना नहीं ? रम्मो एकाएक चली गई तो इसे भी इस तरह देखा जाएगा जैसे कि वह कोई चाल हो जिसमें राजन भी शरीक है। रम्मो का जाना साधारण रूप में क्यों नहीं लिया जा सकता था ? राजन और रम्मो को अलग-अलग क्यों नहीं देखा जा सकता ?

चाहे जैसे, पर यह हुआ कि वह सम्बन्ध, जो राजन के लिए सबसे कीमती था, छिन्न-भिन्न हो गया। कलकत्ते में भाभी और उसकी जो खटपट हो गई थी उसे राजन ने फैलने नहीं दिया था। अगली बार जब उनके पास गया था तो अपने खुले व्यवहार से राजन ने पुरानी रंजिश धोने की कोशिश की थी। ओमी थोड़ा-थोड़ा इस बात को समझने लगी थी कि राजन अपने व्यक्तिगत या अफसरी जीवन में जो है...यह सब उसका मामला है, इससे हटकर ही उनके सम्बन्ध होने चाहिए। शुरुआत अच्छी हुई थी। अगर राजन की तरह रम्मो भी पुरानी रंजिश भूलकर पेश आती, मिल ही लेती...तो सब कुछ कितना मधुर हो सकता था...लेकिन भूलना तो भूलना, वह तो जैसे और भी आरी चलाने पर तुली हुई थी। उसके एकाएक पूना चले जाने से एक और खाई उनके और भैया-भाभी के बीच उग आई थी।

रम्मो जब लौटकर आई तो राजन से बात ही न हो, दोनों एक-दूसरे से बात करने से बचें। जैसे वे जीवन में जाने कितने वर्षों से अलग-अलग अपने रास्ते चलते रहे थे... एक-दूसरे के मामलों से अनजान, अजनबी...दूर रहते किसी पड़ोसी की तरह जिसे देखते तो रोज हैं पर जिससे बात नहीं होती, जो सालों अजनबी ही रहा आता है। चुप्पी का तनाव जब रम्मो के लिए ही बर्दाश्त से बाहर हो गया तो वह भकभका पड़ी—

"आखिर दो दिनों में वे ऐसा क्या कर गए कि मुझसे बात भी नहीं की जा रही ?"

"जी, अब यही तो रह गया है आपके सोचने को...कि वे जादू-टोना भी कर सकते हैं।"

"मैं जब ब्याहकर आई थी तब जादू-टोना किया ही हुआ था। वह तो मैंने धीरे-धीरे करके निकाला।"

"और पूरी तरह निकाल लेने के लिए आपको पूना जाना पड़ा।"

"अपनी बहन के पास ही तो गई थी। बीमार बहन का सोचती या कि आपके भैया-भाभी का जो तफरीह के लिए बम्बई आए थे।"

"और आपकी बहन इतनी बीमार थीं, कि आपको मुझे बताने तक का भी वक्त नहीं मिला।"

"चलिए नहीं थी बीमार। मुझे नहीं मिलना था उन लोगों से। वह सुखट्टू औरत हमेशा मुझे अपनी सौत ही नजर आई।"

"चोप ! यह तो मुझे मालूम था कि बड़ापन तुम्हें छू नहीं गया, पर तुम इतनी नीच हो—यह मुझे नहीं मालूम था !"

एक हूक-सी तीर की तरह नीचे उतर गई, सरसराती। पल-भर को सब इन्द्रिय-द्वार बन्द हो गए। यह थी वह जिसके साथ राजन ने इतने वर्ष बिताए, हजारों-हजारों दिन वे साथ रहे, कितनी रातें वे साथ सोए...तीन बच्चे पैदा किए ! जिसके मन का करने को एक-एक क्षण आतुर ! कभी-कभी जीवन जो धोखा आपके साथ करता है वैसा कोई भी नहीं करता...कि जिसे उम्र-भर आप अपना सर्वस्व माने रहें, वह यह निकले। जिसे

खुशी समझकर भोगते इठलाते रहे, वह दरअसल जिन्दगी से समझौता था। कैसे रंगीन कपड़ों से गन्दगी को ढककर रखते हैं हम !

रम्मो बोले जा रही थी—"ऊँचाई तो सारी आपके खानदानवालों में बँट गई थी, हमारे लिए तो कुछ बचा ही नहीं था। फिर क्यों की नीच घर में शादी ? मैं जानती हूँ कि मुझे हमेशा 'विलेन' की तरह देखा गया। मैंने आपको आपकी प्यारी भाभी से अलग किया। वह आपकी शादी अपनी बहन से रचाना चाहती थी। जिस तरह प्रेम-व्यवहार फैलाने का इन्तजाम उसने किया था...उस सब पर मैंने पानी फेर दिया... इसलिए मैं 'विलेन' हो गई। अरे जनाब, कहिए कि बच गए। उस सुखट्टू ने वह जाल बिछाया था कि सारी जिन्दगी दोनों की सेवा करते बीतती।"

"रम्मो, तुमसे बात नहीं की जा सकती। इस तरह तुम्हारे साथ रहना मुश्किल है।"

"ओह ! तो अब यह सिखाकर गई है वह...कि इस उमर में, लड़कों-बच्चों के बड़े होने पर तुम अलग होने, डाइवोर्स का ड्रामा करो ! ताकि श्रीमान की दौलत हड़पी जा सके...क्यों ? मुझे यह-वह मत समझिए। दौलत कहाँ और कैसे है, कैसे आई है... हर चीज, एक-एक राज जानती हूँ। मैं चाहूँ तो तुम्हें जेल भिजवा सकती हूँ।"

राजन का सिर घूम गया...क्या वे पति-पत्नी हैं, इतने साल पुराने पति-पत्नी ? राजन ने सारी जिन्दगी एक इस औरत की खुशी के लिए झोंक दी। वह शायरी करता था, नाटकों में काम करता था, क्लब जाता था..सब छोड़ दिया, एक-एक करके। भैया-भाभी का ऋणी महसूस करता था खुद को, आज भी करता है...लेकिन उस ऋण के लिए कभी कुछ किया नहीं उसने। एक सूत्रीय कार्यक्रम ही रहा जीवन में—रम्मो की खुशी का करना। बच्चों का भी सोचना तो यों कि रम्मो उनके लिए आगे-आगे सोचती है। वहाँ भी रम्मो के पीछे चलना ही हुआ। राजन के दोस्त इधर कहने भी लगे हैं कि यार तुम्हारे सोच में तो इन चार के अलावा कुछ आता ही नहीं—बात कोई और किससे भी हो रही हो, तुम फौरन इन चारों में से किसी एक पर उतर आते हो, तुम्हारे सारे कार्यकलाप, तुम्हारा सारा सोच चौबीसों घंटे इन्हीं के इर्द-गिर्द। सचमुच राजन किसी पाँचवें के बारे में नहीं सोच पाता, अपने बारे में भी नहीं। क्या है वह अपने इस परिवार के बाहर...यहाँ तक कि नौकरी में भी उसने अपने कैरियर का नहीं सोचा—नौकरी की तो बस बीवी-बच्चों के लिए। नौकरी से वह लिया जो वे उसकी नौकरी से चाहते थे, वह कुछ नहीं जो राजन नौकरी से चाह सकता था। तुम्हारा अपना भी कुछ है ?

राजन टटोलने लगता है...कुछ नहीं। सारा जीवन रम्मो की खुशी के लिए मरता रहा। जो कीमती-कीमती चीजें घर में हैं, जो जेवर उसके बनवाए, एक से एक उसके कपड़े, बच्चों के लिए एक से एक चीजें...आज उन्हीं को लेकर रम्मो जेल भिजवाने की धमकी देती है। राजन ने अपने लिए क्या खरीदा, क्या जुटाया...जो रम्मो लाकर कमीज-पैंट दे दे, जूते तक वही खरीद लाती है। राजन को खुद खाने-पीने, पहनने-ओढ़ने, यहाँ तक कि घूमने-फिरने में भी दिलचस्पी नहीं रही...सब होम हो जाने दिया रम्मो की गृहस्थी पर और वही गृहस्थी अन्त में यों दगा दे जाती है।

जीवन का जीवन जिसने यों उँडेल दिया रम्मो पर, उसे प्रतिदान में क्या मिलता है—'मैं तुम्हें जेल भिजवा सकती हूँ।'

क्या होता जीवन अगर स्नेह के साथ विवाह हुआ होता, क्यों नहीं हुआ वैसा ? क्यों नहीं इतना भी हो सका कि रम्मो का व्यक्तित्व थोड़ा बड़ा, थोड़ा उदार होता... या बाद में ही बन जाता ?

कुछ नहीं हो सका क्योंकि कुछ नहीं होता। तुम्हारे हाथ में यह नहीं है कि ऐसा नहीं वैसा होता या कि वह इस तरह का नहीं, उस तरह का होता, हो जाता। तुम्हारे हाथ में सिर्फ जीना है, बैल की तरह जीना—दिन से रात तक और रात से दिन तक, और कुछ नहीं। वैसे भी उम्र में यहाँ पहुँचकर, बच्चों के जवान हो चुकने पर अब ये सवाल कि राजन का विवाह...इस सवाल के ही क्या मायने रह जाते हैं ? राजन बहुत समझाता खुद को—रम्मो हमेशा असुरक्षा महसूस करती रहती है, तैश में कुछ भी कह सकती है...लेकिन जिसके बलबूते पर सब कुछ हो, जो तुम्हारा सबसे अन्तरंग हो, जिसने अपना सब कुछ तुम पर लुटा दिया हो...उसे जेल भिजवाने का सोचना ही...कोई कैसे विश्वास बनाए रखे मनुष्य में, जीवन में !

विषाद ने चारों तरफ से लपेट लिया है राजन को। हाथ, पैर, सिर, आँख...जैसे सब निर्जीव, अलग-थलग पड़े हुए। कुछ नहीं जो उन्हें जोड़कर रख सके। जिस पर छप्पर टिकाया, वह मयानी ही घुन-लगी निकली। कितने दिन छप्पर को गिरने से बचाया जा सकेगा...कितने दिन।

3

राजन का बड़ा लड़का बंटू इंजीनियरिंग कालेज में पढ़ंता है। पढ़ाई में वह औसत से ऊपर हमेशा रहा और राजन के बच्चों में तो खैर निश्चित ही सबसे मेधावी। बुरी आदतों से दूर, वह हमेशा पढ़ाई-लिखाई में लगा रहता। इंजीनियरिंग के तीन साल हो गए और वहाँ भी नम्बर अच्छे पाए हैं। बोलता कम है, घर की बहुत चीजों से तटस्थ रहता है, लेकिन बाहरवालों से कैसे व्यवहार करना है...इसका ख्याल रखता है। जीवन में कुछ करने की महत्वाकांक्षा है।

बम्बई पहुँचकर बंटू में एक नई बात आई है—विदेश के लिए मोह। यों तो तीनों बच्चों पर पश्चिमी रंग चढ़ा हुआ है, लेकिन बंटू में कुछ ज्यादा दिखता है, शायद इसलिए कि उसमें महत्वाकांक्षा भी है जो आज विदेश में ही अपनी तृप्ति देखती है। शुरू हुआ पौप म्यूजिक सुनने से। साथी आपस में कैसेट अदला-बदली करते और सुनते...पढ़ाई करते तो सुनते, घूमते तो सुनते जाते, आराम करते तो सुनते। इंजीनियरिंग की सूखी किताबों के साथ-साथ कॉमिक्स और सस्ते अंग्रेजी थ्रिलर्स तो चलते ही थे, जींस, विदेशी जूते, सैंट आदि भी चलने ही थे...लेकिन राजन ने देखा कि जब कभी वह भारतीय संगीत का आनन्द लेने ड्राइंगरूम में कोई कैसेट लगाता है, बंटू इस या उस बहाने थोड़ी देर

में चुपचाप खिसक जाता है। नागपुर में जब बंटू छोटा था तब राजन के घर पर भारतीय संगीत का अच्छा-खासा माहौल था। कोई-न-कोई कार्यक्रम होते रहते, रम्मो भी शौकिया कुछ सीखती-साखती थी...घर में तबला-हारमोनियम थे। राजन उम्मीद करता था कि बंटू में हिन्दुस्तानी संगीत के लिए थोड़ी-बहुत रुचि पैदा हो गई होगी...लेकिन यहाँ तो अरुचि आ गई थी। पश्चिमी संगीत के लिए ऐसा मोह। बात राजन ने दरकिनार कर दी थी—भारतीय संगीत नहीं पसन्द, बंटू की अपनी रुचि है, और वह आज के समय और वातावरण से प्रभावित होगी ही। फिर बंटू क्या...आज घर-घर में लड़के-लड़कियों के मन में विदेशी चीजों के लिए ललक थी। उनके घर में भी जब कोई चीज आती...अगर वह विदेशी है तो सबकी बाँछें खिल जातीं, अगर वह देशी हुई तो वो उदासीन हो जाते। कपड़ों में वे उलट-उलटकर विदेशी लेबिल ढूँढ़ते। एक बार राजन ने एतराज किया और समझाया भी कि अपने देश से ही बना-बनाया कपड़ा विदेश जाता है और वहाँ कोई भी लेबिल लगाकर बेचा जाता है। इस तरह अक्सर भारतीय पर्यटक विदेश से अपने ही देश से गए कपड़ों को विदेशी समझकर ले आते हैं और बेवकूफ बनते हैं। इस बात को सबने राजन की कोरी कल्पना मानकर उड़ा दिया। राजन समझाता कि गुण परखो—कपड़ा कैसा है, सिलाई कैसी है यह देखो, यह क्या कि 'फॉरन लेबिल' मिल गया तो चीज बढ़िया हो गई। और हर चीज विदेशी ही क्यों चाहिए ? इस तरह तो हम सम्पन्न होते हुए भी खुद को बराबर गरीब महसूस करेंगे...राजन की बात सुनी-अनसुनी कर दी जाती। एक और चीज राजन ने गौर की है। जब कि राजन हर मायने—शिक्षा, पद, उम्र, अनुभव आदि में अपने बच्चों से बहुत आगे था, शायद ही उनमें से कोई यहाँ तक पहुँचे लेकिन वे उसे बस सुन लेते हैं...कि सुनने के लिए सुन ले रहे हैं, वर्ना तुम हो तो आउट ऑफ डेट, ओल्ड फैशंड। इन लड़कों-बच्चों में आत्मविश्वास का अतिरिक्त पुट दिखाई देता है। अपनी स्वतन्त्रता, अपनी निजता, अपना सोच...इसके प्रति ज्यादा ही सचेत हैं वे। जो हो उनका अपना सोचा हुआ ही हो, उनका अपना निर्णय। दूसरों से प्रभावित होना गलत है...उनके अनुसार यह सब ठीक है...आत्मविश्वास, स्वतन्त्रता... लेकिन यह तो पूर्वग्रह हुआ कि तुम पुरानी पीढ़ी का कुछ भी सुनने को तैयार नहीं हो, वैसा ही पूर्वग्रह जिसके लिए तुम पुरानी पीढ़ी की आलोचना करते हो।

जो खास चीज बंटू में बम्बई पहुँचकर पनपी—विदेश जाने की तड़प—वह इसी सबसे निकली थी। यों इन दिनों इंजीनियरिंग कर रहे सभी लड़के विदेश जाने का ख्वाब देखते थे। बंटू ने भी अपनी मैरिट के बल पर कोशिश की थी पर कामयाब नहीं हो सका था। राजन समझाता कि अभी उसे सिर्फ इंजीनियरिंग पूरी करने की सोचना चाहिए, एक साल बचा है, अच्छी डिवीज़न पाने के लिए पूरी मेहनत करनी चाहिए। नौकरी लग जाएगी तो उसके बाद दर्जनों मौके आएँगे...लेकिन बंटू में कसमसाहट इतनी ज्यादा थी कि राजन को डर होने लगा कि कहीं बंटू इंजीनियरिंग पूरा किए बगैर ही न चल दे ! इसलिए राजन जब मौका मिलता और जितना बंटू सुनता, उसे तरह-तरह से इशारे देता रहता। एक बार तो सीधे-सीधे समझाने बैठ गया—"देखो बेटा, पहले

अच्छी डिवीजन में डिग्री ले लो, फिर कुछ दिनों यहाँ काम करो ताकि यहाँ की कम्पनियों में जो वातावरण है उसके अभ्यस्त हो जाओ...उसके बाद ही विदेश जाने की सोचो।"

"लेकिन डैडी ! शुरुआत ही बैस्ट से करने में क्या बुराई है ?" बंटू बोला।

"इसलिए कि फिर यहाँ आकर काम करना मुश्किल हो जाता है। यहाँ काम करने की परिस्थितियाँ अलग हैं, वर्क कल्चर दूसरी है।"

"यहाँ का क्यों सोचा जाए ?"

"किसी वजह से अगर वहाँ नहीं चला और आना पड़ा ?"

"यह तो डिफीटिस्ट मैंटलिटी है। मैं क्यों वहाँ कामयाब नहीं होऊँगा ?"

"बिलकुल होंगे, लेकिन अगर किसी दूसरे कारण से लौटना हुआ—बहुत-से लोग ऐसा करते हैं...मसलन शादी के लिए वहाँ ढंग की लड़की नहीं मिलती, किसी की बेटी जब बड़ी हो जाती है तो वहाँ का वातावरण उसे बेटी लायक नहीं दिखता, वगैरह-वगैरह...और तब यहाँ आकर एडजस्ट करना भारी पड़ता है।"

"जाने के पहले ही आदमी लौटने की सोचने लगे ?"

"तो क्या तुम विदेश में बसना चाहते हो ?"

"पापा ! देयर इज़ नो क्वसचन ऑफ—'चाहना,' इट डिपैंड्स। अगर जौब सैटिस्फैक्शन हुआ, एवरी-थिंग गोइंग फाइन, दैन व्हाइ नौट...वहाँ बसा भी जा सकता है।"

"बेटा, मैं वहाँ बसने के खिलाफ हूँ, क्योंकि कोई वहाँ कुछ भी हो जाए, रहेगा सैकेंड क्लास सिटीज़न। ऊँचा पद भी आसानी से नहीं मिलता।"

"हुँह"—बंटू ने कन्धे उचकाए—"दैट्स व्हाट यू थिंक।" उसने कहा।

"यस दैट इज़ व्हाट आई थिंक !" राजन की आवाज थोड़ा तेज हो गई। उस तरह कन्धे उचकाकर बोलने में राजन को उपहास दिखाई दिया था, हालाँकि बंटू की तरफ से वैसा कोई इरादा नहीं था। उसने तो एक जुमले का टुकड़ा, जो इसके साथियों के बीच आम प्रयोग में आता था, फेंक दिया था जैसे वह बोला जाता था, ठीक उसी तरह। बिना कुछ सोचे-समझे। पिता के स्वर में छिपी अधिक सख्ती बंटू को चुभ गई और वह उठकर बाहर चला गया।

यह पहला मौका था जब बंटू और राजन के बीच हल्की-सी भी तनातनी हुई। अब तक सब कुछ हँसी-खुशी, मीठे-मीठे चल रहा था। बंटू असभ्य कतई नहीं था लेकिन थोड़ा अतिरिक्त अहं जो आजकल सब बच्चों में था वह उसमें भी था। वह राजन का बेटा जरूर था...लेकिन इस बीच समाज ने जो कुछ उसमें बोया वह भी तो था...उसकी ठीक-ठीक पहचान क्या राजन को थी ?

बिट्टो बंटू से दो साल ही छोटी है। बंटू देखने में साधारण है, लेकिन बिट्टो सुन्दर कही जा सकती है। माँ का सिर्फ अच्छा ही लिया उसने। माँ थोड़ी नाटी और मोटी तो बिट्टो लम्बी और छरहरी निकली। माँ की बड़ी-बड़ी आँखें और तीखे नाक-नक्श मिले उसे। माँ का साँवला रंग काले की तरफ झुका हुआ तो बिट्टो का साँवला गोरेपन की तरफ

झुका हुआ। माँ की जीवितेष्णा उसमें है। खाने-पीने, पहनने ओढ़ने, खासकर गहने पहनने में उसे रस आता है। कुछ मिलाकर आकर्षक व्यक्तित्व। उसकी उम्र के लड़के-लड़कियाँ खिंचते हैं बिट्टो की तरफ, पर बिट्टो ही थोड़ा दूर रखती है उन्हें। बिट्टो को थोड़ा यह भी, थोड़ा वह भी...सब कुछ पर तितली की तरह उड़ना ज्यादा भाता है। सब कुछ छोड़कर, एक ही में डूब जाने की प्रवृत्ति नहीं है उसकी। स्कूल में थी तो पढ़ाई में बहुत अच्छी थी, इंटर में भी फर्स्ट डिवीज़न आई, लेकिन बी.ए. का दूसरा साल चल रहा है और राजन को चिन्ता हो गई है कि वह शायद ही फर्स्ट डिवीजन पा सके इस बार। कुछ ऐसा हुआ है कि बंटू और बिट्टो दोनों में एक साथ ही पढ़ाई में ढिलाई आई है। जवान होने पर ध्यान थोड़ा-बहुत सभी का बँटता है, लेकिन इनका कुछ ज्यादा ही बँटा और वह बम्बई आने के बाद ही। बिट्टो ने जब इंटर पास किया तो जिद करके आर्ट्स लिया। तब उसके मन में पिता की तरह कम्पीटीशन में बैठने की भी इच्छा थी...दो साल भी नहीं हुए कि वह इच्छा दबती नजर आती है। अब वह कभी 'एडवर्टाइजिंग' में जाने का सोचती है, कभी 'जर्नलिस्ट' बनना चाहती है। कभी चित्रकारी करना चाहती है, तो कभी फोटोग्राफी को गम्भीरता से लेना चाहती है...जो भी सामने कुछ आकर्षक दिखाई दिया। बम्बई में वैसे भी ढेरों चीजें हैं। राजन को आशंका है कि कहीं ऐसा न हो कि बिट्टो का अपना सोचना कुछ न बन पाए, ऐसा कुछ भी विकसित न हो पाए जिस पर वह जमकर खड़ी हो सके। वह ऊपर-ऊपर उड़ती है, सहेलियों से भी ऊपर-ऊपर की बातें करेगी वही—"वाओ...ओ शिट !...ओ रियली ?" बस दो-चार शब्दों के सहारे अंग्रेजियत झाड़ते हुए। अरे अंग्रेजी भी बोली तो कम-से-कम यह तो लगे कि अंग्रेजी आती है !

इन बच्चों को अपने मामले में दखल बहुत अच्छा नहीं लगता। राजन जिस वातावरण में पला उसमें सबसे जुड़े रहने की बात थी। अब जब राजन की दुनिया में पत्नी और बच्चों के सिवा कुछ रहा ही नहीं, तो यह कैसे हो सकता है कि वह अपने लड़के-लड़की के मामलों में दखल न करे, उनमें दिलचस्पी लेना बन्द कर दे ! फिर क्या रह जाएगा उसकी जिन्दगी में ? वह कोशिश भी करता है तो भी अपने बच्चों की जिन्दगी से उदासीन नहीं रख पाता खुद को। बोलें चाहे नहीं, राजन उन्हें करीब से देखता रहेगा, उनके बारे में सोचता रहेगा, उनके भविष्य की योजनाएँ बनाता रहेगा... जब्त नहीं कर पाएगा तो उनसे कहेगा भी।

राजन ने गौर किया कि बिट्टो का मन गृहस्थी में ज्यादा रमने लगा है। छोटे-मोटे कामों में जब-तब माँ का हाथ बँटाना दूसरी बात थी, बिट्टो पैसों के इन्तजाम में दिलचस्पी लेने लगी थी। राजन को घबराहट हुई...रम्मो कहीं अपनी कमजोरी तो नहीं बेटी में उतार रही—मालिक बनने का रस ! इस उम्र में वह जो अपने पिता के यहाँ बनते-बनते रह गई थी, उसे अपनी बेटी में पूरा होते देखना चाहती है। रम्मो के मालिकाना मिजाज के कारण ही शादी के बाद राजन के यहाँ घर का कोई भी आकर नहीं रह पाया। आते-जाते श्याम या कोई और दो-एक दिनों को रुक गया वह अलग

बात है। मालिकाना मिजाज अपने आप में नकारात्मक चीज है, अपने सम्बन्धियों से काटकर रख देता है। बिट्टो भी रम्मो जैसी हो जाएगी—यह नहीं सोचा जा सकता, नहीं सोचा जाना चाहिए...क्योंकि बिट्टो को शिक्षा और बड़ी जगहों में रहने से जो खुलापन नजरिए में आता है...इनका फायदा इसे मिलेगा। लेकिन इस उम्र में पैसों में ऐसी दिलचस्पी ! रुपए-पैसे में अगर बिट्टो डूब गई तो पढ़ेगी क्या ! इसका समय अभी नहीं आया है, सारा जीवन पड़ा है इसके लिए। राजन बिट्टो को वैसा ही 'प्रोफेशनल' देखना चाहता है जैसा कि बंटू है। आज लड़का-लड़की में फर्क ही क्या है ! वैसे भी सिर्फ गृहस्थिन होना अक्सर औरतों में खराब ही उभारता है—जैसे रम्मो में, यहाँ तक कि भाभी में। जाने कहाँ से तंगदिली, छोटापन...ये सब उभर जाते हैं। अगर स्त्रियाँ बाहर भी कुछ काम करती हों तो उनका नजरिया थोड़ा बड़ा रहेगा।

अक्सर राजन को अपनी ज्यादती महसूस होती है—वह रम्मो से कुछ ज्यादा ही आक्रान्त है। कौन जाने जो चीजें बिट्टो में वह गलत मान रहा है, वे इस उम्र की लड़की में स्वाभाविक रूप से उगती हों, उसे यह सब सिखाना माँ का स्वाभाविक दायित्व हो ! लेकिन अगर घर-गृहस्थी की सभी चीजों में बिट्टो की दिलचस्पी पैदा हुई होती तो राजन को शायद उतना अजीब नहीं लगता। सिर्फ रुपए-पैसों में दिलचस्पी ? और एक दिन वह बिट्टो के साथ बैठा...जैसे बंटू के साथ बैठा था। इस बार उसने तय किया था कि बैठेगा बेटी को समझाने के लिए उतना नहीं जितना उसे समझने के लिए—

''बेटा ! बी.ए. का दूसरा साल आधे से ज्यादा बीत गया, क्या तुम्हें ऐसा नहीं लगता कि जितना ध्यान इन दिनों तुम्हें पढ़ाई पर लगाना चाहिए उतना नहीं हो रहा ?''

''पापा ! अभी एक साल पड़ा है फाइनल को। हर समय तो मैं किताबों को चाटती न रहूँगी।''

''लेकिन यह समय दोबारा नहीं आता जीवन में।''

''मैं जानती हूँ। इसलिए इस उम्र को सिर्फ किताबों में गँवा देना कहाँ की अक्लमन्दी है। जिन्दगी में और भी चीजें हैं, पढ़ाई के अलावा।''

तर्क अपनी जगह ठीक था लेकिन वह सिर्फ तर्क था और हर तर्क की तरह एक कमजोर हथियार। बिट्टो की यह समझ में क्यों नहीं आता कि यह उम्र तैयारी की है। तैयारी हो जाए तो फिर मन का करने को सारी उम्र पड़ी है। बाकी उम्र में और कुछ तो किया जा सकता है, तैयारी नहीं की जा सकती। तैयारी में कमी रह गई तो सारी जिन्दगी काँटे की तरह चुभती रहती है। फिलहाल राजन का अन्दाजा सही था—बिट्टो का पूरा ध्यान पढ़ाई में नहीं रहा था।

''लेकिन तुमने जो घर के रुपए-पैसों का इन्तजाम अपने हाथों में ले लिया है, इसे मम्मी को ही करने दो, कम-से-कम एक साल और।''

''मम्मी को मेरी मदद की जरूरत है पापा !''

''मदद की जरूरत तो उसे और चीजों में भी है।''

''लेकिन सब चीजें इतनी इम्पोर्टेंट नहीं हैं। जहाँ पैसे की बात है वहाँ मेरे होने

से कितना फर्क पड़ जाता है यह मैं देख रही हूँ...जैसे कि हिसाब-किताब, खरीद-फरोख्त, मनीप्लानिंग। मैं इम्पोर्टेंट चीज में हाथ बटा रही हूँ।''

''अभी तक भी तो चल रहा था।''

''चल रहा था...क्योंकि मुझे समझ नहीं थी और मम्मी को जितनी समझ है उसी में मैनेज करना था।''

''बेटा ! तुम्हारे लिए यह उतना महत्त्वपूर्ण काम नहीं है जितना पढ़ाई करना।''

''क्यों...यहाँ भी तो मैं सीख रही हूँ। सीखना क्या किताबों से ही होता है ? सीख रही हूँ मनीमैटर्स के बारे में। दैट्स नौट लैस इम्पौर्टेंट दैन बुक नौलेज।''

''रुपया-पैसा इतना महत्त्वपूर्ण नहीं होता।''

''पापा ! आपके समय में न रहा होगा। आज वह सबसे बड़ी ताकत है। इट्स द थिंग।''

इस उम्र में...इतनी दृढ़ता से कही गई वह बात...राजन का मुँह थोड़ा सूख गया। इस उम्र में तो बोलना चाहिए कि सबसे महत्त्वपूर्ण है शिक्षा, सुन्दरता, प्रेम, आदर्श... ऐसी चीजें।

''पैसे से कभी कोई खुशी हासिल नहीं होती, उल्टे वह दुखों का कारण बनता है।'' राजन ने अपनी तरफ का तर्क रखा।

''जिसके पास नहीं है उसे बहलाने के लिए की गई बात है यह। जिस आराम से हम रह रहे हैं, यह क्या पैसे के बिना हो सकता था ?''

''लेकिन इसके पार जो सुख हैं, वे ?''

''होंगे, उन सबके लिए भी जरूरी सीढ़ी है रुपया।''

क्या यह सब वह था जो बिट्टो सोचती थी या कि कहीं और का सोचा गया उसे थमा दिया गया था...राजन तय न कर सका। शायद आसपास के समाज का प्रभाव था वह। इसे घर से मिले संस्कारों, किताबों की पढ़ाई, अच्छे लोगों का साथ...इन चीजों से काटा या कम-से-कम तराशा जा सकता था, पर उनमें से कुछ भी बिट्टो के पास था नहीं। पढ़ाई तो उतनी ही जितनी मजबूरन करनी पड़े, उन लोगों के पास फटकना नहीं जो मूल्यों की बातें करते हों...वे दकियानूसी हैं। और घर का प्रभाव...तो घर में रहा ही कितने समय जाता है या कि घर में किसकी बात सुनी जाती है—राजन के घर में तो उनकी माँ, उन्हीं की तरफ बात करनेवाली पहले से ही है।

''देखो बेटा ! अभी तुम सब कुछ छोड़कर पढ़ो। पढ़ने से लियाकत हासिल होगी जिससे तुम अपने लिए अच्छा या बुरा सोच सकोगी। अभी तुम नहीं सोच सकतीं।''

''यू मीन रट्टा मारकर इम्तहान में उगल आना कि 'जूलियस सीजर' से एंटोनी एक बहुत अच्छा वक्ता था...इससे मुझमें अपने बारे में सोचने की लियाकत आएगी ? पापा...मैं सोच सकती हूँ। मैं अब बच्चा नहीं हूँ।''

''क्या उम्र के साथ सब सोचने लगते हैं ?''

''हाँ, अपाहिजों और मैंटली रिटार्डेड को छोड़कर। आजकल कितना तो है जो

फूड देता है हमारी ग्रोथ के लिए...अखबार, टी.वी., मैग्जींस...दोस्त।''

"मैं नहीं सोचता कि तुम्हें अभी सोचने का माद्दा आया है।"

"माँ-बाप अपने बच्चों को हमेशा कम लगते हैं, उन्हें जिन्दगी-भर बच्चा ही समझते रहते हैं। हम मम्मी-पापा जैसी बातें न करें तो वे यही मानते रहेंगे कि सोचते ही नहीं, सोच ही नहीं सकते।"

हो सकता है...राजन पसोपेश में पड़ गया। वह इतना प्रगतिवादी है कि अपनी सोच को बच्चों पर नहीं लादना चाहता और इस उम्र में भी इतना खुला है कि सबकी बात सोचना-समझना चाहता है।

शायद बिट्टो सही हो।

छोटू अपने भाई-बहन से एकदम अलग गया है। उसकी शिक्षा पहले नागपुर, फिर बम्बई में हुई। बम्बई का असर ज्यादा पड़ना ही था। वह देखता कि जूनियर कॉलेज में उसके साथी लड़के पिता की कारें लिए घूमते हैं, शाम को स्नोमैन आइस्क्रीम पर घंटों गुजारते हैं, कुछ सिगरेट भी पीते हैं, पैसा उनके पर्स में बेहिसाब रहता है। वे किसी भी बहाने 'ट्रीट' देते-लेते हैं। होटल रेस्तराँ में बियर के साथ डिनर, लड़कियों के साथ बैठकर रौक म्यूजिक पर ताल देते हुए तेज स्पीड से कार चलाना...ये उनके खास शौक थे। छोटू पर इसी सब की छाप पड़ी। पैसा छोटू के पास कम नहीं रहता। डैडी जो देते हैं उसके अलावा मम्मी से भी चाहे जितना घसीट लिया। रम्मो नहीं चाहती कि बच्चों को अभाव जरा भी छू जाए। छोटू तो वैसे भी बाद का, माने लाड़ला लड़का है। वह जब जितना माँगता है, रम्मो दे देती है...फिर भी अपने दूसरे साथियों के मुकाबले छोटू के पास पैसा कम ही रहता है। छोटू पढ़ाई-लिखाई जितनी जरूरी है, किसी तरह कर लेता है, लेकिन उसका बहुत मन नहीं लगता पढ़ाई में। सिगरेट शुरू हो गई है। कभी-कभी बियर भी चढ़ा लेता है। रेस्तराँबाजी और कमरे में घुसकर रौक सुनना...ये उसके भी शौक हैं। जिन लड़कों के बीच छोटू का उठना-बैठना है उनमें ये चीजें आधुनिकता, परिपक्वता और स्वावलम्बी...माने पूरा आदमी हो जाने की निशानियाँ मानी जाती हैं। छोटू छिपाता कुछ नहीं है। लेकिन पुराने लोगों को ठेस न पहुँचे इसलिए वह पापा-मम्मी के सामने बियर-सिगरेट नहीं पीता। कोई दिक्कत भी नहीं होती क्योंकि जब चाहे अपना कमरा बन्द किया और...। बंटू हुआ तो वह तो बड़ा भाई है...दोस्त !

दोनों भाई-बहन चूँकि पढ़ने में छोटू से तेज रहे हैं और तीनों में उम्र का फासला बहुत नहीं रहा...इसलिए छोटू में थोड़ी हीन भावना घर कर गई है। हीन भावना ने उसे थोड़ा गुमसुम, अपने आप में सिमटा हुआ...साथ ही आक्रामक, थोड़ा असामाजिक और क्रोधी बना दिया है। सबसे छोटा और लाड़ला होने के कारण छोटू की परवरिश जिस तरह की हुई उसमें वह अति सुरक्षित और ज्यादा प्यार का आदी हो गया। उसकी माँगें बराबर पूरी की जाती रहीं इसलिए वह स्वभाव का हठी यहाँ तक कि बिगड़ैल हो गया है।

छोटे होने का फायदा उठाते-उठाते छोटू ने राजन की कार पर एकाधिकार-सा

कर रखा है। राजन और रम्मो बाहर कम जाते हैं। जब जाते हैं और पहले से घर में सबको पता रहा तो कार गराज में खड़ी मिलती है, चाभी भी कार में अपनी जगह। अगर पता न हुआ या कभी एकाएक कार्यक्रम बन गया तो राजन को एक वक्त पता चला कि कार है ही नहीं, छोटू लेकर पहले ही कहीं निकल गया, उसे टैक्सी करनी पड़ी। दूसरे दिन जब छोटू से पूछा गया तो वह उल्टा चढ़ बैठा।

"मुझे क्या सपना आता है कि आप लोगों को जाना है ?"

"पर तुम्हें तो बताकर जाना चाहिए।"

"क्या जहाँ जाऊँ पूछकर जाऊँ ? आइ एम नौट ए किड यार !"

"लेकिन कार क्यों ले जाते हो ?"

"गराज में खड़ी रहती है। आप लोगों को तो कहीं आना-जाना नहीं, घर में ही बैठे रहना है। मेरे बहाने कार भी थोड़ा चल लेती है, वर्ना जंग खाती रहे।"

छोटू के पैसे माँगने के तरीके भी इसी तरह आक्रामक होते हैं। उसे जितने चाहिए, फौरन चाहिए। राजन की बजाय वह रम्मो को घेरता है–

"मम्मी, एक सौ का नोट प्लीज..."

"किसलिए ?"

"अब यार...मैं कोई बड़ी दौलत नहीं माँग रहा हूँ।"

"अभी परसों ही तो पचास रुपए लिए थे ?"

"तो तीन दिन निकल भी गए...15 रुपए रोज का ही तो पड़ा। क्या मेरी औकात पन्द्रह रुपए रोज की भी नहीं है ? नवीन के पास कितने रुपए रहते हैं, कुछ पता है आपको ? किस दुनिया में रहते हैं आप लोग ?"

"सबसे बराबरी नहीं की जाती छोटू !"

"क्यों नहीं करनी चाहिए। आप क्या यह चाहती हैं कि मुझे अपने दोस्तों के सामने नीचा देखना पड़े ! ठीक है मत दीजिए।"

"यह मैं कहाँ कहती हूँ, लेकिन कुछ तो सोचना चाहिए–किस चीज पर खर्च होना है, क्या वह सचमुच जरूरी है, कितने पहले खर्च किए जा चुके, इस चीज की बजाय कोई और ली जा सकती है क्या..."

"मम्मी प्लीज...लेक्चर रहने दीजिए। देना हो तो दीजिए वर्ना ओ.के....क्या किचकिच, फौर ओनली हंड्रड बक्स ब्लडी।"

जैसे ही वह मुँह फुलाकर चलने को हुआ रम्मो पैसा निकालकर देती है ! ऐसा ही होता है। राजन तक बात पहुँचती ही नहीं। राजन को यह तो मालूम होता है कि छोटू के पास जेब-खर्च के पैसे रहते हैं पर वह ऊपर से भी कितने घसीट लेता है... इसका ठीक-ठीक अन्दाजा उसे भी नहीं हो पाता। पैसे-रुपए का हिसाब-किताब हमेशा ही रम्मो के अधिकार-क्षेत्र में रहा है, रम्मो उस पर किसी और का अधिकार होने ही नहीं दे सकती थी। राजन को भी इसमें सुविधा रही–रुपए रम्मो के हाथ थमाकर वह निश्चिन्त। रम्मो का महत्त्व बढ़ गया और राजन को झंझट नहीं। दोनों खुश। लेकिन

जब राजन ने देखा कि अक्सर छोटू देर रात को घर लौटता है...तब से वह जो रुपए उसे दिए जाते हैं इसकी बुद्धिमत्ता पर सन्देह करने लगा है। एक-दो बार रम्मो से कहा भी, लेकिन वह छोटू का पक्ष लेकर सामने आ जाती है—"क्या दे देते हैं हम लोग ? आपको पता है जो उसके दोस्तों के माँ-बाप उन्हें देते हैं ? उसे बैठना तो उन्हीं के बीच है।"

राजन के पास कोई जवाब नहीं होता। अब यहाँ पहुँचकर छोटू की सोसाइटी के लिए थोड़ा गरीब घर के लड़के तो उपलब्ध कराए नहीं जा सकते। वैसे भी वह अपने में ही रहनेवाला ज्यादा है, बिट्टो-बंटू की तरह परिवार से उतना जुड़ा हुआ नहीं है। क्या उसे घर में ही पड़ा रहने दिया जाए...ऐसी हालत में तो वह 'एबनॉरमल' हो जाएगा...फिर चारा और क्या है ?

चिन्ता की बात यह है कि राजन की छोटू से बातचीत खत्म होती जा रही है। वह ऐसे झड़प देगा जैसे कि बाप वह हो। कभी कार में बैठे कहीं जा रहे हैं, राजन के मुँह से इतना भी निकल गया कि थोड़ा गति पर काबू रखो, छोटू तेजी से डपट देगा—

"पापा...रिलैक्स। आई एम औन द व्हील्स, नौट यू..." या कहेगा—"पापा जस्ट कांट कीप क्वाइट, ही मस्ट मटर समथिंग और द अदर..."

इस सिलसिले के चलते धीरे-धीरे ऐसा हो गया है कि राजन छोटू से बात करने से कतराता है। राजन डरता है कि छोटू फट से ऐसा कुछ बोलेगा कि डंक जैसा लगे। तो जब कोई काम की बात हो तभी और उतनी ही उससे करता है। सही मायने में बातचीत तो बिट्टो से ही हो पाती है। दोनों भाई उठ जाते हैं—बंटू सभ्य तरीका अपनाकर कट जाता है, छोटू लम्पट तरीका अपनाता है। तीनों में से सबसे ज्यादा चिन्ता राजन को छोटू की होती है क्योंकि बंटू को तो खैर उसकी काबिलियत और स्वभाव की मिठास सहारा देंगे, बिट्टो को देर-सबेर ब्याह दिया जाना है, छोटू जिसमें न काबिलियत है, न कुछ...बराबरी से ऐंठू और झगड़ालू है, आगे की सोचता भी नहीं है... वह क्या करेगा ? राजन सोचता है--बचपना है शायद, किसी-किसी का बचपना देर से जाता है। जिम्मेदारी पड़ेगी तो परिपक्वता अपने आप आ जाएगी। अभी माँ-बाप हैं, सब सुलभ है तो है ऐसा...जब बाहर के लोगों से काम साधने की मजबूरी आएगी, तो व्यवहार भी ठीक-ठाक हो जाएगा।

अजीबोगरीब तकदीरवाली रही राजन की पीढ़ी। जब वे जवान थे तो माँ-बाप, बड़े-बूढ़ों का हुक्म बजाना था; अब स्वयं बाप और बुजुर्ग हुए तो बच्चों के हुक्म की तामील करना है। दोनों तरफ से मारे गए।

4

मोहन रिटायर हो गए।

अभी कल ही तो शुरू की थी नौकरी...कैसा उत्साह था, जैसे एक उस नौकरी

के बल पर कुछ भी कर सकते थे मोहन। किया भी। राजन और श्याम को पढ़ाया, बहन की शादी में मदद की, अपने घर से श्याम की शादी की...और भी कितनों का क्या-क्या किया। बाहर से जो एक निहायत मशीनी और उबाऊ क्रिया थी—सबेरे तैयार होकर दफ्तर जाना, वहाँ उन मसलों से उलझना जिनसे आपकी जिन्दगी का सम्बन्ध दूर-दूर तक नहीं—वह जैसे एक बड़ा सोख्ता थी। अपनी जिन्दगी में कोई ऊँच-नीच हो जाए, निराशा-विपत्ति आए तो नौकरी की चादर ओढ़ लो, दुख जज्ब होकर बिला जाएगा। भविष्य के लिए भी नौकरी के बल पर आत्मविश्वास बराबर...कि दो बच्चे जो उनके थे, उनके लिए भी अपने आप कुछ-न-कुछ हो जाएगा।

बनारस के घर का अपना हिस्सा श्याम को दे डाला क्योंकि वह मोहन और राजन से पैसों के मामले में थोड़ा कमजोर था। श्याम ने ठीक-ठाक कराकर वह हिस्सा किराए पर चढ़ा दिया। मोहन को थोड़ा खराब तो लगा कि जिस बखरी में घर के ही सब लोग रहते रहे, उसमें किराएदार आ गए और वह भी मोहन के कारण...लेकिन फिर सोचा कि आज के कड़े समय में यह देखा जाए या कि यह कि किराए के रुपयों से कितनी मदद मिल जाती है श्याम और उसके परिवार को ? तो अपने उस काम से भी सन्तोष ही मिला आखिर।

लेकिन यह अवकाशप्राप्ति ? जानते तो थे, जैसे सभी जानते हैं कि हर चीज की तरह एक दिन नौकरी की भी समाप्ति है, जैसे कि जीवन की भी है...लेकिन मृत्यु में तो आपको पता नहीं चलता और खेल खत्म, अवकाशप्राप्ति में जैसे आपको आपके देखते हुए डगाल से उखाड़कर फेंक दिया काल ने ! जिस समाज से तीस साल से भी ऊपर—मतलब करीब-करीब पूरी जिन्दगी—इस तरह जुड़े रहे जैसे कि अभिन्न अंग थे उसके, अंग क्या वे ही थे वह समाज, उसके अलावा दूसरा कोई परिचय नहीं अपना... वह समाज एक दिन में ही आपको अवांछनीय मान, छिटककर बाहर फेंक देता है, छिलके की तरह, जैसे कि आप कभी थे ही नहीं वहाँ। उस समाज के वे लोग जो आपके पीछे आ रहे हैं और जिनका भी यही होनेवाला है, वे एक दिन में ही आपको पहचानना ही बन्द कर देते हैं। 'स्थानभृष्टाः न शोभन्ते दन्ताः केशाः नखाः नराः'—दाँत, केश, नख और नर अपनी जगह से गिरे कि फिर शोभित नहीं होते। संस्कृत तो शिष्ट भाषा है, आज की जुबान में कहा जाएगा कि अपनी जगह से धसके तो कचरा !

तत्काल जो समस्या थी वह रहने की थी, मोहन ने तो अपना घर भी नहीं बनाया। सरकारी मकान खाली करके कहाँ जाएँगे ? जीवन में पहली बार अपने आपको लेकर मोहन की आँखों में आँसू आ गए—एक घर भी नहीं ! क्या किया उन्होंने जीवन में, बस दफ्तर का काम, काम...सुबह, काम शाम काम, अगले रोज फिर काम। अपने कामों का कोई ध्यान नहीं ! पूरी ईमानदारी से जो जीवन काटा तो उससे भी क्या मिला—मुट्ठी-भर यश, जो रिटायर होते ही हवा के एक झोंके में उड़ गया। कितने उस जैसे ईमानदार पहले भी हुए और चले गए। अब कोई उस ईमानदारी का या कि उसका जिक्र नहीं करता। खाना-पीना तो चलो पेंशन आदि से चल जाएगा, बच्चों के लिए कुछ नहीं।

अगर वे पहले चले गए और ओमी बहुत जिन्दा रही तो क्या अवकाशप्राप्ति पर मिला पैसा ओमी के लिए ही काफी होगा ? अगर दो में से किसी को एकाएक कोई भयंकर बीमारी हो गई तो क्या इलाज-भर के लिए भी कोई जुगाड़ है ?

अजीब तरह का खालीपन आ गया है। उसे ढोते हुए मोहन इन्हीं दो सवालों से हर वक्त घिरे रहते हैं इन दिनों—यह जो दफ्तर का काम, काम ही काम रहा उनका जीवन...यह क्या ठीक हुआ ? क्या वे कूपमंडूक ही नहीं बने रह गए ? विदेश तो दूर, अपना देश भी पूरा नहीं देख सके। मेधावी थे तो उस हिसाब से विशेष कुछ पढ़-लिख भी न सके। क्या किया उन्होंने अपनी मेधा का, अपने जीवन का ? पीछे मुड़कर देखते हैं तो जरूर एक नहीं चार-चार तरक्कियाँ मिलीं, जो उन्हें मिलना चाहिए था...सब मिला समय पर मिला...लेकिन वे सारे बड़े-बड़े पदनाम एक अपराह्न जब उन्होंने अवकाशप्राप्ति पर अन्तिम बार चार्ज दिया...तब स्लेट से पोंछ दिए गए, एक तरह से। कुछ नहीं बचा। यहीं दूसरा सवाल उठ खड़ा होता है—यह जो ईमानदारी का जीवन उन्होंने बजिद बिताया, यह क्या ठीक किया...उनके साथियों ने चार-चार कोठियाँ खड़ी कर लीं। उन्हें आज कितना बड़ा सहारा है, उस समाप्ति का—और मोहन के पास अवकाशप्राप्ति पर रहने को एक छोटा घर भी नहीं ?

एक तीसरा सवाल पीछे-पीछे रेंगता हुआ चला आता है, जब-जब वे ओमी को देखते हैं—यह स्त्री, जिसको उन्होंने अपने प्रभावी व्यक्तित्व के सहारे अपने सिद्धान्तों पर चलने को मजबूर किया...उसकी कितनी इच्छाएँ, आकांक्षाएँ दबी रह गईं...क्या यह करने का अधिकार मोहन को था ? उन्होंने तो नौकरी की, समय पर तरक्कियाँ पाईं, ओमी क्या कर सकी अपने जीवन में ? मोहन की तरह वह भी पीछे मुड़कर देखती होगी...जीवन में उसकी प्राप्ति ? बस पति का अनुसरण किया, पति ठीक था या गलत, पता नहीं...अनुसरण ही जीवन।

सवाल ही सवाल। इन सवालों को अगर उठना था तो शुरू में या बीच में कहीं उठते। तब मोहन शायद कुछ कर भी पाते। ऐसा नहीं कि उठते नहीं थे...पर आत्मविश्वास की दीवार से टकरा चकनाचूर हो जाते थे। आज वह दीवार नदारद है तो वे शिद्दत से उठते हैं। अब आप चाहें भी तो कुछ नहीं कर सकते अपनी जिन्दगी का। वह तो जैसी गुजरनी थी गुजर गई—सन्तोष कीजिए कि बुरी नहीं गुजरी, थोड़ा-बहुत दूसरों के काम भी आए, लेकिन सन्तोष जो पहले मोहन के व्यक्तित्व का अभिन्न हिस्सा था, अब जैसे उस पर उखड़े-उखड़े चिपका दीखता है।

मोहन की सन्तोषवाली शैली में ओमी सोच भी ले कि जिन्दगी अच्छी गुजरी, पर वह इस निष्कर्ष से बच नहीं पाती कि नीरस गुजरी। मोहन सत्यव्रत, दानवीर बने रहे, ओमी की अपनी उमड़-घुमड़ दबाते बीती। ऊपर से राजन ओमी के जीवन पर बराबर एक ग्रह की तरह लगा रहा। पहले पढ़ाई के वर्षों में मोहन के मना करते-करते राजन का इतना ख्याल रखना...हो सकता है इसके पीछे कहीं यह लालच काम कर रहा था कि राजन का विवाह स्नेह से हो सकेगा। वह नहीं हुआ तो रंजिश, रम्मो से तो बराबर

युद्ध जैसा ही चलता रहा। शायद इसी कारण वह रम्मो से बराबर तुलना करती थी। ओमी कहे या न कहे, पर भीतर बात बराबर उठती रही कि राजन जो-जो रम्मो के लिए करता है, उसका सौवाँ भी क्या उसके देवता-तुल्य पति, ओमी के लिए करते हैं ? यह सभी मानते रहे कि किसी भी चीज़ में रम्मो ओमी की धूल बराबर नहीं—रूप, रंग, परिवार, शिक्षा, संस्कार—कुछ भी देख लो, लेकिन इसी जमीन पर, उन्हीं के परिवार में एक की हर इच्छा कहने के पहले ही पूरी हो जाती है और दूसरी से किसी को यह भी पूछने की जरूरत नहीं कि ओमी तुम्हें भी कुछ चाहिए क्या ! उसके जो कर्म थे—पूर्व-जन्म के नहीं, इसी जीवन के कर्म...उनसे ही ओमी का यह अधिकार बनता था कि सिर्फ मोहन नहीं राजन और श्याम भी उसके मन का पूछें और करें, लेकिन एक अनजान दिशा से रम्मो आती है और लाठी घुमाती, अपना सब कुछ करवाती चली जाती है, उस आदमी से जिस पर ओमी का हक पहले था। जो-जो रम्मो के लिए होता है, जिस ठाठ से रम्मो रहती है...स्नेह भी उसकी जगह हो सकती थी, किसी ने अगर ओमी का जो अधिकार राजन पर बनता है इस बाबत सोचा होता !

यह क्या है, अपना-अपना भाग्य...अच्छे का भाग्य हमेशा कमजोर क्यों होता है ?

ओमी अपने सवाल का जवाब ढूँढ़ती रहती है। कभी-कभी वह अपने भीतर सुलगते आक्रोश से स्वयं आक्रान्त हो जाती है, डर लगने लगता है कि कहीं कोई इस आग से जल न जाए। पुराने समय में जो तपस्वी लोग भस्म कर देते थे...वह यही रहा होगा। ओमी नहीं चाहती कि उसके हाथों कुछ हो। यह तो कत्ल होगा...पर यह आग बुझती भी तो नहीं...जलती रहती है बराबर, धूनी की राख में छिपी जैसी।

ओमी का व्यक्तित्व कितना उलझ गया है—इसका अन्दाज मोहन को भी नहीं है। उनके लिए वह सादी सरल, उनकी तरह सिद्धान्तों पर चलनेवाली और सन्तोष से बल लेनेवाली महिला रही है...लेकिन अवकाशप्राप्ति पर जब कुरेदने या सवाल मोहन तक को झकझोरने लगे, तो ओमी की बात ही क्या थी ! यहाँ तो पहले से ही उर्वरा जमीन थी, किसी-न-किसी रूप में वे सवाल वहाँ पहले से ही मौजूद थे...दबे हुए अंकुरों के रूप में।

अवकाशप्राप्ति के झटके ने ओमी को खौखियाकर उठा दिया, एक तरह से—देर से सही, पर मोहन के सामने सिर उठाना होगा, वे सवाल खड़े करने होंगे जिनसे भागकर मोहन अपनी छोटी-छोटी, सीधी-सादी खुशियों में घुस जाया करता है—

"कहाँ रहेंगे अब ?"

"कोई प्राइवेट नौकरी देख रहा हूँ, मिल जानी चाहिए। वे लोग मकान भी देंगे। मेरी ख्याति है...काम में निपुणता की और ईमानदारी की भी। कहाँ मिलेंगे लोगों को मुझे जैसे ?"

"अगर नौकरी मिल भी गई तो वह भी आज नहीं तो कल छूटेगी ही...तब ?"

मोहन को कुछ कहते न बना।

"इसलिए अब घर बनवाने पर ध्यान दीजिए। आपको काम मिला कि फिर काम में डूब जाएँगे। अब काम में डूबने की बजाय घर बनवाने में डूबना होगा ताकि कल

सिर के ऊपर कहीं छत तो हो।"

"जमीन तो अपनी पड़ी ही है। मकान चाहे जब बनवा लेंगे।"

"चाहे जब नहीं, अभी शुरू करना होगा। राजन के रिटायरमेंट के सात साल हैं अभी और उसने दो फ्लैट खरीद भी लिए।"

"तो ठीक है...एक में हम लोग जाकर रह लेंगे।" मोहन ने मजाक करने की कोशिश की।

"मुझे नहीं रहना है किसी के रहम पर। मुझे अपना मकान चाहिए। आप कृपा करके नक्शा वगैरह बनवाना शुरू कर दीजिए।"

"ठीक है तुम्हारा कहना...अब और टालना नहीं चाहिए। चाहे छोटा ही क्यों न बने, मकान बनना चाहिए।"

"छोटा क्यों सोचते हैं, जमीन के हिसाब से प्लान बनवाइए। मकान रोज-रोज नहीं बनते और वह सिर्फ हमारे लिए नहीं होना है...अपने बेटे के भी काम आएगा। वह भी पैसा लगाएगा।"

यह भी ठीक था। बेटा मर्चेंट नेवी में नौकरी कर रहा है। उससे भी पैसा लिया जा सकता है। मोहन ने अच्छे लड़के की तरह ओमी की बात मान ली। उसका ख्याल था कि ओमी खुश-खुश अब वहाँ थम जाएगी, लेकिन आज जैसे ओमी ने मोहन के जीवन-अनुशासन के खिलाफ बगावत बोलने का तय कर लिया था—

"एक बात यह भी समझ लीजिए कि आप सरकारी सेवक नहीं हैं, रिटायर हो चुके हैं। मैं जानती हूँ कि आपको प्राइवेट सर्विस मिल जाएगी...लेकिन अगर करना है तो ईमानदारी का हव्वा अपने सिर से उतार फेंकिए।"

"तो क्या ईमानदारी की बात सिर्फ सरकारी नौकरी के लिए होती है ओमी ? वह हव्वा नहीं, अनुशासन की बात है और पूरे जीवन और जीवन के हर क्षेत्र पर लागू होती है।"

"क्या एक आप ही हैं संसार में, जिसे ईमानदारी का झंडा उठाए रहना है।"

"मैं ही क्यों, कई हैं...तुम्हें दिखाई भले ही न देते हों।"

"आपको यह बिलकुल नहीं लगता कि हमें बच्चों के लिए कुछ करना चाहिए ? हमारा बेटा सरकारी नौकरी में नहीं है कि उसके आधे काम प्रभाव से होते चले जाएँ। उसके काम तो पैसा ही आएगा और अपनी नौकरी से वह क्या कर सकता है ? हमें उसके लिए कुछ करना होगा।"

"हम लोगों के लिए किसने कितना किया था ?"

"वह समय और था। इतना बड़ा घर था...कुछ और न कर सके कोई तो बनारस लौट सकता था। वहाँ कुछ-न-कुछ कर सकता था, यह बड़ी सुविधा थी। हमारे बच्चों के लिए है वह सुविधा या कि वह समय ?"

"ठीक है तो मकान बनवाने की बात तुम्हारी मान तो ली।"

"मकान सिर्फ सिर के ऊपर का छप्पर नहीं, घर की सम्पत्ति भी होता है और

वह हमें अपने बच्चों के लिए ज्यादा-से-ज्यादा कर देना चाहिए।"

"ओमी, देख रहा हूँ कि तुम लालची होती जा रही हो।"

"अगल-बगल जो देखा है उससे सीखकर ही कह रही हूँ। मैं नहीं चाहती कि कोई हमें अब और बेवकूफ कहे।"

"जिसे तुम सीखना कहती हो वह तुलना करके कुढ़ना है। मैंने देखा है कि तुलना तुम ज्यादातर राजन और रम्मो से किया करती हो। यह ठीक नहीं है...उनका जिन्दगी के लिए नजरिया और है, उनकी बुनावट दूसरे किस्म की है।"

"क्यों बुनावट दूसरे किस्म की है, बनारस के उसी घर के हैं आप दोनों ? राजन आपके पास भी इतने साल रहा।"

"कोई हमारे घर एक-दो साल रह लिया, या उसमें उसी माँ-बाप का खून है... सिर्फ इसीलिए वह ठीक हमारी तरह का नहीं हो जाएगा। यह अपेक्षा भी नहीं की जानी चाहिए। उनका दृष्टिकोण, उनके तौर-तरीके उनके साथ, उनके सुख-दुख वे उठाएँगे... अपने दृष्टिकोण और तरीकों के हम उठाएँगे।"

"दुख तो उन्होंने कभी देखे नहीं...मजे ही मजे हैं।"

और नहीं झेल सके मोहन, उठ गए। रिटायर होने के बाद कुछ कमजोरी-सी तो लगती है, कुछ नहीं जिस पर टिका जा सके। रुपया या जायदाद होती तो रिटायर होने जैसा ही न लगता शायद, एक मकान का किराया आता होता तो वही कितना आसरा होता इस समय। सर्विस में थे तब अपने सहकर्मियों को ऐसा सिलसिला जमाते देखते थे, पर तब वे उन पर हँसते थे कि वे बेवजह अपने जीवन को पेचीदा बनाए जा रहे हैं...कितनी तरह के डर, चिन्ताएँ...आपका विभाग ही पूछताछ करने लगे, मकान किराएदार हड़प जाए। कभी दार्शनिक होकर सोचते...कितने दिनों जिन्दा रहना है कि मकान-वकान बनवाने की जहमत उठाई जाए, कहीं पहले ही चले गए दुनिया से ! दोस्तों ने बहुत जोर दिया तो गाजियाबाद में जमीन का एक छोटा-सा टुकड़ा लेकर डाल दिया, रिटायर होने के दो-तीन साल पहले बनवा लेंगे...लेकिन काम...काम...फुर्सत ही न मिली।

क्या मोहन सचमुच बेवकूफ रहे ? फिजूल का आदर्शवाद ओढ़े-ओढ़े सारी जिन्दगी बिता दी। कैसे-कैसे अवसर आए...एक ही लम्बा हाथ मार लेते, ऊपर से ईमानदार बने रहते या सर्विस के आखिरी दिनों ही दो-चार हाथ साफ कर लेते। उन पर तो कभी कोई शक भी नहीं कर सकता था।

खैर ये तो ख्याल है...बरसाती बादलों की तरह आते हैं जाते हैं...जो तकलीफ की बात है वह यह कि ओमी का सारे जीवन इतना अच्छा साथ मिला रहा वह अब अवकाशप्राप्ति पर छूटता दिखता है...उस उम्र में जब उसकी सबसे ज्यादा जरूरत थी।

ओमी की परेशानी यह है कि जितना वह राजन-रम्मो को अपने मन से निकालने की कोशिश करती है उतना ही वे धँसे रहते हैं...और इन दिनों तो एक ऐसी बात होती है जिस पर ओमी को भी कभी-कभी हँसी आया करती है। उसे मोहन के पीछे रम्मो खड़ी दिखती है। दोनों इतने विपरीत किस्म के, फिर भी। ओमी को लगता है कि मोहन

रम्मो जैसे अड़ियल और जिद्दी होते जा रहे हैं। बेशक इन दोनों का अड़ियलनपन देखकर वह और भी रम्मो को अपने दिमाग से नहीं उतार पाती। वह देख रही है कि रम्मो के लिए जैसी नफरत मन में रहती है, वैसी ही मोहन के लिए उठने लगी है।

फिलहाल तैयारी घर बनवाने की करनी है। अभी इस घर में एक साल और रह सकते हैं।...तब तक अपना मकान हो ही जाना चाहिए। यहाँ से उठकर वह अपने मकान में ही जाएगी, भले ही दो कमरे बने हों तब तक। इसमें किसी तरह का हीला नहीं होने देगी। हर हाल में अपना मकान...दूसरे चक्करों को छोड़कर ओमी सिर्फ इस पर ध्यान दे, मोहन को कोताही न बरतने दे। संसार की चिन्ता छोड़कर अपने बेटे की सोचे...बेटा जिसका जहाज जाने किस समुद्र पर तैर रहा होगा, इस वक्त !

क्या ऐसा नहीं हो सकता कि ओमी अपने बहू-बेटे के साथ अपने मकान में रहे ? कैसे हो सकता है—अपना मकान कहाँ है अभी, बेटे की नौकरी शहर तो छोड़ो देश के बाहर की है...और बहू...दूर-दूर तक कोई चिराग भी झिलमिलाता नहीं दीखता।

5

राजन दफ्तर से आकर चाय पी रहा था कि बंटू बाहर से आया और बोला—

"पापा ! मुझे एक अच्छी ओपनिंग मिल गई है। मैं विदेश जा रहा हूँ। आप लोग मुझे बधाई दे सकते हैं।"

बस, इसी तरह। उसके स्वर में अतिरिक्त आत्मविश्वास था। राजन और रम्मो बंटू को देखते रह गए। इतनी बड़ी बात और पहले कभी कोई भनक भी नहीं, न ही बंटू की तरफ से ऐसा कुछ कि उस पर घर में सलाह-मश्विरा हो सकता। राजन ने सँभाला खुद को...बिना जाने-समझे कुछ कहना ठीक नहीं, वह बंटू को निरुत्साहित भी नहीं करना चाहता था।

"ठीक है। चले जाना, पहले इम्तहान तो खत्म कर लो।"

"इम्तहान ? उसका क्या ?"

"क्या कहीं दाखिला मिल गया ?"

"कुछ हो ही जाएगा वहाँ पहुँचकर।"

"यह क्या ? कुछ भी तय नहीं और तुमने विदेश जाने का सोच लिया ?"

"वहाँ जाकर सब कुछ हो जाता है। पढ़ाई, सर्विस...जो आप चाहें मिल जाता है। यहाँ जैसा नहीं कि हर कदम पर सब कुछ 'अन्सर्टेन' हो।"

"कहाँ जाने की सोच रहे हो ?"

"सोचा नहीं पापा, जा रहा हूँ, अमेरिका, व्हयर एल्स ? दैट इज द कंट्री।"

"अमेरिका जाओगे बंटू ! पापा से कहो मेरा भी टिकट बनवा दें। मैं भी घूम आऊँगी।"

रम्मो बीच में टपक पड़ी।

"मैं घूमने नहीं जा रहा, मम्मी !"

"तो...?"

"वहीं पढ़ूँगा, या फिर नौकरी करूँगा।"

"क्या ? तुमने वहाँ बसने का सोच लिया है ?" रम्मो का चेहरा फक्क पड़ गया।

"यह अभी तय नहीं। यह सब यहाँ से कैसे सोचा जा सकता है !"

"बंटू घूम-फिर आओ, पढ़ भी आओ, पर आकर नौकरी यहीं करना। बिजनिस करना चाहोगे तो पापा उसका इन्तजाम यहीं करा देंगे। वहाँ बसने की मत सोचो।"

"क्यों...क्या फर्क पड़ता है मम्मी, आदमी बम्बई में रहे या न्यूयार्क में।"

"कब जा रहे हो ?" राजन ने पूछा।

"अभी ही चल देता लेकिन इम्तहान अब आ ही गए हैं तो दे डालता हूँ, फाइनल है। तब तक जाने की तैयारियाँ भी करता रहूँगा।"

"इस तरह इम्तहान दिया जाता है—तैयारियाँ इम्तहान की नहीं विदेश जाने की ?"

"पापा, वहाँ की एजूकेशन एकदम अलग है। दे डोंट गिव ए डैम फर्स्ट क्लास और सैकेंड क्लास आफ हियर। वहाँ की पढ़ाई तो करनी ही होगी...पर चूँकि ये इम्तहान महीने-भर में खत्म ही हो जाएँगे तो पूरा करता चलूँ। पास हो ही जाऊँगा। एक डिग्री हाथ में होगी, अच्छी या बुरी। डिवीजन की कोई चिन्ता नहीं—कोई आ जाए क्योंकि डिवीजन को वहाँ कोई काउंट नहीं करता। मैंने उसे थोड़ा रुकने के लिए मना लिया है। वह रुकेगी..."

"कौन ?" राजन चौंका, रम्मो को झटका लगा। उसकी बड़ी-बड़ी आँखें और चौड़ी हो गई थीं।

"मैं किसी दिन आपसे मिलानेवाला था...मौका नहीं आया। बहुत अच्छी लड़की है, एलिस। अमेरिकन है। अमेरिका में उसका अपना घर है...पिता अलग घर में रहते हैं और माँ पिता को डाइवोर्स करके अपने नए हसबैंड के साथ। माँ-बाप दोनों ने मिलकर एलिस को एक घर दे दिया है। अच्छी प्रौपर्टी है। वह अपनी रिसर्च के सिलसिले में यहाँ आई थी। ऐसे ही मुलाकात हो गई और हम दोस्त हो गए। वह मुझे अमेरिका ले जाएगी।"

"बंटू, तुम उससे शादी करोगे ? विदेशी लड़की से ?" रम्मो करीब-करीब रोने को आ गई थी।

"मम्मी, आप तो चार हाथ आगे उचक जाती हैं। शादी-वादी का अभी से कैसे सोचा जा सकता है, लेकिन हाँ शादी करने से मुझे अमेरिका में रहने की सहूलियत मिलती है, तो व्हाइ नौट ! हम दोनों ने वह सब अभी नहीं सोचा है। हम सिर्फ दोस्त हैं, ऐसे ही साथ रहेंगे।"

"क्या...एक लड़की के साथ बिना शादी किए रहोगे ?" रम्मो की समझ में नहीं आ रहा था कि हो क्या रहा है।

"मम्मी, शादी के पहले थोड़ा साथ रहना जरूरी है, जिससे कि आप एक-दूसरे को जान-समझ सकें और अगर जरूरी हो तो विवाह करने के पहले एक-दूसरे की जिन्दगी से फूट लें। सब कुछ सोच-समझकर किया जाना चाहिए न कि आप लोगों की तरह सब कुछ अन्धा होकर करना, एक बड़ा जुआ खेलना।"

"तुम्हारी वह बात चलो मान ली जाए"—राजन बीच में आ गया—"पर यह तो गलत बात हुई कि अगर कैरियर में फायदा मिलता दिखा तो तुम शादी भी कर लोगे। शादी अलग चीज होनी चाहिए।"

"पापा ! आप बड़ी जल्दी गलत-सही के जजमेंट देने लगते हैं। इसमें बुरा क्या है अगर शादी को भी हम अपने कैरियर में तरक्की का एक जरिया मानें और कैरियर को ही नजर में रखते हुए शादी करें। आज हर कोई करता है।"

"तो यह भी होगा कि तुम्हारी इस लड़की में दिलचस्पी न होती अगर वह तुम्हें अमेरिका ले जाने की स्थिति में न होती।"

"सही है...इसे मानने में बुराई क्या है ! अगर किसी लड़की की सुन्दरता उसकी तरफ खींच सकती है, तो वैसे ही उसकी प्रोपर्टी क्यों नहीं। जैसे परिवार लड़की की कीमत बढ़ाता है, वैसे ही उसका देश क्यों नहीं ? अमेरिकन लड़की एक एसैट है।"

"क्या तुम यह बिलकुल नहीं सोचते कि शादी के लिए यह देखना ज्यादा जरूरी है कि कोई लड़की तुम्हारे जीवन में कितनी खुशी लाएगी...या कि कितनी परेशानियाँ या तनाव ?"

"यह क्या सोचना ! परेशानियाँ या तनाव अगर आए तो तब देखा जाएगा। परेशानियाँ तनाव कहाँ नहीं है। तनाव आते हैं तो लोग अलग हो जाते हैं...दैट्स इट।"

"तुम इसे इतना आसान समझते हो !" राजन हँसा—"तब तो तुम जरूर शादी करके अलग होगे।"

"सो व्हाट, सब शादी करते हैं और जरूरत हुई तो अलग भी हो जाते हैं।"

"पर हिन्दुस्तानी ऐसा नहीं करते।"

"तो वह कोई अच्छा नहीं करते। सारी जिन्दगी—अपनी और दूसरे की भी—नर्क बना डालना, एक-दूसरे का खून चूसते हुए हर हाल में निबाहते रहना—यह अच्छा है या मैच्योर तरीके से मान लेना कि ओ.के....और अलग होकर नया जीवन शुरू करना ?"

राजन को वह जिन्दगी पर की गई टिप्पणी लगी। हो सकता है बंटू जानता हो, जानता ही होगा। राजन को फौरन कुछ कहते न बना। बंटू आगे कह रहा था—"वी आर नौट लिविंग इन योर टाइम्स पापा !"

टाइम्स ! समय ! समय की दुहाई देने से क्या सारे सवाल खत्म हो जाते हैं ? ये लोग अमूमन यहीं पर बात लाकर खत्म करते हैं...जैसे कि वह समय जो गुजर चुका, उसमें कुछ अच्छा था ही नहीं और चूँकि राजन उस समय का है, इसलिए वह भी बेकार है। विवाह और तलाक की ही बात है तो पूछा जा सकता है कि कितने विवाह और कितने तलाक करते फिरोगे, कहीं-न-कहीं टिकने की कोशिश करनी ही पड़ेगी आखिर,

तो पहली के साथ ही क्यों नहीं...

"मुझे सिर्फ पाँच हजार रुपए चाहिए। टिकिट एलिस ले लेगी।"

कहकर बंटू चला गया। वह जानता था कि पापा पाँच हजार फौरन नहीं देंगे, पर आखिर में दे जरूर देंगे। उनके लिए पाँच हजार कोई बहुत बड़ी रकम नहीं है। अगर उनको बंटू को अमेरिका में पढ़ाना पड़ता, तब तो जाने कितने गुना ज्यादा लगता। कुछ समय बाद पापा खुद को भाग्यवान ही कहेंगे कि बंटू ने अपना इन्तजाम खुद ही कर लिया, उसने सिर्फ तैयारी और एक्सचेंज लेने के पाँच हजार माँगे। एलिस ये पाँच हजार भी दे सकती है...लेकिन बंटू उससे नहीं माँगना चाहता। टिकट देने के लिए तो एलिस ने अपने आप कहा। अमेरिका में बंटू जब तक कुछ करने नहीं लगता तब तक एलिस की मदद लेनी ही होगी। बंटू वहाँ पहुँचकर, कमाकर चुका देगा...और क्या।

बंटू भाग्यवादी नहीं है, विज्ञान का छात्र है, अपने परिश्रम पर विश्वास करता है। यह क्या कि फलाँ चीज हमारे भाग्य में नहीं थी...सोचकर बैठे रहो, रोते रहो। अपने फैसले हम खुद क्यों न करें...ऐसे फैसले जो हमारा भाग्य जैसा हम चाहते हैं वैसा बनाएँ। जरूर थोड़ा-बहुत मदद करता है भाग्य, 'गुड लक' 'बैड लक' होता है ! कभी 'गुड लक' चलता है तो कभी 'बैड'। एलिस जिस तरह मिली उससे किसी को यही लगेगा कि बंटू के लिए गुड लक का समय चल रहा है...लेकिन आगे अब बंटू के हाथ में है कि क्या फैसला लेना है !

एलिस उसके कालेज की लायब्रेरी में किसी किताब की तलाश में आई थी, नोट्स लेने ठीक वहीं बैठी जहाँ बंटू पढ़ रहा था। उसने लायब्रेरी के सैक्शंस के बारे में पूछताछ की और बस...बात चल पड़ी। बंटू ने कैंटीन में चाय पीने को कहा, एलिस आ गई। फिर बंटू ने बाहर रेस्तराँ में मिलने की दावत दी...एलिस आ गई। बंटू का मिलनसार स्वभाव उसे अच्छा लगा था, फिर वह इस शहर में अकेली थी। बंटू के लिए भी आकर्षण कम नहीं था—वह पहली विदेशी लड़की थी जिससे उसे बात करने को मिल रहा था, वह भी अमेरिकन। वे ज्यादा मिलने लगे। एक दिन भविष्य की योजनाओं की बात चली, बंटू अमेरिका की कह बैठा और एलिस ने साथ चलने का प्रस्ताव उसके सामने रख दिया।

बंटू को ब्रेक मिल गया, वर्ना यहाँ पड़े-पड़े सड़ते रहो, यह इम्तहान दो वह इम्तहान दो, अमेरिका में दसियों जगह दर्खास्त भेजो तब जाकर कोई छोटी-सी स्कॉलरशिप मिलेगी...वह भी जाने कितनी शर्तों के साथ।

एलिस देखने में साधारण है—ज्यादा ही लम्बा कद, छोटी-छोटी आँखें, चश्मा लगाती है, फैले-फैले दाँत, रूखी चमड़ी। दुबली-पतली है पर अमेरिका में ऐसी ही दुबली-पतनी लड़कियाँ सुन्दर मानी जाती हैं ! रंग विदेशी गोरा और बाल घने और सुनहरे। कभी-कभी बंटू सोचता है कि ये विदेशी लड़कियाँ अगर सजाव-शृंगार पर हिन्दुस्तानी लड़कियों जितना ध्यान दें—उसका एक बटा बीस भी—तो क्या-से-क्या दिखने लगें...लेकिन क्यों दें, उन्हें दसियों और काम हैं। एलिस स्कॉलर जैसी ही

है—एकदम लापरवाह। कपड़े गन्दे हैं तो हैं, नहाया नहीं तो नहीं नहाया, नाखून बड़े और गन्दे हो गए हैं तो रहा करें। वैसे भी जिसे माँ-बाप की सुरक्षा न रही हो उसका इस तरह अपने बारे में लापरवाह हो जाना स्वाभाविक है। एक बार एलिस मानसिक रूप से सुरक्षित हुई वह ख्याल करने लगेगी। एलिस कम उम्र में ही कितना स्वतन्त्र है, बालिग होते ही माँ-बाप के घेरे से बाहर निकल आई।

एलिस में ढेरों अच्छी चीजें हैं पर सच बात यह है कि बंटू के लिए उससे बड़ा आकर्षण है अमेरिका। उसका हमेशा से लक्ष्य था अमेरिका। 'द कंट्री'। लम्बे-लम्बे खूबसूरत लोग, जीवन के प्रति सीधा दो टूक रवैया, जज्बात-अज्बात कतई नहीं। स्वतन्त्रता और दूसरे के विचारों की कद्र...हिन्दुस्तान को सालों लगेंगे इन चीजों को सीखने में। एलिस माँ-बाप से एक पैसा नहीं लेती। अमेरिका में रिसर्च कर रही है, साथ ही काम भी करती है, अपने खर्च-भर के लिए कमा लेती है, रिसर्च के बाद वहीं पढ़ाने लगेगी। एलिस ने बंटू को सीढ़ियाँ बता दीं—बंटू अमेरिका में पढ़े और कमाए, पढ़ाई खत्म कर कमाए, ग्रीन कार्ड ले ले, वहीं बस जाए, वहाँ का नागरिक हो जाए और इस तरह अमेरिकन बन जाए। एलिस से ही सुन-सुनकर बंटू की कल्पना उन चीजों को आकार देने लगती है जो उसने देखी भी नहीं। अमेरिका में काम करने का माहौल, रहने का माहौल, यहाँ से कितने फर्क हैं, कहाँ वहाँ की साफ-सुथरी बस्तियाँ, कहाँ यहाँ की गन्दगी, और घिनौनापन ! यहाँ चाहे जितना कमाओ, अच्छी तरह रहने के लिए वे चीजें नहीं जो अमेरिका में हैं, रहने का स्तर उठ ही नहीं सकता।

बेशक एलिस लड़की के रूप में बहुत आकर्षक नहीं है। पतली आवाज के अलावा कुछ और लड़कीपना उसमें नहीं है, लेकिन वे दोस्त ही तो हैं, बंटू उसके साथ बतौर दोस्त ही रहना चाहेगा। हो सकता है एलिस ने आगे का सोचा हो। सिर्फ दोस्त के लिए वह इतना नहीं करेगी—उसका टिकट बनवाए, वहाँ अपने घर में रहने दे, काम ढूँढ़ने में मदद करे, उसके एडमीशन की कोशिश करे। जहाँ तक वह शादी के ख्याल से ही ऐसा कर रही है क्योंकि उसे मालूम है कि हिन्दुस्तानी के साथ शादी टिकती है, माँ-बाप का हाल देखने के बाद वह ऐसी वैवाहिक जिन्दगी नहीं चाहती जो टूटे। वह देर-सबेर शादी करना चाहेगी। लेकिन ऐसा ही है—यह क्यों मान लिया जाए। दोस्त के लिए भी कोई इतना क्यों नहीं कर सकता...और वह कर ही क्या रही है—टिकट और दूसरे खर्चों पर थोड़े रुपए...जो एक अमेरिकन के लिए कुछ भी नहीं है, जो बंटू वापस दे देगा। खास क्या है जो वह कर रही है ?

एलिस के साथ विवाह की बात बंटू भी नहीं सोच पाता। एलिस बतौर दोस्त ही ठीक है, पत्नी बनने की चीज उसमें नहीं है...लेकिन यह भी तो हो सकता है कि आगे चलकर उसका एफैयर किसी और से हो जाए और बंटू को ऐसे ही छुट्टी मिल जाए।

बंटू ने एक बार एलिस से पूछा था कि उसे बंटू की क्या चीज ज्यादा पसन्द है। वह बोली थी—"योर कलर माई डियर...यू ब्लैकी ! यू इंडियंस आर सो सिंसियर...सो डिपेंडेबॅल !"

बंटू एक पल के लिए चौंक गया था। वे बातें जिनको लेकर हम हिन्दुस्तानी अपने को हीन महसूस करते हैं—रंग काला है, हममें भावुकता/पारिवारिकता ज्यादा है—वे ही चीजें एलिस को पसन्द थीं। एलिस किन्हीं वजहों से बंटू को पसन्द करती हो, बंटू उसे पसन्द करता है कि वह उसे इतना बड़ा ब्रेक दे रही है। ऐसा वह कहता जरूर नहीं है एलिस से लेकिन जानना है ऐसे मौके रोज-रोज नहीं आते। बंटू चालाकी नहीं करना चाहता...वह भी एलिस के साथ, लेकिन चतुर होना तो चालाक होना नहीं है। वह सिर्फ इतनी चतुराई कर रहा है कि जो महसूस करता है उसे पूरा का पूरा न कहे। जितना जरूरी बस उतना ही। दूसरे, व्यर्थ ही आगे की चिन्ता करके आज को नुकसान न पहुँचाए। आज जो सामने है वह सिर्फ यह कि एलिस और वे दोस्त हैं, एलिस मदद करने की स्थिति में है तो मदद कर रही है। इसमें बेवजह जाने क्या-क्या क्यों पढ़ा जाए। हम हिन्दुस्तानी ऐसा ही करते हैं—इतने आगे का सोच डालेंगे, उन-उन चीजों की कल्पना कर डालेंगे जो शायद कभी सामने ही न आएँ।

ऐसा ही साफ-साफ रवैया माँ-बाप के प्रति रखने की कोशिश करता है बंटू। उनके लिए सम्मान पूरा, लेकिन बेकार की भावुकता नहीं। उसे अपना कैरियर बनाना है और मम्मी-पापा की सलाह पर चलकर वह कहीं नहीं पहुँच सकेगा। जीवन के लिए उनका अपना दृष्टिकोण है, बंटू का अपना होना चाहिए, उसका अपना अलग स्वतन्त्र नजरिया, इनडिपैंडेंट ! अपने निर्णय स्वयं करना। यही तो अमेरिका और यूरोप के नौजवानों की खासियत है। देखा नहीं एलिस को ? इसलिए बंटू बिना माँ-बाप को ठेस पहुँचाए उनके दृष्टिकोण को एक किनारे सरका देता है और अपने ढंग से चीजों को देखने की कोशिश करता है। मम्मी की नहीं जानता, पापा जरूर गलत नहीं समझेंगे उसे। बंटू इज ओन्ली एक्टिंग इटैलीजैंटली।

बंटू उठकर गया कि रम्मो की रुलाई फूट पड़ी—यह क्या हो रहा है ! रम्मो ख्वाब देखती थी कि अपनी तरफ और जाति के किसी पैसेवाले और खानदानी घर में ब्याहेगी बंटू को। बारात में वह भी जाएगी...देखेगी धूमधाम, आनन्द लेगी उस इज्जत का जो बड़े घर के मानदानी होने से मिलती है, अपने रिश्तेदारों को दिखाएगी अपनी वह इज्जत। जब से रम्मो ने होश सँभाला वह दबाई ही जाती रही। मायके में माँ और भाभी द्वारा इसलिए कि वह लड़की थी। ससुराल में कतार की कतार थी...सास, दादी सास और सासों की सास वह...लाड़ले देवर की प्यारी भाभी ! रम्मो सपने देखा करती थी कि जीवन-भर जो अपमान उसने झेले उसका खामियाजा एक साथ बंटू की शादी में निकाल लेगी। जिन्दगी-भर की कमी पूरा कर लेगी...ऐसा घर-परिवार चुनेगी जो न केवल ब्याह में बल्कि हमेशा उन्हें खूब इज्जत दे, लेकिन बंटू मर मिटा विदेशी पर। गोरी मेम इस कलूटे को दो चप्पलें लगाकर निकाल देगी...यह नहीं समझता वह। जा रहा है विदेश बसने...बिलकुल ख्याल नहीं कि हमारे क्या कोई चार-पाँच लड़के हैं जो कोई कहीं चला जाए। माँ-बाप लड़के होने की लालसा पालते हैं कि साथ रहेगा, माँ उसके बच्चों को

खिलाएगी, बड़ा करेगी, बुढ़ापे में दवा-दारू का सहारा होगा। चलो वह न सही तो कम-से-कम आँखों के सामने तो रहो, हिन्दुस्तान में कहीं रहो कि जब चाहे तुम आ गए, जब चाहे हम पहुँच गए...

"कुछ कीजिए न, आप तो हाथ पर हाथ धरे बैठे हैं।" रम्मो ने आँख पोंछते हुए राजन को झकझोरा, जो तब निहायत संजीदा हो सिगरेट जलाकर बैठ गया था। राजन सिगरेट कम पीता था, अगर जल गई है तो मतलब राजन तनाव में है।

"क्यों, आपको किसने रोका है, आप समर्थ हैं और बेटा भी आपका है।"

"देखिए यह लड़ने-झगड़ने का समय नहीं है, बंटू का दिमाग खराब हो गया है, वह हाथ से निकला जा रहा है।"

"विदेश जाने या बस जाने की मुझे उतनी चिन्ता नहीं है जितनी इस बात की है कि वह उस छोटे-से फायदे के लिए अपनी जिन्दगी में शुरू से ही जहर घोले ले रहा है। विदेश जाने के लिए शर्त के रूप में एलिस से विवाह को स्वीकार कर रहा है। विदेश महत्त्वपूर्ण हो सकता है, पर जिन्दगी से बड़ा नहीं है...पर कौन समझाए..."

"कुछ कीजिए, आप चाहें तो बात सँभल सकती है। उस लड़की से मिलिए। उसके माँ-बाप को लिखिए। उसने मेरे बेटे को फाँस लिया है।"

"लड़की के माँ-बाप नहीं हैं...और यह लड़की का दोष नहीं, हमारे साहबजादे की महत्त्वाकांक्षा का दोष है।"

"तो आप ही बंटू को समझाइए। आप चाहें तो उसे रोक सकते हैं।"

"आप सोचती हैं कि मैं सब कुछ कर सकता हूँ। अरे एक आपको तो रास्ते पर ला नहीं पाया, वह आपका ही बेटा है !"

"बच्चों की हर बुराई मेरी वजह से है, और अच्छाई आपकी वजह से ! सारी जिन्दगी दोष देते रहे। बंटू से कुछ उम्मीद की तो वह फिरंगी के पीछे चल दिया। क्या तकदीर लेकर आई मैं !"

रम्मो रोने लगी। उसे रोते देख राजन सोच रहा था—जब उनकी शादी हुई थी तब वे बनारस का घर छोड़कर आए थे। उस समय का बनारस से कानपुर या बम्बई जाना, आज के बम्बई से न्यूयार्क जाने के बराबर है...बनारस ही रहते तो रम्मो कोसती रहती। वे जहाँ भी रहे, रम्मो ने राजन को उसके अपने परिवार से काटकर तो रख ही दिया। बंटू अपनी शादी के पहले वही सब तो कर रहा है ! अब जब अम्मा की जगह रम्मो की बारी आई तो क्लेश होता है। सिवा इसके कि यहाँ बहू विदेशी होने जा रही है, और क्या फर्क है ! हमेशा से ऐसा ही होता आया है—विवाह के बाद लड़का-लड़की घर छोड़ दें, अपना नगर छोड़ दें। उस लड़की का क्या कुसूर...वह बंटू से कुछ ले नहीं रही है, दे ही रही है।

गलत जो हो रहा है वह सिर्फ इतना कि बंटू बिना अपनी बुनियाद पक्की किए जा रहा है। शिक्षा तो चलो...वह फाइनल इम्तहान दे ही लेगा और पास भी हो जाएगा, लेकिन थोड़ा काम का अनुभव भी यहाँ हासिल करके जाता तो अच्छा रहता। दूसरे,

वह गलत रास्ते यों बढ़ रहा है कि उस लड़की से विवाह करेगा जिसे न वह चाहता है, न चाह सकेगा। लेकिन यहाँ भी गलत क्या है ! कितने विवाह हिन्दुस्तानियों में होते हैं जहाँ दोनों एक-दूसरे को नहीं चाहते, वे विवाह चल भी जाते हैं। राजन यह भी कैसे सोचता है कि बंटू एलिस को नहीं चाह सकेगा...क्या चाहने के लिए सौन्दर्य, भारतीय सौन्दर्य चाहिए ही ? एलिस बंटू के लिए इतना कर रही है—एक यही बात उसके मन में प्रेम पैदा कर सकती है।

और जिस तेजी से राजन विचलित हुआ था, उसी रफ्तार से उसका मन बन गया कि कुछ गलत नहीं हो रहा। रम्मो को क्या...वह तो औलाद को अपने स्वार्थ की ही वजह से अपने से चिपकाए रखना चाहती है। आज समय बदल रहा है, हर घर का मेधावी लड़का विदेश जाता है, वहाँ बस भी जाता है।

राजन के साथ खास क्या हो रहा है ?

6

दिल्ली में एक बड़े अखबार का कार्यालय। मुख्य दरवाजे के बाहर एक किनारे एक छोटा-सा झंडा गाड़े, सन्नी एक छोटी-सी चादर पर बैठे हैं। अगल-बगल चार-पाँच तख्तियाँ लगी हैं जिन पर एक ही विचार अलग-अलग ढंग से लिखा है—'पत्रकारो, अपनी नैतिकता सुधारो,' 'सत्य चाहिए या ऐशोआराम !' 'पत्रकारिता समाज का अन्तिम कवच है,' 'नैतिकता जरूरी है।'

आसमान साफ है, हवा थमी हुई। सर्दियों की बेहद साफ और उजली धूप लोगों पर बरस रही है। सन्नी धूप में नहाए जा रहे हैं, भीतर से निहाल और गद्‌गद्...प्रकृति कैसे खुले मन से देती है, उड़ेलती है कहिए। एक ऐसी धूप के लिए ही मनुष्य क्या कोई भी योनि पाना, पृथ्वी पर आना धन्य होना है। लेकिन आसपास जिस किसी धुन में भागते हुए लोग...उनमें से कितने धूप के बारे में यह सोच रहे हैं, कितने धूप के बारे में सचेत ही हैं और यह तो खैर कोई नहीं सोचता कि प्रकृति जैसी मुक्त-हृदया है, वैसे मनुष्य भी क्यों नहीं, मनुष्य उतना ही तंगदिल क्यों ?

बड़ी सड़क के समानान्तर चलती उस छोटी सड़क पर दो बड़े अखबारों और तीन-चार छोटे अखबारों के दफ्तर हैं। लंच का समय है। दफ्तर से लोग बाहर जा रहे हैं। कुछ चले जाते हैं, कुछ ठिठककर सन्नी के पास खड़े हो जाते हैं कौतूहलवश। सन्नी हाथ-लिखे पर्चों की फोटोग्राफी लोगों को पकड़वा देते हैं—उनकी कोई माँग नहीं, न ही कोई व्यक्तिगत गिला, न ही वे अनशन कर बैठे हैं। उनका सीमित उद्देश्य पत्रकारों में नैतिकता के आग्रह को गहराना है। यहाँ कार्यक्रम दो दिनों के लिए है। उसके बाद अलग-अलग तारीखों में वे दूसरी जगहों पर बैठेंगे।

पन्द्रह-बीस लोग इकट्ठे हो गए हैं, इससे ज्यादा की उम्मीद सन्नी करते भी नहीं। वैसा हो तो उनके लिए समस्या हो जाए। साधन क्या हैं उनके पास, बड़ी संख्या में

आए लोगों में बाँटने को पर्चे तक नहीं।

सन्नी कार्यालय की सीढ़ियों पर चढ़कर ऊपर खड़े हो जाते हैं, हाथ जोड़कर इकट्ठे लोगों को नमस्कार करते हैं और बोलने लगते हैं...

"दो मिनट से ज्यादा नहीं बोलूँगा, जानता हूँ बोलने की बीमारी है हमारे यहाँ। मैं कुछ नहीं हूँ, कुछ नहीं हूँ। जिन्हें मेरे बारे में जानने की उत्सुकता हो वे मुझसे बाद में मिल सकते हैं, मेरे जीवन के बारे में जानना चाहेंगे, बता दूँगा, छिपाने को कुछ नहीं मेरे पास। मात्र एक नागरिक हूँ। बूढ़ा हूँ तो अपने देश-समाज का पीछा काफी देखा है, आगे की सोचता हूँ। नैतिकता की बात हर जगह उठानी चाहिए, तभी हम सही काम करने के लिए ठिठकेंगे। नैतिकता सबसे पहले चाहिए मन्त्रियों और बड़े अफसरों में। उन पर मेरा जोर नहीं है। आज के ज़माने में उन पर अखबारों का जोर चल सकता है, लेकिन आप ही क्या प्रभाव डाल सकेंगे अगर आप स्वयं भ्रष्ट हो गए। आलोचक का चरित्र बेदाग हो तभी आलोचना का असर हो सकता है...इसलिए अखबार में काम कर रहे मेरे दोस्तो...तुम्हारे पेशे में अनैतिकता पाप है, इससे कम कुछ नहीं। हम व्यक्तिगत स्तर पर भी पाप से बचते हैं, फिर समाज के स्तर पर ? आप जरा सोचें। सोचें। यहाँ समय नहीं मिले तो घर जाकर सोचें, पर सोचें जरूर।"

सन्नी ने बात समाप्त कर उपस्थित लोगों में जिन्हें उनका एक पन्ने का पैम्फलेट नहीं मिला था वह दिया और वापस आकर अपनी दरी पर बैठ गए। कोई सवाल वगैरह पूछने का इच्छुक, सन्नी से मिलने को बेताब नहीं दिखाई दिया।

सन्नी को अहसास है कि लोग या तो जल्दी में होते हैं या उनका रवैया उदासीनता का होता है। बहुत हुआ कौतूहलवश आ जाएँगे और टुकुर-टुकुर देखते-सुनते रहेंगे। इसलिए सन्नी का तरीका है—कम लोगों में थोड़ी-सी बात। भीड़ में लम्बे-लम्बे व्याख्यान खोखले उपदेश बनकर रह जाते हैं, उनका कुछ असर नहीं होता इसलिए भी कि वे जनता पर भारी तादाद में सब तरफ से उँड़ेले जाते हैं। इसलिए सन्नी अपनी बात छोटे भाषणों और उसके बाद जो उनके पास आ बैठते हैं उनसे आपसी बातचीत द्वारा पहुँचाने की कोशिश करते हैं। जो उत्सुक हुए उन्हें अपनी जीवन की कहानी भी थोड़ी-बहुत बता दी, वह भी इसलिए नहीं कि उन्हें महत्त्वपूर्ण लगती है, बल्कि इसलिए कि जो बात उन्होंने कही, उसमें इस वजह से ही सही थोड़ा वजन आ जाए।

भारत में जब आपातकाल लगाया गया था तो सन्नी पकड़े गए थे—दो महीने जेल में रहे। सन्नी उसे अपने जीवन का सबसे बड़ा अनुभव मानते हैं। जेल में उस बात की परीक्षा होती है कि आप कितनी कम-से-कम चीजों के सहारे रह सकते हैं। वहीं आपको पता चलता है कि आपके भीतर क्या है जो आपको थाम सकता है। जेल में ही उन्हें लगा कि आज की मूल समस्या नैतिकता का ह्रास है। अगर लोगों की नैतिकता में आस्था हो तो वे सचेत रहेंगे, नेताओं में हो तो वे भी गिरने से बच सकते हैं। नैतिकता सध गई तो बाकी चीजें सध सकती हैं, नैतिकता खोई तो फिर कोई सीमा नहीं हम कहाँ तक गिरते चले जाएँ। आपातकाल के बाद जिस जनता पार्टी को लोगों ने प्रचंड

बहुमत से कांग्रेस की जगह भेजा था उसके नेता पदलोलुपता की वजह से आपस में लड़ मरे, पार्टी को तोड़ डाला। उसमें और कांग्रेस में फिर फर्क क्या रहा ! पहले में पद-लिप्सा के कारण इमर्जेंसी लगाई जाती है तो दूसरी में उसी के कारण अपनी पार्टी की ही सरकार गिराई जाती है, जनमत से खिलवाड़ किया जाता है...यानी कि तुम मूर्ख हो जिसने हमें वोट दिया, हम तो वही करेंगे जो हमारा स्वार्थ कहता है। चुनाव के बाद नेता सोचता है, वह चाहे जो कर सकता है। अब नहीं चलेगा श्रीमान ! जनता, प्रकृति यह दिखा चुके हैं। जनता पार्टी चुनाव में पिटी, इन्दिरा गांधी वापस आ गईं। संजय गांधी का प्लेन-क्रैश में क्षत-विक्षत हो जाना प्रकृति का प्रकोप था...लेकिन तुम उसे भी बड़े नेता की तरह प्रतिष्ठित करने चल पड़ते हो, सिर्फ इसलिए कि वह तुम्हारे परिवार का था। इतनी बड़ी दुर्घटना, इतना बड़ा दुख लेकिन वह भी नहीं सिखा पाता तुम्हें। इन्दिरा गांधी की भी हत्या कर दी गई। तब सन्नी को लगा कि अब आगे नेता सुरक्षित नहीं रहेंगे। कहाँ वह समय जब नेता भीड़ में खुलेआम चलते थे, कहाँ यह समय जब उन्हें तगड़ी सुरक्षा में कैद रहना होगा...उसके बाद भी वे मार दिए जाते हैं। नेता तो कैसे भी रहेंगे...क्योंकि पद पर तो रहना है ! इन्दिरा गांधी की हत्या को चुनाव में भुनाया जाता है...फिर वही, बेवकूफ बनाओ जनता को ! लेकिन जनता उदारहदया है, प्रकृति की ही तरह...खुले मन से देती है। तुम उसके पात्र हो—यह तुम्हें दिखाना होगा। जब तक राजीव गांधी यह महसूस करते हैं वे ठीक चलते हैं...लेकिन अब वे पटरी से खिसकते दिखते हैं। अगर एक नेता को बरबाद करनेवाले उसके इर्दगिर्द चाटुकार लोग हैं तो उसे सही रास्ते पर चलते रहने को प्रेरित, यहाँ तक कि मजबूर करनेवाली हवा क्यों नहीं हो सकती ? और सन्नी ने कार्यक्रम बना डाला—वे समाज के अलग-अलग वर्गों के बीच जा-जाकर उन्हें सचेत करेंगे, कोई साथ नहीं होगा तो अकेले करेंगे। सबसे पहले उन्होंने चुना पत्रकारों को जो नैतिकता के प्रति निष्ठावान न होने के कारण अपने कर्त्तव्य से फिसल जाते हैं और जो वर्ग फिजाँ बनाने में पहल कर सकता था, वही भ्रष्टाचार की एक मिसाल बन जाता है।

कभी अपने पुराने जीवन के बारे में बताते हुए सन्नी आत्मावलोकन करने लगते हैं और थोड़ा उदास हो जाते हैं। अफसोस होता है कि उन्होंने कितना समय बरबाद किया। जहाँ कुछ काम में लगे भी, वहाँ उम्र की लयमयता नहीं बैठी...जैसे क्रान्तिकारी का काम शुरू उम्र में करना था तो किया अधेड़ावस्था में इमर्जेंसी के दौरान, जब भागने-दौड़ने की उम्र नहीं रही थी। चित्रकूट में या उपाध्यायजी के साथ अब होना था तो पहले रह लिए। अब करने चले हैं जन-जागरण का यज्ञ...तो इसके लिए शक्ति और आयु की जो आहुति चाहिए वह बहुत क्षीण है। क्या हो पाएगा, जब जीवन के उतार पर आ गए ! थोड़ा ज्यादा बोलो तो हँफाई आने लगती है, एक शहर भी ढंग से 'कवर' नहीं हो पाएगा। कैसी विडम्बना कि जब तक समझ में आता है कि जीवन जो तुम्हें मिला उसका क्या करना चाहिए, तब तक जीवन ही समाप्ति पर आया दिखता है।

फिर भी सन्नी आशान्वित हैं...कौन जाने कभी किसी ऐसे व्यक्ति में सन्नी के

आग्रहों के लिए तीव्र भावना घर कर जाए जिसके पास उम्र हो, शक्ति हो। वे जहाँ बैठते हैं उस व्यक्ति को ढूँढ़ते फिरते हैं। दुख की बात यही है कि लोग पत्थर होते जा रहे हैं। वे जब सन्नी को सुनते हैं तो उनके चेहरों पर यह भाव होता है जैसे किसी बूढ़े सिरफिरे को सुन रहे हों। कुछ लोगों के चेहरे पर उनके लिए तरस का भाव भी होता है। जवान कम होते हैं उनकी सभाओं में जबकि उनकी संख्या ज्यादा होनी चाहिए... इसी उम्र में तो आदर्श का आकर्षण अधिक होता है, लेकिन इसी पीढ़ी में वह सबसे कम दिखाई देता है। जो लोग पत्रकारिता जैसे क्षेत्रों में काम कर रहे हैं वे ऐसे काम पकड़ेंगे, या ऐसे ढंग अपनाएँगे जिनसे उन्हें 'पावर' मिले...माने किसी बड़े व्यक्ति को उछाल देने या बदनाम कर देने की ताकत। फिर उस 'पावर' का सुख-भोग...माने काम के बाद के समय वे जो भी सुख-सुविधाएँ खींच सके हैं, उनका भोग करने के लिए। वे सोचते हैं कि जैसे 'फीचर' या 'स्टोरी' लिखना उनके प्रोफेशन में आता है, वैसे ही सुख-सुविधाएँ ऐंठना और फिर उन्हें भोगना भी। पत्रकारों को इसमें गलत कुछ भी नहीं दिखता, कहते हैं हर 'प्रोफेशन' की तरह इस प्रोफेशन में भी 'पर्क्स' हैं और जो पर्क्स नहीं ढूँढ़ पाते, वे बेवकूफ हैं या उन अफसरों की तरह हैं जिनकी नियुक्ति फिलहाल ऐसी जगह है जहाँ कमाई का मौका नहीं। सन्नी फिर भी निराश नहीं हैं—अगर दो-चार नौजवानों तक भी उनकी बात पहुँच सकी तो उनके मार्फत बहुतों तक पहुँच जाएगी। जागृति के लिए सन्नी पत्रकारों के बाद अफसरों को पकड़नेवाले हैं। अफसरों के लिए ऐसा कोई सार्वजनिक स्थान नहीं होगा। अगर सन्नी सचिवालय जैसी किसी जगह पर बैठ भी गए तो अफसर तो उनके पास नहीं ही फटकनेवाले, तृतीय-चतुर्थ श्रेणी के कर्मचारी ही आएँगे, वे भी मूँगफली चबाते हुए। इसलिए सन्नी टेलीफोन डायरेक्टरी से एक सूची तैयार कर रहे हैं, पतों के साथ। वे बड़े अफसरों से शुरू करेंगे...एक-एक के घर जाएँगे। उन्हें मीठी जुबान में समझाएँगे—"जीवन जो ईश्वर ने दिया वह मात्र कैरियर, और ऊँचे या शक्तिशाली पदों को पाने में क्यों जाया करते हैं ? उसे अपने से बाहर से भी जोड़िए, उन चीजों की सोचिए जो समाज को छूती हैं। जितना जीवन बचा उसमें और क्या...कितना पा लेंगे आप ?"

सन्नी को लोग निरा आदर्शवादी कहते हैं—इस तरह होगा नैतिक जागरण ? क्या हासिल होगा ऐसे ? लेकिन सन्नी अपने ढंग से व्यावहारिक हैं—वह व्यक्ति जिसके पास न कोई संगठन है, न पैसा है, आयु की शक्ति भी नहीं है...वह और क्या कर सकता है। साधु लोग ग्रन्थों पर आधारित भाषण देते हैं, जिसे लोग ऊँघते हुए सुनते हैं और सुनते ही ऊँघते रहते हैं। उससे तो यह अच्छा ही है—निहायत व्यावहारिक तरीके से करीब-करीब एक-एक को समझाना। यह हो सकता है कि जब सन्नी लोगों के घर जाना शुरू करें तो कुछ लोग उन्हें बाहर से ही रुख्सत कर दें...वहाँ भी उनका सन्तोष यही होगा—सबको न सही, कुछ हद तक तो अपनी बात पहुँचा सके। सवाल यह नहीं है कि आपको क्या करना चाहिए, जितना कि यह कि आप क्या कर सकते हैं। सन्नी जो कर रहे हैं उससे इतर क्या कर सकते हैं ?

सन्नी का विवाह नहीं हुआ। बनारस में जैसे औरों के विवाह हो जाते थे उनका भी हो सकता था, अगर वे लोगों को बहुत पढ़े-लिखे, कमाऊ न सही, थोड़ा-सा भी जिम्मेदार दिखाई देते...जिम्मेदार, मतलब किसी ढर्रे से लगे हुए, या उसकी तलाश में। इसी को जिम्मेदार होना माना जाता है, वर्ना जिम्मेदार क्या सन्नी कम थे ! वे बड़ी जिम्मेदारी ढूँढ़ रहे थे–जो जीवन मिला उसका क्या करें। उसी खोज में चलते रहे। कितनी बार चाह उठी, आज भी उठती है कि कोई उनका भी छोटा-सा घेरा होता, उन अन्तरंग लोगों का जिनके पास वे हर शाम पहुँच सकते, जिनके बीच होते ही ऐसा लगता कि उनकी छोटी-से-छोटी तकलीफ को देखने-बाँटनेवाले हैं दुनिया में। सन्नी इसी भाव को आत्म-दया मानकर बाहर निकालने की कोशिश करते हैं, लेकिन कभी-कभी निहायत मामूली-सी चीजें पहाड़ बन जाती हैं...वे बीमार हैं और उन्हीं दिनों रहने का ठौर भी बदलना है, नया घर ढूँढ़ना है ! आपातकाल के दौरान जिनसे आत्मीयता हुई थी ज्यादातर उन्हीं के यहाँ पिछले वर्षों में बारी-बारी से रहे हैं सन्नी...इस तरह कि लोगों को कम-से-कम बोझ महसूस हो–यों रहना कि बस सोने और नित्यक्रियाओं के लिए आते हों, हफ्ते-दस दिन में दूसरी जगह चले जाना। फिर एक हितैषी मिल गए। उन्होंने अपने डी.डी.ए. फ्लैट का एक कमरा खोल दिया...वे सरकारी मकान में रह रहे हैं और फ्लैट को किराए पर नहीं उठाना चाहते। अपने खर्च की व्यवस्था सन्नी कुछ अखबारों को लिख-लिखाकर कर लेते हैं। इस तरह काम चल रहा है, लेकिन बस चल रहा है। रोज इतनी दूर बसों से यात्रा करना, दिल्ली जैसे बड़े शहर में अपने खर्च-भर के लिए रुपयों का जुगाड़ करने का संघर्ष–यह सब नई उम्र के लड़कों के लिए तो ठीक है, सन्नी के लिए ? किसी छोटे कस्बे में जीवन कितना आसान हो सकता है। और कहीं नहीं तो सन्नी बनारस ही चले जाएँ, अपने घर रहें, गंगा के आसपास अपनी दिनचर्या बुन लें पर यही तो...यह उनके दृष्टिकोण से मेल नहीं खाता। यहाँ एक लक्ष्य है, वहाँ सिर्फ अपने लिए जीना होगा। मातग जीवन धारण करने के लिए जीना...उसका क्या लाभ ? इसलिए सन्नी डटे हुए हैं, खींच रहे हैं अपने कमजोर होते चोले को। किफायत और परहेज से चलते हैं। ऐसे समय बस में यात्रा करते हैं जब भीड़-भाड़ न हो, एक ही दिशा में यात्रा करते हैं ताकि एक दिन में सीधा एक जगह जाना और वापस आ जाना... जैसे दफ्तर जाना और लौट आना !

आज भी इसी तरह बहादुरशाह जफर मार्ग आ गए, लंच के दौरान अपनी बात कह दी और शाम को भीड़ बसों पर चढ़े उसके पहले वापस।

इतवार...सबके और सन्नी के लिए भी आराम का दिन। एक यह दिन सन्नी ऐसे बिताते हैं जैसे वे सचमुच किसी बँधी-बधाई दिनचर्यावाली लम्बी नौकरी की दौड़मदौड़ में हफ्ते-भर लगे रहते हों और इस दिन स्वयं को घर में बन्द कर सब कुछ आराम और इत्मीनान से करने का मजा लेते हों। सुबह अलसाए-से, तख्त पर पड़े-पड़े अखबार पढ़ रहे थे कि बाहर से किसी ने घंटी बजाई। खोला तो बस खड़े रह गए–कोई अजनबी,

पर जाना-पहचाना-सा भी। सिर पर बाल किनारे-किनारे, बीच में चाँद। साँवला दुबला-पतला चेहरा, मोटा चश्मा। चेहरा शायद इतना साधारण था कि परिचित लग रहा था...जिसे आप रोज बस स्टॉप पर देखते हों। व्यक्तित्व पर सौम्यता की छाप, कहीं से कोई खलबलाहट, तिलमिलाहट नहीं...यह चीज उस चेहरे को और भी साधारण बनाती थी।

सन्नी ठगे-से खड़े देखते रहे। सामने वह आदमी भी मुस्कुराता खड़ा था... मीठी-मीठी मुस्कान, जैसे मुँह में मिसरी रखे हो, जैसे मिसरी के स्वाद से वह और मीठा हुआ जा रहा हो। चेहरा बेहद चिकना जैसे ऊपर की चाँद।

''नहीं पहचान पाए ?'' सामने का व्यक्ति आखिर बोला।

''बूढ़ा हो गया हूँ, शायद इसलिए...आइए...''

''मैं हूँ मोहन...''

सन्नी भीतर की तरफ मुड़ रहे थे कि चौंककर पलटे और फिर देखते रह गए—एकदम भैया राधेलाल। वही चिकना चेहरा, चेहरे पर वही मिठास, वही गंजी खोपड़ी, कद थोड़ा ही बड़ा होगा...मोहन कुल मिलाकर भैया का तराशा हुआ थोड़ा दुबला रूप। जेल से छूटकर जब वे आए थे तो बताते हैं दुबले हो गए थे। अगर तब सन्नी ने देखा होता...

''अरे...रे...रे...वाह...''

सन्नी को कुछ करते नहीं बना तो लगा लिया गले से। उनकी बाँहों में अटपटे ढंग से घिरे मोहन अपना चश्मा सँभाल रहे थे, गौर कर रहे थे कि उम्र हो जाने पर भी सन्नी की काठी झुकी नहीं थी।

गद्गद् सन्नी मोहन को भीतर ले आए और तख्त पर बिठा दिया।

''कहिए, कैसे ढूँढ लिया आपको आखिर !''

''कैसे ?''

''एक पत्रिका में आपका लेख देखा, पता भी था।''

''हिन्दी पढ़ते हो ?''

''क्यों नहीं।''

''भाई, अंग्रेजी अफसर हुए थे, मैंने सोचा वही आदत रही होगी।''

''चाचाजी ! हम लोग तो स्वतन्त्रता के फौरन बाद चुने गए थे। तब अंग्रेजी नहीं भारतीयता की पूछ ज्यादा होती थी सर्विस के चुनाव में भी। फिर अब तो मैं रिटायर भी हो गया...''

''अरे ! मैंने तो तुम्हें अफसर के रूप में देखा ही नहीं और तुम रिटायर भी हो गए ? कितनी जल्दी जिन्दगी ऊपर से निकल जाती है !''

''आप तो जैसे अब भी वही हैं...अकेले, कमरा वैसा ही। कुछ नहीं यहाँ...'' मोहन ने करीब-करीब खाली कमरे को देखते हुए कहा।

''अरे भाई, अगर यहाँ सामान-आमान होता तो मैं होता ? कुछ नहीं है तभी से

तुम मुझे देख पा रहे हो।"

"बहुत कुछ करते रहे आप ! इधर-उधर से जब-कब सुनने में आता था।"

"कुछ खास नहीं...बस जो सामने आया उसे करता चला गया। कुछ कर तो नहीं पाया, लेकिन हाँ बहुत चीजों के बीच से गुजर जरूर लिया, एक शादी और नौकरी को छोड़कर।"

"और हम लोग जो इन दो में बँध गए तो जैसे दूसरी और चीजों से महरूम रह गए।"

"नहीं, ऐसा नहीं है। नौकरी और विवाह के माध्यम से कितनी चीजें तुम तक आईं। मुश्किल यही है कि नौकरी और गृहस्थी इतना डुबो लेती हैं कि दूसरी चीजें जो आती हैं उनका अहसास उतना नहीं उतरता, वे चीजें ऊपर-ऊपर से बह जाती हैं।"

"तो आपको लगता है क्या कि शादी और नौकरी न करके कुछ खोया ?"

"बिलकुल खोया है..." सन्नी हँसते हुए बोले—"अब यह रहने का आलम ही देख लो। आर्थिक रूप से आज तक असुरक्षित हूँ, कोई तरतीब नहीं जीवन में। ठहरो, जरा चाय बना लाऊँ तुम्हारे लिए।"

"अरे ! क्यों तकलीफ करते हैं ?"

"तकलीफ हो सकती थी अगर कोई दूसरा रहा होता काम करने के लिए, उससे पूछकर देखना पड़ता। यहाँ तो यह स्टोव है और मैं, खाना भी इसी पर पकाता हूँ... और इन दोनों में से किसी को तकलीफ नहीं है।"

सन्नी ने स्टोव जलाकर चाय का पानी चढ़ा दिया। चाय बनाते और फिर पीते हुए वे अपनी और परिवार की बातें करते रहे...सन्नी के साथ क्या-क्या हुआ, मोहन ने क्या-क्या किया, कितनों की शादी-ब्याह, नौकरी पर कौन कहाँ है, किसकी नौकरी कैसी, पारिवारिक जीवन कैसा।

कैसा लगता है बातों, दो-चार जुमलों में ही उन घटनाओं को समेट डालना जो कभी इतनी अहं थीं। जहाँ सारा कुछ चन्द बातों में ही समेटा जा सके, वहाँ कितनी छूँछी निकल आती है कोई भी जिन्दगी। यह भी दिखाई देता है कि कुछ भी छिपाने के लायक नहीं होता...मोहन ने राजन-रम्मो के बारे में सब कुछ यहाँ तक कि यह भी बता डाला कि ओमी कैसे उन दिनों की रईसियत को देखकर थोड़ा कुढ़ती है, असन्तोष है उसे अपने जीवन से। सन्नी अपने थे, बड़े थे। उन्हें सब कुछ बताकर जीवन का सही लेखा-जोखा तैयार किया जा सकता था। सन्नी और मोहन दोनों ही अपने-अपने जीवन में निष्ठावान रहे थे, अब भी थे। इसलिए और भी आत्मीयता थी एक-दूसरे के लिए, साथ भले ही न रहे हों। उनकी उम्र में भी बड़ा फर्क नहीं था, दोनों को ही यह अहसास था कि वे अन्त से बहुत दूर नहीं खड़े हैं। बहुत ही स्वाभाविक ढंग से दोनों में यह कशिश जाग उठी कि दूसरा पहले की जिन्दगी का आकलन करे, कुछ बोले...

"मुझे सन्तोष तो है"—मोहन कह रहे थे—"कि अपना जीवन ईमानदारी से बिताया, हर बात पर अपना रवैया न्यायपूर्ण रखा...फिर भी यहाँ पहुँचकर जाने क्यों

लगने लगा है कि ये कोई बड़ी उपलब्धियाँ नहीं हैं।''

''क्यों लगता है तुम्हें ऐसा ?''

''जब सभी...यहाँ तक कि तुम्हारी पत्नी भी तुम्हें बेवकूफ माने, जब रिटायर होकर तुम अपने को आर्थिक रूप से अशक्त महसूस करो तो सवाल उठने लगते हैं।''

''सवालों का क्या...कोई, कहीं भी, कैसे भी हो...सवाल उठेंगे। मनुष्य के जीवन की यही तो खासियत है—सवाल ही सवाल, निरन्तर द्विविधा, हर पल द्विविधा। मेरे अपने जीवन के सम्बन्ध में भी उठती है।''

''द्विविधा बढ़ जाती है जब मैं गलत लोगों को अपने से बहुत ज्यादा सुखी देखता हूँ।''

''ऐसा लगता है कि वे सुखी हैं। कोई भी गलत आदमी सुख का भ्रम तो पाल सकता है, लेकिन सुखी नहीं हो सकता। तुम तो यह सोचो कि प्रकृति का कोई अभिप्राय रहा होगा तुम्हें गढ़ने में...हो सकता है यही कि तुम जैसों के माध्यम से वह नैतिकता चले, पुश्त-दर-पुश्त। तुम अपने व्यावहारिक जीवन में भले ही असफल रहे हो, खुद को वैसे दिखो भी...तुम्हारे माध्यम से, चाहे जितने कमज़ोर ढंग से सही प्रकृति का एक अभिप्राय पूरा हो रहा था...और यही एक बात तुम्हारे छोटे-से जीवन को बड़ा बना देती है। अगर तुम उस तरह सोचो तो आज के माहौल में अगर एक व्यक्ति भी मूल्यों को अपने जीवन में उतारकर जीता है तो उस जैसे दस-बारह के द्वारा यह तो होता है कि मूल्य रहते हैं, नष्ट नहीं किए जा सकते। बेशक तुम ज्यादा भी कर सकते थे...पर तुमने किया नहीं।''

''मसलन ?''

''मसलन खुशबू को अपने आसपास बिखेर सकते थे, लेकिन तुम उसे अपने से चिपटाए रहे, उसी को इतिश्री मान लिया।''

''मैंने देखा कि मैं अपने भाई तक को तो प्रभावित नहीं कर सकता।''

''बस यही...यही तुम्हारी असफलता है। भाई को क्यों बीवी तक को नहीं और यह असफलता इसलिए कि तुमने बड़ी जल्दी अपने को अलग कर लिया। अपने भर को अच्छा बनाए रखे...ऋषि होकर ऊपर बैठ जाओ, अलग हो जाओ...यह हो गया।''

''आपने तो दूसरों को सुधारने की कोशिश की।''

''मैंने कोशिश की...अब भी कर रहा हूँ, लेकिन मेरे साथ दूसरी कमजोरी थी। मैं तपकर नहीं निकला जैसे तुम निकले थे। मेरी तरह अकेले रहकर प्रलोभनों से दूर रह लेना आसान है...बाबा हो जाना। गृहस्थ होकर, समाज में रहते हुए, पड़ोसियों, मित्रों, बीवी-बच्चों के प्रभावों से बचते हुए प्रलोभनों से दूर रह लेना मुश्किल है और प्रलोभनों से जीवन प्रभावित कर बैठने के बाद फिर उबर आना यह और भी मुश्किल है जैसे कि राजन के लिए। वह तो बह जाने के बाद धारा के खिलाफ तैरते हुए वापस आना है। मेरे कहने का अगर बहुत प्रभाव नहीं होता है तो इसलिए कि मेरा अपना जीवन सपाट रहा है।''

"तो क्या आपको ऐसा लगता है कि आपका जीवन असफल रहा ?"

"सफल-असफल के खानों में रखकर सोचने से कुछ नहीं मिलता। जितना मैं शुरू से ही जीवन का अर्थ, जीवन की प्राप्ति...इनके चक्कर में रहा उतना ही निराश हुआ और अब मुझे अक्सर लगता है कि पाने जैसी कोई चीज संसार में है नहीं। पाने-वाने का चक्कर कुछ उस तरह का ही है जैसे कोई खिलाड़ी जीतना है...जीतना है...बस यही तनाव लिए मैदान में उतरता है और इसलिए हार भी जाता है। जो खेल में रस लेने को मुख्य बात मानकर खेलता है वह अक्सर जीत जाता है। तो महत्त्वपूर्ण है जीना..."

"जीने के लिए ही तो आपको पैसा चाहिए, यह चाहिए...वह चाहिए...घर चाहिए..."

"मेरे पास अपना घर होता, थोड़े-बहुत पैसे होते तो बेहतर रहता, लेकिन मैं सोचता हूँ इनसे बहुत फर्क नहीं पड़ता। जो जितना मिला वही ठीक। जो मिला, मिल रहा है, उसी में इस तरह रह लेना कि लगे जिन्दगी में एकरस होकर रहे, उखड़े-उखड़े नहीं।"

"आपको कभी उखड़ा-उखड़ा लगा ?"

"पूर्वार्द्ध में तो उखड़ा-उखड़ा ही रहा, लेकिन उत्तरार्द्ध में तालमेल कुल मिलाकर ठीक रहा–क्योंकि तब मैंने अपने से बाहर जुड़ना सीख लिया था। जीवन का यह अजीब रहस्य है कि खुशी–अपनी खुशी...अपना सुख–इस चक्कर में हम सभी होते हैं पर ख़ुशी सिर्फ अपने लिए करने से कभी हासिल नहीं होती, दूसरे के लिए करने से ही मिलती है। मैंने जब से यह अभ्यास डाला कि अपने लिए नहीं किसी और के लिए यह करना है...और उसमें उत्साह उतना ही बनाए रखना है जैसे अपने लिए कर रहे हों... तब से सुख-शान्ति जैसे अपने सिरहाने ही बैठे रहे। यह दीगर बात है कि अब कभी शरीर का यह हिस्सा दर्द कर रहा है कभी वह। बढ़ती उम्र के साथ यह तो होना ही है...शरीर का क्रमिक क्षय।"

"सन्नी चाचा ! अब आप हमारे साथ रहें। जमनापार हम घर भी बनवा रहे हैं। वैसे अभी जहाँ हैं वह भी खासा बड़ा है, एक साल तक उसमें रह सकते हैं हम। मकान बन जाएगा तो अपने घर में रहेंगे। मुझे रिटायरमेंट पर आपका साथ मिल जाएगा। क्या यह नहीं हो सकता कि आप दिल्ली को ही अपना कार्यक्षेत्र बना लें, हमारे साथ रहकर काम करें ?..."

"क्यों नहीं हो सकता और सच पूछो तो यह मेरे मन की बात है–अब उतना होता नहीं भैया। ये पेट भरने के काम में बड़ा आलस्य आता है। तबीयत होती है कि बैठे-बैठे कहीं दो रोटियाँ मिल जाएँ। और जो मुझे करना है वह दिल्ली में ही है–यहीं मन्त्री हैं, बड़े-बड़े अफसर हैं, यहीं पत्रकार, डॉक्टर और दूसरे बड़े पेशेवर लोग हैं। मेरा ऐसा मानना है कि व्यक्तिगत सम्पर्क से हम लोगों में जो अच्छा छिपा बैठा है उसे उभार सकते हैं। असफलता होती है लेकिन अगर एक जगह भी सफलता मिलती है तो उसे ध्यान में रखकर क्यों न अभियान चालू रखें। मान लो अगर असफलता ही असफलता है तो भी भैया मैं किसी और काम का तो हूँ नहीं अब, न ही गांधी की तरह कोई बड़ा

आदमी हूँ। तो जिस लायक हूँ वही करता चलूँ थोड़ा-थोड़ा...''

''तो ठीक है, आप अब मुस्तकिल तौर पर हमारे साथ रहिए।''

सन्नी चुप हो गए जैसे अपने में खो गए। उनके चेहरे पर तब रोशनी की रेखाएँ... छोटी-बड़ी, आड़ी-तिरछी...उभरतीं और तिरोहित हो जातीं। वे जैसे किसी सुरंग से गुजर रहे थे...अँधेरे में खो जाते और तभी किसी खोह से रोशनी की एक धार उन पर आ गिरती और उन्हें प्रकाशित कर जाती। वे चुप ही रहते, रहना चाहते थे, लेकिन मोहन ने ऐसा नहीं होने दिया, कुरेद दिया—''क्या सोच रहे हैं ?''

''भैया, लालच तो होता है...कि उम्र के इस उतार में आराम से रहूँ। तुम्हारे यहाँ मुझे मिलेगा, इसमें भी संशय नहीं...लेकिन लालच के ही चक्कर में मैं नहीं पड़ना चाहता। इस रास्ते ढेरों और दोष आ जाएँगे...और नहीं तो आरामतलबी, आलसी हो जाऊँगा। शारीरिक आराम तो मिल जाएगा पर अपने काम, अपने लक्ष्यों से दूर भी खिसक जाऊँगा...कौन जाने आराम में मानसिक अशान्ति को भी निमन्त्रण मिल जाए... इसलिए ऐसे ही ठीक है।''

मोहन अवाक् रह गए—एक यह है जो नितान्त बुनियादी जरूरतों की पूर्ति को भी आरामतलबी मानता है, अपने सगे भतीजे द्वारा उस पूर्ति की आशा को भी लालच मानता है...और एक वे हैं—पेंशन है, प्रोवीडेंट फंड आदि का चारेक लाख रुपया है, जमीन है, घर बनाने की देर है...और उस पर भी अपने अब तक के जीवन को व्यर्थ मानते हुए अब नए जीवन में धन संचय करने की सोच रहे हैं। लानत है। उनका अब तक का जीवन जरूर दूषित रहा है, तभी उसने मोहन के मन में अवकाशप्राप्ति के बाद इस तरह की द्विविधा उत्पन्न की, रईसं होने की आकांक्षाएँ जगाईं...तपकर निकला जीवन उनका नहीं सन्नी का है कि उन्हें वह नैतिक शक्ति प्राप्त है कि वे दैनन्दिन जीवन की बुनियादी जरूरतों की पूर्ति को भी धत्ता बता सकते हैं...और वह भी इस उम्र में जब उन्हें सचमुच किसी सहारे की जरूरत है।

जिद मोहन ने नहीं की क्योंकि वे सन्नी के सोचने को समझ सकते थे।

''जैसी आपकी मंशा...पर आपके साथ रहने से मुझे मार्गदर्शन निश्चित मिलता।''

''भैया, शायद तुम भूल रहे हो कि तुम्हारे सामने मैं अनपढ़ हूँ।''

''लेकिन मेरी पढ़ाई एक प्रोफैशन की पढ़ाई होकर रह गई। सन्नी चाचा, मैं सोचता था कि एक यही प्रोफैशनल लियाकत ही तो है जो अपने पास है, क्यों न इसका उपयोग किया जाए...कोई प्राइवेट नौकरी कर लूँ। मेरे पास ऑफर हैं।''

''रिटायर होने के बाद अगर तुम्हें जीवन-यापन भर के लिए रकम मिलती है तो दूसरा कोई काम ढूँढ़ना, करना...वकालत या ऐसा कुछ, और कमाई के पीछे पड़ना... यह बात मेरी समझ में नहीं आती भैया।''

''ओमी कहती है कि हमें बच्चों के लिए कुछ छोड़ना चाहिए।''

''क्यों, वे तो सैटेल्ड हैं ?''

''बेटा राकेश मर्चेंट नेवी की नौकरी छोड़ बिजनैस जमाने की सोच रहा है।''

"तो वह करेगा। कमा रहा है करे जो कुछ करना चाहे, उसकी जिन्दगी है।"

"उतने भर से नहीं चलेगा।"

"तो आपके कमाने से भी नहीं चलेगा, और कहाँ तक किस-किस बच्चे के लिए कर सकेंगे ? इसकी कोई सीमा है ?"

"आजकल लड़के विदेश जाने, वहाँ बसने की सोचते हैं। आपको मालूम है—राजन का बेटा बंटू विदेश चला गया।"

"अच्छा ? गया तो अच्छा ही किया। विदेश...कोई आगे बढ़ने, तरक्की के ख्याल से जाए, बढ़िया है...लेकिन यहाँ से भाग रहा है क्योंकि यहाँ जीवन कठिन है, वे सुविधाएँ नहीं हैं तो यह लड़के में आत्मविश्वास की कमी है, अपनी ज़मीन से नफरत है...इसे रोकना चाहिए। परेशानी विदेश जाने की उतनी नहीं जितनी इस बात की कि वहाँ जाकर लड़के एकदम दूसरा दृष्टिकोण ओढ़ लेते हैं। मैं पूर्व और पश्चिम की बात नहीं कर रहा। दो नजरियों की बात है...एक जो जीवन को व्यापक रूप में लेता है और एक वह जिसमें उसे सिर्फ कैरियर और भौतिक तरक्की में सिकोड़कर देखा जाता है। अब अगर राजन का लड़का पढ़े-लिखे, लेकिन अपनी दृष्टि सीमित न करे तो ठीक है। मुश्किल यह है कि इस सिकुड़ने से कम बच पाते हैं।"

"हमारे देश के नवयुवकों को एक खास संस्कृति के रंग में तो यहाँ बैठे ही रँगा जा रहा है। विदेश जाने न जाने से क्या फर्क पड़ता है।"

"हाँ यहाँ भी हो रहा है...धनाढ्य वर्ग में खासकर। यह बहुत बड़ी समस्या है—यह सिकुड़ना नई पीढ़ी को पंगु बना देगा। अच्छा हो कि हमारे नवयुवक यहीं रहने की सोचें। तब अपनी तरक्की की सोचने के साथ-साथ अपने देश और समाज के लिए कुछ करने का मौका रहेगा उनके पास।"

"आप ओमी को समझाइएगा। राजन का बेटा विदेश गया और हमारा नहीं गया...वह इसी बात से कुढ़ती रहती है। कहती है मैंने बच्चों के लिए कुछ नहीं किया।"

सन्नी और मोहन दोनों हँस दिए और काफी देर तक हँसते रहे। दोनों के भीतर एक पुलक थपेड़े मार रही थी—उस उम्र में पहुँचकर जब सिर्फ पुराने दोस्त ही रह जाते हैं, नए दोस्त बनाने की कूवत जाती रहती है...तब उन्हें नया दोस्त मिल गया था। जिसके बारे में सुना था पर जानने और पास रहने का कभी मौका नहीं मिला था...मोहन को वह मिला उम्र के ढलान पर। एक मुलाकात में ही ऐसा लगा जैसे एक-दूसरे को वर्षों से जानते हैं। बेशक वे दूर-दूर चल रहे थे लेकिन जैसे बराबर साथ थे। मोहन जो ढुलमुल हो रहे थे अवकाशप्राप्ति के बाद जिन्हें ओमी राजन की दिशा में ढकेले जा रही थी...उन्हें अपने इस नए या पुराने दोस्त से मिलकर नई ताकत मिली। अब वे खड़े हो सकेंगे ओमी के सामने...सबके सामने। धनसंचय तो दूर...वे कोई नौकरी भी न करेंगे। अब तो फुर्सत मिली है धनार्जन के उस काम से जो सारी जिन्दगी चलता रहा, जिसकी खिचखिच में कुछ सोचने...अपने मन का करने का मौका ही न मिला...और मोहन और भी गँवाने जा रहे हैं ? पीछे तकते हैं तो कोई उपलब्धि नहीं दिखती...यह देखकर भी

फिर उसी जीवन-शैली से चिपके जा रहे हैं। अब तक जरूरत थी, अब नहीं है। रुपए इकट्ठे करने का क्या...कोई सीमा नहीं है, हमीं को कहीं-न-कहीं लाइन खींचनी होती है।

"सन्नी चाचा...आप मेरे साथ न रहें पर आप मुझे अपने साथ काम करने से तो नहीं रोक सकते। मैं अब नौकरी नहीं करूँगा, जीवन को खुला रखूँगा...देखूँ क्या आता है अब इसमें।"

"यह दूसरी बात ज्यादा महत्त्वपूर्ण है। मेरे साथ बिलकुल आओ, मैं तो चाहता भी हूँ कि कोई मेरा हाथ बँटाए....लेकिन दरवाजे खुले भी रखो। पता नहीं कौन-सा उद्देश्य, कौन-सा कर्म भीतर आ जाए...और उसे तुम पूरी लगन से करोगे। यह जो मेरा काम है, उसमें लगन की कमी हो सकती है, क्योंकि पता नहीं इसके लिए तुम्हारे मन में मेरी जैसी आस्था है...या कि संशय है जैसा कि दूसरों को है। तुम देखते हो—मैं इसीलिए कोई सेना नहीं खड़ी कर सका।"

"आपके बाद क्या होगा इस काम का ?"

"मुझे कोई गलतफहमी नहीं है कि यह काम चलता न रहेगा तो...दरअसल ऐसा भी नहीं है कि यह चलेगा नहीं। हर युग में, हर देश में अलग-अलग ढंग से चलता आया है तभी तो नैतिकता है, आज भी...तो आगे भी चलेगा भले ही किसी अलग ढंग से, किसी दूसरे व्यक्ति या संगठन द्वारा।"

सन्नी इजाजत न भी दें, मोहन ने सन्नी का साथ देने का मन बना लिया था। वे सन्नी के उत्तराधिकारी तो नहीं बन सकते—उम्र का बहुत फर्क नहीं है, लेकिन सन्नी के साथ रहेंगे...जब तक उन्हें कोई दूसरा अपने मन का काम नहीं मिल जाता। करेंगे कोई ऐसा ही काम जिसका लक्ष्य रुपए कमाना न हो।

सन्नी का साथ उन्हें उस पथ पर तो रखेगा जिस पर वे अब तक रहे और जिससे रपटकर वे नीचे गिरनेवाले थे...करीब-करीब।

7

बंटू के विदेश चले जाने से घर पर खालीपन उतर आया है।

रम्मो इन दिनों जब कभी अपनी बालकनी पर जाकर खड़ी हो जाती है और खोई-खोई-सी सामने पीपल के पत्तों को हिलते देखती रहती है। पत्ते अजीब छरछराहट में इधर से उधर होते हैं। कौन और कहाँ वह हवा जो यह छरछराहट पैदा कर रही है। पत्ते हिलते क्यों हैं, अपनी जगह ही टँगे रहें...अचलायमान ? हवा क्यों नहीं दिखाई देती ? उसका अहसास ही होता है पत्तों के डुलने से, किसी चीज के उड़ने से, धूल के बवंडर से। पत्तों के बजने की आवाज कहाँ से उठती है, किधर को जाती है ? लगातार बजनेवाली एकरस आवाज शायद कहीं जाती नहीं, रम्मो के अन्तः में स्थिर है...या उसकी साड़ी से चिपकी है। घर से ही उठकर, घर के ऊपर डोलती रहती है।

बंटू इम्तहान खत्म करते ही चला गया था। किसी को कुछ कहने-सुनने का मौका ही नहीं दिया। रम्मो के कहने पर, उसके सामने ही राजन ने समझाने की एक-दो कोशिशें भी की थीं, लेकिन जहाँ टिकट के खर्चे के लिए भी बंटू उन पर आश्रित न हो, दौड़-धूप किए बगैर उसे विदेश जाने को मिल रहा हो, रहने के लिए घर भी...वहाँ उसे रोकनेवाला कौन था। जब राजन ने देखा कि बंटू किसी तरह रुकनेवाला नहीं तो सम्बन्ध क्यों खराब किए जाएँ...इसलिए ऊपर के खर्चे के लिए पाँच हजार रुपए बंटू ने माँगे थे, बगैर हो-हुज्जत के दे दिए। बच्चे...जिनके लिए हम क्या-क्या नहीं करते, सिर्फ उन्हीं-उन्हीं का सोचते हुए हम अपने आपको सबसे काटकर अलग-थलग कर लेते हैं...वे ही बड़े होकर आपकी एक बात भी सुनने को तैयार नहीं ? राजन तो विदेश जाने को भी मना नहीं करता था, वह सिर्फ यह चाहता था कि बंटू अपने बलबूते पर जाए, कुछ समय बाद कुछ बनकर जाए। एक लड़की पर आश्रित होकर इस तरह जाना ! उसे परेशान यह बात ज्यादा करती थी कि बंटू एलिस से विवाह सिर्फ एक छोटे-से तात्कालिक फायदे के लिए करने जा रहा है। आखिर राजन ने भी कुछ कहना बन्द कर दिया। जहाँ माँ-बाप पुरातनपन्थी, बैकवर्ड ही हों...तो कीजिए जो चाहे, और भुगतिए बाद में। एक तरह से अच्छा ही था—विदेश जाने या कि एलिस से शादी करने के जो भी परिणाम निकलेंगे उसके लिए बंटू राजन या परिवार को तो दोषी नहीं ठहरा सकेगा।

रम्मो अपने आपको नहीं समझा पाती। राजन समझाते हैं—“अपना समय याद करो, हमने भी बाहर सर्विस करने के लिए घर छोड़ा था, हर नई पीढ़ी यह करती है”... लेकिन रम्मो का मन नहीं मानता। उन्होंने घर छोड़ा था जब राजन की तैनाती के आदेश आ गए थे। सुहागरात घर पर ही मनाई थी। घर के बाहर निकले थे बड़े-बुजुर्गों की आज्ञा से, क्योंकि वे इतने लोगों को खिला नहीं सकते थे, कोई धन्धा या काम नहीं था वहाँ। रम्मो को यही बड़ा अजीब लगता है कि एक ही छत के नीचे बंटू और एलिस बिना शादी किए रहते होंगे। वे शादी से कब तक बच सकेंगे ?...बच्चा हो जाएगा तब करेंगे क्या ? घिनापन ! रम्मो के क्या-क्या सपने थे बंटू के विवाह को लेकर...

रम्मो दुख में डूबी रहती है। जो हँसी और चहक में बराबर झूलती रहती थी, राजन को झकझोरती थी—‘क्या ये मनहूस शक्ल बना रखी है’...वह अब खुद मुँह लटकाए बैठी रहती है। घर की मालकिन, बड़ी होने का जो सुख वह बचपन से ही तलाश रही थी, वह मिलता अगर बंटू की बहू घर में आती। रम्मो सपना देखती थी कि सास-बहू मिलकर क्या-क्या करेंगी। रम्मो चमकेगी बड़ी मालकिन की तरह, बहू को घर का इन्तजाम करना सिखाएगी। एक नया व्यक्ति परिवार में आएगा, प्रेम छलकेगा... रम्मो के लिए और उसके मार्फत सबके लिए...वह जो रम्मो के आने पर किसी कारण नहीं हो सका था। चहक इधर से उधर दौड़ा करेगी बहू की पायलों की छन-छन के साथ-साथ।

सब बह गया...रम्मो का बिट्टो और छोटू के लिए स्नेह भी। बंटू ऐसी चोट मारकर गया। जो सुनेगा, हँसेगा...रम्मो का लड़का ऐसा निकला ! फिरंगी लड़की की

खातिर माँ-बाप को छोड़ गया। एक से एक नामी खानदान थे उनकी जाति में। बंटू उनमें से किसी के यहाँ ब्याह करता तो घर की साख बढ़ती...लेकिन वह पड़ा ऐसी के पीछे जिसकी जाति तक का पता नहीं।

उदासी से घिरती चली गई रम्मो। दिनोंदिन गुमसुम रहना। राजन को घबराहट होने लगी कि ऐसे ही चला तो कहीं रम्मो मानसिक रोगी न हो जाए। बिट्टो और राजन अक्सर रम्मो को झकझोरते। राजन अलग समझाता, वे-वे तर्क देता जिनसे उसने खुद को समझाया था, लेकिन वे तर्क यहाँ मात्र जुमले थे जिनका कोई मतलब नहीं निकलता था।

बिट्टो जो अपनी माँ को तरह-तरह से समझा रही थी, वह भी खासी प्रभावित हुई थी बंटू के जाने से। जो साथ-साथ खेले और बड़े हुए उनका एकाएक अलग हो जाना...ऐसा अलग होना जो करीब-करीब हमेशा के लिए था। भविष्य के लिए छटपटाहट जो इस उम्र में होती है—वह और तेज हो गई—भाई ने हाथ मारा और उड़ गया, वह क्या ऐसे ही पड़ी रहेगी...उस भविष्य के आसरे जो उसके माँ-बाप तय करेंगे, माँ-बाप जिनके विचार तीस नहीं तो बीस साल पुराने निश्चित हैं। मम्मी उसे किसी प्रतिष्ठित कायस्थ परिवार में ब्याहना चाहती हैं, पापा बहुत उठते हैं तो उसे कैरियर की तरफ ढकेलने लगते हैं। दोनों ही शादी जरूरी मानते हैं...क्योंकि वह लड़की है। अगर शादी ही अन्त है तो कैरियर, उसके लिए हाड़तोड़ मेहनतवाली पढ़ाई, पर्सेंटेज, कम्पटीशन...ये सब क्या करना ! क्यों नहीं किसी ऐसे को ढूँढ़कर पकड़ लिया जाए, उससे शादी कर ली जाए...जिसके पास पैसा हो, जो वे चीजें दे सकता हो जिन्हें आखिर में कड़ी पढ़ाई, कम्पटीशन और कैरियर से हासिल करने की बात है—एक अच्छे स्तर का जीवन, ऐशोआराम। बिट्टो का व्यक्तित्व आकर्षक था, लेकिन कोई एफैयर नहीं चला, न ही चलने के आसार थे। बंटू की तरह वह कहाँ इतना बाहर घूम सकती है कि किसी से टकराना हो और चल पड़े कुछ। बिट्टो ज्यादातर घर में ही रहती है और वहाँ बाहर के लोगों का बहुत आना-जाना नहीं है। पड़ोस के कुछ लड़के जरूर आया करते हैं कभी-कभी...पर वे बिट्टो के नहीं छोटू के दोस्त हैं। उनमें एक भी ऐसा नहीं है जिससे दो मिनट बात भी की जा सके...सबके सब फूहड़। इसलिए शादी होगी तो माँ-बाप की तय की हुई ही। उन्हीं के प्रस्तावों में से जो बढ़िया हो छाँटा जा सकता है।

बंटू ने अमेरिका पहुँचकर दो पत्र भेजे थे। पहले में था कि एलिस का घर तीन कमरोंवाला सुन्दर फ्लैट है जिसमें उसने एक कमरा बंटू को दिया है। शहर बहुत साफ-सुथरा है। वह काम करने लगा है...पर अभी एडमीशन नहीं मिला है, मिल जाएगा। दूसरे पत्र में लिखा था कि उसने मैनेजमेंट में दाखिला ले लिया है। पढ़ाई के साथ-साथ काम भी कर रहा है...लोगों के घर जाकर उनके कम्प्यूटर ठीक करना। एलिस के कोई

समाचार नहीं लिखे थे। रम्मो भड़भड़ाकर रह गई। राजन भुनभुनाता...''इंजीनियर साहब मैकेनिक बन गए...जैसे अपने यहाँ टी.वी. मैकेनिक आते हैं...वही।''

फिर कोई पत्र नहीं आया। जो फोन पत्र में लिखा था उस पर राजन ने फोन मिलाया तो बात हुई थी—पढ़ाई और कमाई—दोनों में बंटू इतना व्यस्त रहता है कि खत नहीं लिख पाता...वहाँ इंजीनियरिंग की भारत की डिग्री की वकत नहीं है, मैनेजमेंट पूरा कर लेगा तभी नौकरी मिलेगी। एलिस के कमरे में ही रहता है, उसका 'पेइंग गैस्ट' बन गया है। शादी की कोई बात नहीं है, नो टाइम टु गिव ए थौट...पहले वहाँ की सर्विस लायक पढ़ाई पूरी करनी है। एलिस भी बहुत बिजी है अभी।

रम्मो के भीतर भयंकर असुरक्षा घर कर गई थी। बंटू के जाने से पैदा हुए खालीपन को भरने का एक ही उपाय था—राजन सोच रहा था—परिवार से एक नया सदस्य जोड़ लेना ! बिट्टो की शादी कर दी जाए...उसकी पढ़ने में दिलचस्पी यों भी कम हो रही है। रम्मो को बताया तो उसमें जैसे नया जीवन-संचार हुआ। पेश्तर इसके कि बिट्टो भी बंटू की तरह निकल जाए, उसे किसी अच्छे घर-परिवार को सौंप देना चाहिए। बिट्टो क्या, छोटू की भी शादी जल्दी कर देनी चाहिए। कमाने-अमाने से क्या होता है...कौन उसे बहू को रखने का खर्चा उठाना है। वह तो राजन और रम्मो के साथ रहेगी। कैसा अजीब ! जब अपनी उम्र थी तो सम्मिलित परिवार से छूटकर भाग जाने, अपना अलग नीड़ बनाने की कशमकश थी...और अब इच्छा होती है कि सब मिल-जुलकर रहें, बेटा-बहू अलग क्यों रहें। तो रम्मो न केवल बिट्टो बल्कि छोटू के लिए भी जोर देने लगी। एक ही साल का तो फर्क है दोनों में...और लड़के को अगर कम उम्र में न ब्याहा, तो वह गया हाथ से। आजकल की हवा ही ऐसी है, रम्मो अपने यहाँ ही देख चुकी है।

पहले बिट्टो का विवाह हुआ। कानपुर के ही एक सजातीय थे। घर ठीक-ठाक था, लड़का देखने-सुनने में बहुत अच्छा। बिट्टो ने प्रस्ताव को मोटा-मोटी अच्छा पाया और हाँ कर दी। लड़केवालों की तरफ से रजामन्दी की एक बड़ी वजह यह थी कि लड़के के पिता जल्दी ही रिटायर होनेवाले थे, और राजन जैसा कल्पवृक्ष उन्हें कहाँ मिलता जो लड़के और लड़के के परिवार को मदद के लिए वक्त जरूरत खड़ा हो सकता हो। विवाह में कोई माँग नहीं की गई, तो वह भी शायद इसलिए कि राजन की तरफ से आश्वस्ति थी और आश्वस्ति जिन्दगी-भर के लिए बनी रहे—यह बड़ी चीज थी।

बंटू को खबर की गई। खत वह लिखता नहीं था, जानता था कि कोई जरूरी बात होगी तो पापा फोन कर ही लेंगे। फोन पर ही बंटू ने आने में असमर्थता जाहिर की—आने-जाने में इतने रुपए खर्च हो जाएँगे, उतना कमाने के लिए फिर उसे दुगनी मेहनत करनी पड़ेगी, उससे पढ़ाई का नुकसान होगा। रम्मो ने सिर पीट लिया—''ऐसी पढ़ाई न सुनी थी कि सगी, वह भी इकलौती बहन के ब्याह में भी न आ सके। उसने राजन से फिर कहलवाया कि बंटू आ जाए, किराया पापा दे देंगे। बंटू ने फिर भी मना कर दिया...''इट्स नौटवर्थ इट पापा...इट्स वेस्ट। शादी ही तो है, सबकी होती है, इंडिया

में फैन-फेयर कुछ ज्यादा ही है। बिट्टो को मेरी बधाई दे दीजिएगा" और बस। किसी-किसी तरह ढाँपना पड़ा बात को।

विवाह के बाद बिट्टो के आचरण में थोड़ा फर्क आया। वह पति को लेकर सन्तुष्ट थी लेकिन ससुराल पापा के घर के मुकाबले कुछ भी नहीं थी। लड़का तो बिट्टो ने खुद देखा, उसके साथ उठी-बैठी...और उसे लेकर कोई शिकायत भी नहीं थी। घर उसे दिखाया नहीं गया, तो वह कैसे अपनी राय कायम करती ! कोई राय माँगी भी नहीं गई। उसने सोचा, पापा-मम्मी ने देख ही लिया होगा। ससुराल पहुँचकर बिट्टो ने पाया कि वहाँ विलास की चीजें छोड़िए, वे साधारण-साधारण चीजें नहीं थीं जिनकी वह आदी हो चुकी थी। पति की इतनी आमदनी नहीं कि खरीद सके। इसलिए जो-जो चीजें बिट्टो को चाहिए उन्हें धीरे-धीरे पापा के घर से ले जाना...यह वह बड़े सहज भाव से करने लगी। पहले तो रम्मो, राजन, छोटू—सभी की तरफ से इस बात को लाड़ में टाला जाता रहा, लेकिन धीरे-धीरे बात गड़ने लगी। सबसे पहले छोटू ने ताने मारना शुरू किए, फिर रम्मो और राजन ने भी देखा कि वह तो बिट्टो की एक आदत ही बन गई है। आदत के पीछे अधिकार की भावना थी—पापा को चाहिए था कि उसे ऐसे घर में देते जहाँ ये चीजें सुलभ होतीं, इससे ज्यादा भी। नहीं हैं तो पापा को ये-ये चीजें वहाँ मुहय्या करानी चाहिए। वह जब जो चाहे ले जा सकती है...आखिर वह भी तो लड़की है घर की, शादी हो गई तो क्या एकाएक बाहर की हो गई, छोटू से गई-बीती हो गई ? बिट्टो नहीं मानती ये सब बातें कि ब्याह के बाद लड़की पराई हो जाती है या पिता के घर से नाता टूट जाता है। ये सब दकियानूसी ख्याल हैं। पढ़े-लिखे समाज में लड़का-लड़की बराबर हैं, कानून में भी विवाहिता लड़की को लड़के के बराबर का हक है माँ-बाप की जायदाद में। बिट्टो के यहाँ कार नहीं थी तो पापा से कहकर उनकी मदद से एक सैकेंड हैंड कार उसने ले डाली। वह जानती थी कि पापा के पास पैसा है जिसका इस्तेमाल वे खुद तो नहीं कर सकते पर जिसे दूसरे के नाम से चीजें लेने में आसानी से लगाया जा सकता है। रम्मो के साथ घर में रुपए-पैसों का इन्तजाम करते हुए ये सब हथकंडे वह अच्छी तरह जान गई थी।

छोटू पढ़ने में शुरू से ही साधारण था, मारामारी करके बी.कॉम. की डिग्री मिल गई थी। अब नौकरी तो मिलने से रही, मिलती भी तो क्या तनखाह होती। तो राजन ने उसे व्यापार में लगाने का तय किया। छोटू का मन होटलों में लगता था। चमक-दमक के अलावा होटलों में पीने और खाने का भी मजा था। इसलिए राजन ने उसे होटल के काम में डालने का सोचा। पहले उसे काम सीखने के लिए एक बड़े होटल में रखवाया, फिर थोड़ा अपने प्रभाव का इस्तेमाल करके एक रेस्तराँवाले के साथ पार्टनरशिप करा दी। रुपया जो इधर-उधर पड़ा हुआ था वह भी काम आ गया, बाकी बैंक से कर्ज दिला दिया। इसी तरह छोटू के लिए मलाड में एक फ्लैट भी दिला दिया। रम्मो और राजन की ऐसी योजना थी कि छोटू को पैसे की कमाई में यहीं फँसा दिया जाए जिससे कि

वह बंटू की तरह विदेश न भाग सके। यह तभी हो सकता था जब कमाई छोटी-मोटी नहीं, उस स्तर की हो जिसके लिए छोटू में रस या लगाव पैदा हो सके। इसलिए शुरुआत थोड़ी बड़ी ही की गई, लेकिन छोटू जो पहले से ही स्वतन्त्र तबीयत का था अब और स्वतन्त्र हो गया। कार जिसे पहले वही ज्यादा-से-ज्यादा इस्तेमाल करता था, उसे अब अधिकतर वह हमेशा अपने पास रखने लगा। मलाड नाम के लिए बम्बई का उपनगर था लेकिन बम्बई के सामने गाँव ही था। वहाँ क्यों रहा जाए। वहाँ के फ्लैट को छोटू ने फर्निश्ड कराकर रख लिया, रहना फिलहाल पापा के साथ वार्डन रोड में ही। जब तक खास बम्बई में रहने को मिलता है, क्यों न रहा जाए। तब तक अगर और पैसा आ गया तो मलाडवाला फ्लैट बेचकर इधर ही ले लिया जाएगा। उसका पर्स अब रुपयों से भरा रहता था। पहले भी खर्च में उसका हाथ खुला था, अब और भी खुल गया।

छोटू का ब्याह कर देने की रम्मो की इच्छा अब पूरी तरह उठ बैठी थी। छोटू की कमाई भी अब घर में आने लगी तो उसे सँभालनेवाला भी कोई आना चाहिए। बहू घर में आ जाएगी तो बिट्टो की माँ-बाप पर आश्रित बने रहने की जो गलत आदत पड़ती जा रही है, उस पर भी रोक लगेगी। घर के सामान की सुरक्षा करनेवाली कोई होगी...रम्मो या राजन बिट्टो को टोकें तो उसे खराब लगेगा। बहू आ जाएगी तो निपटती रहेंगी दोनों–ननद-भाभी !

एक बड़ी बाधा थी। बड़े भाई का ब्याह हुआ नहीं और छोटे का कर दिया जाए... पर क्या सचमुच नहीं हुआ ? बंटू ने न दी हो खबर, उधर तो आज ब्याह कल तलाक परसों फिर ब्याह होते ही रहते है। वह एलिस के साथ रह रहा है...और क्या होता है ब्याह ? बच्चे जरूर नहीं हुए तो उस पर उधर जोर नहीं दिया जाता। रम्मो ने अपने लिए, राजन के लिए तरह-तरह की दलीलें ढूँढ़ ली थीं। सबसे बड़ी यह थी कि मान लो बंटू इसी तरह सालों रहता है तो क्या अपना छोटू कँवारा ही बैठा रहेगा ? यह बादवाली दलील राजन को भी ताकतवर लगी थी, लेकिन सवाल था लोगों के सामने किस तरह रखा जाए। राजन ने आखिर में तय किया कि जो है वही सबको बताया जाए–बड़ा भाई विदेश गया, विदेशी लड़की से कर ली है शादी। अब बाहर गया है तो वहीं की लड़की से तो करेगा शादी। जिन्हें इसमें कुछ मीन-मेख दिखे वे न आगे आएँ छोटू के विवाह के लिए। आखिर लड़के के विवाह की बात है...डरना क्या।

रम्मो और राजन ने छोटू के लिए लड़कियाँ देखने का सिलसिला चला दिया। छोटू थोड़ा चीखा-चिल्लाया–"अभी क्या जल्दी है, मैं कर लूँगा जब मुझे करनी होगी।" राजन ने उसे समझाया–"शादी तो तुम करोगे ही...अगर थोड़ा पहले कर लोगे तो तुम्हारी माँ के मन में बंटू के जाने से जो जख्म हुआ है वह भर सकेगा। अभी कुछ दिनों वह बहू के साथ रह सकेगी, बाद में हमें कहीं रहना, तुम्हें कहीं।" उसके बाद भी छोटू तैयार नहीं हुआ। उसका विरोध अब भी था, लेकिन उसे कँवारे लड़कों के आम नखरे मानकर दरकिनार कर दिया गया। हमेशा की तरह राजन यहाँ भी रम्मो से प्रभावित होकर उसी के बहाव में बहता चला गया–"ठीक कहती है रम्मो, ज्यादा इन्तजार किया तो क्या

पता छोटू भी बंटू जैसा कुछ कर बैठे। अब तो पैसे के मामले में स्वतन्त्र भी हो गया है। बंटू ने तो फिर भी कैरियर को निगाह में रखते हुए लड़की चुनी, छोटू पता नहीं किसे उठा लाए, खरदिमाग ठहरा ! राजन यह भी देख रहा था कि पहले बिट्टो की शादी, और उससे कहीं ज्यादा अब छोटू के विवाह को लेकर चलती बातचीत से रम्मो करीब-करीब पहले जैसी हो आई है। जबकि एक समय ऐसा लगता था कि वह बंटू के जाने का आघात नहीं झेल पाएगी, अब वह बंटू को करीब-करीब भूल गई थी।

छोटू का विवाह आसान काम नहीं था। पहले तो उसे फोटो वगैरह देखने के लिए तैयार करने में ही पसीने छूट गए...तरह-तरह से समझाया गया कि प्रस्तावों को देखना शुरू करना ही तो विवाह करना नहीं है, कभी-कभी सालों लग जाते हैं चुनाव करने में। छोटू किसी तरह उसके लिए तैयार हुआ तो हर प्रस्ताव में वह दोष निकालता—किसी का परिवार 'स्टेटस' वाला नहीं है, तो किसी के यहाँ रुपया-पैसा कम है। कोई लड़की दकियानूसी परिवार की है, तो कोई एकदम वैस्टर्नाइज्ड परिवार की है। राजन-रम्मो बहुत समझाते कि प्रस्ताव में वह यह देखे कि उसमें अच्छाइयाँ क्या-क्या हैं, क्रिटीकली न देखे...तो वह बिगड़ पड़ता—"क्यों न देखूँ क्रिटीकली, क्या वे हमें क्रिटीकली नहीं देखते ?" कभी छोटू के दिमाग में यह होता कि लड़की का परिवार ऐसा हो जो और रईस बनने में उसकी मदद करे, वहीं वह लड़की भी सौ फीसदी पसन्द की चाहता था। सच बात यह थी कि वह खासा 'कंफ्यूज्ड' था, बराबरी से सपने भी देखना था—ससुराल अलादीन का चिराग हो और लड़की...फाइव स्टार में जाए तो 'मॉडल' लगे, पार्टी में जाए तो फिल्मतारिका। पिकनिक पर जाए तो बंजारिन लगे और घरेलू ड्रैस पहन ले तो एकदम सतीसाध्वी सीता हो जाए। बाहर के लोगों से व्यवहार ऐसा हो कि छोटू की सोसाइटी का दायरा उसके बल पर बढ़ता चला जाए, पर लड़की के मन में कभी कोई दूसरा आदमी न आए। जब छोटू लड़की के परिवार के रईस होने की जिद करता था तो बहुत व्यावहारिक होता था, पर साथ ही वह लड़की में न जाने क्या-क्या होने के सपने भी देखता। राजन समझाता कि जीवन में वह काफी कुछ पहले ही बन चुका है, आगे भी जो कुछ कर सकेगा अपने बलबूते पर ही तो। वह राजन का मखौल उड़ाते हुए कहता—"आज कोई भी आदमी क्या सिर्फ अपने बलबूते पर तरक्की कर सकता है ? सब इधर-उधर, ऊपर-नीचे, हर तरफ से एडवांटेज उठाकर ऊपर जाते हैं। मैं अगर ऐसे सम्बन्धी चाहता हूँ जिन्हें सीढ़ी की तरह इस्तेमाल कर सकूँ तो इसमें खराबी ही क्या है।" जहाँ प्रस्ताव को खारिज करने लायक कुछ न दिख रहा हो, वहाँ छोटू यही कह देता—"देयर इज नथिंग एक्स्ट्रा औऱडीनरी इन इट।" राजन को ऐसे में बेहद खीज उठती—"बेटा ! एक्स्ट्रा औऱडीनरी क्या ऐसी चीज है जो सब जगह होती है, और जो अगर नहीं है तो क्या उसी कारण यह मान लिया जाए कि प्रस्ताव काबिले गौर नहीं है ?" छोटू अपनी बात पर अड़ा रहता, खीझता—"अगर मैं एक्स्ट्रा औऱडीनरी ढूँढ़ रहा हूँ तो व्हाट्स रौंग अबाउट इट यार। शादी मेरी होनी है। मैं इतना भी नहीं चाह सकता ?"

कितने मौके ऐसे आए जब राजन और रम्मो दोनों पस्त पड़ गए। लगा जैसे छोटू

सिर्फ चक्कर खिला रहा था—विवाह करने का उसका इरादा था ही नहीं, माँ-बाप को खुश करने के लिए वह कुछ करे...ऐसी उसकी मंशा तो दूर-दूर तक नहीं थी। जहाँ तक छोटू का सवाल था, वह यह सोचता था कि अगर यों ही शादी की बातचीत चलती रहती है, माँ-बाप को कुछ मिर्च-मसाला मिलता रहता है तो चला करे...क्या परेशानी है !

8

बेइन्तहा खुशी के दिन...मुद्दत बाद इतनी खुशी। छोटू के लिए रम्मो जैसा घर चाहती थी, जैसी बहू चाहती थी, वे मिले। इसी शहर में रहते थे। लड़की के पिता रिटायर्ड जज, जिनके पिता अपने जमाने में रायबहादुर थे। खानदानी लोग। लखनऊ में एक बड़ा घर था। गाँव में खेती और एक पुश्तैनी मकान। दो कारें। लड़की अंग्रेजी शिक्षा वाली फिर भी पारम्परिक संस्कारों को अपने व्यवहारों में उतारे हुए। सवेरे उठकर सास-ससुर को प्रणाम करना...कौन करता है यह आजकल ! देखने में ऐसी कि जो देखे देखता रह जाए—बड़ी-बड़ी आँखें, फक्क गोरा रंग, घने बाल, कद मध्यम, काठी इकहरी। देखने में एक ही चीज थी जिसे लेकर रम्मो ने अपना मन मार लिया था—चश्मा लगाती थी, तो आजकल सब लगाते हैं। यह तो आज टी.वी. संस्कृति की देन है। लड़की सिर्फ घर में शाम-सवेरे चश्मा लगाती थी, बाकी समय 'कांटेक्ट लैंस' पहनती थी जिसमें उसकी बड़ी-बड़ी आँखों की सुन्दरता बरकरार रहती।

छोटू ने पसन्द कर लिया था, लेकिन फौरन शादी करने के पक्ष में वह नहीं था। ''हमें एक-दूसरे को जानना चाहिए'—वह कहता—'जहाँ सारी जिन्दगी साथ रहने का सवाल हो, वहाँ एक-दूसरे को खूब अच्छी तरह जाँच-परख लेना चाहिए, पापा लोग सोचते हैं कि छोटू बेकार के ब्यौरे देखता है, जबर्दस्ती के मीनमेख निकालता है, लेकिन तफसील से देखना जरूरी है। एक घर लेने जाते हो...कैसी छोटी-से-छोटी बात देखते हो, तो शादी कैसे यों ही, ऊपर-ऊपर से देखकर की जा सकती है।' जज साहब की तरफ से जल्दी हो रही थी। छोटू और बहू को पन्द्रह-बीस दिन बाहर मिलने दिया गया...एक बार तो दोनों डेढ़ बजे रात तक बाहर रहे। उसको लेकर जज्जानी ने शिकायत की—''लगन हुई नहीं और इतनी देर तक लड़का-लड़की साथ घूमें ? किसी कारण अगर लड़के ने पसन्द न की तो लड़की की बदनामी हो बैठेगी और फिर दूसरा कोई रिश्ता होने में मुश्किल होगी।'' वैसा जज्जानी के पड़ोस में हो चुका था—एक लड़का दस महीने तक लड़की के साथ घूमा-फिरा, एक-दूसरे को जानने-समझने के बहाने वे होटल में भी रहे और आखिर लड़के ने मना कर दिया। जज्जानी की बात ठीक थी, रम्मो-राजन भी इन्हीं संस्कारों के थे। छोटू को समझाया गया कि जो वह चाहता है कि विवाह के पहले मिलना-जुलना एक साल चले तो वह उनके समाज में किसी को भी मान्य नहीं होगा... ''पापा अभी मैंने उसे जाना नहीं, हमें एक-दूसरे को समझ तो लेना चाहिए।'' छोटू ने अपनी बात रखी।

"लेकिन साल-भर में भी तुम उसे जान सकोगे क्या गारंटी है। पूरी जिन्दगी लग जाती है एक व्यक्ति को समझने में। फिर समझना कोई इतनी आसान चीज़ है क्या... जो हम समझे, क्या वही वह व्यक्ति है ? आज वह जैसा है, क्या वह व्यक्ति वही रहेगा, बदलेगा नहीं ? लड़की का व्यक्तित्व तो वैसे भी शादी के बाद खिलता है, माँ बनने के बाद कुछ दूसरा हो जाता है।"

"पापा ! डोंट टाक फिलौसफी प्लीज !"

छोटू की समझ के बाहर की थीं वे बातें। जानने से उसका आशय...वह लड़की के साथ हर तरह के माहौल में मिलने, उठने-बैठने की सोचता था। अलग-अलग माहौल में वह कैसी लगती है, कैसा व्यवहार करती है। हर माहौल में लड़की की हर चीज उसे पसन्द आनी चाहिए। जो चीज पसन्द नहीं आएगी, छोटू उसके बारे में सोचेगा, विचारेगा। लड़की को भी ऐसा करने की सुविधा होगी। छोटू सोचता था कि शुरू में लड़की का व्यवहार बनावटी ही होगा, जैसे कि उसका है—एक-दूसरे को अच्छा-अच्छा ही जो दिखाना है। वे 'नेचुरल' पर इसके बाद ही उतर पाएँगे...जब थोड़ा एक-दूसरे के आदी हो जाएँ दोनों...और तभी पता चलता है कि कोई असल में क्या है। पहले तो लड़की हिफाजत से ढकी-मुँदी रखी एक चीज है। जिसे टैम्परामेंट कहते हैं, वह तो थोड़ा पास आने पर ही खुलता है। छोटू की समझ में यह बिलकुल नहीं आता था कि उन दो के मिलने या कि देर रात घर लौटने में किसी को क्या परेशानी हो सकती है और उसमें बदनामी जैसी चीज क्या है। हर लड़की आज शादी के पहले ढेरों लड़कों से मिलती है, इसी तरह लड़का भी। वे देर रात तक साथ भी घूमते हैं। मिलने में ऐसी कौन-सी खास बात हो गई। एकाध साल भी मिलना चले तो क्या बड़ी बात हो गई। दो लोग 'क्लिक' करेंगे या नहीं—यह इसी तरह तो जाना जा सकेगा।

रम्मो ने छोटू की बातों को बचपना कहकर टाल दिया। छोटू को लड़की और परिवार पसन्द आए थे...यह उसने कहा भी। बाकी जो था वह रम्मो के अनुसार हिचक थी—नए जीवन में प्रवेश करने की हिचक...तो छोटू को उसके हमउम्र, दोस्त, कुछ थोड़ा उम्र में बड़े रिश्तेदारों के मार्फत समझा-बुझाकर तैयार करा लिया गया—'तुम्हें पसन्द है ही, शादी होनी ही है तो शादी के पहले साथ घूमे या बाद में...क्या फर्क पड़ता है।' रम्मो-राजन के जमाने में लड़के को ब्याह के लिए इसी तरह तैयार किया जाता था। एक बार शादी हो गई, लड़का-लड़की साथ रहने लगे तो प्यार अपने आप जागेगा। बस चल पड़ी गाड़ी और चलती रहेगी उम्र की समाप्ति तक। छोटू को उस तरह तैयार करना किसी को भी अस्वाभाविक नहीं लगा, लड़कीवालों को भी नहीं।

धूमधाम से ब्याह हुआ। चार फ्लैट सिर्फ मेहमानों के ठहरने के लिए रखे गए थे। बंटू फिर नहीं आया। वही बातें...'अब वह पढ़ाई के साथ-साथ नौकरी भी करने लगा है, नौकरी हाल ही में लगी है, अभी छुट्टी पर जाएगा तो छूट सकती है। खर्च भी कितना होगा। डोंट बी इमोशनल पापा...कांग्रेट्स टू छोटू...बाय पापा !' कौन जाने बंटू के मन में हिचक हो पर क्यों ? उसका विवाह तो हो ही चुका है। अगर उसके मन

में यह था कि माँ-बाप छोटू का ब्याह ज्यादा धूमधाम से उसका जी जलाने के लिए कर रहे हैं तो यह भी गलत था। बंटू ने ही अपने लिए ऐसा कोई मौका नहीं दिया...इस तरह के ब्याह पर हँसता जो था वह। बंटू के अलावा मोहन और ओमी नहीं आए। मोहन ने लिख दिया—"ओमी का हाल ही में औपरेशन हुआ है, शरीर पर जोर डालना मना है, मोहन को उनकी तीमारदारी पर रहना पड़ता है। वैसे भी कौन लड़की की शादी है कि पहुँचा ही जाए ! राजन और रम्मो दोनों ही जानते थे कि यह बहाना है। दोनों भाइयों के बीच ऐसी खाई उग चुकी थी जिसे पाटना...कम-से-कम इस जीवन में तो सम्भव नहीं था। बिट्टो की शादी में वे आए थे तो भी चौबीस घंटों के लिए ही और बाहर ठहरे थे। बहरहाल, इन छोटी-छोटी बातों को एक तरफ करके, विवाह खूब उत्साह से किया गया—हर रस्म रस ले-लेकर पूरे ब्यौरों में की गई। आखिरी शादी थी रम्मो के यहाँ। बीच-बीच में छोटू झुँझला उठता, सब उस झुँझलाहट में भी रस लेते... पीढ़ी-दर-पीढ़ी ब्याहे जानेवाले लड़के ऐसा ही व्यवहार करते देखे जाते हैं। ब्याह के बाद उसी दिन भव्य स्वागत समारोह हुआ जिसमें शहर का कौन बड़ा रईस, अफसर या नेता था जो शामिल न हुआ हो। कितने तो मन्त्री आए, कितने दिल्ली से आए। मंच पर सबके साथ फोटो खिंचवाते समय रम्मो फूली न समाती थी। पीछे से एक खुनक रह-रहकर थपथपाहट देती रहती—एक जीत की भावना। देख लें रम्मो-राजन के रिश्तेदार, कैसा रिश्ता ढूँढ़ा है रम्मो ने, कैसा ऊँचा समाज है जिसमें उठना-बैठना है उनका। काश कि आज के रोज रम्मो की सास भी होतीं, वे भी देख लेतीं। डाह के मारे मोहन और ओमी नहीं आए, उन्हें पहले ही मालूम हो गया होगा—किस बड़े घर में रिश्ता हुआ है।

रिसेप्शन खत्म भी न हुआ था कि छोटू ने अपने दोस्त के मार्फत खबर भिजवाई कि वह सुहागरात घर में नहीं उसी होटल में मनाएगा जिसमें 'रिसेप्शन' दिया गया था। छोटू ने एक बार नहीं दो-तीन बार खबर भेजी। राजन को अजीब लगा। बीवी के साथ रात बिताने की ऐसी भी क्या बेताबी...प्रेम को धीरे-धीरे उगने, बढ़ने देना चाहिए, न कि इस तरह ! पत्नी के सौन्दर्य को थोड़ा खुला, थोड़ा ढँपा, धीरे-धीरे खुलते देखना चाहिए। यह क्या कि पहली ही रात सब कुछ देख डालो...फिर आगे देखने को क्या रहेगा ? कितनी बेताब और नासमझ है यह पीढ़ी और बेशर्मी तो देखो कि पिता को कहलवाते हैं।

कहीं कोई रसभंग न हो बैठे इसलिए राजन ने अपने मित्रों से सलाह ली। सब चौंक गए—होटल क्या घर था ? पहले-पहल तो बहू के चरण घर में ही पड़ते हैं, घर के दरवाजे पर उसकी पूजा होती है कि लक्ष्मी आई। आरती उतारी जाती है। रम्मो को चिन्ता थी कि कितनी रस्में तो बहू के घर में आने पर होती हैं, उनका क्या होगा... मुँह-दिखाई तक नहीं हुई अभी। सबकी राय बड़े ही ठंडे तरीके से छोटू तक पहुँचा दी गई...विवाह के बाद सीधे घर जाना होगा। दूसरे-तीसरे दिन वे होटल जा सकते हैं। छोटू को यह सब समझ में नहीं आ रहा था। घर में वे सुख-सुविधाएँ कहाँ जो होटल में

मिलती हैं। वह जानता था कि पाँच सितारा होटल रिसेप्शन के पैकेज में नए जोड़े को एक रात के लिए कमरा मुफ्त देते हैं, वह सुविधा क्यों छोड़ी जाय ! होटल में वह कमरे में घुसते ही स्वतन्त्र होगा...ड्रिंक-डिनर का आर्डर देगा ! वहाँ घर में मम्मी चलाती रहेंगी कभी यह रस्म, कभी वह रस्म...सो तक नहीं पाएगा ठीक से। लेकिन वह बदमजगी नहीं पैदा करना चाहता था, मान गया। होटल से पता किया, वह कमरे में सुविधा आज की जगह कल भी ले सकता है। तो चलो, आज घरवालों की, कल उसकी।

उस रोज तो छोटू मान गया मगर दूसरे दिन सवेरे से ही उसने जिद पकड़ ली और दिन में सब रस्मों को जल्दी-जल्दी निपटा शाम तक दम्पति को होटल में रात बिताने की छुट्टी दे दी गई। तीसरे दिन छोटू ने अपने आप ही तैयारी गोवा जाने की कर ली, 'हनीमून' के लिए। होटल से ही खबर भेज दी कि वे वहीं से शाम के हवाई जहाज से गोवा जा रहे हैं, हफ्ते-भर बाद लौटेंगे। नई-नई बहू को लेकर जो हुलास रम्मो के मन में था उसको ठेस पहुँची, पर सन्तोष कर लिया कि चलो लड़का-लड़की एक-दूसरे में इतना अनुरक्त तो हैं।

रम्मो मेहमानों को विदा करने में व्यस्त हो गई। उसके भाग्य से मेहमान एक-एक करके छोटू के आने के पहले ही चले गए। छोटू और बहू तीन दिनों में ही वापस आ गए। दोनों के मुँह खिंचे हुए थे। राजन और रम्मो को खटका हुआ, पर कोई मुँह भी न खोल रहा था—थकावट होगी या छोटी-मोटी खटपट हो गई होगी, फिर दोस्ती होगी, फिर खटपट...सिलसिला चलता रहेगा। यह भी होगा कि खटपट के बाद फिर पहले जैसा चल पड़ा, कभी पहले से ज्यादा एक-दूसरे को चाहने लगे दोनों।

शाम को राजन और रम्मो ड्राइंगरूम में बैठे थे। छोटू बेहद संजीदा अपने कमरे से निकला और उनकी तरफ से मुँह फेरे हुए फटफट बाहर निकल गया, अकेले। शादी के बाद यह पहला मौका था जब वह अकेला बाहर गया। रात खाने के लिए भी नहीं लौटा। आया तो एक बजे रात...शराब में धुत्त। राजन ने रम्मो को ही दरवाजा खोलने जाने दिया, बहू अपने कमरे में थी। "छोटू, यह समय नहीं है घर लौटने का"—रम्मो ने दरवाजा खोलते ही कहा।

"क्या समय नहीं है। पहले मैं इससे भी देर से लौटा हूँ। इट्स नाट द फर्स्ट टाइम यार !"

"पर अब तुम्हारी शादी हो चुकी है, बहू तुम्हारा इन्तजार करती बैठी रहे आधी रात तक...अच्छा लगता है ?"

"आप लोगों को तो अच्छा लगा, अपने मन का कर लेने में। आपने अपने मन का किया। अब मेरी बारी है तो मुझे क्यों टोकती हैं। मेरा भी मन है।"

और वह ठक-ठक अपने कमरे में चला गया। थोड़ी निश्चिन्तता अब भी थी कि रात में बहू उसे ठीक-ठाक कर लेगी...लेकिन सवेरे छोटू ड्राइंगरूम के फर्श पर चादर-तकिया बिछाए पड़ा था। गनीमत कि नौकरानी अभी नहीं आई थी, वर्ना उसी समय बस्ती में फजीहत फैल जाती। दौड़ी-दौड़ी रम्मो राजन को बताने गई। राजन ने

सिर पीट लिया...कैसे फिल्मों की नकल करते हैं ये छोकरे ! रम्मो ने जल्दी-जल्दी छोटू को जगाया और कुछ डाँटकर कहा–

"छोटू, भीतर जाकर सोओ, सरस्वती काम करने को आती होगी...क्या सोचेगी वह ?"

छोटू झुँझलाता उठा, चादर-तकिया समेटते हुए बोला–"नौकरानी क्या सोचेगी, कितना ख्याल है आपको...और आपका बेटा क्या सोचता है...इसका कोई ख्याल नहीं। कमाल है !"

एकाएक छोटू की दुनिया बदल गई थी। कोई बड़ी बात नहीं हुई थी लेकिन छोटी-छोटी बातें तिल का पहाड़ बनाती चली गईं। होटल...छोटू तो कितने उत्साह से पहुँचा था, दो दिनों से उसके लिए लड़ता रहा था, पत्नी ने पहुँचते ही घर को फोन मिलवाया और मायकेवालों से बातें करने लगी। वहाँ भी चलो माँ से बात कर लो, एकाध और से...वह एक के बाद एक, जो भी सुलभ था...बुला-बुलाकर सबसे बातें कर रही थी। छोटू को धक्का लगा कि जिस रोज उस लड़की के ध्यान में सिर्फ छोटू को होना चाहिए था...वहाँ जाने क्या-क्या था, छोटू कहीं था हीं नहीं जैसे। वहीं से छोटू का मूड बिगड़ गया...

उसने गोवा में सँभालने की कोशिश की। वह सोचता था कि हनीमून के दिन जिन्दगी में एक बार ही आते हैं, दोनों में खूब उत्साह होना चाहिए...। लेकिन जब वह पत्नी की तरफ देखता तो उत्साह की जगह तटस्थता...दार्शनिक तटस्थता पाता। वह 'मैच्योर' होने को बड़ी बात समझती थी, इसलिए उम्र से ज्यादा बुजुर्ग दिखती। छोटू सोचता था–बड़ा बुजुर्ग तो होना ही है, बचपने को जितना खींचा जाए खींचा जाना चाहिए, फिर अभी तो उनकी उम्र भी है। छोटू उत्साह में कभी स्विमिंग पूल में नहाने के लिए कहता, कभी आधी रात चाँदनी के नीचे पेड़ों की जड़ पर बैठने को कहता, कभी लम्बी सैर के लिए चलने को कहता...पत्नी की प्रतिक्रिया ऐसी होती कि यह क्या पागलपन है, उन्हें शरीफ लोगों की तरह व्यवहार करना चाहिए। छोटू के उत्साह पर पानी फिर जाता।

गोवा में ही एक शाम छोटू ने खाने के लिए बढ़िया-बढ़िया आर्डर दिए, पत्नी के मन की चीजें मँगाईं...कि नई शाम वे नए उत्साह से शुरू करें। बेयरा जाने लगा तो रोककर उससे कहा–

"हम लोगों की नई-नई शादी हुई है...जानते हो ?"

"जी सर !" बेयरा मुस्कराया।

"क्या है तुम्हारे पास ? यह शाम यादगार शाम बननी चाहिए।"

"जो आप कहें।"

"समथिंग हौट। टु सैलेब्रेट।"

"चम्पागिने ले आऊँ सर, शैम्पेन है !"

"दैट्स ग्रेट।"

छोटू उछल पड़ा। कभी-कभी अपने जीवन में उत्साह भरने के लिए बेयरा जैसे बाहरी और छोटे व्यक्ति की भी मदद लेनी पड़ती है...यानी कि वह भी कहता है कि 'चम्पागिने' लो।

ड्रिंक आई, बेयरा गया और छोटू ने कौर्क की आवाज कमरे में गुँजाते हुए बोतल खोली और दो गिलास भरे।

"कम औन..."

"आपको मालूम है, मैं नहीं पीती।"

वह इतनी अनपढ़ नहीं थी कि जानती न हो कि विवाह में लोग शैम्पेन पीते हैं और वह पीना नहीं माना जाता।

"डार्लिंग, यह ड्रिंक नहीं है, शैम्पेन है...समथिंग टु सैलेब्रेट !"

"कुछ भी हो, शराब शराब है।"

छोटू मन मारकर रह गया। उसने अपना गिलास गटपट पी लिया और पत्नी का भी अपनी तरफ सरका लिया।

"मुझे एकदम पसन्द नहीं है यह"—पत्नी पीछे से बोली—"तुम्हारा पीना...यह छोड़ना होगा, मेरे साथ ऐसे नहीं चलेगा।"

"डैम..." छोटू के मुँह से निकला और दूसरा गिलास भी गटगट चढ़ाकर वह बाहर निकल गया। वह तेईस साल की लड़की थी या मास्टरानी ! ठीक कहती है—नहीं चलेगा।

उसके बाद उनकी बातचीत नहीं हुई। फौरन ही छोटू ने गोवा से लौटने के लिए टिकट बनवा लिए। उसके भीतर रुलाई फूटती रहती—क्या-क्या सोचा था उसने हनीमून सैलेब्रेट करने के बारे में, दोस्तों ने क्या-क्या सलाह दी थी...पत्नी को कहाँ-कहाँ लेकर जाया करेगा, हर शाम उनकी रंगीन और बहार होगी...और यहाँ वह है एकदम ठंडी। कमबख्त माँ-बाप से कहा था कि समझ लेने दो, लेकिन उन्हें जल्दी थी बाँध देने की। लड़की के माँ-बाप को लड़की से छुटकारा पाना था, छोटू के माँ-बाप को शादी की रोशनी और शोर-शराबा दिखाने की बेताबी थी। ठीक है...तुमने बाँध दिया तो यह भी देख लो कि बँधा लड़का कैसे घुट-घुटकर मरता है...

छोटू के भीतर एक आग-सी जल उठी थी। पत्नी के लिए क्रोध, माँ-बाप के लिए क्रोध, दुनिया के लिए क्रोध। यह क्रोध वह अपने ऊपर उतारने लगा—सामर्थ्य के बाहर तक शराब पीना। शराब पीकर वह माँ-बाप को दिखाना चाहता था कि वे अपनी गलती समझें, अपनी बीवी को दिखाता...कि जिस चीज से उसे नफरत है, उसी में छोटू के प्राण हैं, रोओ अब...शराब तो छोटू नहीं छोड़ेगा। अगर नहीं चलेगा...जैसा कि वह कहती थी तो ले ले डाइवोर्स। बोले अपने माँ-बाप, सास-ससुर को। साली उचक्की दुनिया !

दिन खिंच गया किसी तरह, शाम आई। छोटू तैयार होकर फिर निकलने लगा। घर में सिर्फ बहू, रम्मो और राजन थे। छोटू ने जाते हुए कहा—"मैं बाहर की चाभी लिए जा रहा हूँ। मेरे लिए किसी के जागने की जरूरत नहीं है।" दिन में उसने रम्मो

को काफी निर्लज्जता से बताया था कि वह पिछली रात अपनी पुरानी गर्ल-फ्रैंड से मिलने गया था—रूपम—वही लड़की जिसके साथ विवाह करने के लिए छोटू से पूछा भी गया था, पर तब उसने कहा था—'मैं जिस-जिस लड़की के साथ घूमूँ क्या सबके साथ शादी करता फिरूँगा !' राजन ने साफ-साफ आगे भी पूछा था—"कोई और...जिससे वह शादी करना चाहेगा ?"

छोटू कोई और नाम नहीं बता सका था। अब शादी के दस दिनों के अन्दर इस तरह का व्यवहार ? छोटू दरवाजे की गैलरी तक पहुँच पाया था कि राजन करीब-करीब पीछे-पीछे दौड़ गया—

"छोटू ! रात के लिए तुम बाहर नहीं जाओगे।" उसने काफी सख्ती से कहा।

"क्यों ? आप इस तरह मुझे जेल में नहीं डाल सकते।"

"बात जेल की नहीं घर की है, घर को बचाने, सँवारने की है...तुम्हारे घर की।"

"घर ?" छोटू ने पिच्चवाली हँसी राजन की तरफ फेंकी। उस हँसी में व्यंग्य था और घिनौनापन भी। राजन तिलमिला उठा...जैसे कि एक उस हँसी ने उन सारे मूल्यों पर टट्टी कर दी थी जिनके लिए राजन जिया था—अपना, व्यक्तिगत...सारे का सारा घर को समर्पित कर देना। उस हँसी के मार्फत जैसे छोटू कह रहा था—तुम मन मारकर घर का स्वाँग बनाए रहे तमाम उम्र...वह मैं नहीं करूँगा।

"इस घर में अब एक बहू है, तुम्हारा व्यवहार ठीक होना चाहिए।"

"आइ कांट लिव विद दैट बिच..."

छोटू के मुँह से निकला और तड़ से राजन का एक थप्पड़ उसकी कनपटी पर पड़ा। थक्का-की-थक्का कड़वाहट जैसे एकाएक ऊपर गिरी और राजन को मचमचा गई थी। कैसी गन्दी गाली दे रहा था वह घर की बहू को, वह...राजन का लड़का ! राजन की किताब में तो दूरदराज के लोगों के लिए भी अच्छी जुबान का इस्तेमाल करना लिखा था, यहाँ एक लड़की...एक निर्दोष लड़की, जो अपना घर छोड़ उनकी करीबी बन उनके घर आई थी...वह भी चार दिन पहले, उसके लिए ये शब्द ? क्या-क्या उम्मीदें लेकर वह इस घर में आई होगी...कैसा स्नेह मिलेगा उसे और उसे मिलता है यह ? यह है वह तहजीब जिसका घमंड यह पीढ़ी करती है...जब वह अच्छे कपड़े पहन, उन पर विदेशी सैंट छिड़क, बाप की कार चलाकर होटल पहुँचती है और वहाँ बियर-व्हिस्की पीकर मुर्ग-मच्छी को पेट में थोक के भाव गिराती है ? जो हँसती भी है तो 'ओ शिट्'... मुँह से निकालती है और जिसे अगर 'वैरी गुड' कहना है तो 'डैम गुड' हो बोलेगी। क्या इसी अमृतवर्षा के लिए रम्मो ने छोटू को दूध पिलाया था, राजन ने उस पर इतने रुपए खर्च किए थे ?

छोटू सहम गया। राजन, उसका पिता उसे मारता है दूसरे घर की एक लड़की की खातिर...वह जो जब से आई छोटू को अपमानित ही करती रही है ? दूसरे की औलाद से इतना प्रेम कि अपनी को मारो ? छोटू भी अगर इस समय पलटकर रख दे एक, तो क्या इज्जत रह जाएगी आपकी ? यह पहला मौका था जब राजन ने छोटू पर

क्या किसी बच्चे पर हाथ उठाया हो—छोटू यह जानता था। इसलिए मानसिक आघात और भी ज्यादा था...पर छोटू ने स्वयं को सँभाला किसी तरह। जो आसानी से राजन को करीब-करीब डाँट देता था, उसे थप्पड़ खाने के बाद गुस्सा पी जाने में कुछ क्षण लगे। वह उसी जगह स्थिर खड़ा रहा और कुछ क्षणों तक कुछ नहीं बोला। फिर निहायत संजीदा, रुँआसी होने के कारण थोड़ा भारी पर पीछे से पुख्ता आवाज निकली—

"यू कांट डिक्टेट मी लाइक दिस !"

इसके साथ ही वह बाहर निकल गया, पीछे से दरवाजा भड़ से बन्द करता हुआ।

उसके बाद तो एक सिलसिला चालू कर दिया छोटू ने। दिन काम पर, शाम को सिर्फ बाथरूम के लिए घर आना, तैयार होकर आधी रात तक के लिए निकल जाना। न दिन का खाना घर पर, न रात का। फर्श पर सोते मिलना। रम्मो का सवेरे उसे ड्राइंगरूम के फर्श से उठाना, सरस्वती के आने के पहले। पूरा जिस्म शराब की महक से गिजगिज।

राजन का क्रोध बढ़ गया था। जितना लाड़ दिया, छोटू के लिए जितना किया, उतना ही वह बिगड़ गया। कितनी ज्यादती है यह कि घर में बहू को आए एक हफ्ता भी नहीं बीता और आप फिल्मी हरकतों पर उतर आए—दारू पीकर घर लौटना और तकिया-चादर बैडरूम से उठाकर बाहर ले जाना। फिल्मी हीरो सोफे पर सोता है, यह फर्श पर बिछे गलीचे पर, शायद अपने को तकलीफ देने के लिए। राजन की वजह से छोटू को सुख-सुविधाएँ मिली हुई हैं, उसकी वजह से है जो वह आज है। हाथ में पैसा, रहने को वार्डन रोड में मकान, चलाने को ए.सी. लगी कार, पहनने को एक-से-एक कपड़े। कार तो अब भी राजन की है और उस पर घर की बहू को एक दिन भी न बिठाया होगा कमबख्त ने, दूसरी लड़कियों को लिए घूमता है। मस्ती का सामान कम होना चाहिए। रुपए-पैसे तो रहेंगे ही, पर कार वापस ले ली जाए फिलहाल। रुपयों की कमी कैसे की जाए—यह सोचा जाएगा। छोटू को एकाएक बहुत मिल गया, उसे जानना चाहिए कि कमी क्या होती है, तभी सीखेगा। बातचीत का मौका छोटू देता नहीं, घर में सिर्फ सोने और तैयार होने के लिए आता है। रम्मो इधर-उधर से बातचीत के लिए पकड़ने की कोशिश भी करे, तो उसे एक-दो कटे-कटे जुमलों में खत्म कर छोटू बाहर निकल जाता है। एकाध बार राजन ने घेरने की कोशिश की तो वह जरूरी काम का बहाना मारकर बाहर निकल गया। कुछ और करना होगा...कुछ ऐसा कि छोटू के घूमने-फिरने पर रोक लगे, ताकि बाहर किसी लड़की से उसका सम्पर्क न रहे, घर में रहने को वह बाध्य हो। कार नहीं होगी तो जाने में अलसाएगा, टैक्सी में वह स्वतन्त्रता नहीं होती...कार की आदत जिसे हो वह टैक्सी में चलने से हिचकता है थोड़ा। तो एक दिन कार की चाभी चुपचाप उसकी पैंट की जेब से निकाल ली गई। छोटू ढूँढ़ता रहा, तंग आ गया तो उसे राजन ने ही बताया—

"तुम शराब पीकर कार चलाते हो, कहीं एक्सीडेंट कर सकते हो, इसलिए कार हमने ले ली है। हमें भी आने-जाने की जरूरत पड़ती है। वैसे भी कार तुम्हारी नहीं है। जब तक तुम कार खुद नहीं खरीद सकते, कार के बिना रहना सीखो।"

छोटू के जबड़े भिंच गए...पर उसने कुछ नहीं कहा। कार से उसे बहुत लगाव था। भले ही उसकी खरीदी न हो, बीच-बीच में दूसरे भी इस्तेमाल कर लेते हों, पर कार को छोटू ने हमेशा अपना माना था, बंटू था तब भी और उसके जाने के बाद तो वह जैसे सिर्फ उसी की थी। कार का वापस ले लिया जाना एक बड़ा झटका था...लेकिन छोटू झेल गया। दरअसल पिछले कुछ दिनों से उसके बदन पर एक नई चमड़ी-सी उगती चली आ रही थी। जब भी नाराजी का कोई नया मौका आता जिस पर पुराने दिन होते तो वह बिफरकर बकता-चिल्लाता...अब वह पी जाता था तो दुख की एक और पर्त बन उसकी नई चमड़ी पर बिछ जाती। वह अपने को तकलीफ देगा, खूब तकलीफ देगा... यहाँ तक कि अपने को खत्म कर देगा...उसे सजा मिलनी चाहिए क्योंकि उसने गलती की थी—उसने अपने को एक मोहरा बन जाने दिया, माँ-बाप द्वारा इस्तेमाल होने दिया। चाहे कुछ हो जाए, अब आगे वह अपने हिसाब से ही चलेगा। उसने अपनी दिनचर्या पूर्ववत् रखी।

कार छीन लेने से भी जब छोटू में कोई फर्क न आया तो रम्मो के मन में एकाएक विचार आया कि कौन जाने यहाँ सास-ससुर के होने से बहू को खुलकर व्यवहार करने का मौका न मिल रहा हो। रम्मो ने तो राजन को एक हफ्ते में ही चारपाई के खूँटे से बाँध लिया था। यह लड़की जो खूबसूरती में रम्मो से दस हाथ आगे है, क्यों कुछ नहीं कर पा रही ? क्यों न उन्हें मलाडवाले घर में रहने को भेज दिया जाए ? वहाँ घर में जरूरत की हर चीज है, गैस और फोन भी। फर्नीचर भी है। इस घर की तरह भले ही लकदक न हो पर खासा फ्लैट है। बन्द पड़ा था। जब रहना छोटू के परिवार को वहीं है तो क्यों न अभी से...शायद अकेले रहकर दोनों में प्रेम जाग जाए।

राजन से पूछा तो उसने सहमति दे दी...छोटू को रास्ते पर लाने के लिए कुछ भी सही। मलाड के फ्लैट की सफाई कराई गई। छोटू को दो दिन पहले ही बताया गया ताकि उसे सोचने-विचारने, टालमटूली करने को बहुत समय न मिले।

"देखो भैया"—राजन ने जहाँ तक सम्भव था स्वर में मिठास भरकर कहा—"यह बात ठीक नहीं है कि तुम सात दिनों में ही अलग होने की सोचने लगो। अगर कोई परेशानी हो तो हमें बताओ। सिर दर्द होता है तो सिर काटकर नही फेंक दिया जाता, दवा की जाती है।"

"हम साथ नहीं रह सकते।" छोटू ने बेहिचक कहा।

"देखो बेटा, भारतीय विवाह हमारी एक ऐसी चीज है जिसकी दुनिया में सब तारीफ करते हैं। इसमें शुरू में जरूर थोड़ी कठिनाइयाँ आती हैं लेकिन धीरे-धीरे इसके गुण हमारी समझ में आते हैं। इतने बड़े संसार में रहने का अपना एक कोना, दुख-सुख में हिस्सेदारी के लिए एक साथी...दोस्त जो हमेशा रहता है..."

"कौन दोस्त...कहाँ है दोस्त ?"

"दोस्ती का हाथ फैलाओ तो तुम।"

"यही करते रहना है तो सारी दुनिया पड़ी है। सबसे दोस्ती नहीं की जा सकती।

मैं जब उसके साथ रह ही नहीं सकता तो हम दोस्त क्या होंगे ?''

''इतनी जल्दी कैसे फैसला कर लिया तुमने ?''

''फैसला तो वही होता, आज नहीं तो कल...तो टालने से क्या फायदा ? क्या आप चाहते हैं कि दो-चार औलादें हो जाएँ और फिर उन्हें इस लड़की पर थोपकर मैं अलग होऊँ ?''

''आखिर अलग होने की जिद क्यों ?''

''बिकौज वी आर नौट मेड फौर ईच अदर, वी आर नाट कौम्पैटिएबल...''

फिर वही जुमले, बने-बनाए जुमले, चालू मुहावरे, खोखले शब्द ! अभी छोटू से कहा जाए कि बेटा 'कौम्पैटिएबल' के हिज्जे तो बताओ तो शायद सही न बता पाए पर फेंकने लगा जुमले। फेंकना ही नहीं इन जुमलों पर अपनी जिन्दगी टाँगने लगा... राजन भीतर-भीतर भुनभुनाए जा रहा था...ऐसे आदमी से क्या बात की जा सकती है !

''बेटा, ये शब्द जहाँ से आए हैं वे 'इंडिविजुअल' पर ज्यादा जोर देते हैं...इसलिए वे इंडिविजुअल की मैचिंग पर जोर देते हैं। हमारे यहाँ समाज, घर-परिवार पर ज्यादा जोर है। शादी हमारे यहाँ सिर्फ लड़के-लड़की की नहीं दो परिवारों के बीच रिश्तेदारी है। अपनी दुनिया बन्द करने की नहीं, खोलने-फैलाने की प्रक्रिया है शादी। तुम्हारी शादी हिन्दुस्तानी ढंग से हुई है—अरेंज्ड मैरिज...जिसमें कितने रिश्तेदार बीच में हैं, कितनों की तरफ से दिया गया...क्या-क्या है। यह सिर्फ दो अँगूठियों की अदला-बदली नहीं है। विवाह हिन्दुस्तान स्टाइल, विवाह-विच्छेद वैस्टर्न स्टाइल...यह है जो तुम माँग रहे हो।''

''मैं ये सब बड़ी-बड़ी बातें नहीं जानता, न जानना चाहता हूँ। आई कांट लिव विद हर, दैट्स औल।''

''पर उसे तुमने पसन्द किया था। तुमने खुशी-खुशी शादी की। देखो जरा अपनी तस्वीरें विवाह के मौके की। तुम कितने खुश नजर आते हो उन तस्वीरों में।''

''आप सबने मुझे घेर-घेरकर हिप्नोटाइज कर दिया। आइ वाज मेड टु एक्ट लाइक ए 'पौन'। मैं कितना कहता रहा कि मुझे समय चाहिए उस लड़की को जानने-समझने का, आप लोगों को सिर्फ यह ख्याल रहा कि शादी का यह मुहूर्त जो निकला तो एक साल बाद आएगा। एक साल बाद भी हो सकती थी शादी। उसके साथ मुझे सफोकेशन होता है।''

''अच्छा चलो''—राजन ने धैर्य बनाए रखा—''यह सब बाद में भी सोचा जा सकता है। तुम फिलहाल अपना आचरण बदलो। तुम्हारे इस रवैये से बदनामी फैलती है।''

''आप लोगों को इज्जत-बदनामी का ज्यादा ख्याल है, इंसान की जान का नहीं। मैं दिखावे की जिन्दगी नहीं जीना चाहता। जो मुझे भीतर से लगेगा वैसा ही करूँगा।''

''एक काम करो। तुम लोग उस घर में चले जाओ जो तुम्हारे लिए बनाया गया है, जहाँ तुम्हें आखिर में रहना ही है। यहाँ सरस्वती है, सारी दुनिया में बात फैलती है।'' रम्मो ने कहा।

''तो उसका क्या डर, आज नहीं तो कल इस बात को सामने आना ही है। उसे छिपाया क्यों जाए ?''

''भैया''—राजन ने समझाया—''अभी बात एकदम ताजा-ताजा है, बहू के घरवालों को पता चल गया तो क्या बीतेगी उन पर ?''

''क्यों बीते...यह अच्छा है कि हम पहले ही अलग हो जाएँ या कि सारा जीवन एक-दूसरे को नोचते-चींथते रहें ?''

''क्या तुम वाकई सोचते हो कि तुम्हें या किसी को वह मैच मिल सकता है जो हर लिहाज से कौम्पैटिएबल हो, जो 'मेड फौर ईच अदर' हो...ऐसा मैच होता है क्या ?''

''नहीं मिलता तो शादी करने का कोई मतलब नहीं। मुझे कम्पेनियन चाहिए, नौकरानी नहीं जो घर को सँभालने के लिए लाई जाती है।''

''तुमने उस बेचारी लड़की में खामियाँ ही खामियाँ ढूँढ़ लीं। लड़की में क्या कुछ नहीं छिपा होता। उसे तो वीणा कहा गया है, यह बजानेवाले यानी कि पुरुष पर है कि वह कैसा संगीत निकाल ले।''

''कविता रहने दीजिए। आदमी ही पर यह क्यों हो कि वह यह या वह ढूँढ़े, औरत क्यों न ढूँढ़े आदमी में। वह आदमी की बराबरी माँगती है। इसी तरह आप लोग कहते हैं कि अलग होने पर लड़की पर धब्बा लग जाएगा, लड़के पर भी तो लगेगा। लड़की की दुर्दशा देखते हैं आप, लड़के की बिलकुल नहीं दिखाई देती। लड़की तो बेचारी है, लड़का बेचारा क्यों नहीं ?''

''देखो बेटा ! शादी एक एडजस्टमेंट है। हम लोगों को देखो, सारा जीवन एक-दूसरे में नई-नई, अच्छी चीजें ढूँढ़ते रहे और पाते रहे, खराब चीजों को अनदेखा करते रहे...और आज खुश हैं, एक-दूसरे के लिए सहारा हैं, ज्यों-ज्यों उम्र बढ़ेगी एक-दूसरे के और करीब आते जाएँगे।''

''वह आपकी पीढ़ी थी कि जवानी घुट-घुटकर काटो ताकि बुढ़ापे में एक-दूसरे का सहारा बन सको। हमें शुरुआत वहाँ से चाहिए जहाँ आप लोग एंड करते थे...क्या फायदा अगर जिन्दगी के अच्छे दिन एडजस्टमेंट करते-करते ही निकाल दिए !''

राजन जो हमेशा दूसरे का दृष्टिकोण समझने की कोशिश करता था, उसे थोड़ा तर्क दिखा छोटू की बातों में। जहाँ छोटू गलत था वह इसमें कि वे वास्तविकता की नहीं सपने की बातें थीं...कोई दो, एक-दूसरे जैसे हो ही नहीं सकते, ईश्वर ने ऐसा बनाया ही नहीं है। तब तो सभी को कुँवारा रहना चाहिए, सारा जीवन सही व्यक्ति की तलाश में ही निकल जाएगा। कुछ हो छोटू को फिलहाल समझाना मुश्किल था, वक्त ही समझा सकता था उसे।

''तुम लोग इतवार को अपने मलाडवाले घर चले जाओ। वहाँ तुम लोगों को अपने बारे में सोचने, तय करने का मौका मिलेगा। यहाँ हम लोगों का प्रभाव हो बैठता है।''

''तो आप मुझे घर से निकाल रहे हैं। लिसिन, मुझे न आपका यह घर चाहिए,

न वह। न ही वहाँ रहकर मैं कुछ वह फैसला करनेवाला हूँ जो यहाँ रहकर नहीं कर सकता। फैसला तो हो चुका है।''

''बड़े भाई, हम पर रहम करो। तुम्हारे लिए इज्जत-बदनामी का कोई मतलब नहीं है, हमारे लिए है, क्योंकि हम समाज में रहते हैं, रहते आए हैं। थोड़ा समय गुजर जाने दो। तब तक थोड़ा ढँका-मुँदा रहने दो।''

राजन ने हाथ जोड़ दिए...इस दिन के लिए पैदा करते हैं लोग बच्चे, इस दिन के लिए उन पर लाड़-प्यार, पैसा-रुपया बरसाते हैं ? ऐसी औलादें होना है तो अच्छा ही है कि विवाह की संस्था टूट रही है।

छोटू बाप को दया-भाव से नहीं, क्रूरता से भी नहीं, उदासीनता से देखता रहा थोड़ी देर। फिर उसकी नजरों में घृणा उतर आई—बड़ी-बड़ी बातें करते हैं ये लोग, मूल्यों की, आदर्श की, लेकिन भीतर से कुछ, बाहर से कुछ। बाहर का 'शो' चलते रहना चाहिए, भीतर कुछ भी होता रहे। कितने दिखावी ! छोटू जो भीतर है वही बाहर होगा, कुछ और हो ही नहीं सकता।

''ओ.के. ...जब तक हम अलग नहीं हो जाते, वहाँ मेरे साथ मम्मी रहेंगी...टिल दैट बिच इस बिद मी।''

फिर छोटू के मुँह से गाली निकली, लेकिन इस बार राजन का हाथ नहीं उठा। आदत पड़ गई थी शायद...इतनी जल्दी।

9

मलाडवाले फ्लैट में पहुँचकर छोटू ने स्वयं को अपनी पत्नी से और दूर कर लिया—यहाँ तो डर नहीं है सरस्वती का, किसी के देखने का...तो वह अलग कमरे में रहेगा, उसकी तथाकथित बीवी दूसरे कमरे में रहे। रम्मो ने समझाने की बहुत कोशिश की—''भैया ! गलतफहमी हो जाती है तो दूर भी हो जाती है, पास रहोगे, एक-दूसरे से बात करोगे तभी तो सुधरने की उम्मीद बनेगी।''

छोटू भनभना पड़ा—''इनफ इज इनफ ! आप लोगों का कहना मानकर ही मैंने यह बरबादी अपने ऊपर लादी है। आपके कहने से यहाँ भी चला आया। कब तक मुझ पर शासन करते रहेंगे आप लोग ? क्या मैं खरीदा गया गुलाम हूँ कि आप मेरे साथ जो चाहे करते रहें ? पापा ने मुझे सेटिल किया तो जो चाहे करते जाएँगे मेरे साथ ? क्या खास किया उन्होंने, सब अपने लड़कों के लिए करते हैं, पैदा किया तो करेंगे ही। और क्या, जो किया लेते भी जा रहे हैं। कार ले ही ली है, घर भी ले लें...मैं आप लोगों की रोटी पर नहीं पलता, अपनी मेहनत की खाता हूँ।''

क्यों बिचक गया छोटू इतना...इसकी कोई वजह आज तक किसी की समझ में नहीं आई। जो बातें सुनने में आई हैं, वे करीब-करीब हास्यास्पद हैं, फिर भी राजन ने उन्हें छोटू के दृष्टिकोण से समझने की पूरी कोशिश की है। जब छोटू और बहू दोनों

होटल में रहने जा रहे थे, कोई गाली छोटू के मुँह से निकल गई और बहू ने डपट दिया कि इस भाषा में छोटू उससे बात न किया करे, वह सभ्य घर की लड़की है। छोटू एकाएक चुप हो गया, उसने अपमानित महसूस किया होगा। फिर होटल में पूरा समय छोटू के साथ न बिताकर वह अपने घरवालों से मिलने चली गई। गोवा में जितने उन्मुक्त भाव से छोटू अपना हनीमून मनाना चाहता था, बहू उतना ही रिजर्व रहती। एक तो वह इस सब की आदी नहीं थी, दूसरे धीरे-धीरे ही तो परिवर्तन आएगा। जिस आदमी को अभी ठीक से जाना नहीं उसके लिए धीरे-धीरे ही तो प्यार जागेगा...जब कि छोटू सीधा 'क्लाइमेक्स' को जीना चाहता था। बस हो गई खटपट। जो वैसे वातावरण में नहीं रही, वह कैसे एकाएक 'स्विमिंग कस्ट्यूम' पहनकर पश्चिमी औरतों की तरह स्विमिंग पूल में चली जाए और अगर उसे तैरना नहीं आता तो कैसे कूद पड़े एकाएक पानी में...और छोटू ने निष्कर्ष निकाल लिया 'वी आर नाट कौम्पैटिएबल !'

मलाड में भी छोटू ने वही सिलसिला बनाए रखा था। सवेरे बिना खाए निकल जाना, दिन को थोड़ा-बहुत रेस्तराँ में खा लेना और शाम को अपना पेट शराब से ही भरना। वह देर रात शराब में धुत्त लौटता। अपने कमरे की चाभी के अलावा, बाहर की एक चाभी अपने पास रख ली थी। रात जितने बजे भी आए—बाहर से घर का दरवाजा खुद खोला और आकर अपने कमरे में बन्द। छुट्टी के रोज अपना कमरा भीतर से बन्द किए उसी में रहना...दिन-भर शराब।

ऐसा नहीं था कि वह किसी को दिखाने के लिए यह सब करता था। शुरू में ऐसा था। अब दुख था...भयंकर दुख। शादी से पहले वह इस लड़की को समझ न सका, पन्द्रह दिनों से ज्यादा का समय नहीं दिया गया, वह माँगता रहा पर नहीं दिया गया। लोग क्या सोचेंगे, लड़की के माँ-बाप को बहुत दिनों तक का मिलना-जुलना मंजूर नहीं... और न जाने किन-किन बातों का ख्याल किया गया और उसकी पूरी-की-पूरी जिन्दगी जो दाँव पर लगाई जा रही थी उसका रत्ती-भर भी ख्याल नहीं किसी को, उसके माँ-बाप को भी नहीं। ये माँ-बाप हैं ?

छोटू यह न समझ सका कि दरअसल वह रूपम को चाहता है, किसी ने उसे यह समझाया भी नहीं कि उसे रूपम से ही विवाह करना चाहिए। अगर वह अपनी भावनाओं को नहीं समझ सका था, कंफ्यूज्ड था तो कोई दूसरा ही साफ कर देता...दोस्त, या माँ-बाप ही। वह यही सोचता रहा कि रूपम कालेज की कई लड़कियों की तरह ही है... बात करने, घूमने-फिरने के लिए। शादी के समय वह सोचता था कि जिससे शादी कर रहा है वह रूपम से अच्छी होगी, पर वह उससे खराब निकली। अब रह-रहकर रूपम की अदाएँ छोटू पर घटाओं की तरह छा जाती हैं। वह तड़प-तड़प उठता है। विवाह रूपम से होता तो वह किस तरह से प्यार करती...कल्पनाओं में डूब जाता है वह। रूपम की जगह यह...सूखी लड़की। आते ही हिदायतें देने लगी, छोटू का सब कुछ छीन लिया—उसकी स्वतन्त्रता, उसका बचपना, उसकी उच्छृंखलता, यहाँ तक कि उसके माँ-बाप। कार छिनवा ली, उसे सड़क पर फिंकवा दिया। सिर छिपाने वह मलाड...इस

गाँव में आ गया, जब कि सारा परिवार ठाठ से वार्डन रोड में रहता है, सामने समुद्र की लहरें देखता हुआ। इस जादूगरनी ने आते ही छोटू को खत्म कर दिया, उसके माँ-बाप को भी अपनी मुट्ठी में ले लिया। वे उसी की तरफदारी करते हैं। यह डाइन उनके लड़के की साँसें पी रही है...एक-एक करके, उसे खत्म करती जा रही है और वे इसे ही छाती से चिपकाए बैठे हैं। ये माँ-बाप हैं ? दूसरे घर की लड़की की तकलीफ देखते हैं, अपने खून की तकलीफें जरा भी दिखाई नहीं देतीं उन्हें ?

छोटू आत्मदया में डूब जाता। और पीता, खूब पीता। वह यह भी जानता था कि जितनी वह पिएगा उतनी ही बीवी से दूरी बनेगी, क्योंकि उसे पीना पसन्द नहीं। बीवी से दूर होना है...इसलिए नहीं बर्दाश्त होती तो भी पीता है। यही एक रास्ता है छुटकारा पाने का। वह छुटकारा पा जाएगा, उसके बाद उसे रूपम मिल जाएगी—वह सपने भी देखने लग जाता।

राजन एक-दो बार समझाने गया तो छोटू पिए हुए ही मिला। शराब से थरथराती, भरभराई आवाज में एक ही बात बोलता—''आपको मुझे और उस लड़की में से किसी एक को चुनना होगा। उसे निकाल देना होगा। एल्स, आई विल पैरिश ! मैं एकदम अपनी जान तो नहीं ले सकता, लेकिन धीरे-धीरे अपने को खत्म कर दूँगा...स्लो पौइजनिंग !''

''क्या जिन्दगी इस तरह नष्ट कर दिए जाने के लिए मिली है तुम्हें ?''

''यू कांट डिक्टेट माई लाइफ। यह मेरी जिन्दगी है। मैं जो चाहे करूँ उसका। मैं उसे खत्म कर देने के लिए भी स्वतन्त्र हूँ। हू आर यू...''

हाँ...हू आर यू..., यही सवाल राजन को अपने आप से पूछना चाहिए—आप कौन हैं, बाप...मायने ? जो हमेशा हमारे मन की करे...नहीं तो आई विल पैरिश ! हू आर यू...

कभी कोई खुनक महसूस नहीं की राजन ने कि उसके तीन बच्चे हैं, न होते तो कोई हीनता, अभाव भी महसूस नहीं करता...शायद करता पर निश्चित वह इस दुख के मुकाबले तो नहीं ही होता जिसमें आज वह है। बाप होने का जब कभी गर्व नहीं हुआ, तो क्यों आत्मा को यह भयंकर कष्ट होता है। जब राजन छोटू को तिलतिल खुद को मारते हुए देखता है, कैसी छटपटाहट उठती है भीतर से...ऊपर गले, और तलुओं, बाहर आँखों तक हो सुखाती चली जाती है। जब तक आपके मन की करते रहे हम कुछ हैं, वर्ना 'हू आर यू।'

शायद गलती उस परवरिश की हुई, जो छोटू को दी गई। बचपन से ही उसकी हर जिद पूरी की जाती रही। बच्चों की हर इच्छा बोलते ही पूरी की जाए, हर चीज फौरन ही सुलभ हो...तो और क्या होगा। छोटू को तो ताज्जुब हो रहा होगा कि इस लड़की को निकाल बाहर करने की उसकी जिद अब तक पूरी क्यों नहीं की जा रही। दूसरी तरफ छोटू की पत्नी भी इसी परवरिश का शिकार है—वह क्यों जाए छोटू को मनाने, जब कि उसके माँ-बाप बचपन से ही उसे मनाते रहे ! यहाँ भी राजन या बहू के माँ-बाप क्या करें जब चारों तरफ वही परवरिश है जो दी जा रही है। इन बच्चों के जीवन में कोई मूल्य नहीं, क्योंकि इन्होंने संघर्ष ही नहीं देखा, हर चीज इन्हें आसानी

से मिलती रही। छोटू को क्या अहसास उस संस्कार का जिसमें विवाह कर आई हुई बहू बेटी होती है, उसे निकाला नहीं जा सकता। छोटू अपने लिए स्वतन्त्रता माँगता है, पर वही स्वतन्त्रता वह दूसरों को देने को तैयार नहीं—भाई, तुम्हारे विश्वास अगर यह कहते हैं कि तुम उसे विवाह के एक हफ्ते के भीतर छोड़ दो तो दूसरों के विश्वास भी तो यह कह सकते हैं कि वह बेटी है, उसे कैसे निकाला जा सकता है ? राजन जब छोटू की उम्र का था तो अपनी आलोचना कर लेता था, यह देखता था कि अपने आचरण से कितनों को कष्ट होगा। छोटू की चिन्ता का विषय यह है ही नहीं। उसके अनुसार तो सबसे ज्यादा कष्ट में वही है। बात सुविधाओं की भी है, पहले कहाँ थीं ऐसी सुविधाएँ...तलाक-वलाक की सुविधाएँ भी...लड़के-बच्चे बौराएँगे नहीं ? इतनी स्वतन्त्रता भी किस काम की !

राजन क्या करे...उस लड़की को निकाल दे या बेटे को मर जाने दे ? मरा नहीं... लेकिन अगर पागल या अपाहिज हो गया तो... ? आज भी राजन की बात बेटे से कहाँ होती है, उधर से तो शराब है जो बोलती है !

कहाँ छिपा था छोटू का यह रूप ? यह है सन्तान-सुख ? काश छोटू भी बंटू की तरह राजन के जीवन से निकल गया होता।

रम्मो मलाडवाले मकान में बहुत दिन नहीं रही। छोटू बहू का छुआ नहीं खाता था, क्योंकि वह दुश्मन थी। रम्मो का बनाया भी नहीं खाता था क्योंकि वह माँ नहीं थी। जो छोटू के दुश्मन को शरण दिए हुए थी वह माँ हो सकती है ? रम्मो ने देखा कि उसके रहने से छोटू और उसकी बीवी के बीच कुछ भी नहीं शुरू हो रहा, बातचीत तक नहीं। जो थोड़ी-बहुत कामकाजी बातें हो सकती हैं वे भी छोटू माँ से करके निपट जाता है। तो रम्मो को यही ठीक लगा कि उन दोनों को अकेला ही छोड़ दिया जाए। शायद जो नाटक छोटू माँ और उसके मार्फत दूसरों को दिखाने के लिए करता है, वे खत्म हो जाएँ, छोटू और उसकी पत्नी के बीच कोई रिश्ता कायम हो सके। छोटू ने जो एक रुख बना लिया है, माँ या किसी को देखकर उसी पर डटे रहने की उसकी जिद और पक्की हो जाती है। जैसे अपने आचरण को बदलने में अब उसकी इज्जत का सवाल है। रम्मो न होगी तो शायद आदमी का औरत के लिए प्राकृतिक आकर्षण काम करे, छोटू के रुख में बदलाव आए। जब कोई न होगा तो बातचीत तो होगी ही उन दोनों के बीच, कम-से-कम।

रम्मो के मलाड छोड़कर आने के कुछ दिनों बाद एक हादसा हो बैठा। एक रात ग्यारह बजे छोटू का मलाड से फोन आया। बेहद पैनी, साफ और बारिश में पत्ती की तरह शराब से थरथर करती आवाज...

"मिस्टर राजन...मुझे अपने आपको आपका बेटा कहते हुए शर्म आती है। आप मेरी नजरों से गिर गए मिस्टर राजन ! मैं आपकी असलियत जान गया। आप गुंडा-किंग हैं, गुंडा पालते हैं। आपने मेरी फ्रैंड रूपम के घर गुंडे भिजवाए कि अगर उसने मुझसे

मिलना-जुलना जारी रखा तो उसे और मुझे खत्म कर दिया जाएगा। लिसिन, मिस्टर राजन ! इस तरह आप मुझे इस लड़की जिसे आप मेरी बीवी कहते हैं उसके साथ जबर्दस्ती रखने में कामयाब नहीं हो सकेंगे।''

राजन कुछ कह नहीं पा रहा था क्योंकि उधर से पैनी आवाज में एकालाप लगातार जारी था। पीछे-पीछे आईं राजन के लिए गालियाँ...सुनकर राजन का भी पारा चढ़ गया, उसने छोटू को फटकारा, उस पर भी वह चुप नहीं हुआ तो एक बार जोर से शटअप कहकर फोन रख दिया।

छोटू कितना बहक गया है ! इतनी शराब पी लेता है कि होश ही नहीं रहता। विक्षिप्ति की शुरुआत है क्या यह ? वास्तविकता से सम्पर्क तो उसका पहले ही कम था। जब वह यह ख्वाब देखने लगा कि शादी के एक हफ्ते के भीतर ही तलाक मिल जाएगा तभी राजन को आशंका हुई थी कि कहीं छोटू मानसिक रोगी न हो जाए, सिर्फ ख्वाबों में रहनेवाला, यथार्थ से एकदम कटा हुआ...लेकिन मालूम तो करना चाहिए कि आखिर हुआ क्या है। राजन ने बहू के मार्फत पता लगाया। छोटू और बहू दोनों रूपम के घर गए थे। रूपम के यहाँ वाकई गुंडे आए थे। आए, दो मिनिट बैठे भी और धमकाकर चले गए। उन्होंने कहा कि वे राजन के आदमी हैं, रूपम छोटू का वैवाहिक जीवन बर्बाद करने से बाज आए। रूपम के भाई और पिता शान्ति से गुंडों की बात सुनते रहे। रूपम पगला गई, उसने फौरन ही छोटू को फोन किया। छोटू बाहर से पीकर आया था, घर में उसने एक बड़ा और गटाक किया और मिस्टर राजन को फोन पर धुआँधार सुना डालीं...

राजन सोच रहा था कि फिल्मों का कितना प्रभाव है जीवन पर...कि लोग जीवन को फिल्म जैसा बनाने चल पड़ते हैं। अव्वल तो छोटू-रूपम प्रसंग ही कुछ नहीं था, होता तो छोटू शादी न कर लेता उससे ? एक राजन का प्रेम था...गहरा इसलिए कितना शान्त कि बाहर कहीं आवाज तक न हुई। एक यह छोटू का प्रेम—भड़भड़िया प्रेम, जिस पर छोटू और शायद रूपम दोनों को ही यकीन नहीं है और हल्ला इतना मचाया जा रहा है कि छोटू देवदास हो गया, और किसी 'विलान' ने राजन का नाम लेकर गुंडे भी भेज दिए। फिल्मी कहानी को जीवन में आरोपित कर डाला भाइयों ने...पर ये कैसे गुंडे कि जिसको धमकाने आए थे, उसके ही भाइयों के साथ आराम से बैठे रहे सोफे पर, उसी के घर...और उसके भाई आराम से धमकियाँ सुनते भी रहे। तभी कहानी साफ हो गई—रूपम के भाइयों ने ही रूपम को छोटू से अलग करने के लिए कि क्यों शादीशुदा के पीछे पड़ी, समय बर्बाद करती है...यह सारा ड्रामा रचा; उन्होंने भी कोई फिल्मी कहानी चुरा ली थी। छोटू तो अपने ख्यालों की दुनिया में ही रहता था, उन दिनों सोचता भी एक ही चीज था कि उसके माँ-बाप उसे ब्याहता के साथ रहने को मजबूर करने पर तुले हुए हैं...इसके लिए वे कुछ भी कर सकते हैं। उन्होंने ही रास्ते का काँटा हटाने की कोशिश की थी। पहले कार ली, फिर मलाड भेजा, अब एक चाल यह और। बहरहाल रूपम ने छोटू से मिलना कतई बन्द कर दिया। अब वह फोन पर ही मना कर

देती—"उसे डर लगता है, वह पचड़े में नहीं पड़ना चाहती भाई !"

छोटू अब पीते-पीते रोने लगता था—"थोड़ी-सी जो खुशी कभी-कभी रूपम से मिल लेने से मिल जाती थी, वह भी जमाने से देखी न गई। वह आदमी जिसे लोग मेरा बाप कहते हैं वह दरअसल दुश्मन निकला, कहता ही था कि यह शादी कामयाब न हुई तो तुम सड़क पर आ जाओगे—अभी कार छिनी है, घर भी जाएगा और 'बिजनेस' जिसे उसने सैटअप करवाया, वह भी ठप्प हो जाएगा।

पत्नी से एकाएक उचाट हो जाना...वह तो शुरुआत थी। उसके बाद एक-पर-एक जो चीजें होती गईं, उनसे छोटू परिवार से ही अलग फिंक गया। एक लाड़ले लड़के के लिए यह जबर्दस्त मानसिक आघात था। वह बाप को दुश्मन मानता था, उससे लड़ने की मुद्रा में होता था...लेकिन अपनी अक्षमता का अहसास भी उसे था जो उसे आत्मदया की तरफ और ढकेल देता। रेस्तोराँ का काम वह अब भी देखता था, पता नहीं कितना खुद्दारी महसूस करने के लिए, कितना समय काटने के लिए...पर एक वही रिश्ता रह गया था उसका वास्तविकता से। वर्ना उसने अपने दरवाजे बन्द कर लिए थे एक तरह से। अपने में, अपने दुख में ही डूबे रहना, शराब...विरह के गाने सुनना—यही उसकी जिन्दगी रह गई थी। बाहर की कोई आवाज, किसी का कोई नजरिया, सलाह, विचार उस तक पहुँच ही न पाते। वह अपनी ही बात सुनना चाहता। इसलिए जो उसकी हाँ में हाँ मिलाता रहे, वह उन्हीं के साथ उठता-बैठता। उनसे टकराकर छोटू की अपनी आवाज ही उस तक पहुँचती। उसके दोस्त भी कम हो गए थे। अपनी बर्बादी के लिए वह अपने विवाह और उसके लिए जिम्मेदार अपने माँ-बाप को कोसता रहता—"दिखावी... हिपोक्रीट्स...चालबाज ! तय हुआ था कि मलाड में मेरे साथ कोई-न-कोई रहेगा। वह जिसे लोग मेरी माँ कहते हैं, वह मुझे अकेला छोड़कर चली गई, अपने कहे से मुकर गई...यह माँ है ? सिर्फ पेदा करने से ही कोई माँ नहीं हो जाती।"

राजन और रम्मो ने उसे बहू के पास खींचने के लिए कार की चाभियाँ भिजवाईं—"तुम्हें कार प्रिय थी, यह लो तुम्हारे लिए मैं पापा से माँग लाई"—चाभी देते हुए छोटू की पत्नी ने कहा। छोटू ने चाभी तो ले ली पर इसके लिए किसी को श्रेय नहीं दिया—"कार दहेज में नहीं ली है मैंने। यह मेरी थी ही। वह आदमी—मेरा बाप—कितने दिन इसे रखता ! चला भी नहीं सकता। कौंसेंस चुभने लगा होगा..."

उसके बाद भी मियाँ-बीवी का जीवन वही रहा। दोनों अपने-अपने कमरों में बन्द। बीवी छोटू के कमरे में आए तो खटखटाकर आए...उसके अन्दर आते ही छोटू गुर्राकर पूछता—"यस ?" एक बात पूरा होते ही सूखे से कहता—"यू मे गो नाउ।" छोटू हर कोशिश करता था अपने को खराब दिखाने की—पियक्कड़ वह, कठोर वह, आवारा वह, नफरत करता वह। सोचता था इस तरह उसकी पत्नी उसे छोड़कर चली जाएगी। उसके दिमाग में एक ही चीज थी--कैसे इस लड़की से छुटकारा पाया जाए। इसलिए कभी-कभी होशियारी के मूड में वह अपनी पत्नी के साथ बैठ भी जाता, उसे तलाक के लिए तैयार करता होता। जब तक पत्नी उसकी हाँ में हाँ मिलाती तब तक उसके

पास बैठ सकती थी, तभी तक छोटू को उसकी कम्पनी अच्छी लगती थी। एक दिन छोटू की पत्नी के मुँह से सच निकल ही गया—"तुम्हारी दिलचस्पी होगी डाइवोर्स में, मेरी नहीं है। मैं तो तुम्हें खुश करने के लिए कहा करती हूँ—यह सब।"

"ओ माई गौड ! यू आर नौट इन इंडविजुअल। यू आर जस्ट वुड।" छोटू की आशाओं पर पानी फिर गया, पत्नी के लिए घृणा और कठोरता फिर से मन में जाग उठी। तो दूसरों की तरह यह भी उसे बेवकूफ बनाने में लगी हुई थी !

सारी दुनिया खिलाफ थी उसके। कितने खराब ग्रह थे उसके उन दिनों ! वह थक गया था दुनिया से लड़ते, अपने आपसे लड़ते-लड़ते। हताशा की चरमावस्था में एक रोज खूब पीकर वह घर आया। पत्नी के कमरे का दरवाजा खुला था। छोटू के मन में सब कुछ खत्म करके सरैंडर कर देने का ख्याल आया—किस-किससे लड़ेगा वह, कोई साथ देनेवाला नहीं, तो चलो जिस रास्ते दुनिया ढकेल रही है, उसी रास्ते चलो। बर्बाद यों भी होना है, वैसे भी होना है...

पत्नी सोई नहीं थी। छोटू आकर उसकी बगल में लेट गया। पत्नी चौंककर उठने लगी। छोटू ने उससे लिपटने की कोशिश की पर शराब की दमघोंटू महक से वह उखड़ गई और छोटू को डाँट बैठी—"अपने कमरे में जाओ, मैं कोई खिलौना नहीं हूँ। पहले मेरे लिए प्रेम महसूस करो, उसके बाद ही तुम मेरे साथ सो सकते हो।" सही बात। अपनी उम्र से ज्यादा परिपक्व थी ही छोटू की पत्नी—प्रेम पहले, लेकिन प्रेम से तो कोसों दूर फिरा पड़ा था छोटू। और तुम क्या कर रही हो प्रेम पैदा करने के लिए ? शरीर के रास्ते ही सही, प्रेम तक पहुँचा जा सकता था शायद।

छोटू ने खुद को झकझोरा...क्या करने चला था वह, जाग बेवकूफ...यह तो इस लड़की से छुटकारा पाने का रास्ता नहीं और फँस जाने का रास्ता था।

कमजोरी में कुछ भी हो सकता है...प्यार भी कमजोरी के क्षण में उग सकता है। वह मौका गया तो फिर दूसरा न आया। बाद में राजन ने जब सुना तो कहा कि ऐसे ही मौकों पर घर में मामी, भाभी आदि काम आती थीं। कोई होती तो छोटू की पत्नी को और नहीं आँख मारकर ही इशारा कर देती। भाभियाँ और मामियाँ अपनी रसभरी चटपटाहट के साथ लड़का-लड़की को कैसी-कैसी चतुराइयाँ सिखाकर रास्ते ले आती थीं। दुर्भाग्य इन बच्चों का कि इन्हें वह सब सुलभ नहीं।

छोटू को अब अपने आपसे खतरा महसूस होने लगा था। कहीं वही न खुद को अपने एकसूत्रीय कार्यक्रम से भटका बैठे। उसका कार्यक्रम था—शादी को तोड़ना, उनके मुँह पर कालिख पोतना जिन्होंने उसे जाल में फँसाया है। अगले दिन ही उसने अपने लिए कहीं पेइंग-गैस्टवाला एक कोना तय कर लिया और काम के जरूरी कपड़े-लत्ते, थोड़ा-बहुत सामान कार में डाल पत्नी को मलाडवाले मकान में अकेला छोड़ बिना कुछ बताए चला गया। माँ-बाप को बताने का सवाल ही नहीं था। तड़पने दो उन्हें।

सवेरे राजन ने सुना तो हुच्च से रह गया। एक लड़का उस तरह गया, एक इस तरह। एक विदेश तो दूसरा देश में ही। एक लड़की के साथ, दूसरा लड़की को छोड़कर।

एक तरक्की के लिए गया, दूसरा बर्बादी के लिए...पर दोनों गए। जितना रम्मो में अपने घर-परिवार के लिए शौक था उतना ही जल्दी सब छिन्न-भिन्न हो गया। बहू—बंटू की या छोटू की—उसके लिए कैसे, कब से क्या-क्या जोड़ा गया था ! कितना आगे का सोचकर, कितना पहले से मलाड में मकान लिया था...बेटा-बहू के लिए, उसमें एक-एक चीज जमाई गई थी। चीजें सब थीं, उन्हें उपयोग में लानेवाला कोई नहीं था। रम्मो और राजन को घूरते रहने के लिए वे चीजें ठहरी हुई थीं।

राजन ने देखे हैं वे आलीशान घर जो कभी किस हुलास से बनवाए गए होंगे पर जो खाली पड़े रहते हैं...इन्तजार करते कि कोई आकर रहेगा उनमें, पर कोई नहीं आता। रम्मो ने सुनी हैं कितने ऐसे घरों की कहानियाँ जहाँ एक या दो नाग रहते हैं, कभी-कभी किसी को दिख जाते हैं। कितनों पर शाप होता है कि मकान बनाया नहीं कि परमात्मा का प्यारा हुआ, या बनवा तो लेंगे पर उसमें रहना नसीब नहीं होगा।

राजन और रम्मो पर कौन-सा शाप था...किसका ? बड़ी अम्मा का...जो किसी के भी घर छोड़ बाहर जाने के खिलाफ रहती थीं, ओमी का...उसकी बहन स्नेह का ? राजन और रम्मो एक-दूसरे से कुछ कहते नहीं थे पर शापग्रस्त होने की पस्ती दोनों पर छाई होती। राजन सोचता कि एक बनारस का पाँच आँगनों वाला घर था..सबको अपने से बाँधे रहता, जो बाहर जाएँ उन्हें अपनी तरफ खींचता रहता। जो लौटकर न भी आ पाते उनके भीतर वापस वहीं पहुँचने की कशिश तो बनी ही रहती। एक राजन का यह घर है, जो बाहर की तरफ फेंकता है सबको ! छिटककर इसके बाहर ही जाते हैं लोग। कोई केन्द्र-बिन्दु नहीं जिसकी तरफ लौटने के लिए तकते हों वे।

घरों का फर्क है यह कि प्रकृति की भीतरी प्रक्रिया—संसार गुजर जाने को है; तुम यहाँ ठहरने-पसरने की नहीं सोच सकते—न मकान बनवाकर, न लड़कों-बच्चों के बहाने ही !

10

आखिर मिल गया। सन्नी को जिस आदमी की तलाश थी वह तो नहीं पर हाँ जिसकी प्रतीक्षा थी वह मिल गया। यों उस आदमी से परिचय तक नहीं कि उसके सामने सन्नी जाकर कह सकें कि वह तुम थे, जिसकी मुझे प्रतीक्षा थी। जाने क्यों सन्नी को बराबर विश्वास था कि कोई एक ऐसा व्यक्ति आएगा जिसके पास उम्र होगी, जिसका प्रभाव होगा...और देखते-देखते उभर आया देश के क्षितिज पर एक साफ-सुथरा नेता जो नैतिकता की बात उठा रहा था, जो भ्रष्टाचार के मुद्दे पर चुनाव लड़ने जा रहा था, जिसकी बात की गूँज पूरे देश में फैलती थी। सन्नी उस व्यक्ति के सामने कुछ भी न हों, पर जैसे सन्नी की असम्बद्ध गतिविधियाँ एक हवा बनाती रही थीं जिसमें से यह व्यक्ति पैदा हुआ था। एक-एक बात जो वह बोलता, सन्नी अखबार में पढ़ते और उन्हें वे बातें अपनी जैसी लगतीं, जैसे कोई उनकी बातों को उम्दा-उम्दा शब्द पहना रहा हो। सन्नी पुलकित थे, उनके अनुसार गांधी के बाद अब पहली बार स्वच्छता, आचरण और

मूल्यों की बात की जा रही थी...नव-जागरण होगा, राजनीति जो इतनी गन्दी हो चुकी है, वह साफ होगी। यह आदमी शब्द भी कितने बढ़िया चुन रहा था, मूल्यगत राजनीति की बात करता था। आखिर वह गंगा-जमुना की दोआबी संस्कृति की उपज था, कभी इलाहाबाद का छात्र था...विश्वनाथप्रताप सिंह।

सन्नी और मोहन दोनों इस नए सितारे के विकास को बेहद दिलचस्पी से देखते रहे। सन्नी ने मोहन से शर्त लगाई थी कि विश्वनाथ चुनाव जीतेंगे और वे जीते, वे प्रधानमन्त्री बनेंगे और वे बने। 'आखिर आपके उस विश्वास का कारण...' मोहन पूछता, तो सन्नी आसमान की तरफ देखते हुए कहते—'हवाओं की तरह विचारधाराएँ भी चलती हैं भैया और जब वे चलती हैं तो पता चल जाता है। वैसे भी पछुआ के बाद पुरवा बहेगी ही...कभी-न-कभी। अरे अच्छाई जब आज तक समाप्त नहीं हो सकी, एक से एक आततायी विश्व-क्षितिज पर उभरे तो आगे के लिए कैसे खत्म हो जाएगी। उसे उठाए हुए कभी-न-कभी आँधी नहीं तो तेज हवा बहेगी ही और जनजीवन को आक्रान्त करेगी...'

सन्नी संसार में आने का अपना पचहत्तरवाँ साल शुरू करनेवाले थे और यह आशावादिता...मोहन दंग था। जब से सन्नी चाचा ने बनारस का घर छोड़ा, तब से अब तक वे लगातार संघर्ष में रहे, कितने दिनों तो भरपेट खाना भी न खाया होगा। उनकी अपनी कोई वैयक्तिक प्राप्ति नहीं जिसके सन्तोष को वे इस उम्र में जी सकें...ऐसा आदमी देखता है कि राष्ट्रीय स्तर के एक नेता ने नैतिकता की मशाल उठा ली है तो उसी को अपनी जीवन प्राप्ति समझ झूम उठता है। यह है सही मायने में अपना पूरा जीवन सामाजिक स्तर पर ही जीना और निष्ठा से जीना!

सन्नी को जब से मोहन का सहारा मिला है, वे थोड़ा आरामतलब हो गए हैं, जबकि न वे मोहन के घर रहते हैं और न ही मोहन उनके यहाँ। यह जरूर है कि मोहन हफ्ते में कम-से-कम दो बार चक्कर लगा जाते हैं, जब कभी बहुत जरूरी हुआ तो सन्नी के घर पर रात को ठहर भी जाते हैं। एक बार सन्नी बुखार में पड़ गए थे तो उन्हें अपने घर भी ले गए और स्वस्थ होने तक वहाँ रखा। इस तरह का एक मूक समझौता उनके बीच उभर आया है। मोहन सन्नी के अभियान में भी बराबर हाथ बँटाते रहे हैं। बीमारी के बाद कोई नया कार्यक्रम हाथ में नहीं लिया गया...पर मोहन के साथ लम्बी बातचीत, बहसें निरन्तर चलती रही हैं। सन्नी मानते हैं कि मोहन को इस उम्र में पाकर उन्हें जिन्दगी की थकान का अहसास होने लगा है। आपके पास कोई पूछनेवाला हुआ नहीं कि बीमारी, थकान आदि की बातें शुरू हो जाती हैं, कोई न हो तो अपने प्रति रवैया थोड़ा सख्त-सख्त रहता है। अपने अभियान-कार्यक्रम के अनुसार अब तक उन्हें किसी प्रान्त की राजधानी को कूच कर जाना चाहिए था, पर वे दिल्ली में ही अटककर रह गए। कहते हैं, दिल्ली में ही कितना काम है...एक पर एक निकलता चला आता है। अखबार के दफ्तरों के बाद उन्होंने सचिवालय को पकड़ा था। उसके बाद शहर के दूसरे कोने पर तीस हजारी कोर्ट में जाकर जम गए। फिर एक बार जफर मार्ग के बगल

में लौट आए और आयकर कार्यालय के मुख्य गेट पर अपनी कार्यशाला खोल दी। उसके बाद दूरदर्शन, आकाशवाणी और फिर संसद भवन। तब संसद का सत्र चल रहा था और वहाँ उन्हें सबसे ज्यादा विरोध का सामना करना पड़ा। सुरक्षाकर्मी कहीं बैठने ही न दें...आखिर इस बार मामला देश के राजे-महाराजाओं का था और उन्हें सुरक्षाकर्मी कोई भी ऐसी चीज नहीं दिखाना चाहते थे जिसे वे महारथी लोग देखना न चाहें। सन्नी ने ध्यानाकर्षण के लिए जो वाक्य लिखकर अपने इर्द-गिर्द चिपका रखे थे, वे भी काफी चुटीले थे—''सांसदो, अपना आचरण देखो और दूरदर्शन पर जनता को देखने दो''... ''जितना देश मुझ पर खर्च कर रहा है, उतना प्रतिदान है क्या मेरा ?''...''क्या मैं चुनाव के बाद भी जनप्रतिनिधि हूँ ?''...''अपनी आत्मा को जगाओ''...और भी न जाने कितने। सन्नी जहाँ भी बैठते वहाँ से धकियाकर उठा दिए जाते। वे भी जिद्दी कि थोड़ी देर में पास ही कहीं फिर उगे हुए दिख जाते। वे जानते थे कि इस वर्ग के साथ इसी तरह इतना ही समय मिल सकता है। वे क्या भाषण सुनेंगे...भाषण सुनाना, हर रोज सुनाना, एक-एक दिन में दस-दस सुनाना जिनके पेशे में आता था। अपनी प्रभुता में प्रमुदित, बतियाते लपर-लपर जाते हुए वे सन्नी की तख्तियों पर एक-दो क्षण को ठिठक जरूर जाते...पर अगले ही क्षण सन्नी को कोई असन्तुष्ट पत्रकार मान आगे बढ़ जाते—'हूँह ! हरा चारा डाला दिया जाए तो रास्ते आ जाए,' 'किसी मन्त्री के खिलाफ अभियान होता तो अब तक चारा डाला भी जा चुका होता।' बात चूँकि सभी के लिए थी इसलिए किसी के लिए नहीं थी, इसलिए ध्यान देने लायक भी नहीं थी।

लखनऊ जाकर काम शुरू करने का था, लेकिन ढिलाई होती रही। मोहन भी रोकते थे—वहाँ जाकर अगर आपकी तबीयत खराब हो बैठी तो मुश्किल होगी। लखनऊ जाना टलता रहा, टलता रहा। सन्नी की दिनचर्या आम बूढ़ों की तरह हो गई थी...घूमना, अखबार पढ़ना, मोहन आ गए तो देश और समाज के मामलों पर बहसें करना...और आराम करना। और अब जब देश का प्रधानमन्त्री जनजागरण का माध्यम बन गया है... तो सन्नी बिलकुल इत्मीनान में आ गए हैं। वे अब आराम कर सकते हैं। राजनीति और समाज दोनों ही में स्वच्छता आकर रहेगी अब, ऊपर का देखकर लोगों के तौर-तरीके बदलेंगे, तुम देखना...वे मोहन से कहते, उचक-उचककर कर कहते।

लेकिन आश्वस्ति का वह प्रीतिकर समय ज्यादा नहीं रहा। देखते-ही-देखते नक्शा बदल गया। सरकार के अल्पमत में होने का फायदा उठाने के लिए विरोधी पार्टियों ने चालें चलीं। एक पार्टी ने लोगों की धार्मिक भावनाओं को उकसाना शुरू किया। सन्नी के नेता के सामने खतरा डोलने लगा तो बचाव में उसने जाति का सहारा लिया। नैतिकता और भ्रष्टाचार के उन्मूलन की बात करनेवाला, रातों-रात पिछड़ी जातियों और हरिजनों का मसीहा बन गया। पूरे समाज में मूल्यों की पुनर्स्थापना ज्यादा जरूरी है या कुछ खास जातियों का उत्थान...सन्नी बौखला उठते। उत्थान तो हो ही रहा है, उसमें तेजी लाने की जरूरत है, जैसे कि कितनी और चीजों के लिए जरूरत है। मूल्य पुनर्स्थापित हों तो हर अच्छी चीज में तेजी आने लगेगी। फिर अगर सचमुच इन जातियों

के लिए कुछ करने में भीतर से विश्वास हो तो चलो वह भी समझ में आए...लेकिन यहाँ तो सिर्फ कुर्सी के लिए यह सब किया जा रहा था। विश्वास था तो उसे चुनाव के समय जनता के सामने रखते। जन-प्रतिनिधियों के विश्वास उनके अपने निजी, प्राइवेट मामले नहीं हो सकते। उन्हें चुनाव के पहले जनता के सामने रखना चाहिए और फिर जनता की पुष्टि मिलने के बाद ही और वहीं तक वे नेता के विश्वास हो सकते हैं।

इस उम्मीद में कि सभी पार्टियों के हरिजन और पिछड़ी जाति के लोग साथ आ जाएँगे, मंडल आयोग की सिफारिशें मानने और लागू करने की घोषणा कर दी गई। पदों पर पिछड़ी जातियों के लिए आरक्षण और बढ़ाया जाएगा। प्रतिक्रिया में दिल्ली के छात्र कॉलेज और यूनिवर्सिटी छोड़कर सड़कों पर उतर आए। जन-जीवन ठप्प करना, तोड़-फोड़ करना...ये शुरू हो गए। मामला सामान्य विद्रोह-प्रदर्शन तक ही सीमित नहीं रहा, बड़ी जल्दी वह आत्मदाह, सड़कों पर आत्मदाह, सामूहिक आत्मदाह में बदल गया। यह साधारण-सी बात हो गई थी कि फलाँ जगह एक छात्र ने किरोसिन छिड़ककर आत्मदाह कर लिया। राजधानी में मृत्यु का आतंक छा गया था।

सन्नी बिलख उठे। उनका निश्चित ख्याल था कि देश को जबर्दस्त मानसिक धक्का लगा है और यह उसका प्रदर्शन है। विश्वनाथप्रताप सिंह जैसे साफ-सुथरे नेता का राजनीति द्वारा यों भ्रष्ट होते देखना देश के गले के नीचे नहीं उतर पाया (सिर्फ रुपया ही नहीं भ्रष्ट करता, राजनीति भी भ्रष्ट करती है)। उन्हें छात्रों पर भी क्रोध आता—यह किस किस्म का जुनून है जो आत्मघात करवा रहा है ! अरे इससे तो अच्छा है भ्रष्ट नेताओं को एक-एक करके समाज में जलील करने का अभियान चलाओ। ये लड़के खुद को खत्म कर रहे हैं और सन्नी का प्रिय नेता इन मौतों से उदासीन, एक कोने में बैठा तमाशा देख रहा है। चलो यह भी माना कि तुम्हें राजनीति खेलने के लिए कुछ घोषणा करनी पड़ी, कुछ अच्छा करने के लिए तुम्हारा पद पर बना रहना जरूरी था...लेकिन यह कैसी असंवेदना कि सामने बच्चे जल-मर रहे हैं और तुम अपनी कोठी में बैठे हो, जिद में कि तुम टस से मस होनेवाले नहीं ! जिस राजनैतिक लचीलेपन के तहत मंडलीकरण का ऐलान किया था, उसी लचीलेपन से कोई रास्ता निकालो कि निर्दोष जानें न जाएँ। सन्नी यह भी देख रहे थे कि यह आग दिल्ली तक सीमित नहीं रहनेवाली...बाहर की ओर जा रही है। जातीय घृणा फैलकर ऐसा तांडव करेगी कि जगह-जगह नरसंहार होगा। मंडलवाला मुद्दा पीछे छूट जाएगा, जातिवाद, नफरत...ये आगे आ जाएँगे। पिछड़ी जाति के हमदर्द सन्नी भी थे लेकिन जरूरी था उनके पिछड़ेपन को दूर करने के उपाय करना—शिक्षा सुलभ कराओ, उनके लिए कम्पटीशन में बैठने के मौके भी अनगिनत कर दो—कोई किसी उम्र तक बैठ सके इम्तहानों में, लेकिन इस तरह प्रशासन का स्तर जान-बूझकर गिराना, लोगों को योग्य बनाने के पहले ही उनसे ज्यादा-से-ज्यादा पद पर देने का सिलसिला खोलना...समाज को क्या दे सकेगा ऐसा प्रशासन ? समाज को वह देय है कि नहीं ? इस पर सन्नी का प्रिय नेता बोलता था कि अभी कौन प्रशासन का स्तर है। अजीब बात ! तो तुम किसलिए चुने गए हो ?

जो है उसे सुधारने का प्रयास करो, न कि यह कि वह खराब है तो उसे और खराब करने का इन्तजाम करो। जाति खत्म होनी चाहिए...इसका उपाय सन्नी के हिसाब से यही था कि जाति की बात कम-से-कम की जाए। तभी पिछड़ी जाति के लोग समाज में घुल-मिल सकेंगे। तुम नेता लोग ही हर मौके पर, बात-बात पर पिछड़ी जाति, पिछड़ी जाति, हरिजन, जन-जाति चिल्लाओगे, उसकी तरह-तरह की किस्में निकलवाओगे, उन किस्मों के आधार पर लोगों को पग-पग पर परिभाषित करोगे क्योंकि उस आधार पर ही उन्हें सुविधाएँ देनी हैं...इससे तो जातिवाद बढ़ेगा ही, उन्हें विशिष्ट बनाओगे तो यह ब्राह्मणवाद से फर्क कहाँ रहा ! सन्नी ने मोहन के माध्यम से यह भी जान लिया था कि अनुसूचित जातियों में भी आरक्षण का लाभ वे उठा ले जाते हैं जिन्हें एक पीढ़ी में यह लाभ पहले ही मिल चुका है। कलक्टर के लड़के को आरक्षण की सुविधा मिले इसमें क्या तुक है, उसे तो बढ़िया स्कूलों में पढ़ने की सुविधा वैसे ही मिली हुई थी। उसकी सीट पिछड़ी जाति के ही किसी विपन्न परिवार को क्यों न जाए ? सन्नी को यह भी तर्क जमता था कि अगर पुराने जमाने में ऊँची जातियों ने कहर ढाया था तो उसका बदला उनकी आज की पीढ़ियों से क्यों निकाला जाए ? उस बिना पर क्या मुसलमानों को हमेशा के लिए दुश्मन मान लेना जायज होगा कि कभी उनके पूर्वजों ने मन्दिर तोड़े थे ?

कुछ समय तक तो सन्नी अपने नेता की पैंतरेबाजी पर खार खाते रहे, फिर उन्हें इसमें एक व्यक्ति के पार पूरे देश और समाज की गफलत दिखाई देने लगी। नैतिकता की मशाल उठाए हुए किसी नेता का उठना देश के लिए एक बड़ी घटना थी जिसका फायदा नहीं उठाया जा सका। मौजूदा समय में ही कुछ गड़बड़ी थी। अच्छे लोग अलग-थलग पड़े रहेंगे, स्वतन्त्रता आन्दोलन में कैसे एकछत्र हो जाते थे वे। अच्छा कोई आगे आया तो उसे गिराने की कोशिशें फौरन शुरू हो जाती हैं। और तो और निर्वाचित पार्टी की सरकार बनी नहीं कि एक पक्ष तत्काल खड़ा हो जाता है कि दूसरा कुछ हो न हो...सरकार को काम नहीं करने देना है। जो आज सत्ता में है वह पार्टी भी विपक्ष में आते ही वही नकारात्मक भूमिका शुरू कर देती है। अरे भाई काम करने दो, फिर काम की समीक्षा करो, जरूरी हो तो आलोचना करो, ठिठककर यह भी सोचो कि तुम सरकार होते तो क्या कर सकते थे। सन्नी के सामने और भी ढेरों सवाल उठने लगे थे—क्या राजनीति में आने पर अच्छे-से-अच्छा व्यक्ति भी पतित हो जाएगा, क्या राजनीति में रहकर कुछ भी नहीं किया जा सकता, क्यों ऐसा है कि जितने असली सामाजिक कार्यकर्ता हैं वे राजनीति के बाहर रहकर ही थोड़ा-बहुत काम कर पाते हैं, बाबा आम्टे और सुन्दरलाल बहुगुणा जैसे निस्वार्थी समाजसेवियों को भी हाशिए पर क्यों रखा जाता है, क्यों उन्हें सरकार की शक्ति झेलने के लिए सामने खड़ा होना पड़ता है...अगर सचमुच सरकार और ऐसे लोग दोनों ही का उद्देश्य समाज की भलाई है तो क्यों सरकार उन्हें साथ लेकर नहीं चल सकती ?

तर्कों, बहसों, सवालों के पीछे पीड़ा थी जो सन्नी को भीतर-भीतर मथ रही थी। जो व्यक्ति मूल्यों का कलश उठाए हुए देश के क्षितिज पर एक सूर्य की तरह उठा था

वह एक नेता ही निकला...किसी और नेता जैसा ही। भ्रष्टाचार-उन्मूलन, नैतिकता, स्वच्छता...ये सिर्फ बातें थीं जिनसे अपने प्रतिद्वन्द्वी की छवि को धूमिल किया जा सके, अपनी उभारी जा सके, चुनाव जीता जा सके...इतना सीमित लक्ष्य ! तो यह भी हुआ कि देखते-देखते कल का नायक, खलनायक हो गया। स्वतन्त्र भारत के इतिहास में किसी नेता का इतनी जल्दी ऐसा उत्थान और पतन पहले नहीं देखा गया था; लेकिन कहानी एक नेता के उत्थान और पतन की नहीं, एक सपने के टूटने की थी...सपना जो सन्नी ने देखा था, पूरे देश ने देखा था !

तभी सन्नी को अपनी गलती दिखाई दी। उनके नेता की गलती नहीं थी। उसका आचरण तो एक पेशेवर नेता का ही था...गलती उनकी थी जिन्होंने अपने सपने उस पर थोप दिए। सन्नी को साफ दिखाई दिया कि अपने देश के लोग यही गलती करते हैं और यही वे भी कर बैठे—जो सपने हम देखते हैं उन्हें एक नेता पर पुष्पहार की तरह चढ़ाकर उसे उन्हें पूरा करने की जिम्मेदारी मनसा सौंप हम मुक्त हो जाते हैं। नेता तो नेता है, वह हमारे सपनों को ओढ़े रहता है जब तक उसे जरूरत है, फिर केंचुल की तरह छोड़कर चला जाता है अपनी राह। हमारे सपने टूट जाते हैं और हम रोते रह जाते हैं कि वह दगा दे गया। हम यह सब करते हैं क्योंकि हमें लगता है कि हम कुछ नहीं कर सकते। क्यों नहीं कर सकते तुम कुछ ? सोचो कि क्या कर सकते हो। दुख की बात यह कि सन्नी जिन्होंने हमेशा कर्म को ही प्रधान बनाया, वे भी यह गलती कर बैठे। उन्होंने अशक्तता का बहाना बना लिया, वर्ना क्या खराब हुआ है सन्नी का—आँख नहीं है कि टाँग नहीं है ? उठो सन्नी उठो...

इन दिनों सन्नी अक्सर अपने बनारसवाले घर के बारे में सोचने लग जाते हैं, जिसे वे छोड़ आए थे। उस घर की छोटी-छोटी बातें याद आती हैं। कैसे मामूली-से-मामूली काम, फालतू बातों के पीछे भी कोई-न-कोई मूल्य झलकता होता था। सन्नी का अतीत-मोह नहीं है यह। शायद वह समय ही ऐसा था जब करीब-करीब हर व्यक्ति का किसी-न-किसी तरीके से सरोकार किसी-न-किसी मूल्य से था...दूसरे उससे सहमत हों या नहीं। कहाँ से कहाँ आ पहुँचे हम—पूरी मूल्यहीनता के युग में प्रवेश कर गए, नैतिकता की बात उठाना ही आदर्शवाद हो गया...

पतन का इतना लम्बा रास्ता इतनी जल्दी तय हो गया कि एक सन्नी की जिन्दगी भी न गुजर पाई।

11

राजन को दिल के रोग ने पकड़ लिया है। एक हार्ट अटैक हो गुजरा, दूसरे का खतरा है।

राजन सोचता था कि पाँच आँगनोंवाला घर आपका परिचय सभी तरह के दुखों से करा देता था ताकि जिन्दगी में आगे जब कोई दुख आए तो वह फिर तोड़ न सके. ..लेकिन दुख जिसमें वह आ गिरा उससे पहले परिचय नहीं हुआ था। सन्तान होने का

दुख बाप होकर ही समझा जा सकता है।

छोटू नहीं लौटा था, न ही उसने अपना पता दिया था। धीरे-धीरे करके खत्म कर रहा है खुद को...यह खबर जरूर राजन को मिलती रही। राजन की नींद जाती रही थी। वह रात-रातभर टहलता, सिगरेट पीता था। कब तक छाती पर रखे रहेगा इस लड़की को ! उधर भी आखिर लड़का ही तो है—कैसे तिल-तिल मरता देखा जाए उसे ! आखिर वही हुआ जो राजन के साथ हमेशा होता आया है...सिद्धान्त-संस्कार, बड़ी बातें सब एक तरफ, अपने बच्चों की खुशहाली एक तरफ। समझानेवाले भी वैसे ही थे—'बेटा आखिर अपना बेटा है। दस खून कर आए तो भी अपना बेटा है।' हारकर राजन ने तलाक की पेशकश कर दी। बहुत बदमजगी हुई। बहू के घरवालों के सामने राजन को कैसे-कैसे जलील होना पड़ा—'जब आप जानते थे कि लड़के का कहीं और चक्कर चल रहा है तो सम्बन्ध क्यों किया ?' जो कभी कोई नहीं कह सकता था...वह भी सुना राजन ने। आखिर तयतवा करके निकला गया। तलाक हुआ, छोटू लौट आया...पर माँ-बापके साथ रहने को नहीं, मलाड के फ्लैट में अकेले रहने को।

आज के जमाने के हिसाब से देखें तो सब ठीक-ठाक हो गया—छोटू अब ठीक है, पीना बहुत कम हो गया है, कह सकते हैं स्वस्थ है। अकेला रहता है...कहता है वह ऐसे ही ठीक है। राजन के मन से भी बोझ उतर गया है—छोटू की जान बचाना पहला धर्म था, विवाह को बनाए रखने के लिए जितना किया जा सकता था उसने किया, आखिर विवाह जीवन से तो बड़ा नहीं है। फिर भी एक घाव-सा पीछे छूट गया है। राजन को लगता है बेवजह की यातना छोटू ने अपने पर, सब पर थोपी। अब न कहीं वह लड़की रूपम है, न कुछ। जिसके कारण तुम देवदास बन गए, वह आराम से कह देती है कि उसने तो कभी छोटू से शादी जैसी चीज का सोचा ही नहीं था, न सोच सकती है। वह तो एकदम अलग बात है। सारा तांडव छोटू की जिद और सपने देखने के कारण हुआ। और जिद भी इस तरह की। तुम किसी को सुनने को तैयार नहीं, दुनिया और अपने बीच शराब की दीवार खड़ी कर लेते हो। जो हुआ वह नहीं होना था...इसी पश्चात्ताप को झेलते हुए एक दिन झटका आया और राजन—बनारस का कठैठ आदमी—हस्पताल में। हफ्ते-भर रहा। छोटू नहीं आया, बिट्टो के हाथों फूल भिजवा दिए, कहा कि "वह जाएगा तो पापा को टैंशन होगा, बेकार का..." हाँ बेकार ही तो था वह सारा कुछ लेकिन तब न तुम्हें यह ख्याल आया...क्या किया ! सन्तान सुख ! ईश्वर न करे कभी तुम भोगो।

जिन्दगी की रफ्तार जो उम्र ने पहले ही धिमा दी थी, वह अब उम्र से भी ज्यादा धीमी हो गई है। हर बात पर दिल का ख्याल करना, बीमार दिल को थामे-थामे चलना। यों रफ्तार तेज कभी हुई ही कहाँ...तेज होती अगर राजन अपनी मंशा को पहचान पाता, पकड़कर उसकी ही राह पर चलता। राजन के स्व का भाव तो फक्कड़ी का था, सन्नी बैठे थे उसके भीतर। तभी तो बचपन में उसे सन्नी चाचा की सारंगी के स्वर खींचते थे। जाने कहाँ-कहाँ ले जाते थे वे स्वर...बादलों के धुएँ में...जहाँ जाने क्या-क्या छिपा

हुआ था। कितने अर्थ अस्पष्ट, उलझे हुए। सारंगी के वे स्वर उकसाते थे, निंदास में डूबे राजन को कुनमुनाते हुए जैसे वे कहते—आओ यहाँ, खोलो हममें छिपे अर्थों को। वे अर्थ आज भी ओझल हैं। राजन ही भटक गया। क्या किया उसने अपनी जिन्दगी का। फक्कड़ सधुक्कड़ मिजाजवाला आदमी बनिया बन गया। जिसे संसार-भर में अपने को फैला देना था, ब्रह्मांड से भी स्वयं को जोड़ देना था। उसने स्वयं को कैद कर दिया एक छोटे-से परिवार में—रम्मो, बंटू, बिट्टो, छोटू। और आखिर में वे भी उसके न हुए। राजन ने पैसा कमाया...कि पत्नी और दूसरे लोग बेवकूफ न कहें, कि उसके लड़के-बच्चे उससे कम लायक होते हुए भी उससे ऊँचे पहुँचें, जिस स्तर का जीवन जीने की उनकी आदत हो चुकी हो, उससे नीचे स्तर का न जीना पड़े, भले ही उनकी लियाकत, कर्मठता उसे हासिल करने की न हो। अपने लिए उसने एक रुपया नहीं कमाया। सब कुछ परिवार के लिए और इसीलिए जिन्दगी के बीच कभी ज्यादा ऐसा नहीं लगा कि गलत किया। लेकिन यहाँ पहुँचकर, उम्र की इस जगह, अब लगता है कि गलत हो गया। रम्मो के सामने ढह नहीं जाना चाहिए था उसे, बच्चों के लिए करना था तो अपनी सीमाओं के अन्दर ही। बच्चों के लिए ज्यादा हो गया, छोटू को जरूरत से ज्यादा चीजें एक साथ मिल गईं, वह दुश्मन हो गया।

तो क्या परिवार के लिए जिम्मेदारी महसूस करना, बच्चों के लिए श्रम करना, धन अर्जित करना गलत है ? या तो राजन परिवार करता ही नहीं, किया था तो क्या उन्हें यों ही भटकने, बर्बाद होने के लिए छोड़ देता ? लेकिन मियाँ राजन ! उस सबसे बचा पाए क्या तुम उन्हें ? पैसे के लिए मोहताज भले न हुए हों पर क्या वे अपनी तरह से भटक नहीं रहे हैं, बर्बाद नहीं हुए क्या ? बंटू कैरियर और विदेश की हवस में पगलाया पता नहीं कहाँ भटक रहा है। जब से गया एक बार भी नहीं आया...बिट्टो और छोटू की शादी में भी नहीं। शायद वह कुछ बनकर ही आना और दिखाना चाहता था...और बनना, वह तो अन्तहीन सिलसिला है। एक चीज बनती है तो फौरन ही दूसरी बिगड़ जाती है। बंटू ने पिछले सत्र में लिखा था कि वह और एलिस अलग हो गए हैं, एलिस उसके बच्चे को लेकर किसी दूसरे के साथ रहने लगी है। बंटू सोचता था कि बीवी-बच्चेवाला पहलू गौण है, कैरियर, तरक्की मुख्य हैं। क्या उसे अपने बच्चे के चले जाने का जरा भी धक्का न लगा होगा...अगर नहीं तो क्या अप्राकृतिक कुछ भी नहीं है इसमें ?

राजन ने हमेशा यह ख्याल रखा कि बच्चों को कोई कमी न होने पाए, क्योंकि वे कभी तरसें नहीं...लेकिन बिट्टो में क्या आया सिवाय तरस के, न खत्म होनेवाली तरस। पता नहीं क्या-क्या बटोरकर अपने घर में भर लेना चाहती है ! उसने यह भी ख्याल नहीं किया कि इससे उसके माँ-बाप से सम्बन्ध क्या हुए जा रहे हैं, भाई के साथ भी कैसी कड़वाहट फैलती जा रही है। क्या कभी ऐसा मुकाम आएगा जब बिट्टो को लगे कि बस अब उसके यहाँ वह सब आ गया जो एक घर में होना चाहिए, इसके आगे कुछ नहीं चाहिए ? पापा के हार्ट अटैक की खबर मिलते ही उसने रम्मो को लिखा कि

पापा को अब अपनी 'विल' कर देनी चाहिए ताकि उनके बच्चों में झगड़ा-झंझट न हो, वे वैसे ही रहें जैसे एक छत के नीचे रहते थे। चलते-चलते उसने इशारा भी दे दिया कि 'विल' में उसे इसलिए न उपेक्षित किया जाए कि वह लड़की है, विवाहिता है या कि पराई है। उसका आत्मविश्वास इसलिए और बढ़ गया है कि बंटू विदेश चला गया है करीब-करीब बसने के लिए, छोटू से पापा की पटती नहीं है और पिछले 'अटैक' के दौरान बिट्टो ने ही राजन की सेवा-सुश्रूषा की थी।

सबसे बड़ा धक्का राजन को लगा है छोटू से, छोटू-प्रसंग से ही उसका स्वास्थ्य एकाएक तेजी से गिरा। छोटू का उस तरह स्वयं को घुलाना, बाहर रहने लगना, उसके सास-ससुर, सम्बन्धियों के लांछन। यहाँ तक कह डाला गया कि दहेज में कमी रह गई तो बाप-बेटे ने मिलकर लड़की से बदला लिया। राजन के जीवन की एक प्राप्ति यही थी कि उसकी समाज में इज्जत थी, भले ही उसके पद की वजह से हो। उसे ही छोटू ने धूल में मिला दिया। बेटे के व्यवहार का पक्षधर राजन कभी था क्या, क्यों बाप को बेटे के दोष के लिए उत्तरदायी होना पड़ता है ? किसी-किसी तरह तलाक दिलाकर बाहर निकले...तो ये उम्मीद थी कि चलो बेटा तो वापस आ जाएगा अब, अपने मन की कोई और लड़की लाकर परिवार बनाएगा, रम्मो-राजन सब भूल जाएँगे, बुढ़ापे में उन्हीं में मस्त रहेंगे...तो छोटू को देखो—माँ-बाप को उसने हमेशा-हमेशा के लिए दुश्मन मान लिया है। कभी मिलने नहीं आता। जब बात होगी तो उतनी ही करेगा जितना जरूरी, वह भी सूखी-सूखी। बीच-बीच में जली-कटी सुनाएगा—'आप लोगों ने तो मुझे करीब-करीब मार ही डाला था।'...'अब किस नई जिन्दगी की उम्मीद करते हैं मुझसे, आप लोगों ने तो मेरे पर ही काट डाले'...अरे भाई ब्याह तुमने किया और तलाक का फैसला तो सिर्फ तुम्हारा ही था, हम सिर्फ पीछे-पीछे चले तुम्हारे। तलाक को लेकर छोटू अब भी नहीं सोचता कि उसने ठीक नहीं किया। कौन करेगी उससे अब शादी—पियक्कड़, पत्नी को यातना देनेवाला, माँ-बाप से झगड़नेवाला...यह सब भी तो देखेगी या सिर्फ पैसा देखेगी...और पैसा भी इतना तो नहीं है कि आनेवाली लख-पत्नी कह सके खुद को। ऐसा ही आवारा डोलता रहेगा उनका लड़का। राजन और रम्मो को सबसे बड़ा दुख यही है। एक लड़का विदेशी चमड़ी के पीछे ऐसा बरगलाया कि सन्तान करके भी निस्सन्तान घूम रहा है, दूसरा सब कुछ होते हुए भी अकेले रहने को अभिशप्त है। उसे सँभालनेवाला कोई नहीं। नौकर-नौकरानी के बीच, उन्हीं के बच्चों से सन्तान की अपनी आकांक्षा को तृप्ति देते हुए बीतेगी छोटू की जिन्दगी। अभी उम्र है तो छोटू नहीं समझता, समझ पड़ेगा जब ढलान पर आएगा और तब इस तलाक पर होगा पछतावा, तब याद आएँगे माँ-बाप।

बाहर तहस-नहस और भीतर शून्य। बच्चों की परवरिश में कहाँ गलती हो गई ? क्या कोई भी उन्हें सही परवरिश दे सकता है...दे सकता है तो सभी बच्चे माँ-बाप जैसे ही न निकलते। सही परवरिश क्या होती है...और अगर बच्चों को वही निकलना है जो उन्हें निकलना है तो परवरिश का मतलब ही क्या रह जाता है ? उसमें क्यों अपनी

जिन्दगी खपाई राजन ने, ऐसी कि अपने लिए कुछ नहीं किया...करता तो आज बाहर भले ही तहस-नहस दिखता, भीतर तो शून्य न दिखता, कम-से-कम।

रिटायर होकर कहाँ रहेगा राजन ? बनारस के उस बड़े घर में अब भी उसके हिस्से के दो कमरे बन्द हैं। बनारस से अच्छी जगह और क्या होगी, दूर-दूर से वहाँ पहुँचते हैं लोग जीवन छोड़ने के लिए। कैसे अपनी छाती पर दोनों हाथ धरे, दूसरों के कन्धे पर लदे चले जाते हैं गंगा की तरफ, जैसे अपनी अलग-अलग कहानियाँ, कहानियों की गठरियाँ साथ लिए जा रहे हों। राजन के पहले उसके घर के जो गए, उनकी कहानियाँ कुछ समय तक दोहराने के लिए फिर भी पीछे छूटे हुए राजन जैसे लोग थे। राजन के बाद कौन हैं...और कहानियाँ भी क्या हैं उनकी ? कितना बड़ा संसार था वह जहाँ से राजन का जीवन शुरू हुआ, क्या नहीं था वहाँ—देश-प्रेम, संगीत, कविता, प्रेम, उत्सर्ग, कर्म, वैराग्य—जो-जो जीवन में हो सकता है...जैसे बचपन में ही सब कुछ सामने परोस दिया जाता था कि बेटा यह है जीवन के पत्तर में...चुन लो अपने लिए, जो चाहो। वहाँ से चलकर राजन कहाँ पहुँचा ? तब पाँच आँगनों का घर था...आज कितने आँगन और कितने घर हो गए—बंटू का एक, उसके लड़के का एक...एक बिट्टो का, एक छोटू का, एक राजन-रम्मो का। इत्तफाक कि पाँच वे भी होते हैं...पर आँगन कहाँ हैं, घर तो कहीं है ही नहीं। बहुत-बहुत करके छतें हैं। वे भी नहीं, लोग ढूँढ़ रहे हैं...राजन भी एक छत की तलाश में है। सब कुछ इतनी दूर तक बिखर गया कि अब सिर्फ धब्बे दिखते हैं...बहुत दूर विदेश में रेलें छोड़ता-पकड़ता बंटू, नफरत और द्वेष में डूबता-उतराता छोटू और तृष्णा के जंगल में कहीं उलझी एक पतली-सी लकड़ी...उनकी लड़की बिट्टो। इसके अलावा कुछ नहीं दिखता...कहाँ हैं राजन के भाई, उनकी सन्तानें, उनके सुख-दुख ? उन्हें देखने की आदत बीच में ही कहीं जाती रही, जैसे संगीत, शायरी और नाटक बीच कहीं छूट गए थे।

सब कुछ के बावजूद मन घूम-फिरकर वहीं चला जाता है—बंटू, बिट्टो, छोटू। कुछ भी नहीं मिला, फिर भी अब भी न जाने कौन-सी आस...राजन से ज्यादा रम्मो की, उसके पीछे-पीछे राजन भी। जीवन-भर की आदत जो ठहरी। लेकिन बहुत ही हल्के, कहीं से कुछ और भी उतरना चाहता है अब...राजन का मन अब कभी-कभी अपने परिवार के बाहर भटकने लगता है—बनारस के घर में बड़ बाबा के नीचे, गंगाजी के किनारे शाम, हनुमानजीवाले आँगन में, इलाहाबाद यूनिवर्सिटी के सिनेट हॉल के चारों तरफ। प्रकृति की लीला...मनुष्य तो अपने को तंगदिल और तंगदिमाग बनाने में कोई कसर नहीं उठा छोड़ता पर प्रकृति समय-समय पर आकर पथ्य देती है—फैलो मेरे भाई ! फैलो...अतिरिक्त जुड़ाव के बाद फैलाव चाहिए। वैराग्य उतरे शायद। किसी करीबी की मृत्यु को झेलने के लिए तो प्रकृति वैराग्य उतारती ही है मन में, क्या अपनी मृत्यु को झेलने के लिए भी उतारती होगी ?

मेडिकल टैस्ट जारी थे। राजन के दिल की हालत बहुत बिगड़ी हुई निकली। ऑपरेशन

जरूरी था लेकिन कैसे किया जाए...यही सवाल था। पचासी प्रतिशत दिल जर्जर हो चुका था, पिछले हार्ट अटैक में ही। वह तो राजन का जिगरा था कि झेल गया था—डॉक्टर ताज्जुब करते थे कि राजन बच कैसे गया। दो-तीन अन्य विशेषज्ञों से सलाह के बाद यही तय किया गया कि ऑपरेशन किया ही जाना चाहिए, खतरा है तब भी, क्योंकि इस जर्जर दिल को लिए हुए चलना ज्यादा बड़ा खतरा था। राजन को हस्पताल में भरती किया गया। सर्जन ने ऑपरेशन के एक दिन पहले रम्मो को समझाया—"आप मजबूत रखें खुद को, मुश्किल ऑपरेशन है। कुछ भी हो सकता है। सब तरह की तैयारी रखें, सबको खबर कर दें।"

रम्मो फूट-फूटकर रो पड़ी। अभी तक जितनी विपदाएँ पड़ीं राजन साथ था। पहली बार वह अकेली हुई...राजन उसे अकेले सहने को छोड़ खुद हस्पताल की बैड पर पड़े थे। रम्मो किसका सहारा ढूँढ़े...वह तीन तो थे—बंटू, बिट्टो, छोटू। बिट्टो को खबर कर दी, वह पहुँचेगी, उसने माँ को ढाढस बँधाया। छोटू का पहले तो पता नहीं चला कहाँ है। घर से नौकर ने बताया साहब टूर पर गए हुए हैं...कैसा टूर, छोटू कोई सरकारी अफसर था या कि किसी नौकरी पर जो टूर पर जाए...लेकिन यही तो था छोटू। इस तरह के झूठ पर झूठ का लबादा ओढ़े, उन्हीं के मकड़जाल में जीनेवाला। किसी को पता ही न रहने देता था वह कब कहाँ है, ताकि दूसरे उसे अपनी सुविधा से नहीं, छोटू उन्हें अपनी सुविधा और जरूरत के मुताबिक सम्पर्क कर सके। आखिर देर रात फोन पर पकड़ में आया तो बोला—"व्हाट कैन आई डू, दैट्स हिज प्रौबलम।" कितने ऐसे डायलॉग थे जिनसे वह अपनी जेबें भरे रहता था, जब चाहे एक निकाला और उछाल दिया। रम्मो ने समझाया तो फिर बोला—"बंटू को खबर कर दीजिए, वह बड़ा है, पापा उसे पसन्द भी करते हैं। मेरा सामना होना पापा को खराब ही लगेगा। ही नैवर लव्ड मी !"

"काटकर खुद को डाल दिया तुम्हारे खातिर। वहाँ पड़े हैं हस्पताल में, जाकर देख लो और तुम कहते हो तुम्हें प्यार नहीं किया। देखूँगी तुम कैसा प्यार करते हो बच्चों से।"

"मम्मी, रहने दीजिए ये बातें...प्लीज" और छोटू ने फोन रख दिया।

हारकर बंटू ही पर आस टिकी रम्मो की। राजन के एक दोस्त के मार्फत खोज-खोजकर बंटू को विदेश में फोन लगाया गया—

"बंटू बेटा...मैं बोल रही हूँ, मम्मी। बेटा, पापा की तबीयत बहुत खराब है। कल दिल का ऑपरेशन होना है।"

"उन्हें अच्छे हॉस्पिटल में भरती करा दीजिए।"

"वह तो हो गया है। बम्बई हस्पताल में। ऑपरेशन डॉ. सिन्हा कर रहे हैं। पर उनका कहना है खतरा बहुत है, कुछ भी हो सकता है...तैयारी रखने को कहा है..." रम्मो की रुलाई थामे न थमी।

"डोंट वरी ममी, डाक्टर्स विल डू देयर बैस्ट।"

''तुम आ जाओ बंटू, मैं यहाँ अकेली हूँ।'' झिझकते हुए रम्मो ने कहा, जिसे कभी निस्संकोच डाँट सकती थी, हुकुम दे सकती थी, आज उसे आने के लिए कहने के लिए सारी हिम्मत बटोरनी पड़ी रम्मो को।

''वहाँ बिट्टो, छोटू हैं...तुम अकेली कहाँ हो ?''

बंटू को कुछ नहीं मालूम था, एकाध बार आता तो मालूम होता। फोन पर कितना और क्या-क्या बताया जा सकता था।

''तुम आ जाओ बेटा, आओगे तो तुम्हें बताऊँगी। तुम्हारी जरूरत है।''

''मैं आकर क्या करूँगा, ममी ! जो करना है वह डॉक्टरों को।''

बहुत दूर था बंटू, अमेरिका में...जहाँ किसी भी चीज को कल्पना पर कम-से-कम छोड़ा जाता है, जहाँ हर बात की कार्यप्रणाली निश्चित होती है और इसी तरह हर कार्यप्रणाली की सीढ़ियाँ पहले से ही मुकर्रर। बीमारी...माने हस्पताल, अच्छा डॉक्टर। और क्या ?

''डॉक्टर कहते हैं...भगवान न करे कुछ हो गया, बड़े लड़के को बुला लो। तैयारी रखो उन्होंने कहा है...''

''ममी ! ये हिन्दुस्तानी डॉक्टर ऐसे ही डराया करते हैं, अपनी इम्पोर्टेंस के लिए। साइंस बहुत आगे आ गई है। कुछ नहीं होनेवाला। मेरी एक जरूरी कानफ्रेंस है। मेरा कैरियर इस पर डिपेंडेंट है। मैं अभी नहीं निकल सकता। छोटू है ही।''

रम्मो को रोना नहीं आया इस बार। जैसे अलग से आँसू हों तो गिरें, वह तो आँसुओं में ही खड़ी थी, उन्हीं से बनी थी। लगा कि उसके जिस्म में खून नहीं था, पानी ही था हमेशा से...इधर-उधर थल-थल करता पानी।

''डोंट वरी ममी, एवरी थिंग विल बी ऑल राइट''—बंटू आगे कह रहा था—''लुक आफ्टर योरसैल्फ। थैंक्स फौर कालिंग। बाय।''

रम्मो कोई भी आवाज न निकाल सकी। बाहर सूखे दरख्त पर बैठा एक कौआ दोपहरवाली काँ-काँ कर रहा था...चोंच इतनी खुलती थी कि फटी पड़ रही थी।

●●●